The Masque of the Black Tulip
by Lauren Willig

舞踏会に艶《つや》めく秘密の花

ローレン・ウィリグ
水野 凜[訳]

ライムブックス

舞踏会に艶《つや》めく秘密の花

主要登場人物

ヘンリエッタ（ヘン）・アン・セルウィック……………………侯爵の娘
マイルズ・ドリントン……………………………………………子爵の息子
リチャード・セルウィック……………………………………ヘンリエッタの兄、マイルズの親友、元〈紫りんどう〉
エイミー・セルウィック………………………………………リチャードの妻
ジェイン・ウーリストン………………………………………エイミーのいとこ、〈ピンク・カーネーション〉
ペネロピ・デヴェロー…………………………………………ヘンリエッタの親友
シャーロット・ランズダウン…………………………………ヘンリエッタの親友
レジナルド・フィッツヒュー…………………………………マイルズの友人、〝カブ頭〟のフィッツヒュー
モンヴァル侯爵未亡人テリーザ・バリンジャー……………フランスの侯爵と結婚していたイギリス人のレディ
ジェフリー（ジェフ）・ピンチングデイル・スナイプ………マイルズの親友
セバスチャン・ヴォーン………………………………………伯爵
エロイーズ（エリー）・ケリー…………………………………大学院生
コリン・セルウィック…………………………………………リチャードの子孫

1

二〇〇三年、イギリス、ロンドン

まだ着かないの？　思わずそう口走りそうになり、わたしは唇を嚙《か》んだ。沈黙は金なりというが、今は勇気を振り絞って沈黙を通したほうがよさそうだ。隣からいらだちがびんびんと伝わってくる。その圧迫感たるや、まるでいらだちが形ある存在となって車のなかにでんと鎮座しているかのようだ。

　わたしは自分の爪を見るふりをして隣を盗み見た。この角度からだと、ハンドルを握る手と茶色いコーデュロイの袖口しか見えない。手は日に焼け、遅い午後の日差しを受けてうっすらとブロンドの産毛が見える。大きくて、なんでもできそうな手だ。きっと彼は今、その手をわたしの首にかけたくてしかたがないのだろう。

　ただし、まかり間違ってもロマンティックな意味ではない。

　本来、コリン・セルウィックの今週末の計画にわたしは入っていなかった。彼にとってわたしはいわば軟膏薬《なんこうやく》に落ちたハエというか、パレードの最中に降った雨というか、まあ、そのようなものだ。コリンがどれほどすばらしいものを披露できようが、同行する相手が今は恋人のいない女だろうが、そんなのは関係ない。

どうしてわたしはよく知りもしない相手の車に乗って、見ず知らずの土地へ向かっているのだろう。自分でも不思議でしかたがない。でも、目的ははっきりしている。ひと言で言うなら、すべては文書史料を見るためだ。

たしかに文書史料と聞いて血が騒ぐ人はそういないかもしれない。だが、大学院も五年目になり、博士論文を仕上げなければならず、指導教授から早くも研究発表などという不吉な話題を出されている院生は、史料と聞くと目が血走る。ちなみに、大学院にいて一〇年たっても論文の書けない院生は、教授から研究発表を促されるとやつれていく。わたしの理解が正しければ、そういう学生たちは真夜中に肉食ならぬ院生食の獰猛《どうもう》なワニの餌にされ、なにごともなかったかのように静かにハーヴァード大学の歴史学部から葬り去られるらしい。あるいはその前に法学部に転部するかのどちらかだ。そんな運命をたどりたくなければなすべきことはただひとつ、さっさと一次史料を見つけだすのみだ。急がないとワニが次の餌を求めてうずうずしはじめる。

そのためにイギリスへ来たのだが、留学を決意したのにはもうひとつ、ささやかな別の理由もあった。そのささやかな理由は、黒っぽい髪と茶色の目をして政治学部の准教授をしている。名前はグラント。

今になればわかる。わたしは彼の本性に気づいていなかった。グラントは根性の腐った卑《ひ》怯者《きょう》だ。今は淡々とそう言える。院生の一年生といちゃつくなんて、根性の腐った卑怯者以外のなにものでもない。しかも、わたしが招待した、わたしの学部のクリスマス・パーティでだ。どう考えても理屈が通らない。

だから、海外で研究をするにはちょうどいいタイミングだったのだと思う。

もちろん、助成金の申込書にグラントのことは書かなかった。なんて皮肉な話だろう。グラントから逃げるために助成金《グラント》を申しこむだなんて。そんなところにおかしみを感じていること自体がそもそも、わたしがいかにみじめな状況に陥っているかというい証拠だ。

だけど、現代の男性には失望していても、過去の人々には胸のときめきを覚える。〈紅はこべ〉に〈紫りんどう〉に〈ピンク・カーネーション〉。この三人の諜報員《ちょうほう》はフランスのナポレオンを怒り狂わせ、イギリスの女性たちを熱狂させた。

もちろん指導教授に研究計画を説明するときには、根性の腐った卑怯者の元恋人についてはひと言も触れなかったし、膝丈のズボンに美学を感じていることも封印した。ただひたすら、英仏戦争におけるイギリス人貴族の諜報活動がもたらした影響だとか、議会政治におけるその余波だとか、ジェンダー構成としての諜報活動の文化的意義だとか、とにかくそういったことを真面目な顔でとうとうと述べたてた。

でも、正直なところ、議会政治がどうとか文化的意義がこうとか、そんなことはどうでもよかった。わたしが追いかけているのは、ただ一人最後まで正体を隠しつづけた〈ピンク・カーネーション〉だ。〈紅はこべ〉のほうはパーシー・ブレイクニーであること、片眼鏡をたくさん所有していること、クラヴァットの結び方がロンドン社交界でいちばんおしゃれであることなどが、バロネス・オルツィの小説によって今や世界中の知るところとなった。〈紅はこべ〉の後継者である〈紫りんどう〉はそこまで有名ではないが、何年ものあいだ活躍し、愛する女性とめぐりあって諜報員をやめ、のちに新聞報道によってリチャード・セルウィックという名のハンサムな男性であることが広く喧伝《けんでん》された。しかし〈ピンク・カーネーション〉は当時のフランス政府にとっても、のちの研究者にとっても謎のままだ。

だが、わたしはその正体を知っている。

暗号を解読したとか、古文書を判読したとか、不可解な地図をたどって隠された史料を発見したとか、そういう自慢をしてみたいところだが、残念ながらそうではない。ひとえに幸運のたまものだ。幸せを司《つかさど》る妖精が、〈紫りんどう〉の子孫であるミセス・セルウィック・オールダリーの姿を借りてわたしのもとに舞いおりてきたのだ。彼女はわたしを家に招き、先祖代々伝わる貴重な手紙や日記を惜しげもなく見せてくれた。しかもそれほど力になってくれたというのに、童話に出てくる妖精とは違い、代わりに最初に生まれた子供を差しだせとは言わなかった。

だが、その幸運に水を差す人物がいた。ミセス・セルウィック・オールダリーの甥《おい》にして、〈紫りんどう〉が所有していた邸宅セルウィック・ホールの現在の所有者であり、祖先から受け継いできた貴重な史料の守り手を自認しているミスター・コリン・セルウィック。

そう、今、わたしの隣にいる男性だ。

コリンはわたしがその史料を読むのを喜ばしく思っていない。いや、それどころではないだろう。その程度の表現では、六人の妻がいたヘンリー八世が配偶者に恵まれなかったと言うも同じだ。一族内のもめ事に打ち首で決着をつけられる時代なら、彼は真っ先にわたしの首をはねるはずだ。

わたしの魅力にまいったのか、おばのミセス・セルウィックに厳しくたしなめられたのか（どうせ後者だろうけど）、最近のコリンはそれなりに人間らしい振る舞いを見せはじめた。正直に言って、その変化には深い感銘さえ覚えている。相変わらずわたしに対しては嫌みばかり言うけれど、それでもたまには目尻にしわを寄せて笑うようになった。これが映画俳優なら、劇場を埋め尽くした女性客がいっせいにため息をもらすであろう笑顔だ。いや、それは大柄でブロンドのスポーツマン・タイプが好きな人の場合だけれど……。わたしはどちらかというと長身で黒髪の学者タイプが好みだ。

いずれにしろ、それでなにかが変わったわけではない。たしかに、コリンとはほんのいっとき親しくなったように感じたときもある。だが、ミセス・セルウィックがコリンに、わたしをセルウィック・ホールへ連れていって手紙のたぐいを見せるよう促したとたん、その親しさは消え失《う》せた。〝促した〟という表現は適切ではないかもしれない。〝無理やり仕向けた〟と言ったほうが正確だ。そのうえ、交通の神様はわたしの味方をしてくれなかった。わたしはA二三号線の途中で世間話をしようという努力をあきらめた。A二三号線はエンストした車と、横転した大型トラックと、現場に到着してすぐに故障したレッカー車で大渋滞していたからだ。

わたしは、もう一度コリンのほうへそっと目をやった。

「そんなふうに見るのはやめてくれないか。きみは赤ずきんでぼくはオオカミか？」

どうやらばれていたらしい。

「まあ、おばあ様、なんてたくさんの古いお手紙を持っているの？」あまり上手な冗談ではないが、二時間ぶりに声帯を使ったにしてはまあまあの出来だろう。

「おいおい、ほかに考えることはないのか？」ほかの人が言ったのなら〝このぼくのことは？〟という意味だと受け取るところだが、相手がコリンだといらだっているようにしか聞こえない。

「だって、論文の締め切りが迫っているんだもの」

「その論文のことだが……」彼の言葉を聞いて、わたしは不吉な予感がした。「どこまで書くか、まだ話しあいはすんでいないからな」

「ええと……まあ、そうね」わたしはあいまいに答えた。この件に関して、コリンの考えははっきりしている。同じことを何度も語らせるのは得策ではない。それについてはなるべく触れないほうが無視しやすくなるというものだ。わたしは話題を変えることにした。「グミ、食べる？」

コリンがくつと声をもらした。笑いそうになったのかもしれない。バックミラー越しに目が合った。〝いい根性をしているな〟と言いたそうな顔にも見えるし、〝勘弁してくれ。誰がこのばかをぼくの車に乗せたんだ？　どこかで放りだしてやる〟と考えているとも受け取れる表情だ。

だが、彼はそんなことは言わずに、ただ「ありがとう」とだけ答えて大きなてのひらを差しだした。

わたしは和平協約の精神にのっとり、みんなから嫌われているオレンジ色を渡すのはやめて、赤色をひとつコリンの手にのせた。そしてみずからそのオレンジ色を口に放りこみ、グミを噛みながら、次の会話をどういうふうに切りだしたら禁断の話題を避けられるか考えた。

ありがたいことに、コリンが無難な言葉をかけてきた。「左手にセルウィック・ホールが見えるよ」

木々の上に銃眼のついた胸壁が突きだしているのが見えた。まるで『フランケンシュタイン』の映画で使ったセットがそのまま残っているような風情がある。車がカーブを曲がると、屋敷の全景が視界に入った。新聞に〝堂々たる風格をそなえた広大なカントリー・ハウス〟とでも紹介されそうな、クリーム色の石造りの建物だ。正面にはいかにも歴史ある建造物らしい装飾が施された四角い棟があり、その左右にいくらか小ぶりな別翼が続いている。まさに一八世紀の貴族が暮らした屋敷そのものであり、〈紫りんどう〉が住んでいたにふさわしい邸宅だ。先ほどの銃眼のついた胸壁は正面からは見えなかった。

正面玄関に面した砂利敷きの広場で車が停《と》まった。コリンが助手席側のドアを開けてくれるのを待っているのは癪《しゃく》だったので、二日ぶんの衣類を詰めこんだ大きなトートバッグをつかみ、相手がこちら側にまわってくる前に急いで車を降りた。それでも愛想だけはよくしようと心に決めた。

コリンのあとについて正面玄関へと歩きはじめると、靴が砂利にこすれ、不吉な音がした。きっとローファーの革地が悲惨な状態になっているだろう。コリンがドアの脇にどき、わたしを玄関広間へ招き入れた。こんなお屋敷なら主人を出迎えるために使用人がずらりと並んでいそうなものだが、そこはひっそりと静まり返っていた。ドアの閉まる音が不吉に響いた。

「図書室に連れていってさえくれれば、あとは放っておいてもらってかまわないから」わたしは気を遣って言った。「どうぞわたしのことは忘れて」

「図書室で寝るつもりか？」コリンはわたしの腕にかかった大きなトートバッグに目をやった。

「ええと……そこまでは考えていなかったわ。でも、わたしはどこでも寝られる女だから」

「なるほど」

変な意味に聞こえたかもしれないと気づいたとたん、高校の建物に備えつけられていた火災警報器並みに顔が真っ赤になり、慌てて取り繕った。「わたし、お手軽な人なの」

まずい、ますます妙なことを口走っている。〝どんどん変になるわ！《キュリオサー・アンド・キュリオサー》〟という有名なせりふを叫んだ『不思議の国のアリス』のアリスなら、きっと〝どんどんひどくなるわ！《ワーサー・アンド・ワーサー》〟とでも叫んだことだろう。ああ、余計なことをしゃべらないように、犬の口輪をつけてくれればよかった。

「尻軽って意味じゃないわよ。扱いやすい客ってこと」万が一にも誤解がないようにと、裏返った声で正確に言い直し、腕のトートバッグを肩にかけた。

「ここにだって客用の部屋くらいあるよ。使ったらどうだ？」コリンは淡々と言い、玄関広間の端にある階段をあがった。

「いいの？　あの……どうもありがとう」

「今から地下牢《ろう》を掃除するのは面倒だからね」コリンはそうつけ加え、階段をあがりきって少し進んだところでドアを開けた。そこは広くもなく狭くもないベッドルームで、四本の支柱のついたベッドが置かれていた。壁は深緑色で、金色の模様がある。ドラゴンかグリフォンらしき伝説上の生き物が腰をおろして羽を広げた図柄が、それぞれ四分の一ほど重なって並んでいる模様だ。コリンは場所を空け、わたしを先に寝室へ入らせた。

わたしはベッドにトートバッグを置くとコリンに向き直り、目にかかった髪を払った。

「本当にありがとう。ここに連れてきてくれたことはとても感謝しているわ」

コリンは〝どういたしまして〟とか〝たいしたことじゃないよ〟といったありきたりの言葉は口にせず、ただ廊下の先を顎で示した。「バスルームは廊下に出て左手のふたつ目のドアだ。トイレの水が止まりにくいから、レバーを三回引いてくれ」

「わかったわ」わたしは答えた。どうやら、とことん自分の心に正直な人らしい。「トイレは左側。レバーを二回ね」

「三回だ」

「そうそう、三回」わたしは二度と忘れませんという口調で力強く繰り返した。そして廊下を進むコリンについて歩きだした。

「エロイーズ？」気がつくと、数メートルある廊下の奥でコリンがドアを開いて待っていた。

「ごめんなさい！」慌ててそばへ行き、息を詰めて部屋に入った。腕組みをして興奮気味に言う。「図書室ね」

それについては疑いようがなかった。図書室と聞いてまさに人が想像する造りの部屋だ。壁は上等な材木を使った黒っぽい羽目板張りで、本棚は書物でこすれた箇所の仕上げ塗りが少しはげている。風変わりなデザインの鉄製の階段がバルコニーへと続いているが、踏み段の形が切り分けたパイのように片端が狭くなっているため、気をつけないと足を踏みはずして首の骨を折りそうだ。わたしは本棚を見あげ、棚という棚にびっしりと並ぶ本の多さに圧倒された。どれほどの読書家であろうが、一生かかっても読みきれないだろう。ちらりと横を見ると、棚の端にぼろぼろになったペーパーバックが積み重ねられているのが目に入った。七〇年代の派手な表紙の『ジェームズ・ボンド』シリーズだ。この本棚にはそぐわない。ヴィクトリア女王時代に印刷された原装丁のトレヴェリアン著『イギリス史』の隣には、『カントリーライフ』誌が無造作に山積みにされている。部屋には古い紙と革表紙の匂いがこもっていた。

図書室の東面と北面にはそれぞれふたつずつ細長い窓があり、その部分だけ本棚がとぎれていた。四つの窓には深紅色に青い線の入った厚地のカーテンがかかり、青に深紅の斑点がある絨毯《じゅうたん》とおそろいになっている。西面は左右の本棚のあいだにアーチ形をした大きな暖炉があった。中世の騎士が嬉々《きき》として狩りでつかまえた獲物の丸焼きでもこしらえそうな、やけに大きな暖炉だ。

つまり、ひと言でたとえるならゴシック・ファンタジー的な部屋なのだ。

わたしはうなだれた。

「当時のままじゃないのね」

「なにを期待していたんだ？　もちろん、違うよ。当時の屋敷は二〇世紀になる少し前に火事で焼け落ちたからね」コリンがとどめを刺すようにつけ加えた。「つまり、一〇〇年以上前になくなってしまったというわけだ」

「焼け落ちた？」思わず哀れっぽい声になった。

自分が少女趣味で甘ったるいことを考えていたのはわかっている。〈紫りんどう〉が歩いたのと同じ場所を歩き、彼が祖国の運命を託す手紙を走り書きした机に座り、彼の食事を作ったであろう厨房《ちゅうぼう》を見てみたかった。わたしは心のなかで顔をしかめた。この調子では、できるものなら〈紫りんどう〉のごみ箱をあさり、彼が飲んだワインのボトルをこの高鳴る胸に抱きしめたいと願うのも時間の問題だろう。

「そうだ、焼失した」コリンが言った。

「間取りは？」わたしはすがる思いで尋ねた。

「違うものになった」

「ひどい」

コリンがにやりとする。

心のなかを見透かされた気がして、わたしは慌てて言い訳をした。

「後世に残すべき貴重な歴史的建造物だったのに」

コリンは片方の眉をあげた。「今の建物だってそうだ。十九世紀末の美術工芸の粋を集めた貴重な歴史的建造物には違いない。壁紙とカーテンのほとんどは当時を代表する内装デザイナーのウィリアム・モリスが手掛けたものだし、子供部屋の暖炉のタイルはラファエロ前派で知られる美術家、バーン・ジョーンズの作品だ」

「ラファエロ前派の作品なんていくらでも残っているじゃない」わたしは苦々しい思いで言い捨てた。

コリンは後ろで手を組み、窓辺に寄った。「庭園は当時のままだよ。ヴィクトリア朝様式の屋敷にいて息が詰まったら、どうぞ庭でも散歩してくれ」

「結構よ」わたしはせいぜい威厳を保って答えた。「当時の手紙と日記さえ読めれば充分だわ」

「ああ、そうだった」コリンは快活に言い、窓から離れた。「じゃあ、それを見せよう」

「書庫にでも保管しているの？」わたしはあとをついていった。

「そんなたいそうなものは、この家にはない」コリンが本棚へ向かったのを見て、悪い予感がした。背表紙の上に積もっている埃《ほこり》を見る限り、そのあたりの棚に置かれている書物は古いもののように見えるが、書物であることに変わりはない。つまり、印刷されたものだ。そういえばミセス・セルウィックは手紙のたぐいがあるとは言ったが、どういう形態で保存されているのかまでは説明しなかった。もしかして彼女は、ヴィクトリア女王時代に自費出版された『かつてはセルウィック家に代々伝わってきたものの、残念ながら昨年に焼失してしまい、今では記憶のなかだけにとどめられている文献について』などという書物のことを言っていたのだろうか？　えてしてそういう出版物は出典や情報源が明らかにされていないし、自分たちにとって興味のあることばかりを書き連ね、祖先の名誉にならないことはすべからく省略する傾向にある。

しかし、コリンは革装の書物の前を通り過ぎ、四角い腰板の前でいきなりしゃがみこんだ。部屋の壁にぐるりと張られたマホガニー材の腰板で、細かい彫刻が施された立派なものだ。

「あっ……」急には立ち止まれず、コリンの肩甲骨に膝をぶつけた。本棚をつかんで体を支え、戸惑いながらコリンを見おろす。腰板をいじっているみたいだが、頭と丸めた肩にさえぎられて手元が見えない。彼の髪は根元のほうの色が濃く、毛先にいくにつれ、日に焼けて明るくなっている。肩幅が広く、オックスフォードシャツの下は立派な筋肉がついているらしい。髪を洗ってきたのか、古い革や紙の匂いにまじってシャンプーの香りがふわりと漂ってきた。

どうやらなにか留め具らしきものをはずしたらしく、腰板が扉のように開いた。継ぎ目は彫刻の模様に巧みに隠されている。部屋をぐるりと見まわし、ようやくからくりがわかった。

この図書室は腰板の上部に本棚がしつらえてあるのだが、腰板と本棚の前面はたいらになっている。つまり、腰板の向こう側に奥行き六〇センチばかりの空間があると推測できるわけだ。

「腰板の奥は棚になっているんだ」コリンがわたしの隣に立った。

「そうみたいね」そんなのはとっくにわかっていたという顔で答え、ヴィクトリア朝後期の出版物を読まされるのかと心配していたことはおくびにも出さなかった。

ひとつ確かなことがわかった。どうやら風刺漫画雑誌『パンチ』のバックナンバーを読んで楽しむはめにはならずにすみそうだ。そこには積みあげられた分厚い本と、何通かの薄い茶封筒と、たくさんの紙箱があった。本は大理石模様の表紙がついたふたつ折り版で、茶封筒は紐《ひも》でしっかりと閉じられている。紙箱は酸性の塡料《てんりょう》や塗布剤を使っていない特別なボール紙を使用した保存専用のもので、おそらくなかには書類が入っているのだろう。

「これほどのものを公開もせずに隠し持っておけるなんて、いったいあなたはどういう神経をしているの?」

「至って普通の神経だよ」

わたしは棚に目を据えたまま、あきれたとばかりにコリンのほうに手を振ってみせた。もっとよく見ようと棚のそばへ寄り、顔を横に向けて背表紙に貼りつけられたラベルの文字を読んだ。字体の古さや、紙が黄ばんでいる点から察するに、かなり昔に書かれたものらしい。人物と日付別に分類されているようだ。背表紙のラベルには〝リチャード・セルウィック卿

（一七七六―一八四二）、書簡、その他、〝一八〇一―一八〇二〟とか、〝セルウィック・ホール、金銭出納帳、一八〇〇―一八〇六〟などという文字が書かれている。金銭出納帳は飛ばして先へ進み、傷んだ革表紙の赤い小さな本の次に置かれた一冊に手を伸ばした。

「あとは好きにしてくれ」コリンが言った。

「ええ」

それは大英図書館などによくあるタイプの本だった。なにも印刷されていない大型本に古い書類が貼りつけられ、空白に注釈が書きこまれている。一ページ目にはエドワード王のころの書体で〝レディ・ヘンリエッタ・セルウィックの書簡、一八〇一―一八〇三〟と書かれていた。

「夕食は一時間後でいいかい？」

「ええ」

日付と誰宛の手紙かを確かめながらそっとページをめくり、〝〈ピンク・カーネーション〉〟と〝諜報員の塾〟というふたつの言葉を探した。諜報員の塾とは、〈紫りんどう〉が隠密《おんみつ》活動をやめざるをえなくなったあと、妻とともに設立したスパイ養成所のことだ。どちらも一八〇三年三月より以前には実態がなかったことがわかっている。その本を棚に戻し、年代順に積まれていることを願いながら、戻した本の下にある一冊を引き抜いた。

「料理なんだけど、砒素のシアン化物添えでいいかな？」

「ええ」

予想どおりだった。次の一冊には一八〇三年三月から同年一一月までのレディ・ヘンリエッタの手紙が貼りつけられている。完璧だ。

意識の隅で、図書室のドアが閉まる音が聞こえた。

棚の前に座りこみ、膝の上で本を開いた。ヘンリエッタの書簡ばかりかと思いきや、一通の異なる筆跡の手紙がまじっていた。ヘンリエッタの文字は丸くて、アルファベットのループがやけに目立ち、ところどころに装飾的な文字が見受けられるが、その異なる筆跡はパソコンのフォントかと思うほど文字が整っている。筆跡鑑定を行うまでもなく、それが几帳面《きちょうめん》で落ち着いた性格の人物が書いたものであることは一目瞭然だった。そもそも、わたしはその文字の書き手を知っているのだ。ミセス・セルウィックに昔の手紙を見せてもらったとき、エイミー・バルコート——のちに結婚して、エイミー・セルウィックになった——のぞんざいな文字とリチャード・セルウィックの力強い文字とともに、この整った文字を何度も目にしてきた。誰が書いたのかは署名を確認するまでもなかったが、それでもわたしはページをめくり、手紙の最後を見た。そこには〝親愛なるいとこのジェインより〟と書かれていた。

歴史上の人物にはたくさんのジェインがいる。名は体を表すというが、みな、そのありふれた名前のとおり穏やかで控えめな女性たちだ。不幸な運命を歩み、在位期間が半月にも満たなかったイングランド女王のジェイン・グレイ。英国文学を専攻している大学生や、イギリス国営放送で時代がかったドラマを見るのが好きな視聴者たちからあがめられている女流作家のジェイン・オースティン。

そしてわれらがジェイン・ウーリストン。彼女の場合は〈ピンク・カーネーション〉としての名前のほうがよく知られている。

わたしは本の表紙を強くつかんだ。手の力を緩めようものなら、本がちょこちょこと歩いて逃げてしまうのではないかと不安になったからだ。喜びの雄叫《おたけ》びをあげるのは我慢した。どうせコリンはわたしのことを頭がどうかした女だと思っているのだろうが、そこに新たな根拠を提供するのは癪に障るので、とりあえず雄叫びは心のなかにとどめておいた。ほかの歴史家にしてみれば、〈ピンク・カーネーション〉に関する史料は当時の新聞記事ぐらいしか残っていない（でも、わたしだけは違うのだ!）。ところが、そのころの新聞記事というのはすこぶる信憑性《しんぴょうせい》が低い。このため、〈ピンク・カーネーション〉など本当は存在しなかったと明言してはばからない学者もいるほどだ。ナポレオンの目と鼻の先から金塊をかすめ取ったり、フランスのブーツ工場を全焼させたり、半島戦争のさなかにポルトガルで護送中の軍需品を奪ったりと、〈ピンク・カーネーション〉の武勇伝をあげればきりがないというのに、そういう学者たちはすべての事件が誰か別の人の手によるものだと主張している。〈ピンク・カーネーション〉とはいわば伝説の義賊ロビン・フッドみたいなもので、陰鬱な日々が続くナポレオン戦争の時代に他国が次々とフランスに屈していくときに、孤軍奮闘していたイギリス人の士気を高めるためにでっちあげられた架空の人物にすぎないというわけだ。

彼らがこの史料の存在を知ったらどんなに目を丸くすることだろう!

ミセス・セルウィックのおかげで、わたしは〈ピンク・カーネーション〉が誰だか知っている。だが、それだけではまだ満足できない。ジェイン・ウーリストンを、当時の新聞記事に書かれている〈ピンク・カーネーション〉と結びつける必要がある。〈ピンク・カーネーション〉がただ存在しただけでなく、華々しい活動を行ったのだという確たる証拠を見つけなければならない。

今、膝の上にあるこの史料は大いに期待できそうだ。〈ピンク・カーネーション〉に関してなにか書かれていればいいと思っていたが、〈ピンク・カーネーション〉本人からの手紙があればなおすばらしい。

わたしははやる心で手紙を読みはじめた。

〝親愛なるいとこへ

この前あなたに手紙を書いてからというもの、パリは浮かれたっています。出かける用事が多くて休むこともできないほどです〟

2

ヴェネツィア風の朝食～真夜中にこっそり忍びこむこと。

――〈ピンク・カーネーション〉の暗号書より

〝昨日はナポレオンの親しいご友人の屋敷へうかがい、ヴェネツィア風の朝食をいただきました。彼はとても愛想のいい方です〟

アピントン邸の居間で、ヘンリエッタ・セルウィックはティーカップに紅茶が充分に残っていることを確かめ、赤い本をかたわらのクッションの上に置き、お気に入りの長椅子に足をあげ、肘掛けにもたれかかった。

その黄色と白の縞《しま》模様のシルクが張られた長椅子には紅茶らしきしみがつき、ちょうどヘンリエッタが肘を置いている部分と、室内履きを履いた足をのせているあたりの布地がすりきれはじめている。いつも同じ姿勢でそこに座っているという証拠だ。午前中に日あたりがいい居間はもっぱら屋敷の女主人が使うのが一般的だが、アピントン侯爵夫人はひとところに長くじっとしていられない性分なので、昔からヘンリエッタがこの部屋を独占してきた。

ヘンリエッタにとっては応接間であり、書斎であり、読書室にもなっている。図書室は暗くて文字が読みにくいのだ。昼も近い時間になるとここはたっぷりと日差しが入り、のんびりくつろいだり、ぼんやりと空想にふけったり、ひとりでお茶を飲んだりするにはもってこいの快適な部屋だ。

そして今、この居間は国際的な諜報活動の中継地点になっている。

この黄色と白の縞模様の長椅子には、ナポレオンの優秀な諜報員が自分の目玉に換えても手に入れたい情報が置かれていた。もっとも目玉を差しだしてしまえば、その小さな赤い本の中身は読めないだろうけど……。

ヘンリエッタはジェインから届いたばかりの手紙をモスリン地のスカートの上に広げた。ふと、フランスの諜報員が窓からのぞいているといけないと思い、古代ギリシア風に結いあげたシニョンのなかに慌ててほつれ髪をねじこんだ。これならどう見ても、うら若き乙女が日記を脇に置き、手紙を読みながらぼんやりと考え事をしているようにしか見えないだろう。きっと諜報員はそのうちに眠くなるはずだ。だからこそ、ジェインにこの計画を提案した。

もう七年も前から、ヘンリエッタはなんとか自分も戦争に貢献できる立場に加わろうと画策してきた。兄のリチャードは挿し絵つきの新聞に〝凜々《りり》しき謎の男、フランスに刺さったとげ、謎の救世主はその名も〈紫りんどう〉〟などと華々しく書きたてられるのに、自分はいつまでたってもその謎の男の小うるさい妹でしかないなんて不公平だ。そこで一三歳になったとき、母親に訴えた。自分も兄と同じくらい頭がいいし、兄に引けを取らないほど機転がきくし、兄と違ってまさか諜報員だとは誰にも思われないと主張したのだ。

けれども、リチャードに比べたらあなたはまだまだ子供だと一蹴された。たしかにそのころの兄はとうに大人になっていた。

「もう！」ヘンリエッタはじれるしかなかった。言葉に詰まるのは大嫌いだったが、どう切り返したらいいのかわからなかった。

「もう少し大きくなったら考えましょう」母は慰めた。

「『ロミオとジュリエット』のジュリエットは一三歳で結婚したのよ」ヘンリエッタはなおも抵抗を続けた。

「そうね。だからあんな結末を迎えたんだわ」そのひと言であっさりと話しあいは終わった。

リチャードはすでに〈紫りんどう〉としてフランスの監獄から大勢の貴族を救いだし、イギリスの新聞にもてはやされていた。そこでヘンリエッタは一五歳を過ぎたころ、自分も仲間に入れてくれと兄に頼みこんでみた。だが、にべもなく断られた。

「くだらないことを言うな」兄は黒い手袋をつけた手で金髪をかきあげた。「おまえをフランスの監獄なんかに近づけようものなら、母上からひどい目に遭わされる」

「お母様には黙っていることにするのはどうかしら」ずるい手を提案してみた。

リチャードが〝おまえはどこまで頭が悪いんだ？〟という顔で彼女を見た。

「隠し通せるとでも思っているのか？　あの母上が気づかないわけがないだろう。そんなことになったら、ぼくは手足切断の刑だ」

「まさか、そこまでは……」

「いや、それどころか全身をばらばらに切り刻まれるね」

ヘンリエッタはしつこく食いさがったが、リチャードは〝頭はアピントン・ホールの正門の鉄柵に突き刺される〟だとか、〝脚は犬の餌だ〟だとか、〝心臓と肝臓は大皿料理になってディナーに出されるに決まっている〟だとか、わけのわからないことをぶつぶつと言っているばかりだった。しかたがなく彼女はあきらめ、今度は自分もぼやきはじめた。まったくお兄様ときたら、領地のあるケントの新聞に五ページにわたって特集を組まれたことがあるというだけで、世の中のことをなんでも知っていると思いこんでいるんだから。

両親に懇願しても無駄だった。リチャードがフランス警察省に身柄を拘束された出来事があってからというもの、母親は容赦なしの問答無用で諜報活動に反対した。ヘンリエッタが諜報員になりたいなどとひと言でも口にしようものなら、〝だめ。無理。ありえない。不可能よ。あきらめなさい〟と言われ、あげくの果てには〝イギリスにはいまだに女子修道院があるのを知っているかしら。あなたもそこへ行きたい？〟と脅される始末だった。

宗教改革があったのにまだそんなところが存在するわけがないと反論したかったが、もしかしてと思うと怖くて口に出せなかった。それに、義姉になったエイミーから事細かに聞いた話によると、兄ではなくても警察省にある拷問部屋はあまり招待されたい場所ではないらしい。

だが、七年間も心に抱きつづけてきた願いをあきらめるのは難しかった。ちょうどそんな折、エイミーのいとこのジェイン・ウーリストン、つまりは〈ピンク・カーネーション〉が、密使が殺害されてしまうためイギリス陸軍省に報告書を送り届けるのが困難だと言っているのを聞いた。そこで、ここぞとばかりに手伝いを申しでたのだ。

誰がどう考えても安全な役割だった。これなら母もケチのつけようがないし、イギリス最後の女子修道院を探しはじめることもないだろうと思った。べつにパリの暗い裏道を駆けまわるわけではないし、海岸を目指して必死に馬に鞭《むち》をくれるようなこともせずにすむ。ただ、アピントン邸の居間に座って、舞踏会やドレスのことなど、フランスの諜報員があくびで涙が止まらないほどありきたりな内容の手紙をジェインとやり取りするだけだ。

〝ありきたりな内容〟というところがこの計画のすばらしい点だった。エイミーとリチャードの結婚式が執り行われたとき、ジェインはそれに出席するためにロンドンに滞在し、二、三日ばかり自分の部屋にこもって書き物机で小さな赤い本になにかを書きこんでいた。ようやく部屋から出てきたジェインは、ヘンリエッタに用語集のようなものを手渡した。ごく日常的な単語に、極めて非日常的な意味をつけた暗号書だ。

ジェインは半月ほどでパリに戻り、そこから手紙のやり取りが始まったのだが、計画は非の打ちどころがないほどうまくいった。パーティ用のドレスの飾りには花がいいかリボンがいいかなどという手紙を盗み見て、警戒心を強めるフランスの諜報員がいるわけがない。昨日はローリング子爵夫人のパリの自宅に招かれてヴェネツィア風の朝食をいただいたという内容を五ページにもわたって書き連ねた手紙を読んでも、イギリス行きの書簡を監視している人物はうんざりするだけだ。

　まさか、〈ヴェネツィア風の朝食〉が深夜にフランス警察省の建物に侵入して極秘書類を盗み見るという意味だとは誰も思うはずがない。朝食とは朝にとるものだから、これが逆に夜を示している。ヴェネツィア風というのは、元警察大臣補佐官ドラローシュの書類保管方法は複雑で秘密主義だから、それを中世のヴェネツィア共和国の政府にかけているのだ。

　ヘンリエッタは手紙に目を戻した。

　書き出しの〝もっとも親愛なるヘンリエッタへ〟とはもっとも重要な内容だということを意味している。ヘンリエッタは長椅子の上で背筋を伸ばした。ジェインは誰かの執務室に忍びこんだらしいが、その人物の名前は書かれていない。〝彼はとても愛想のいい方です〟とは、目的の書類はすぐに見つかり、捜しだすのに苦労はなかったということだ。

　〝いとこのネッド気付で、スコットランドのアバディーンにいるアーチボルド大おじ様に手紙を送りました〟〈アーチボルド大おじ〉とはイギリス陸軍省のウィリアム・ウィッカムのことだ。では、〈いとこのネッド〉とは？　ヘンリエッタはモロッコ革の赤い表紙の暗号書を開いた。〈いとこ〉は以前にも出てきた。密使を意味する。その項目を引くと、〝〈ネッド〉の項を参照〟と書いてあった。本当に几帳面なんだからとひとりごち、〝N〟の項目を見ると、〝ネッド～〈ピンク・カーネーション〉の組織で訓練を受けた密使〟と書かれていた。

　ヘンリエッタは赤い本に向かって眉をひそめた。これを伝えるためにわざわざ〝N〟の項目を引かせたの？

手紙はこう続いていた。〝ネッドは悪い仲間と遊ぶ癖があるので、酒に興じて、わたしの手紙を大おじ様に渡すのを忘れるのではないかと心配です〟

ジェインがどういうふうに暗号を使うのかだいぶ読めるようになっていたため、にんまりしながら即座に〈仲間〉について書かれているページを開いた。そこには〈悪い仲間〉〈いい仲間〉〈かかわらないほうがいい仲間〉〈陽気な仲間〉の四つの項目があった。〈悪い仲間〉の意味を読んだとたん、口元から笑みが消えた。〝フランス諜報員からなる暗殺集団〟と書かれていたからだ。かわいそうないとこのネッド。〈酒に興じる〉の項目には、大酒を飲むどころか、〝ナポレオンの手先から命懸けで身を守ること〟というちっとも楽しくなさそうな内容が記されていた。

「いったいどんな情報を見つけたの？」そう問いかけても、手紙は答えを返してくれなかった。新たなイギリス侵攻計画だろうか？　イギリス艦隊を撃沈する作戦だろうか？　もしかすると、ジョージ国王の暗殺かもしれない。リチャードが二度ばかり阻止したが、フランスは執拗《しつよう》に国王の命を狙っている。いや、フランスだという確証があるわけではないけれど、まさか息子のジョージ皇太子が体臭の強烈なキャロラインと無理やり結婚させられたことを恨んで、父親を殺そうとしているわけではないだろう。

ありもしない朝食会に参加していた女性たちのドレスについてだらだらと書き記したあと、ジェインはこう締めくくっていた。〝愛する大おじ様にお伝えください。恐怖小説の新作が

今、〈ハチャーズ書店〉へ輸送されているところです。この手紙が着くころには入荷しているでしょう〃
ヘンリエッタは小さな赤い本のページをめくった。〝恐怖小説〜もっとも狡猾《こうかつ》で優秀な諜報員〃とある。
〈ハチャーズ書店〉という項目はなかった。だが、〈ハチャーズ書店〉はロンドンのピカデリーにあるのだから、きっとその諜報員がロンドンに来ているという意味だろう。
〝いとしのヘンリエッタ、これは本当に怖い小説です。これほど恐ろしい物語にはお目にかかったことがありません。ぞっとする話です〃
この部分は暗号書がなくとも理解できた。
ロンドンにフランスの諜報員が潜んでいること自体は驚くにあたらない。彼らはいくらでもいる。つい先々週も、クラヴァット商人になりすましていたフランスの諜報員団を逮捕したという記事が新聞に載っていた。
リチャードが〈紫りんどう〉だったころ最後に従事した任務は、当時フランスの警察大臣補佐官だったドラローシュが個人的に使っている諜報員網を切り崩すことだった。諜報員とひと口に言っても、そこには皿洗いのメイドやボクサーや高級娼婦《しょうふ》から王室の親戚まで、さまざまな職種や身分の者がかかわっていた。ジョージ国王とシャーロット妃のあいだには子供がたくさんいたため、王室の人々をひとりひとりたどっていくのはとても難しいのだ。諜報員のなかにはドラローシュに報告する者もいれば、フランス警察大臣フーシェに仕える者もいるし、国外に逃れたブルボン家の貴族を見張る者もいれば、みずからせっせと情報を集めて、少しでも多くの金を出してくる者に密告する輩《やから》もいる。だが、ジェインが書き送ってきた諜報員はきっとその程度の連中とは比べものにならないのだろう。

ふと、ある考えがひらめき、ヘンリエッタは手紙を握りしめたままいたずらっぽく目を輝かせ、口元に小さな笑みを浮かべた。もし……。いいえ、だめよ。ヘンリエッタは首を振った。いけないわ。

でも、もし……。

腹ぺこのフェレットが餌をせがむように、その考えはヘンリエッタをつついた。彼女は宙を見つめた。じわじわと笑みが大きくなる。

もしわたしがその恐ろしい諜報員を見つけだしたら?

ヘンリエッタは肘掛けに背中を預け、頬杖《ほおづえ》をついた。わたしが耳をそばだてて目を光らせていても問題はないでしょう?　なにか愚かなまねをしようというわけではないし、つかんだ情報を陸軍省に隠して単独行動をするつもりもない。はらはらする小説は大好きだけれど、ヒロインが当局に助けを求めることもせず、重要な情報を隠しつづけたあげくに悪党に追われ、秘密の通路を逃げて嵐の吹きすさぶ崖っ縁に追い詰められているような物語を読むと、なんと頭の悪い女性だろうといつも軽蔑の念を覚える。

わたしはそんなまねはしない。ジェインとの約束どおり、ボンド通りにあるリボン店の女主人を介して、解読した手紙を陸軍省のウィッカムに渡す。わたしのなすべきことはその諜報員が誰なのかをできるだけ早く探りだし、陸軍省に伝えることだ。〈紫りんどう〉の妹とはいえ、人手と手段においては陸軍省にかないっこないのだから。

それでも、真っ先にその諜報員の正体を暴くことができたら、世紀の大手柄であるのは間違いない。そうなったら堂々と胸を張って、みんなに――とりわけセルウィックの姓を持つ人たちに――〝ほら、わたしだってこれくらいはできると言ったでしょう!〟と大いに自慢できる。

ただし、このうっとりする輝かしい空想の世界には、ひとつだけ小さな影が落ちていた。どうすればその諜報員を発見できるのか方法がわからないのだ。義姉のエイミーは子供のころから、フランス警察に追われたときのことを想定してパリから港町カレーへ向かう最短の道筋を調べたり、玉ねぎ売りのしわくちゃなおばあさんに変装する方法を編みだしたりしていたが、わたしはお人形遊びや読書しかしてこなかった。

そうだ、いいことを考えた! どんなに手ごわい諜報員だろうが、きっとエイミーならその正体を探りだす方法を思いつくはずだ。兄と義姉はフランスから帰国後、サセックスにある邸宅で秘密諜報員向けの塾をひそかに開いており、家族はそれを冗談で〝温室〟と呼んでいる。

専門家に知恵を借りるのがいちばんだわ。ヘンリエッタは軽やかな気分でそう考え、手紙と暗号書を脇に置き、スキップをしながら、天板をたたんである書き物机へと向かった。鍵を開け、威勢よく机の天板をおろし、小さな黄色い椅子を引いた。

〝いとしのエイミーへ〟羽根ペンを勢いよくインク壺《つぼ》のなかにつけた。〝このことを知ったら、きっと喜んでもらえると思います。じつは、わたしもあなたと同じ道を歩むことにしました〟

せわしくペンを走らせながら、ヘンリエッタはすっかり陸軍省に奉仕する諜報員の気分になっていた。陸軍省だってわたしを適任だと考えるかもしれないじゃないの。そんなのは神のみぞ知るだわ。

3

午前中の訪問～陸軍省の秘密諜報員と協議すること。

――〈ピンク・カーネーション〉の暗号書より

「お呼びですか？」ローリング子爵の跡継ぎにして、それなりの遊び人でもあるマイルズ・ドリントンは、陸軍省にあるウィリアム・ウィッカムの執務室をのぞきこんだ。

「やあ、ドリントン」ウィッカムは熱心に読んでいる書類から顔をあげることもなく、雑然とした机の前にある椅子に座るよう手振りで勧めた。

〝至急、来たれ〟などという伝言を受け取ればいやでも期待は高まるというものだが、それを口にするのははばかられた。イギリスが誇る諜報組織の指導者にそんなことを言えるわけがない。

指し示された小さな椅子に長身の体をねじこみ、脱いだ帽子と手袋を膝の上に置くと、遠慮しながら長い脚を少し伸ばした。ウィッカムが伝言らしきものを書き終え、余分なインクを吸い取らせるために砂をかけ、用紙を折りたたむのを待って、マイルズは声をかけた。

「おはようございます」

ウィッカムは返事をする代わりにうなずいた。「少し待ってくれ」封蠟《ふうろう》用の赤い蠟を蠟燭《ろうそく》の炎であぶって折りたたんだ用紙に垂らし、慣れた手つきで印章を押す。そしてきびきびとした足取りでドアのところへ行き、番兵に用紙を手渡して小声で指示した。マイルズに聞こえたのは〝明日の正午までに〞という言葉だけだった。

ウィッカムは席に戻り、乱雑に見えながらもじつは整理されている机から数枚の書類を取りあげ、それを自分のほうへ傾けて読みはじめた。マイルズは首を伸ばして書類をのぞきこみたい思いに駆られた。

「お忙しいところにお邪魔したのでなければいいんですが」マイルズは書類から目を離さず、形ばかりの謝罪を口にした。蠟燭の明かりはすぐそばにあるものの、残念ながら上等な用紙に書かれているため、文字が透けて見えたりはしない。もっとも透けて見えたとしても、反転した文字などどうせ読めはしないのだが……。

ウィッカムは顔をあげ、書類越しにマイルズを見据えた。「忙しくないときなどないよ。フランスが図にのっているからな。しかも、ひどくなる一方だ」

マイルズは撃たれたキジの匂いを嗅ごうとする猟犬のように身を乗りだした。

「ナポレオンのイギリス侵攻作戦について、なにか新しい情報はないんですか？」

ウィッカムはそれには答えようとせず、また書類に目を戻した。

「ボンド通りにある諜報員たちの拠点を暴いたのはみごとだった」

予想もしていなかった褒め言葉にマイルズは驚いた。ウィッカムと会うときは次の指示を下される場合がほとんどで、称賛を送られたことなどまずない。

「ありがとうございます。あれは細かい点がちょっと気になっただけですから」

正確に言うと、細かい点が気になったのは近侍のダウニーだ。ボンド通りに新しいクラヴァット店ができたのだが、そこで売られている商品の質が悪いとダウニーが文句を言った。ダウニーはクラヴァットにうるさいのだ。それが心に引っかかり、マイルズが少し調べてみようとクラヴァット店の奥にある部屋に忍びこんだところ、五、六羽の伝書バトとさほど内容のない報告書が山ほど見つかったのだ。

ウィッカムは気のない様子で書類をめくった。「それに先だってのフランスにおける〈ピンク・カーネーション〉の任務成功に、きみがひと役買っていることも陸軍省は承知している」

「たいしたことはしていませんよ」マイルズは謙遜した。「あのときはフランス兵の頭をちょっとばかり殴ったまでで――」

「そうであったとしても」ウィッカムが話をさえぎった。「きみの活躍には注目している。だから今日、ここへ呼んだのだ」

マイルズは思わず居住まいを正し、手袋を握りしめた。やった、ついに来た。やっとぼくにも呼び出しがかかった。この日をずっと待ち望んでいたのだ。

フランスとの戦争が始まったのは一一年前、マイルズが陸軍省にかかわるようになったのはその少しあとだ。この数年間というもの、クラウン通りにある陸軍省には数えきれないほど足を運び、報告をしたり、次の指示を受け取ったりしてきたが、マイルズ自身に任務が下されたのは片手で数えられる程度だ。

ちなみに、マイルズの手は男性としては普通の大きさで、指はもちろん五本しかない。

陸軍省がマイルズに求めてきたのは、もっぱら〈紫りんどう〉との連絡役を果たすことだった。マイルズは〈紫りんどう〉であったリチャード・セルウィックとの連絡役を果たすことだった。しかも独身のため自宅よりクラブにいることのほうが多いのだが、そのクラブよりリチャードの両親宅であるアピントン邸で過ごす時間のほうが長いのだから、陸軍省がマイルズを連絡係に選んだのは驚く話ではなかった。

リチャードが〈紫りんどう〉だったころ、連絡はこんな方法で行われた。リチャードはフランスで情報を収集すると、マイルズ経由で陸軍省に報告した。一方、マイルズは陸軍省から受け取った伝言をリチャードに橋渡しした。その過程で、たまには陸軍省から通常とは違う仕事を任されることもあったが、主な役割はリチャードとの連絡係だった。それ以上でも、それ以下でもない。大切な役目だということはわかっていた。結局のところ〈紫りんどう〉はエイミーを助けようとしてフランスに正体を知られることとなるのだが、マイルズの支援がなければ、その何年も前にリチャードの二重生活は敵に察知されていただろう。だが、それでもマイルズはもっと重要かつ心躍る任務につきたかった。リチャードにできることが自分にできないとは思えなかった。イートン校時代にはともに裏口から学校を抜けだし、同じ英雄物語を読み、一緒にアーチェリーを練習し、混雑した舞踏会では娘を結婚させたがっている母親たちからふたりして追われ、連れだって逃げだしたのだ。

オデュッセウスがアガメムノンに〈トロイの木馬作戦〉を持ちかけて以来の、勇ましくも知恵に長《た》けた隠密活動に隣人のパーシー・ブレイクニーが携わっているとリチャードが気づいたとき、リチャードとマイルズはそろって〈紅はこべ〉の組織に入れてくれと頼みに行った。さんざん懇願すると、リチャードの願いは聞き入れられたが、マイルズは断られた。

「きみはロンドンにいてくれたほうがぼくの役に立つ」パーシー・ブレイクニーは言った。マイルズは反論した。フランス人とはフランスにいるものであって、自分はフランス人の貴族をギロチンから救いたいのだから、フランスへ行きたいのだと。パーシー・ブレイクニーは今から歯を抜かれる男のような顔になり、ふたつのグラスに赤ワインを注《つ》ぐと、ひとつをマイルズに手渡した。「連れていけないのは残念だが、きみはあまりに目立ちすぎるんだよ」

たしかにそのとおりだった。身長が靴を履かなくても一九〇センチあるうえに、〝ジェントルマン・ジャクソン〟の拳闘場やアンジェロのフェンシング学校にせっせと通って鍛えたせいで、ルネサンス期の彫刻のように筋肉隆々とした体をしている。初めてロンドンの社交界に出たときは、ある伯爵夫人から〝まあ！ ライオンの皮を着せたらまるでヘラクレスだわ！〟と感嘆された。ライオンの皮を着ることと親密な誘いは丁重にお断り申しあげたが、それで問題が解決したわけではなかった。たくましい肉体のせいで、多感なレディたちから熱いまなざしで見つめられるのは避けられない。ミケランジェロが生きていたらさぞ制作意欲をかきたてられただろう。中肉中背の目立たない男になれるのなら、こんな体はすぐにでも差しだしたい気分だった。

「精いっぱい猫背にしていますから」マイルズはそう言ってみた。

パーシー・ブレイクニーはただため息をつき、マイルズのグラスに赤ワインを注ぎ足した。

翌日、マイルズは陸軍省へ出向いて、なんでもいいから仕事が欲しいと申しでた。そんなことを言ってしまったせいか、いまだに与えられるのは机に座って羽根ペンを動かす作業がほとんどであり、黒マントをはおって真夜中に冒険をするような任務はまわってこない。

「それで、今日はどんなご用件でしょう」マイルズは少なくとも週に一度はこういった重要な用件で呼びだされているという口調を精いっぱい演出した。

「ちょっと問題が起きてね」ウィッカムが言った。

問題だって？　いい響きだ。これは期待できるかもしれない。陸軍のブーツが足りないとか、カービン銃が不足しているとか、そんな問題でなければの話だが。以前に一度、そういう事態が発生し、何週間も陸軍省に詰めたことがあった。羽根ペンを持って机の前に。

「今朝、メイフェアで従僕がひとり殺された」

マイルズはがっかりしたことを悟られないように気をつけながら、片足を膝にのせた。本音を言うと、〝フランスはイギリス侵攻作戦の準備が整ったようだ。きみにそれを阻止してほしい〟といった言葉を期待していたのだ。まあ、期待するだけなら自由だろう。

「それはボウ・ストリートの捕り手の仕事でしょう。

ウィッカムが乱雑な机から破れた紙の切れ端を取りあげた。

「これがなんだかわかるか？」

マイルズは目を向けた。よく見ると、それは紙の切れ端と呼べるほどではなく、どちらかというとごみくず程度のものだった。ほぼ三角形をした小さな断片で、その一辺が破れてぎざぎざになっている。なにか大きな紙の角が破れたものだろう。

「いいえ」マイルズは答えた。

「よく見てみろ」ウィッカムが言った。「殺された男が着ていた上着の内側のピンに引っかかっていた」

犯人は紙が破れたことに気づかなかったのだろう。一センチほどしかないのだから見落としたとしてもおかしくはない。なにが書かれているというわけではなかった。少なくとも読めるような文字はない。破れた切れ目に沿って黒い線が左下へ払われている。筆記体の大文字の〝I〟か〝T〟の下半分かもしれない。

もう一度、わからないと念押ししようか。もっとよく見てみろと言われなければいいが……。そう思ったとき、ふとひらめいた。文字の下半分ではなく、これは茎だ。しかも、図案化された花の茎に間違いない。最後にこれを見たのはかなり前だ。もう二度とお目にかかりたくないと思っていたのに。

「〈黒チューリップ〉ですね」その名称を口にすると、舌に毒ニンジンの味がした。久しぶりに使うその名前の重みを確かめるように、もう一度つぶやいてみる。「でも、ありえないでしょう。信じられません。もうずいぶん歳月がたっていますよ」

「〈黒チューリップ〉は……」ウィッカムが言った。「沈黙のあとが怖いのだ」

それはマイルズにもよくわかっていた。フランスに滞在するイギリス人は、〈黒チューリップ〉が事件を起こしたときではなく、なにもしないときほどぴりぴりしている。雷鳴の前の静かな灰色の空のように、〈黒チューリップ〉は沈黙のあとにこそ恐ろしい事件を起こすからだ。これまでもなんの予告もなく、オーストリア人の工作員が殺されたり、王室の親戚が連れ去られたり、イギリス人の諜報員が消されたりしてきた。だが、この二年間、〈黒チューリップ〉は鳴りを潜めている。

マイルズは顔をしかめた。

「きみの思っているとおりだ」ウィッカムはマイルズの手から紙の切れ端を取りあげ、机のもとあった場所に戻した。「殺された男はこちら側の諜報員だ。ある放浪好きな紳士のところに使用人として送りこんだ」

マイルズは身を乗りだした。「第一発見者は誰なんです?」

それは重要な問題ではないというようにウィッカムは首を振った。

「近くの屋敷で働く皿洗いのメイドだ。その娘は事件とはなんの関係もない」

「なにか普段とは違うようなことを見たり聞いたりしてはいないんですか?」

「遺体のほかにということか?」ウィッカムが苦々しく笑う。「いや、なにもない。きみの意見を聞かせてくれ。遺体発見現場の周辺には一〇の屋敷がある。折しもそのうちのひとつでは、カードゲームのパーティが行われていた。それもあって、大勢の使用人がその付近を行ったり来たりしていた。だが、怪しい物音を聞いた者はひとりもいない。きみならどう考える？」

マイルズは頭を働かせた。「犯人ともみあっていれば、近所の人たちが物音に気づいたでしょう。被害者が声をあげていれば、誰かがそれを耳にしたはずです。抵抗もしていないし、助けも求めていないということは、要するに顔見知りの犯行ですね」ふと忌まわしい考えが頭に浮かんだ。「殺された男が二重課報員だったということはないんですか？　用ずみになってフランスの工作員に消されたとか……」

ウィッカムの目の下のたるみが深くなったように見えた。「それは部下の誰にでも言えることだ。状況によっては、いや、もっとはっきり言うならつかまされた金額によっては、誰もが裏切り者になりうる。とにかく、われらが積年の宿敵がこのロンドンにいるのは間違いない。だから捜査をする必要がある。そのために今日はきみを呼んだのだ」

「なんでもさせていただきます」

ああ、ついにこのときがきた！　ウィッカムはこのぼくに従僕殺人事件の犯人を突き止めろと命じるに違いない。きっと、上品ながらも決然とした口調で、〈黒チューリップ〉の頭を大皿にのせて持ってきてくれとかなんとか――。

「ヴォーン卿とは知りあいか？」唐突にウィッカムが尋ねた。

「ヴォーン卿……ですか」マイルズは戸惑い、記憶を探った。「いや、たぶん知らないと思いますけど」

「まあ、そうだろう。つい最近、イギリスに戻ってきたばかりだからな。ヴォーン卿はきみのご両親と交友がある」

ウィッカムは鋭い目でマイルズを見た。マイルズは肩をすくめ、椅子の背にもたれかかった。「ぼくの両親は誰とでも友交的な関係にありますからね」

「最近、ご両親と話はしていないのか？」

「まったく」マイルズは短く答えた。事実そのとおりなのだから、そう返事をするしかない。

「今、どこにいらっしゃるのかはわかっているのか？」

ウィッカムのところの諜報員のほうが自分より新しい情報を持っているのではないかとマイルズは思った。

「最後に手紙が来たときはオーストリアにいました。でも、もう一年以上も前の話なので、今はまたどこかに移っているかもしれませんね。それぐらいしかわかりません」

いつから両親に会っていないだろう？　おそらく四年はたつはずだ。いや、五年か？

マイルズの父は痛風を患っていた。クリスマスになれば好きなだけ子ヒツジのローストを食べられるような生易しい段階ではない。ときどき症状が出るという程度ではなく、延々と痛みっぱなしで体力を消耗するほどの痛みだ。常に特別なクッションを必要とし、風変わりな食事療法をしなければならず、しょっちゅう主治医を変えている。父はそんな持病を抱えているし、母はイタリアのオペラというか、正確にはイタリアのオペラ歌手をひいきにしているため、ふたりの望みは一致し、ヨーロッパ大陸の温泉保養地を転々としている。マイルズの記憶にある限り、昔からずっとそうだ。すでに小さな艦隊ぐらいなら浮かべられる量の温泉につかっただろうし、イタリアのオペラ界にはさぞ多大なる経済的貢献をしているだろう。

社交といえば、近くのオペラ劇場へ馬車で行く程度のことしかしない両親が、〈黒チューリップ〉とかかわったり、秘密諜報員の殺害に手を貸したりするだろうか。そんなことはありえない。だが、そうは思っても、両親が陸軍省から目をつけられているのかと思うとあまりいい気はしなかった。

マイルズは両足をしっかりと床につけ、両手を膝の上に置き、単刀直入に質問した。「ぼくの両親についてお尋ねになったのはなにか理由があってのことですか？　それともたんなる社交辞令ですか？」

ウィッカムはこの状況をおもしろがっているとも取れる顔でマイルズを見た。「心配することはない。ヴォーン卿の情報が欲しいだけだ。今度、ご両親に手紙を書くときは、どこかで旅行中のヴォーン卿とばったり顔を合わせたことはないかとさりげなく尋ねてみてくれ」

マイルズはほっとし、これまで両親と交わした手紙は中ぐらいの大きさの嗅ぎ煙草《たばこ》入れにおさまるほどしかないことは黙っておくことにした。「わかりました」

「あくまでもさりげなくだぞ」ウィッカムが念を押す。

「はい、さりげなくですね」マイルズは応じた。「ところで、そのヴォーン卿とやらと〈黒チューリップ〉はどういう関係なんですか？」

「ヴォーン卿は殺された男の主人だ」

「ああ、なるほど」

「それに加えて……」ウィッカムは話を続けた。「つい最近、ヨーロッパ大陸からロンドンへ戻ってきた。正確に言うと、一〇年ぶりだ」

マイルズは心のなかで計算した。

「一〇年前といえば、ちょうど〈黒チューリップ〉が活動を始めたころですね」

わかりきったことだからなのか、ウィッカムはあいづちすら打たなかった。「ヴォーン卿に接触するんだ。どうやって近づくかといった細かい指示はきみには必要あるまい。詳しい報告書をあげてくれ」

マイルズは正面切って答えた。「承知しました」

「幸運を祈る」そう言うと、ウィッカムは書類をぱらぱらとめくりはじめた。もう帰ってよしということだろう。マイルズは椅子から立ちあがり、ドアへ向かいながら手袋をはめた。

「さ来週の月曜日のこの時間に来てくれないか」

「わかりました」帽子を指先でくるりとまわしてから金髪の癖毛の頭にのせ、マイルズはドアを押しながら上司に向かってにやりとした。「花を持ってきますから」

4

「〈黒チューリップ〉という名の諜報員が出てきたんだけど」

コリンは白い歯をのぞかせて笑みを浮かべた。

「独創性のない名前だな。まあ、フランス人の考えることだから」

「デュマの小説にそんな名前の作品がなかったかしら?」

コリンは少し考えた。

「デュマは〈黒チューリップ〉じゃないと思うよ。年代が合わない」

「べつにそんなことを言っているわけじゃないわ」わたしは反論した。

「デュマの父親はナポレオン時代の軍人だったらしいぞ」コリンが自信ありげに人差し指を振ったが、すぐに訂正を加えた。「いや、祖父だったかな。そのどちらかだ」

わたしは首を振った。「デュマのお父さんだかおじいさんだかが〈黒チューリップ〉だとしたら、話ができすぎだわ」

セルウィック・ホールのキッチンには木製の細長い調理台があり、表面にずいぶん傷がついていた。昔は腕っぷしの強い料理人がここで大きな庖丁《ほうちょう》をふるったのだろう。コリンはガスレンジにかけた鍋のどろどろした中身にスプーンを突きたて、じきにできるからと言った。床の敷石にこそ長い年月を感じさせる傷みが残っているが、ほかの部分はここ二〇年くらいのあいだに改装したらしい。キッチン・デザイナーはどういうわけか辛子色が好きなものだが、それが色あせ、今は落ち着いたベージュ色になっている。

決してモデルルームみたいなキッチンではなかった。窓台にややしなびたバジルの鉢植えがあるが、それを除けば、観葉植物がつりさげられているわけでもなく、ぴかぴかの銅製の鍋が置かれているわけでもなく、食べもしないパスタを入れた彩りのいい広口瓶が並んでいるわけでもなく、知らないで入ってくると頭がぶつかりそうな高さにハーブの束がおしゃれにぶらさがっているわけでもない。だが、生活感のある心地よいキッチンだった。壁は辛子色とはほど遠い明るい黄色だ。シンクの上部にある棚のフックには、白地に青い模様の入ったマグカップがいくつかかけられ、使いこまれた電気ケトルの隣には、すりきれた青い保温カバーのついた古い茶色のティーポットが置かれている。ふたつある窓には黄色と青を使った華やかな模様のカーテンがかかり、冷蔵庫はおなじみのブーンという振動音をたてていた。ネコがごろごろと喉を鳴らす音のように、のんびりと落ち着く音だ。

シンクの前にある窓は美しく垂れさがった蔦《つた》で半分が覆われていた。もうひとつの窓も夕暮れのせいで、景色はぼんやりとしか見えない。こんな霞《かすみ》がかった時刻には、魔のバミューダ・トライアングルを幽霊船が延々と航海している場面を思い浮かべたり、荒地で兵士の亡霊が今も戦いつづけている姿を想像したりしてしまう。

いけない。長時間、図書室に引きこもっていたせいで頭がどうかしてしまっている。兵士の亡霊を想像するなんて！

そういえば……。わたしはコリンのほうへ顔を向け、椅子の背に両肘をついて質問した。「セルウィック・ホールに幽霊は出ないの？」

コリンは鍋をかきまわしていた手を止め、ちらりとわたしを見た。「幽霊？」

「おどろおどろしい人影だとか、首のない騎士だとか、そういうやつよ」

「残念ながら、ここにはその手のものが欠けていてね。隣のドンウェル・アビーを見に行ってみたらどうだい？　もともとは修道院だった屋敷で、一般公開しているし、幽霊を雇っているという話だよ」

「幽霊が雇われるものだとは知らなかったわ」

「ヘンリー八世が修道院解散を行ってからというもの、そういう屋敷は維持費の捻出に苦労しているんだ。客を呼ぶには幽霊のひとりやふたりいないとね」

「ドンウェル・アビーの幽霊はどんな人なの？　ただの修道士というわけじゃないんでしょう？」

コリンは鍋をひとかきして火を止めた。「よくある話だよ。禁欲の誓いを守れず、地元の郷士の娘と駆け落ちした修道士だ。皿を取ってくれ」

わたしは白地に青い模様の皿を手渡した。

「修道士、郷士に追われながら登場」わたしはシェイクスピアのト書き風に言ってみた。

「ちょっと違う」コリンは取り分け用の大きなスプーンでどろどろした塊を皿に盛った。ドッグフードに少々似ていなくもない。わたしは二枚目の皿を手渡した。「その郷士は娘のことなんかどうでもよかった。でも、儲《もう》け話には鼻がきいた。そこで、激怒しているまっとうな父親のふりをして修道院に怒鳴りこんだ。もっと食べるかい？」

彼は料理をすくった大きなスプーンを、降霊会に現れた死者の手のごとく宙で揺らした。

「いいえ、これでいいわ」

「修道院に怒鳴りこみ、おまえのところの修道士に娘を奪われたのだから、償いとして自分の領地に隣接している修道院の土地の一部をよこせと要求したんだ。修道院側にしてみれば、決してうれしい話じゃない。それで逃げた修道士を捜し、その夜、修道院からさほど遠くない草原でふたりを見つけた。そこでなにがあったのかは誰も知らない」

「どうなったの？」わたしは幽霊話が心の底から大好きだ。

「よくわからないんだよ」コリンは大きなスプーンを揺らしながら声をひそめた。「朝になると、修道服のフードだけが草原に落ちていた。郷士の娘の行方はわからなかったらしい。今でも嵐の夜には、その修道士が恋人を捜してドンウェル・アビーの土地をいつまでもさまよっている姿が見えるという噂《うわさ》だ」

ぞっとして腕に鳥肌が立った。わたしは勝手に想像をふくらませた。わびしい荒野で、怯《おび》えたふたつの顔が青白い月明かりに照らされて……。そのとき、茶色い塊がぬっと鼻先に突きつけられた。

「ビーンズ・オン・トーストだよ」コリンが淡々とした口調で言った。

すっかり煮崩れたベイクド・ビーンズをのせたトーストを見せられたせいで、幽霊はどこかに吹き飛んでしまった。吸血鬼にニンニクを見せるよりも効果的だ。

かくして幽霊は窓の外の薄闇へ退散し、わたしたちはこうこうと明かりのともったキッチンでビーンズ・オン・トーストを食べはじめた。今日の料理は上出来だとコリンは言った。

「そうやって脅せばわたしが早く帰りたがると思ったら大間違いよ。あれだけの史料があるのを見てしまったんだもの。朝昼晩と灰を食べさせられたって帰ったりしないんだから」

「なるほど。じゃあ、白い姿の不気味なものがきみのベッドの上に浮かんでいたら？」

「今さらその手は通じないわよ。さっき、セルウィック・ホールに幽霊はいないと言ったばかりでしょう」

「幽霊じゃないよ」

どういう意味だろうと首をかしげかけたとき、キッチンのドアがほんの少し開き、女性の声が聞こえた。「コリン？　帰ってるの？」

コリンは猟師に気づいたキツネさながらに凍りつき、わたしの目を見ると、黙ってというように唇の前で人差し指を立てた。

「コリン……？」ドアはじわじわと容赦なく開いていき、ブロンドの三つ編みが見えたかと思うと、細身のジャケットをはおり、脚にぴったり沿った黄褐色のパンツをはいた背の高い女性が姿を現した。彼女は獲物を見つけたとばかりに、ブーツの足音も高らかに、ヘルメットを振りながら喜び勇んでキッチンへ入ってきた。「コリン！　ここにいるんじゃないかと思ったのよ。車があったから……あら」

彼女はわたしの存在に気づくと、ヘルメットを持った手を中途半端な高さで止め、あんぐりと口を開けた。お世辞にも美しく見える表情だとは言いがたかった。まるで顎のしゃくれたハプスブルク家の人々か、『赤ずきん』に登場するオオカミだ。想像をかきたてられることに、彼女の歯は目をみはるくらい真っ白で、そのうえびっくりするほど大きかった。

「こんにちは」むなしくも、挨拶は返ってこなかった。

彼女はわたしを無視して、淡い色の目をまっすぐコリンに向けた。

「お客様がいるとは知らなかったわ」

「知るわけがないだろうな」コリンはこともなげに言うと、フォークを皿の端に置いた。

「やあ、ジョーン」

彼女はいらだたしげに唇を引き結んだ。そうやって口を閉じていると、美人に見えなくもない。唇が少し薄くて鼻はいささか低いが、頬骨は高くて脚はどこまでも長く、日焼けして色のあせたブロンドの髪と小麦色の肌の取りあわせは〈ラルフローレン〉の広告のモデルをしていてもおかしくないと思わせられる。彼女の性格が見た目ほどきつくないことをわたしは祈った。

目はどちらかというと細めで、瞳はとても淡い青だ。普段は他人の目の色など気にも留めないのだが、こんなふうに敵意をむきだしにしてにらまれていると気づかないわけにはいか

「わたしを紹介してくれないの？ そこの……お友達に」

彼女はさっきわたしが朝昼晩に食べてもいいと言った灰を噛んでいるかのような顔をしている。

「エロイーズ、彼女はジョーン・プラウデン・プラッグ。ジョーン、こちらはエロイーズ・ケリー」それだけ言うと、コリンは椅子の背にもたれかかった。

「こんにちは」わたしは明るく挨拶をした。

ジョーンはベッドに侵入してきた大きな虫を見るような目つきをしていた。

「セレーナの友達なの?」違うと言われるのがわかりきっているような苦々しい口調で言う。

「ええと……」コリンの妹ならトイレで吐くのを介助したことがあるが、それで友達と呼べるのかはよくわからない。「そういうわけじゃないんだけど……」

ジョーンは怖い目でわたしをにらみつけた。わたしはコリンに目顔で助けを求めたが、彼はあらぬ方向を眺め、他人事のように成り行きを楽しんでいた。この状況をどうにかしようという殊勝な考えはまったく持ちあわせていないらしい。こうなったら自力でこのささやかな誤解を解くしかない。さもないと、いみじくもシェイクスピアが『空騒ぎ』に書いたように、わたしが〝顔に生傷を作るはめになる〟かもしれない。

「歴史を研究しているの」わたしは説明した。

ジョーンは『不思議の国のアリス』のいかれ帽子屋にでも紹介されたような顔をした。

たしかに、わたしはとびきり気のきいたことを言ったわけではない。それならこれでどうだ。「このお屋敷にある古い史料を見せてもらっているのよ」

ジョーンの表情が一瞬で緩んだ。

「ああ、死んだ人間を調べてるのね」

どうやらわたしの友人のパミーに負けず劣らず、歴史には関心がないらしい。イギリスの有名な古戦場ボズワース・フィールドで戦ったのはチンギス・ハンとルイ一四世だと思っているくちだ。どちらもフープスカートをはいていたと勘違いしているかもしれない。先週のタブロイド紙に載っていなければ、それはもう大昔の出来事なのだろう。だが、たとえヴェルサイユ条約に調印したのがフン族のアッティラだと思っていようが、乗馬鞭を振りあげてわたしを追いかけまわしてこなければそれでかまわない。

「そういう言い方もできるわね。今、わたしが研究している死んだ人間はコリンの祖先なの。だからここの図書室の史料を見せてもらっているというわけ」

図書室と聞いて、ジョーンはいっきに興味を失ったようだ。わたしのことを邪魔者ではあるが取るに足りない相手だと判断したらしく、三つ編みを振ってコリンに顔を向けた。わたしとコリンはテーブルの角を挟んで座っていたため、ジョーンはテーブルのこちら側へ来てふたりのあいだに立たない限りわたしを完全に仲間はずれにはできない。だが、それでも精いっぱい身を乗りだして、コリンの視界からわたしを消そうとした。彼女の横顔を見ると、鼻がまるでパグ犬だった。

ジョーンはテーブルに右手をつき、コリンのほうへ体を傾けた。「セレーナは元気？」

コリンはのんびりとわたしのほうを向いた。「どう思う？」

「あなたのほうがあとに会っているでしょう」わたしは警戒した。

「でも、この前の夜、かいがいしくセレーナの世話を焼いてくれたのはきみだ」コリンはひときわすてきな笑顔を見せたあと、ジョーンを振り返った。「エロイーズの友達がパーティを開いたんだけど、そこでセレーナの具合が悪くなってね。エロイーズが親切に面倒を見てくれたんだよ。そうだね、エロイーズ？」

たしかにそのとおりではあるけれど……。コリンの言葉にひとつたりとも嘘《うそ》はない。パーティを開いたのはわたしの友人のパミーだし、セレーナが気持ち悪くなったのも事実だし、わたしはそのセレーナをトイレに連れていった。だが、それがすべてというわけでもない。コリンは肝心なことをわざと隠している。パミーがパーティを開いたといっても、それは仕事で大々的な宣伝パーティを催したのであって、内輪のカクテル・パーティに親しい友達を呼んだのではない。その宣伝パーティにセレーナを招待したのは、そもそもパミーは学生時代の友人や知りあいに片っ端から声をかけており、セレーナもそのひとりだったにすぎない。そしてわたしはといえば、幼なじみのパミーのあとをついてまわっていただけだ。コリンとセレーナにばったり会ったときはお互いに驚いたし、だいたいあのときのわたしは、セレーナはコリンの恋人かと思っていたのだ。まあ、それはまた別の話だけど……。

それなのに彼のような言い方をすると大いなる誤解を招く。案の定、ジョーンはコリンの誘導に引っかかった。

「あなた、死人を調べに来たんじゃなかったの？」きつい口調でわたしを問い詰めた。

コリンがわずらわしげな顔でわたしの椅子の背に腕を伸ばしてきた。こんなに怒っていなければ思わず吹きだすところだった。少し距離があったため、指先が椅子の背に届かず、コリンが椅子の上でもぞもぞと腰をずらさなければならなかったからだ。

「それだけでもないんだ。エロイーズはわが家の大切な客人でね。そうだろう、エロイーズ？」

わたしはとても人前では口にできない汚い言葉で心ひそかにコリンをののしった。もしこの家に幽霊がいるのなら、首のない騎士だろうが、白いドレス姿でむせび泣く女性だろうが、どんどんけしかけてコリンを襲わせるのに。こんなふうにわけもわからず悪者にされるのはまっぴらだ。

わたしは冷ややかなほほえみを返した。「勝手に大切な客人にしないでくれる？」

コリンはくっくっと笑った。「そんなことを言っていると、史料を見せてやらないぞ」

わたしは思わず笑った。「だったらすばらしく価値のある史料じゃなきゃいやよ」

ドシン！

ジョーンがヘルメットをテーブルに叩《たた》きつけた。皿の端にのせておいたトーストがテーブルに落ちた。

「じゃあ、わたしはもう帰るわね」ジョーンは甘い声で言った。「明日のカクテル・パーティには来るんでしょ？」

「いや、ぼくは——」コリンが返事をしかけたが、ジョーンはすかさずさえぎった。

「みんな集まるのよ」参加者の名前を次々と挙げていった。欠席したらみんなで仲間はずれにするわよと言わんばかりの口ぶりだ。わたしはトーストを拾いあげた。「ナイジェルとクロエも来るの。ルーファスと新しい彼女を車に乗せてくると言ってたわ。そうそう、バンティ・ビクスラーも参加するって。彼のこと覚えてる？」

あとのほうになると、ジョーンはわたしに疎外感を抱かせるためだけにせっせと名前を捏《ねっ》造《ぞう》していたらしい。コリンも半分くらいは誰だかわからないという顔をしていた。それに、どんな人だかは知らないが、コリンはそのバンティ・ビクスラーのことはあまり好きではないふうに見えた。

どうやら形勢不利と察したのか、ジョーンは捨て身の戦法に出た。「連れてきてもいいのよ。そちらの……」無表情でちらりとわたしを見る。

「エロイーズよ」わたしは名前を教えてあげた。

「……お客様も。コリン、あなたがそうしたいのならどうぞ」こんなに譲歩してやったんだからイエスと言いなさいよと脅さんばかりの口調だ。ジョーンはわたしに愛想のいい顔を向けた。「だけど、あなたにはあまりおもしろくないパーティかもしれないわね。知ってる人が誰もいないもの。でも、きっと牧師さんが相手をしてくれるわ。昔の話とか、教会の話題とかが大好きな人だから」聖職者とふたりで部屋の隅に追いやられる自分の姿が目に見える気がした。

これほど丁重なお誘いをむげに断るわけにはいかない。

「それは楽しみね」

「もちろん、史料とやらを読むのに忙しければ、わざわざ時間を割いてくれなくても――」

「大丈夫。ぜひ、うかがわせていただくわ」わたしはジョーンほどには白くも大きくもない歯を見せてにっこりした。

隣から忍び笑いがもれ聞こえた。わたしはコリンをにらんだ。

「すまない。トーストが喉につかえた」コリンがしらじらしく言う。

よく言うわ。

余計な茶々を入れたせいで、ジョーンの矛先がまたコリンへ向いた。いい気味だ。

「じゃあ、明日のパーティには来るわね？　忘れないで、午後七時半からよ」

ジョーンは力任せにドアを閉めて、キッチンを出ていった。

わたしは立ちあがり、ナイフとフォークを空っぽの皿に音をたてて置いた。ジョーンとコリンのあいだには過去がある気がしてならない。コリンがこちらを見あげた。

「お代わりはいらなさそうだね」

「ええ、ごちそうさま」わたしは皿をシンクへ運んだ。ブーツの足音が遠ざかっていく。ドンウェル・アビーの修道士の幽霊も、今のジョーンには絡みたくないだろう。窓に目をやると、外はすっかり暗くなっていた。田舎ならではの漆黒の闇だ。窓ガラスに自分の姿が映っていた。いらだたしそうに唇を引き結んでいる。

わたしには関係ない話よ。コリンが皿を持って近づいてくるのが窓ガラスに映って見えた。いいえ、前言撤回。コリンがジョーンを遠ざけるのにわたしを利用するつもりなら、こっちにも大いに関係がある。なんといっても、馬に乗って猟銃を構えたジョーンに追いかけられるのはこのわたしなのだから。修道士の幽霊につきまとわれるほうがまだましだ。そちらのほうがロンドンへ戻ったときにおもしろい土産話になる。

わたしはシンクに皿を置いて振り返った。コリンの手にしていた皿がわたしにぶつかりそうになる。ガラスに映るものは意外に遠くに見えるのかもしれない。

皿がおなかに突き刺さらないようシンクに腰を押しつけた。「ねえ、あなたの盾になるのはかまわないけれど、今度は前もって教えてくれると助かるわ」

わたしとしてはそう言うつもりだった。

だが、口から出てきた言葉は違った。

「お皿はわたしが洗うわ。あなたは料理をしてくれたから」

わたしのばか！

コリンは一歩後ろにさがり、てのひらを上に向けて優雅にドアを指し示した。わたしをうまく盾にできたせいか、小憎らしいほど上機嫌だ。

「行っていいよ。ここはぼくが片づけておくから」

「いいの？」

「かまわない。さあ、行って」コリンはわたしを軽く押しやった。「早く図書室に戻りたいんだろう？」

「それはそうだけど……」本音を言えばそのとおりだ。

コリンはすでに蛇口から水を出している。「明日はきみが料理をしてくれればいい」

「あら、明日はだめよ」わたしはドアの前で振り返った。「ジョーンが開くパーティに行くんでしょう？　じゃあ、おやすみなさい！」

さっさとキッチンを出たものの、暗い廊下を眺め、図書室への戻り方がわかるだろうかと不安になった。ここでまたドアを開けてコリンに尋ねたら、せっかくうまい捨てぜりふを残した意味がなくなる。なんとかして玄関までたどりつけば、そこからなら図書室へ行けるだろう。

優しい明かりを投げかける街灯や店があるわけでもなく、通る車のヘッドライトもないため、田舎の夜は本当に暗い。わたしは片手でざらざらした壁紙に触れ、もう一方の手で前を払いながら慎重に進んだ。修道士の幽霊を追い払っていたわけではない。暗くて慣れない廊下なので、小さなテーブルでもあれば向こうずねをぶつけるのではないかと不安だったからだ。それでもときどきなにかの影にぎょっとしたり、ドアの開いている部屋を恐る恐るのぞきこんだりした。こんな姿をコリンに見られなくて本当によかったと思う。

ばかげた幽霊話を頭から追い払うため、〈黒チューリップ〉について考えることにした。

〈黒チューリップ〉とは、『海賊ブラッド』を書いたラファエル・サバティーニあたりがつけそうなしゃれた名前だ。敵の諜報員の通称をもじるとは、ガストン・ドラローシュなどよりはるかに優れたユーモア感覚の持ち主なのだろう。〈紅はこべ〉と〈紫りんどう〉の名前を小ばかにしているのは間違いない。よく子供が〝つかまえられるならつかまえてみろ〟とか言って追いかけっこをしているが、それのセンスのいい大人版だ。

もしわたしが〈黒チューリップ〉で〈ピンク・カーネーション〉の正体を知りたければどうするだろう？

小さなテーブルをひとつよけたところで玄関にたどりつけたことに気づいた。ここからなら図書室への行き方がわかる……はずだ。けれども、わたしの方向音痴は一緒に外出したことのある人なら誰でも知っている。お願いだから、屋根裏部屋や地下室に迷いこんだりしませんように。

リチャードとエイミーの結婚式に〈ピンク・カーネーション〉が招かれたという情報を得たなら、まずは招待客のリストを盗み見るだろう。そうすれば、エイミーが育ったシュロップシャーから来た客を除けば、ほかはみなロンドン社交界に属していることがわかる。となれば当然、そこに接触しようとするだろう。

べつに社交界のメンバーになる必要はない。社交界の周辺にいさえすれば充分に内情を知ることができる。侍女に近侍、ダンス教師、高級娼婦、靴職人など、適した職業はいくらでもある。貴族の男性と仕立屋の関係は夫婦より親密だったと聞く。男たちは新しい上着を試着しながら、さまざまなことを仕立屋にしゃべるのだ。

ただ、恐ろしい諜報員だと称される〈黒チューリップ〉が召使いに身をやつしているところはあまり想像したくなかった。〈黒チューリップ〉は布の漂白などしてはならない。廊下の暗がりに潜み、ブランデーのグラスをまわしながら、口髭《くちひげ》を整えたりしているほうがいい。

そのとき、前方でなにか薄暗い影が動いたのに気づき、後ろによろけた。今のはなに？ああ……暗い窓ガラスに映った自分の姿だ。いけない、いけない。でも、まあ、よくある間違いだわ。わたしは自分を慰めた。

ちゃんと理性を働かせないと、洗濯屋の請求書を古文書と勘違いして不気味なことが起きていると思いこんでしまった『ノーサンガー・アビー』のうっかり者のヒロインと同じになってしまう。このままでは明日の朝には恐怖に怯えながら図書室の床にうずくまり、鎖の音が聞こえただの、暗闇に光る目が見えただの、わけのわからないことをつぶやいている姿をコリンに見られるはめになる。子供のころ、幽霊を扱った本をあんなにたくさん読まなければよかった！

気を取り直して前を見据え、決然とした足取りでふたたび図書室を目指しはじめた。だが、もう幽霊や奇怪な物音のことは考えないでおこうと心に決めたのに、ついまた余計なことを思いだしてしまった。

コリンが言っていた、わたしのベッドの上に浮かぶ白い姿の不気味なものってなに？

5

〈オールマックス〉～なんとしても相手を仕留めようと固く決意しているフランス人工作員の集団が、無防備なイギリス人秘密諜報員を待ち伏せして襲うこと。

——〈ピンク・カーネーション〉の暗号書より

もくろみどおり午後一一時の五分前という時刻に、マイルズはのんびりとした足取りで〈オールマックス〉の聖なる正面玄関に入った。

マイルズにとって、この社交場は夜のひとときを過ごすお気に入りの場所とは言いがたい。もし〈オールマックス〉かフランスの地下牢かと問われたら、喜んで地下牢を選ぶだろう。さっきも近侍に愚痴をこぼしてきたばかりなのだが、地下牢なら仲間がいれば話が合いそうだし、それなりの楽しみもあるだろうし、食べ物だってましに決まっている。

「そうでございますね、旦那様」近侍のダウニーはマイルズのクラヴァットをなんとか流行の形に近づけようとせわしなく手を動かしていた。「旦那様、おしゃべりを少し控えていただけますとありがたいのですが」

「〈オールマックス〉なんかくそくらえだ」マイルズが顎を動かしたせいで、ダウニーが入念に折りあげたひだがつぶれた。「だが、約束してしまったからな。どうすればいいんだ」

「ちゃんとクラヴァットを結ばせてくださいませんと……」ダウニーは辛辣な口調で言い、マイルズが涙目になるほど強くクラヴァットを引き抜いた。「時間に遅れて、〈オールマックス〉へ入れてもらえなくなりますよ」


マイルズはダウニーの言ったことをよく考えてみた。〈オールマックス〉の正面玄関はそこを牛耳る女性たちの指示によって午後一一時ぴったりに容赦なく閉まり、一瞬遅れて階段をかけのぼってきた男たちが悲哀の声をあげるはめになる。自分もそうなったら赤っ恥をかくことになるから、その代わりにいつものクラブへ行って、極上のうまい赤ワインを何本か空けるのも悪くないかもしれない。

マイルズは首を振った。そのせいで、結んでいる途中だった糊《のり》のきいた三枚目のクラヴァットが使い物にならなくなった。

「なかなかいい考えだが、そんなわけにもいかないんだ。約束してしまったからな」

それが問題なのだ。リチャードと約束した。親友との約束は、伝説の悪魔メフィストフェレスと血判状を交わしたのと同じくらいの重みがある。そういう約束を破ってはならない。

「ぼくがいないあいだ、ヘンリエッタをよろしく頼む」リチャードは愛妻と新婚生活を送るべく故郷のサセックスへ戻るとき、親友の手を握りしめて妹のことを頼んだ。「悪い虫がつかないように、よく見張っておいてくれ」

「ヘンのことは任せておけ」マイルズはうかつにも快く請けあい、リチャードを安心させようと背中を叩いた。「女子修道院の院長にも負けないくらい、ぼくがしっかりと目を光らせておくから」

マイルズの並々ならぬ決意に感銘を受け、リチャードは安堵《あんど》して旅立った。

たまの舞踏会やパーティに同行して二〇歳の乙女を見張ることなど、しょせんたいした手間ではない。そもそもヘンリエッタには分別があるから、財産目当ての男に誘われてほいほいバルコニーについていったり、初めて流し目をくれた遊び人の男に夢中になったりする心配はしなくていい。自分の役目は、ときどきヘンリエッタのためにレモネードを取りに行き、たまにカントリー・ダンスを一緒に踊り、うるさくまつわりつく男をじろりと見おろして威嚇すればいいだけの話だ。上からにらむのは大いに楽しいし、一緒にダンスを踊るのも苦痛ではない。ヘンリエッタは一五歳のときから――少なくともダンスフロアでは――こちらの足を踏まなくなった。たったそれだけのことに面倒があるはずもない。

くそっ。ここで人目を引かずにすむのなら、おのれの人のよさを声に出して呪いたい気分だ。だが、注目を集めるのはごめんこうむる。それだけはなんとしても避けたい。マイルズは正面玄関でぐずぐずしていたい気持ちをこらえ、舞踏室に足を踏み入れた。

そこは世の母親たちがひしめいていた。娘の結婚相手を鵜《う》の目鷹《たか》の目で探している恐ろしい母親たちだ。子爵の息子と見れば、娘婿にとまっすぐ飛びかかってくる。

今からでもドラローシュに急ぎの使いを送って、安全で快適な地下牢に入れてくれと懇願しようか。

いや、誰かにつかまる前に、急いでヘンリエッタを見つけて張りついていれば……。

「まあ、ミスター・ドリントン」

すでに手遅れだったか。

声をかけてきたのは、丸々と太ったダチョウ一羽ぶんの羽根を使ったとおぼしき頭飾りをつけた、とてもふくよかな女性だった。

マイルズは耳が聞こえないふりをした。

「ミスター・ドリントン！」女性に袖を引っ張られた。

「誰ですって？」マイルズはとぼけた。「ああ、ドリントンを捜していらっしゃるんですね！彼ならさっきカードルームへ入っていきましたよ。カードルームはあっちです」

女性はいぶかしげに目を細めたあと、大声で笑いだし、手にしていた扇でマイルズの腕を力任せに叩いた。マイルズは不吉な音が聞こえた気がした。腕の骨が折れたのだろうか？

「まあ、おもしろい方だこと。わたしのことを覚えていらっしゃらないのね？」

こんな女性は一度会ったら忘れるわけがない。体が痛みを記憶しているはずだ。

「あなたのお母様とお友達なのよ」

「そうでしたか」マイルズは身をかわして、扇による次の一撃をよけた。

「だから、あなたを見かけたとき……」また扇が振りおろされ、寸分たがわぬ正確さでマイルズの鼻を直撃した。「即座に娘のルーシーに言いましたの。あら、ルーシーはどこかしら？

ああ、そこにいたのね。このルーシーにね――」マイルズは盛大にくしゃみをした。「ルーシー、わたしの大切な友人であるアナベルのひと粒種のご子息とお話ししに行きましょうってね」

「それではお話しできて光栄でした。おっと、あそこにいるのは！　彼は独身の侯爵で、現在、花嫁募集中だと聞いていますよ」マイルズは舞踏室の奥を指さし、その反対の方向へそそくさと逃げた。

こんな思いをしてまで舞踏会に来ているのだから、ヘンリエッタを見つけたらせいぜい感謝してもらわないと……。

マイルズは急いで柱の陰に逃げこみ、狂暴な扇を持つ女性から必死で身を隠しながら、目でせわしなくヘンリエッタを捜した。ダンスフロアにも、軽食がのったテーブルのそばにも彼女の姿はなかった。もちろん、カードルームにもいない。ここからカードルームのなかは見えないが、それぐらいはわかる。

にぎやかな話し声の向こうから耳慣れた笑い声が聞こえ、マイルズはそちらを振り返った。あんな天真爛漫《らんまん》な笑い方をするのはヘンリエッタしかいない。

陸軍省の勇猛果敢な秘密諜報員としての能力をいかんなく発揮し、声の源を目でたどった。会場には伊達《だて》男ボウ・ブランメルの服装をまねた男がたくさんいた。そういう男どもは決まって片眼鏡を目に押しあて、なにやらそわそわとしている。明らかに髪を巻くこての使い方を失敗したらしい痩せたレディもいた。その向こうに簡素な真珠の飾りをつけた赤っぽい茶色い髪の頭をようやく見つけた。ヘンリエッタは親友のペネロピとシャーロットの三人で部屋の隅に寄り、大げさな手振りとともになにかささやきあいながらくすくすと笑っている。こうして見ているあいだにも、目をいたずらっぽく輝かせながら肩越しにペネロピになにか話しかけ、楽しそうに笑った。

マイルズもつられて笑顔になったが、その顔はすぐにしかめっ面に変わった。三人の背後にいる若造がにやにやしながら、ヘンリエッタの肩あたりの肌を見つめていたからだ。ヘンリエッタの肌は蠟燭の明かりに照らされ、喉は真珠よりも白く見えた。マイルズは若造をにらみつけたが、相手が気づくはずもなかった。そのとき、若造が片眼鏡を目にあてて周囲を見まわした。マイルズはすかさず柱の陰から出ると、目立つように精いっぱい背筋を伸ばし、指を鳴らす仕草をしながら、客たちの頭越しに鋭い目でじろりとにらんでやった。若造は慌てて片眼鏡を目からはずし、こそこそとカードルームのほうへ逃げていった。マイルズは満足してうなずいた。最近では、ヘンリエッタのまわりをうろつく悪い虫を追い払うのがすっかり得意になっている。

そうならざるをえない事情もあった。どういうわけか、最近ヘンリエッタにたかる虫が多いのだ。

マイルズはまた柱の陰に戻り、改めてヘンリエッタをつくづくと眺めた。ヘンリエッタの外見の特徴なら自分の顔よりよく知っている。鏡をのぞいているよりヘンリエッタを見ている時間のほうが長いからだ。子供のころと比べてなにかが大きく変わったわけではない。髪は昔から長く、一見すると茶色だが、光があたるとつややかな赤がまじる。ハシバミ色の目はときによっては茶色っぽい緑になったり青になったりする。いつもなにか考えているような顔に見えるのは目尻が少しあがっているせいだ。肌は抜けるように白く、日に焼けるとそばかすが目立ち、イラクサやウールやちくちくしたものに触れると発疹《ほっしん》が出やすい。子供のころはリチャードとふたりでそれをからかった。かわいそうなことをしたものだ。ヘンリエッタは九歳のときも、一二歳のときも、一六歳のときも、髪は茶色で長く、肌は抜けるように白く、目尻は少しあがっていた。ひとつひとつの特徴はなにも変わらないのだが、どういうわけか全体的に見ると一年前とはまるで別人だ。

ドレスの襟ぐりが深くなったのだろうか？　あるいは髪型でも変えたのだろうか？　まさか自分のそばの蠟燭だけ明るくしたわけでもないだろうが、明らかにシャーロットやペネロピより肌が輝いて見える。新しい化粧水を使っているのか？　マイルズは顔をしかめ、理由を追究するのをあきらめた。女性のおしゃれなどさっぱりわからない。襟ぐりが深いかだと？　なにを血迷ったことを考えている。ヘンリエッタは親友がよろしく頼むと言って、このぼくに任せていった妹なんだぞ。本当は襟ぐりがあることすら考えてはならないのに。いや、襟ぐりがなければ困るのだが、問題はそういうことではない。とにかく首から下のことは考えてはならない。そして、この舞踏室にいるほかの男たちにもその不文律を守らせるのがぼくの大切な役目だ。

ヘンリエッタが目をあげた。マイルズを見つけると、にっこりしてペネロピとシャーロットとのおしゃべりをやめ、うれしそうな顔になった。

マイルズは目顔で挨拶をした。

ヘンリエッタは首をかしげると、鼻の頭にしわを寄せ、〝どうしてそんなところに隠れているの?〟という顔をした。

表情だけで事情を伝えるのは不可能だと思い、マイルズは柱の陰から出ると、こそこそ隠れるなんて卑怯なことはしていないとばかりの堂々とした歩きっぷりでヘンリエッタのもとへ進んだ。

「誰から逃げていたの?」ヘンリエッタがマイルズの腕に手を置き、からかうように尋ねた。マイルズを見あげるために体をそらし、眉をあげている。「ドラローシュが〈オールマックス〉に入場を認められたとは思えないんだけど」

「ドラローシュじゃない」マイルズは答えた。「もっとはるかに恐ろしい相手だよ」

ヘンリエッタは少し考えた。「わたしのお母様?」

「そのようなものだ」マイルズはうんざりした口調で答え、身振り手振りを加えながら、娘婿候補を物色する母親に扇で攻撃された顛末《てんまつ》を語った。

ヘンリエッタはそれが誰だか思いあたったらしく、目を大きく見開いた。「知っているわ、その人! ミセス・ポンソンビーよ。去年、お兄様にまつわりついていたの。お兄様ったら、その人の気をそらすためにパンチの入った容器まで倒したのよ。うっかりを装ってはいたけれど……」やれやれというようにかぶりを振る。「家族の目はごまかせないわ」

マイルズはヘンリエッタに人差し指を突きたてた。

「どうして誰もぼくに教えておいてくれなかったんだ？」

ヘンリエッタが無邪気な顔で目をしばたたく。「だって、それじゃあ不公平でしょう？」

「誰にとって？」

「もちろん、ミセス・ポンソンビーにとってよ」

「ヘン、これできみはぼくに……」マイルズは目を細めてヘンリエッタをにらんだ。「一生ぶんの借りができたぞ」

「ゆうべも同じことを言っていたわね。そうそう、たしかおとといの夜もよ」

「何度言っても言い足りないことが世の中にはある」マイルズはひるまなかった。

ヘンリエッタはしばらく考えこんだ。「アホウドリね」

「なんだって？」面食らってヘンリエッタを見おろしたせいで、前髪が目に入った。

「名前がかわいくて何度も言いたくなってしまうの」ヘンリエッタが楽しそうに答える。

「あなたも言ってみて。アホウドリよ。〝ホ〟を伸ばすともっとかわいいわ。アホーウドリ！」

「一族に精神病院の世話になった者はいないと、たしかリチャードは言っていたはずなんだけれどな」マイルズはわざと大声でつぶやいてみせた。

「しいっ！　わたしが結婚できなくなっちゃうじゃない」

「手遅れだね。アホウドリと何度も叫んだ時点で、きみの結婚の夢はついえた」

「叫んでなんかいないわ。ちょっと声に出して言ってみただけよ」

口で負けそうになったとき、遊び慣れた男は魅力的な笑みでごまかすものだ。マイルズは乙女の胸をときめかせ、世慣れた未亡人に恋文を書かせるような極上のほほえみを浮かべてみせた。

「口が減らないお嬢さんだと言われたことはないかい？」

兄がふたりいるヘンリエッタは極上のほほえみには慣れきっていた。

「あるわ、あなたに。わたしに口でかなわないと、いつもそう言うじゃない」

マイルズは顎をかきながらしらばっくれた。「覚えがないな」

「あら、見て」ヘンリエッタは内緒話をするようにマイルズに体を寄せた。刺繍《ししゅう》を施したドレスの裾がマイルズの靴にかかった。「あなた、助かったみたいよ。ミセス・ポンソンビーったら、今度はレジナルド・フィッツヒューにまつわりついているわ」

マイルズはヘンリエッタが扇を向けた先へ目をやり、先ほどのうるさい女性が〝カブ頭（カブにはまぬけの意味がある）〟のフィッツヒューに狙いを定めたのを見てほっとした。フィッツヒューはマイルズの学生時代の友人だ。直接に爵位を継げる立場にはないが、おじが伯爵で、当人も一万ポンドの年収があるため、脳みそがなくてもかまわないという女性には魅力的な結婚相手になりうる。今年、社交界にデビューした娘たちを見る限り、フィッツヒューが相手に困ることはなさそうだ。それに、フィッツヒューはじつはいいやつなのだ。自分の姉たちと結婚させたいほどの男ではないが（三人いる腹違いの姉はみな、マイルズとは年齢がかなり離れているし、すでに結婚しているので、その心配はないだろう）、馬には優しく接するし、ワインは惜しみなく振る舞うし、賭け事に負けると生真面目にきちんと金を払う。

ただし、服装はいただけない。はたで見ているぶんにはおもしろくないこともないのだが、そこまでカーネーション尽くしにされると、さすがに眉をひそめたくなる。上着の襟のボタン穴には大きなピンクのカーネーションが挿され、シルクの靴下にはぐるりとカーネーションの刺繍が施され、膝丈のズボンの側面では無数のカーネーションが絡みあっている。つい最近まで、フィッツヒューはフランスに行っていたらしいが、おしゃれの感覚は修正されなかったようだ。

マイルズはうなった。「〝カブ頭〟の仕立屋を拉致したほうがいいな」

「舞踏会が華やかになっていいじゃない。わたしたちの花の名前のお友達も喜ぶし」

マイルズはクラヴァットを直すふりをしながら、低い声で注意した。

「言葉に気をつけろよ、ヘン」

ヘンリエッタがハシバミ色の目で彼を見あげた。「わかっているわ」

マイルズが、自分はヘンリエッタの兄代わりなのだから、ここはひとつなにか年長者らしい分別のあることを言ってやろうとしたそのとき、聞き覚えのある騒々しい物音がした。

頭痛がして血管が脈打っているわけではない。自分のような屈強な男は頭痛などというつまらない病気にはならないのだ。フランス軍が大砲を撃ってきたのではないだろうし、このあたりで巨大な豆の木が育っているという噂も聞かない。そうなると、あの物音の発生源はただひとつ。

シャーロットの祖母であるダヴデイル公爵未亡人の足音に違いない。

「レモネードを取ってこよう」

「意気地なし」

「なにもわざわざふたりして毒を浴びる必要はない」ますます近づく足音にあせりを覚え、マイルズはあとずさった。

「でも……」ヘンリエッタは逃がすまいとばかりにマイルズの腕を強くつかんだ。「同病相《あい》憐《あわ》れむと言うでしょう？」

マイルズはちらりと公爵未亡人に目をやり、小汚いマフのような毛の塊を腕に抱いて近づいてくる姿を確かめると、ヘンリエッタの手から腕を引き抜いた。

「誰かほかのやつと相憐れんでくれ」

「傷ついたわ」ヘンリエッタが心臓のあたりを手で押さえる。「ここが」

「あとで傷口にレモネードでもかけておくといい」マイルズはにべもなく答えた。「来たぞ。犬まで一緒だ。まずい！」

マイルズは逃げた。

ダヴデイル公爵未亡人は三人のそばで立ち止まり、鼻を鳴らした。

「今、逃げていったのはドリントンね」

「わたしのためにレモネードを取りに行ってくれたんです」ヘンリエッタはマイルズをかばった。

「わたしの目をごまかせると思ったら大間違いよ。それくらい見ればわかるわ」ほっとした顔で立ち去るマイルズを公爵未亡人は目で追った。「この年になると、若い男性がわたしを恐れて逃げるのを見るのが数少ない楽しみのひとつなの。さっきもポンソンビーのところの息子を二階から飛びおりさせてやったわ」そう言うと、愉快そうに笑った。

「彼は足を捻挫したの」シャーロットがヘンリエッタにささやいた。シャーロットは祖母がそばにいると気おくれして声が小さくなる。

「もちろん、昔からこうだったわけじゃないわよ」ダヴデイル公爵未亡人は孫の言葉を無視し、高らかに笑いながら思い出話を始めた。「若いころはそりゃあもてましたとも。なんといっても、わたしをめぐって一七回も決闘が行われたんだから。一七回よ、あなたたち。ただし、死んだ人は誰もいないんだけど」心から残念そうに言った。

「あら、善良な若者たちがご自分のために命を落とさなかったのだから、喜ぶべきじゃありませんか？」ヘンリエッタはからかうように尋ねた。

公爵未亡人はまた鼻を鳴らした。「決闘をするような愚か者は勝手に死ねばいいのよ」いっそう声が高くなった。「そうすれば舞踏会から少しは人がいなくなるというものだわ。頭の悪い男どもが減ったぶんだけね」

「なんでしょう？」〝カブ頭〟のフィッツヒューが寄ってきた。「今、ぼくを呼びましたか？」

「ほら、これだもの」ダヴデイル公爵未亡人が嘆かわしげに言う。「頭が悪いといえば、ドリントンはどこへ行ったの？　彼のことは好きよ。昨今の腑《ふ》抜けた若者たちに比べるといじめがいがあるわ」彼女はいちばん手近にいる腑抜けた若者として、フィッツヒューをじろりと見た。「ドリントンはなにをもたもたしているのかしら？　まさかレモンを搾るところから始めているわけじゃないでしょうね」

「きっと柱の陰に隠れているんですわ」ペネロピが言った。「彼、それが得意ですもの」

ヘンリエッタは親友をにらんだ。

シャーロットが助け船を出した。「軽食のテーブルは混雑しているから」

公爵未亡人は冷ややかな目で孫を見た。「その気弱でお人よしの性格は母親譲りね。まったく、わたしの息子はなんてことをしてくれたのかしら。ダヴデイル公爵家の誇り高き血を薄めてしまうなんて」

ヘンリエッタはそっと手を伸ばし、シャーロットの腕をつかんだ。シャーロットは灰色の目に弱々しく感謝の表情を浮かべた。

「あら！」ダヴデイル公爵未亡人が勝ち誇った声をあげた。「ドリントンを見つけたわ。レモンを搾っていたわけじゃなさそうね。それにしても、彼が話している女性はどこの誰かしら？」

6

オルジェー～一、アーモンド・シロップ。パーティの飲み物としてよく饗《きょう》される。二、即効性の高い猛毒。注釈～このふたつはほとんど区別がつかない。

――〈ピンク・カーネーション〉の暗号書より

マイルズは三人に背を向け、ダヴデイル公爵未亡人とそのうるさい飼い犬から充分な距離を保ちつつ、そそくさと軽食がのっているテーブルへ向かった。その犬とのあいだには不幸な過去があった。少なくとも、マイルズにとっては不幸としか言いようのない過去だ。

彼は肩越しにそっと振り返り、公爵未亡人の飼い犬がこちらの匂いを嗅ぎつけていないかどうか確かめた。その気になると意外にすばしっこく、マイルズを見つけると困ったことにいつも追いかけてくる。「あっ……」そのとき声が聞こえ、ズボンの側面にあたたかい液体が垂れるのを感じた。てっきり社交界にデビューしたばかりの淡い色のドレスを着たレディにでもぶつかったのかと思い、マイルズは前に向き直った。

だが、そこにいたのは黒いドレスに身を包んだ妖しげな魅力をたたえた女性だった。黒髪を頭の上で結い、カールした髪をドレスの襟ぐりまで垂らしている。その襟ぐりときたら、フランスで流行の最先端をいく深さだ。簡素な髪型が上品な顔の輪郭を際立たせている。頬骨が高く、顎が鋭く、もっと年配の女性なら気品があると評される顔立ちだが、目の前の女性は年齢を感じさせなかった。頬はほんのりと色づきながらも黒髪ゆえに青白く見えるのだけれども、病気や年齢のせいというよりは、屋敷の奥深くで守られてきたからという感じがする。それに、紅をさしているのかと思うような唇の赤さがなんともなまめかしい。

ピンクと白に包まれた社交界デビュー一年目のかわいらしいレディたちのなかにいると、桜草のなかに咲く一輪のチューリップのごとき異国情緒を醸しだしている。淡い色の壁にかけられた、光と影がくっきりと描かれた習作だ。

マイルズがオルジェーの粘つく水たまりを踏んで思わず飛びのいたのを見て、女性はハスキーな声で謝った。「ごめんなさいね」

「大丈夫ですよ」足の指のあいだにオルジェーがしみこんでくる。「ぼくが前を見ていなかったのが悪いんです」

「でも、ズボンが――」

「たいしたことはありません」マイルズは優しく答えた。「それより、代わりの飲み物をお持ちしましょうか?」

女性がほほえんだ。笑みが唇の端から始まり、頬へとのぼっていったが、目には達しなかった。「べつにそれほど飲みたかったわけでもありませんでしたから。本当はもっと……刺激のあるもののほうが好みですの」

マイルズの肩に視線をさまよわせたところをみると、飲み物のことだけを言っているのではないのだろう。

「だったら、ここへ来られたのは間違いでしたね」マイルズは率直に答えた。〈オールマックス〉は味の薄い飲み物しか出さないし、客も行儀のいい男女ばかりだ。ここを取り仕切っているレディ・ジャージーのことが好きだというなら話は別だが、目の前にいる女性はとてもレディ・ジャージーのお気に入りにはなりそうもない雰囲気の持ち主だ。

女性は髪の色と同じ黒いまつげを伏せ、底知れぬ瞳をまぶたで隠した。

「規則にはときに例外があってもいいんじゃありませんか？」

「それは……」マイルズは低い声で答えた。「その人物がどこまで規則を曲げてもいいと考えているかによりますね」

「規則なんて破ってもかまわないと思っているとしたら？」語尾が宙に漂った。

マイルズは彼女を横目で見た。「女性の心を踏みにじるように？」

女性が長い爪をした指先で扇の先にそっと触れた。「男性が決意を破るように」

部屋の反対側で、ヘンリエッタはダヴデイル公爵未亡人の手から柄つき眼鏡をひったくり、慌てて目にあてた。あの金髪の頭は間違いなくマイルズだ。そよ風のひとつも吹かない舞踏室であれほど髪が乱れているのは彼ぐらいしかいない。しかも、たしかに誰かと話している。相手は女性だ。

ヘンリエッタは柄つき眼鏡を目から離し、壊れていないかどうか確かめたあと、もう一度目にあてた。

女性はまだそこにいた。

ヘンリエッタが驚いたのには理由があった。マイルズはやむをえず、これまで数えきれないほどヘンリエッタを舞踏会へエスコートしてきた。そのあいだに、ひとつの決まった形ができあがっていた。マイルズは礼儀を逸脱しないぎりぎりの時間に現れ、ヘンリエッタとしばらく冗談を交わして彼女のためにレモネードを取りに行き、気が向くとペネロピとシャーロットにもレモネードを持ってくる。そうしたあとは、姉妹や妻をエスコートしてきた同じく哀れな境遇の男性たちがいるカードルームにさっさと入ってしまうのだ。ときどきヘンリエッタの様子を見にカードルームから出てきては、またレモネードを持ってきたり、ダンスカードに空きがあると一緒に踊ったりするが、基本的には男性の聖地であるカードルームに引きこもっている。

間違っても、社交界デビューしたばかりの若い娘と話したりはしない。

もちろん、あの黒いドレスの女性は――オペラグラスがあればいいのにと思いながら、ヘンリエッタは目を細めた――社交界デビューしたばかりの若い女性ではないだろう。そういう女性は黒いドレスなど着ないし、襟ぐりはもっと慎み深い。なんなの、あの胸元は？　どこまで開ければ気がすむの？

わけもなく虫が好かないと感じる気持ちをヘンリエッタは抑えようと努めた。べつにあの女性が嫌いなわけじゃない。だって面識もない相手を嫌いになるなんておかしいもの。でも、見た目がいけすかないわ。

「誰なの、あの人？」

ペネロピがレディらしからぬ振る舞いで鼻を鳴らした。

「男性をあさっているのは間違いないわね」

「それを言うなら、わたしたちだってそうよ」ヘンリエッタはうわの空で答えた。女性が黒い手袋をはめた手をマイルズの腕に置いている。マイルズはとくにその手をどけようとはしていない。

「それは違うわ」ペネロピは反論した。「わたしたちは将来の夫を探しているだけよ」

「わたしはどちらかというと将来の夫から探されたいほうなんだけど」シャーロットがため息をつく。

ペネロピはちゃめっけのある笑みを見せた。「きっとバルコニーの下に隠れてこう言ってくれるわよ。〝ああ、ぼくの愛する人よ。きみこそわが命なり〟」

「やめてよ」ペネロピが両腕を大きく広げたのを見て、シャーロットが片方の腕を慌てて押さえた。「みんなが見ているわよ」

ペネロピは愛情をこめて、シャーロットの手袋をつけた手を握った。「見させておけばいいのよ。わたしたちの神秘性が高まるというものだわ。そう思わない、ヘンリエッタ？　ヘン？」

ヘンリエッタはマイルズと一緒にいる黒いドレスの女性をまだ見ていた。

ダヴデイル公爵未亡人がヘンリエッタの手をはたいた。

「あっ……」柄つき眼鏡が座っている公爵未亡人の膝に落ちた。

ダヴデイル公爵未亡人は眼鏡を自分の目にあてた。

「これでよく見えるわ。あら、彼女は……」

「どうしたんですか？」ヘンリエッタは先を促し、さりげなくあのふたりの近くに寄って聞き耳を立てる方法はないかしらと考えた。だが、すぐにそれは無理だと判断した。身を隠せるほど大きなものがそばになにもない。マイルズは充分に大きいけれど、彼の背後に隠れてそっと顔を突きだしたら、相手の女性が気づいてマイルズに話すに違いない。そんなことになったら、どれほど口が達者であろうが言い逃れはできないだろう。

「まあ、驚いた。まさかロンドンに戻っていたとは思わなかったわ」

「どなたなんです？」

「あらあら、驚いたわね」

ヘンリエッタはいらだったが、それ以上しつこく訊《き》くのはやめておいた。こちらが興味津々だとわかれば、ダヴデイル公爵未亡人はなおさらじらすに決まっているからだ。彼女の楽しみはなにも若い男性を舞踏室の窓から飛びおりさせることだけではない。若い女性をいじめることにも大いなる喜びを感じているのだ。ちなみに、公爵未亡人にとって〝若い〟とは、五歳から五〇歳までを意味する。

「あれはテリーザ・バリンジャーよ。もう会うことはないと思ってせいせいしていたのに」

「どういう方なんですか？」ペネロピがダヴデイル公爵未亡人の背後から肩越しにのぞきこんだ。

「一七九〇年ごろにはまだロンドンにいたのよ。そりゃあ美人だったわ。男性はみんなめろめろだった。ああ、げに男というものは！」公爵未亡人が鼻を鳴らす。「そろいもそろって愚か者なんだから。とにかく気に食わない娘だったわね」

ヘンリエッタは満足した。ダヴデイル公爵未亡人の判断力と感性はいつもすばらしい。

「フランス人の変わり者と結婚したのよ」

「王子様とか？」

「侯爵よ。結婚してモンヴァル侯爵夫人になったの。王子から求婚されていたら、そっちを選んだでしょうね。昔からのしあがることばかり考えていた娘だったから。いったいなにをしにロンドンへ戻ってきたのかしら？」

モンヴァル侯爵夫人がマイルズに色目を使っているのを見てやきもきしている女性たちはほかにも大勢いた。美しい侯爵夫人がロンドンに戻ってきてなにをしているのかは一目瞭然だ。未来の子爵をひとり、罠《わな》にかけようとしているらしい。社交界で子爵の爵位を継ぐ男性は貴重な存在であるため、モンヴァル侯爵夫人へのいらだちで舞踏室のなかはざわついた。

「もう結婚しているのに、なによあれ？」若い女性が母親に怒った。「しかもご主人は侯爵なのに。ずるいわ！」

「ほらほら、落ち着いて」母親は娘をなだめ、モンヴァル侯爵夫人とマイルズをにらみつけた。「わたしが別の人を探してあげますからね。ピンチングデイル・スナイプ家のご子息なんてどうかしら?」

だが、若い女性たちの不安は無用だった。マイルズは目の前の黒髪の女性に魅力を感じなかったからだ。

いや、まったく無関心だったわけではない。しょせんは男だし、ちょうど現在は愛人がいないし、まして目の前に豊かな胸の谷間がちらついていれば目の保養をしたいと思うのは当然だ。しかし、それ以上の興味は覚えなかった。もちろん、これほどの美人から誘われればうれしいに決まっている。けれども、〝自分の巣を汚すな〟ということわざもある。遊ぶとしたら社交界の外でだ。

そこでマイルズはいちばん近くのドアから逃げだす代わりに、差しだされた手を取り、優雅にお辞儀をしてみせた。そして、相手の誘いをまったく無視しているのではないというしるしに、侯爵夫人のてのひらにキスをした。その昔、女性遍歴が多彩であったことで知られるベニスの作家ジャコモ・カサノヴァを見て覚えた仕草だ。これをして喜ばない女性はいない。

「マダム、お会いできて光栄でした」

「また会っていただけるかしら?」

「出会いは偶然のほうが胸ときめくものだと思いますよ」マイルズはあいまいに答えた。下手な約束はしないほうがいい。

「期待に心躍るという場合もありますわ」女性は思わせぶりに扇を閉じた。「明日の夕方五時ごろ、ハイド・パークで馬車をめぐらせています。ひょっとするとお会いできるかもしれませんわね」

「ええ」マイルズは相手と同じくらい意味ありげで意味のないほほえみを浮かべた。ロンドンの貴族は誰もが午後五時になるとハイド・パークへ行くのだから、そこでばったり会うのは約束をしたことにはならない。

この女性はフランス人侯爵の夫を亡くした未亡人だ。ならば、フランス亡命貴族の社会に潜む諜報員を探る手助けになるのではないだろうか。しかし、言葉の端々にちらりとかいま見えた情報から察するに、女性は二年前にフランスから帰国し、その後はヨークシャーでひっそりと夫の喪に服していたらしい。マイルズはフランス亡命貴族につながる、もっと事情に通じた情報源をすでに持っている。目の前にいる女性ほど魅力的な情報源ではないが。結局、やはり今回の任務は、殺害されたイギリス人諜報員の雇い主だったヴォーン卿から調べはじめるのがいいだろうという結論に達した。

だが目下のところ、次にとるべき行動は、あの恐るべきダヴデイル公爵未亡人のそばにいる三人のレディたちのもとへ戻ることだ。

一方、ヘンリエッタは初顔の男性を興味深く眺めていた。とりたてて背が高いわけではなく、少なくともマイルズの身長には及びもつかないのだけれど、振る舞いがしなやかなせいで長身に見える。それに身につけているものの色が人と違った。社交界のしゃれ者を気取る若者たちは、ナイル・グリーンと呼ばれる青みがかった緑色や、ピュースと呼ばれる暗褐色の上着を好んで着る。しかし、ナイルといえばナポレオンにとって暗澹《あんたん》たる運命の地だったように、その色は顔色を悪く見せる。またピュースとは、もともとはノミの色だ。ところがその男性は全身を黒と銀色でまとめていた。まるで真夜中の闇を貫く月光のような印象だ。髪までもが例外ではなく、黒髪に銀色の筋が入っている。ベストの色に合わせて髪を染めたのかもしれない。銀色の筋の入り方が計算し尽くしたとしか思えないほど完璧だ。手には銀色のステッキを持っているが、それは純粋におしゃれのためだろう。その優雅な身のこなしはとてもステッキを必要としているとは思えない。

まるでシェイクスピアの『テンペスト』に登場するプロスペローだ。絶海の孤島に追放されてからのプロスペローではなく、まだミラノで権力を欲しいままにし、退廃的な人生を送っていたころのプロスペローだ。優雅だが近寄りがたく、どこか危険な香りがする。

その男性は明らかにこちらに向かっていた。距離が縮まると、ステッキの模様が見えた。銀色のヘビがステッキの本体にまつわりつき、牙をむいた顔がステッキの頭部になっている。もちろん、材質は黒檀《こくたん》だ。ベストにも銀色のうねった模様が施されているが、あれもきっとのたくっているヘビなのだろう。

銀色のヘビだなんて冗談みたいだわ! 危なくて妖しげな雰囲気を演出しているのだろうけれど、少しばかりやりすぎだ。ひとつ間違えれば滑稽に見えてしまう。

思わず吹きだしそうになるのを、ヘンリエッタはなんとかこらえた。プロスペローは四人の前で立ち止まり、ダヴデイル公爵未亡人に向かってほほえむと、これからせりふを述べる俳優のように片脚を少し折り曲げた。

「まあ、ヴォーン、相変わらず色男ね！」ダヴデイル公爵未亡人が言った。「ずいぶんとご無沙汰だったじゃないの。ようやく帰ってくる気になったようね」

「昨今のロンドンがこれほど美女が多いとわかれば里心がつくというものですよ。わたしが長年、故郷を離れていたあいだに、ギリシア神話の三美神はオリュンポスの山をおりてロンドンの舞踏会場をにぎわせていたみたいですね」

「じゃあ、わたしは誰かしらね？　さしずめ怪物ゴルゴーンといったところかしら？」公爵未亡人は軽く首をかしげた。「男どもを石に変えるのは長年の夢だったのよ。退屈な舞踏会にはもってこいの余興だわ」

ヴォーン卿がダヴデイル公爵未亡人の手にキスをした。「あなたはセイレーンですよ。その頭の回転のよさに勝てる男はこの世にいません」

「セイレーンだなんて、まあ、失礼なことを言ってくれたものね。わたしもさんざん人を侮辱してきたけれど、あなたにはかなわないわ。まあ、いいわ、ここにいる娘たちを紹介してあげましょう」公爵未亡人はそっけなくシャーロットを杖で指した。「孫のレディ・シャーロット・ランズダウンよ」

シャーロットは礼儀正しく丁寧にお辞儀をした。ヴォーン卿の片眼鏡がお辞儀をしているシャーロットの頭を無関心に通り過ぎた。

「こちらはミス・ペネロピ・デヴェロー」ペネロピは軽く膝を折り曲げた。ヴォーン卿の片眼鏡はペネロピの整った顔立ちと赤毛に一瞬とどまったが、すぐにそこを離れた。「それにレディ・ヘンリエッタ・セルウィックよ」

「ああ、あの熱血漢の妹君ですか」ヴォーン卿の唇から出たその〝熱血漢〟という言葉には、褒めるというよりけなしているような響きがあった。「彼の評判はヨーロッパ大陸の田舎にも届いていましたよ」

「ほかに話題がなかったのでしょう」お辞儀を終えたヘンリエッタは嫌みをこめて切り返した。「田舎のことですから」

ヴォーン卿は重いまぶたの下の目に興味の色を浮かべ、初めてまじまじとヘンリエッタを見た。そして片眼鏡を目からはずして一歩前に出た。

「では、田舎の人たちはほかになにを楽しめばいいのでしょうね、レディ・ヘンリエッタ」いかにも女性の心を惑わせようとしている甘い声だ。たいていの女性なら鼓動が速くなり、頬が赤くなっていただろう。

ヘンリエッタも脈拍があがった。だが、それはいらだちからだった。リチャードとマイルズというレディの扱いがうまい男性ふたりとともに育ったヘンリエッタは、簡単に胸を躍らせたりしない。

「古典文学でも読まれたらいかが？」ヘンリエッタは控えめに答えた。

ヴォーン卿はまた片眼鏡を目にあてて、ヘンリエッタのドレスの胸元をちらりと見た。

「わたしは自然科学のほうが好きですね」

「ええ、そのようにお見受けしましたわ」ヘンリエッタのなかで、いたずら心が頭をもたげた。「愛らしいヘビの模様が入ったベストを着ていらっしゃるから」

ヴォーン卿が片方の眉をつりあげる。「愛らしい？」

「あの……ええ」いたずら心はどこかへ吹き飛んだ。また調子にのってしまった。ヘンリエッタは慌てて適当な褒め言葉を探した。「その……くねくねとした感じがすてきですわ」

「あなたは花柄のベストのほうがお好みですか？」ヴォーン卿はさらりと尋ねた。

ヘンリエッタは首を振った。自分からこの話題を振ってしまったのだから、最後まで続けるしかない。「いいえ、花柄はおもしろみがありませんもの。ベストの模様は伝説の生き物がいいと思いますわ。わたしはグリフォンが好きです」

「変わっていますね」ヴォーン卿は考えあぐねているような顔をした。この娘はとてつもなく頭がいいのか、ジョン・ダンの詩を暗唱できるオウムと同じでただのおもしろい変人なのか判断しかねるといった表情だ。「ドラゴンはいかがです？」

ヘンリエッタはダヴデイル公爵未亡人のほうをちらりと見た。

「ドラゴンにもいろいろありますけど、好きなものもあります」

「もし東洋のドラゴンに興味がおありなら、わたしはささやかながら中国の龍に関するものを集めていましてね。ご覧になったら、西洋のドラゴンとはまったく違うことがわかりますよ」

「さあ、西洋のものにしてもそれほど詳しいわけではありませんからどうでしょう」ヘンリエッタは慎重に答えた。ヴォーン卿の肩越しに、母親のレディ・アピントンがいつになくいらだった表情でまっすぐこちらへ向かってくるのが見えた。「ドラゴンになんてなかなかお目にかかれませんもの。ユニコーンと同じで、つかまえられない生き物ですから」

「〈ピンク・カーネーション〉もそうですね」ヴォーン卿は軽く返した。「あさって、わが家で仮面舞踏会を催します。もしおいでいただけたら、喜んでわたしの収集品をお見せしましょう」

「女性を食べてしまうドラゴンでなければいいんですけど」ヘンリエッタは仮面舞踏会に出席せざるをえなくなるのを避けようと、あたり障りのない内容に話の流れを変えた。「ほら、ドラゴンはそういうことをすると言いますでしょう？」

「大丈夫ですよ」ヴォーン卿が長い指でヘビの形をしたステッキの頭を叩いた。「わたしが保証します。うちの龍は――」

「やあ！」マイルズがぶしつけに会話に割りこんできた。「お邪魔じゃなかったかな？ヘン、ほら、レモネードを持ってきたよ」

「ありがとう」ヘンリエッタはほっとして礼を述べ、カップの中身を見て眉をひそめた。レモネードはほんの一センチほどしか入っていない。カップの持ち手がべとべとしているところから察するに、マイルズはカップの中身をこぼす急いで軽食のテーブルからここに戻ってきたのだろう。「ヴォーン卿、ミスター・ドリントンとご面識は?」

「ヴォーンだって?」なぜかマイルズの顔が明るくなり、満面の笑みがこぼれた。「やあ、ヴォーン、久しぶりだな!」マイルズはヴォーン卿の背中を叩いた。「どうだ、一緒にカードルームにでも行くか」

マイルズとヴォーン卿が知りあいだったことにヘンリエッタは驚いた。ヴォーン卿も戸惑っているふうに見えた。リキュールのグラスからはいだしたナナフシを見るような目でマイルズを眺めている。

「カードルーム?」ヴォーン卿が言った。

「よし、決まりだ!」マイルズが強引に押しきった。「緊迫したカードゲームほどおもしろいものはないからな。それに旅行の土産話もぜひ聞きたい。どこに行っていたんだったかな?」そのままヴォーン卿の腕を取ると、無理やりカードルームへと引っ張っていった。途中で、こちらへ向かってくるレディ・アピントンとすれ違った。

「マイルズったらよくやったわ」レディ・アピントンが褒めた。「あなたのお父様がいたら、同じことをしたはずよ」

「よくやったですって?」ヘンリエッタは訊き返した。「ヴォーン卿をさらっていったのに」

「マイルズはちゃんと務めを果たしたの。ヴォーン卿は……」レディ・アピントンは〝わたしは母親だからなんでも知っているのよ〟という口調で続けた。「遊び人よ」

「マイルズだってそうでしょう?」本来は自分が耳にすべきではない噂を思いだしながら、

ヘンリエッタは尋ねた。

レディ・アピントンは優しくほほえんだ。「いいえ、マイルズはそう見せかけているだけよ。でも、ヴォーン卿は……」声が厳しくなった。「本物の人でなしだから」

「だけど、彼は伯爵だわ」ヘンリエッタはちゃかした。

「いい？　もしわたしが地位や財産目当てにあなたを結婚させようとするような母親に変身したら、かまわないから、さっさと恋人を見つけて駆け落ちでもなんでもしてしまいなさい。ただし、相手は心の優しい人じゃなきゃだめよ」レディ・アピントンは少し考えた。「伯爵の爵位を持つ人と結婚してはいけないと言っているわけじゃないの。ただ、いちばん大切なのは――」

「わかっているわよ」それはもう聞き飽きたという顔でヘンリエッタはあとを継いだ。「わたしを愛してくれる人を選ぶことでしょう？」

「誰がそんなことを言ったのかしら？」レディ・アピントンは社交界では珍しく恋愛結婚をして、ほぼ三〇年のときを経てもなお、周囲からあきれられたり、ねたまれたりするほど幸せに暮らしている。「いいえ、違うわ。床上手な人を選びなさい」

「お母様！」

「なんてからかいがいのある娘かしら」そう言うと、レディ・アピントンは真面目な顔になった。「とにかくヴォーン卿には気をつけるのよ。いろいろと悪い噂を聞いているの」美しい眉をひそめてカードルームのほうへ目をやった。

「どんな噂なの？」

「あなたに聞かせられるような話じゃないわ」

「あら、床上手な人を選べと言ったくせに？」

レディ・アピントンが唇をすぼめた。「なんの因果でこんな生意気な娘を持つはめになったのかしら。そういうところは息子たちにそっくりだわ。いいえ、次男にね」長兄のチャールズは親孝行な息子として知られている。「とにかく、いいわね、ヘンリエッタ・アン・セルウィック。今度ばかりは口答えしないで、母親の言うことを聞きなさい」

「でも、お母様――」

「いつでもマイルズが助けてくれるとは限らないのよ」

ヘンリエッタは〝わたしを窮地から救いだすことがマイルズの生きがいのひとつなのよ〟と言い返そうとしたが、レディ・アピントンに手で制された。

「わたしはあなたの母親で、あなたより年上なの。その忠告を聞いて損はないわ。いいわね、ヴォーン卿とかかわってはだめよ。彼は決していい結婚相手じゃない。さあ、次は誰と踊る予定なの？」

「ブレアよ」ヘンリエッタは答えた。

7

カードゲーム～フランス警察省のポーカー・フェイスの秘密諜報員を相手に知恵を働かせて闘うこと。〈危険〉の項を参照。

——〈ピンク・カーネーション〉の暗号書より

「さあ、どうする？　もうひと勝負いくか？」マイルズはテーブルにカードを扇状に広げ、誘うように尋ねた。

よりによってこの〈オールマックス〉でヴォーンと遭遇したという幸運がいまだに信じられなかった。日ごろの努力をねぎらい、どこかで運命の女神がほほえんでくれたのだろう。あの瞬間にヴォーンがヘンリエッタと話をしていなかったら……。

もちろん、いずれはヴォーンに接近するつもりでいた。だが、それにはかなり時間がかかっていただろう。今日の午後、綿密な計画を立てたのだ。まずヴォーンを尾行し、どこのクラブに通っているのかを突き止め、どの時間帯に行ったら待ち伏せできるのかを探るつもりだった。でも、それよりこのほうがずっと手っ取り早い。

ただひとつの問題は、いくら探りを入れてもまともな情報を引きだせないことだった。昨今は優秀な従僕を見つけるのが難しいとさりげなく切りだしてみたのだが、ヴォーンは肩をすくめてこう答えただけだった。「代理人が手配してくれるから、問題は感じていない」

〝くそっ、わが家の従僕はいつもぼくの目の前で死ぬんだ〟とか、〝じつは今朝方、ぼくの屋敷の従僕がひとり亡くなってね〟という返事はなかった。まっとうな者なら使用人が殺害されたとなれば、驚きなり、いらだちなり、悲しみなり、なんらかの反応を見せるのが普通だ。それなのに、ヴォーンは急に申し訳なさそうな顔をするわけでもなく、目を泳がせるわけでもなかった。しかし、事件に触れず、なんの反応も見せないことが怪しいとマイルズはにらんだ。

イギリスが誇る花の名前の諜報員たちの話題を出してみても、この戦時中にヨーロッパ大陸を旅行するのはたいへんだろうと尋ねてみても、この半月ほどロンドンではとりわけ殺人事件が続いてぶっそうだと嘆いてみせても、適当なあいづちが返ってくるだけだった。ヴォーンがいくらかでも興味を示した事柄はセルウィック家に関することだけだった。ヴォーンはセルウィック家についてはいくつか質問を返してきた。マイルズは退屈な男という役柄をわきまえ、つまらないことばかりべらべらしゃべった。リチャードが使っている馬車の色だとか、セルウィック家の料理人はジンジャー・クッキーを焼かせたら天下一品だとかいったことだ。だが、ヴォーンはそんな答えを聞きたいわけではなさそうだった。

これは怪しい。どう考えてもうさんくさい。

そう思うのに、どうしても尻尾をつかめなかった。〈オールマックス〉は諜報活動には向いていないのだ。酔わせてしゃべらせるための強い酒はないし、カードルームで許されている賭け金の額が低いため、多額の借金を作ってその返済を口実にヴォーンの屋敷を訪ねるのもはなはだ難しい。なんといっても、今のところまだ二シリング六ペンスしか負けていないのだ。これでは現金の持ちあわせがないなどと言ってもヴォーンが信じるわけがない。

「もうひと勝負どうだ？」マイルズはふたたび尋ねた。

「いや」ヴォーンは椅子から立ちあがり、そっけなくつけ加えた。「今日はもうやめておこう」

相手が諜報機関と無関係ならいやな思いをさせて悪かったと思うところだが、どうやらフランスの恐ろしい秘密諜報員らしいとわかった今、〝カブ頭〟のフィッツヒューのごとき面倒くさいつきまとい方をしたことに良心の呵責《かしやく》はまったくない。もっとも、フィッツヒューが本気になったら、こんな程度ではすまないが。

「クラブへでも行くのかい？　なんならぼくも一緒に――」

「おやすみ、ドリントン」

マイルズは思わずにんまりしそうになるのを我慢し、いかにも退屈だという表情を作った。椅子の背にもたれ、残念きわまりない口調で言う。「そうか……。じゃあ、またの機会に」

ヴォーンはステッキで軽く床をひと突きして、カードルームを出ていった。マイルズは一瞬遅れてさりげなく席を立ち、そっとドアの外をのぞいた。ヴォーンはレディ・ジャージーに挨拶をしていた。レディ・ジャージーがヴォーンに向けて指を振る。しばらくすると、ヴォーンは舞踏会場をあとにした。

マイルズは跡をつけた。

適切な距離を取り、ヴォーンが椅子駕籠に乗るときはドアの内側に隠れた。それはいかにもヴォーンが好みそうな優雅で大きな椅子駕籠《かご》だった。黒塗りに彫刻で銀色の模様が施されていて、たいまつの明かりを受けて輝いている。前後にいるふたりの担ぎ手はお仕着せを着ていた。

おそらく家に帰るのだろう。さっきヴォーンは〝おやすみ〟と言った。だが、その言葉をうのみにはできない。もしかするとあれは無理やりカードゲームに誘ってきたうるさい男を追い払うための口実だった可能性もある。そうだとすれば、諜報活動とは関係がないにしろ、クラブか娼館か愛人のところへでも行くのかもしれない。

だが、もしそうではないとしたら?

尾行してみても損はないだろう。

通りの反対側に賃貸しの椅子駕籠が並んでいるのを見て、マイルズはそちらへ急いだ。ロンドンは暗くなってから歩くには危険な町だし、普通の馬車どころか小型のふたり乗りの馬車でも入れないような狭い通りが多いことから、賃貸しの椅子駕籠が繁盛している。担ぎ手たちは雑談をしながら客待ちをしていた。どうやら昨日の闘鶏がいかに血まみれの戦いだったかについて話しているらしい。

マイルズはどちらのニワトリが勝ったのかと尋ねて世間話をする手間を省き、いちばん丈夫そうな椅子駕籠に大股で歩み寄った。かつては白く塗られていたのだろうが、今では灰色にくすみ、傷みが目立っている。マイルズは広大なノーサンバーランド州に大風が吹くほど派手に咳払《せきばら》いをした。闘鶏の話で盛りあがっていた集団からふたりの担ぎ手が重い腰をあげて歩いてきた。

「乗りますか、旦那」

ヴォーンの椅子駕籠は通りの角を曲がろうとしているところだった。ぐずぐずしていると見失ってしまう。マイルズは急いで椅子駕籠に乗りこみ、大きな体を小さな座席に押しこんだ。

「あの椅子駕籠の跡をつけてくれ」

「走るとなると別料金ですぜ」前方の担ぎ手が言った。

マイルズは半クラウン硬貨をその男の手に握らせた。「行ってくれ!」

担ぎ手は後方の担ぎ手のほうへ指を向けた。「相棒にも頼みますよ」

「ちゃんと追いついて最後まで跡をつけられたら、ふたりともにその倍額を払ってやる」マイルズは怒鳴った。「さっさと行くんだ!」

男たちが椅子駕籠を担ぎあげて走りはじめた。角を曲がるヴォーンの椅子駕籠の後部がまだちらりと見えていた気がした。マイルズは思わず身を乗りだし、そのせいで椅子駕籠が倒れそうなほど大きく揺れた。後方の担ぎ手がぶつぶつと文句を垂れ、棒を持ち直した。

マイルズは座席に腰を落ち着け、ほかに見るものもないため、前方の担ぎ手の背中をにらみつけた。

これだけ離れていればヴォーンの担ぎ手たちには気づかれないだろうと考えて、蝶番《ちょうつがい》で開閉できる天井を押しあげ、顔を突きだして前方を見た。だが距離があるため、たいまつ持ちの少年が手にした明かりがヴォーンの椅子駕籠の前で狐火《きつねび》のように揺らめいているのしか見えなかった。

どこに行くのかはわからないが、ヴォーンの椅子駕籠が遠まわりをしているのは間違いなかった。家屋が酔っ払いのように傾いている細い道を進み、騒々しい酒場と静かな教会の前を通り過ぎ、急に角を曲がってようやくにぎやかな大通りに出た。これまで通ってきたのは人けのない道や裏通りばかりで、担ぎ手は洗濯紐に引っかからないよう椅子駕籠をさげたり、道端に落ちているごみや汚物に足を突っこまないよう速度を落としたりしなければならなかった。だが、それでもヴォーンの担ぎ手たちはひるむことなく、可能な限り走りつづけた。

マイルズは興奮がこみあげてくるのを抑えられなかった。愛人宅へ向かっている可能性がないわけではないが、この界隈《かいわい》は貴族が女性を囲うような場所ではない。知らない道ばかり通ってきたし、かなりまわり道もしたが、マイルズの体内ではコンパスの針が陽気にまわりつづけ、今はぴたりと南東を指し示している。ヴォーンの椅子駕籠はメイフェアやピカデリーから遠ざかってテムズ川へ近づき、治安の悪い東の地区へと向かっている。自宅のあるベリストン・スクエアに帰るのではないのは確かだ。

鎧戸《よろいど》の閉まった商店と小汚い酒場が並ぶ通りで、ヴォーンの椅子駕籠が速度を落とした。そして角をひとつ曲がると、風に吹かれて看板が傾いている一軒の酒場の前で止まった。

マイルズは担ぎ手の背中を叩いた。「止まれ！」

椅子駕籠がマイルズのあばら骨を折らんばかりの勢いで止まった。少なくとも彼は折れたかと思った。担ぎ手の頭に胸から突っこんだからだ。うめきながら椅子駕籠を飛び降り、枚数を数えもせずに硬貨を担ぎ手に握らせて道の角に張りついた。

ヴォーンは担ぎ手から差しだされた手を断り、自分で椅子駕籠を降りた。いや、おそらくヴォーンだと思われる男がそうしたということだ。男は丈の長い黒のマントで全身を覆っていた。だが、ヘビの頭のステッキを持っている男などそうそういるわけがない。男は担ぎ手とふた言三言、言葉を交わした。おそらく迎えに来てもらう時間を知らせたのだろう。まともな紳士ならこんなところを歩いて帰ったりはしない。男は酒場に入った。

ドアの上にある色あせた看板の文字を読もうとマイルズは目を細めた。公爵の冠の絵の下に、一〇〇年ほど前に騎士が履いたような上部が幅広になっているブーツが描かれている。なんとか文字を読むことができた。そこには〈公爵の膝〉と書かれていた。

外壁の塗料ははげ、鎧戸が傾いたみすぼらしい店だった。けれども、そんな貧相な酒場でも客はそれなりに入っている様子だった。たった今も三人組が熱唱しながらおぼつかない足取りで店から出てきたが、ドアが開いた拍子ににぎやかな声とビールの匂いがもれてきた。

今さらではあるが、腰をかがめて宝石のついた留め具を靴からはずし、ベストのポケットに入れた。こんなものをつけていたら、酔っ払った紳士を狙う泥棒や追いはぎに、のろしをあげて獲物がここにいるぞと知らせるようなものだ。できればいかにも貴族らしい半ズボンと白いシルクの靴下も脱いでしまいたかったが、さすがに下着姿では目立つと考えて思いとどまった。

今、必要なのはマントだった。ヴォーンが着ているような全身をすっぽり包みこむ大きなマントだ。暗闇に潜みながらマイルズは思った。くそっ。どうしてそれに気づかなかったんだ？　だが、まさか今夜、退屈なエスコート役のあとに勇猛果敢な諜報員役を演じるはめになるとは思ってもいなかった。わかっていればそれなりの格好をしてきたものを。もちろん、全身黒ずくめにしたりはしない。そんな服装をしているのは諜報員か聖職者くらいのものだし、そのどちらだとも思われても困る。そうではなく、もっと町並みに溶けこむ目立たない地味な茶色のものを着るのだ。

そのとき折よく道の向こうから、まさにマイルズが求めている茶色いマントが歩いてきた。ただし、残念ながらそのマントにはもれなく人がついていた。鼻が曲がり、顔に傷跡のある、いかにも喧嘩《けんか》慣れしていそうな大柄な男だ。その腕には、薄汚れた花柄に破れたレースのついた綿のドレスを着ている女がしがみついていた。見たところ、マントも女も中古品らしい。

マイルズはふたりの前に進みでた。「やあ」人懐っこく笑ってみせた。「そのマントを売ってくれないか」

「マントだと？」価格の交渉に入る前に殴られそうだった。「なんでおれのマントを買いたいんだ？」

「ほら、今夜は肌寒いだろう？」マイルズは適当に答え、腕をこすってぶるぶると震えてみせた。

「売っちまいなよ、フレディ」枝にぶらさがったリスのような女が言った。「あたしがあんたをあっためてあげるからさ」

「優しい人だ」マイルズは称賛した。「それで、値段だが……」

金額を提示すると、話はすんなりまとまった。マイルズは数シリングを失った代わりに、やや臭いのするウールのマントを手に入れ、気分はほくほくだった。大きくてフードのついたマントだ。これからはもう二度とマントなしでは外出しないぞ、と固く心に誓った。

だが、マントの実用的なすばらしさに思いを馳《は》せている場合ではない。すでにずいぶん時間を無駄にしている。ヴォーンが酒場に入ってからどれくらいたつだろう？　マイルズはマントの裾をひるがえし、足早に〈公爵の膝〉へ向かった。そっとドアを開けると、ドア板が傾いた。蝶番はひとつしかなく、それも一時しのぎにつけられたとおぼしき代物だ。戸枠の材木にねじ穴が数えきれないほど残っているところをみると、これまでに何度も蝶番がはずれているのだろう。この店にははなはだしく血気盛んな客が多いとみえる。

明らかに上流階級の者だとわかる半ズボンと白い靴下をマントで覆い隠し、少しでも背を低く見せようと背中を丸めた。店内は客でいっぱいだった。明かりは壁にピューター製の燭《しょく》台《だい》がいくつかと、あとは左手に暖炉がひとつしかないため、店のなかは薄暗い。部屋の隅では、目の粗いシャツを着て、髪を乱した荒くれ者たちが、ナイフを使ってわけのわからない遊びをしていた。ただし少なくとも、遊びの目的は指を切り落とすことではなさそうだった。そこにヴォーンの姿はなかった。

別の隅では男たちがでこぼこになったブリキのカップで象牙のサイコロを振りながら賭博に興じていた。常連客らしい男が胸の大きな給仕女を無理やり膝の上に座らせている。給仕女は客の手を払ったり、抗議の声をあげたりしているが、じつはまんざらでもなさそうだった。そこにもヴォーンはいなかった。部屋の隅に急な階段があった。二階に個室があるのだろう。もちろん、男女が逢《あ》い引きをするためだが、ときには陰謀を企《たくら》むために使用されることもあるのかもしれない。

階段へ向かおうとしたとき、もうひとつの隅を見落としていたことに気づいた。あまりにも暗くひっそりとしていたので、目に入らなかったのだ。暖炉からは遠く、人目を避けるように燭台の蠟燭は取りはずされるか消されるかしている。カーブしたカウンターの右端の奥に小さな円テーブルがひとつあり、ふたりの男が座っていた。

ヴォーンだ。間違いない。フードを目深にかぶっているせいで目と額は見えないが、あのわし鼻は見覚えがあるし、傷だらけのテーブルにはそぐわない優雅で美しい手をしている。あれは労働者の手ではない。

マイルズは酒を注文しに行くふりをしながら、ゆっくりとカウンターのほうへ進んだ。

連れの男もマントを着て、フードを目深にかぶっていた。やけにマントがはやっているなと思い、マイルズは苦笑した。男ふたりは斜めに向かいあって座っていた。ヴォーンはカウンター側の席で、こちらにやや背を向けている。もうひとりは壁の角に背中を預けていた。顔が見えてもよさそうなものだが、明かりが届かないため、ヘンリエッタが好む恐怖小説に出てきそうな、顔のあるべきところに空洞しかない男に見えた。なにをくだらないことを考えていると自嘲しながら、マイルズはさらにカウンターに近寄った。

鼻の下あたりがとくに黒く見えるのは口髭でも生やしているのだろうかと思ったとき、カウンターにぶつかり、驚きのあまり声が出そうになった。

せっかくふたりのそばまで来たのだからと思い、カウンターの前の高い椅子に腰をおろし、フードで顔を隠して盗み聞きをした。

「持ってきたか？」ヴォーンが短く尋ねた。

「まあ、そうせかさないでくれ」もうひとりの男の英語には聞き覚えのある訛《なま》りがあった。フランス人なのかもしれない。だが、男とは距離が離れているし、フードは顔を隠すには都合がいいものの音がくぐもって聞こえてしまうため、確信は持てなかった。「せっかく酒場に来たんだから、まずは一杯やったらどうだ」

「ご注文は？」

最後のひと言はヴォーンではなかった。女性の高い声で、マイルズの左側から聞こえた。

「なんだって？」顔をあげると、レースのついた深い襟ぐりの胸元からぎょっとするほどあふれだした胸のふくらみが見えた。

給仕女は胸のふくらみが襟ぐりからこぼれてしまいそうな勢いで息を吸いこむと、あきれた顔で長々とため息をついた。「注文よ。早くして。ひと晩じゅう、あんたの相手をしてるわけにはいかないんだから。あら……いい男じゃないの」声が低くなった。胸のふくらみがマイルズの鼻先に迫り、安物の甘い香水の臭いが鼻を突いた。「あんたなら口説かれたら気を変えちゃうかも」

「ええと……」強烈な臭いにむせ返りそうになり——乳房で窒息するというのはこういうことだと、あとで友人や家族に教えてやろう——マイルズは椅子の上で可能な限り体を引いた。こういう店ではなにを注文すればいいんだ？　赤ワインではないことだけは確かだが、場末の酒場を開拓したのはずいぶん昔なのでよく思いだせない。「ジン」ヴォーンに聞かれないよう、かすれた声で答えた。ヴォーンは抑えた声で威圧的になにかしゃべっており、こちらの様子をうかがっている気配は感じられなかったが、念を入れるに越したことはない。これで給仕女を追い払えたと思い、また背後の会話に耳をそばだてた。

ところが、うまい具合にはいかなかった。「ジム！　この人にジンを一杯！」

「なんだって、モリー？」ジムと呼ばれた男は耳に手をあてた。「聞こえねえぞ！」

「ジンだよ、ジン！」モリーという名の給仕女はテムズ川の向こうにまで聞こえるほどの声で怒鳴った。「こっちの若くてハンサムな旦那にジンをちょうだいって言ってんの！」

目立たないでいるというのはなんと難しいのだろう。

ふたりに背を向けていて本当によかったとマイルズはつくづく思った。たとえこちらを振り返っても、見えるのは茶色いマントの背中だけだ。

「……とにかく慎重に」背後でヴォーンの声がした。

「それで……？」モリーがマイルズの肩に手をはわせた。その甘ったるい声のせいで、ヴォーンがなにを慎重にと言ったのか聞きもらした。「酒のほかになにかつままない？」

「いや、ジンだけでいい」マイルズはなるべく小さな声でそう言い、ヴォーンの言葉を聞き取ろうと努めた。今、なんと言ったのだろう？　たしか……。

おっと！　突然モリーが膝に座ってきたため、マイルズはのけぞったはずみにヴォーンのいるテーブルに倒れこみそうになり、慌ててカウンターをつかんだ。

「遠慮しなくてもいいんだよ、旦那」

「気持ちはうれしいが」マイルズは軽く押してみたが、モリーは動かなかった。「今はそんな気分じゃなくてね」

くそっ、くそっ、くそっ。背後の声がいかにも内緒話らしく一段と小さくなり、マイルズの興味はいやがうえにも増した。もう少しそばに寄ることができれば……。

「もしなにかそっち方面の悩みがあるんなら、あたしが力になるよ」

「そんなものはない」マイルズは歯を食いしばった。少なくともそっち方面には悩みなどない。「ぼくには愛人がいるんだ」正確には愛人がいたのは先週までの話だが、この際、細かいことはかまうものか。

モリーがいらだったようにマイルズの膝から飛びおりた。「いやだね、気取っちゃって。あたしなんか相手にできないっていうのかい」モリーのぶつぶつ文句を言う声が客たちの話し声のほうへ遠ざかっていったが、マイルズは気にも留めなかった。背後の会話を聞き取るのに集中していたからだ。

「残りは？」ヴォーンが低い声で尋ねた。

マイルズはマントの裾を伸ばすふりをしながら、危険を冒してちらりと振り返った。ヴォーンは一見したところくつろいでいる様子だったが、よく見るとステッキを握りしめている手に力が入っているらしく、手の甲が白くなっている。

「来週だ。そのときまでには満足してもらえるようにすべて整えておく」

ヴォーンの手から力が抜けた。「約束は守れよ」

「おれが裏切るとでも思うのか？」

「きさまならやりかねない」ヴォーンが苦々しげに言い捨てる。

フードの男は笑った。「おもしろいことを言うな」

「ああ、おもしろくてたまらないさ」ヴォーンは言い返した。「さっさと本題に入ろう。例のものは持ってきたんだろうな？」

「もちろんだ」いかにも自尊心が傷ついたという口調で訛りのある声が嘆いた。「その程度のこともできない男だと思ってたのか？」

「とんでもない」ヴォーンの声には皮肉が含まれていた。「そんなわけがないじゃないか」

「ほら」相手の男は嫌みに気づいたとしても、それを無視していた。布のこすれる音と紙のかさかさという音がした。「これだ」

「どうも」

マイルズはそっと振り返った。ヴォーンが折りたたまれた紙を受け取り、それをマントの内側にしまうのが見えた。小さなテーブルにヴォーンが両手をついて腰をあげたのを見て、マイルズは慌ててカウンターのほうへ顔を戻した。

「来週のぶんについては、いつもの方法で連絡する」ヴォーンが言った。

もうひとりの男も立ちあがったらしく、椅子を引く音が聞こえ、続いて衣《きぬ》ずれの音がした。お辞儀でもしたのか、ハンカチが落ちたのか、あるいはヴォーンのマントがテーブルの端にこすれた音かもしれない。「期待していてくれ」

「どうだろうな」ヴォーンの声は背中あわせでも聞き取れるかどうかというほど低かった。

マイルズは給仕女に向かって快活に言った。「じゃあ、おれは帰るよ」

それはとっさの行動だった。彼は急いで椅子をおりると、わざとヴォーンにぶつかった。

「すまねえ、旦那」高等教育を受けた者ではなく、港にいる男たちの言葉に聞こえることを願いながら荒っぽいバリトンで謝り、肋骨《ろっこつ》が折れていないか心配する手つきでヴォーンの胸のあたりを探った。「怪我《けが》はありませんかい？」

ヴォーンはさも迷惑そうにマイルズの手をどけた。「大丈夫だ。心配しなくていい」

「どうも、旦那」マイルズは深々と頭をさげ、そのままカウンターまであとずさり、ヴォーンの腰の高さより目をあげないように気をつけながらじっと待った。前髪を払いたかったが、余計なことをすれば怪しまれるかもしれないし、自分の手はヴォーンに負けず劣らず貴族とわかる手をしていると考え直して思いとどまった。もう充分に危険を冒している。

だが、危険に見あう収穫は得た。垂れさがったフードの下で、マイルズはにやりとした。ステッキをつきながら足早に立ち去るヴォーンの足音が部屋を横切り、ドアが開いてまた閉まった。ヴォーンが椅子駕籠の担ぎ手に指示する声が開け放たれた窓から聞こえた。

マイルズはようやく顔をあげた。

ヴォーンと連れの男が酒場から遠ざかるまでもうしばらく待ったほうがいいだろう。マイルズはモリーがカウンターに荒々しく置いていったジンのグラスを取りあげ、蠟燭を持ってくるよう頼んだあと、ヴォーンと連れの男が今しがたまで座っていた人目につかないテーブルに腰をおろした。

なんの気なしにジンを口にし、その刺すような味に思わず顔をしかめた。安物の酒はこれだからいけない。こんなものを毎日飲んでいたら目が見えなくなるというのもうなずける。グラスを押しやったとき、もはや好意的とは言いがたいモリーがマイルズの前に音をたてて蠟燭を置いた。溶けた蠟で皿に固定してある短い蠟燭だった。おそらく三〇分はもたないだろう。

だが、それでもかまわなかった。この店に長居するつもりはない。

マイルズは期待に胸を高鳴らせ、ヴォーンのベストのポケットからかすめた紙を取りだした。やつは気づかなかったはずだと思うと、知らず知らず笑みがこぼれた。紙はこっそりと手渡しやすいように小さく四角に折りたたまれていた。封蠟はなく、宛名も書かれていない。匿名性こそまさに諜報員の通信文である確たる証拠じゃないか。

中身はなんだ？　次の任務の内容だろうか？　さっきの男はフランスから到着したばかりの諜報員かなにかで、フランス警察省からの指示書を運んできたのかもしれない。あの男の英語にはフランス訛りが感じられた。

蠟燭を引き寄せ、紙を開いて薄暗い明かりにかざした。〝燃えあがります〟という言葉の下に太い線が引かれているのが目に入った。

なんだと？　議事堂に放火でもする気か？　それではかの有名なガイ・フォークスの火薬陰謀事件の再来じゃないか。

紙に火がつきそうになるほど蠟燭の明かりに近づけ、薄い茶色のインクで無造作に書かれた文字を読んだ。

一行目が目に入った。〝あなたに触れられるとわたしは燃えあがります〟

なんだって？　議事堂に放火するんじゃないのか？

マイルズは気を取り直して続きを読んだ。〝毎晩、あなたに抱きしめられることだけを願っています。あなたが窓辺に来てくれないか、わたしに触れてくれないかと、そんなことばかり考えて――〟

どう見ても国会議員を焼き殺す計画ではなさそうだ。たしかに燃えあがってはいるが、国家転覆を企んでいるとは思えない。

その先も読んでみたものの、やはり同じようなことが書かれているだけだった。でも、もしかすると、敵の手に渡ったときのために恋文を装っているだけで、本当は重要な事柄について書かれているのかもしれない。

決意も新たに、手紙を最初から最後まで丹念に読んでみた。だが最後の行にたどりついたときには、この手紙には秘密情報などなにひとつ隠されてはいないという確信を得た。暗号化されている可能性がないわけではないが、これほど赤裸々な生々しい恋文を暗号文にするのはよほどひねくれた根性のやつだ。イートン校時代に個人的所有さえ禁止されながらも愛読したクレランドの『ファニー・ヒル』を想起させる文章だ。ドラローシュはたしかに根性がひねくれているが、明らかに方向性が違う。

署名はミミズののたくったような字で、オーガスタだろうがクセノフォンだろうがなんとでも読めた。宛名の〝いとしのあなたへ〞は糸口にもならない。

くそったれ。

残念ながらこれは恋文以外のなにものでもないという結論に達し、マイルズは苦虫を噛みつぶしたような顔で手紙をテーブルに置いた。ついでにこのまま頭をテーブルに打ちつけたい気分だったがそんなことをするわけにもいかず、しかたがなく腕を伸ばしてジンのグラスを手に取った。どうやらぼくは間違った手紙を盗み取ってしまったらしい。

8

ファッション雑誌～フランスの元警察大臣補佐官ドラローシュが個人的に所有する書類。
——〈ピンク・カーネーション〉の暗号書より

日付が変わるころ、ドラローシュの執務室は静寂に包まれ、夜の闇が机にも、戸棚にも、椅子にも、石目の粗い敷石にも重く垂れこめていた。フランスの元警察大臣補佐官であるドラローシュは三〇分前に帰宅した。戸棚の扉はきっちりと閉まり、椅子は定規ではかったような正確さでまっすぐに机の下におさまっている。フランスで一〇番目に怖い人物だと言われる男の執務室で動くものはなにひとつなかった。

唯一、奥の壁でちらりと揺らめいたものを除いては……。

執務室にひとつしかない窓の真ん中の隙間に挿しこまれた金属の鋭い先端は、藻が浮かぶ湖水を泳ぐアメンボのように、闇を邪魔することなく静かに上に滑り、掛け金に触れるとぴたりと止まった。そしてまたゆっくりと動き、掛け金を押しあげた。

金属の先端が引き抜かれ、約二〇〇年間も閉じたままの窓が外側に開かれた。最近、蝶番に油を差したらしく、窓はきしまなかった。闇より暗い人影がかすかな音をたてて窓枠を越え、するりと室内に忍びこんだ。安全のために窓はまた閉められ、掛け金が戻された。人影は脱いだマントでカーテンのない窓を覆った。真夜中の仕事は明かりを必要とするが、誰かの注意を引く恐れがある。ドアの格子窓にも黒い布がかけられた。

　準備が整うと、人影は覆いのついたランタンを取りだし、そっと火をともした。なにかをこする音も、灯心のはぜる音もせず、煙も立たなかった。ただ真っ暗ななかに静かに明かりがついただけだ。

　黒い服装をした人影は満足げにうなずき、ランタンの小さな明かりをドラローシュの机のほうへ進めた。

　ほんの三〇分前にドラローシュが几帳面に戻した椅子をそっと引きだし、後ろに置いた。そして机の下に入りこみ、黒い手袋をつけた指で奥の板を探った。とげかと思うほどの小さな突起に触れると、眠り姫がそっと眠りに落ちるように奥の板が静かに開き、書類綴《と》じがひとつ入っているだけの空間が現れた。

　なめらかな動作で書類をしみひとつない吸い取り紙の上に置き、片手で小さなランタンを近づけ、もう一方の手でページをめくりながら、その内容を記憶していった。

　残すところあと二ページというとき、ランタンが震えて壁に映った影が揺れた。手の震えはすぐに抑えたものの、〈ピンク・カーネーション〉は難しい表情で書類を凝視しつづけた。

　ここまで手を伸ばしてきたのね。

どこにでもあるありふれた紙に〈黒チューリップ〉への指令の下書きが記されており、ページの真ん中に〝レディ・ヘンリエッタ・セルウィーク〟の文字が躍っていた。

名前の表記が違っているからといって、指令の内容が疑わしいことにはならない。わざと綴《つづ》りを間違えているにすぎないからだ。ドラローシュはイギリス人への侮蔑の念をこめて、わざと綴りを間違えているにすぎないからだ。

その指令書には、〝〈紫りんどう〉の関係者であるレディ・ヘンリエッタ・セルウィークとムッシュー・マイルズ・ドリーントンに特別な注意を払うべし。どちらも〈紅はこべ〉の組織や人脈を利用して、フランス共和国に不利益をもたらせる立場にある。手段は問わず〟と書かれていた。〝手段は問わず〟の下には太線まで引いてあった。

今では自分のものより見慣れたドラローシュの文字をすばやく目で追いながら、〈ピンク・カーネーション〉は考えをめぐらせた。

彼女のような性格の持ち主でなかったら、書類綴じを乱暴に閉じて呪いの言葉を吐き、震えを止めるために手を握りしめていたところだろう。だが、ジェイン・ウーリストンの場合は、顔が少し青ざめ、背筋がやや伸び、唇を引き結んだだけだった。

そんなことをさせるわけにはいかないわ。

使者が無事にイギリスへ到着していれば、〈黒チューリップ〉がロンドンに潜入したという情報はすでにヘンリエッタや陸軍省に届いているはずだ。けれど、それだけでは不充分だった。事態が進展していることを一刻も早く知らせなければならない。今夜じゅうに暗号を使った手紙を書いてしまおう。ヘンリエッタとの文通をやめる必要はない。ドラローシュがヘンリエッタに目をつけたのはリチャードの妹だからであって、フランスに頻繁に書簡を出したり受け取ったりしていることが理由ではないからだ。

書類綴じを隠し場所に戻しながら、ジェインは厳しい顔になった。理由は的はずれだが、狙いは正しいというわけだ。

ヘンリエッタが危険にさらされるような事態だけはなんとしても避けたい。〝手段は問わず〟という言葉が意味することや、過去に〈黒チューリップ〉が起こした事件については、今ここで考えてもしかたがないだろう。むやみに不安がったところで、ヘンリエッタやミスター・ドリントンのためになるわけではないのだから。それよりはなにか具体的な対策を考えたほうがいい。

もちろん、〈ピンク・カーネーション〉がここフランスでなにか事を起こせば、ドラローシュはヘンリエッタとミスター・ドリントンどころではなくなり、〈黒チューリップ〉をこちらへ呼び戻すかもしれない。だが、今はその策はとりたくない。大きな計画をひとつ進めようとしているからだ。あの偏執狂的な元警察大臣補佐官に〈ピンク・カーネーション〉はいまだフランスにいると思い知らせるためには、ここで動いてしまうのは決して得策ではない。

イギリス政府に抵抗するアイルランド人組織〈ユナイテッド・アイリッシュメン〉が、フランスの協力を得てアイルランド国内で暴動を起こす可能性があることが明らかになった。フランスのベルティエ元帥と〈ユナイテッド・アイリッシュメン〉のアディス・エメットがひそかに会合を持とうとしているという情報が、ドラローシュの極秘書類にあったのだ。その密会の場に潜入し、フランスがアイルランドを利用しようとするのを阻止するのが当面の課題だ。それに加えて、将軍たちのこともある。最近になって、フランスの将軍たちがナポレオンは尊大で抑圧的だと感じはじめているのだ。ほんの少し背中を押してやれば、彼らはナポレオンを裏切るだろう。今、その工作活動を始めたところなのだ。そんなときにドラローシュの注意がイギリスに向いたのは思いがけない幸運であり、できれば今しばらくはこのままにしておきたい。

偽の情報を流して、ドラローシュと〈黒チューリップ〉の注意を別の人物に引きつけるという手はどうだろう。でも、誰に？　いいえ、誰かに特定する必要はない。ヘンリエッタとミスター・ドリントンに疑惑の目が向けられなければいいのだから、〝漠然と誰かに〟で充分だ。社交界でピンク色を好む者が何人か怪しく見えればそれでかまわない。〈紅はこべ〉だったパーシー・ブレイクニーがなかなかのしゃれ者であったことから、フランスの課報部門はおしゃれにうるさいイギリス人がどうも気になるらしい。〈ピンク・カーネーション〉は二重課報員をふたり雇い、フランスに盗み読みされることを想定した報告書を書かせている。その報告書で今年の流行のベストについてちょっと触れれば、フランスの課報員たちは色めきたつというものだ。二重課報員を雇うのは出費がかさむが、彼らはそれに見あうだけの働きをしてくれる。

だが、偽の情報を流すのはひとつの策ではあるものの、それだけでは不充分だ。〈黒チューリップ〉ほどの諜報員はその程度のことではだまされない。念のために情報収集くらいはするかもしれないし、気はそがれるだろうが、それで釣られたりするわけがない。

ジェインはドラローシュの椅子をきっちり元どおりに戻しながら顔をしかめた。

ヘンリエッタを田舎に移しても無駄だろう。それどころか、危険が増すかもしれない。田舎は事故を偽装するのが容易だ。馬が急に暴れだすかもしれないし、狩猟の流れ弾が飛んでくるかもしれないし、毒キノコがディナーのソースにまじることもありうる。それよりは、社交界の掟《おきて》としてどこへ行くにも付き添い《シャペロン》の女性が同行するロンドンに置いておくほうがまだ安全だ。

さまざまな手段を検討した結果、ジェインはひとつの結論に落ち着いた。やはりここはなんとしても〈黒チューリップ〉の正体を探りだすしかない。

ドラローシュといえども、〈黒チューリップ〉ほど優秀な諜報員の代わりを見つけるには時間がかかるはずだ。そのあいだ、ヘンリエッタとミスター・ドリントンは余計なことに悩まされずにすむ。そして〈ピンク・カーネーション〉は、進めようとしている計画に没頭できる。まさに一石二鳥だ。

唯一の解決策は、〈黒チューリップ〉を排除することなのだ。

ヘンリエッタとイギリス陸軍省には最大限の警告を送っておこう。そして、パリにいる仲間に〈黒チューリップ〉に関する情報を探らせる。警察大臣フーシェの書類にもあたる必要があるだろう。

〈黒チューリップ〉にいつまでもイギリス国王陛下の歓迎を受けさせておく必要はない。二週間以内にその楽しみを終わらせてみせよう。論理的に突き詰めていけば、正体は必ずわかるはずだ。

ジェインは眉間にしわを寄せた。筋書きは簡単だが、〈黒チューリップ〉に先手を打たれたらおしまいだ。

だが、彼女はドラローシュの書類を盗み見るのと変わらぬ速さで心配を押しやった。手紙は急げばあさってにはロンドンに着く。つまり、三六時間後にはヘンリエッタに警告できるということだ。その手紙を読めば、ヘンリエッタも行動に気をつけるだろう。本当に危険なのは三六時間だけだし、ロンドンに潜りこんだばかりの諜報員はまずは下調べを必要とするだろうから、即座に〝手段を問わない〟行動には出たりしないはずだ。

〈ピンク・カーネーション〉はすべてを元どおりにしてランタンを消すと、窓を覆ったマントと、ドアの格子窓にかけておいた布を取りはずした。そして、侵入してきたときと同じく、するりと窓から出ていった。ドラローシュの執務室はふたたびまどろみのなかに戻った。

9

嫉妬～人の弱みにつけこむことに長けた秘密諜報員が感情的な駆け引きを行い、敵の任務を放棄させようとすること。

――〈ピンク・カーネーション〉の暗号書より

「ヘン！」アピントン邸の居間でペネロピがいらだった声をあげた。「聞いていないでしょう！」

「なんですって？」ヘンリエッタは琥珀色《こはくいろ》の飲み物が入ったティーカップからぼんやりと目をあげた。

ペネロピが顔をしかめた。「今わたし、紅茶に砒素は入れるかって訊いたのよ。そうしたらあなた、〝一杯、お願い〟だなんて」

「まあ、ごめんなさい」ヘンリエッタは象眼細工が施されたお気に入りのテーブルにティーカップを置き、申し訳なさそうにほほえんでみせた。「ちょっと考え事をしていたから」

ペネロピがあきれたように天を仰いだ。「ええ、そうみたいね」

ヘンリエッタは我慢できずに、またもや暖炉の上にある繊細な磁器の置き時計に目をやった。もうすぐ正午だというのに、まだマイルズが来ない。木曜日の午前中、マイルズは決ってアピントン邸に顔を出す。だからその日には、アピントン邸の料理人はマイルズのためにジンジャー・クッキーを焼く。マイルズにとってジンジャー・クッキーは、詩人ペトラルカにとっての愛する女性ラウラのようなものだ。木曜日の午前中にマイルズが姿を見せないというのは、セント・ポール大聖堂の鐘が鳴らないのと同じくらい絶対にありえない。

それとも今日が木曜日だということを忘れるほど、なにかに夢中になっているのだろうか？　たとえば黒髪の女性の腕のなかにいるとか？

ひと言の挨拶もなしに〈オールマックス〉から帰ってしまうなんて、マイルズらしくない。だが、昨晩、彼は黙って姿を消した。いつもなら住まいのあるジャーミン通りまでセルウィック家の馬車に便乗し、降りがけに冗談を言いながらヘンリエッタの髪を引っ張るのだ。その〝愛情をこめて〟というよりは〝からかって〟というのがふさわしい引っ張り方が気に入らず、ヘンリエッタは何度か文句を言ったことがある。けれど、それがないとなると話は別だ。昨日はどこか物足りないままに夜が終わった。

そして、あの女性も同じころに姿を消した。

偶然だろうか？　いや、そんなことはない。

べつに嫉妬しているんじゃないわ、とヘンリエッタは思った。マイルズは大人の男性だし、これまでに愛人がひとりもいなかったわけじゃない。そんなことぐらいわかっている。ただ、マイルズがあんな女性を相手にするのかと思うと残念なだけだ。だいたい、お兄様はサセックスに行っているし、ジェフはメアリー・オールズワージーに夢中だから、舞踏会やパーティでせっせとレモネードを持ってきてくれたり、冗談を言いあう相手になってくれたりする男性はマイルズしかいない。そのマイルズがあの冷たい目をした女性とばかり一緒にいるようになると、わたしにとってはほんのちょっと不便なことになる。それだけなんだから。

「そういえば、ペネロピ！」シャーロットの声でヘンリエッタは現実に引き戻された。「あなた、ゆうべ、レジナルド・フィッツヒューとバルコニーにいたでしょう！」

「だって、シャーロット！」ペネロピは友人の口調をまねたあと、いたずらっぽく目を輝かせた。「彼は年収が一万ポンドもあるんですもの。そんな人の誘いをむげには断れないわ」

「でも〝カブ頭〟よ」ヘンリエッタは冷ややかに言い放ち、マイルズと黒髪の女性の不愉快な空想は忘れることにした。

シャーロットがくすくすと笑った。「〝カブに金箔《きんぱく》〟ね」

ペネロピが横目でシャーロットを見た。「なによ、それ？」

「ほら、シェイクスピアも〝百合《ゆり》に金箔をかぶせるな〟と言っているじゃない。余計な飾りで本来の美しさを損なうなって。でも、フィッツヒューは百合じゃなくてカブだから〝カブに金箔〟。年収に惑わされて、本質を見誤ってはだめよ」

ヘンリエッタは金箔を貼りつけたフィッツヒューを思わず頭に思い描いてしまい、その想像を追い払おうとかぶりを振ったのち、ペネロピに顔を向けた。

「それにしても一緒にバルコニーに出るなんて……」

「たいしたことじゃないわ。なんの問題があるというの？」

「陰で笑われるかも」シャーロットが言った。

「フィッツヒューと結婚するはめになるかもしれないわよ」ヘンリエッタは警告した。

「まさか」ペネロピが答える。

「いいえ、可能性はあるわ」ヘンリエッタはぴしゃりと言い返した。

その理由を説明しようとしたとき、ドアのほうからブーツの足音が聞こえた。反射的に椅子をそちらへ向けると、先ほどの不愉快な空想に出てきた登場人物の片割れがご機嫌な顔でドアのところに立っていた。すでに厨房に寄ってきたらしく、アピントン邸の料理人が焼いたジンジャー・クッキーを両手に持って交互にかじっている。

「お嬢さん方、こんにちは」マイルズは愛想のいい笑みを見せた。両頬がクッキーでふくらんでいるのがちょっとまぬけだけれど……。

「あら、リチャードはもうこの家にはいないのよ」ペネロピが皮肉を言った。

ヘンリエッタはそんなことを言っても無駄だとばかりにひらひらと手を振ってみせた。

「関係ないわ。だってお兄様に会いに来るんじゃないもの」

「ここへ来れば食事にありつけるからね」マイルズはクッキーの残りを口いっぱいに頬張ってから飲みこんだ。

ヘンリエッタは小首をかしげた。「なんだかうれしそうね」

「そりゃあそうだろう。見目麗しいレディが三人も目の前にいるんだからな」マイルズが優雅にお辞儀をしてみせた。

シャーロットは頬を赤らめた。

ペネロピは鼻を鳴らした。

ヘンリエッタは疑わしそうにハシバミ色の目を細めた。「あら、ゆうべは〝お子様は勝手に遊んでいろ。こっちは大人の話で忙しいんだ〟という顔をしていたのに？」

マイルズは後ろで手を組み、とぼけて天井の漆喰《しっくい》模様を見あげた。

「さあ、なんの話だかわからないな」

「新しい愛人でもできたの？」

「ヘン！」シャーロットが声をあげた。

マイルズが指を振る。「それはレディが知るべきことじゃない」

彼が否定しなかったことにヘンリエッタは気づいた。

「そういう女性のことは話題にするなと言いたいの？」

「そういう男女関係のことは、だ」

「まさにそれよ。わたしが言いたかったのは」思わず口調がきつくなった。

「やれやれ」マイルズが嘆いた。「リチャードは余計なことをしゃべりすぎだな」

「べつにお兄様から聞いたわけじゃないわ。紳士がいないところでレディたちがどんな話をしているのか、半分でも知ったら、きっとショックのあまり耳がもげるわよ」

「そのほうが彼のためかも」ペネロピがつぶやく。

「まさかそんなことにはならないと思うけれど」シャーロットは考えこんだ。

「誰の耳がもげるの？」アピントン侯爵夫人がエメラルド色のシルクのドレスをさらさらいわせながら入ってきた。

「マイルズの耳ですわ」ペネロピが答えた。

「あら、それは明日にしてちょうだい、マイルズ。今夜はミドルソープ家の舞踏会があるの。一緒に来てくれるわね？」

「ええと……」

「よかった。夜の一〇時に、あのうら寂しい独身住まいに迎えに行くわ。いいわね、五時から一一時までのいつかじゃなくて、一〇時ぴったりよ」

「それが、今、まともなクラヴァットがなくて……」マイルズは抵抗した。

レディ・アピントンはいつもの悪い癖で鼻を鳴らした。

「そんな言い訳がこのわたしに通じるとでも思っているの、坊や？」

ヘンリエッタは思わず笑いだしそうになるのをこらえた。

それでも少し笑い声がこぼれてしまったせいで、母に緑の目でにらまれた。「今夜はあの黄緑色のドレスを着ていらっしゃい。さっき聞いたんだけど、パーシー・ポンソンビーが来るそうよ」

「ミスター・ポンソンビーのことは好きじゃないわ」

「マーティン・フロビシャーも一緒ですって」

「彼はわたしを嫌っているから」

「そんなことがあるものですか。あなたはみんなに好かれていますとも」

「ミスター・フロビシャーからは嫌われているの」

「先週、新調したばかりの上着にお酒をぶちまけてやったものね」ペネロピが愉快そうな顔でヘンリエッタを見て、嬉々として締めくくった。「上着はもうめちゃくちゃ。あれは二度と着られないわね」

「あのウェストンが仕立てた最高級の上着を台なしにするなんて神への冒瀆《ぼうとく》だな」マイルズがつぶやいた。

「だってミスター・フロビシャーは紳士にあるまじきことを言ったのよ」シャーロットがヘンリエッタをかばった。

「なんて言ったんだ？」

「たいしたことじゃないわよ」ヘンリエッタはいらだって答えた。「バルコニーに出ようとわたしを誘って、不適切な部分に手を置いただけ」

「あの野郎――」マイルズが言いかけたのと同時に、レディ・アピントンも眉をひそめて口を開いた。

「今夜、ミドルソープ家の舞踏会でお母様にお会いしたら、ひと言苦情を言っておかないとね」

「やめて」ヘンリエッタはうめいた。「だからお母様には内緒にしておいたのに。お願いだからミスター・フロビシャーのお母様にはなにも言わないで。そんなことをされたら、決まりが悪くてしかたがないわ。マイルズ、あなたもよ。なにを考えているんだか知らないけど、そのことはきれいさっぱり忘れて。わたしは大丈夫だから」

「ミスター・フロビシャーの上着とは違ってね」ペネロピがちゃかした。

「しいっ！」シャーロットはペネロピを蹴ろうとしたが、足が椅子の脚にあたり、痛みにうめいた。

「あなたたち、買い物にでも行ってくれば？」ヘンリエッタは〝あなたたちには金輪際なにもしゃべらないから〟という顔で、さっきまで親友だと思っていたふたりをにらんだ。

「いけない！」レディ・アピントンが両手を握りしめた。「シャーロットのおばあ様との約束を忘れていたわ。あなたたちふたりをお昼までに仕立屋に送っていくことになっていたの。ほら、行くわよ。急いでちょうだい」

「わたしは家にいるわ」ヘンリエッタは言った。「手紙を書かないといけないから」きっとよく考えれば誰か手紙を書く相手を思いつけるだろう。今はリボンを選んだり、レースを見て騒いだりする気にはなれない。それよりはおどろおどろしい恐怖小説でも読んでいたい気分だ。

　レディ・アピントンはじろりと娘を見たが、熱はないようだと判断したらしく、あとは使用人たちに次から次へと用事を言いつけながら、ペネロピとシャーロットを追いたてて部屋を出ていった。

「マイルズ、忘れないで。一〇時よ！」

マイルズは廊下に出た。「どこからあの元気がわいてくるんだ？」

「黒魔術を使っているのよ」ヘンリエッタは淡々と言い捨て、長椅子から立ちあがると、マイルズのそばへ寄った。「イモリの目と、カエルの脚の先っぽと、ハリネズミのエキスを少々」

「聞こえているわよ！」レディ・アピントンが廊下の向こうから声を張りあげた。

「なんて地獄耳なのかしら」ヘンリエッタはささやいた。正面玄関のドアが閉まり、三人のしゃべっている声がさえぎられた。ヘンリエッタは小首をかしげてマイルズを見あげた。

「ひとつお願いがあるの」

マイルズがヘンリエッタの頭上で壁に手をついた。「なんだい？」

彼がこういう格好をするところは数えきれないほど見てきた。マイルズはなにかにもたれかかったり、どこかに寄りかかったりするのが大好きだ。だが、どういうわけか今日はこうしていると居心地が悪かった。妙に距離が近すぎる気がする。すぐそばにマイルズの腕が伸びていることや、上等なシャツに覆われていてもわかるほどその腕がたくましいことが気になってしかたがない。濃厚な白檀《ビャクダン》と革の香りがする。あまりに接近しているせいで、顎の下にわずかに伸びた金色の髭が見えるくらいだ。彼がほんの少しでも体を傾ければ、このまま抱きしめられてしまいそうだ。

けれど、マイルズに抱きしめられるところなんて想像もつかない。そんなのは考えてみただけで落ち着かなくなる。

そこで大人の女性としてこの気まずさを解消すべく、マイルズの胸をつついた。

「ちょっと、迫ってこないでよ」

「痛っ！」マイルズは飛びのいた。「迫り方が下手かな？」

ヘンリエッタは急いで壁際から離れた。「悪くなかったわよ。でも、顎を見あげながらだと話しにくくてしょうがないわ。近侍に髭はそってもらわなかったの？」

マイルズが慌てて顎に手をあてた。

白黒の格子柄のタイルを挟んで一メートル近く離れると、少しは気分がましになった。

「それで、お願いのことなんだけど……」

マイルズは真面目な顔になった。「ああ、どうした？」

ヘンリエッタは首を振った。「そんなにたいへんなことじゃないのよ」

「それはなにと比較するかによるな」

「今夜、シャーロットと踊ってあげてほしいの」

「なんだって？」マイルズはいぶかしげな顔をした。

「あら、わたしがなにか企んでいるとでも思っているの？」

マイルズが片方の眉をあげた。

「違うわ、あなたたちをくっつけようとしているわけじゃないわよ」過剰反応したことにわれながら驚いた。「あなたはシャーロットの好みじゃないもの」

「そりゃあ、どうも」マイルズがつぶやく。

「そういうことじゃなくて……」ヘンリエッタはため息をついた。「ゆうべ、シャーロットは〈オールマックス〉でしょんぼりしていたの。いかにも財産目当ての男の人たちを除いたら、誰からもダンスに誘われなかったから。今年はずっとそんな感じなのよ」

「無口な女性だからな」マイルズは男の気持ちを代弁した。

「だからって、なにも感じていないわけじゃないわ」ヘンリエッタは言い返した。「おばあ様の隣にずっと立っていると気がめいるみたいなの」

「ダヴデイル公爵未亡人の隣にずっと立っていたら、ぼくだって気がめいる。あの女性は社交界の脅威だ」

ヘンリエッタは期待をこめてマイルズを見あげた。「さっきのお願い、聞いてくれる?」

「ああ、いいよ。最初のカドリールはぼくのためにとっておいてほしいとシャーロットに言っておいてくれ」

「ありがとう！ あなたっていい人ね」ヘンリエッタはにっこりして爪先立つと、マイルズの頬にキスをした。その頬はあたたかくて、はっとするほどやわらかかった。

慌ててかかとをついたせいで、彼女は後ろによろめいた。

「知っているよ」

「まあ、相変わらずうぬぼれ屋だこと」いつものせりふを口にすると、慣れ親しんだお気に入りの毛布に包まれているような気分になった。

「夕方、馬車で公園にでも行くかい？」マイルズが尋ねた。

ヘンリエッタは残念に思いながら首を振った。

「それがだめなの。新しい歌の先生が午後の五時にお見えになるから」

「歌の先生が変わったのか？」ふたりは玄関のほうへ歩きだした。「アントニオ先生はどうしたんだ？」

ヘンリエッタの頬にえくぼが浮かんだ。「料理人と芸術的見解の相違があったの」

「なんだい、その芸術的見解の相違というのは？」

「アントニオ先生は、真の芸術家たるものはいちいち料理人ごときに許可を求めることなく、みずからの望むところに従ってクッキーに手を出してもいいと考えていらしたのよ。でも、料理人はその意見に賛同できなかったというわけ」ヘンリエッタはちらりとマイルズを見た。

「ほら、うちの料理人って、麺棒を持たせると怖いから」

「ぼくには優しいぞ」

「あら、またうぬぼれている」

マイルズは脇にどいて従僕が玄関のドアを開けるのを待った。「おや、嫉妬か？」

ヘンリエッタは開いたドアの前で立ち止まった。

「どうしてわたしが嫉妬しなくちゃいけないのよ」

「隠しても無駄だぞ」マイルズはすべてお見通しだという顔をした。「きみの家の料理人のお気に入りはこのぼくだ」

「ああ……料理人ね」ヘンリエッタは深く息を吸いこんだ。「ええ……もちろんそうだわ」

「おいおい、大丈夫か？　なんだかおかしいぞ」

ヘンリエッタは作り笑いを浮かべた。

「なんでもないわ。ただ、その……ちょっと……」

マイルズは帽子を頭にのせた。

「じゃあ、今夜、舞踏会で。ぼくがよろしくと言っていたと料理人に伝えておいてくれ」

玄関のドアが閉まった。ヘンリエッタは大理石の玄関広間に立ち尽くし、ドアをいつまでも見つめていた。そのうちに従僕がそろそろと寄ってきて、ドアを開けるかと尋ねた。その言葉はほとんど耳に入らず、ヘンリエッタはうわの空のまま首を振った。さっき、わたしはなんと言おうとしていたのだろう？　本当にそんなことを言いかけたのだろうか。とても信じられない。

〝ちょっと……嫉妬したの〟と？

10

ロマン派の詩〜陸軍省の秘密諜報員が書いた詳細な報告書。
——〈ピンク・カーネーション〉の暗号書より

アピントン邸の正面玄関前の階段をマイルズは足取りも軽くおりていった。ヘンリエッタにキスされた頬が気になり、思わず手でこすった。化粧水の香りに鼻がむずむずした。いつものごとくなんの花の香りかはわからないが、とてもいい匂いがする。ヘンリエッタの香りだ。帽子をかぶり直し、彼女のことを頭から追いやると、樹木の影が落ちた通りを眺めた。まだ昼過ぎだ。午後の時間はたっぷりある。

今日はいい一日になりそうだと、マイルズはのんびり考えた。近侍のダウニーはたった四回の挑戦でクラヴァットを〈滝〉と呼ばれる形に結ぶことができたし、アピントン邸の料理人が作るジンジャー・クッキーは神がかり的にうまかった。劇場街のヘイマーケットでは新人ソプラノ歌手がデビューしたらしい。今はちょうど愛人がいないことを考えるとその歌手が気になるところだが、具合のいいことにヘイマーケットには自分が使っている情報屋がい目にかかった前髪をかきあげ、振り返ってアピントン邸を見あげると、おのずと笑みがこぼれた。今は親から独立してロンドンに自宅を持っているが、それでもこのアピントン邸のほうがはるかに自分の家だという気がする。

正面玄関前の階段を初めてあがったのは八歳のときだった。クリスマスだというのに行く当てもなく、ここへ連れてこられたときはびくびくしていた。両親はヨーロッパ大陸へ旅行中だし、年老いた乳母は病気の姉を看病しに行ってしまったため、マイルズにはクリスマスを一緒に過ごしてくれる人がいなかった。それを見たリチャードが自宅へ招いてくれたのだ。

リチャードは友人の首根っこをつかまえ、ずるずると引きずりながら自宅の正面玄関を入り、声も高らかに宣言した。「マイルズ・ドリントンを連れてきたよ」

当時のアピントン侯爵夫人はまだ若かったが、すでに性格は女帝然としていた。

「ご家族はご存じなの？」

正直なところ、リチャードもマイルズもそんなことを言われるとは思ってもいなかった。

リチャードはしばらく考えたのちに答えた。「ううん」

ついにわが息子は誘拐犯にまで落ちぶれたのかとレディ・アピントンは愕然《がくぜん》とし、道を踏みはずした次男に厳しい顔を向けた。

「その子を返していらっしゃい」

「いいんです」マイルズは当然のように答えた。そのとき、フリルのついたドレスを着たぽっちゃりとした幼い女の子がよちよちと玄関広間に出てきた。「家族はべつにぼくを返してほしいとは思ってませんから」

その突拍子もない返答にレディ・アピントンがなにか言う前に、幼い女の子は薄汚れた人形をマイルズの手に押しつけた。陶磁器でできた頭が不吉に揺れ、首とドレスのつなぎ目から詰め物がはみだしている。「あそぼ」

クリスマス休暇をこのアピントン邸で過ごすなら、こういうことは最初にびしっと言っておくべきだとマイルズは考えた。「男の子は……」せいぜいしかつめらしく答えた。「そういう人形では遊ばないんだ」

幼い女の子はひるむ気配も見せず、もう一度、その人形をマイルズに押しつけた。

「あそぼ」

「リチャード、兵士の人形はないのか？」マイルズは尋ねた。

それが始まりだった。そのとき以来、マイルズはセルウィック家の家族も同然になった。レディ・アピントンは早速、マイルズの母親に事情を知らせる手紙を書き送った。ドリントン家のひとり息子が他家に入り浸るのを先方は快く思わないのではないかと心配したからだ。ところがマイルズの母親から返ってきた手紙には、オペラ《フィガロの結婚》の感想が書かれているばかりで、肝心の息子についてはひと言も触れられていなかった。それを読んだレディ・アピントンは、イタリアの方角に向かってレディにあるまじき言葉を吐き捨てた。その夜、マイルズはレディ・アピントンからやけに世話を焼かれ、ベッドに入るときには本気で窒息するかと思うほど強く抱きしめられた。

これ以降、クリスマス休暇と夏休みと、それ以外にもなにか機会があればそのときも、マイルズはアピントン邸に滞在するのが当然のこととなった。アピントン公爵は釣りに連れていってくれたり、領地管理の基本を教えてくれたりした。レディ・アピントンには叱られたり、甘やかされたり、学校に着ていく服をそろえるためにあちこちの店を引きずりまわされたりした。ときおり、ヨーロッパにいる両親から、うさんくさそうな瓶詰めのミネラル・ウォーターや、オペラの楽譜や、二歳児がはくようなサスペンダーつきの半ズボンが送られてきたりした。だが、そのころにはすでに自分の本当の家はアピントン邸だと感じるようになっていた。

それにアピントン邸に行けば、なんといってもあのジンジャー・クッキーがある。厨房に戻ってもう何枚か取ってこようかとも考えたが、今日は一二枚も食べたのだからさすがに充分だと思い直した。それに、これから大事な用がある。

口笛を吹きながら、軽やかな足取りでクラブを目指した。昨晩、ヴォーンのポケットから見当違いの手紙を抜き取るという大失態を演じたあと、ショックのあまり、あの人目につかない隅の席に長いあいだ座りこんでいた。それでも喉が焼けるような安物のジンを何口か飲むと元気が出てきて、自分をののしるのはやめ、わが身に鞭をくれるという自虐的な空想を放棄した。グラスの中身を半分空けるころには、ヴォーンを尾行したのは大手柄だったという揺るぎない自信を得た。程度のほどはともかく、ヴォーンがなにか怪しいことにかかわっているのは間違いないと確証を得られたからだ。清廉潔白な男があんな場末の酒場で男と密会などするものか。

盗み損ねた通信文については……あれはどうでもいい。証拠などこれからいくらでも集められるのだから、通信文のひとつやふたつ、たいしたことではない。そう考えはじめたころにはすでに酒の残りはグラス三分の一ほどになり、短い蠟燭は燃え尽きて、店員のモリーは相変わらず不機嫌だったが、自分としてはすっかり楽観的な気分になっていた。たかが一通の通信文がなんだ。そんなものはなくても、陰謀の全容を証明できる証拠を集め、この町でヴォーンが接触している人物を突き止めてみせる。

もしかしたらあの通信文はヴォーンの関与を裏づける証拠だったかもしれないが、それがあったからといって共犯者をあぶりだせるわけではない。だが、仲間がいるのは確かだ。少なくとももうひとりのマントの男はそうなのだから、きっとほかにも何人かいるのだろう。諜報員というのは組織力を駆使して悪事を働くものだ。

グラスが空になるころにはひとつの計画ができあがっており、体調が万全とは言いがたい状態でさえなければ、すぐにでも実行に移すところだった。いや、酔っ払っていたわけではない。安酒とはいえ、たかが一杯のジンで酔うわけがない。いや、三杯だったか？　そこのあたりはよく思いだせないのだが……。ちょっと疲れていたのだ。そう、それだ。昨日の夜は疲れていたのだ。

酒場を出るときはドアの取っ手がどこにあるのかさえわからなかった。そこで、この計画はひと晩ゆっくり練りあげ、実行に移すのは明日にしようと考え直した。もっとまっすぐに歩けるようになってからのほうがいいと判断したのだ。それに、この計画には協力者が必要だ。その当てはあった。

セント・ジェームズ通りに入り、馬の御し方が下手な馬車をかわし、きびきびとした足取りで〈ホワイツ〉を目指した。目的は大きなグラスに入ったブランデーを一杯やることと、友人を犯罪の共犯に引きずりこむことだ。

こういうときこそリチャードがいてくれたらいいのにと思うと残念でしかたがない。あまり認めたくはないし、少なくとも口に出して言いはしないが、いちばん古い友人のいない〈ホワイツ〉はどこかうら寂しい。だいたい客観的に考えても、リチャードほど協力者としてうってつけの相手はいない。ふたりのあいだには学生時代から築きあげてきたふたりにしかわからない隠語がたくさんある。それはフランスの優秀な諜報員でも見破ることのできない立派な暗号だ。だが、リチャードは恋に落ちてしまった。どうしてもう少し分別を働かせなかったんだ?

エイミーのことが気に入らないわけではない。それなりに美人だし、性格は明るいし、リチャードに尽くしてもいる。自分の好みではないが、それはたぶんいいことなのだろう。親友の妻に横恋慕するほど不名誉で厄介なことはない。もっとも、親友の妹にちょっかいを出すのはもっと人の道にもとることだが……。とにかく、リチャードと同じ目でエイミーを見られないのは残念でもなんでもないし、親友が幸せならそれに越したことはないと思う。

しかし、結婚すると男は変わる。申し分ない妻をめとったとしてもそれは同じだ。これが以前なら、ともに赤ワインの瓶を空け、ナポレオンを小ばかにする冗談を交わし、一緒にヴォーンを陥れる計画を立て、〝ジェントルマン・ジャクソン〟の拳闘場へ行ってひと勝負するところだが、その肝心の相手はサセックスの田舎に引きこもってしまった。なんてもったいない話だ。

でも、まだジェフがいる。幸い、ジェフは結婚という足枷《あしかせ》をつけられていない。マイルズは〈ホワイツ〉に入ると、人生で二番目に古い友人の姿を探した。ジェフはつい最近までパリに滞在し、〈紫りんどう〉の組織の二番手を務めていた。

そして現在はロンドンに戻っている。そんな親友の協力を仰がない手はない。部屋の奥にある小さなテーブルに見慣れた後ろ姿を見つけ、マイルズはそちらへ進み寄った。

「やあ、ジェフ」

ジェフは短く刈った黒っぽい髪の頭を垂れたまま、傷だらけのテーブルを羽根ペンでつついていた。

「おい、ピンチングデイル・スナイプ」

反応はなかった。

そばに寄ると、羽根ペンでリズムを取りながらぶつぶつとつぶやく声が聞こえた。

「〝もし――トン、トン――汝《なんじ》を――トン――振り向かせることが――トン、トン――できたなら――〟」

「〝ぼくはめちゃくちゃ幸せだ〟と続けておけ」マイルズは言った。

ジェフがはじかれたように顔をあげた。「なにをしに来た？」とてもじゃないが、人生で二番目に古い友人からの言葉だとは思えない。

マイルズはしみがいくつもついた紙をにやにやしながら見た。「こういうものを書くためじゃないのは確かだな」テーブルに片肘をつき、ジェフのきれいな文字をすばやく目で追った。「〝ああ、アルビオンの王冠に輝く美しい宝石よ、汝をわがものにせん〟だと？」

「おまえはほかにすることがないのか？」ジェフは手で紙を覆い隠し、苦々しげに言った。

「べつにないね」マイルズはジェフの指の隙間をのぞきこんだ。「おい、まったく韻が踏めていないぞ」

「どうせ誰かの邪魔をするなら、愛人のところへでも行ったらどうだ？　どこかはるか遠い地の果てに愛人はいないのか？」

「それがいないんだ」マイルズはジェフの抵抗を無視してテーブルに腰をのせると、友人の前に脚を投げだした。「カタリーナとは先週、別れたんだ。ディナーに遅れたら、お茶の道具一式を投げつけられた」

ジェフがにやりとする。「砂糖入れもか？」

「ティーカップの受け皿までもだ」マイルズは答えた。「オペラ歌手として性格が激しいのは悪くないが、会うたびに破片のかけらを踏むはめになるのは疲れた。食器がぶつかると、結構痛くてね」

マイルズは苦笑いをした。あるときなどクラヴァットの折り目から細かい破片をすべて取り除くのにずいぶんと時間がかかり、近侍のダウニーがあからさまに不機嫌になった。ダウニーと愛人のどちらを取るかと言われれば……それは選択の余地などない。ダウニーほど流行の最先端をいく形にクラヴァットを結べる近侍はそういないからだ。

「だったら、さっさと次の愛人を見つけに行ったらどうだ？」ケチをつけられた詩を手で隠したまま、ジェフが言い返した。「今夜、ヘイマーケットでフランス人のオペラ歌手が舞台に立つらしいじゃないか。急げば今からでもいちばん乗りで、マダム・フィオーリラを口説けるかもしれないぞ」

「オペラ歌手はしばらく遠慮しておくよ。気性が荒すぎる。それに、今夜はミドルソープ家の舞踏会に出席するというお勤めが待っているんだ。リチャードがサセックスに行っているあいだはぼくがヘンの面倒を見ると約束したからな。せいぜい若い雄の虫を追い払わないと」

「それってオオカミにニワトリ《ヘン》を守らせるようなものじゃないのか？　あ、いや。くそっ、下手なしゃれを言うつもりはなかったんだ」

「おまえは、だじゃれも詩に負けず劣らず下手くそだな」

「今のは聞かなかったことにしよう」

「つまりは、ぼくのほうがセンスがいいと認めたわけだ」マイルズはうなずいた。

ジェフはいらだった顔で友人を見たが、反論はしなかった。

「さっさと帰れ。ミドルソープ家の舞踏会にはぼくも行く」

「その言葉を聞きたかったんだ」マイルズはジェフの肩を叩き、低い声でささやいた。「力を貸してほしい」

口調の変化に気づいたジェフは羽根ペンを置き、室内に誰もいないことを確かめたあと、真面目な声で尋ねた。「どうした？」

「今夜、ある男の屋敷に忍びこむ。そいつを舞踏会の会場に引き留めておいてほしい」

「誰の屋敷へ泥棒に入るつもりなのか話す気はあるのか？　それは秘密か？　目的は？　まさか、また賭けをしたんじゃないだろうな？」ジェフがじれったそうに矢継ぎ早に質問した。

あれは八年も前の話じゃないか。それに賭けに勝ったあと、おまるはちゃんと返しておいたぞ。ジェフのことだから、きっとまたその話を持ちだすとは思っていたが。

挑発にはのるものか。ここで言い訳をしはじめると厄介なことになる。そこでこう尋ねてみた。「ヴォーンという男を知っているか？」

ジェフが眉根を寄せた。

「ああ、知っている。ぼくたちがまだ学生だったころ、伴侶を亡くしてヨーロッパ旅行へ出かけた男だ。奥方の死について、いろいろとささやかれていた。奥方は莫大《ばくだい》な財産を持っていたが、それをヴォーンがすべて相続したんだ」ジェフは顔をしかめた。「ヴォーンは金遣いが荒かった。そんなときに奥方が亡くなったものだから、なにかおかしいということになった。死因は天然痘だとされていたが、怪しいものだ」

「ほかにもなにか聞いているか？」マイルズは促した。

「あとはよくある話ばかりだ。悪名高い〈ヘルファイア・クラブ〉に所属していたとか、いや、別の秘密結社だったとか、そういったことだ。どれも裏づけがあるわけじゃなく、たんなる噂の域を出ない」

「その秘密結社がフランスの革命運動に傾倒していたということはないのか？」マイルズは勢いこんで尋ねた。

一七八〇年代後半から一七九〇年代にかけては、革命を支持する秘密結社がいくつか存在した。フランスで起きた一連の出来事を勇敢なる新時代の幕開けだと称賛するトマス・ペインをあがめた人々が作った組織だ。その多くにフランス人諜報員が潜入し、絶好の温床とばかりに反乱分子の種を植えつけた。イギリス政府は不穏な秘密結社を次々と首尾よく解体させたが、いかんせん、ひとつずつつぶしていくしかなかったため、なかには捜査の網をすり抜けた団体もある。そういった組織が結束したという可能性はあるはずだ……。

ところがジェフは首を振り、マイルズの推理を一蹴した。

「いや、そんな思想的なものではなく、いかがわしい遊びのほうだ」

「どうしてそんなことまで知っているんだ？」

ジェフが眉をあげた。「そういうことを把握しておくのがぼくの仕事だからだよ」

マイルズは顔をしかめた。ジェフが彼を悔しがらせようとしてそんな表情をしたのが見え見えだったからだ。

「おまえはヴォーンがくさいと思っているんだな？」ジェフが尋ねた。

「ああ、ぷんぷん臭う」

「だったら、なにかぼくにできることがあれば遠慮なく言ってくれ。そのときは力になるから」

ジェフはそう言うとまた机のほうを向き、羽根ペンで紙をつつきはじめた。マイルズの見る限り、ジェフが創作しているのは詩ではなく、たんなるインクのしみばかりだ。

これではともに赤ワインの瓶を空けるのも、〝ジェントルマン・ジャクソン〟の拳闘場へ行ってひと勝負するのもあきらめるしかなさそうだ。

「誰かが祖国を守らなければならないからな」マイルズはジェフの丸まった背中に向かってつぶやいてみた。だが、ジェフは韻を踏んだ詩を作るのに忙しく、こちらの言葉など聞いてはいなかった。

ジェフが失恋の詩を書いているのなら、それなりに意義のあることと言えなくもない。ただし、傑作を書かなければ意味はないのだが……。そんなことを考えていると、昔から感じている疑問がまたしても頭をもたげた。だいたい失恋の詩に傑作なんかあったか？　あるとはとても思えない。つまり、どちらにしても時間の無駄だ。

フランス軍はキューピッドを狙撃兵に雇ったのだろうか？　このままではそのうち、〝カブ頭〟のフィッツヒューまでもが女性に色目を使うようになるかもしれない。もしかすると、これはフランス軍の新しい作戦か？　きっとフランス産のブランデーに妙な薬を盛ったに違いない。まともな男が恋にうつつを抜かし、くだらない詩を書くのに忙しくなって、フランス軍がイギリス海峡を渡るのにも気づかなくなるような薬だ。だが、ぼくだけはその影響を免れた。今となってはイギリス唯一の希望の星だ。

マイルズは天を仰いだあと、くだらない詩の攻撃を受けずにゆっくりと作戦を練ることができそうな座り心地のいい革の椅子を探した。

今夜はヴォーンの自宅を捜索しよう。そして明日は外国人局へ行き、最近、入国した者の名前を調べるのだ。ロンドンに滞在している外国人は、すべて外国人局に登録されている。もちろん、最近のものを捜しても、そこにヴォーンの密会相手の名前があるとは限らない。違法に入国したかもしれないし、あるいはもう長くロンドンで暮らしており、フランスからもたらされる連絡を仲介しているだけかもしれないからだ。だが、どちらにしてもあの男の正体を探るには、まずは外国人局から始めるのが順当だろう。

誰かが祖国を守らなければならないのだから。

11

カドリール～策略という名の命懸けのダンス。

――〈ピンク・カーネーション〉の暗号書より

午後一時、ヘンリエッタは自分にも世の中にも無性に腹が立っていた。

今しがた、わたしをお母様のもとまでエスコートしてきた若者はいったいなんなのかしら？　本人はおしゃれをしているつもりなのだろうが、暗い褐色のベストに明るい黄緑色の上着という組みあわせはどう考えても変だ。そんな色を勧めた相手の顔を見てみたい。そのうえ従僕は飲みたくもないシャンパンのグラスを差しだすし、舞踏室のなかはライラックの香りでむせ返りそうだし、短い袖のレースが肌に触れて頭がどうかなりそうなほど猛烈にかゆくていらいらする。

でも、誰よりも腹立たしいのは自分だ。

だいたい、今日は昼間から虫の居所が悪かった。妙に落ち着かず、手紙を書きはじめてもすぐに便箋をくしゃくしゃに丸め、本を広げたけれどそれもすぐに閉じ、べつに見たくもな窓の外をむしゃくしゃしながら眺めていた。こんなことならシャーロットたちと一緒に仕立屋にでも行っていたほうがまだ気が紛れたのにと悔やんだほどだ。だが、みんなが出かけてから三時間もたってからそんなことを考えても遅いと思うと、さらに気分が悪くなった。

いちばん腹立たしいのは、癪に障るけれどもマイルズの動きをいちいち目で追ってしまうことだ。今夜、ヘンリエッタは一〇曲ダンスを踊り、メアリー・オールズワージーの妹レティとしばらくおしゃべりし、男性とバルコニーに繰りだしそうになるペネロピを引き留めて世間の目から守り、そのあとシャーロットと長い時間語りあった。サミュエル・リチャードソンの小説について意見を交わし、詩人リチャード・ラヴレースはロマン派の英雄か女性の敵かという点について議論したのだ。シャーロットは前者、ヘンリエッタは後者の意見だった。そうしているあいだもずっと、シャーロットはマイルズのことを気にしていた。

マイルズは会場に着くと、まずヘンリエッタにレモネードを運んだあと、すぐにカードルームに引きこもり、三〇分ほどするとヘンリエッタの様子を見に会場へ戻り、〝カブ頭〟のフィッツヒューと長いあいだ馬の話をしていた。それから友達と三人でバルコニーに出て葉巻を吸い、舞踏室に戻ってレディ・ミドルソープと儀礼的なダンスを踊り、ミドルソープ家の一七歳になる息子の前で昨日の拳闘の試合を生き生きと再現した。

ああ、いらいらする。わたしったらなにをくだらないことをしているんだろう……あら、マイルズはどこに行ったのかしら？

姿が見えない。自分が歯ぎしりをした音が聞こえたような気がした。

これではまるで、わたしは世界一まぬけでおめでたい女だ。

今、わたしに必要なのは……ヘンリエッタは袖のレースのかゆみにいらだちながら考えた。ほかのなにかおもしろいことよ。よりによって今さらマイルズが気になるなんて、わたしはよっぽど退屈しているに決まっているわ。だって、あのマイルズなのよ、と今夜はもう一五回も思ったことをまた頭のなかで繰り返した。マイルズといえばその昔、セント・マーティン・イン・ザ・フィールズ教会の尖塔《せんとう》におまるをのせ、教会から破門されそうになったいたずら者だ。それにアピントン・ホールでリチャードの今は亡きコーギー犬とボール遊びをしていて、アヒルの池に背中から落ちたおっちょこちょいでもある。まあ、たしかにあれは彼がまだ一三歳のときだったけれど。そう思ったあと、慌ててその事実を頭から押しやり、あのときの水しぶきの音や、くそっと悪態をつく声や、ガーガー鳴く声のことを思いだそうとした。ちなみに、ガーガー鳴いたのはマイルズではなくアヒルだ。マイルズはほかにもドンウェル・アビーの修道士の幽霊に化けたこともある。あのときは一週間ばかり悪夢に悩まされたものだ。

マイルズのために公平を期すなら、彼には優しい面もある。女の子は立ち入り禁止のツリー・ハウスに内緒で入れてくれたし、大好きなウサギのぬいぐるみをくれたこともあった。ヘンリエッタはそのウサギにバニーという名前をつけた。独創的な名前だとは言いがたいけれど……。だけど、今は公平を期す気になれなかった。それよりも、以前のようにマイルズを無視できる力が欲しい。まさかそれが特殊能力だとは思ってもいなかった。

こんなときはなにかに忙しくしているほうがいい。そうだ、例のフランス人諜報員を捜せばいいんだわ。そう考えると少し元気が出てきた。だが、どこから手をつければいいのかさっぱり見当がつかない。ジェインの手紙には恐ろしい諜報員がイギリスへ渡ったと書かれているだけで、それがどんな人物なのか詳しい情報はなかった。あまりのじれったさに、今日の昼、よっぽどボンド通りまで出かけていって、陸軍省との連絡係であるリボン店の女主人になにか知らないか話を聞いてみようかと思った。しかし、リボン店の女主人とはリボンに関すること以外はなにもしゃべってはならないと堅く言い渡されている。余計なことを話せば、どこからか秘密がもれないとも限らないからだ。それに自分と同じく、彼女もなにも知らされていない可能性が高い。

やはり、唯一の希望はエイミーだ。こういうときにどこから調べはじめればいいのか、彼女ならなにかいい案を出してくれるだろう。なんといってもエイミーは頭が切れる。彼女からいつごろ返信が来るだろうかと、ヘンリエッタははやる心で考えた。もしエイミーが手紙を読んですぐに返事を書いたとしたら？　もちろん、用事があって手紙はあとまわしになり、一カ月もたったころ書き物机に置きっぱなしになっているのを見つけることになるかもしれない。でも、この際、その可能性は考えないことにしよう。もしかしたらエイミーはとても人間業とは思えない速さで返事を書き終えて、まだセルウィック・ホールの厨房で喉の渇きを癒やすためにビールを一杯飲んでいるわたしの手紙を届けた郵便配達人にその返事を渡してくれるかもしれない。それでももしその配達人が帰り道は元気な馬を乗り継いで、あたかも追いはぎの集団に追われているような速さで脱兎《だっと》のごとく戻ってきたら……。いえ、それでも返事が届くのは明日だ。ヘンリエッタはがっかりした。

もう、いやだ。

「あら、見て！」アピントン侯爵夫人がヘンリエッタの肘をつついた。ヘンリエッタはいらいらしながら、つつかれたところを手でさすった。上出来だわ。これでわたしの腕はかゆいだけじゃなくて痛くもなった。「マイルズがシャーロットと踊っているわ。まあ、優しい子ね」

「はいはい」ヘンリエッタは冷ややかに応じ、母が指さす先を苦々しい思いで見た。ダンスフロアでは、マイルズがシャーロットと一緒にほかのカップルたちとカドリールを踊っている。

ほかの人の目にどう映るのかはわからないが、少なくともヘンリエッタはマイルズが会話に苦心しているのを見抜いた。なにを話せばいいのか見当がつかないのだろう。目を少し細め、考えこむ様子で眉根を寄せ、難しい哲学定理について悩んでいるかのような顔つきをしている。やがて眉のあいだが開いたところをみると、なにか話の糸口を見つけたらしい。どうせ天気かなにかの話題だろう。マイルズは眉をあげ、白い歯を見せてにっこりした。

ヘンリエッタは心臓がぎゅっと縮んだ。どうしてマイルズ相手にこんな気持ちになるの？

マイルズがシャーロットの肩越しにヘンリエッタと目を合わせ、にやりとする。

彼女ははっとして頬が熱くなった。慌ててグラスの中身を飲んだせいで、シャンパンが気管に入った。

炭酸がつんと鼻を突いた。

苦しそうにむせている娘を見て、レディ・アピントンがいぶかる顔になった。「あなた、今日はちょっとおかしいわよ」

ヘンリエッタはうめきたいのをこらえた。そんなことをするのはレディとしてお行儀が悪いし、だいたいシャンパンのせいで喉がひりひり痛み、うめき声などもらせそうにない。

「わたしなら大丈夫よ」

「ヘンリエッタ」レディ・アピントンは〝この母に嘘は通じないわよ〟という目で娘を鋭く見据えた。「なにがあったのか言ってごらんなさい」

「なにもないわ。気分は爽快よ。ああ楽しい。最高だわ」両腕を大きく広げたせいで、袖口のレースが二の腕のやわらかいところにこすれた。ヘンリエッタは顔をしかめた。「袖のレースがすれてかゆいのよ」

「だからそのレースはやめなさいと言ったでしょう?」レディ・アピントンは冷たい声で言い、知りあいに手を振った。

わたしはもう二〇歳だけど、誰か養女にしてくれないかしら?

マイルズはシャーロットをダヴデイル公爵未亡人のもとまでエスコートし、そのパグ犬を男らしく勇敢にかわしながら、そそくさとこちらのほうへ逃げだした。ヘンリエッタは思わず髪をなでつけそうになったが、その手を無理やりおろした。

マイルズの動きを見ていたのだろう。黒髪の女性が彼の行く手をすばやくさえぎった。今夜は黒ではなく、くすんだ紫のドレスを着ているが、それが誰なのかヘンリエッタにはひと目でわかった。あの女性だ。こうして近くで見ると、腹立たしいほどの美人だ。どこか欠点はないかとまじまじと眺めてみたが、そんなものはひとつも見あたらなかった。白い肌に赤い唇が妙になまめかしい。

だが、半径一五メートルの範囲内にいる女性を不器量に見せるからといって、それだけで彼女を嫌いになるのは筋が通らない。ヘンリエッタは顔をしかめ、みずからを戒めた。ギリシア神話のヘレネーやアフロディーテを見ればわかる。彼女たちはその美しさゆえにみじめな思いをしたし、美貌のほかにはとりたてて長所もない。モンヴァル侯爵未亡人もあれほど美しければ、きっとそれなりに悩みがあるはずだ。同性からはわけもなく憎まれ、男性からは妙な誤解を受けて追いまわされているだろう。もしかすると、本当は慎み深い性格かもしれないのに。

ふん。なにが慎み深いものですか。なによ、あれ。なれなれしくマイルズの腕に手をかけたりして。いっそのこと、首に両腕をまわしたらどう？　そのとき、ヘンリエッタの心を読んだかのように、黒髪の女性がマイルズの頬に手袋をはめた手を伸ばした。

まあ、なにをしているの！　こんな猿芝居を見せつけられるのはまっぴらだわ。本当なら今わたしはダンスを踊っているはずなのに、どうやら〝カブ頭〟のフィッツヒューはわたしを誘ったことを忘れているらしい。だったら、古い友人であるマイルズのもとに少しばかりおしゃべりをしに行ったところでなんの問題もないはずよ。

ヘンリエッタは社交的なほほえみを盾のごとくしっかりと顔に貼りつけ、シャンパンのグラスを騎兵隊長の司令杖のように高く掲げてつかつかとマイルズに歩み寄ると、彼の腕のそばにぴたりと寄り添った。

「こんにちは」彼女は明るい声で挨拶をした。

「おっと」唐突にヘンリエッタが現れたことに驚き、マイルズが目をしばたたいた。いけすかない相手だけれど最初から喧嘩腰はよくないと思い、ヘンリエッタはとびきり愛想のいい表情を浮かべ、ひときわあたたかい声でモンヴァル侯爵未亡人に話しかけた。

「なんてすてきなドレスだろうとずっと思っていましたの。レースがとても優雅ですわ」

侯爵未亡人はわずらわしいフェレットでも見るような目つきでヘンリエッタを眺めた。

「ありがとう」

こういうときは褒め返すのが礼儀だが、モンヴァル侯爵未亡人の口からそんな言葉は出てこなかった。やはり外見の印象にたがわず、意地の悪い性格のようだ。上等じゃないの。これでもう愛想よくする必要はなくなったというものだ。

マイルズは遅ればせながら自分の役目を思いだしたらしい。「マダム・モンヴァル、ご紹介しましょう。こちらはレディ・ヘンリエッタ・セルウィックです」

「セルウィック?」侯爵未亡人が考えこむように色っぽく唇を引き結んだ。

この女性はちょっとした表情すべてが色っぽい。アピントン邸にあるカナレットやヴァン・ダイクの絵画や、先祖代々伝わるティアラをすべて賭けてもいいが、絶対にひとつひとつの表情を全部、鏡の前で練習したに決まっている。

「ああ、わかったわ」モンヴァル侯爵未亡人が優雅に笑い声をもらしながら扇を広げた。「〈紫りんどう〉と同じ姓ね。ご親戚なのかしら?」

「兄です」ヘンリエッタは短く答えた。

「わたしたちのようにフランス革命でつらい思いをしたイギリス人にとっては、いくら感謝してても足りないほどご恩のある方よ。でも、あなたはまだ子供だったから覚えていないでしょうね」

「ええ、まだ子供部屋でよだれを垂らしながらハイハイをしていましたわ」過剰なほどにこやかに答えたせいか、マイルズがちらりとこちらを見た。ヘンリエッタは侯爵未亡人に年齢差をまざまざと思い知らしめるような嫌みを言いたかったが、それは礼儀正しく胸のうちに秘めておいた。正直なところ、うまい言いまわしを思いつかなかっただけなのだが……。

そんな一瞬の躊躇《ちゅうちょ》を読み取ったらしく、モンヴァル侯爵未亡人はマイルズに向き直り、さりげなく彼の手首を握って言葉を続けた。「今日は公園へご一緒できて、本当に楽しかったですわ」

ヘンリエッタは口がぽかんと開きそうになった。一緒に公園へ行ったの? だって、誘われたのはこのわたしなのに。たしかにわたしは断ったけれど……。そう思っても胸の痛みはおさまらなかった。

「ハイド・パークのサーペンタイン池があれほど美しいとは思いませんでした」侯爵未亡人がうわ目遣いにマイルズを見あげた。

サーペンタイン池のどこがそんなに美しいというの？　アヒルがいるただの大きな池じゃない。

「眺める場所によるんですよ」マイルズは控えめに言った。

そうね。水に入って、アヒルに頭を一斉攻撃されながら眺めたら、また格別にすばらしいかもしれないわ。

「一緒に眺める相手によるのかもしれませんわね」

マイルズは口ごもりながら否定した。

モンヴァル侯爵未亡人が彼の言葉にささやき声で異を唱える。

ヘンリエッタはふたりの顔の前で手を振ってやりたくなった。もしもし、わたしがいることをお忘れかしら？

「あら、ハイド・パークならわたしはロットン・ロウが好きですわ」

ヘンリエッタは大きな声で言った。口を挟まずにはいられなかったからだ。

「嘘をつけ」マイルズが言う。

ヘンリエッタはマイルズをにらんだ。「このごろはそう思うようになったの」

「ロットン・ロウなんか大嫌いだと言っていたくせに。あんなところはきざったらしい男と、けばけばしい女ばかりだと――」

「ええ、そうよ!」ヘンリエッタはマイルズの言葉をさえぎった。「指摘してくれてありがとう」

「若いころは、好みがころころ変わるものですわ」侯爵未亡人がヘンリエッタの肩を持った。そのくせ、身長はさほど変わらないヘンリエッタを見おろすような目つきをしている。「レディ・ヘンリエッタ、あなたももう少し大人になれば考えが落ち着くでしょう」

「ええ」ヘンリエッタはそのとおりだとばかりにうなずいた。「年を取って体が言うことを聞かなくなると、そう思うようになるんでしょうね。マダム・モンヴァルも関節が硬くなってお困りかしら? もしそうなら、わたしの母がとてもいい軟膏を持っていますわ」

子供じみたたわ言で、決してうまいせりふではなかったが、相手の痛いところをついたらしい。モンヴァル侯爵未亡人はかすかに目を細めた。美貌を損ねるほどの変化ではなかったが、それでも目尻に小さなしわができた。マイルズが気づけばいいのにとヘンリエッタはじれた。

「それはどうもありがとう」侯爵未亡人はしつこくマイルズの手首にかけていた手をおろし、ぱちんと音を鳴らして扇を閉じると、探るような目でヘンリエッタを見た。「ところで、レディ・ヘンリエッタ、あなたもお兄様と同じ趣味をお持ちなのかしら?」

ヘンリエッタは首を振った。「いいえ。わたしが賭博場へ行くことを母が許してくれないものですから。〝子供はさっさと寝なさい〟ですって」

マイルズがヘンリエッタをつついた。

ヘンリエッタはマイルズを強くつつき返した。

「おいおい、どうしたんだ？」マイルズがささやく。

モンヴァル侯爵未亡人は無視されたことが気に入らない様子だった。

「あら、ミスター・ドリントン、なにかおっしゃいました？」

「なにも！」ヘンリエッタとマイルズは同時に答えた。そのとき、玄関広間にある大時計が一二時の鐘を打った。

それは舞踏室内の雑踏に紛れてほとんど聞き取れないほどの音だった。なんといっても何百人もの客が話したり、笑ったり、寄せ木張りの床をブーツで蹴りながら踊ったりしているうえに、楽隊が演奏までしているのだ。だが、マイルズの耳はその音をとらえた。

くそっ。ヴォーンの屋敷に忍びこむつもりなら、そろそろ行かなければならない。ぐずぐずしているとヴォーンがミドルソープ家の舞踏会で供されるつまらない娯楽に飽きて、自宅に戻ってしまうかもしれない。途中で愛人宅に寄る可能性も高いが、できればジェフがヴォーンを監視しているあいだのほうが安全に仕事ができる。

「ミスター・ドリントン、明日もまたハイド・パークを案内していただけますかしら？　まだ知らない小道がたくさんありますの」

「ええ、もちろん」マイルズはなにを了承したのかさえわからないまま上の空で答え、侯爵未亡人とヘンリエッタのあいだに向かってお辞儀をした。「ぼくはこれで失礼します。ジェフという名の友人と約束がありまして、誠に申し訳ないのですが、いろいろと事情があり、どうしても行かないわけにはいかなくて……」

「かまいませんわよ」モンヴァル侯爵未亡人が差しだした手の甲にマイルズはキスをした。

「では、また明日、ミスター・ドリントン。お話しできて楽しかったわ、レディ・ヘンリエッタ」

「こちらこそお会いできて光栄至極に存じます」ヘンリエッタはばか丁寧に言い、立ち去る侯爵未亡人の背中に向けて小さく手を振った。

「ヘン、今夜はおかしいぞ」マイルズはヘンリエッタに向き直った。

ヘンリエッタが爪先立って胸を突きだすと、マイルズの腕に色っぽく手を置いた。「ああ、ミスター・ドリントン、わたしはこんなにあなたに夢中ですのよ。ご一緒できるだけで気絶してしまいそうですわ」

「ぼくが褒められるのはそんなに変か？」

ヘンリエッタは鼻を鳴らした。「あとわずかでも度を越したら、あなたたちふたりとも舞踏会への立ち入りを禁止されるわよ」

「ヘン、誰かと踊る約束はしていないのか？」

「すっぽかされたの」

「だからご機嫌斜めなんだな」

「べつにご機嫌斜めじゃないわ」

マイルズは彼女にちゃかすような視線を送った。「じゃあ、なんだ？　〝いつもはあんなに明るくてすてきなきみなのに、今日はいつもとちょっと違うね〟とでも言えばいいのか？」

ヘンリエッタがにらんだ。

まずいと思い、マイルズはあとずさった。「黙って退散したほうがよさそうだな」

ヘンリエッタが彼を追い払うようにひらひらと手を振った。「さっさと行けば？　わたしは居心地のよさそうな小さな穴でも見つけてうずくまっているから」

マイルズは迷った。ヘンリエッタにレモネードを持ってきて、カドリールの一曲でも一緒に踊ったほうがいいだろうか？　だが、時計の針は刻一刻と進んでいる。それに、普段は至って機嫌のいいヘンリエッタがむくれると怖くてしかたがない。マイルズは黙ってにっこりし、すたすたと立ち去るヘンリエッタを見送った。ヘンリエッタはシャーロットのそばに行くなりむっとした顔をした。おそらくシャーロットからもどうしたのかと尋ねられたのだろう。いらだった口調で〝どうしてみんなそんなことばかり訊くのよ〟と言っている声が聞こえた。ヘンリエッタがシャーロットと一緒にいることにひとまず安心し、マイルズは今夜の計画遂行の第一歩としてジェフの姿を捜した。

濃い髪の色をしたジェフの頭はすぐに見つかった。でっぷりした年配の女性や、ほっそりしたうら若いレディたちより、頭ひとつ抜きんでていたからだ。男性はすでに多くが軽食のテーブルやカードルームに流れていたが、ジェフはそれどころではなさそうだった。マイルズは顔をしかめた。ジェフが〝アルビオンの王冠に輝く美しい宝石〟ことメアリー・オールズワージーを口説いていたからだ。メアリー・オールズワージーに媚《こび》を売らせたら右に出る者はない。そんな女性を、ジェフは初めて聖地を目にした十字軍の兵士のような目でうっとりと見つめ、カドリールに誘っている。

マイルズはダンスフロアの脇に立ち、さりげなくジェフに合図を送った。だが、ジェフは気づきもしなかった。マイルズは〝さりげなく〟合図するのをあきらめ、ジェフに向かって盛大に手を振ると、ドアを顎で示した。ジェフはあからさまに眉をひそめた。〝わかった、わかった。今、行くよ〟という意味かもしれないし、〝恥ずかしいから手なんか振るな〟という意味かもしれない。どちらにしても、無理やりジェフを引っ張っていくわけにもいかず、マイルズはドアに近い壁にもたれかかり、腕組みして待つしかなかった。

「手を振ったか？」ジェフが大股で歩み寄り、嫌みっぽく尋ねた。ちょうど曲の合間で、ダンスフロアのカップルが入れ替わるときだった。

マイルズは嫌みには気づかないふりをして壁から勢いよく体を起こすと、大げさな口調で言った。「いよいよ、時が来たぞ」

「メアリー・オールズワージーの前でぼくに恥をかかせるときか？」

「すねるなよ」件《くだん》の女性はすでに五人の男性に取り巻かれている。だが、ジェフに立ち去られては困るので、そのことは口に出さなかった。「われらが祖国はまだフランスと緊張関係にあるんだぞ。それを忘れてもらっては困るね」

「ああ、そのことか」メアリー・オールズワージーの様子に気づいたジェフが眉間にしわを寄せた。

さては悪い魔法でもかけられたのだろうか。もはや黒魔術がかかわっているとしか思えない。なんといってもジェフは〈紫りんどう〉の組織を七年間も取りまとめ、リチャードが危険な任務に携わるのを支えてきた男だ。そんなジェフが恋の病にかかるなんて、魔法のせいだとでも考えないと説明がつかない。

そういえばイギリスでは、もうずいぶん久しく魔女の火あぶりが行われていない。

「彼女のことはしばらく放っておいたらどうだ？」マイルズは自分に都合のいいほうへさりげなくジェフを誘導した。「女性は男に無視されると、かえって気になるものらしいぞ。ヘンがそう言っていた」

ジェフが首を振る。「ぼくにはとても理解できない」

「だからうまくいくかもしれないじゃないか」

「なるほど」

もう充分だ。これ以上強く押すと、誘導していることを悟られてしまうかもしれない。もっとも今のジェフなら、ジョージ国王が巨大なカブに変身したと告げてもうわの空でうなずくかもしれないが……。

「雷を落としているゼウス像のそばに立っている男だ」内密の話だと周囲の人たちに気づかれないように、マイルズは世間話をする口調で言った。「一時間欲しい。もしそれより早くやつが帰ろうとしたら、なんとかして引き留めてくれ。おまえだけが頼りだ」

「一時間でいいのか？」

「もっと長ければそれに越したことはないが、大丈夫だ。一時間あればなんとかなる」

ジェフはうなずいた。「幸運を祈る」

マイルズはにやりとして意味もなくフェンシングのポーズを決めてみせ、その場を立ち去りかけた。だが、ふと思いだして向き直ると、ジェフの肩をつついた。

「もうひとつ頼みがあるんだ」

「今度はなんだ？」ジェフがあからさまに警戒する顔になった。

友人に疑われつづけるというのはなんとも寂しいものだ。「やつがヘンに近づかないように見張っていてほしい。あの野郎、ゆうべはやけにしつこかったんだ」

「それぐらいなんでもない」ジェフがほっとした声で言った。「いざとなれば、ヘンをダンスに誘えばすむ話だ。うまくいけばメアリーが嫉妬するかもしれないし――」

「じゃあ、よろしく！」マイルズはジェフに最後まで言わせず、その肩をぽんと叩いて押しだした。そして努めをひとつ果たしたことに深い満足感を覚えながら舞踏室をあとにした。

軽やかな足取りで正面玄関前の階段をおりながら、夜のさわやかな空気を胸に深々と吸いこんで……思わず吐きそうになった。マイルズは顔をゆがめた。この臭いといい、それに伴う音といい、その源がなんであるかは明らかだ。男がこちらに尻を向け、ミドルソープ家の丹念に刈りこまれた低木の植え込みに頭を突っこんで嘔吐《おうと》している。

マイルズが横を通り過ぎようとしたとき、男が腰をあげたもののよろめいて、吐瀉《としゃ》物があるあたりとおぼしき植え込みのなかに手をつき、またふらふらと立ちあがった。ランタンの明かりに照らしだされた血色の悪い顔を見て、マイルズはぴたりと足を止めた。今、いちばん話をつけたい相手だ。少しばかり時間が押しているが、手短にすませれば大丈夫だろう。その息のくささを考えれば、なおさら手短にすませたい気分だ。

幸いにもクラヴァットにまだ汚れていない部分があったため、そこをつかんで男を立たせた。

「フロビシャー、ちょっといいか」

「これはドリントン」フロビシャーはお辞儀をしようとしてふらつき、地面が揺れているのかと言わんばかりの目つきで足元を見た。「お会いできて光栄だなあ」

マイルズはフロビシャーに会ってもちっとも光栄に感じなかった。ドラゴンが火を噴くように、フロビシャーはひと言しゃべるたびに酒の臭いを発するため、それをかわすのがたいへんだ。クラヴァットは曲がっているし、上着のボタンははずれているし、なにに由来するのかあまり知りたくないようなしみがベストに垂れているのが見える。フロビシャーはマイルズに焦点を合わせようとして、充血した目を細めた。

こいつがずうずうしくもヘンリエッタの不適切な部分に手を置いたのかと思うと、マイルズは小鼻がふくらんで鼻息が荒くなった。そのせいでフロビシャーの吐く酒の臭いを勢いよく嗅いでしまい、いたく後悔するはめになったのだが……。酔っ払ってさえいなければ、フロビシャーは行儀の悪い男ではない。しかし、この年でここまで酔いつぶれるようなやつにヘンリエッタと同じ部屋にいる資格はない。ましてヘンリエッタを暗いバルコニーに連れだそうとするなど言語道断だ。こういう男には少し世の中の道理を教えてやる必要がある。まずはヘンリエッタに手を出すなということからだ。

落ち着け、とマイルズは自分に言い聞かせた。少しばかり男同士の話をするだけだ。なにも知人を手ひどく痛めつけようというわけじゃない。ただ、もう一度ヘンリエッタにちょっかいを出したりすれば、アメリカへの移住を考えたくなるであろうことを骨の髄まで叩きこんでやるだけだ。

マイルズは腕組みした。「おまえ、レディ・ヘンリエッタを誘ったらしいな」

「ああ、あれは愛想の悪い小娘だ」フロビシャーは肩をすくめた。「たいしたことでもないのに大げさに反応しやがって……」そこまで言うと、よろめいてまた植え込みに倒れこんだ。

マイルズはベストの背中部分をつかんでフロビシャーを引っ張りあげた。必要以上に長く宙づりにしておいたが、フロビシャーは酔っ払っていてそれに気づかなかった。このまま蹴りあげたら、この不届き者はどこまで飛んでいくだろう？

だが、それを実行に移すのは断念し、しぶしぶフロビシャーを地面におろした。まずはこいつに理解させなければならないことがある。蹴り飛ばすのはそのあとだ。

「すまんな、ドリントン」フロビシャーはベストを手で払ったが、その程度ではしみは落ちなかった。彼は汚れた手袋を見て顔をしかめた。「おまえはいいやつだ」

「レディ・ヘンリエッタのことだが……」マイルズは脅すような口調で切りだした。言うべきことを言って、さっさと話を終わらせたい。

「ああ、彼女ね。なんであんなに怒ったんだかさっぱりわからない」フロビシャーがかぶりを振った。「ちょっと肩を抱いただけじゃないか。もう社交界に出て三年目だろう？　ありがたがるというならわかるが」

「ありがたがるだと？」

こいつ、死にたいのか？　いや、こちらが聞き違えたのかもしれない。なんといってもフロビシャーはろれつがまわっていないのだ。冷静になれ。

「そうさ、立派な売れ残りじゃないか」フロビシャーがだめ押しのひと言を発した。

マイルズはついに我慢の限界を超えた。

「あとでもう一度、今のひと言を聞かせてくれ」マイルズは告げた。「決闘の前にな」

12

決闘～一、暗い部屋で悪戦苦闘すること。二、舞踏会から人を減らす方法。
――〈ピンク・カーネーション〉の暗号書とダヴデイル公爵未亡人の名言より

フロビシャーは酔ってはいたが、頭が鈍いわけではなかった。少なくとも、マイルズを敵にまわすと怖いということがわかるくらいの分別はあった。

マイルズはフェンシングの技術においては右に並ぶ者がいないし、射撃の腕のすばらしさは伝説的だ。だが、決闘で串刺しにされたり、心臓を撃ち抜かれたりするかもしれないという先の不安よりも、目の前の差し迫った脅威のほうが大きかった。マイルズが準備運動でもするように手を握りしめたり開いたりしている。フロビシャーは低木の植え込みまであとずさり、塀に手をついて体を支えた。

「違うんだ」

「なにがどう違うのか言ってみろ」

「誤解しないでくれ」フロビシャーは自分の吐瀉物の上にずるずるとへたりこんだ。「ぼくだって彼女のことはいい女だと思ってる。男なら誰でもそそられるに決まって……痛っ！」

フロビシャーがのけぞった。マイルズが一発お見舞いしたからだ。クラヴァットをつかまれて引っ張りあげられると、フロビシャーは恐怖に目をむいた。

「レディ・ヘンリエッタに近づくな。ダンスを申しこんでも、手にキスをしてもならない。肩を抱くなどもってのほかだ。その汚い手で二度と彼女に触るんじゃないぞ。いいな」

「わかった」フロビシャーは即答し、天啓にうたれたようにつけ加えた。「話しかけもしないから」

「その心がけだ」マイルズは厳しい口調で応じ、クラヴァットから手を離した。フロビシャーは自分の吐いたものの上に倒れ、喉元を押さえて、ほっとしたように荒い息をついた。

「おい、フロビシャー！」

「はい！」かすれた声が聞こえた。

「今夜のことは誰にも話さないほうが身のためだぞ。それから、今後一度でもレディ・ヘンリエッタに関して敬意を欠く発言をしたら、そのみじめな人生が終わりを迎えるほどおまえを殴りつけて、強制徴募隊に売り渡してやる。まあ、引き取ってもらえたらの話だがな」植え込みに横たわる小汚い男をマイルズは軽蔑のまなざしで見おろした。「じゃあ、おやすみ」

かすかなうめき声を聞きながら、彼は怒りに任せてその場を離れた。

目的は達成したはずなのに、どういうわけか素直に喜べなかった。自分が過剰反応してしまったことがわかっていたからだ。フロビシャーはしこたま酔っていて、抵抗できる状態ではなかったどころか、最初から喧嘩をする気すらなかった。もっと落ち着いて紳士的に話しあい、ヘンリエッタは簡単に手を出していい女性でなく、きちんとした後ろ盾があることを警告すればそれですんだのだ。それなのに、ぼくは頭に血がのぼって脅し文句を吐き、手まで出してしまった。これではまるで田舎から出てきたばかりのいきがっている若造だ。誰にも見られずにすんだのはひとえに幸運のたまものだろう。

だが、フロビシャーがヘンリエッタをどういう目で見ていたのか考えると、やっぱりもう何発か殴ってこようかという気になる。よくもあんなひどいことが言えたものだ。

マイルズは顔をしかめた。フロビシャーの不用意な言葉で、封じこめていた記憶がよみがえったからだ。じつは以前、はからずもヘンリエッタのネグリジェ姿を見てしまったことがある。うら若き乙女というものは、たまたまそばにいるかもしれない独身男を刺激しないように、何メートルもの分厚い布地にぐるぐる巻かれているべきじゃないのか？

ところがヘンリエッタときたら、あるとき、こともあろうにネグリジェ姿で階段を駆けおりてきたのだ。そのときマイルズは〝透ける〟という言葉のまったく新しい意味を悟った。言い訳がましいが、あのときレディ・アピントンが鋭い口調で娘に化粧着を着てこいなどと注意しなければ、マイルズはヘンリエッタのネグリジェ姿をとくに気にも留めなかっただろう。だが、ひとたび気になりだすと、自分を止めることができなくなった。いったいいつの間にそんな豊かな胸になったんだ？　蠟燭の明かりを受けて薄手の生地が透け、想像の余地を残さないほど体の線がくっきりと見えた。想像力が及びもつかないなまめかしい姿だった。

妄想が暴走しそうになり、マイルズは慌ててその記憶を抑えこんだ。ヘンリエッタに胸などあってはならない。脚の上に首がのっていると思うべきだ。その脚もすばらしくきれいだったのだが……。まったく！　親友の妹に対して不埒《ふらち》なことを考えてどうする。それは世の決まり事に反するというものだ。いや、その程度ではすまないかもしれない。自然界における不変の法則を乱す行為だといっても過言ではないだろう。そんなことをしたら摩訶《まか》不思議な月食が起こり、シーツにくるまれた死体が墓からはいだし、その死体がわけのわからないことをしゃべりながら通りを徘徊《はいかい》する事態になる。それくらい不自然で許されない行為だと心得るべきだ。

それにしても、禁断の果実にしておくのは惜しいほど色っぽい体だった……。

くそっ！　マイルズは足を速め、いらいらしながら大股でベリストン・スクエアを目指した。一時間しかないというのに、あのまぬけなフロビシャーのせいで一〇分も無駄にした。だが幸いにも、ヴォーンの屋敷はミドルソープ家からほんの五ブロックしか離れていない。急げば数分で着くだろう。

ベリストン・スクエアの近くまで来ると歩く速度を緩め、あたりをうかがった。なんといってもここはヴォーンの従僕として潜入していたイギリス人諜報員が殺された現場なのだから、建物に忍びこむ前に外部の様子もつかんでおきたかった。パーティのはしごでもしたのか、すっかりできあがった紳士がふらふらしながら歩いている。マイルズはのんびりとした足取りを装いつつ、眼光だけは鋭く周囲を見まわした。

ベリストン・スクエアの四角い広場は、一画に屋敷の大きな影が落ちていた。一八世紀に建てられたパラディオ様式のベリストン邸だ。現在の当主である公爵はロンドンにはめったにやってこない。土地建物の管理と貴重な収集品の警備のために最低限の使用人は雇っているのかもしれないが、たとえそうだとしてもベリストン邸にいる誰かが外の怪しい動き――すなわちマイルズの偵察――に気づく可能性は皆無に近いだろう。あとの三面はどれも似た印象で、真ん中に大きな屋敷があり、その左右に小さめの邸宅が立っていた。ちょうどローマの凱旋門《がいせん》のようだ。広場の南に面した大きな屋敷がヴォーンの住まいだ。正面にはドリス様式の三本の柱に支えられた大きな三角形のペディメント（屋根とその下の水平材に囲まれた部分）があり、古風でしゃれた雰囲気を醸しだしている。だが、そんなことはどうでもいい。重要なのは家が真っ暗であるという事実だ。

一軒の邸宅ではパーティが行われていた。酔っ払ったような歌声がもれ聞こえてくるところをみると、ちょっとした音楽会が開かれているのだろう。別の家の玄関前では従僕が小柄なメイドをからかっていた。メイドはそれがうれしいらしく、頬を赤らめて笑っている。マイルズは立ち止まって伸びをしてから門にもたれかかり、月を見あげながらクラヴァットの飾りピンをいじった。誰もこちらを気にしている者はいない。やはり思ったとおりだ。広場の中央に楓《かえで》の木が何本かあるせいで、ヴォーンの屋敷の前でなにをしていようが向かいの家からはまったく見えない。そもそも犯人がこのベリストン・スクエアの住人を装い、すばやく行動していれば、誰も不審に思わないだろう。

マイルズは裏路地に入り、身支度を始めた。身支度といっても〈紫りんどう〉のような全身黒ずくめの格好をするわけではない。ポケットに入れて持ってこられるものには限界があるからだ。まず飾りピンを抜き、真っ白なクラヴァットをはずすと、同じく真っ白な手袋と一緒に丸めて、手近な植え込みの下に押しこんだ。近侍のダウニーは気に入らないだろうが、大義のためには布切れの一枚や二枚、犠牲にするのはしかたない。次に黒の手袋をはめ、ポケットから四角い黒の布を取りだした。そして、眉をひそめた。本当はこの格好だけはしたくなかったのだが……。

これもすべては祖国のため。《ルール・ブリタニア》、《国王陛下万歳》だ！

決死の覚悟を決めると、その黒い布を頭に巻き、金髪と広い額を隠した。暗い窓に映る自分の姿にちらりと目をやったマイルズは、心の底から情けなくなった。これで耳飾りをつけたら間違いなく海賊に見える。あとは腕に刺青《いれずみ》を入れて、皮肉を言うオウムを肩にのせたら申し分ない。

だが、これで身支度がすんだわけではなかった。もっといやなものが待っている。マイルズは薄手の黒マスクをつけた。女性が浮気相手と密会するときに、世間の目を気にして顔を隠すために使うようなマスクだ。これで人目をはばかる海賊のできあがりだ。さしずめ〝大海原の悪党である自分を恥じている内気な海賊、マイルズ〟といったところだ。ヘンリエッタにこんな姿を見られたら、一生、物笑いの種にされる。

やれやれ。マイルズはかぶりを振った。もし誰かに見とがめられたら、仮装パーティに行くところなのだが、連れてきたオウムが逃げてしまったため、つかまえようとヴォーン邸の庭へ入ったと言い訳することにしよう。

大まぬけになった気分でヴォーン邸の庭の門を入った。一階の窓はすべて暗い。薔薇《ばら》とラベンダーの香りが濃厚に漂う庭を進むと、地階の窓に明かりが見えた。おそらく近侍が主人の帰りを待っているのだろう。その開いた窓から陽気な声がもれ聞こえた。誰か連れがいるらしい。いいぞ、とマイルズは思った。せいぜい話に夢中になっていてくれ。そうすれば物音を聞かれずにすむ。

痛いっ！　しゃれたベンチに向こうずねをしたたかに打ちつけた。壁際にこんなものを置くとは、きっと悪魔のような策士の仕業に違いない。マイルズはうめき声をこらえ、心のなかで毒づいた。残念なことに、大声でののしるほどすっきりした気分にはなれなかった。

向こうずねをなで、痛む脚を引きずりながら、どこから侵入しようかと考えた。バルコニーには庭におりる三段の短い階段がある。だが、フレンチドアの正面に鎮座しているため、もし室内に誰かいれば、そこへたどりつく前に姿を見られてしまう。きれいに刈りこまれた低木があるが、せいぜい膝の高さまでしかないので、身を隠す役には立たない。

いや、いい方法があるぞ。マイルズはにやりとした。石造りの手すりに片手を置いてひらりとそれを飛び越え、すばやくしゃがみこんだ。そうして立ちあがり、自分の身の軽さにいたく満足して腕を軽く曲げたり伸ばしたりした。

壁に背中をつけてフレンチドアまで進み、室内を一瞥《いちべつ》して確認し、そっと腕を伸ばしてドアの取っ手をまわしてみた。鍵はかかっていなかった。ひとたび部屋に足を踏み入れると、ひとり悦に入るのはやめた。あとは昨日の夜に計画したとおり、さっさと行動するだけだ。あの不愉快きわまりない自堕落で不届きなフロビシャーの相手をしていたせいで、ずいぶん時間を無駄にしてしまった。

また怒りがふつふつとたぎりそうになったが、余計なことを考えている暇はないと自分をたしなめた。

重要な書類が保管されていそうなのは普通に考えれば書斎だ。だからこそ、あえて書斎は無視することにした。ヴォーンが本当に優秀な諜報員なら、自宅に侵入されることは想定ずみだろう。大事なものは別の場所に隠し、書斎の鍵がかかった引き出しや、なかが空洞になっている地球儀などには、わざと偽物の書類を入れておくはずだ。また、ヴォーンは長い旅行から帰ってきて日が浅いため、万が一の場合にはすぐに荷物をまとめて逃走できるように、大切なものは身近に置いてある可能性が高い。男にとってそんな場所は寝室のみだ。大切なものが極秘事項を記した書類だろうが、あるいは愛人だろうが、大原則に変わりはない。あの頭がどうかしたドラローシュでさえ、極秘書類を枕の下に隠していた。もっとも、それはリチャードによっていとも簡単に見抜かれていたのだが。

ヴォーンの自宅は、美術品の鑑定家にとっては夢の館だが、真夜中に忍びこんだ諜報員にとっては悪夢の屋敷だった。廊下の至るところに花瓶やら彫像やらが置かれている。マイルズは廊下の角を曲がったところで四メートルはあろうかと思われるヘラクレスの像にでくわし、思わずあとずさって花瓶を倒しそうになった。ヘラクレスの足元にはライオンがぐったりとうずくまり、手にしている棍棒《こんぼう》はまっすぐこちらへ向けられている。

「やあ、おまえか」マイルズは小声で挨拶し、ブーツの足音をたてないように気をつけながら、爪先立って階段をあがりはじめた。気をきかせて絨毯くらい敷いておいてくれたらいいのに。そうしたら、忍びこみやすくなるものを。

緩やかに弧を描く階段をあがるあいだも、ヘラクレスはじっとこちらを見ていた。

「おい、使用人があがってこないかどうか、よく見張っておいてくれよ」マイルズは彫像に向かって言った。ある伯爵夫人から〝まあ！　ライオンの皮を着せたらまるでヘラクレスだわ！〟と感嘆されたとき以来、このギリシア神話の英雄には親近感を抱いている。ヘビが嫌いな点（ヘラクレスが赤ん坊のとき、その誕生を憎んだヘラがヘビを贈るが、ヘラクレスは握りつぶした）まで同じだ。そこがヴォーンとは違う。ヴォーンはよほどヘビを愛しているらしく、一定間隔で壁に取りつけられた燭台にまでヘビが巻きついている。

両手の人差し指と中指を交差させて幸運を祈ると、ひとつの部屋を選んでするりとなかに入り、静かにドアを閉めた。厚手のカーテンがおりているため、室内は真っ暗だ。手探りで動くのはあきらめ、危険を冒してマッチをすった。小さな明かりのなかに、花柄の壁紙と、華奢《きゃしゃ》な作りの書き物机と、暖炉の前に立てられた刺繍柄のついたてが見えた。

違う、ここは男の寝室ではない。ヴォーンの亡くなった妻の部屋だろうか？

マッチが消える寸前に窓へたどりつき、カーテンを少しだけ開いて月明かりを入れた。その程度では室内の様子はぼんやりとしかわからないが、もう一本、マッチの火をつけるよりも安全だ。やはり思ったとおり、女性の寝室だ。しかも、一〇年ほど使用されていないふうに見える。鏡台には、かつては化粧品や香水が入っていたとおぼしき中身が乾ききった小瓶が並び、時代遅れのゆったりしたドレスがベッドの端にかけられている。もうすぐ帰ってくる女主人に身につけてもらうのを待っているかのようだ。

両側の壁にそれぞれドアがついていた。もしここが妻の寝室なら、おそらくどちらかのドアは夫の寝室に続いているはずだ。しめた。これで廊下のドアをひとつひとつ開けて、部屋の主を眠りから覚ます危険を冒さずにすむ。

ためしに左側のドアの向こうをのぞいてみると、案の定、そこがヴォーンの寝室だった。マイルズは目をみはった。フランス風の台座の上に巨大な天蓋つきのベッドが置かれ、ひだのたくさんついた濃紺のベルベット地のベッドカバーがかかっていた。ベッドの頭板はヴィーナスが自分のものだと主張しそうなほど大きな貝殻の形をしており、それをふたりのニンフが支えている。ベッドの支柱は海をイメージした彫刻が施されていた。イルカたちが水と戯れ、それを海神トリトンが天空から眺めている。マイルズは支柱を叩いてみた。イルカの尾が掛け金のように見え、支柱の内部に秘密の隠し場所があるかに思えたからだ。けれども、ただ指が痛くなっただけだった。

ベッド脇にある小さな戸棚の扉を開けてみたが、がっかりすることに、そこにはおまるしか入っていなかった。いや、これこそが意表を突いた隠し場所かもしれないじゃないか？

マイルズは意を決しておまるを取りだし、できる限り手早く調べた。だが期待は裏切られた。ときにおまるはおまるでしかないらしい。

ベッドカバーやシーツのあいだを隅から隅まで探り、衣装だんすのなかを物色し、銀製の持ち手がついたステッキをひとつひとつ眺め、刺繡が施された足のせ台の下をのぞきこみ、暖炉の煙突に顔を突っこんだころには、当初の意気ごみは失せはじめていた。なにもヴォーンの枕の上に〝狡猾な諜報員として携わってきた数々の任務の記録と逸話〟と書かれた書類綴じが置かれていることを期待していたわけではないが、きっとなにかあるはずだと思っていたのだ。暗号文で書かれた手紙とか、くしゃくしゃに丸められた怪しげな紙とかが。けれども、寝室からはなにひとつ見つからなかった。

頭をかこうとしたが、布を巻いているためそれもできず、しかたがなくヴォーンのベッドをにらみつけた。なにを見落としているのだろう？　貝殻の形をしたベッドの頭板はなにかを隠せるような厚みはなく、それを支えるふたりのニンフもただの一枚板だ。マイルズはもう一度、じっくりと室内を見まわした。ベッド脇の小さな戸棚にはどうせおまるが入っているだけだし……。そのとき、一冊の本が目に飛びこんできた。どうしてさっきは気づかなかったんだ？

ペルシャ絨毯を小走りに駆けて台座に飛びのり、戸棚の上に置かれた本をつかみ取った。エドマンド・バークの著書『崇高と美の観念の起源』だ。折りたたんだ紙がしおり代わりに挟まれている。

昨晩、場末の酒場でヴォーンが受け取った紙でないことはすぐにわかった。それよりもはるかに大きい。ページがわからなくならないように指を差し入れ、もう一方の手でその紙を振って開いた。くそっ。ただの劇場のプログラムだ。どうりでしおり代わりに使われていたはずだ。

それをページのあいだに戻そうとして、手を止めた。高まる興奮に胸を躍らせながら、ゆっくりとその紙を薄暗い月明かりに照らしてみた。

違う。ただの劇場のプログラムではない。フランスの劇場のプログラムだ。

危険を冒してヴォーンの屋敷に忍びこんでいる最中でなければ、奇声をあげて小躍りしているところだ。それができずに興奮を抑えこんでいるせいで、手が震えて本が滑り落ちた。危うく床につく前に本を受け止め、無造作にベッドへ放り投げた。ページなどもうかまうものか。

これはヴォーンがフランスにいた証拠だとも考えられる。しかも、ごく近い時期に。プログラムの日付は二週間前になっている。イギリスとフランスの講和条約である〈アミアンの和約〉が破棄されたあとのことだ。今ではパリにいるイギリス人は見つかればすぐに投獄される。ジェインが警察省の手を逃れているのは女性だからという理由もあるが、なによりナポレオンに媚を売ることにかけては右に出る者がいないエドゥアール・ド・バルコートのいとこだからだ。ところがヴォーンは、警察省が〈ピンク・カーネーション〉の件で警戒を強めているパリに滞在していたどころか、ナポレオンの取り巻き連中が大勢来ている劇場で堂々とオペラを鑑賞していたことになる。これは非常に怪しいと言わざるをえない。プログラムにキスを浴びせたい気分だったが、インクがにじんでは困るので、それはやめておいた。

窓辺に寄り、月明かりの下で内容を確認した。〝歌劇界の女王、マダム・オーレリア・フィオーリラ〟とある。どこかで聞いた名前だ。しかも最近だった気がする。まあいい。これはまたあとで考えよう。今はもっと気になるものを見つけた。プログラムの端に〝ニソワーズ通り一三番地〟という住所が走り書きされている。これはパリに潜入している秘密諜報員に調べさせる必要がありそうだ。もちろん、ヴォーンの知人の家かもしれないし、黒檀のステッキの専門店かもしれない。だが、そうではない可能性もある。

プログラムを折りたたみかけたとき、かすかな物音が聞こえた。広場で楓の葉がざわめいた音でも、暖炉で灰に埋めた炭がはぜる音でも、金箔を貼った置き時計が時を刻む音でもない。近所の邸宅で行われていたささやかな音楽会はすでに終わっている。それは背後から何者かがひそかに近づいてくる足音だった。

暗い窓ガラスにちらりと銀色のものが映ったのに気づき、マイルズは本能的に身をかわした。マイルズの頭を狙うはずだったステッキのヘビの形をした頭部が窓ガラスにあたり、派手な音とともに破片が飛び散った。男がステッキを振りかざして、もう一度襲いかかってきた。

マイルズはステッキをつかみ、相手を蹴りやった。なにかが折れる音が聞こえ、鋭い悲鳴があがった。男がステッキを放した反動でマイルズの体は後ろに吹っ飛び、衣装だんすに激突した。彼が頭を振って意識をはっきりさせているあいだに、敵は急いで隣の寝室に通じるドアを開け、闇のなかへ姿を消した。

マイルズは盛大に毒づき、ステッキを拾いあげて男のあとを追おうとした。だが、そのとき別の方角から騒々しい物音が聞こえた。

階下は大騒ぎになっていた。

窓ガラスが割れた音を聞きつけて、屋敷じゅうの者が起きだしてきたらしい。大声を張りあげ、侵入者を追いかけている。男たちの叫び声や、女たちの甲高い悲鳴にまじって、不吉なことに、主人の寝室に向かって廊下を駆ける足音が近づいてきた。

マイルズは男が逃げていった隣室へ続くドアにちらりと目をやり、廊下に出るドアをにらんだ。早くも取っ手を乱暴に開けようとする音がしている。鍵が壊されるのは時間の問題だろう。厄介だが、逃げ道はひとつしか残されていない。

どうか今でもできますように。マイルズは窓枠に手をかけると、とげだらけの植え込みに飛びおりた。

昔、体で覚えたことは忘れないものだ。

体じゅうを刺されながら植え込みのなかをはって進み、黒マスクと頭に巻いた黒い布をむしり取った。あと数メートルも行けば、この植え込みを抜けだしてベリストン・スクエアに戻れる。そうすれば立ちあがって服の汚れを払い、酔っ払ったふりをしながら、なるべくのんびりとした様子で家に帰ろう。追いはぎに遭ったふうを装えば、ヴォーンの屋敷の使用人たちはそちらを追いかけるだろう。今まさに植え込みから出ようとしたそのとき、頭にずっと引っかかっていた疑問の答えが突然ひらめいた。

〝歌劇界の女王、マダム・オーレリア・フィオーリラ〟が誰だか思いだした。

膝はひりひりするし、手首はひねって痛めたようだし、体じゅうをとげに引っかかれたが、そんなことはどうでもよかった。マイルズは満面に笑みを浮かべた。

明日はオペラ劇場へ足を運ぶとしよう。

13

「そこは鍵がかかっている」コリンの声がした。

わたしは都合の悪いところを見られたゴシック小説のヒロインになったような気分で、慌てて南京錠《なんきんじょう》から手を離した。大きな石造りの塔の、分厚いオーク材の扉につけられている南京錠だ。

午前中ずっと図書室で史料を読みつづけていたせいで、当初の意気ごみにもいささか疲れが見えはじめた。ヘンリエッタの文字は充分に読みやすく、ジェインの文字は歴史家が泣いて喜ぶほど美しいが、マイルズの文字は判読するのがたいへんだ。おまけに外は天気がよく、小鳥がさえずり、ヒバリが枝にとまっている。

あら、ブラウニングの詩の『ピッパが通る』では、枝にいるのはカタツムリで、ヒバリは空を飛んでいるんだったかしら？　まあ、そんなのはどうでもいい。とにかく外に出たかった。イギリスで一一月に晴れた日を楽しまないのはもったいない。

読みかけの史料をいったん片づけて自分の部屋に戻ると、多目的に使える〈バブアー〉のジャケットをはおり、歩きやすい〈コーチ〉のヒールローファーを履いた。ただし、それはロンドンにおいて、ということだ。とにかく歩きやすくて、パンツルックによく似合うというのがこの靴を選んだ理由だが、細いハイヒールが芝生を歩くのに適しているとはとても思えない。

キッチンにある裏口から外に出ようとしたとき、ドアの脇に置かれたウェリントン・ブーツについ目がいった。サイズもわたしの足の大きさと同じくらいだ。だが、もう充分にコリンの生活を侵害しているというのに、このうえ妹のウェリントン・ブーツを貸してくれと頼むのはちょっと気が引ける。いや、セレーナのものだと思ったのはわたしの勝手な推測だ。もしかすると、ほかの女性のものかもしれない。わたしがここに来て三時間もたたないうちにひとり目が現れたのだから、この屋敷にはいったい何人の女性が出入りしているか知れたものではない。どうりで裏口の壁際に女性物の靴が何足も並んでいるわけだ。

くだらないことを考えるのはやめなさいと自分を叱り、裏口から外へ出て、飛び石の上を進んだ。こういうところに飛び石があると歩くのが楽でいい。石はふぞろいで、まわりにはタイムやらわたしの知らない草やらが生えているが、それがかえって自然でおしゃれな雰囲気を醸しだしている。この飛び石を敷いてくれた先人に対して、じかに芝生を踏まなくてよかったことを靴ともども感謝しながら、わたしは先へ進んだ。

飛び石は屋敷の脇を通り、庭に続いていた。その庭たるや、独身男性のひとり住まいには不釣りあいな広大さだった。わたしはものの五分で自分がどこにいるのかわからなくなった。もっともわたしは自宅のアパートメントから二ブロック先で道に迷った経験があるから、いけないのはこちらなのかもしれない。ささやかな言い訳をするなら、これがフランスの宮殿で見られる数キロ先まで見通すことができる整然とした庭園であれば、さすがのわたしでも迷いようがないだろう。だが、ここセルウィック・ホールの庭はイギリスの荒野のごとく小道がくねくねと曲がっていて、それもすぐに行き止まりになる。逢い引きをするにはもってこいだ。だから一八世紀の男女はしばしば逢い引きをしていたのだろうか？　フランスのような庭園ではこっそりキスをするのも容易ではない。

戯曲《アルカディア》に出てくるような隠遁《いんとん》者とカメが暮らす住まいこそなかったが、古代ローマの遺跡を見つけた。実物大より大きな皇帝の彫像がいくつかと、芸術的に崩れた太い柱が何本かある。まさか本物ではないだろう。それとも古代ローマ人はイギリスのサセックスまで遠征に来たのだろうか？　専門外なのでよくわからないが、思いがけない土地に遺跡が残っていると主張する学者がいるのは知っている。でも、古代ローマ人がお気に入りの彫像を携えて遠征したとは考えにくい。それにローマ皇帝マルクス・アウレリウスの顔は鼻の形がどう見てもフランス人だ。やはりこれは複製に違いない。ほどよく蔦が絡まり、夏の別荘にするにはすてきな遺跡だ。だが、あの濃い緑色の葉はどうやら薔薇みたいだから、とげに刺されたくなければ別荘の件はあきらめたほうがよさそうだ。

小道を進みながらコリンを捜した。昨晩の食事以降、姿を見かけていない。今朝、キッチンにおりていくと、砂糖入れの容器に〝外出中。朝食、ご自由に〟と書かれたメモが立てかけられていた。

ここまで言葉を省略できたら立派なものだ。簡潔な文体を好んだヘミングウェイなら称賛するだろうが、『英語辞典』（一七五五年刊行で、『オックスフォード英語辞典』が完成するまでもっとも権威のある英語の辞書だった）を編纂《へんさん》したジョンソン博士は眉をひそめるかもしれない。

どこに外出したのかは知らないが、どうやら行き先は庭ではなさそうだ。わたしが出会ったいちばん人間に近い相手は、噴水の上にいるきざったらしいアポロンだ。熱狂的なファンの女の子たちに取り巻かれたエルヴィス・プレスリーさながらに、ニンフたちをはべらせて竪琴《たてごと》を弾いている。わたしはニンフたちの嫉妬を感じながらアポロンと軽くおしゃべりしたあと、噴水にのって周囲を見まわした。ぶらぶらと散策するのも楽しいが、じつは庭に出てきたのにはひとつの目的があった。天気が気を変えて雨を降らせようと思う前に目的を達成したければ、そろそろそちらに向かって歩きだしたほうがいい。

昨日、車でここへ着いたときから、遠くに見える石造りの塔が気になっていた。図書室の窓からもそれはよく見えた。庭の向こうの丘に、今にも崩れそうな大きな塔が堂々とした姿でそびえたっているのだ。先ほどの趣ある古代ローマの遺跡と同じく、もしかするとその塔も複製かもしれない。一八世紀にはゴシック様式の廃墟《はいきよ》も人気があったのだ。だが、ただの庭飾りにしてはあまりに大きいし、造りも簡素だ。

庭と丘のあいだには草地が広がり、実際に歩いてみると塔まではかなりの距離があった。わたしは地面にハイヒールの穴を点々と残しながら丘をのぼった。童話のようにパンくずを落としていくより、帰り道の道しるべとしては頼りになるかもしれない。

塔は丘のいちばん高いあたりにあった。それは屋敷から眺めていたよりはるかに大きな建物で、巨大な石で造られていた。子供のころメトロポリタン美術館にある〈デンドゥール神殿〉（ローマ皇帝アウグストゥスがヌビアの都市に建設）を初めて見たとき、自分がとても小さく感じられたものだが、今もちょうど同じ気分を味わっている。わたしはごつごつした石壁に手をあてながら、塔のまわりを歩いてみた。壁は硬く、内部をのぞけるような窓や石の隙間はどこにもない。塔の上部には矢を射るための矢狭間《やはざま》があるが、地面からこのなかに入るのは不可能だ。まるでラプンツェルが閉じこめられた塔のようだった。

唯一の侵入口は塔の南側にある分厚いドアだ。金属の飾り鋲《びょう》も、鉄製のかんぬきも、鉄格子のついた窓も、おとぎばなしに出てくるようなからくり仕掛けの罠もなにもない。丈夫なだけが取り柄のシンプルなドアだ。目的はただひとつ、誰もなかに入れないことだろう。最初からついていたドアではなさそうだ。材木がまったく朽ちていない。ごく最近、誰かが取りつけさせたに違いない。わたしみたいな人間が内部に入ってみようなどと思わないように、小さなハンドバッグほどの大きさがある南京錠がかかっている。

南京錠はまだ新しく、きれいな光沢があった。これをこじ開けるのは不可能だ。

コリンの声がしたのはそのときだった。わたしは驚いて振り返り、日の光のまぶしさに目を細めた。

「鍵がかかっていることくらい見ればわかるわよ。この塔はなんなの？」

コリンは背筋を伸ばして後ろで手を組み、無表情でわたしを見ると、ツアーガイドのような口調で言った。「見てのとおりですよ、お嬢さん。征服王ウィリアム一世のころにセルウィック家が建造した初めての要塞です。入場料は四ポンド五〇ペンスですから」

「本当に？」

コリンは姿勢を崩した。今朝はもう一度洗濯したらほつれてしまいそうな色あせたジーンズに、着古した緑のジャケットを着ている。いつもとは違い、どこかくつろいで楽しそうに見えた。わたしの知っているコリンは、本来ならもっとぴりぴりしている。

「じゃあ、五ポンドに値上げしよう」

「そのことじゃないわ。本当に一〇〇〇年も前に建てられたものなの？」

コリンはいとおしそうに壁に手を置いた。まるで農夫が立派に育った牛をなでるようだ。

「たぶん、違うと思うよ。たしかにフルク・ド・セルウィックは一〇七〇年に征服王からこの土地を授かったが、要塞は木造だったんじゃないかな。当時の要塞というのはそういうものだからね」コリンが説明した。わたしは知ったかぶりをしてうなずいた。「この塔はどんなに古くても一二世紀ごろのものだろう」

わたしは目にかかった髪を払った。風が少し強まってきた。わたしの髪は中途半端な長さなので、風が吹くと顔にまつわりついて邪魔くさい。

「なかに入れる？」

わたしは古城が大好きだ。今にも崩れそうな要塞を見学する正当な理由ができるのなら、中世史を選択しようかと考えた時期もあった。だが、中世史の研究は手書きの文字を読むだけでも相当な訓練が必要だとわかり、その夢をあきらめた。ましてわたしのラテン語の能力は中学二年生のレベルしかない。一八世紀を研究しているほうがずっと楽だ。だからといって、古城への憧れが消えたわけではない。古ければ古いほど魅力を感じる。

コリンは首を振った。「申し訳ないが、それは無理だな」

「どうして？」

「崩れる危険があるんだ。とてもじゃないが責任を負えないよ」

「あら」わたしがよほど残念そうに見えたのだろう。コリンが同情するようにつけ加えた。

「たいして見るものはない。上階の床は崩れ落ちてしまっているから、今ではただの吹き抜けみたいなものだ」

「矢狭間のある吹き抜けね」わたしは恨みがましく言った。矢狭間と聞くといつも、初期のカラー映画で見たエロール・フリンの勇ましい姿を思いだす。

「昔は農業機械を入れておくのに使っていたんだが、天井が落ちてきてトラクターが壊れたのでやめたんだ」

「ねえ、あなたの魂には歴史のロマンスを味わう能力がないの？」

「せっかく便利に使っていた建物が壊れてしまうことに、歴史のロマンスなんてこれっぽっちも感じないね」

「大事な要塞に農業機械なんか入れておくから罰《ばち》があたったのよ。フルク・ド・セルウィックの幽霊の仕返しだわ」

「この屋敷には幽霊なんていないと言っただろう？」コリンは片手でわたしの肘をつかみ、もう片方の手をわたしの背中にあてて塔から遠ざけようとした。わたしが反射的に体を引いたせいで、コリンは手をおろした。自分がほっとしたのか、残念に感じたのかわからず、わたしは妙な気分だった。

違うわ、ほっとしたに決まっている。

戸惑いを隠すために、先ほどからぼんやり感じていた疑問をぶつけてみることにした。「この屋敷はセルウィック家の本拠地じゃないんでしょう？」現在のアピントン侯爵はケント州にあるアピントン・ホールで暮らしているし、観光バスが訪れるのもその屋敷だ。「だったら、なぜここに要塞があるの？」

「質問の仕方がおかしいぞ。〝ここに要塞があるのに、どうしてセルウィック・ホールはセルウィック家の本拠地じゃないのか〟と尋ねるべきだろう？」コリンは愉快そうに横目でちらりとこちらを見た。

わたしはコリンをにらんだ。「いちいちうるさいわね」

「べつに謎でもなんでもないよ」コリンは両手をポケットに突っこみ、慣れた足取りで坂を下った。今しがた彼を拒絶するようなそぶりを見せてしまったことを少々申し訳なく思いつつ、転ばないように気をつけながらわたしも坂をおりた。「セルウィック家が貴族に昇格したのは一四八五年だ。ボズワースの戦いで正しいほうにつき、背中が曲がった男を相手に戦ったから――」

「その言い方はリチャード三世に失礼よ。だって、彼は本当は善良な人で、ヘンリー七世より王としての資格があったと言われているわ」わたしはからかいの目でコリンを見たが、その瞬間に意地の悪い石につまずいて転びかけた。その石はヘンリー七世の支持者に違いない。

コリンはとっさに腕を伸ばしてわたしを支えてくれたが、坂を転げ落ちる心配がないとわかるとすぐに手を離した。「そんなことは二度と口にしないほうがいいよ。セルウィック家はヘンリー七世に恩義を感じているからね。というのも、ヘンリー七世が当時アピントンと呼ばれていた小さな町の近くにある土地をリチャード三世の取り巻きから召しあげて、ウィリアム・セルウィックに授けたんだ」

「ああ、だからアピントン侯爵という爵位なのね」

「そのとおり」コリンは答えた。「ただし、当時はまだアピントン男爵だった。王政復古のあと、チャールズ二世が伯爵にしてくれたんだ」

「つまり、あなたの祖先は、チャールズ二世が国王に返り咲くのになにか貢献したというわけね」わたしは羽根飾りのついた帽子をかぶった騎士を想像した。

「おおやけにはそういうことになっている」コリンは思わせぶりに眉をつりあげた。「ところが、じつはウィリアム・セルウィックには美しい娘がいた」

「いやだ！」三〇〇年以上も昔のゴシップに、わたしは夢中になった。チャールズ二世はなかなかの漁色家で、ベッドをあたためてくれた相手に気前よく爵位を授けたことで知られている。

「今となっては事実かどうかわからないが……」コリンはもったいぶって間を置いた。「ウィリアム・セルウィックが男爵から伯爵に昇格してから八カ月後、娘のレディ・パンシアは浅黒い肌の色をした男の子を産んだ」

「レディ・パンシアは色白だったの？」

「そうだ」

わたしはなるほどという顔で、コリンはそのとおりという顔で、互いにうなずいた。彼のハシバミ色の目が、〝ぼくたちは同じことを考えている〟と語っていた。

わたしの色白の肌は、チャールズ二世とはなんの関係もない理由で赤らんだ。

「じゃあ、侯爵になったいきさつは？」急に足元に興味がわいたとでもいうようにうつむいたまま、ぎこちなく尋ねた。キッチンに続く飛び石のところまで来たので、わたしは石から石へ跳ねてみせた。「いつごろの話なの？」

コリンは肩をすくめた。「そっちはべつにおもしろくもなんともない。スペイン継承戦争で将軍としての功績をたたえられて、アン女王から侯爵の地位を授かったんだ」彼は立ち止まってわたしのためにキッチンのドアを開け、わたしが先に入るのを待った。「屋敷のなかを案内してあげたいところだが、今夜までにやっつけなければならない書類仕事があってね」

わたしは首を振った。乱れた髪が顔にかかった。「気にしないで。わたしもそろそろ図書室に戻りたいと思っていたの。ただ、今夜のことだけど……わたしをパーティに連れていくのが気が進まないなら、ここに残していってくれてもかまわないのよ。すねたりしないから」

コリンがにやりとした。「牧師と話すはめになるのがそんなにいやかい？」

臆病者と言われた気がして、わたしはむっとした。「違うわ。そうじゃなくて……よそ者が押しかけたらお邪魔かしらと思っただけよ」語尾が尻すぼみになった。

「大丈夫だ」コリンは淡々と答えた。「ぼくはよそ者は嫌いじゃないから」

チャンスだと思った。今なら、ジョーンと過去になにがあったのか、どうしてわたしを盾にするのか尋ねることができる。「でも、ジョーンはそうは思わないかもしれないわ。わたしとしてはずうずうしい振る舞いはしないつもりだけど――」

「他人《ひと》の家の手紙を読むことはずうずうしくないのかい？」

「そっちはもう死んでいる人だから関係ないの」反論してから、話題をそらされたことに気づいた。まったくもう、わたしのばか。

「墓の下で怒っているかもしれないぞ」

もうその手にはのらないから。「それより、今夜のパーティは――」

「パーティ用の服を持ってきていないというんだったら」コリンがさえぎった。「セレーナのクローゼットからなにか適当なものを探せばいい」

なんて巧みに話をそらすのだろう。わたしは腹が立ち、もう一度、口を開きかけた。

「妹は気にしない」コリンは続けた。「どうせ今となっては流行遅れの服ばかりだろうけどね」

「それはどうも」わたしはあきらめた。

「よかった。じゃあ、服は好きに見てくれてかまわないから」コリンは口笛を吹きながら去っていった。

まあ、ご機嫌麗しいこと。わたしはむかついた。結局、彼は肝心なことはなにひとつ話してくれなかった。

いいえ、それを怒っているんじゃないわ。わたしは自分にそう言い聞かせ、足音も荒くキッチンをあとにし、赤い壁紙の廊下を正面階段のほうへ向かって突き進んだ。コリンがわたしの気持ちを確かめもせずに、勝手にパーティへ連れていくことに決めてしまったのが腹立たしいだけだ。しかもその理由が、決してわたしと一緒にいるのが楽しいからではないということも本当は少し気になっている。

それを考えると、階段をあがる足取りが急に重くなった。自分の気持ちに正直になるなら、認めたくはないけれど、じつはほんのちょっと傷ついている。彼があれほど強引にわたしをパーティに同行したがるわけは、わたしの瞳をきれいだと思っているからではなく、わたしのユーモアが楽しいと考えているからでもなく、ただジョーン・プラウデン・プラッグを避ける道具に使いたいせいだ。だったら、この状況を一歩引いた目で楽しめばいい。片方が追いかけ、もう一方がそれから逃げているさまは、はたで見ているぶんにはおもしろいはずだ。コリンがこそこそとわたしの背後に隠れて、あのブロンドの肉食女から逃げている様子を想像して、こっそり笑っていればいい。今夜はさぞおもしろいドタバタ喜劇が見られるだろう。

だが、どういうわけかあまり愉快な気分にはなれなかった。

階段をあがりきったところで立ち止まり、尊大な態度でこちらを見おろしているセルウィック家の祖先の肖像画をにらみながら、わたしは自分を叱った。コリンの顔立ちやほほえみばかり見ているからいけないのよ。たしかにさっきは、一瞬、胸がときめくような状況もあった。もしかするとわたしはほんのちょっと（本当にちょっとだけよ）彼に惹《ひ》かれているのかもしれない。あの髪をござっぱりと切ったウィリアム王子のような容姿はなかなかハンサムだもの。コリンは頭が切れるし、機嫌がよければおもしろいことも言うし、魅力的な男性であることは間違いない。それになんといっても、世間話で歴史の話ができる男性は世の中にそうはいないのだ。割れた腹筋とかよりそっちのほうが、わたしにとってはずっと致命的かもしれない。

いいかげんにしなさい！　こんな気分になるのはヘンリエッタの恋心に影響を受けているせいよ。コリンのことはなにも知らないも同然じゃないの。それどころか彼は、あんな失礼きわまりない手紙を送りつけてきて、初対面のわたしに無礼千万な態度をとった人なのよ。少しは普通の人らしく振る舞うようになったのは、ここ一日二日のことじゃないの。

それに、もしさっきの和やかで優しい性格のほうが本当のコリンだとしても、貴重な研究史料の所有者に恋などしたら、職場恋愛と同じくらい厄介なことになる。もしふたりのあいだでなにかが起きて（だから、そのなにかがどんなことか、いちいち会話まで想像するのはやめなさいってば）、まだ何千ページも読むべき史料が残っているのに、仲たがいしてしまったらどうするの？　どんなにきれいに別れられたとしても、気まずさを抱えたまま接するはめになるし、最悪の場合はもう二度とこの屋敷の図書室には入れてもらえなくなる。恋がひとつ終わり、それとともに研究も頓挫するというわけだ。

わたしは横目で図書室のほうを見た。

もやもやする気分を力ずくで抑えこむように、荒っぽい足取りで図書室へ向かった。だが、手紙を広げたところで手を止めた。こんな気分でいたら、きっと一字も読まないまま、三〇分間史料をにらんでいるはめになるだろう。今、セルウィック家の祖先たちと語りあっても、それでコリンを頭から追い払えるとは思えない。

わたしはポケットから携帯電話を取りだした。今のわたしに必要なのは、現代の人と楽しくおしゃべりすることだ。妹のジリーにでも電話をかけてみようか。わたしは腕時計を見た。アメリカはまだ午前九時半だ。今日は土曜日だから、正午前に起こしたりしたらジリーはひどく不機嫌になるだろう。ジリーのルームメイトにも迷惑をかけるかもしれない。金曜日の夜は徹夜で遊んだに決まっているのだから。大学の食堂は、ブランチの最終オーダーが午後一時だ。つまり、一二時四五分までは眠っているに違いない。ああ、大学生というのはこれだから困る。

そうだ、パミーがいた。彼女にならいつ電話をかけてもいい。わたしは携帯電話に登録されたパミーの電話番号を探した。微妙に揺れる心を彼女に理解しろと言っても無理かもしれないが、容赦なく叱り飛ばしてはくれるはずだ。

窓辺へ寄り、電話をかけた。

「まあ、エリー！」パミーが甲高い声で応答した。五歳のころからの親友であり、互いの恥ずかしい話もたくさん知っている間柄なので、彼女はわたしを愛称で呼ぶ。「そっちはどう？」

「それがね、ばかなことをしちゃったのよ」横目で庭を見た。

「なにをしたの？」

「まだ具体的にはなにもないんだけど……」庭の端に見える緑色はコリンのジャケットかしら？　いえ、違う。なにかの植物だ。庭だもの、緑色くらいどこにでもあるわ。「コリンのことを好きになってしまったみたいなの」

「それのどこがいけないのよ」パミーが大きな声で言った。「彼はすてきだし、あなたはひとり身なんだから、ぜひともつかまえればいいでしょ」

「やめろと言ってほしくて電話したのに」

「最後にまともなデートをしたのはいつ？」鋭い質問だ。三月のお見合いデートは数のうちに入らないだろうし、六月に同僚と食事をしたのもまともだったとは言いがたい。こちらはそんなつもりはなかったのに、相手が帰りのタクシーのなかで手を出してきたのだ。わたしがその手をぴしゃりと払いのけ、彼は勘違いに気づいた。正直に言って、ここのところわざわざデートをしようと思うほどの相手にめぐりあっていない。大学にいる結婚適齢期の男性の数は（学部学生ならつまみ放題だけど）、女子修道院やフォークソングのコンサート会場よりは少しましという程度だ。ロンドンに留学してからは……理由はいくらでもつけられる。

「去年の一二月かしら」わたしはぼそぼそと答えた。つまり、大騒ぎをしてグラントと別れて以来、誰ともまともなデートをしていないということだ。

「まあ、どうしようもないわね！」

「お優しい言葉だこと」

「ちょっと待って、たしか今月号の『コスモポリタン』にいいことが書いてあったわ」山ほど積みあげた雑誌のなかから目的の一冊を探すがさがさという音がした。「あった！〝男性をベッドに誘う一〇の方法〟って記事よ」

「べつにそんなつもりは――」

パミーはわたしの言葉を聞いていなかった。「まず、今夜はセクシーな服装をすること。ツイードなんて絶対にだめよ。ビスチェは持ってる？」

「まさか！」

「あら、それならわたしのを貸してあげる。でも、サセックスはちょっと遠いわね。だったら――」

「いいかげんにして」わたしはきっぱりと言った。パミーはファッション業界の周辺の仕事についている。そのうえ尋常ではない趣味をしており、さらには恥の概念がないため、赤い革製のビスチェや、色とりどりの羽根飾りがついたワンピースや、ショッキングピンクのへビ革のパンツなどというわけのわからない服を持っているのだ。おとといなど、わたしにスカーフ二枚のみを体に巻いて服にしろと勧めてきたくらいだ。

パミーの部屋のブザーが鳴り、わたしはそれに助けられた。

「ごめん、もう行かなくちゃ！　今夜はせいぜい頑張るのよ。明日は甘いのろけ話を聞かせて。包み隠さずよ。じゃあね！」

「そんなことにはならないから……ああ、もう！」電話はすでに切れていた。

思いとどまるようパミーに言ってほしいと思ったわたしが愚かだった。携帯電話をポケットに突っこんで、〝男性をベッドに誘う一〇の方法〟などという記事が載った雑誌がない一九世紀の世界に戻ることにした。たとえビスチェを持っていたとしてもコリンをベッドに誘うつもりはないし、だいたいビスチェなんてわたしの趣味じゃない。

コリンに言われたようにセレーナのクローゼットでも見に行こうか。セレーナはわたしより少し痩せていて、いくらか背が高いが、カクテルドレスのようなものなら問題なく着られるだろう。多少体にぴったりしているくらいのほうが……。

いったいなにを考えているの？　セクシーな格好なんてしないし、誰かをベッドに誘ったりもしないんだから。彼の顔を見てどぎまぎしたり、チャールズ二世の話に胸を高鳴らせたりもしない。頭を冷やしなさい。わたしは自分の頭のなかに大きな警告の紙を貼りつけた。

〝ドラゴンに注意！　突然、火を噴く恐れあり〟きっとドラゴンは暇なときに村の娘を食べているのよ。だから食べ残しのウェリントン・ブーツがキッチンにあったんだわ。

読みかけの史料が入った箱を取りだし、それを縛っている紐を解いた。約二〇〇年前に生きていたフランス人諜報員のほうがわたしにとってはずっと大事だ。

いまいましいカクテル・パーティは夜の七時半からで、今はまだ昼の二時半だから、しばらくはゆっくりとこれを読んでいられる。どうせ着替えにはそんなに時間はかからないのだからと、わたしは自分に釘《くぎ》を刺した。念入りに身支度をしていく理由などなにもないが、ぎりぎりまで史料を読みたい理由ならいくらでもある。なんといっても、まだ〈黒チューリップ〉の正体がわかっていない。ヘンリエッタのためを思えば、モンヴァル侯爵未亡人であってくれればいいのにと願うばかりだ。

もちろん、ヴォーン卿も怪しいし、マイルズが真夜中に襲われたことも気になる。襲撃事件についてマイルズがリチャードに書き送った手紙を三回も読み、相手の男性に関して読み落とした点はないか、あるいはどこかに追伸でも記されていないかと探してみたが、なにも見つからなかった。つまり、マイルズは敵の姿をほとんど見ていなかったか、あるいはその男性に特筆すべき特徴はなにもなかったということだ。

それに比べると劇場プログラムに関しては長々とした説明があり、しかも書き連ねるにしたがって興奮が増しているのがわかった。たかが本のしおりひとつにこだわりすぎではないかという気さえする。わたしなど、手近にあるものなら映画の半券でも、電話代の請求書でも、はがきでも、なんでもしおり代わりに使ってしまう。たしかにヴォーン卿がフランスに滞在していた事実は興味深いが、だからといって悪事にかかわっていることの確たる証拠にはならないだろう。

オペラ歌手に関しては、じつはわたしも心に引っかかっていることがあった。まだイギリスに来る前、ハーヴァード大学の図書館で博士論文の下調べをしていたときだ。マイクロフィルムの形で保管されている定期刊行物から、学術誌に掲載されていた当時の書簡まで、入手可能なものはすべて目を通したのだが、そのどこかにオペラ歌手に関する記述があったのを覚えている。そのオペラ歌手はナポレオンの愛人で、諜報員ではないかと疑われ、名前の最後の文字が〝a〟だった。

現代でも、オペラ歌手の名前はどういうわけかみんな最後が〝a〟で終わる。

ああ、どうしても思いだせない。図書館の埃っぽい地階でマイクロフィルムを見ていたときの、そのページのだいたいのレイアウトまで頭に浮かんでいるというのに。たしか、なにかのゴシップ記事だった。オペラ歌手本人ではなく、夫に諜報員の容疑がかかったという話だったかもしれない。ノートパソコンを開ければ一発でわかるのだけれど。わたしはこの件をあとまわしにはせず、あえてしつこく記憶を探った。

そうだ、Catalani《カタラーニ》だ。たしかカタラーニという名前だった。最後の文字が〝a〟ではなく〝i〟だったのはちょっと惜しいが、どちらも母音である点は同じだし、スペルに〝a〟が三つも入っている。この程度の勘違いなら充分に許容範囲内だろう。

ああ、残念。これがカタラーニではなく、劇場プログラムに載っていたマダム・フィオーリラだったらおもしろかったのに。

そういえば、カタラーニの件はもう少し年代があとだったかもしれない。たしか一八〇七年とか、一八〇八年とか……。

もしかすると当時はオペラ歌手による壮大な諜報員網が存在したのだろうか？　わたしの想像はどんどんふくらんだ。

それとも、さすがにそれは考えすぎ？

わたしは結論を下した。やっぱり考えすぎよね。

自分の愚かさにあきれながらお気に入りの椅子に腰をおろし、一八〇三年のヘンリエッタの日記と書簡が入っている箱の紐をほどいた。どうかヘンリエッタが〈黒チューリップ〉の謎を解いてくれますように。

少なくとも彼女は、誰かさんはいないかとぼんやり庭を眺めて時間を無駄にはしなかっただろう。さあ、史料を読むのよ。集中して。彼のためにここへ来たわけじゃないでしょう？

わたしは自分を叱りつけ、窓から視線を引きはがすと、びっしりと書きこまれたヘンリエッタの日記に目を向けた。

14

書店～諜報活動と陰謀の巣窟。

――〈ピンク・カーネーション〉の暗号書より

「ほら！」ペネロピが指摘した。「またそんな顔をした」

〈ハチャーズ書店〉で入荷したばかりの本を拾い読みしていたヘンリエッタはかぶりを振り、マイルズと白馬とドレスの裾をひるがえす自分が登場する空想の世界から現実に戻った。

「どんな顔？」

本から顔をあげると、書棚越しにペネロピが物語から抜けだした意地悪な異母姉のような表情でヘンリエッタを見ていた。

シャーロットは少し離れたところで、フランスから届いたばかりの愛と陰謀の物語を夢中になって読んでいる。愛と陰謀ね。そこにマイルズがいたら最高だわ。ヘンリエッタは思わず口元を緩めた。

「ほら、また！」ペネロピがヘンリエッタを指でつつく。手首にかけていた小さな手提げ袋《レティキュール》が容赦なくヘンリエッタの体にあたった。「なにをにやにやしているのよ。あなたったら朝からずっとそんなふうよ」

「そうかしら?」ヘンリエッタはなんのことだかわからないという顔で、本棚から適当に一冊を抜き取り、ぱらぱらとページをめくった。

朝からずっとこうだったわけじゃないわ、と心のなかで反論した。朝食のあいだは平静を保っていたし、部屋に戻るために階段をあがりきったときには思わずくるりと一回転してしまったけれど、あれは誰にも見られていない。

昨晩のミドルソープ家の舞踏会では、ドレスの袖のレースが破れ、女性用の控えの間にさがった。ドレスの裾が破れてしまったと言って若い女性が控えの間に駆けこんでくるのはたまにあることだが、ドレスの袖というのは珍しいため、年配の女性たちは不思議そうに首をかしげた。だが、ヘンリエッタはそうなった理由を明かさないまま、不機嫌の塊と化して早々に帰宅した。なにをしてもむしゃくしゃした気分は晴れず、あとは寝るしかないと思った。ぐっすり眠って目が覚めれば、またいつもの穏やかで平和な日常に戻れるだろう。

だが、思惑どおりにはいかず、眠れなかった。目をつぶると、まぶたの裏にマイルズが浮かびあがってきた。笑っているところ、ジンジャー・クッキーを頬張っている顔、シャーロットと踊っている姿、レモネードをこぼした瞬間。

そして、キスができそうなほど顔を寄せてきたときのこと……。

それならと試しに目を開けてみたが、状況は悪化するばかりだった。目を開けているとますます眠れなくなり、頭から追い払おうと努力してきたことを、またあれこれと考えてしまう。マイルズはどういうつもりでモンヴァル侯爵未亡人とハイド・パークに行ったのだろう？　今日も一緒に行くのかしら？　わたしはなぜそんなことをいつまでも気にしているの？　わたしには関係のない話でしょう？　マイルズなんかいなくたって大丈夫。そりゃあ、日常生活に少しばかり不便は生じるけれど。だいたい今日は午後六時からマルコーニ先生の歌のレッスンがあるのだもの、ハイド・パークへは行きたくてもいけない。

そう自分を慰めてみたが、やはり侯爵未亡人にマイルズを取られたとの感はぬぐえず、それが悔しかった。

ヘンリエッタはうめき声をもらして寝返りを打った。そのせいでマイルズからもらったぬいぐるみのバニーを押しつぶしてしまった。「ごめんなさい」ヘンリエッタは慌てて体をずらし、バニーを引っ張りだした。バニーが垂れた耳の下からうらめしそうに見あげている。

「わたし、ばかみたいよね」

バニーは黙って聞いていた。これがバニーのいいところだ。だからこそ、いつでも秘密を打ち明けられる。女には無条件に自分を受け入れてくれる相手が必要だ。

「マイルズが誰かと一緒にハイド・パークへ行ったからどうだっていうの？　そんなのはわたしの知ったことじゃないわ。ええ、そうよ」

黒いガラスの目に疑わしそうな表情が浮かんだ。

「ああ、もう」

ぬいぐるみのくせにひと言も話さずに痛いところをつくなんて卑怯だわ。

ヘンリエッタは上掛けをはねのけ、窓辺に寄った。満月が木々や隣家の窓を銀色に染めている。こんな夜は恋人たちが庭でひそかに落ちあい、人目を忍んでキスをしたり、愛をささやいたりしているのだろう。この月の下のどこかにマイルズもいる。モンヴァル侯爵未亡人と一緒だろうか？　ジェフとカードでも楽しんでいるのかしら？　それともひとりで家にいるの？　そんなことは気にしないふりをして窓辺を離れたが、やはりどうしてもマイルズのことが頭を離れなかった。なぜだかわからないが、気になってしかたがない。

窓の隣にある寝椅子に腰をおろし、刺繍が施されたネグリジェの裾ごと両足を椅子の上に引きあげ、膝を抱えて顎をのせた。そして、この二日間のことをあれこれ考えてみた。昨日の夜からわたしは怒ってばかりだ。

月のもののせいにはできなかった。その期間はいつもおなかが痛くなり、そばかすが増え、虫の居所が悪くなるのだが、それは一週間前に終わっている。月のものが理由だとわかれば事は簡単なのだが、今回は体に変調はないし、そもそもすべてはモンヴァル侯爵未亡人が現れてから始まっている。いいえ、違うわ……。ヘンリエッタはしぶしぶ認めた。正確に言えば、マイルズが侯爵未亡人と親しそうに話しているのを見てからだ。

ヘンリエッタは膝に頭を押しつけた。本当は自分でもわかっている。わたしは嫉妬しているのだ。マイルズはわたしをエスコートしてくれる人で、いつまでもわたしの白馬の騎士でいなければならないのに――そう思ってもんもんとしている。

でも、それってどういうこと？

ヘンリエッタははっとして顔をあげ、寝椅子から転げ落ちそうになった。マイルズに恋をするなんてありえない。恋という言葉には詩的な響きがあり、なにか壮大でドラマティックなものを感じさせる。だけど、わたしのマイルズに対する気持ちはまったく壮大でもなければドラマティックでもない。ただ、マイルズがほかの女性とかかわるのが気に入らないだけだ。混雑した舞踏室でマイルズが捜すのはこのわたしであってほしい。おもしろい冗談を思いついて誰かに話したくなったとき、肘でつつきに行く相手もこのわたしであってほしい。朝起きていちばんに会うのも、夜、最後まで一緒にいるのも、オペラを見ながらなにかをささやくのも、午後五時にガタガタするマイルズの馬車でハイド・パークへ行くのも、その相手はすべてこのわたしでなくては気に入らないのだ。

こんな気持ちは恋とはほど遠いわ、と無理やり自分に言い聞かせた。

社交界デビューする前の年、ヘンリエッタとペネロピとシャーロットの三人で、マイルズがほとんど食べてしまった残りのクッキーをつまみながら、恋について延々と語りあったことがある。運命の恋とはある日突然、輝く翼とともに舞いおりてきて、これまで夢想だにしなかった恍惚《こうこつ》の世界へわたしたちを連れていってくれるものだ。運命の相手とは、真っ白なクラヴァットを身につけ、上等なもみ革のズボンをはいた粋な男性でなければならない。その男性が現れるときは、背後でヴァイオリンの調べが流れ、空には盛大な花火があがり、おまけに遠くで雷まで鳴る。それが運命の相手と出会ったしるしなのだ。だが、今こうしてマイルズのことを考えていても雷は鳴らないし、生まれたときから一緒にいるような相手では花火もあがらない。

こんなのはばかげている。もしわたしがマイルズに恋をしているのなら、もっと早くに自覚するものじゃないかしら？　彼がジンジャー・クッキーを頬張る姿を見て胸がときめき、小躍りしてアヒルの池に飛びこみたくなるほどの気分になるはずだ。だって、小説にはそう書いてあるもの。愛する人とめぐりあったら、すぐにそれとわかるものだって。

それとも、マイルズと初めて出会ったのがまだ二歳のころで、当時のわたしにとって愛とはあたたかいミルクのことだったから気づかなかっただけかしら？

ヘンリエッタは窓のほうへ顔を向け、丸い月を見あげた。やっぱりマイルズに対するわたしの気持ちは世間でよく言われる恋とは違う。でもだったらなぜ、マイルズがほかの女性と公園でのひとときを楽しんだと思うだけでこんなに胸が苦しくなるの？　彼が誰かと結婚するなんて、つらくて考えることもできない。

マイルズ……。やっぱりこの名前がわたしにはしっくりくる。

ヘンリエッタは暗闇のなかでくすくすと笑った。当たり前じゃない！　だって、一八年ものあいだ、さまざまな場面で怒ったり笑ったりしながら数えきれないほどこの名前を呼んできたんだもの。ヘンリエッタはまた膝に顎をのせ、一八年分のマイルズを思いだしてみた。クラヴァットがまっすぐに結ばれていたためしはないし、髪はとかしてもあっという間にぼさぼさになるけれど、いつも笑顔だけはとびきりすてきだった。

幾万もの思い出が次々と浮かんでは消えた。自分の馬車に乗せ、お気に入りの馬の手綱を引かせてくれたときは、ずっとうるさくあれこれ指示してきた。まだ、わたしがあの木のそばには近寄りもしなかったころの話だ。シーツをかぶってドンウェル・アビーの修道士の幽霊に化け、わたしの衣装だんすからぬっと現れたこともある。だけど、わたしが悲鳴をあげたため、お楽しみを中断してすぐに正体をばらしてしまった。たしかに驚きはしたけれど、叫んだのはどちらかというとシーツの下にのぞいている黒いブーツを見てマイルズだとわかり、いたずらをされたことが頭にきたからだ。それなのに、マイルズがあまりにも一生懸命に謝ってきたので、結局そのことは言えずじまいだった。一三歳のとき、アピントン・ホールの裏庭にあるオークの木にのぼったことがあった。木の上が妖精の塔のように見え、そこで読書をしたり物思いにふけったりしたらすてきだと思ったのだ。でも、実際にのぼってみると、枝の上に座っているのはひどく不安定だったし、地面は遠くて自力でおりることができなくなった。柄にもなく木のぼりなどしたのがいけなかったのだ。兄は慌ててはしごを取りに行ったけれど、マイルズはするすると木の幹をのぼり、絶えず文句を言いつつも、わたしが危なっかしげにおりるのを支えてくれた。

いちばん古い友に恋をするのはそう悪いことではないかもしれない。

ヘンリエッタの顔にゆっくりと笑みが広がった。眠りに落ちるまでその笑みは消えず、目が覚めたらたちまちまた口元がほころび、午前中もときおり思いだしては再三ほほえんでしまったというわけだ。

ペネロピはヘンリエッタが顔を隠していた本を押しさげた。

「隠れても無駄よ。どうしてにやにやしているのか理由を言いなさい」

「マイルズのことよ」

「あの総身に知恵のまわりかねている大男がどうかしたの？」

「彼はそんな人じゃないわ」ヘンリエッタは寛容に答えた。その件では以前に一度、言い争ったことがあるのだ。

「あれだけ体が大きかったらそうもなるわよ」

あらぬ方向からシャーロットの忍び笑いが聞こえた。

「体が小さければ総身に知恵がまわるとも限らないわ」

このままではふたりの会話がとんちんかんなほうへ流れてしまうと思い、ヘンリエッタはいきなり核心に触れた。「わたし、マイルズに恋をしているみたいなの」

「マイルズになんですって？」ペネロピが甲高い声をあげた。

「恋と言ったように聞こえたわ」シャーロットがのんびりと答える。

「くだらないことを言わないで。だって、あのマイルズなのよ」ペネロピが言う。

ヘンリエッタはうっとりとその名前の響きを嚙みしめた。「ええ、あのマイルズよ」

ペネロピは愕然とした顔で親友をまじまじと眺め、藁《わら》にもすがるような目でシャーロットに助けを求めた。「ちょっと、なにか言ってやってよ」

シャーロットは読みかけの本をおろし、うっすら笑みを浮かべながら首を振った。

「わたしは驚かないわ。だって、なんとなくそうじゃないかと思っていたし」

「そうじゃないかって、どういう意味?」ヘンリエッタは思わず熱い口調で尋ねた。

シャーロットが声を落とす。「あなたって舞踏会へ行くと、真っ先にマイルズのところに寄っていくのよね。自分でもそれが不思議だとは思わなかった?」

「レモネードを飲みたいからでしょう」ペネロピが口を挟んだ。

「そうじゃないと思うわ」シャーロットはペネロピからヘンリエッタに視線を戻した。「あなたたちはいつも一緒にいるもの。やっと自分の気持ちに気づいたのね」

「どうしてそんなことがわかるのよ」ペネロピが反論する。「これはあなたの好きなくだらない恋愛小説とは違うのよ。マイルズがいつもヘンのところへ来てぶらぶらしているからといって、それで彼がどうとか、ふたりがこうとか……そんなことはわからないんじゃない?」

ヘンリエッタはペネロピを無視した。「わたしたちがいつも一緒にいるってどういう意味?わたしがマイルズにくっついて歩いているということ?」

シャーロットは考えこみ、五、六年はたったかと思うころにようやく口を開いた。「マイルズはあなたがどこにいても必ず見つけるの」そう聞いて、ヘンリエッタはほっとした。だが、シャーロットの次のひと言でたちまち落胆した。「でも、恋愛感情とは違うと思うわ。少なくとも、今はまだね」

「もう」それはヘンリエッタも感じていたことだったのだが、改めて言葉にされると悲しくなった。「マイルズはわたしを妹みたいに思っているのよね。それを変えさせるにはどうしたらいいの？」「二度と口をきかなければいいんじゃない？」ペネロピが言った。

「やめてよ。わたしは真剣なんだから」

「ほかに誰かいい女性《ひと》がいるってことは――」

「そんな人はいないわ」ヘンリエッタはペネロピの言葉をさえぎった。「痛っ！」

狭い通路で脇を通り抜ける誰かに押されたうえに足を踏まれ、ヘンリエッタはよろめいた。その拍子にレティキュールが強く引っ張られて、なかに入っていた硬貨や、買ったばかりのヘアリボンや、ハンカチが床に散らばった。

「たいへん！」ヘンリエッタはしゃがみこみ、机の下に転がりこもうとする硬貨を慌ててつかんだ。ここへ来る前にリボン店の女主人に報告書を渡しておいて本当によかった。報告書は暗号化されているとはいえ、それが〈ハチャーズ書店〉の床にひらひらと落ちたりしたら、ジェインは確実に眉をひそめるだろう。

ヘンリエッタが拾ったものをレティキュールに戻していると、ペネロピが隣に膝をついた。

「わかったわ」ペネロピはぼそりと言い、テーブルの下まで転がった一シリング硬貨を拾ってヘンリエッタのレティキュールに突っこんだ。「力になるわよ。今でも彼のことはおかしな人だと思っているけれど」

「総身に知恵のまわりかねている大男？」ヘンリエッタはテーブルに手をついて立ちあがり、ペネロピの頬にキスをした。言葉はきついけれど、ペネロピなりの優しさなのはわかっている。ペネロピは昔からマイルズを評価していない。ヘンリエッタはレティキュールの口を広げてシャーロットにも拾った硬貨を入れてもらうと、紐を手首にしっかりと巻きつけた。

「ありがとう、ペネロピ。それでふたりとも、なにかいい知恵はない？」

シャーロットはうっとりと宙を眺めた。「ファニー・バーニーの小説『エヴェリーナ』のヒロインは心根の優しさで愛を勝ち取ったわ」

ペネロピがいらだたしげにシャーロットをにらむ。

「だって、なにかいい知恵はないかと訊かれたから！」

「心根の優しさって、具体的にはどういうものなの？」ヘンリエッタは尋ねた。

シャーロットが考えこんだ。「どういうものかわからないということは、あなたはそれを持ちあわせていないのかもしれないわ」

ヘンリエッタは顔をしかめた。「すばらしいお褒めの言葉ね」

「違うわ！」シャーロットは慌てて本をおろした。「そういう意味じゃないの。ヘンはとても優しい人よ」

「ちょっと来て」ペネロピはふたりを店の隅にある雑誌の棚まで引っ張っていった。「心根がどうとかこうとか、そんなたわ言はどうでもいいわ。もっと現実的にならなくちゃ」

彼女は『コスモポリタン・レディース・ブック』を手に取り、ページをめくった。

ヘンリエッタはある見出しのひとつを指さした。「なに、この記事？」

ペネロピは〝バルコニーでの屈辱！　五分間の過ちがわたしの人生を変えた〟という記事

が書かれたページを開いた。

「あら、まあ。でも、この手はいけるかもね。マイルズをバルコニーへ連れだして、なんとかしてこの〝屈辱〟と呼べるような状況に持っていくの。そこへ目撃者、つまりこのわたしが現れて、なにをしているのと怒れば、あなたは一週間でマイルズと結婚できるわよ」

ヘンリエッタは頑として拒んだ。「そんなふうに彼を陥れるようなやり方はしたくないわ。しかたなく妻にしてもらうなんてごめんだもの。愛のある結婚をしたいの」

シャーロットがそのとおりとばかりに力強くうなずく。

ペネロピはあきれた顔で天を仰いだ。

「あなたが難しい道を選びたいというならしかたないわね」

三人は〈ハチャーズ書店〉の片隅で肩を寄せあい、利用できそうな記事をあさった。〝男性の心をくすぐる視線〟を読み、ヘンリエッタは寄り目で意味ありげにペネロピを見つめてみた。〝思わせぶりな扇の使い方〟を練習したせいで、本を三冊も床に落としてしまった。〝薔薇の花で彼の心をつかむ〟という記事は、おもに花の飾り方を紹介しているだけであり、ほとんど当てにはならなかった。

「全然だめね」ヘンリエッタはうんざりした。「そりゃあ寄り目で迫ればマイルズだってびっくりして動けなくなるでしょうから、その隙を狙って扇で叩いて気絶させて、倒れている彼の口に薔薇の花を挿せっていうこと？　口のなかがとげだらけでは、〝愛している〟とも言えないわ」

「腕を少しさげて、片手で優雅に扇を開けば色っぽいわ」シャーロットが提案した。

「無理よ」ヘンリエッタは言われたとおりに試してみたが、扇はいっこうに開かなかった。

「わたしは色気でマイルズをベッドに誘いたいんじゃないもの。だいたい、その方法は別の女性に取られたわ」

ペネロピがそれは誰のことだと目で尋ねた。

シャーロットの顔が悲しげに曇った。「モンヴァル侯爵未亡人のこと？」

「そうよ」

「まあ」シャーロットが息をのむ。

「そうなの」ヘンリエッタは顔をしかめた。「彼女が相手じゃ、勝ち目はないと思うでしょう？」

「違うの」シャーロットは急に小声になり、慌てて両手を合わせた。「そうじゃなくて、彼女がそこにいるの。あなたたちの左側よ。見ては……」

ヘンリエッタとペネロピはくるりと左側へ顔を向けた。

「……だめ」シャーロットの語尾がとぎれた。

モンヴァル侯爵未亡人はちらりと三人のほうへ視線を向けたが、そのまま本を手に勘定を支払いに行った。

「あら、文字を読めるなんて知らなかったわ」ヘンリエッタは小声で嫌みを言った。

「聞こえるわよ」シャーロットが急いでふたりを店の奥へ連れていった。

「彼女ったら昨日の夜、思わせぶりにマイルズを誘ったのよ」本棚の陰から、ヘンリエッタは侯爵未亡人のいる方向をにらんだ。「しかも、わたしの目の前で！」

「彼は誘いにのったの？」シャーロットが落ち着いて尋ねた。

「マイルズなんか彼女にあげてしまえば？」ペネロピが割って入る。「あんな女性にほいほいついていくような男だったら、どのみちいらないんじゃない？」

「あれほどの女性だもの。男の人なら誰だってついていってしまうわ」ヘンリエッタは情けない顔をした。こうして店の奥から眺めても、モンヴァル侯爵未亡人の白い肌はかの有名な〈アレクサンドリアの大灯台〉のように美しく輝いている。

ヘンリエッタは自分の顔が嫌いではなかった。絶世の美女とはいかないまでも、卵形の顔も、赤みがかった光沢のある濃い茶色の髪も、高い頬骨も、小さな鼻も、シャーロットに言わせればどこか神秘的な雰囲気のあるアーモンド形の目も、自分なりに気に入っていた。だが、モンヴァル侯爵未亡人と並ぶと、自分がスティッキー・トフィー・プディングみたいにありふれていてつまらない女のような気がする。

侯爵未亡人は買い終えた本をレティキュールに入れ、優雅な身のこなしで店を出ていった。

「歩き方まで詩的だわ」ヘンリエッタはうめいた。

「あなたが考えているほど、マイルズが彼女に惹かれているかどうかはわからないわよ」シャーロットがテーブルに置かれた小説の背表紙を指でなでた。「自分から近寄っていったふうには見えなかったもの」

「そんな必要はないからよ」シャーロットの言うとおりだったらどんなにいいだろう、とヘンリエッタは思った。だが、現実から目をそらしてもしかたがない。「今日もマイルズはモンヴァル侯爵未亡人にハイド・パークを案内することになっているんだもの。彼女のほうから誘ったのよ」余計なことを尋ねられる前につけ加えた。「マイルズは断らなかったわ」

「真実を探る方法はひとつしかないわね」ペネロピが琥珀色の目を輝かせながら、レティキュールを揺らして身を乗りだした。

「どんな方法？」ヘンリエッタは眉をひそめた。

「ハイド・パークでふたりが来るのを待って、跡をつけるのよ。もしモンヴァル侯爵未亡人がそれらしいそぶりを見せてもマイルズが受け流したら……」まさかそんなことはないだろうがという口ぶりだ。「彼はあなたにふさわしい人よ。でも、もしそうじゃなければ……」ペネロピは肩をすくめた。

「まあ、すてき」シャーロットがため息をつく。「中世の騎士物語に出てくる緑の騎士の妻がガウェイン卿（アーサー王の甥で円卓の騎士のひとり）を試したのと同じね」

「それはやりすぎよ」ヘンリエッタは反論した。「それにガウェイン卿は、緑の騎士の妻にキスされるがままになっていたんじゃなかった？」

シャーロットが申し訳なさそうに顔を赤らめた。

「あら」ペネロピがヘンリエッタに指を突きたてた。「見たくないものを見てしまうんじゃないかと思うと怖いんでしょう？」

「違うわ」ヘンリエッタは腰に両手をあてた。「そんなはしたないことはしたくないだけ。だいたい、うまくいくわけがないじゃない。理由はいくらでもあげられるわ。マイルズがどの道を通るかわからないし、彼に見つからないようにするなんてできるわけがないし、それに……ええと……」次の言い訳が思いつかなかった。もっといくつもあるはずなのになにも頭に浮かばず、ただ漠然とした不安がこみあげるばかりだった。だが、心配だからやめようと言っても、ペネロピに通じるわけがない。

「ハイド・パークでマイルズはいつもどの道を行くの？」

「サーペンタイン池のほとりの道よ」ヘンリエッタはしぶしぶ答えた。

「それを変えたことは？　何年も一緒にハイド・パークを散歩してきて、一度でも違う道を通ったことはある？」

「今日は気が変わるかもしれないわ」

「じゃあ、その道のあたりに身を隠しましょう」ペネロピはやる気満々だった。「生け垣の後ろに潜めばいいわ。いいえ、木にのぼるほうがもっといいわね。マイルズの馬車が来たら、枝から見おろして――」

「だめよ」ヘンリエッタはきっぱりと拒否した。「そんないじましいまねはしたくないわ。あまりにも程度が低すぎるもの」

「あら、木の上にいれば高いわよ」シャーロットがおっとりと言った。

「こんなことをしているなんて信じられない」三時間後、ハイド・パークでペネロピとシャーロットに挟まれて生け垣の後ろにしゃがみこみ、ヘンリエッタはぼそりとつぶやいた。背景に溶けこむように、三人はそろって緑のドレスを着ていた。まるで道に迷ったレプラコーン（妖精。全身ほぼ緑色の格好をしている）の一行か、睡蓮《すいれん》の葉を見つけられなかったカエルの集団だ。ヘンリエッタは頭につけた緑のリボンを直した。「よくわたしを説得できたわね」

「じゃあ、ほかに手はある？　考えてみましょうか。いいえ、やっぱりないわ」

そうなのよねと思い、ヘンリエッタはうつむいた。だが、すぐにまた顔をあげた。

「ふたりがこの道をやってくるとは限らないわ」

「来なかったら、そのときは帰るまでよ」

「じゃあ、今すぐに帰りましょうよ」ヘンリエッタは立ちあがった。

ペネロピがその袖を引っ張る。「いいから座っていなさい」

ヘンリエッタはふてくされて湿った草の上に腰をおろした。

「わたしったら、どうしてこんなことをしているのかしら」

同じく緑のドレスを着て静かにしゃがみこんでいたシャーロットが、ふいに興奮した声でささやいた。「静かにして！　来たわ！」

ヘンリエッタは肩の高さまである生け垣から少しだけ顔を出した。「どこ？」

サーペンタイン池に沿って緩やかに弧を描く土の道をシャーロットは指さした。間違いない。あの水色のふたり乗りの馬車はマイルズのものだ。隣に座っている女性が誰だかも見間違えようがなかった。今日のドレスは濃い灰色に紫の筋が入っている。襟が高いにもかかわらず、男性を誘惑する気になれば、曲線美の魅力を余すところなく発揮できるような服装だった。緑の生け垣に同化しているわたししたちとは大違いだ。

マイルズは愛想のいい社交家の表情をしていた。あれではモンヴァル侯爵未亡人の話などまるで聞いていないわねと思い、ヘンリエッタは溜飲《りゅういん》をさげた。話をしなければならないということをときおり思いだすらしく、たまに笑みを顔に貼りつけ、うなずいたり、低い声でひと言ふた言なにか答えたりしている。男性だから、それでも会話として通用すると思っているのだろう。ヘンリエッタはマイルズのその表情をよく知っている。だが、そういう顔を見かけるたびにヘンリッタが脇腹を小突いてきたため、マイルズも彼女の前では気をつけるようになった。

ところが、侯爵未亡人はマイルズのそんな態度をいっこうに意に介していない様子だ。ヘンリエッタは意気消沈した。公衆の面前だというのに、恥も外聞もなくべたべたしている。体を横に向けてマイルズを見あげているのだが、ボンネットは邪魔になるほどの大きさもないため、今にもキスをしそうなくらい顔が近い。マイルズがうわの空でいるのもかまわずほほえみを浮かべ、その胸に指をはわせると、あろうことかそのまま上着のなかに手を入れた。ヘンリエッタは思わずモンヴァル侯爵未亡人をにらみつけた。

マイルズが顔をゆがめた。

そこで頭を引っこめておけばよかったのだ。けれど、侯爵未亡人がなにをしているのか気になり、ヘンリエッタはマイルズの胸のあたりを凝視しつづけた。こちらの存在に気づかれずに、なんとかあの手を引きはがす方法はないものだろうか。こっそり石でも投げて馬を驚かせようか。隠れていなければならないことも忘れ、マイルズがどんな顔をしているのか見てみようと、青と黄色の縦縞のベストから視線をあげた。

そこで目が合った。

ヘンリエッタは凍りついた。ばつの悪さが爪先からはいのぼり、脚の上をのろのろと歩くアリを追い越し、大きく見開いた目にまで届いた。馬車が進むにつれ、そのよく見知った茶色の目が近づいてきた。まさかマイルズはこっちを見ているの？　嘘でしょう？

にっこり笑って手を振ることもできた。散歩をしていると言えばすむ話だ。あるいはマイルズには気づかないふりをして、とぼけた顔で立ち去ってもよかった。疑われないようにこの場を取り繕う方法はいくらもあったはずだ。

だが、ヘンリエッタは慌てふためき、うつむいて生け垣の後ろにしゃがみこんだ。

15

フェートン～一、ギリシア神話に登場するアポロンの息子。二、運動好きな人が愛用するばかげた乗り物（ふたり乗りの軽四輪馬車）。三、任務で大いなるへまをすること。〈衝突〉及び〈焼失〉の項を参照。

――〈ピンク・カーネーション〉の暗号書より

「ええ」マイルズはモンヴァル侯爵未亡人のほうへ形だけ顔を向け、愛想のいい笑みを浮かべてみせた。「なるほど」

今のマイルズの心理状態をほんの少しほかのことに気を取られていると表現するのは、ジョージ皇太子がほんの少し金遣いが荒いと言うも同じだ。隣には色気たっぷりの美女が座っているというのに、マイルズは心ここにあらずだった。あるオペラ歌手のことばかり考えていたからだ。

昨晩の決意どおり、今日の昼はイギリスに渡ってきて間もないオペラ歌手、マダム・フィオーリラに会いに行った。事前に調べたところによると、マダム・フィオーリラは三日前に満員の劇場で初演を終え、昨日の夜は個人的なパーティに出席していた。情報屋が慌ててつけ加えた話によれば、決していかがわしいパーティではなく、自称オペラ通の年配の女性が開いたささやかな音楽会だったらしい。

　マイルズはせいぜいめかしこんで劇場を訪ねた。マダム・フィオーリラを口説くふりをしながら、ヴォーンを知っているかということと、謎の住所〝ニソワーズ通り一三番地〟に心当たりがないかということを探るつもりだった。片手には豪勢な花束を持ち、もう一方の手には〝カブ頭〟のフィッツヒューから取りあげた初演の劇場プログラムを持っていった。初演を見てマダム・フィオーリラの美しさに魅了されたという筋書きに信憑性を持たせるためだ。それにはマダム・フィオーリラが若い美女でなければならない。丸々太った年配の女性だった場合は、せっかくの筋書きに狂いが生じる。

　ところが、それを確かめることすらできなかった。守衛が言うには、マダム・フィオーリラは今日は面会をいっさい受けつけないとのことだった。体調がすぐれないからというのがその理由だ。守衛に六ペンス硬貨を握らせても状況は変わらなかった。半クラウン硬貨でもだめだったが、マダム・フィオーリラが今夜から一週間休演するという情報を引きだせた。その理由はやはり、体調がすぐれないからだった。マイルズは花束とカードを残し、マダム・フィオーリラの具合がよくなったら知らせてくれと守衛に頼んだ。

　これで手がかりがひとつお預けになった。もちろん、マダム・フィオーリラの住所を探るなど、ほかに調べることはいくらでもある。だが、当人に会えないのがもどかしい。顔を見ることができれば、ヴォーンのマダム・フィオーリラへの興味が色恋絡みなのか、あるいは別のところにあるのか推測できる。

外国人局に立ち寄り、ヴォーンと一緒にいたフードの男の身元を調べてみたものの、そちらも成果はなかった。今日はツキがないらしい。マダム・フィオーリラには会えず、外国人局にも情報はなく、昨夜、自分を襲った男が誰なのかは見当もつかない。

男が持っていたステッキが銀色だったことから、当初はヴォーンが犯人ではないかと考えた。だが、午前中に自宅を訪ねるという無作法を犯してジェフに尋ねたところ、その可能性はないことがわかった。マイルズは何度もしつこく質問してみたが、ジェフはどんどん不機嫌になるばかりだった。ジェフの返事はこうだった。〝いや、ゆうべはヴォーンから一度も目を離さなかった〟〝いや、それは間違いない〟〝いや、自分の目を盗んでヴォーンが会場を抜けだすのは不可能だ〟最後には、聖書でも持ってきて誓えば信じるのかといらだちをあらわにした。

マイルズはそれを丁重に断った。このところずっと、ジェフは機嫌が悪くて困る。

ジェフは間違いなく見張っていた証拠だと言って、ヴォーンがヘンリエッタに近づいたときの様子を詳しく語った。それによればヴォーンはヘンリエッタにダンスを申しこみ、つましいわが家に来てもらえる光栄に預かりたいと誘ったらしい。

どうしてこうも次から次へと男どもがヘンリエッタに寄ってくるんだ？　最初はフロビシャーで、今度はヴォーンだ。ヘンリエッタにたかる虫を追い払うのがこれほど忙しい役目だとわかっていれば、リチャードには自分で見張っておけと言ったものを。このぶんだと、そのうち摂政皇太子までもが彼女に興味を持つんじゃないか？

ヘンリエッタがもう少し色っぽくなくなればいいのだ。

まずはあの髪をひっつめにすべきだ。うなじに髪を垂らしておくから、男は思わずそこに触れたくなる。それにあんなドレスは脱いでしまうべきだ。マイルズは思わず手綱を引いた。いや、そういう意味じゃない。ドレスは着ていなければならない。ドレスを脱がせようなどと思ったわけでは断じてないぞ。そんな不埒なことは考えるものか。つまり、もっと違うドレスを着たほうがいいという意味だ。できれば、歩くたびにスカートが脚に絡みつかない厚手の生地が望ましい。それに首元までしっかりボタンを留めるデザインにすべきだ。レディ・アピントンはどうしてあんなドレスを娘に着せておくんだ？　あれでは肌が露出しすぎている。

マイルズはクラヴァットを乱暴に引っ張った。

「五月にしては暑いですね」彼はモンヴァル侯爵未亡人に話しかけた。

いや、そう言おうと思って口を開いたのだが、声が出なかった。隣へ顔を向けたとき、見慣れた額が視界に入ったような気がしたからだ。

なんだ？　あれはもしかしてヘンリエッタか？　マイルズは目をしばたたいた。噂をすれば影と言うが、考えただけで相手が姿を現すことがあるのだろうか。だが、想像の産物にしてはやけに存在感がある。

どういうことだと考えていると、ヘンリエッタと視線が合った。ハシバミ色の目を大きく見開き、ばつの悪そうな表情を浮かべたかと思うと、マイルズが手を振る前に消えた。忽然《こつぜん》といなくなったのだ。

マイルズは手綱を引いて巧みに馬を止めた。

「どうかなさったの？」侯爵未亡人がかすかにいらだった口調で尋ねた。

マイルズは返事ができなかった。馬車《フェートン》を倒さずにできる限り身を乗りだすのに懸命だったからだ。今、たしかにヘンリエッタを見た。いや、正確には、見えたのは生け垣から突きでたヘンリエッタの顔半分だ。マイルズは目を細めた。今、見えるのは生け垣だけだ。あの緑色はどう見ても生け垣以外のなにものでもない。とげの多いところがヴォーン邸の植え込みにそっくりだが、ヘンリエッタに似ているとは言えない。

彼は眉をひそめた。ぼくは幻覚を見るほど頭がどうかしてしまったのか？　たしかに睡眠不足ではあるし、冷静だとは言いがたいが……。頭のなかで声がした。〝生け垣から無言で顔を半分だけ突きだしている幻覚が見えるというのは、かなり度を越しているぞ〟マイルズはその声を無視しつつも、少し酒を控えようと反省した。

観念して精神病院へ入る覚悟を決めたとき、生け垣の向こうに植物とは明らかに違うものが見えた。うずくまった人影のようだ。

その当人は生け垣の後ろでうつむいてしゃがみこんでいた。こちらから相手が見えなければ、相手もこちらが見えないと信じて。

「わたしのばか」口のなかに葉が詰まっていた。「とんまで、まぬけで、あほうだわ」口に入りこもうとした小さな虫を吐き捨て、唇を引き結んだまま自分に文句を言いつづけた。でも……とヘンリエッタは思った。もし運がよければ、マイルズはわたしに気づかなかったかもしれない。そう考えると、急に気分が楽になった。もしかすると、彼は馬に気を取られて、わたしが見えていなかったんじゃないかしら？　たとえちらりと見えたとしても、気のせいだと思ったかも。まさかそんな場所にいると思いもしないときは、たとえ視界に入っていても気づかないものだ。もちろんマイルズは、よもやわたしが生け垣の後ろに隠れているとは思いもしないだろう。だからきっと……。

すぐそばで蹄《ひづめ》の音が止まった。

偽名でオーストラリアにでも移住したほうがいいかもしれない。それも今から五秒以内に。「まあ、ミスター・ドリントン」モンヴァル侯爵未亡人の甘い声が聞こえた。「あの生け垣の向こうにいるのは、あなたのお友達じゃないかしら？」

誰かがうめいた。自分の声だった。

友達思いのシャーロットがすっくと立ちあがり、明るく挨拶した。

「まあ、マイルズ！　こんなところでお会いできるなんて、その、とても奇遇ね」

ヘンリエッタがそっと顔をあげると、片目は葉が邪魔でなにも見えなかったが、もう一方の目に座っていろと合図している手が見えた。シャーロットは助《すけ》っ人《と》を求めてペネロピを引っ張りあげた。

「ペネロピとわたしはちょうどここで……ちょっと、その……」

その場の光景を想像し、ヘンリエッタは顔をしかめた。きっとモンヴァル侯爵未亡人は軽蔑するように眉をつりあげ、マイルズは驚きつつもおもしろがり、生け垣の後ろに突ったっているペネロピとシャーロットはレプラコーンの番兵みたいに見えているのだろう。

「よかったら、ヘンにぼくがいると伝えてもらえるかな」

いやだ、いやだ、いやだ。

ヘンリエッタは膝についた草や土を払いながら、頭に小枝がのっていたり頰が泥で汚れていたりするような、これ以上みじめな姿をさらさないですみますようにと願いつつ、そろそろと立ちあがった。

「こんにちは」力なく挨拶した。想像していたとおり、侯爵未亡人はその美しい顔に、巨大な虫でも見ているかのような表情を浮かべ、マイルズは明らかにこの状況をおもしろがっていた。「あの……わたしたち……」

「ああ」マイルズが助け船を出した。「ちょっと、その、だろう？　今、シャーロットに聞いた。ところで、ヘン、髪に小枝がついているよ」

「まあ、おもしろい格好だこと」モンヴァル侯爵未亡人が追い打ちをかけた。

ヘンリエッタは顎をあげた。小枝が頭から落ちて頰をかすめる。

「わたしたちは自然《ネイチャー》のなかを散歩していたの。観察しようと思って……その……」

「本性《ネイチャー》を！」シャーロットが続けた。

ペネロピが緑のハンカチを口にあててくすっと笑った。

裏切り者、とヘンリエッタは心のなかで毒づいた。親友でなければ、これは彼女の陰謀ではないかと疑うところだ。マイルズは一生、わたしを見るたびに腹を抱えて笑いだすだろう。もちろん、わたしに対して恋心など芽生えるはずもない。だけど、ペネロピはそんな意地悪な人ではないはずだ。それともそうなの？

「自然《ネイチャー》ね」侯爵未亡人がそれのなにがおもしろいのという顔でつぶやき、緑のしみがついたヘンリエッタのキッド革の手袋を無遠慮に眺めた。

ヘンリエッタは大きく息を吸いこんで歯を食いしばると、生け垣の葉を軽く手で叩きながら、家庭教師が生徒に教えるような口調で言った。「これはとても珍しい植物なのよ」

マイルズが疑わしそうな顔で生け垣を見た。「そうなのか？」

「ええ。学名は……ええと……」

「ジョウリョクジュス・テイボクスよ！」シャーロットが代わって言った。

「それはトゲトゲス・イケガキスの仲間なのか？」マイルズが尋ねる。

「なにをくだらないことを言っているの？」ヘンリエッタは偉そうに答えた。「そんな学名があるわけないでしょう」

「そうだった」マイルズは厳かにうなずいたが、よく見ると唇の端が今にも笑いだしそうにひくついていた。「そのジョウリョクジュス……続きはなんだったかな？　テイボクスとかいうのは植物学者のあいだではよく知られた特別な木だからな」

あたりに落ちている太い枝で彼の頭を一発殴ったら、将来の幸せな結婚生活に支障が生じるかしら？

マイルズは笑いをこらえているせいで、火を噴く前のドラゴンのように鼻を鳴らした。

「ジョウリョクジュス・テイボクスを刺激しないように……」思わず吹きだした。「緑のドレスで同化するとはすばらしい気遣いだな」

「繊細な植物だもの」

マイルズはこらえきれずに爆笑した。二頭の馬までもが興奮し、鼻を鳴らしながら暴れた。彼は手綱をさばきながらも、まだ片手でおなかを押さえて笑っていた。マイルズが目をぐりとまわしたのを見て、ヘンリエッタはしぶしぶ笑顔を見せた。

笑いたければ好きなだけどうぞ。

ペネロピが〝こんな人があなたの好みなの？〟と言いたげにヘンリエッタを見た。

「いったいここでなにをしているんだ？」ようやく馬が落ち着いてから、マイルズが訊いた。

「歌のレッスンがあるんじゃなかったのか？」

「忘れていたわ！」ヘンリエッタは後ろによろめき、大根役者のように口に手をあてた。「今、何時？」

ペネロピは首から鎖でさげていた美しいエナメル時計を胸元から引き抜き、蓋を開いた。

「六時一五分よ」

「どうしよう、どうしよう、どうしよう」ヘンリエッタはあせって周囲を見まわした。魔法の絨毯が現れて、一瞬でわたしをアピントン邸まで連れて帰ってくれないかしら。「六時には家に戻っていなければならなかったのに」

マイルズが身を乗りだした。いつものごとく、額に垂れた前髪が揺れた。

「よかったら送っていってやろうか」

モンヴァル侯爵未亡人がかすかながら不満そうに鼻を鳴らす。

それを聞いて、ヘンリエッタは心を決めた。「ありがとう、助かるわ。でも……」

彼女は許可を求めるようにふたりの友人を見た。

ペネロピがあきれた顔でかぶりを振り、手をひらひらさせた。「ほら、さっさと行きなさい」そして、シャーロットのほうを向いた。「わたしたちはもう少し自然観察を続けているから」

「ええ、まだほかにも見たい植物がたくさんあるもの！」シャーロットが明るく答える。

ヘンリエッタは口の動きで〝ありがとう〟と伝えた。マイルズがひらりと馬車から飛び降り、ヘンリエッタの肘をつかんで馬車へ押しあげた。侯爵未亡人は美しい景色に見入っているのだとばかりに、知らん顔であらぬ方向を眺めている。

マイルズも馬車に戻ろうとしたが、そこで問題が発生した。ふたり乗りの馬車なので、マイルズの席がないのだ。

「少し詰めてもらえるかな」

ヘンリエッタは二センチほどモンヴァル侯爵未亡人のほうへ寄ったが、それでも一〇センチ程度しか座る空間は作れなかった。

「ごめんなさい、これではあなたが座るのは無理ね。やっぱり、わたしは歩くわ」

二頭の馬は長らく足止めされていたせいで落ち着きがなくなってきた。

「大丈夫だ」マイルズは無理やり腰をねじこんだ。ヘンリエッタは押しやられ、肺が押しつぶされた。侯爵未亡人はなにも言わなかったが、迷惑そうに目を細めて唇を引き結んだ。

「ほら、楽に座れただろう?」マイルズが得意げに手綱を振る。ヘンリエッタは眉をひそめた。モンヴァル侯爵未亡人はとても楽に座っているようには見えない。背筋を伸ばし、紫の手袋をはめた手をきちんと膝に置いているが、かなり窮屈そうにしている。ヘンリエッタはふたりに挟まれ、盗み聞きをとがめられて家に連れ戻される子供のような気分になった。しかも、そのうちの半分は事実だと思うと、大いに気がめいった。

「すてきな手袋ですね」ヘンリエッタは開き直り、社交的な会話でうわべを取り繕うことにした。草のしみがついた自分の手袋は、小さく丸めてスカートのひだのなかに隠した。侯爵未亡人に見られなかったことを願いながら。「パリでお買い求めになったんですか?」

「パリからはほとんどなにも持ってこられなかったわ」侯爵未亡人は冷ややかに答えた。

「革命が起こって、荷造りをする暇もなかったから」

「まあ」こんな話題は振らなければよかったとヘンリエッタは後悔した。「そうでしたか」

「すべて奪われてしまったの。パリの家も、領地の城も、絵画も、わたしの宝石までも。着の身着のままで逃げてきたのよ」

モンヴァル侯爵未亡人の口から語られると、そういった逃走もみじめというより色つやめいて聞こえる。衣服が破れ、肌もあらわになったヴィーナスが貝殻から逃げだすさまをヘンリエッタは思い浮かべた。前方を行く馬の足元にまで心臓が落ちこみ、蹄が玉石を踏むたびに、胸に重い痛みを感じた。わたしが侯爵未亡人にかなうわけがない。

「たいへんでしたね」ヘンリエッタはぎこちなく答えた。「ロンドンまではどうやって逃げていらっしゃったんです？」

そっけなくするだけでは手ぬるいとでもいうように、モンヴァル侯爵未亡人のありえないほど鋭い腰骨がヘンリエッタに突き刺さった。ヘンリエッタは身をよじったが、反対側にマイルズがいるため、逃げ場がなかった。マイルズは逆らうなと言わんばかりの形相で手綱をにらみつけている。

ヘンリエッタが腰骨の攻撃をかわしながら、モンヴァル侯爵未亡人と必死の思いで世間話をしているあいだに、マイルズはどんどん無口になり、すっかり不機嫌になっていた。侯爵未亡人がいなければ、彼の脇腹をつついてどうしたのかと尋ねるところだ。だが今は脇腹をつつこうにも、腕がスカートとマイルズの腿のあいだに挟まって動かない。レティキュールの紐がきつく絡まっているせいで、指の感覚がなくなってきた。

試しに腕を引いてみた。

マイルズがうめいた。

「ごめんなさい、引っかいた？」モンヴァル侯爵未亡人が亡き夫の人柄のよさや、領地の城のすばらしさを語っていたが、ヘンリエッタはそれを無視して反射的にマイルズに尋ねた。

「いや」どういうわけかマイルズは歯を食いしばったままで答えた。

「どうしたの？　大丈夫？」ヘンリエッタは隣を見ようと腰をもぞもぞと動かした。マイルズは相変わらず手綱をにらみつけている。

なんでもないと答えたかったが、マイルズは目下のところ個人的に切迫した問題を抱えていてそれどころではなかった。その問題はフランスとはなんの関係もない。諸悪の根源はヘンリエッタだ。

くそっ。ヘンリエッタとはこれまでに何十回、いや何百回も同じ馬車に乗っているが、そのせいでこんなふうにクラヴァット――に加えて、服のほかのちょっとした部分――が急にきつくなったのは初めてだ。もちろん、今までふたり乗りの馬車に三人で乗ったことはないし、ヘンリエッタの体とこんなに密着したこともない。これでは腰や腿の形が丸わかりだ。マイルズは少しでも離れようとしたが、そんな余地はどこにもなかった。掏摸《すり》がカモに張りつくよりもぴったりと体が接触している。

こんな状態には耐えられないと思ったとき、いまいましいことに馬車が揺れ、ヘンリエッタのあたたかみのある丸いふくらみが左腕に押しつけられた。ヘンリエッタはまたもや腰をもぞもぞと動かした。

まずい。もっと困った事態になりそうだ。マイルズはうろたえた。きっとぼくは、ダンテの『地獄篇《へん》』にある〝親友の妹に不届きな思いを抱いた男ども〟のための地獄に堕《お》ちたに違いない。ダンテがそういう地獄について書いていたかどうかは記憶が定かでないが、ぼくは間違いなくそこにはまりこんでいる。ヘンリエッタの外見についてよからぬことを考えていた罰だろう。目には目を、歯には歯を、胸のふくらみには胸のふくらみを、だ。最悪なのは、この状況をどうするすべもないことだ。

アピントン邸までの道のりは五分ほどしかないのに、今日はそれがなんと遠く感じられるのだろう。

マイルズがうめいた。ヘンリエッタは兄たちやマイルズに囲まれて育ったせいで、男性のあいまいな返事の解釈は得意だった。このうめき声はおそらく、〝いや、大丈夫じゃない。ぼくはひどく不機嫌だから話しかけるな〟という意味だろう。

ヘンリエッタは落ちこんだ。マイルズの機嫌が悪い理由は、馬でも手綱でもなく、ましてフランスに腹を立てているからでもない。このわたしが座席の真ん中に陣取って、侯爵未亡人とのお楽しみをさえぎっているせいに違いないわ。

できるものなら今すぐにでも馬車から飛び降りてしまいたい。だけど、そんなことをして車輪に巻きこまれたら、ひどく痛い思いをして死ぬはめになる。そのとき、感覚の麻痺《まひ》した指からなにかが滑り、それが鈍い音をたてて足元に落ちた。

紐のついたレティキュールだ。

さりげなく拾いあげるなどという芸当はこの状況では不可能だった。たとえ右手を自由に動かせたとしても、こんな人通りの多い道で、幌《ほろ》のない馬車のなかでかがみこむのは行儀が悪すぎる。だが、レティキュールを床に落としたままにしておくのも気が進まない。もし馬車が急に道を曲がってレティキュールが通りに落ちてしまったら、お母様からさんざん小言を言われるはめになる。紐に足を引っかけられないかしら？　手元までそっと持ちあげれば、誰にも知られずにつかむことができる。

ヘンリエッタは足で床を探ってみた。前かがみになって見おろせば楽なのだが、どうせレティキュールはふたりのスカートの下に潜りこんでしまっているだろう。

モンヴァル侯爵未亡人は春という季節の美しさについてどうでもいいことをしゃべっていた。ヘンリエッタは爪先でレティキュールを捜しながら、適当にあいづちを打った。これほどの美人なのに、なんて退屈な女性なのだろう。いや、美人だからこそ、会話で相手を楽しませる努力をしてこなかったのかもしれない。そこのところを、辛辣な口調にならないように気をつけながら、マイルズに伝えられないだろうか？　あとでちょっと考えてみよう。あった、レティキュールだ。あとはこれを引き寄せ、紐に爪先を引っかければいい。だが、レティキュールは頑として動かなかった。

なにかに引っかかっているのかしら？

どこかに紐があるはずなのに……。ヘンリエッタはその塊を足で踏んでみた。

マイルズが飛びあがった。

あら、レティキュールじゃなかったみたい。

「なんのつもりだ？」マイルズが怒鳴った。馬が驚いて前脚をあげ、通りすがりの馬車に乗っている人々が振り向いた。急いでカーテンを閉める馬車もあった。

侯爵未亡人は恥ずかしそうな顔で他人のふりをした。

「レティキュールを床に落としてしまったの」マイルズが怒っているのを見て、ヘンリエッタは消え入りそうな声で答えた。「それを拾いあげようと思って……」

「足でか？」マイルズはヘンリエッタの膝を押しやり、自分はできるだけ体を引いた。

「だって、手が挟まって動かなかったから……」ヘンリエッタはしびれた指先を動かしてみた。

マイルズがうめき声をもらす。

ヘンリエッタはそれをどう解釈していいかわからなかった。

「ミスター・ドリントン」モンヴァル侯爵未亡人が言った。「そろそろ帰らせていただきたいわ」

「すぐにお送りしますよ」マイルズはぶっきらぼうに答えた。ヘンリエッタにしてみれば小気味よい状況のはずだが、彼はわたしにもそっけないのだと思うと、心の底からは喜べなかった。

馬車がアピントン邸に到着した。マイルズはさながらライオンをかわす古代の殉教者のようにひらりと馬車から飛び降りた。そのままヘンリエッタの腰をつかむと軽々と持ちあげて、屋敷の前にやや乱暴におろした。そしてまた馬車に戻り、問題のレティキュールを拾いあげた。

ヘンリエッタはレティキュールを受け取って、小さな声で礼を述べた。

「送ってくれてありがとう」

マイルズは腰を伸ばし、ためらいがちに小さな笑みを見せた。彼はまだ怒っているのだと思うと、ヘンリエッタは胸が痛んだ。

「かまわないよ。じゃあ、また今夜。ほら、歌のレッスンがあるんだろう？」

たいへん、急がないと。またもやそのことを忘れていた。ヘンリエッタは挨拶もそこそこに玄関前の階段を駆けあがった。執事のウィンスロップが玄関のドアを開け、マイルズの馬車が遠ざかる音がした。モンヴァル侯爵未亡人をまっすぐに自宅まで送り届けるだけで終わるかしら？

だが、今はそれを気にしているときではない。玄関広間のテーブルにレティキュールを置き、慌てて音楽室へ駆けこんだ。いつものようにカバーのかかっていないハープと、蓋に優雅な装飾画が描かれ、脚が金色に塗装されたピアノがあるばかりで、マルコーニ先生の姿は見あたらなかった。

暖炉の上にある金箔を施された時計に目をやると、時刻は午後六時半だった。三〇分も遅刻したことになる。もしかしたらマルコーニ先生はもう帰ってしまわれたのだろうか。ヨーロッパ大陸から渡ってきた引く手あまたのオペラ歌手から指導を受けられるのは名誉なことなのに、恋にうつつを抜かしていたせいで、ただの一度もレッスンを受けずに破門になるなんて！

ヘンリエッタはあせって玄関広間に駆け戻った。

「マルコーニ先生？」応接間で待っているのかもしれないと思い、名前を呼んでみた。

そのとき、いつも使っている居間のほうからかさかさと物音が聞こえた。ヘンリエッタはほっと息をつき、足早に廊下を進むと、開いているドアからのぞきこんだ。

「マルコーニ先生？　遅くなって申し訳ありません。ちょっと用事が――」

ヘンリエッタは言葉に詰まった。かさかさという音がどこからしていたのかがわかり、つかの間の安堵は困惑に変わった。

マルコーニ先生は黒い上着に包まれた背中を丸め、ヘンリエッタの書き物机を開けて、両手に紙を持っていた。

16

誇らしく思う～フランス警察省から疑いをかけられること。監視の対象となり、襲撃を受ける可能性あり。〈大いなる栄誉〉の項を参照。

——〈ピンク・カーネーション〉の暗号書より

ヘンリエッタはどう言葉を続けていいかわからず、その場に立ち尽くした。

マルコーニ先生は手にしていた紙を慌てて机に戻すと、彼女のほうを向いて大きく両腕を広げた。

「紙、探してました。わたし、もう帰ります。そのこと、書こうと思って」マルコーニ先生は肩をすくめた。「でも、あなた来た。もう紙、必要ありません」

「遅れてしまってごめんなさい」ヘンリエッタはもう一度謝りながら、この状況をどう理解したものかと考えた。

マルコーニ先生の脇を通って書き物机まで行き、蓋をおろして鍵を閉めた。べつに見られて困るものはなにも入っていない。ジェインの手紙と〈ピンク・カーネーション〉の暗号書は、日記とともに、寝室のベッドの下に置いたおまるのなかに隠してある。だが、そうはいっても、この書き物机は自分にとってごく個人的な場所だ。それを他人にいじられるのはうれしくない。そう思って、鍵を閉めた。

しかしマルコーニ先生はそれを知らないのだからしかたがないと思い直し、ヘンリエッタは冷静に言った。「紙が必要なときは、どうぞ執事のウィンスロップにお申しつけください。必要なものはお持ちしますから」

「レッスンのこと、言います」マルコーニ先生は黒い口髭をいじった。「わたし、これから、ほか《アダー》の用事あります」

「なんですって？」ヘンリエッタは思わず牛の乳房《アダー》を思い浮かべ、その想像を頭から追い払った。いったいどんな用事だろう？　今日はおかしなことばかり続く一日だ。牧場にでも行くのだろうか？　ああ、お茶を一杯飲みたい。

「ほか《アダー》の用事です」マルコーニ先生は辛抱強く同じ言葉を繰り返した。

「ああ、ほか《アザー》の用事ね！　まあ、そうですか」どうもよく頭が働かない。表情から察するに、マルコーニ先生も同じことを思っているらしい。ヘンリエッタは不安になった。「来週もまた来てくださるのでしょう？」

マルコーニ先生は口をすぼめ、厳かな顔をした。「来週、レッスン来ます」

その返事を聞いて、ヘンリエッタはほっとした。

寄せ木細工の廊下を足早に近づいてくる靴音がするのに気づき、彼女は振り返った。レディ・アピントンが決意を秘めた顔で部屋に入ってきた。母はつかつかとヘンリエッタのそばまで来ると、ちらりとマルコーニ先生を見た。「もうお帰りになるのですか？」

「ほかの用事《アダー》があるんですって」娘からそう告げられても、レディ・アピントンはまばたきひとつしなかった。なにか様子がおかしい。

レディ・アピントンはおざなりに手を振った。「さようなら、先生。お気をつけて。また来週、お待ちしておりますわ。ヘンリエッタ、たいへんなことになったの」

マルコーニ先生が会釈をしたが、ふたりはもはやそちらを見ていなかった。マルコーニ先生はもう一度頭をさげたが、三度目であきらめ、外套《がいとう》を手に部屋を出ていった。

「キャロラインとペリグリンがおたふく風邪ですって」レディ・アピントンは心配そうに言い、手にしていた手紙を振った。「まだ赤ちゃんにはうつっていないらしいけれど、なんといってもおたふく風邪だもの、時間の問題だわ。かわいそうに、マリアンヌが取り乱してしまっているの」

ヘンリエッタは不安の声をもらした。姪《めい》のキャロラインは三歳、甥のペリグリンは二歳、赤ん坊はまだ生後六カ月で、三人ともかわいい盛りだ。そんな幼い子供たちがおたふく風邪などという恐ろしい病気にかかるなんて、世の中間違っている。

「かわいそうに」

「ちょっとケントへ行ってくるわ」レディ・アピントンはいつになく乱れた髪を気にしてか、銀髪のまじる後れ毛をかきあげた。玄関広間から物音が聞こえた。「今、荷物を用意させているの」

「なにかわたしにできることはない？　手伝いが必要なら、わたしも一緒に行くけれど」ヘンリエッタは母のあとについて玄関広間へ行った。

「冗談じゃないわ。おたふく風邪がうつったらどうするの？　あなたはここに残って、お父様のお世話をしてちょうだい。ちゃんと食事を召しあがっているかと、夜遅くまで図書室で起きていたりしないかに気をつけてあげて。わたしが留守のあいだ、献立はあなたに相談するよう料理人に言っておいたわ。もし使用人のことで困ったりしたときは――」

「任せておいて」ヘンリエッタは請けあった。「心配しなくても大丈夫だから」

「なにを言っているの。心配するに決まっているでしょう。あなたも母親になればわかるわ」

「暗くならないうちに、早く出発したほうがいいんじゃない？」小うるさいことを言われそうな気配を察し、ヘンリエッタは話をさえぎった。

しかし、そんなことで母の説教を止められるはずもなかった。レディ・アピントンは手早く荷物を指示し、紫色ではなく普通の旅行用の外套を持ってくるよう使用人に命じたあと、じろりと娘を見た。

「今夜の仮面舞踏会のことだけれど……」レディ・アピントンは言った。ほら、始まったわ、とヘンリエッタは思った。

こうなったら黙って聞くしかない。母が言おうとしていることは手に取るようにわかる。

本当はヴォーン卿の主催するパーティなど、たとえそれがどれほどささやかなものであっても娘を行かせたくないと思っているのだ。だが、行くなと言うのはレディ・アピントンの教育信条に反する。ヘンリエッタは主だったものはそらで言えるほど、その教育信条を聞かされてきた。第一条は〝汝、禁止するなかれ〟だ。もしキャピュレット夫人が賢い母親で、娘にロミオと会うのを禁じていなければ、ジュリエットは霊廟《れいびょう》で死ぬこともなく、いずれはパリス伯爵と結婚して、かわいい赤ん坊をたくさん産んでいただろう。それがレディ・アピントンの持論だった。

ヘンリエッタは何度かそれを逆手に取って好きなことをしてきた。

今も母はキャピュレット夫人が残した教訓を頭のなかで繰り返しているらしい。本当はまだ言いたいことがあるのだという厳しい顔で言った。

「ダヴデイル公爵未亡人のそばを離れないようにね」

「ええ、そうするわ」

「うろうろとバルコニーを離れたり、庭に出たり、暗い壁のくぼみ《アルコーブ》に入りこんだりしてはだめよ」

「わかっているわ。もう耳にたこができるほど聞かされたわよ。わたしが初めてのパーティに出席する前にね」

「世の中には何度言っても言い足りない大切なことがあるの。マイルズがあなたに目を光らせておいてくれるはずだけど……」

ヘンリエッタは、マイルズがモンヴァル侯爵未亡人を送っていったことを思いだした。

「マイルズには誰が目を光らせるの？」

「ダヴデイル公爵未亡人よ」レディ・アピントンはこともなげに答えた。

「シャーロットのおばあ様がなぜ？」ダヴデイル公爵未亡人がモンヴァル侯爵未亡人とやりあっている場面が頭に浮かび、ヘンリエッタはこっそりほくそ笑んだ。どちらが勝つかは目に見えている。

「さっきダヴデイル公爵未亡人に手紙を届けて、今夜、仮面舞踏会に行くとき、あなたをシャーロットと一緒に連れていってほしいとお願いしたのよ。マイルズにも伝言を送ったわ。今夜は絶対に遅刻しないようにとね。それから、ダヴデイル公爵未亡人にもう一通届けたの。マイルズに今夜は遅れるなと釘を刺しておいてほしいって」

ヘンリエッタは頭が混乱した。

「じゃあ、行ってくるわね」レディ・アピントンは娘の両頬にキスをした。「いい子にしているのよ。お父様が夜中まで書き物をして疲れないよう気をつけてあげて」

ヘンリエッタは母についてドアのほうへ進んだ。「あの子たちに愛していると伝えてね。キャロラインには、早く病気を治したらヘンリエッタおばちゃまがなにかいい贈り物をあげるって。ペリグリンには、あなたは森の勇者なんだから頑張るのよって。それから赤ちゃんにはわたしのぶんもキスをして。ねえ、本当にわたしも一緒に行ってほしくない？」

レディ・アピントンはその言葉を無視して出ていった。執事が銀のトレイを持って静かに寄ってきた。

「どうしたの、ウィンスロップ？」

「お手紙でございます」ウィンスロップは会釈をしてトレイを差しだした。

脚は棒のようだし、頭は痛いし、気はめいっていたが、手紙と聞いて少し心が浮きたった。紅茶とビスケットを運んでくれるよう頼むと、手紙を持って居間に行き、お気に入りの長椅子に座りこんだ。

一通目は義姉のマリアンヌからの短い手紙だった。子供たちがおたふく風邪にかかってしまったが、医師によればそれほどひどくはないらしいので、レディ・アピントンが行くと言ったら引き留めてほしいという内容だった。

ごめんなさい、お母様はもう出かけてしまったわ。

舞踏会へ行く前に謝罪の返事を書かなくてはと思いながら、その手紙を脇に置いた。

二通目はエイミーからで、ずいぶん厚みがあった。ヘンリエッタは急いで封を開けた。かなり早い返事だ。こちらからの手紙を受け取ってすぐに、便箋の前に座って羽根ペンを手に取ったに違いない。ヘンリエッタは背もたれに背中を預け、大急ぎでざっと目を通した。よく相談してくれた、できれば出向いていって手伝いたいくらいだ、喜んで知恵を貸す、という内容だった。その専門知識たるや、目をみはるものがある。ヘンリエッタは思わず背筋を伸ばした。それは便箋四枚にわたってびっしりと書かれていた。彼女はそのうちのいくつかを頭のなかに書き留めた。たとえば、苦しくないように胸に布を巻く方法だとか、鍵穴から盗み聞きしているときに急にドアが開いても大丈夫な工夫だとかだ。ほかには、イギリス陸軍省に情報があるかもしれないから真夜中に忍びこんでみてはどうかという提案もあった。これはできないわ、とヘンリエッタは思った。味方に対してそういうことをするのは、なんというか、愛国心に欠ける気がする。わたしは《ルール・ブリタニア》の歌詞を六番の、自由を見つけた女神がどうの、正義を守る雄々しい心がどうのというところまですべて覚えているほどなのだから。

あとで読み直すことに決め、ひとまずエイミーの手紙は脇に置いた。じっくり読まないとよくわからない部分もあるからだ。たとえば錠前破りの方法を示した図などは、一度見たくらいではとても覚えられそうにない。

最後の便箋のいちばん下に、小さな文字で詰めこむように追伸が書かれていた。うれしいことに、そこには屋敷へ遊びに来ないかという誘いの文言があった。一週間後、リチャードとエイミーは数人を自宅に呼び、集中訓練を行うそうだ。そのすばらしい点は、一見したところは普通に友人をカントリー・ハウスに招き、ただ週末をともに過ごしているようにしか見えないことだと、いかにもエイミーらしい少し興奮した内容が綴られていた。男性たちは狩りや釣りを楽しみ、女性たちは近くにあるノルマン人の遺跡を見学したり、村にある店をのぞきに行ったりする。だがその一方で、参加者たちには変装術や盗聴術などさまざまな技術を学んでもらう。けれど、もしヘンリエッタが買い物を楽しみたいだけならば、それでもちっともかまわないと書き添えられていた。

ヘンリエッタは次の手紙に手を伸ばしながら笑みを浮かべた。本当にエイミーらしい計画だわ。しかも完璧。週末、お兄様の屋敷へ遊びに行くことにお母様が反対するわけがない。そのうえどこへ行くにもエイミーという義理の姉がつき添うのだから、お母様にしてみれば安心だ。マイルズも来ないかしら？　お兄様の親友なんだから、一緒に来たところでおかしいことはなにもないし……。つい夢想の世界に入りこみそうになったが、その一歩手前で踏みとどまり、三通目の封蠟をはがした。

それはジェインからの手紙だった。

見慣れた文字の署名を眺め、手紙を遠くに離して眉をひそめ、もう一度、署名をじっくり見たが、やはりそこにはジェインの名前が書かれていた。

ヘンリエッタは困惑した。どれほど馬の脚が速くて、船が風向きに恵まれたとしても、こちらからの手紙を読んで返事を書いたにしては届くのが早すぎる。それにたとえこの日数で手紙を送れたとしても、ジェインがこれほど急いで返信する理由が見あたらない。たいしたことは書き送らなかったからだ。〝アーチボルド大おじ様は恐怖小説のことをお知りになり、適当な書店を見つけしだい、ただちに手に入れると意気ごんでいらっしゃいます〟ということと、あとは日常の出来事を書き綴っただけだ。ヴォーン卿とこんな会話をしたとか、マイルズがあろうことかモンヴァル侯爵未亡人に興味を持っているとか、ダヴデイル公爵未亡人がパーシー・ポンソンビーを二階の窓から飛びおりさせたとか。

ジェインからの手紙はごく短いものだった。几帳面な小さい文字が便箋の半分ほどまでしか達していない。それにはこう書かれていた。〝わたしのもっとも親愛なるヘンリエッタへ。またこの前の男性のお宅へうかがい、ヴェネツィア風の朝食をいただきました。彼から、あなたとマイルズは元気にしているかと尋ねられました。きっとリチャードのご友人なのだと思いますけれど、そのことは聞き損ねてしまいました。そんなふうに尋ねられるのは大いなる栄誉ですから、どうぞ誇らしく思ってください〟

ヘンリエッタは身動きもせず、その手紙が伝えんとする意味を考えた。解釈を間違えないために寝室から暗号書を取ってくるべきなのかもしれないが、そんなものがなくてもこの文章の意味はわかる。ジェインは真夜中にフランス警察省の誰かの執務室に忍びこみ、その人物がわたしとマイルズの監視を命じたことを知った。おそらく理由は〈紫りんどう〉の妹とその友人だからだろう。そういう内容だとしか解釈のしようがない。

ヘンリエッタはぼんやりと書き物机に近づき、蓋を開けた。マルコーニ先生がいじっていた紙のたぐいが散らばっていたが、それをそろえることもせず、便箋とインク壺と羽根ペンを取りだした。だが、なにを書けばいいのかわからなかった。

あまりにも疑問が多すぎる。どうしてわたしとマイルズだけが見張られるのだろう？　たとえばジェフは、フランスでお兄様の家に長く滞在していた。当然、フランス警察省はジェフのことを調べあげただろうに、なぜ監視の対象にしないのだろう。それにお父様とお母様は？　ふたりともこの四月にパリを訪れている。そのときお兄様はフランス警察省に身柄を拘束され、すぐに脱獄したのだが、それを手助けしたのはお母様だ。

疑問はほかにもある。どうしてフランス警察省は急にわたしたちに関心を持ったのだろうか？　ヘンリエッタは乾いた羽根ペンで吸い取り紙をつついた。〈紫りんどう〉は引退したけれど、その関係者を調べたいということ？　それならわからなくもない。〈紫りんどう〉本人は正体が明らかになってしまったため（もちろん、結婚したことや、子供をもうけるつもりでいることも関係しているのだが）、今後は諜報活動の最前線に立つことはない。だからフランス警察省は組織の残党を追いかけようとするのだろう。残党をあぶりだすいちばんの方法は、身近な者を洗うことだ。そういう意味では、マイルズもわたしもお兄様がフランスから逃走したときはパリにいたし、わたしはお兄様と一〇年以上も一緒に暮らしてきた。ガストン・ドラローシュのような病的にうたぐり深い者の目には、その程度のことでも大いに疑うに足りる事実に映るのかもしれない。

なにかが割れる音がした。手元を見ると、羽根ペンを吸い取り紙に強く押しつけていたせいでペン先が折れていた。

ヘンリエッタは羽根ペンを机に置いた。手紙を書こうにも、なにをどう尋ねればいいのかわからない。それより、マイルズに危険を知らせるのが先だ。

なぜ、わたしがフランス警察省に目をつけられたのかは定かでないものの、おそらくそれほど厳しい監視はつかないだろう。ナポレオンは女性を軽視することで知られている。ジェインが〈ピンク・カーネーション〉として活躍できる理由のひとつはそこにあると言ってもいいほどだ。それにたしかにわたしは〈紫りんどう〉の妹だけれど、フランスに敵対する行為にかかわったことは一度もない。監視されたところで出てくる事実といえば、図書館でどんな本を借りたかということと、求婚を五回断ったこと、師事した歌の教師がふたりとも変わり者であること、あとはリボンをたくさん買うことぐらいだ。

ヘンリエッタはペン先が折れたのを忘れたまま、ぼんやりと羽根ペンをインク壺に入れ、便箋を手前に引いた。

それに引き換え、マイルズはフランス警察省から見れば要注意人物だ。まずイギリス陸軍省の仕事をしている。そのことを町じゅうに宣伝してまわっているわけではないけれど、秘密にしているわけでもない。もう何年も定期的に堂々と陸軍省の建物に出入りしているのだから、当然、フランス警察省はその事実をつかんでいるだろう。それに、〈紫りんどう〉だったリチャードと昔から親しくしているというのは周知の事実だ。もしフランス警察省がナポレオンの野心にとって脅威となりうる者を抹殺しようと考えているなら……。ふと気づくと、なにも書かれていない便箋に茶色のインクが垂れ、薄暗くなった明かりのなかでそれが血のしみのように見えた。

縁起でもない！　ヘンリエッタはその便箋をくしゃくしゃに丸めた。血が流れるようなことがあってたまるものですか。このことを早くマイルズに知らせなければ。でも、手紙で伝えるわけにはいかない。万が一にもほかの者の手に渡ったら困る。暗号を使って書くことはできないからだ。ふたりのあいだだけで通じる冗談は数えきれないほどあるし、たくさんの思い出を分かちあってもきたけれど、わたしたちのあいだには暗号という手段がない。

だったら、彼の住まいを訪ねればいいじゃない……。ヘンリエッタは小首をかしげて顔をしかめた。自分のことをよくわかっているのもときには困りものだ。わたしがマイルズの家へ行きたいと思っている理由は、彼の身に危険が差し迫っていると感じているからではない。マイルズがちゃんとひとりで家にいるかどうか知りたいからだ。

ヘンリエッタは深く息を吸いこみ、椅子の背にもたれかかった。決めた。そんないじましいまねをするのはやめよう。たしかに、ペネロピからハイド・パークで隠れてマイルズを待ち伏せしようと持ちかけられたときも同じことを言い、そのくせ作戦にのってしまったが、今度こそ本気だ。もう二度とこそこそ嗅ぎまわったりはしない。そうすることが祖国のためだというなら話は別だが、古い友人であるマイルズを相手にそんな振る舞いに及ぶのはあまりにも情けない。モンヴァル侯爵未亡人との関係を知りたければ、面と向かって尋ねればすむ話だ。フランスの笑劇に出てくる嫉妬に駆られた夫のように、妙な時間に彼の住まいを訪ねたりする必要はない。

それに理性的に考えると、今、わたしがマイルズの自宅へ行くのはどう考えても問題がある。もし誰かに見られたら噂が立つのはもちろんだが、それだけではない。わたしがこっそりと彼の住まいに入るところをフランスの諜報員に目撃されたりしたら、やはりなにか隠しているのだと思われて、マイルズが撃たれたり、刺されたり、一生残るような障害を負わされたりする危険性が増すことになる。

とにかく、マイルズには気をつけるように伝えよう。だけどそれは今夜、顔を合わせたときでかまわない。もう午後七時を過ぎている。一〇時になれば、彼は仮面舞踏会に姿を見せるはずだ。なんといってもイギリスでもっとも恐ろしい女性ふたりから念を押されているのだから、遅刻するわけがない。仮面舞踏会は内緒話をするにはもってこいだ。仮面と喧騒に紛れて、マイルズを暗いアルコーブに連れこめばすむ。

アルコーブに入ってはいけないと母からきつく止められてはいるが、相手がマイルズならかまわないだろう。なんといってもマイルズはわたしに目を光らせる立場なのだから。

ヘンリエッタは書き物机の蓋を閉めた。マイルズと話すのは夜までお預けだ。

三時間ぐらい放っておいたところでどうということはないわ。

17

大騒ぎをする～ナポレオンの部下と死闘を繰り広げること。

――〈ピンク・カーネーション〉の暗号書より

マイルズは唖然《あぜん》とした。これほど居間を散らかして出かけた覚えはない。本は部屋じゅうに散らばっているし、カーテンは引きちぎられているし、長椅子はご丁寧にも刃物で切り裂かれている。

「なんだこれは？」

ドアを入ろうとして逆さまに倒れている小さなテーブルにつまずきそうになり、慌てて戸枠をつかんだ。室内は悲惨な状態だった。テーブルは倒され、絵画は斜めになり、デカンタは割れ、アキスミンスター織りの絨毯に赤ワインのしみが広がっている。くそっ、お気に入りのデカンターだったのに。だいたいワインがもったいないじゃないか。部屋のなかは花瓶の破片と、散乱した書物と、くしゃくしゃに丸められた紙で足の踏み場もなかった。おそろいの布を張った椅子二脚と長椅子は布地がぼろぼろに切り裂かれ、金箔を施した木製の枠から垂れさがっていた。

マイルズは倒れたテーブルをまたいで慎重に一歩進んだ。靴の下で磁器の破片が割れる音がした。身をかがめて本を一冊拾いあげ、無意識のうちに紙のしわを伸ばした。本は床の至るところに落ちていた。背表紙を下にして開いているものもあれば、背表紙が上になってページが折れ曲がっているものもある。どうやら誰かが本棚から一冊ずつ取りだしては放り投げたらしい。マイルズはまた身をかがめ、古代ローマの歴史家リウィウスの著書を取りあげて本棚に立てた。左右に支えがないため、本はぱたんと倒れた。

信じられない。どうしてこんなことになったんだ？　自宅を留守にしていたのはせいぜい五時間……いや、もっとだ。午前一一時にジェフを訪ねて質問攻めにし、いつものクラブで昼食をとり、マダム・フィオーリリラに会おうとオペラ劇場までぶらぶら歩き、ジョージ・ホービーの店でブーツを見て、ジョゼフ・マントンの店で銃を試射し、ようやく時間が来たのでアッパー・ブルック通りにあるモンヴァル邸を馬車で訪ね、応接間でさんざん待たされたあと、香水をつけて化粧をしたモンヴァル侯爵未亡人にお目見えできたという一日だった。それでも八時間留守にしたからといって、ここまで徹底的に部屋のなかを荒らされなければならないいわれはない。

マイルズは頭をかきながら、室内を見まわした。いったい誰がこんなことをしたのだろう？　物盗《ものと》りの犯行でないのは明らかだ。応接間のものはなにも盗まれていないみたいで、逆さまに倒れているテーブルのそばには銀製の嗅ぎ煙草入れが落ちている。手っ取り早く金になるものを狙っての所業だとしたら、この高価な品を見落とすはずがない。それに泥棒なら金目のものを盗ってさっさと逃げるはずだ。わざわざ時間をかけて、ここまで部屋のなかを引っかきまわす理由がない。

だったら、誰の仕業だ？　破壊そのものを楽しむ異常者か？　それとも、もっと根本的に頭がどうかしたやつか？　あるいは、ぼくに怒っている昔の愛人か？

マイルズはぞっとした。まさかさすがのカタリーナもここまではしないと思いたいが……。いや、わからない。物が壊れるのを見る喜びのためだけにそれを投げるというのは、いかにもカタリーナらしいやり方だ。だが、彼女ならこっそりこんなことをしたりしない。相手が見ている前で堂々と物を破壊するのが好きなのだ。それどころか、相手に向かって投げつけるのが趣味だと言ったほうが正確だろう。それにカタリーナはなんといっても経験豊かな愛人だ。別れ話を切りだしたときも、取り乱して大泣きするようなまねはしなかった。芝居がかった仕草で両腕を広げ、イタリア語でそんなのはいやだと言い、少しばかり脚にすがりついてはきたが、別れの贈り物であるダイヤモンドとルビーの装身具を見たとたん、うっすらと涙をたたえた目にうれしそうな表情を浮かべた。やはりカタリーナは除外しても大丈夫だろう。そうなると残る可能性はただひとつ。フランスの諜報員だ。

くそっ。

盗みではなく、なにかを捜すのが目的であり、それが見つからなかったせいで感情の抑えがきかなくなったと考えれば、この部屋の状況は完璧に説明がつく。まあ、よくここまで徹底的に捜したものだ。書物の全ページを調べ、椅子の布地を細かく切り裂いている。本棚が動かされ、絵画が斜めを向いているのは、秘密の隠し戸棚がないかどうかを確かめたのだろう。これでは寝室はどんな状態になっていることやら、考えるのも恐ろしい。

勘弁してくれ。

きっとぼくは、フランスの諜報員を刺激するようなことをなにかしてしまったのだろう。それ以外に、これほど部屋を荒らされる理由が思いあたらない。いったいやつらは——〝やつら〟という響きからしていまいましい——なにを捜していたんだ？　ここまで家捜しするからには、ぼくはよっぽどのものにでくわしてしまったに違いない。

ヴォーンだ。疲れた口元に満足げな笑みがこぼれた。ほかに考えられるものか。昨日の晩、ヴォーンの屋敷から帰るところを誰かに見られたに違いない。ぼくが酔っ払いのふりをしてベリストン・スクエアをおぼつかない足取りで歩いているのを見て、ヴォーンの手下が侵入事件と結びつけたのだろう。あるいは、黒い布にマスクというさまにならない格好で顔を隠してはいたものの、襲いかかってきた男に正体を見破られた可能性もある。いや、それとも……。何回へまをしたのかと思うと、満足感が失せてきた。もしかすると場末の酒場の〈公爵の膝〉まで尾行したあの夜すでに、ヴォーンはぼくに気づいていたのかもしれない。そんなふうには見えなかったが、百戦錬磨の諜報員はなにがあっても表情を変えないものなのだろう。

それに、今日のオペラ劇場のこともある。マイルズは手の甲で頭を叩いた。もしヴォーンがマダム・フィオーリラとつながっているとしたら？　それなのにぼくはうかつにも、自分の名前を書いたカードを置いてきた。あのときはこれが最善の方法だと思ったのだが……。

どうしてリチャードはこういう失態を演じたことがないんだ？　いや、やつはフランス警察省につかまった。だったら、ぼくとどっこいどっこいだ。マイルズは少しだけ気分がましになった。

うめき声をあげ、詰め物がはみだしているのもかまわずに乱暴に長椅子に腰を落とした。フランスの頭がどうかした諜報員のことも、自分のまぬけさかげんのことも、今はなにも考えたくない。この部屋を片づけるのにどれくらい時間がかかるだろうと思うとうんざりする。今日は長くて疲れる一日だった。そう思ったとき、いっこうに反省していないマイルズの脳裏に、脚をはいのぼってくるヘンリエッタの爪先の感覚が戻ってきた。おっと、それに我慢の一日でもあった。こんな日は長椅子に寝そべり、赤ワインを一杯あおって近侍のダウニーに愚痴りたい。マイルズはふと、赤ワインのしみが広がり、グラスの破片が散らばった絨毯に目をやった。いや、まさか血ではないだろう。

そういえばダウニーはどうした？　それに家政婦兼料理人で、雑用すべてをこなしてくれるミセス・ミグワースは？　ミセス・ミグワースは耳が少し遠いし、午前中に片づけや掃除の仕事を終えると、あとは厨房にこもってしまうことが多い。だが、これだけの破壊行為が行われていれば、ふたりのうちどちらかは音に気づいたはずだろう。

マイルズは重い体を起こして服についた馬の毛を払い、長椅子から立ちあがった。一歩足を出すたびに、グラスや磁器の破片を踏みしだく音がした。この絨毯はもう捨てるしかなさそうだ。カツカツと足音をたてて歩けるのは、かえって楽しいかもしれないが。そんなことを思いながら、マイルズはふたりを捜しに行った。

「ダウニー！」大声で近侍の名前を呼んだ。「どこにいるんだ？」

返事はなかった。

食堂に入り、眉をひそめた。食器棚にある銀皿がひっくり返っているし、壁にあった絵は床に落ちている。

「ダウニー！　どこだ？」

また勝手に外出でもしたのか？　食堂の真ん中まで来たところで足を止め、顔をしかめた。床に食器の破片が散らばっている。

「誰かいるのか？」マイルズは語気鋭く尋ねた。そのとき、開け放たれた窓から入りこむそよ風のような、あるいは壁際でネズミがついたため息のような音が聞こえた。だが、ネズミはため息をつかない。音の源は人間だ。マイルズは急いで室内に目を走らせた。テーブル、椅子、食器棚……。食器棚の脚のあいだに、黒靴を履いた足が見えた。

マイルズは慌てて寄せ木細工の床に膝をついた。ダウニーが食器棚の下でうつむけに倒れ、上着の背中が血に染まっている。

「なんてことだ……」マイルズはつぶやいた。「ダウニー？　聞こえるか？　ダウニー？」

ダウニーがかすかなうめき声をもらした。

「もう大丈夫だ。安心しろ」自分が本当にそう思っているのかどうかはわからなかった。クラヴァットをはずして――いつもならそんなことをしたらダウニーが異議を唱えるだろうが、今日は静かだった――ダウニーの背中にそっと押しあてた。血が固まりはじめているところをみると、おそらく出血は止まっているのだろう。けれども、ここでダウニーを動かせば、また傷口が開くかもしれない。かわいそうだが、もうしばらく床に横たわっていてもらうしかない。

マイルズはできるだけゆっくりとダウニーを食器棚の下から引きずりだし、言葉にならない声をもらした。

「すまなかった。もう少し頑張ってくれ。今すぐ医者を――」

「泥棒が……」聞き取るのも難しいほど小さな声だった。

「しいっ」マイルズは制止した。最低の人間になった気分だ。

「止められ……なくて……」

「おまえはよくやった」自責の念で声がかすれた。「いいから、黙っていろ」

「見え……ない……」

「しゃべるな。今、医者を呼んでくる。静かに寝ているんだぞ」

マイルズはダウニーの返事を待たずに散らかった居間を抜けると、逆さまに倒れている小さなテーブルを飛び越え、階段を二段抜かしで駆けおりた。通りに出たところで、隣家で雑用をこなすために雇われている少年が歩いているのを見つけ、首根っこをつかまえた。

「いちばん近くの外科医を連れてきてくれ。今すぐにだ。わかったか？」

少年はマイルズの恐ろしげな形相や、血糊のついた手を見て怯えた顔をした。

マイルズはベストのポケットに手を突っこみ、銀貨を一枚取りだした。「ほら」それを少年の手に握らせた。「一〇分以内に外科医を連れてきたら、もう一枚やる」

「わかりました、旦那様！」少年は走りだした。

三〇分後、ダウニーは長椅子に横たわっていた。意識があれば、こんなところに寝るのはとんでもないと言って辞退しただろう。医師は、命が助かったのは運がよかったからだと言った。

「傷口があと三センチ下だったら……」医師が真面目な顔で告げた。「心臓に達していたでしょうな」

二杯のブランデーのおかげで……といっても大半はマイルズが飲んだので、ダウニーの口に入ったのはわずかなのだが、数時間後には枕にもたれて上半身を起こし、スープをするまでになった。ミセス・ミグワースがせっせと世話を焼いた。

「こんなことになるとわかってたら、今日は市場になんか行かなかったのに」ミセス・ミグワースが白髪まじりの頭を振りながら言った。その言葉はもう一〇回は聞いた。「許しておくれ、ミスター・ダウニー」

「それはぼくも同じだ」マイルズは使い物にならなくなった絨毯の上を行ったり来たりしながら言った。「こんな怪我をさせてしまって本当に申し訳なく思っている」

ダウニーは包帯を巻いてスプーンを口にくわえた男にしては精いっぱいの感謝の表情を浮かべた。

「ご心配を……おかけして……申し訳ありません」そう言ったあと、急に身を起こした。ミセス・ミグワースが叱り、寝ていろというように枕をぽんぽんと叩いた。「旦那様……アピントン侯爵夫人から……伝言が……届いておりました」

「落ち着け、ダウニー」マイルズは布が少しは残っているほうの椅子に腰をおろした。「どうせたいした用事じゃない」

「でも……仮面舞踏会が……」

「いや、今夜はおまえにつき添う。たとえジョージ皇太子が来たところで……しまった！まずい！」ミセス・ミグワースがとがめる顔になった。

マイルズはそれに気づきもせずに、父親の亡霊を見たハムレットのような恐怖に駆られた表情で宙をにらんだ。墓からぞろぞろと出てきた幽霊よりも怖い事実に気づいた。今夜の仮面舞踏会はヴォーンの主催だ。ヴォーンの屋敷で、ヴォーンの指示のもとに開かれるパーティなのだ。

ヘンリエッタがそこにいる。ヴォーンと一緒に。ヴォーンの家に。

今夜の客たちは羽根のついた仮面で顔を隠し、工夫を凝らしたかつらをかぶり、派手な衣装を着てくる。仮面舞踏会の客は顔がわからないのをいいことに、はめをはずしがちだ。いつもよりシャンパンを飲みすぎて酔いがまわり、嬌声《きょうせい》をあげたりする。そんななかをヘンリエッタが無邪気に歩きまわるのは、子ヒツジがオオカミの群れに迷いこむようなものだ。誰かがヘンリエッタを無理やり拉致したとしても、それに気づく者はいないだろう。その気になればヴォーンはヘンリエッタの飲み物に薬を入れることも、力ずくで物陰に引っ張りこむこともできる。たとえ肩に担ぎあげて連れ去ったところで、ほかの客たちはパーティを盛りあげるための演出だと思うに違いない。

そうなったらあとはどうなるかわかったものではない。ヴォーンはアリを踏みつぶす程度の気軽さでダウニーを刺した男だ。

「仮面舞踏会は何時からだ？」マイルズはかすれた声で尋ねた。

「一〇時からでございます」ミセス・ミグワースがエプロンで手をぬぐいながら答えた。

「どうかなさいましたか？」

「一〇時だって？」部屋の隅にある背の高い振り子時計はガラスが割れていたが、針は動いていた。もうすぐ一一時半だ。

マイルズはドアのほうへ駆けだした。

「旦那様……血のついた服は……着替えていかれたほうがよいかと……」ダウニーはそこまで言うと、また枕に倒れこんだ。

その言葉はマイルズには届かなかった。すでに階段を半分まで駆けおりていたからだ。今はなにも考えるまいと思いつつも、最悪の事態ばかりが頭に浮かんでいた。

マイルズの姿はまだ見えなかった。

ヴォーン邸の大広間はかなりの広さがある。陽気に浮かれ騒ぐ客たちのあいだを縫いながら、ヘンリエッタはマイルズの金髪の頭を探した。今夜は髪粉をつけたかつらや、羽根飾りのついた帽子や、顔をすっぽりと隠す兜《かぶと》がひしめいているため、マイルズの頭を探すのはいつもほど容易ではなかった。目の前には、古代ローマ人の服装をして、やけにまぶしい兜と胸甲をつけた将軍アントニウスが誇らしげに歩いていた。わずかばかりの布地しか身につけていない狩猟の女神ディアナがその腕に手をかけ、羽根のない矢をかついで媚を含んだ笑顔でアントニウスを見あげている。このアントニウスがマイルズでないのは確かだ。

ヘンリエッタはため息をつき、すぐに後悔した。息を吸いこんだことで胸衣にあばら骨がつかえ、体を折り曲げたくなるくらい胸が痛んだ。だが、胸衣のせいでそうすることもできず、しかたなく顔をしかめて胸元を見おろした。厄介な衣装だ。でも、自分にはよく似合っていると思う。それが大切だ。

仮面舞踏会に出席することになったのはわずか二日前なので、衣装の選択肢は限られていた。マイルズが思わずひざまずきたくなるほど美しくて妖しげな魅力をたたえた格好をしたいとヘンリエッタは思った。

「それは無理だと思うわ」シャーロットは言った。

ペネロピが提案した。「チャールズ二世の愛妾《あいしょう》だったネル・グウィンに扮《ふん》して、胸元が腰まで開いたドレスを着れば？　オレンジの入ったバスケットに誘いの文言を書いた手紙を忍ばせておけば完璧よ」ヘンリエッタはふたりを無視した。

結局、母親の衣装だんすをあさり、はるか昔、母が社交界デビューしたときに着たドレスを借りることに決めた。オーバードレスは緑がかった青の光沢のあるブロケード地で、スクエアカットの襟ぐりが大きく開き、襟元は金色のレースで縁取られている。白いシルクの胸衣とアンダースカートには、小さな花の刺繍がちりばめられていた。ヘンリエッタは母より身長が一〇センチ以上も高いため、スカート丈を伸ばす必要があった。けれども、それを別にすれば、当時のデザインはヘンリエッタの体にぴったりだ。細い腰がよく引きたち、今の流行には少々大きすぎるヒップが隠れる。あとはマイルズがこの姿を見てきれいだと思ってくれればいいのだが……。

それにしても、いったい彼はどこにいるの？

腕が疲れたので金色の仮面をおろし、隣にいるシャーロットのほうを向いた。

「部屋のなかをひとまわりしてきたいんだけど、一緒についてきてくれない？」

シャーロットは持ち手の曲がった杖を握りしめ、縁なし帽のリボンを揺らしながら、悲しそうに首を振った。彼女は当初、金糸や銀糸を織りこんだシルクのドレスを着て、アーサー王にエクスカリバーを渡したとされる湖の乙女の扮装をしたいと言っていた。だが、それを聞いた祖母のダヴデイル公爵未亡人は軽く鼻を鳴らし、くだらないと一蹴した。結局、祖母の意向により、シャーロットはヒツジ飼いの格好をすることになった。胸元を紐で編みあげ、短いスカートをはき、リボンを結んだ杖を手にして、ヒツジのぬいぐるみまで持たされたのだ。

「ごめんなさい。できればここでじっとしていたいの」シャーロットはため息をつき、ヒツジのぬいぐるみをなでた。「ペネロピに頼んでみたら?」

ペネロピは古代ブリトン人のイケニ族の女王ブーディカに扮し、青い格子柄の長衣を着ていた。この衣装にはふたつの利点があった。ひとつはペネロピにたいそう似合うこと、もうひとつは母親がいやがってさっさと離れていったことだ。ペネロピの母親であるレディ・デヴェローは、難しい娘を持ったことを愚痴りながらリア王と一緒にバルコニーに出たきり、まだ戻ってきていない。どのみちダヴデイル公爵未亡人はレディ・デヴェローを役立たずだと思っているため、ペネロピの衣装を褒めたたえ、古代の戦車がないことを残念がった。あげくにはペネロピの槍《やり》を取りあげ、ぼんやりしている若者の繊細なる部分をついてはふたりして喜んでいた。

ヘンリエッタとシャーロットはあきらめ顔で視線を交わした。

「無理だと思うわ。あなたのおばあ様に尋ねられたら、わたしは女性用の控えの間に行ったと言っておいて」

「裾飾りでも直しに行ったことにしておくわね」シャーロットは今夜初めてかすかな笑みを見せた。「マイルズに会ったらよろしく伝えて」

ヘンリエッタは思わずシャーロットを抱きしめようとしたが、裾幅の広いスカートがシャーロットの荷かごにあたって邪魔をした。

「すてきな男性のヒツジ飼いを見つけたら、あなたのことを教えておくわ」

シャーロットは〝いってらっしゃい〟というようにヒツジのぬいぐるみを振った。

ヘンリエッタは、上着にパッドを入れなくても充分恰幅《かっぷく》のいいヘンリー八世と、不機嫌な顔でロザリオをいじっているキャサリン・オブ・アラゴンのそばを通った。ヘンリー八世がキャサリン・オブ・アラゴンの腰におざなりに手を置くと、彼女はロザリオでぴしゃりと叩いた。ヘンリエッタはかまわずに先へ進んだ。

左の奥に〝カブ頭〟のフィッツヒューが見えた。まさかあれは……カーネーションになりきっているの？　ヘンリエッタは頭が混乱した。フィッツヒューは黒いレースのスカーフをかぶった女性と話していた。もしかしてモンヴァル侯爵未亡人かしら？　もっとよく見ようとヘンリエッタがそちらのほうへ歩きだしたとき、突然、目の前にふたりのピエロが現れた。ピエロはブランデーくさい息を吐きながら、よろめきつつ互いを支えていた。ヘンリエッタはスカートを両手でさばいて脇へ逃げ、もう一度人ごみに目をやった。フィッツヒューがつけていたピンク色の花びらか、一緒にいた女性の黒いスカーフでも見えないかと目を凝らしたが、池に雨粒が落ちて水滴の形がなくなるように、ふたりの姿は大勢の客のなかに紛れてしまっていた。

ヘンリエッタにはモンヴァル侯爵未亡人に目を光らせておきたい自分なりの理由があった。ハイド・パークから帰ったあと、仮面舞踏会の時間になるまで彼女は考えにふけった。もし本当にフランスの諜報員がわたしとマイルズを監視しはじめたとしたら、それはここ最近、わたしたちに近づいてきた人物に違いない。

本当に優秀な諜報員は相手に気づかれないように接近するものなのかもしれないが、それは考えないことにした。あれこれ言いだすと、話がそこで終わってしまう。わたしやマイルズに関心のなさそうな人なんていくらもいるのに、そのなかから怪しい人物を捜しだせというのは、おとぎばなしの主人公に吹っかけられる無理難題みたいなものだ。そういう主人公にはだいたい妖精や魔法使いが味方についていて、大量の豆のなかからなにかを見つけるのを手伝ったり、藁を紡いで金に変えられるよう力を貸したりするものだが、わたしにはそんな便利な助っ人はいない。

最近、近づいてきた人物といえば、モンヴァル侯爵未亡人だ。彼女はマイルズへの関心を隠そうともせず、ことあるごとに寄っていく。

もちろん、侯爵未亡人をフランスの諜報員だと考えるのに無理があることはわかっている。彼女はフランス革命ですべてを失いこそしたものの、なにひとつ恩恵は受けていないからだ。革命軍にどういうものを奪われたのかは、ハイド・パークからの帰り道に馬車のなかでさんざん聞かされた。パリの家、領地の城、絵画、宝石、それに着る物から……ご主人の命までも。夫の死を悼んでか、モンヴァル侯爵未亡人は今でも黒っぽいドレスを着ている。だが、これはわたしのひがみだろうか。侯爵未亡人がそういう色を選ぶのは夫への愛情からではなく、ただ黒っぽい色のほうが明るくて淡い色よりも似合うからだという気がする。彼女が故モンヴァル侯爵と結婚した理由は、ロワール渓谷にある城だとか、壁じゅうに飾られているヴァン・ダイクの絵画だとか、先祖代々伝わる宝石のたぐいにあるのかもしれない。ああ、モンヴァル侯爵未亡人が諜報員だということはないのかしら？

そこまで考えたとき、ひらめいた。もしかすると、フランス革命政府は侯爵未亡人となんらかの取り引きをしたのかもしれない。城や宝石を没収しない代わりに、祖国を少しばかり裏切れと。あまり現実味がない気もするが、それ以上に妥当な考えは浮かばなかった。そういうわけでヘンリエッタはモンヴァル侯爵未亡人に目を光らせておくことにした。もちろん、すべてはイギリスのために決まっている。

仮面舞踏会へ来る前に、彼女はジェインに短い手紙を書き送った。モンヴァル侯爵未亡人の背景を探ってほしいという内容だ。個人的な恨みとも言える動機で天下の〈ピンク・カーネーション〉を動かすのは気が引けたけれど……まあ、万が一ということもある。

先ほど〝カブ頭〟のフィッツヒューと一緒にいたのが誰だかはよくわからないが、それを除けば、今夜はまだモンヴァル侯爵未亡人を一度しか見かけていない。そのときの様子に怪しげなところは微塵《みじん》もなかった。侯爵未亡人はコロンブスを支援したイサベル一世を装い、マンティーラと呼ばれるスペインの大きなスカーフを頭からかぶっていた。だが、その黒いレースのスカーフの下に黒髪が見えたことと、見間違えようのない優雅な歩き方から、ヘンリエッタはそれがモンヴァル侯爵未亡人だと確信した。彼女はピーター・イネス卿と話していた。このイネス卿というのはろくでなしの次男坊で、大酒は飲むわ、賭け事にはのめりこむわ、若い娘が知るべきことではないが女遊びも盛んらしく、そのあたりの関係からジョージ皇太子と遊び仲間としてつながっている。そんなイネス卿を相手にしゃべっているくらいでは、どれほど意地悪な見方をしたところで諜報活動をしているとは言いがたかった。もしかすると財産目当ての結婚を狙っているのかもしれないが、そうだとしたら見当違いもはなはだしい。ジョージ皇太子の遊び仲間は誰をとっても夫としては失格だし、金遣いが荒いため財政状況が逼迫《ひっぱく》している者が多いからだ。

それでもヘンリエッタは、とにかく黒いレースのスカーフを探すことにした。

今夜はこの仮面舞踏会の主催者もまだ見かけていなかった。ヘンリエッタのささやかな容疑者リストにはヴォーン卿も入っている。間違いなく最近になって近づいてきた人物だし、しかもやけにまめだ。昨晩、ミドルソープ家の舞踏会ではシャンパンを持ってきてくれた。だが、彼は下心もなく親切にする人ではないという印象を受けた。その下心が色恋なのか、まったく別のものなのかはわからないけれど……。ただ、ヴォーン卿がわたしのような女に夢中になるとは思えない。年齢から察するに、そろそろ跡継ぎが欲しいと考え、再婚相手を探しているのかもしれない。大切な領地と爵位が、年齢がふたまわりも離れた遠縁のろくでなしに渡るのは本意でないのだろう。どういうわけか、遠縁の財産相続人はろくでなしだと相場が決まっている。わたしなら侯爵の娘だし、楽しい会話もできるし、器量だってそれほど悪くはないし、一族のなかに頭がどうかした者もいない。

ただ、彼が片眼鏡を目にあてて わたしを見たのは、お兄様の武勇伝が話題に出たときだった。

「レディ・ヘンリエッタ、ここにいたんですね」

噂をすれば影だ。ヘンリエッタは驚き、スカートの裾を踏んで転びそうになった。動揺を押し隠そうと慌てて膝を曲げてお辞儀をしたせいで、張り骨の入ったスカートがおかしなことになり、靴のかかとがぐらぐらした。「ヴォーン卿、こんばんは」

「仮面舞踏会ではみなさんいろいろなものになりきっているから、誰が誰だかなかなかわかりませんね」

「では、わたしもヴォーン卿のことをシニョール・マキャヴェッリとお呼びしたほうがいいのかしら?」

ヴォーン卿はルネサンス期の男性が着用したダブレットと呼ばれる上着を着ていた。色は上質な黒で、袖に内側が銀色の切れ目があり、首まわりと裾まわりにはまるで海面を行く船を沈ませようとしているように、海ヘビの群れが上方に向かって首を伸ばしていた。一六世紀ごろの政府高官の肖像画を見ると、鎖につないだ印章を首からさげていることが多いが、ヴォーン卿も同じような太い金の鎖を首にかけている。ただし、そこにぶらさがっているのは印章ではなく、ルビーの目をしたハヤブサだった。

ヴォーン卿が笑った。ハヤブサが揺れ、ルビーの目が明かりを反射して光る。「マキャヴェッリは洞察力があったか、あるいは道徳心に欠けていたか、あなたはどちらだと思いますか?」

ヴォーン卿自身のことを訊かれているようで、ヘンリエッタは答えに困った。「べつにマキャヴェッリのことはどうとも思っていませんわ。ただ、あなたの服装の年代から連想しただけです」

「それで最初に思い浮かんだのがマキャヴェッリなんですか？」ヴォーン卿が片方の眉をつりあげた。「なんと鋭いお嬢さんだ」

褒められているのかしら？　それとも、けなされているの？

「ヴォーン卿ほどではありませんわ」ヘンリエッタはどう反応していいか迷い、あいまいに答えた。「仮面をつけていたのに、よくわたしだとおわかりになりましたね。わたしのことはそれほどよくご存じないはずなのに」

ヴォーン卿が片脚を後ろに引いてうやうやしくお辞儀をした。

「あなたの美貌は仮面などでは隠せません」

「仮面は……」ヘンリエッタはさらりと謙遜した。「美しくもないものをさも美しいかのように見せるものです」

「あなたはそれとは違う」ヴォーン卿がヘンリエッタに手を差し伸べた。礼儀正しく振る舞おうとすれば、ヘンリエッタはそこに手をのせるしかなかった。「約束どおり、伝説上の生き物をお見せしましょう」

「龍ですね」どうしたものかと彼女は大急ぎで考えた。できればヴォーン卿にはあまり近づきたくないが、もしかするとこの状況を利用できるかもしれない。上手に、そしてさりげなく誘導尋問すれば、ヴォーン卿が祖国を離れていたあいだに諜報員に転身したのかどうかを探れる。フランスを頻繁に訪れてはいないか、ナポレオンの宮廷の内情に詳しくはないかといったことを聞きだせればしめたものだ。

ヴォーン卿はヘンリエッタを連れ、ときどき知りあいに会釈をしながら大広間のなかを進んだ。今夜初めて、ヘンリエッタは裾幅の広いスカートに感謝した。転びそうになったり、ドアに引っかかったりして、何度も心のなかで毒づいてきたスカートだが、その裾幅の広さのおかげで、ヴォーン卿から離れて歩くことができる。ヴォーン卿は宮廷風に肘を高くあげ、ヘンリエッタは腕を伸ばして指先だけを相手のてのひらに置いていた。

「立派なお屋敷ですこと」ヘンリエッタは誘導尋問作戦を開始した。「こんなにすてきなお屋敷がありながら、よく何年もご旅行などされていらっしゃいましたわね」

ヴォーン卿の手がぴくりと動いた気がしたが、声は落ち着き払っていた。

「大陸にはまた別の魅力がありますからね」

「ええ、存じあげておりますわ」ヘンリエッタはここぞとばかりに熱い口調で応じた。「つい先ごろ、まだフランスと講和条約が結ばれていたときに、家族と一緒にフランスへ行ってまいりましたの」一家そろってフランス旅行をしたという事実は秘密でもなんでもなかった。だからここでその話を持ちだしても問題はない。「美しい建築物がたくさんあるし、料理はなにを食べてもおいしいし、お芝居も見に行きましたけどすばらしいものでした。今はこんな状況になってしまいましたけれど、パリはいいところですわね。そう思われませんか？」

「パリにどんな感想を持ったかなど、もう昔の話なので忘れてしまいましたよ」ヴォーン卿は興味なさそうに答え、通りすがりの知りあいに会釈をした。

厄介な胸衣の下で心臓が跳ねたが、ヘンリエッタはそしらぬ口調で尋ねた。

「最近のパリは退屈だとお感じですの？」

「いや、もう何年も訪れていません。戦争のせいでなかなか行きづらくて」声も表情も淡々としていた。

嘘だわ、とヘンリエッタは思った。

「不便な世の中ですわね」なんとかして話を続けなければならない。

「世界情勢が動いているときは、われわれ個人は少々の不便は我慢するしかありません。兄上の行動を見ていればわかるでしょう？」

またお兄様の話だ。会話が危険な水域に入ってきた。ヴォーン卿の上着に描かれている海ヘビがうようよしているかもしれない。だいたいわたしのほうから誘導尋問を仕掛けたはずなのに、どうして逆に質問されているの？　唐突にお兄様の話を持ちだしたのは、ヴォーン卿がフランスの諜報員だから？　それともたんなる興味本位？　お兄様が〈紫りんどう〉だと世間に知れ渡ってからというもの、数えきれないほどの人々からさまざまなことを尋ねられた。だからといって彼らがみんな疑わしいかというと、そんなことはまったくない。その筆頭が〝カブ頭〟のフィッツヒューだ。

「兄はほとんど家にいませんでしたから」ヘンリエッタは適当にごまかし、話題を変えた。

「それで、龍のいるお部屋はどこですの？」

騒がしい大広間を出て、ひっそりとした廊下を進んだ。大広間を照らす何千本もの蠟燭の明かりのなかにいたあとでは、廊下はひどく薄暗く感じられた。ヘンリエッタは金色の仮面をなおいっそう顔に近づけた。道化師と中世の乙女が抱きあっているほかには人影もない。暗いアルコーブに入るなというお母様の注意事項には、こういう廊下も含まれているのだろう。ヴォーン卿が閉まっているドアの掛け金に手を伸ばした。ヘンリエッタは臆病風に吹かれ、明るくて客のたくさんいる安全な大広間に走って戻りたい衝動に駆られた。

だめよ。ヴォーン卿の背中に向かって顔をしかめた。この程度でいちいち逃げだしていたら、とてもジェインの手紙に書かれていた諜報員を見つけだせない。お兄様なら迷わず先へ進むだろう。たしかにわたしは女で、お兄様ほど背が高くないし力もない。けれど、それを言うならジェインも同じだ。彼女にできてわたしにできないはずがない。

それにたとえ逃げたくても、もう手遅れだ。ヴォーン卿が取っ手に手をかけてドアを内側に開け、先に入るようヘンリエッタを促した。

「わたしの宝物部屋へようこそ」

ヘンリエッタはゆっくりと室内を見まわした。そこは小さな八角形の部屋だった。壁に漆塗りの一枚板の棚がいくつかあり、蠟燭が置かれている。壁板はすべて紫檀で、金色の縁取りが施されていた。八面ある壁のうちの七面には不規則に円い額が飾られ、どれも絵を描いた東洋の磁器製の板が入っていた。舟を漕《こ》ぐ男性たち、仏塔の前でくつろぐ女性たち、それにヴォーン卿が見せると約束した龍の絵も何枚かある。残る一面には赤みがかった大理石造りの暖炉があり、その上に繊細な花瓶と、磁器製の小さな立像がのっていた。壁際には漆塗りの小さな縁台が等間隔で並び、金色の模様が入った真っ赤なクッションが置かれ、足元には獅子《しし》が座っていた。

寄せ木張りの床の模様は、それを見る者の視線をおのずと部屋の中央に集めた。そこには小さなテーブルがあり、水の入った銀製の容器と、たくさんの食べ物がのっていた。大皿に盛られた熟したブドウ、崩れそうなほどやわらかなカスタード、ふわふわのマドレーヌ、砂糖をまぶしたナツメヤシの実、芸術的な形にカットされたモモやリンゴ、幾山にもなったひと口大のチョコレート、それに加えてネックレスからはずれたガーネットのようなザクロの実が小さな銀皿にのっている。

ヴォーン卿を相手に冥界の王ハデスと、冥界のザクロを食べてしまった妻ペルセポネごっこをするのは気が進まなかった。

だが、もはや逃げるという選択肢はない。ヴォーン卿が静かにドアを閉めた。八角形の部屋の内側から見ると、金色の縁取りが施された紫檀の壁があるのみで、ドアがどこにあったのかわからず、取っ手や錠や蝶番のようなものも見あたらない。そこは窓もドアもない小さな部屋だった。

ヘンリエッタは外に出られなくなった。

18

ドラゴンのねぐら〜フランス警察省の建物の地下にある取調室（特別尋問部屋の名称で呼ばれている）。窓がなく、拷問道具が置かれている。

――〈ピンク・カーネーション〉の暗号書より

「気に入ってもらえたでしょうか？」ヴォーン卿が言った。暖炉に腕をかけた姿こそくつろいで見えるものの、その目はヘンリエッタからひとときも離れなかった。

気に入っているどころか、さっさと逃げだしたいわよ。ヘンリエッタはドアを捜して壁を叩きたい衝動をこらえ、興味津々の表情を装った。

「すてきな部屋ですね。でも、窓がないと息苦しくありません？」

「ちっとも。ときには世間から隔離されることも必要です。そうは思いませんか？」

ザクロを見ながら聞くと、とりわけ不吉な言葉に聞こえた。世間から隔離されるというのが、どうか永遠にという意味ではありませんように。

相手のためというよりは、自分の気を紛らせるためにヘンリエッタは詩を引用した。

「ヴォーン卿も〝浮き世はあまりにわずらわしい〟とお感じですの？」

「ワーズワースを読むんですか？」

「たまにですけど。この詩はつい最近、友人が朗読してくれましたの。〝浮き世はあまりにわずらわしい〟という一文は印象的でした」

「わたしはミルトンのほうが好きですね」ヴォーン卿が朗々とした声で暗唱した。「〝どこへ逃げてもそこは地獄だ。わたし自身が地獄だから〟」

光の具合でそう見えただけだろう。きっと光のかげんと、ヴォーン卿の口調と衣装のせいだ。暖炉に置いた自分の手が気になったのか、彼はそちらへ顔を向けた。そのせいで蠟燭の明かりが揺れて、首にかけた金の鎖が炎のネックレスのように見え、ヴォーン卿が岩に鎖でつながれて苦しんでいる悪魔であるかに思えた。

「その一節は大げさで芝居がかっていますわ」ヘンリエッタは言った。「だって悪魔は自分に酔っているだけですもの。自分の過ちを認め、神に許しを請えば天国に戻れるのに、誰に言われたわけでもなく、みずからの意思で神に反抗しつづける道を選んだのでしょう？　それなのにそのせりふはないと思います」

ヴォーン卿は重そうなまぶたの下の目でじっと彼女を見ていた。

「あなたなら悪魔を救ってやるんですか？　もう一度、天使に戻してもいいと思うと？」

その質問は悪魔やミルトンの神学論のことを尋ねているのではない気がした。ではなにかというと、それはよくわからない。もしかするとヴォーン卿は祖国を裏切ったのを後悔していて、そのことを告白したいと思っているのだろうか？　ここはひとつ大胆になって、フランスとの関係を断ちきって祖国の側につけばあなたは許されるとでも言うべきなのかしら？　だけど、わたしにはそんなことを約束できる力はないし、だいたいヴォーン卿が諜報員かどうかも定かではない。それに彼の口調はなにかを求めているというより、拒絶しているような響きがある。これでは月明かりもない夜に、危険な沼地で飛び石を渡るも同然だ。しかも目隠しまでされて……。

「天国に戻るかどうかは……」ヘンリエッタは慎重に沼地から遠ざかった。「その人が自分で決めることです。わたしに許しを与える力はありませんもの」

「それは残念ですね」ヴォーン卿は気だるげな声で言い、暖炉から離れた。「ああ、そういえば、あなたを招待しておきながら、飲み物を勧めるのを忘れていました」ヴォーン卿は部屋の真ん中にある小さなテーブルへ歩み寄った。「シャンパンはいかがかな？」

結構ですという言葉がヘンリエッタの口元まで出かかった。

ヴォーン卿は瓶に手をかけたまま、返事を待っていた。蠟燭の明かりを受け、その目が上着の模様と同じ銀色に見える。

「ええ」ヘンリエッタは控えめに答えた。「頂戴します」

ヴォーン卿が毒を盛ろうとしているのだったら、飲み物を断って怪しまれたりしないほうがいい。上手にやれば、それに運もよければ、飲んだふりをすることもできる。ただ、ヴォーン卿はさっきからずっとわたしのことを見ているから、彼の目をごまかすのは難しいかもしれない。毒というのは、どれほどの量なら飲んでも大丈夫なのかしら？

背の高い琥珀色をしたヴェネツィアン・グラスがふたつ用意されていた。ヴォーン卿はそれぞれにシャンパンを注いだ。ヘンリエッタは少し安心した。ヴォーン卿が自分自身に毒を盛るわけはないから、あのシャンパンは安全なのだろう。だが、テーブルの真ん中に銀製の大きな容器があるせいで、グラスを持ちあげるときの手元が見えなかった。ヴォーン卿はルネサンス時代の衣装の一環として大きな指輪をはめている。そういえば当時、ローマ教皇の娘ルクレツィア・ボルジアとフランス王妃カトリーヌ・ド・メディシスは指輪に隠された毒を盛られて死んだという噂が流れたんじゃなかったかしら？　指輪の蓋を開けて、なかに入っている粉をグラスに落とすのは一瞬でできる。

テーブル越しに差しだされたグラスを、ヘンリエッタは笑顔で受け取った。

ヴォーン卿がグラスを掲げた。ヘンリエッタはシャンパンの泡をじっと見つめた。わたしのシャンパンは色が少し濃いように見えるのは気のせいかしら？

「なにに乾杯しましょうか？」ヴォーン卿が尋ねた。

「あなたの仮面に」

ヴォーン卿の話し方がうつってしまったらしい。今度はわたしのほうが言葉に二重の意味を持たせている。そんなことはしなければよかったと後悔した。悪魔を相手に賭けをしている気分だ。これ以上続けるのは怖いけれど、ここでやめるのはもっと恐ろしい。

ヴォーン卿が問いかけるように眉をあげた。「仮面をはがすほうにというのは？」

　誰の仮面をはがしたいと思っているのだろう。わたしの仮面は壁際の小さな縁台に置いてある。それにヴォーン卿が文字どおりの意味で言っているとはとても思えない。

「だったら……」ヘンリエッタはいらだちを覚えた。こんな言葉遊びをしたところで、肝心なことはなにひとつわからない。「真実に乾杯しましょう。真実はおのずと明らかになるものだと言いますでしょう？」

　ヴォーン卿がヘンリッタのほうにグラスを傾けた。グラスの触れあう音が狭い室内にこだまする。まるで天球に響く鐘の音のようだ。

「あなたのための乾杯だからそれでいいでしょう。だが、あなたもいずれわかるようになる。真実というのは相手にうまく合わせる愛人のようなものなんですよ」

　ヘンリエッタはグラスをわざと強めにテーブルに置き、中身を少しブドウの皿にこぼした。

「そんなことはありませんわ」そっけなく答えた。「正しいことは常に正しいし、間違っていることはやはり間違っているのです。男性はすぐに屁理屈《へりくつ》をこねたがるけれど、真実はひとつですわ。たとえば……」少し大胆になってみることにした。「裏切りは裏切り以外のなにものでもありませんもの」

　ヴォーン卿が一歩近づいた。言いすぎたかもしれないとヘンリエッタは不安になった。でも、今さらどうしようもない。彼女はグラスを握りしめた。たいした武器にはならないが、グラスを割ればなにかできるかもしれない。せめてヴォーン卿をこれ以上、そばに近づけさせないとか？

ヘンリエッタはあとずさりしたいのを我慢した。ヴォーン卿は無表情のまま、タカが獲物を狙うような目で彼女を見つめたまま、一歩、また一歩と近づいてくる。胸元にぶらさがったハヤブサの赤い目が、蠟燭の明かりを反射してきらりと光った。

「あなたはどうなんです？」ヴォーン卿は静かに尋ね、ヘンリエッタの顎をつかんで顔をあげさせた。「誰かを裏切ったりはしないんですか？」

小さな部屋のなかで声が壁にあたって反響した。銀製の水差しや棚に飾られた置物が、固《かた》唾《ず》をのむように凍りついた。

「わたしが裏切らないかですって？」ヘンリエッタは時間を稼ごうとした。頭のなかでさまざまな考えがめまぐるしく駆けめぐる。そんなことを気にしている場合ではないと思うのに、顎をつかむ手の力の強さが怖かった。その手がすぐにでも喉元におりてきそうな不安もあった。ヴォーン卿はわたしに裏切り者になれとほのめかしているのだろうか。どう答えれば首を絞められずにすむのだろう。あるいは、この問いはただの言葉のあやであり、わたしは黙っていたほうがいいのだろうか。

ヴォーン卿が手にさらに力をこめ、なにかを考えているような顔でヘンリエッタを見おろしている。

そのとき、ネズミが壁を引っかくほどの音が聞こえた。ヴォーン卿は彼女の顎を放し、音がしたほうへ大股で進んだ。

ヘンリエッタは荒い息をついた。

壁の一面がきしむことなくそっと内側に開いた。そこがドアなのねとヘンリエッタは思い、その位置を頭のなかに書き留めた。壁面を囲む金色の縁取りがドアの左右の線を隠し、翡翠《ひすい》と珊瑚《さんご》の飾り額がドア上部の線を見えなくしている。

「入れ」ヴォーン卿が厳しい声で命じた。

隠しドアの陰から男性の使用人が顔だけをのぞかせた。恐怖小説に出てくる宙に浮いた首みたいだ。恐怖小説であれば、首は恐ろしい顔でこちらをにらみつけてくるものだが、ドアの陰から突きでた首はひたすら恐れおののいていた。ヘンリエッタは脚が震えながらも、無性に笑いだしたくなった。

「申し訳ございません、旦那様」宙に浮いた首が不安そうな声で言った。「お邪魔するべきでないのは重々承知のうえですが――」

「なんだ、ハッチンズ」

「危急の用件だという手紙が届いております」

「レディ・ヘンリエッタ」さっきまでとは打って変わって、ヴォーン卿はなにごともなかったかのようにすまなさそうなほほえみを浮かべた。ヘンリエッタは顎にあざができていそうな気がして、思わずそっと顔に触れた。「申し訳ありませんが、ちょっと失礼させていただきます。どうかわたしが戻るまで、これらの収集品を眺めて楽しんでいてください」

ヘンリエッタは心の底からほっとし、笑顔で手を振ってみせた。「わたしなら大丈夫ですわ。龍とおしゃべりでもしていますから」たとえば、どこにドアの取っ手が隠されているのだろうといったことを。

ヴォーン卿は礼儀正しくお辞儀をして、静かにドアを閉めた。ヘンリエッタはスカートを手で押さえて足音をたてないように爪先で歩きながら、たった今、ヴォーン卿が出ていった壁のそばへ寄った。壁板にそっと耳をあてると、足音が遠ざかるのが聞こえた。ひとつは早足で進む力強い足音で、もうひとつは片脚をひきずりながらそれについていく足音だ。よかった。どうやら本当に行ってしまったらしい。すぐにでも戻ってくるかもしれないけれど。

ヘンリエッタはハシバミ色の目を細め、何枚かの磁器製の絵が飾られた壁板を注意深く見ていった。絵には仏塔や龍が描かれていたが、たとえその龍が火を噴こうとも、ヴォーン卿が戻る前に秘密のドアを開ける方法を見つけるつもりでいた。

金箔が施された額縁に添って指をはわせようとして、驚いて手を引っこめた。額縁だと思っていたのはただのだまし絵で、磁器製の板は壁に埋めこまれていた。その板の周囲に金箔が貼られ、そこにいかにも立体的に額縁の絵が描かれているのだ。これでは縁台に置いた仮面と同じで、なんの役にも立たない。

ヘンリエッタはコルセットに締めつけられた胸に空気が入るように、ゆっくりと息を吸いこんだ。落ち着かないと。深呼吸をしたのち、なにかないかと壁の隅から隅まで手をはわせてみた。もしなにも見つからなければ、あとはヴォーン卿を待ち伏せするだけだ。ここにドアがあるのは間違いないし、彼は必ずこのドアを開けて部屋に入ってくる。そのとき、シャンパンを冷やしている銀製の重い容器で頭を殴ればいい。

ヘンリエッタは自虐的な笑みをこぼした。ここにマイルズがいたら、きっと賛成してくれるだろう。彼は人の頭を殴るのが大好きなのだ。

だが、まだそんなことを考える段階ではない。ヘンリエッタは背筋を伸ばした。少なくともまだドアを見つけられる可能性は残っているのだから。磁器製の板には仕掛けが施されていそうな継ぎ目や突起はひとつもない。一枚の絵に龍が描かれていた。その龍は哀れな村の娘をどこかへ連れ去るところだった。いかにも龍のやりそうなことだ。しかし、娘はそれほど不幸せそうな顔はしていなかった。もしかすると、中国の龍は西洋のドラゴンより心根が優しいのかもしれない。そんなどうでもいいことを考えながら、ヘンリエッタは龍の胴体を強く押してみた。だが、なにも起きなかった。龍と娘は平たい磁器の上を飛びながら、永遠に旅を続けるばかりだ。

永遠に……。この言葉の不気味さにどうして今まで気づかなかったのだろう。寒いわけでもないのに体が震えた。膝をつき、どんどん力が入らなくなる手で壁板のいちばん下を探った。目を凝らすと、ドアと壁の境目とおぼしきごく細い隙間が見つかった。その隙間はヘンリエッタをあざ笑っているように見えた。

「どうして開いてくれないのよ」ヘンリエッタは嘆いた。

ドアは乙に澄ましてなにも語らない。

けれど、すべてがしんと静まり返っているわけではなかった。廊下から物音が聞こえたのだ。今のはなに？　もしかして足音？　パニックに襲われ、その細い隙間に爪を食いこませようとした。爪が割れたが、ドアはぴくりとも動かない。ヘンリエッタは床に座りこんで宙をにらんだ。やっぱり銀製の容器を使うしかないのかしら。もうなにもできることはない。壁板は端から端まで押してみたし、少しでも出っ張っている部分はすべて引いてみた。わたしは本当に閉じこめられてしまったのだ。ヘンリエッタは無力感に襲われた。

縁台の足元に座っている二匹の獅子が、金色の目にせせら笑いを浮かべながらこちらを見ている。まるでペルセポネを見る冥界の番犬ケルベロスだ。

そのとき、ふと気づいた。きっとこれだわ！　新たな希望がわき、ヘンリエッタは膝をついた。目の高さよりずっと下にあるため、獅子に注意を向けていなかった。だが、秘密の取っ手を作りたければ、誰もがまさかと思うようなところに細工を施すのは当然だ。少なくとも銀製の容器でヴォーン卿の頭を殴るよりは、こちらのほうがなんとかなる見込みがある。

まず、丸い目を押してみた。それから先のとがった耳を引いてみた。脚をつつき、垂れさがった舌を引っ張った。こんな獅子は地獄に引き渡して、はしたなくもヴォーン卿と一戦まじえるしかないかと覚悟を決めかけたとき、右側の獅子の舌がかすかに動いた気がした。今、たしかに手応えがあったわよね？　わき起こる期待を抑えこみ、もう一度、舌を強く引っ張ってみた。長い舌がずるずると引きだされ、壁の奥でかちりと音がした。

ばねがはずれた音が聞こえ、ドアが静かに開いた。

マイルズはヴォーン邸の玄関に駆けこみ、ぼろぼろの黒衣をまとった死に神にぶつかった。死に神はよろめいて渋い顔をしたが、マイルズはかまわず先へ進んだ。いったいどこにいるんだ？　めまいがしそうなほどの人ごみを縫って、ヘンリエッタを捜した。鳥のような頭をした男性たちや、大きな羽根の仮面をつけた女性たちが、笑ったり踊ったりしながら浮かれ騒いでいるさまは、中世の画家が見る悪夢のようだ。マイルズは身をよじりながら客人たちのあいだを抜け、甲高い声もさまざまな衣装もすべて無視し、ひたすらヘンリエッタの姿だけを追い求めた。

ペネロピの見慣れた赤毛を見つけ、安堵がこみあげた。ペネロピの近くにはいつも……。だが、ヘンリエッタはいなかった。マイルズは荒い息を吐きながら、ペネロピに駆け寄った。「ヘンリエッタは？」強い口調で尋ねた。

ダヴデイル公爵未亡人が青銅の矢尻のついた槍でマイルズをつついた。

「来るのが遅いわよ！」

「ヘンはどこですか」マイルズは槍を押しやり、ダヴデイル公爵未亡人に怒鳴った。「あなたは彼女のシャペロンでしょう！」

誰かがマイルズの袖を引いた。「あなたを捜しに行ったの」シャーロットが唇を噛んでいた。少なくともシャーロットはヘンリエッタのことを心配しているらしい。「会わなかった？」

またダヴデイル公爵未亡人に槍で胸をつつかれたが、マイルズはそれを無視した。

「ヘンはどっちへ行った？」

シャーロットが音楽室へと続くフレンチドアを指さした。大広間と同じく、そこも仮面をつけた客人たちがひしめきあっている。「あっちよ。でも、ずいぶん時間がたっているわ」

「ありがとう」マイルズはシャーロットの背中をぽんと叩き、音楽室のほうに駆けだした。

「待って！」

マイルズは立ち止まった。

「ヘンは青いローブ・ア・ラングレーズを着ているわ」シャーロットが早口で告げた。「仮面は金色よ」

マイルズは感謝の気持ちをこめてうなずき、また人ごみのなかを進んだ。ローブ・ア・ラングレーズがなんだかは知らないが、ドレスに間違いはないだろう。説明を聞いてもどうせわからないし、それなら時間がもったいないだけだ。

サン・ピエトロ大聖堂のドームを張り替えられそうなほどの量の金色の仮面を見かけたが、ドレスは赤や白や黄色だった。青いドレスの女性もいたものの、仮面は銀色や黒だった。一階の部屋をすべて捜してまわっても、ヘンリエッタを見つけることはできなかった。マイルズは絶望に襲われた。誰も彼女の姿を見かけていなかったし、それを言うなら誰ひとりヴォーンと会った者もいなかった。

不吉な想像が次から次へとわいた。ヘンリエッタはヴォーンにさらわれ、地下室かどこかで縛りあげられて、さるぐつわを噛まされているのではないだろうか。それとも窓から荷物のように外へ出され、田舎の狩猟館にでも運ばれたか。あるいはこの屋敷の二階に連れこまれた可能性もある。ニンフの遊ぶ天蓋つきの巨大なベッドがあったことを思いだし、血の気が引いた。五〇〇人からの客がこれだけ大騒ぎしていれば、ヘンリエッタが悲鳴をあげたところで誰も気づきはしないだろう。

玄関広間の階段へ向かおうとしたとき、見知った顔が腕を引いた。

「ドリントン！」〝カブ頭〟のフィッツヒューだった。「すごいパーティだな」

マイルズはその手を振り払った。「ヘンリエッタ・セルウィックを見なかったか？」

「さあ、今夜はまだ見かけてない気がするけど。シャーロット・ランズダウンになら会ったよ。衣装がすばらしいんだ。ヒツジ飼いの服装をしていて、小さなヒツジまで持ってるんだよ。きみのその格好はいただけないな。なにになってるつもりだい？」

「決闘に負けた男だ」マイルズは短く答えた。「じゃあ、ヴォーンには――」

「なるほど……」フィッツヒューは考えこんだ。「そりゃあいいね。決闘に負けた男か！だったら――」

「フィッツヒュー！」くすくす笑っているフィッツヒューにマイルズは怒鳴った。

「なんだい？」

「ちゃんと答えろ。ヴォーンには会ったか？」

「挨拶に行かなければと思ってるんだったら、今夜は大丈夫だよ。これだけ客がいるんだ。彼だってそんなことは気にしちゃ――」

「ヴォーンを見たかと訊いているんだ！」相手に悪気はないのだから、ここで古い学友の首を絞めるのは人の道にもとる。たとえヘンリエッタが襲われて、苦しめられているかもしれないからといって……。いや、ここはやはり首のひとつくらい絞めてやってもいいかもしれない。ぼくはなにをしているんだ？　こんな会話は時間の無駄だ。「忘れてくれ」マイルズはそっけなく言った。「じゃあな」

「ヴォーン卿ならあっちのほうへ行ったよ」フィッツヒューが愛想よく言った。

「なんだと？」マイルズは振り返った。

「彼を捜してるんだろう？　どうしてそんなに顔を見たいんだか知らないが――」

マイルズはフィッツヒューの両肩をつかんだ。「女性が一緒じゃなかったか？　青いドレスに、金色の仮面をつけた女性だ」

「痛いよ。ああ、一緒だった。なかなかすてきな人だったと思う。おい、ドリントン！」

マイルズはすでにフィッツヒューが指し示した方角に向かって、人ごみを押し分けながら駆けだしていた。今はただ、ヘンリエッタを助けだすことしか頭になかった。

大広間の奥にあるドアを開けると、薄暗い廊下に出た。喧騒のなかを通り抜けてきたあとだけに、廊下は不気味なほど静かに思えた。くそっ。マイルズはまた駆けだした。廊下の先がどこへ続いているのか想像できる気がした。きっと隠された階段があるのだろう。そこをあがったら……。

ヴォーンを見つけたらどうしてくれよう。尋問さえできないような体にしてやったところでかまうものか。そう思ったときだ。「きゃっ」誰かにぶつかり、声が聞こえた。

マイルズはとっさに相手の両肩をつかみ、ふたりしてよろめいた。仮面が床に落ちて、青ざめた卵形の顔が彼を見あげる。

「マイルズ？」

「ヘンか？」マイルズはわが目を疑い、相手が消えてしまわないように肩をつかむ手に力をこめた。

慌てて顔を確かめた。目尻が少しあがったハシバミ色の目、鼻筋の通った小さな鼻、驚きと喜びで少し開いた唇……間違いなくヘンリエッタだ。

「くそっ、どれだけ心配したと思っているんだ」声がかすれた。マイルズは相手が親友の妹だということも、ここが廊下だということも、しかもフランスの諜報員かもしれない男の自宅だということも忘れた。ただ捜しまわっていた女性が無事だったことに叫びだしたいほどの安堵を覚え、われを忘れてヘンリエッタを抱きしめると、思わずその唇にキスをした。

19

逢い引き～仲間の秘密諜報員と逢い引きのふりをして密会すること。

――〈ピンク・カーネーション〉の暗号書より

マイルズにキスをされているとヘンリエッタが気づくまでに、一瞬の間があった。相当心配したのだろう。彼は慈しむようにヘンリエッタの唇をなぞり、きつく抱きしめている。彼女はコルセットが背中に突き刺さって、これ以上肺から空気が抜けたら死んでしまいそうだったが、そんなことはかまわなかった。マイルズの首に腕をまわしてしがみつき、薄いシャツを通して伝わってくるぬくもりに包まれた。白檀の香りがし、指先に彼のやわらかい髪が触れた。

「心配したぞ」話をするあいだも離れていたくないとばかりに、マイルズは彼女の唇の端に何度も小さなキスをした。「あいつがきみを……」キス。「どんな目に……」キス。「遭わせているかと思うと……」

ヘンリエッタは爪先立って、マイルズがなにかしゃべるたびにキスでそれをさえぎった。

マイルズの唇はかすかにブランデーの香りがし、少しだけしょっぱく、ヘンリエッタを酔わせた。彼に初めてこっそりシャンパンを飲ませてもらったときのように、頭がくらくらしている。

マイルズはもうなにも言わなくてもいいという気分になっていた。ただ唇を重ねていられればそれで充分だ。ヘンリエッタの髪に指を差し入れ、顔をこちらへ向けさせた。昔風の髪型を飾っている大きな真珠の櫛《くし》に指が触れた。櫛が寄せ木張りの床に落ち、硬い音が廊下に響き渡った。キスに夢中になっていたマイルズの耳に、その音は何千個もの警鐘のように鳴り響いた。

彼はヘンリエッタを放し、ふらふらと後ろにさがった。目がかすみ、鼓動が速い。われに返った脳が大声で叫んでいた。なんてことをしたんだ。体の別の部分も自己主張の叫び声をあげていたが、それは無視した。まさかぼくはヘンリエッタにキスをしていたのか？　きっと妄想に違いない。ヘンリエッタを見ると、目が輝き、唇が赤く充血している。なんと説得力のある幻想なんだろう。

「とにかく……無事でよかった」マイルズは弱々しく言い、両手をポケットに突っこんだ。

「ええ」ヘンリエッタが彼を見あげてほほえんだ。だめだ、また唇を重ねてしまいそうだ。マイルズはさらに一歩さがった。まじないでも唱えれば冷静になれるのなら、そうしているところだ。今はただもう一度キスをすることしか考えられない。久しぶりに神に願い事をした。

だが、神は願いを聞き届けてはくれず、この場の雰囲気を一変する雷は鳴らなかった。本当は頭に一発落としてほしいくらいなのに、とマイルズは苦々しく思った。しかたがないので怒ったふりでごまかすことにした。

「いったいどういうつもりだ？」マイルズは詰問した。ヘンリエッタが櫛を拾おうとしゃがみこむ。「こんなところをひとりでうろついていたら危ないだろう」

「あなたを捜していたのよ」ヘンリエッタが明るい声で答え、にっこりした。

「ダヴデイル公爵未亡人と一緒に待っていればよかったんだ」

「あら、シャーロットのおばあ様に会ったの？」ヘンリエッタは無造作に櫛を髪に挿した。「自分で捜しに行ったほうが早いと思ったのよ。ねえ、立ちあがらせてくれる？　この張り骨は悪夢だわ」

マイルズはヘンリエッタを見おろした。それが間違いだった。この位置だと胸ばかりが目立って見える。美しくて魅惑的なふくらみがスクエアカットの襟ぐりから惜しげもなくのぞいていた。ぼくを殺す気か？

「ここでばったり会ったのがぼくだからよかったんだぞ」マイルズは厳しい口調で言い、ぞんざいにヘンリエッタを引っ張りあげた。「もしほかの男だったら、今ごろはもしかしたら――」

「キスされていたかも？」ヘンリエッタがいたずらっぽく言い、スカートの裾を直した。

「そうだ。いや、違う。つまり、その……」ヘンリエッタの笑みが大きくなる。マイルズは顔をしかめた。いつの間に会話の主導権を握られたんだ？「くそっ。これがマーティン・フロビシャーやヴォーンだったらどうなっていたか」

「でも、あなただったわ」ヘンリエッタはうれしくなって言った。今ここで先ほどのヴォーン卿との一件を打ち明けて、せっかくのいい気分を台なしにしたくはない。好きな相手に熱いキスをされる喜びを味わえるなんて、そんなにしょっちゅうあることじゃないもの。彼の口に薔薇の花を挿す必要もなかったし。

ヘンリエッタはくすくす笑った。わたしはなんて幸せなの。

マイルズがにらむ。「真面目に聞いていないだろう？」

「明日はちゃんと真面目に聞くから、それじゃだめ？」

マイルズはヘンリエッタの肩をつかみたい衝動をこらえ、廊下を行ったり来たりした。念のために、両手は後ろで組んでおいた。自分の手が信用できなかったからだ。さっきは唇が脳の命令も聞かずに勝手なまねをした。いや、勝手なまねをした部分は脳だけではないけれど……。マイルズは唇を引き結んだ。

「ヘン、これは笑い話じゃないんだ。殺されていたかもしれないんだぞ」

男らしく振る舞おうとしているときの彼はなんてすてきなのかしら、とヘンリエッタは思った。額にかかる髪にも、薄いシャツを通して感じられるたくましい体にもぞくぞくさせられる。彼はわたしのものよ。わたしのものなんだから。

「殺されていたかもしれないって、それはちょっと心配しすぎなんじゃないの？」

たしかに八角形の部屋に閉じこめられていたときは身の危険を感じたけれど、こうして外に出てしまえば、あれは考えすぎだったという気がする。たとえヴォーン卿がフランスの諜報員だったとしても、自分が主催するパーティで侯爵の娘を殺すわけがない。それはあまりにまずいやり方だ。

加えて、マイルズはわたしが閉じこめられていたことを知らない。もちろん、ちゃんと話すつもりではいる。いつか、そのうちに……。でも今、話してしまえばマイルズの言い分のほうが正しくなってしまうし、だいたい今夜は小難しい議論はしたくない。今はただ初めてのキスの余韻に浸って（好きな男性とのキスという意味では、間違いなく初めてだもの）、ときどき思いだし笑いをして、できれば一、二度くるりとまわりたい。

本当はもうちょっと唇を重ねていたいが、怖い顔をしているところをみると、マイルズはそんな気分ではないのだろう。

「いや、本当だ。命が危なかった可能性は充分にある」

マイルズは考えた。ヘンリエッタは頭がいいし、なんといっても頑固だ。具体的になにが危険か言われなければ納得しないだろう。陸軍省は気に入らないだろうが……ぼくにとってはヘンリエッタの身の安全のほうが大事だ。いや、彼女にとってはぼくがいちばん危険な存在かもしれない……。

彼は前髪をかきあげた。「本当は外にもらすべき話じゃないんだが、黙っていてはわからないと思うし……。いいか、ヘン」声を落とした。「筋金入りの諜報員がフランスからひとりこちらに潜りこんでいるんだ」

「あら、知っていたの？」

「なんだって？」マイルズははじかれたように顔をあげた。

「諜報員のことよ」ヘンリエッタは小声で答え、マイルズのそばに寄った。裾幅の広いスカートがズボンにこすれ、マイルズが臆病な子馬のように横に飛びすさる。「今夜、あなたを見つけたら真っ先にその話をしようと思っていたの。そんな状況じゃなかったからまだ話せずにいたんだけど」もう一度、〝そんな状況〟になればいいのにと願ったが、そうなる気配はなかったため、しかたなく話を続けた。「わたしの持っている情報源から聞いたところによると、とても恐ろしい諜報員がロンドンに来ているそうよ」

マイルズは壁際に置かれた小さな金色の長椅子に座りこんだ。いったいいつからヘンリエッタは情報源を持つようになったんだ？

「誰から聞いたのかは知りたくもないな」

ヘンリエッタは顔をしかめ、同じく長椅子に腰をおろした。大きなスカートがマイルズの膝にかかった。「ええ、やめておいたほうがいいと思うわ」

「ほかにはなにを知っている？」

「あなたとわたしが監視の対象になったそうよ。おそらくはお兄様とのつながりからだと思うんだけど」

「そこまでわかっていながら、こんな場所をひとりでうろついていたのか？」

「早くあなたを見つけて話をしなくてはと思ったからよ」ヘンリエッタは精いっぱい分別に富んだ口調を装い、また説教が始まる前に急いでつけ加えた。「それに、ちょうどいい機会だから、少し探りを入れてみたの」

「きみがその探りとやらを入れていることをきみの母上はご存じなのか？」マイルズがあきれた口調で言う。

「まあ、意地悪ね。お母様は孫たちのことでケントへ行ったわ。話さなければすむことよ」

「きみが排水溝で遺体となって見つかったらそういうわけにはいかないぞ」

「どうして排水溝なの？」

マイルズがいらだった声をもらした。「問題はそこじゃない」

「だったら、どうしてそんなことを言ったの？」

彼は膝に突っ伏した。

ヘンリエッタは話題を変えたほうがよさそうだと判断した。

「諜報員のことはどこで知ったの？」

「世の中にはたまたま陸軍省のために仕事をしている者もいる」マイルズが顔を伏せたまま、くぐもった声で答えた。「だが、そういう者はプロだ。余計なことに首を突っこんで、死と隣りあわせの危険をもてあそぶような愚かなまねはしない」

「ねえ、わたしが探りだしたことを聞きたくはない？」

マイルズが顔だけを横に向け、用心深く言った。「知ったら後悔しそうだ」

「ヴォーン卿のことよ」ヘンリエッタは勝手にしゃべりだした。「振る舞いがおかしいの」

「おかしいなんてもんじゃない。常軌を逸している」マイルズが険しい声で言う。「やつはダウニーを刺したんだ」

ヘンリエッタの表情から笑みが消えた。「ダウニーの……容体は？」

マイルズは大きくため息をつき、体を起こして壁にもたれかかった。「命に別状はないと医者は言っている。だが、あと少しでも傷口がずれていたら危なかったそうだ」目を閉じて、血まみれで床に倒れていた近侍の姿を思いだした。「家のなかが無残に荒らされていた。誰かが家捜しをしたらしい。それにはダウニーが邪魔だったというわけだ。ぼくが家にいさえすれば――」

「それでも刺されていたかもしれないわ。そんなのは誰にもわからないわよ」

「わが家で働いていたばかりに――」

「どこで仕事をしていようが、追いはぎに遭ったり、泥棒に刺されたりすることはあるわ。世間にはよくある話よ」

「フランスの諜報員がかかわると、その可能性はいっきに高くなる」マイルズは力なく言った。「きみには理解できないかもしれないが、ダウニーが刺されたのはやっぱりぼくのせいだと思っている。ぼくが諜報員の注意を引くようなまねをしなければ……」

「それは違うわ」ヘンリエッタはマイルズのほうへ体を向けた。コルセットに肋骨が押しつぶされ、思わずうめき声がもれた。「あなたは諜報員の気を引くようなことはなにもしていない。少なくとも自分から望んでそうしたわけじゃないわ。ただ、お兄様の古い友人だから目をつけられただけよ。つまり、いけないのはお兄様なの」思わず声に熱がこもった。「お兄様があんなに大活躍してしまったことが元凶というわけ。わかった？」

思ったとおり、マイルズは眉根を寄せた。「その理屈はおかしいぞ」

「あなたの言い分だって変よ。だから、これでおあいこだわ」

「そりゃあどうも」マイルズがぶっきらぼうに言う。

「どういたしまして」ヘンリエッタは穏やかに答えた。

マイルズはぐったりと長椅子に座りこんでいた。上着もクラヴァットもなく、ベストの前ボタンははずれ、シャツはしわくちゃだ。こんなふうに心底まいっている姿を見ていると、ヘンリエッタは胸にあふれんばかりの愛情がこみあげ、いつも無造作に額に垂れている彼の前髪をかきあげて、眉間に寄ったしわにキスをしたくなった。

だが、きっと今はそっとしておいてほしいだろうと思い、淡々と尋ねた。「どうしてダウニーを刺したのはヴォーン卿だと思うの？」

「はっきりした証拠があるのかという意味なら、べつに名前を書いたカードが置いてあったわけじゃない」真情を吐露してしまったのを不覚に思っているのか、マイルズはぶっきらぼうに答えた。

ヘンリエッタはおかしなことを言わないでという顔をしてみせた。

「ヴォーン卿がそんなことをするかしら」

「人を殺せるやつではないと言いたいのか？」

「そうじゃないの。毒薬を使うほうが彼らしい気がするのよ」自分もたった今、シャンパンに毒を盛られそうになったからとは言わなかった。それこそ確かな証拠があるわけではない。「刃物で刺すのは、なんというか……生々しいでしょう？　人を殺すとしたら、ヴォーン卿ならもっときれいな方法を選ぶんじゃないかしら」

マイルズが考えこむ。「たしかにそうかもしれない。だが、やつが自分でやったとは限らないぞ。手下を送りこんだ可能性もある。どちらにしても、裏にいるのはおそらくヴォーンだ。それなら納得できるか？」

「だけど、どうして彼があなたの家を荒らさなければならないの？」

マイルズはすばやく左右を見て人がいないのを確かめ、ささやき声で言った。「陸軍省はヴォーンが諜報員かもしれないと信じるに足る根拠をつかんでいる。つい先日、こちら側の秘密諜報員がひとり殺された。ダウニーのときと同じく、凶器は刃物だ。その男はヴォーンとつながりがあった」

「そうだったの。それなら説明がつきそうだわ」ヘンリエッタは考えをめぐらせた。そういえば、ヴォーン卿がわたしに近づいてきたのは〈紫りんどう〉の妹だと知ってからだ。あの八角形の部屋でのそぶりにも疑わしいところはたくさんある。けれど、なにかが引っかかった。理由はわからないが、どうしてもしっくりこない。ヘンリエッタは苦笑いをもらした。マイルズは女の第六感など信じないだろう。立場が逆なら、わたしだってそんなものに頼る気にはなれない。でも、とにかく話だけはしてみよう。「諜報員になって、彼にはどんな得があるというの？」

マイルズが肩をすくめた。「金目当てか、権力が欲しいのか、あるいは個人的な恨みを晴らそうとしているのか……。国を裏切る理由などいくらでもある」

ヘンリエッタは身震いした。

マイルズは隣に目をやり、首から下は絶対に見るなと自分に言い聞かせた。このぶんならなんとかなりそうだ。「寒いのか？」

ヘンリエッタは首を振り、鼻の頭にしわを寄せた。

「いいえ。ただ、人は恐ろしいことができるものだと思って怖くなっただけ」

「気をつけろよ。やつらはなんのためらいもなく人を殺せる。ダウニーのことなんてどうせ――」

「犬ぐらいにしか思っていない？」

「いや、虫けらぐらいにしかと言おうとしたんだけれどね……。だが、まあ、そういうことだ」

マイルズは真面目な顔でヘンリエッタを見た。ぼくはなんて愚かな振る舞いをしてしまったのだろう。ここでヘンリエッタとぶつかったとき、すぐに腕をつかんでダヴデイル公爵未亡人のところへ引きずっていくべきだったのだ。それなのに、ぼくは取り返しのつかないことをしてしまった。キスをしたことより、いらぬ話をしてしまったことのほうがずっとたちが悪い。彼女が信頼できる相手だけについ気が緩んで、ダウニーに申し訳なく思っていることや、自分がかかわっている任務のことをしゃべってしまった。だが、それは自分勝手な言い訳だ。ヘンリエッタがどう反応するかは目に見えている。なんといっても、よちよち歩きのころから〝わたしも！〟と言いつづけてきた女性だ。

自分のうかつさのせいでダウニーをあんな目に遭わせてしまったのかと思うと胸が痛む。もしこれがヘンリエッタだったらと思うと……そんなことは想像すらできない。〈黒チューリップ〉の恐ろしさを説明しておいたほうがいいだろうか。〈黒チューリップ〉は、邪魔者を消してはそこにカードを置いてくる卑劣なやつだ。しかし、余計なことを教えるのは状況を悪化させるだけだという気もする。知れば知るほど彼女は〈黒チューリップ〉に興味を持つだろうし、そうなったらなにをしでかすかわかったものではない。

マイルズは思わず強い口調で言った。

「ヘン、この件にはかかわるな。これは遊びじゃないんだ」

「だけど、わたしはもうかかわってしまっているわ。その諜報員はわたしのことも監視しているのよ」

「だったら、なおさら慎重になるべきだ。ケントにいる母上のところへでも行ったらどうだ？」

「おたふく風邪がうつるだけよ」

マイルズがふいに立ちあがった。「おたふく風邪ぐらいたいしたことじゃない」

ヘンリエッタも負けじと立ちあがった。

「いちばんの解決法はその諜報員をつかまえることじゃないの?」

「心配するな」彼は大広間へと歩きだした。「それはぼくがやる」

ヘンリエッタはあとを追った。「わたしたちふたりでやるというのはどう?」

「きみはダヴデイル公爵未亡人のところに戻れ。あの人のそばにいれば、要塞に閉じこもるよりも安全だ」

大広間からにぎやかな声が聞こえてきた。人ごみのなかに戻る前にもうひと言だけ訴えたいと思い、ヘンリエッタはマイルズの腕を引っ張った。

「あなたにすべてを引き受けさせて、わたしは安穏としているなんて我慢できないわ」

返事はなかった。頑固な人だ。

まったく! ヘンリエッタは決意も新たに仮面を顔にあて、不機嫌なマイルズについていった。本当の頑固者とはどういうものかわたしが教えてあげるわ。明日は絶対に説得してみせるから。お茶とジンジャー・クッキーで釣るのよ。料理人に言って少し余分に焼かせよう。それでもだめなら……。思わず口元が緩んだ。キスで口説き落とすまでよ。祖国のためならそれくらいの困難は耐え忍ばないと。

ヘンリエッタはにんまりしながら大広間を進んだ。

マイルズはむっつりと黙りこんでいた。終始、険しい表情でヘンリエッタをダヴデイル公爵未亡人のもとへ送り届け、厳しい口調でもう家に帰ったほうがいいと助言し、公爵未亡人にペネロピの槍でつつかれるととりわけ怖い顔になった。

「明日、家に来てね」ヘンリエッタが勝利の旗のように仮面を振った。

マイルズは無愛想に返事をすると、また渋い顔に戻った。

シャンパンの入ったゴブレットを持って誰もいないアルコーブに陣取り、遠く離れた場所からにこりともせずにヘンリエッタを見守った。ダヴデイル公爵未亡人のそばにいれば彼女の身は安全だ。あのレディなら刺客が来ようが、誘拐団が来ようが、間違いなくヘンリエッタを守ってくれるだろう。古代ギリシアの重装歩兵隊よりも頼もしい存在だ。ダヴデイル公爵未亡人をフランスに送りこめば、ナポレオンは一週間もしないうちに降参するに違いない。

フランスか……。マイルズはクリスタルのゴブレットに入ったシャンパンをにらみながら考えた。ヴォーンを有罪にしたければ、充分な証拠を見つけるしかない。陸軍省は確証がなければ動かないし、ヴォーンの一味を一網打尽にできない限り具体的な行動には出ないだろう。

つまり、陸軍省にとっての優先事項とぼくの希望は必ずしも一致しないということだ。

大広間の奥から明るい笑い声が聞こえ、マイルズは顔をしかめた。

うまく頼みこめば、陸軍省はぼくをシベリアに派遣してくれるだろうか？

20

遠出〜変装して情報収集活動を行うこと。〈楽しい小旅行〉の項を参照。

楽しい遠出〜情報収集活動が失敗に終わること。

——〈ピンク・カーネーション〉の暗号書より

「なんの用だい？」ニソワーズ通り一三番地の玄関に出てきた女主人が、真っ白な肩掛け《フイシュ》を豊かな胸の前で結び、無愛想に尋ねた。

「部屋を貸してほしいんです」使用人の格好をした若い娘が言った。髪こそ束ねて縁なし帽に詰めこんでいるものの、その髪はつやがないし、襟元や袖口はよれよれだし、目には疲労の色が浮かんでいる。女主人がドアを閉めようとしたのを見て、娘は慌ててつけ加えた。

「わたしにじゃないんです。うちの奥様にです。こちらに貸し部屋があると聞いたので……」

「奥様ねえ」女主人が小ばかにしたような口調で言い、娘のすりきれた袖口や傷んだブーツをじろじろと眺めた。女主人の糊のきいたエプロンが木製の戸枠にこすれた。「その奥様とやらは、うちの部屋を借りてなにをするつもりなんだい？」

「奥様は……未亡人なんです」娘は一生懸命に説明した。「ちゃんとした方です」娘が一瞬口ごもったのを見て、女主人が疑わしそうに目を細めた。

「なるほどね。うちはそういう人は断ってるんだよ」

娘は手をもじもじさせた。「でも、それじゃあわたしが奥様に叱られます」

「だからなんだい？」女主人が鼻を鳴らす。「そんなのはこっちの知ったことじゃないね。あたしはまともな女にしか部屋を貸さないんだ。昔の経営者とは違うんだよ」

「昔の経営者？」ふくよかな女主人の後ろに見えるこぎれいな玄関を、娘は憧れのまなざしで見つめた。

「マダム・デュプリーさ」女主人が吐き捨てるように言った。「彼女のときはひどいもんだった。こっちが赤面するくらい男の出入りが激しかったからね。シーツに葉巻の焦げはつけるし、絨毯にワインのしみは作るし、あのころの店子《たなこ》はみんなやりたい放題だったよ」

「そういうところへはイギリスの男性も来ると聞いています」娘はか細い声で言った。

「イギリス人もプロイセン人もいたさ。みんな人間のくずばっかりだよ」女主人がやれやれとばかりにかぶりを振り、白い縁なし帽がかさかさと鳴った。「マダム・デュプリーは家賃さえ入ればそれでいいと思ってたみたいだね。でも、あたしは掃除の手間を省くことにしたんだ」

「その店子の方たちはどこに行かれたんですか？」娘は目を丸くして尋ねた。

「さあね、あたしにはどうでもいい話だよ」女主人が唇を引き結ぶ。「だから、その奥様とやらに言いな。どこかほかをあたってくれってね」

「でも――」

ドアがバタンと閉まり、娘は後ろによろめいた。開いた窓から力強くモップをかける音が聞こえた。

ニソワーズ通り一三番地から充分離れたところまで来ると、娘の顔から落胆した表情が消え、足取りが速くなった。黒い毛染めを使ったせいで頭と眉の部分が無性にかゆかったが、ジェイン・ウーリストンはそれをかきたい衝動をこらえ、女主人に叱られないように急いでお使いから帰るメイドになりきって、住まいのオテル・ド・バルコートを目指した。どうせメイド服はもうすぐ脱げるし、知りたい情報はつかめた。

ニソワーズ通り一三番地は寂れた界隈にある下宿屋だった。現在は、まっとうな職業についている働き者の女性や、わずかな蓄えでなんとかやりくりしている未婚女性を相手に商売をしているらしい。玄関はまぶしいくらい真っ白に水漆喰が塗られていたし、女主人の縁なし帽やエプロンも糊がきいていた。あの女主人は一点の汚れも許さない人なのだろう。そんな下宿屋にヴォーン卿が行くとは考えにくい。

だが女主人の話から察するに、つい最近までそこには、まったく異なる種類の女性たちが住んでいたらしい。社会の底辺で生きる娼婦たちだ。家出人が駆けこんだり、人目を忍ぶ男女が逢瀬《おうせ》を重ねたりもしていたのだろう。それならヴォーン卿が関係していたとしてもおかしくない。逢い引きを装って密会をするにはもってこいの場所だ。まさかそんないかがわしい下宿屋で政治的な陰謀が企まれているとは誰も思わないだろう。

ジェインは荷馬車をよけながら計画を練った。まずはいつ経営者が変わったのかを調べ、それからマダム・デュプリーなる女性の居所を突き止め、さりげなく接近して当時の借り手に関する情報を引きだそう。ありふれた姓なのは残念だが、捜しだす自信はある。配下の男性をひとり、マダム・デュプリーの兄に仕立てあげるのだ。家出をした妹を捜していると言えば、あの女主人から詳しい話を聞けるだろう。妹を心から心配している優しい兄を装えば、妹と連絡を取りあっていそうな人物の名前を教えてほしいと頼んでも、若くて世間知らずな妹をだましたかもしれない男たちについて根掘り葉掘り尋ねても、少しも不自然ではない。

ジェインは顔を伏せて肩を丸め、家までの残り数メートルを急いだ。もしヴォーン卿がニソワーズ通り一三番地を悪事の拠点として利用していたのだとしたら、あの下宿屋は諜報員網の全容を暴く鍵になるかもしれない。

今日、得られた情報についてあれこれと考えをめぐらせながら、〈ピンク・カーネーション〉はオテル・ド・バルコートの裏口に滑りこんだ。これから毛染めを落とし、配下の者たちに指示を出し、陸軍省のミスター・ウィッカムへ暗号を使った報告書を書き送り、晩餐会《ばんさん》に出席して、〈ユナイテッド・アイリッシュメン〉とフランス人元帥の密会の場に潜入しなければならない。〈ピンク・カーネーション〉は使用人用の階段をあがって自分の部屋に戻り、手早くメイド服を脱ぐと、今日はこれで三度目となる衣装替えに取りかかった。今度は優雅な若い女性に戻るのだ。

21

事故〜陰険なフランスの秘密諜報機関による妨害工作。偶然を装うことが多い。

――〈ピンク・カーネーション〉の暗号書より

「ヘンリエッタ！　待っていたわ！」

義姉のエイミーがモスリン地のドレスの裾を持ちあげ、小柄な体で砲弾のようにセルウィック・ホールの正面玄関の短い階段を駆けおり、ヘンリエッタが雇ったふたり乗りの馬車のほうへ向かってきた。玄関の前には大きなふたつのたいまつがあり、その明かりがエイミーの焦げ茶色の短い髪と馬具を照らした。

ロンドンを出て一時間もしないうちに馬車の車軸が壊れ、六時間で着くはずの旅が八時間もかかってしまった。事故が起きたのはクロイドンの町にある大通りで、ふいに馬車が傾いたのだが、混雑している駅馬車の後ろを走っているときだったため、幸いにも速度は歩く程度だった。ヘンリエッタとメイドはその馬車を降り、クロイドンでは大きな馬車宿である〈グレイハウンド〉に入った。そこで別の馬車を借りて荷物を移し替えてもらい、そのあいだ馬を休憩させたのだ。

エイミーはヘンリエッタを抱きしめ、折りたたみ式の踏み段の上を引きずるように馬車から降ろして、正面玄関へ引っ張っていった。「ロンドンからの旅はたいへんだったみたいね！　心配したのよ。先に着替える？　あとでゆっくりと今週末の予定を話すわね」

ヘンリエッタはエイミーを抱きしめ返し、興奮した声で挨拶の言葉を述べると、あとは手を引かれるままに正面玄関へ進んだ。

「お兄様はどうしたの？」ヘンリエッタは尋ねた。玄関広間に入ると、従僕がお辞儀をした。この屋敷の使用人は、兄が極秘に行っている活動の協力者でもある。セルウィック・ホールは完璧に信頼できる人物しか雇わない。たった一度の油断が致命的な結果をもたらすことがあるからだ。リチャードの親友は、兄の好きだった女性の侍女がフランス政府に内通していたせいで命を落とすはめになった。「お兄様はもうわたしを愛していないのかしら？」

「まさか！　リチャードならすぐに来るわ」エイミーはヘンリエッタがボンネットを脱いでショールをはずすのを手伝った。「今、従僕に指示をして、週末に使う射撃用の的と、岩のぼり用の壁を準備させているところなの。わたしたちの訓練計画を聞いたら、あなたはきっとびっくりするわよ」

射撃用の的に岩のぼり用の壁ですって？　いやな予感がする。的を射貫くほうは大丈夫だけど――あの大柄で金髪の的なら、今すぐにでも狙い撃ちしたいくらいだけど――壁にのぼるなんて無理だ。足がかりとなる枝がある木でさえのぼれないのだから。

その心配はひとまず脇に置き、ヘンリエッタはエイミーのほとばしる言葉をさえぎると、今いちばん知りたいことを探りだすための質問を始めた。「誰が来るの？」

エイミーは壁とピッケルに関する不吉な話をやめた。「ミセス・カスカートと……」ヘンリエッタはミセス・カスカートを知っていた。明るい性格のふっくらとした女性で、母のアピントン侯爵夫人と同じ年に社交界デビューをしたと聞いている。「それにミス・グレイと……」

「知らない方だわ」

エイミーは建物の正面に面した小さな応接間にヘンリエッタを招き入れた。「家庭教師をしていた女性よ。それからソルモンドリー家の双子の兄弟。この人たちはふたりでひとつも脳みそがあるとは思えないんだけど、リチャードは双子の諜報員は使えると考えているの」

「ほかには？」ヘンリエッタは落胆が声に出ないように努めた。ソルモンドリーとはイギリス人にしては変わった姓だ。だが、そのソルモンドリー兄弟とやらも、そのあとに出てきたフラムリーとかいう男性も、自分が聞きたい名前ではない。

「ジェフも参加するはずだったんだけど、誰かにつかまって来られなくなってしまったらしいの。いったい誰かしら？　ああ、それからマイルズがいたわ」

「あら、そう」ヘンリエッタは青い縦縞の長椅子に座りこんだ。「もう来ているの？」

「マイルズが？」エイミーは一瞬考えた。「いいえ、まだよ。本当はもう何時間も前に来ているはずだったんだけど……。綱を使った訓練コースを作るのを手伝ってもらうつもりだったの」

綱を使った訓練コース？　それがどんなものだかは考えたくもない。諜報員というのは頭を使って推理するものじゃないの？　推理ならできるけど、綱となるとまた話は別だわ。

「ねえ、お茶を一杯いただけないかしら」

「もちろんよ。今、呼び鈴を鳴らして執事を呼ぶわね。あとで料理人にビスケットでも運ばせるわ。途中でなにか食べてきたの？」

「馬車を取り替えるあいだに、〈グレイハウンド〉で軽く食事をしてきたわ」

「それはよかった」エイミーが言った。「ほかの人たちは〝フランス地理〟の講義に間に合うように、明日こちらへ到着する予定なの。ねえ、知っていた？　リチャードはパリからカレーの港までの逃げ道を一五通りも頭に叩きこんであるんですって。〝フランス地理〟のあとはわたしの〝方言〟の講義よ。わたしが得意なのはマルセイユの女魚売りなの」

「マルセイユの女魚売り？」魔法のように紅茶の道具一式が現れないかと、ヘンリエッタはドアのほうを見た。

「甲高い声を出すとそれらしくなるのよ」エイミーが息を吸い直してつけ加える。「でも、変装すると、これがくさくて！　あら、スタイルズ。レディ・ヘンリエッタにお茶を持ってきて……」

ヘンリエッタにはエイミーが口ごもった理由がすぐにわかった。執事の心はすでに週末の訓練に飛んでいるらしく、スタイルズは縞模様のメリヤスシャツに黒いベレー帽をかぶり、玉ねぎを結びつけた縄を首からさげていた。紅茶がのったトレイを運ぶより、港近くにある場末の酒場でボルドー・ワインの瓶でも振りまわし、誰かの頭を殴っているほうがはるかに似合っている。

「かーしこまーりやーした、マダーム」スタイルズはもっともフランス人らしいフランス人も驚くほどのフランス訛りで応じ、玉ねぎのついた縄を肩にかけると、足音も荒く立ち去った。

ヘンリエッタとエイミーは目を丸くして顔を見あわせ、こらえきれずに爆笑した。スタイルズは元役者だ。失業中のところをリチャードが見つけ、役者は使えると判断して〈紫りんどう〉の組織に引き入れたのだが、ほどなくちょっとした問題点に気づかされた。スタイルズは自分が演じている役と現実を区別できないのだ。それが任務に役立つときもあるのだが、なんの前触れもなしに変身するため、そのたびに周囲は驚かされるはめになる。スタイルズが好んで演じるのは、シェイクスピアの作品に登場する長衣《トーガ》を着た英雄たちだ。一度、短い期間ではあったが、マクベスになりきったことがあった。そのときはお茶の時間になると、スコットランドのハギスと呼ばれるヒツジの胃袋を使った詰め物料理を一緒に運んできたり、夜中にバグパイプを吹いたりして、家族や使用人を悩ませた。

「玉ねぎはいただけないけれど、この前の役柄に比べると今回のほうがずっとましね」エイミーがおもしろそうに言った。

「そう？」ヘンリエッタは答えた。「わたしは海賊が好きだったわ。オウムがかわいかったもの」

「前回のスタイルズを知らないからそんなことが言えるのよ。この前は丸々二週間、追いはぎを演じていたんだから。家じゅうに指名手配書を貼って、ずっと〈銀の影〉と名乗っていたのよ」

「どうしてその名前にしたの？」

「八〇歳の老人を演じていたとき銀色に染めた髪がまだ伸びきっていなかったの。スタイルズが役に入りこむのはかまわないんだけど、あのときは閉口したわ。だって、いちいち〝動くな。さっさと出せ〟と言うんだもの」

「出せってなにを？」

「お金とか命とか、追いはぎが差しだせと言いそうなものよ」そのときのことを思いだしたのか、エイミーが目を輝かせた。「ちょうど新婚間もないころだったから、お客様が寄りつかなくてよかったけれど」

ヘンリエッタはこの義姉も兄も大好きだし、結婚式の準備ではいろいろとこだわる兄を助けて精いっぱい協力もした。だが、今は〝新婚〟という言葉が胸に突き刺さった。仮面舞踏会のあった金曜日には幸せの絶頂にいたはずなのに、わたしの恋は今、下降の一途をたどっている。

土曜日、ヘンリエッタはいちばんお気に入りのドレスを着て、いつもの居間でなるべく優雅に見える格好をして長椅子に座り、そのままずっとマイルズが来るのを待った。彼のキスを思いだしては眠れなかった頭でエイミーの手紙を読み直し、そこに書かれているさまざまな助言をもとにヴォーン卿とその仲間をつかまえる方法を考えた。マイルズは初めのうちは渋い顔をするだろう。わたしがかかわると、どういうわけか彼は妙に過保護になる。けれど、説得する自信はあった。そのあとは、一緒にハイド・パークでも散歩しよう。わたしはマイルズの腕に手をかけて香り漂う花のなかを歩き、彼は情熱的な詩を暗唱する……というのは無理ね。マイルズはそんなときに高らかに詩を暗唱したりしない。わたしにしたって現実を見失うほどマイルズに熱をあげているわけではないし。それに馬の話しかしなくても、わたしは今のままの彼が好きだ。

ところが、問題が生じた。マイルズが来なかったのだ。

翌日の日曜日も、マイルズは姿を見せなかった。月曜日、ヘンリエッタはわざと買い物に出かけた。待っている相手というのは、自分がいないときに限ってひょっこり家に立ち寄るものだからだ。だが、当てははずれた。

「本当に誰も来なかった?」ヘンリエッタは執事のウィンスロップにしつこく尋ねた。マイルズはもう三日間もこの家を訪れていない。「あなたが見ていないときに誰かが玄関まで来て、そのまま帰ったかもしれないでしょう? そんなことはなかったと言いきれる?」

ウィンスロップはきっぱり「はい」と答えた。

火曜日が過ぎ、水曜日になった。マイルズはきっと重い病気にかかったに違いない。そうとしか考えられなかった。そこでメイドのアニーにドリントン家の様子を見てくるよう言いつけた。アニーはマイルズの使用人であるミセス・ミグワースの姪っ子だ。走って帰ってきたらしく真っ赤な顔で、ミスター・ドリントンはとても元気だと報告した。そして頬を赤らめ、ミスター・ダウニーの怪我もずいぶんよくなったらしく、一週間もすれば仕事に復帰できるそうだとつけ加えた。

きっとダウニーのことが好きなのだろう。ヘンリエッタは、男の人は裏切るものだということを今のうちに教えておいてあげようかとも考えたが、夢を壊すのはかわいそうだと思い直した。どうせすぐに身をもって知ることになるのだから。ダウニーがもう二度と放すものかと言わんばかりの熱いキスをしたあと、五日間も姿を見せなかったときに。アニーは胸を痛めながらいつまでもノックの音を待ち、心が鉛のように重く沈んでいく日々を経験するだろう。

「きっといろいろと忙しいんだわ」シャーロットが慰めてくれた。

「その程度の人なのよ」ペネロピは断定した。

「もう！」ヘンリエッタはじれったくなった。

あのキスはマイルズにとってはたいしたことではなかったのだろう。悔しいけれど、それならそれでしかたがない。だからといってあれほどのキスをしておきながら、一週間も会いに来ないなんてひどすぎる。一八年間ものつきあいだというのに、わたしはその程度の相手なの？　せめて、きちんと話しあいの場を持つべきだ。それがたとえ〝きみはとてもすてきな女性だ〟から始まって、〝いつかきみのことを心から愛してくれる男が現れるだろう〟で終わってもいい。人の心を傷つけるなら、そのくらいの敬意は払ってしかるべきだ。

手紙の一通でもいいのに……。

「あら、マイルズが来たみたい」エイミーが声をあげ、窓を指さした。四頭立ての粋な馬車がたいまつの前に停まった。マイルズはセルウィック家の馬丁に手綱を渡し、身軽に馬車を降りた。「リチャードを呼んでくるわ。わたしの代わりに、しばらくマイルズの相手をしていてくれる？」

まさか断られるわけがないと思っている口調だ。なにも知らないのだから当然だろう。エイミーはヘンリエッタの返事を待たずに応接間を出ていった。

クロイドンで馬車が遅れたせいで、マイルズに会ったらどうしようかと考える時間はたっぷりあった。冷淡でよそよそしい態度をとるのだ。優雅に振る舞いながらも氷のように冷たく、落ち着き払ってはいるけれど絶対に心は開かない。

覚悟を決め、毅然《きぜん》とした雰囲気を身にまとって応接間を出たとき、ちょうどマイルズが勢いよく玄関広間に入ってきた。

マイルズはヘンリエッタに気づくと、ぴたりと足を止めた。「やあ……ヘン」追い詰められたキツネのような表情をしている。

それを見たとたん、彼女は冷静でいられなくなった。

つかつかと歩み寄り、まっすぐにマイルズをにらみつけた。

「ほかになにか言うことはないの？」

「今日の髪型はすてきだ……とか？」

ヘンリエッタは唇を引き結んだ。「そんなことじゃないわ」

背中を向け、怒りに任せてその場を立ち去った。

マイルズはあとを追いたい気持ちを抑えこんだ。今そうしてしまえば、この一週間ヘンリエッタに会わなかった努力が無駄になる。土曜日は話をしに行くしかないと思っていた。ところが、その日は近侍のダウニーが熱を出したため、それを口実に家を出なかった。だが、日曜日になるとダウニーの熱はさがった。そうなると、もうヘンリエッタに会いに行けない理由がなくなった。しかしアピントン邸へ向かおうにも、なにをどう話せばいいのかわからない。〝きみはとてもすてきな女性だから、いつかきみのことを心から愛してくれる男が現れるだろう〟と言っても、ヘンリエッタは納得しないに違いない。手紙を送ろうかとも思ったが、なにを書けばいいかわからないのは同様だ。〝用事があってそちらへ行けないんだが、キスのことはすまなかった〟などという内容が通用するとは思えない。

結局のところ、しばらく距離を置くのがいちばんだとの結論に達した。会いにさえ行かなければ、心が頭を裏切って金曜日の過ちをまたしても繰り返してしまうことだけは避けられる。一度だけでも言い訳が立たないのに、二度もそんなことをしてしまえばもはや申し開きはできない。いや、一度きりだとしても申し開きできないのは同じだ。いったいヘンリエッタにどんな言葉をかければいいというんだ？

ここに来るべきではなかったのかもしれない。

「ヘンになにを言ったんだ?」リチャードが腕をさすりながら玄関広間へ入ってきた。「庭園の小道で突き飛ばされそうになったぞ」

「髪型のことをちょっと」

リチャードは肩をすくめた。妹というのは男には絶対に理解できない存在だ。

「ワインでもどうだ? なにかつまみながらロンドンの話でも聞かせてくれ」

「ああ、いいね」マイルズはリチャードについて食堂へ向かった。ワインと軽食、それにフランスの諜報員に関する話題こそが、今の自分に必要なものだ。それがあれば、あるひとりの女性が自分のせいで怒っていることをわずかな時間でも忘れていられる。

そのとき、庭園のほうから石と石がぶつかるような音が聞こえ、ふたりはそちらに向かった。

リチャードが眉をひそめてマイルズを見た。「おまえ、髪型のことをなんと言ったんだ?」

「ううう」

ヘンリエッタは痛む肩をさすりながら、粉々に砕け散ったアキレスの胸像をにらんだ。兜の破片が庭園の小道に散らばり、地面に落ちた鼻が上を向いて生け垣に突き刺さり、薔薇の茂みの下に転がりこんだ大きな目がこちらを見ている。胸像がのっていた支柱は一本の薔薇の木を道連れにして倒れていた。いったい誰が薔薇の茂みの端にアキレスなんか置こうと考えたの? ああ、肩が痛い。でも、この程度ですんでよかった。悪くすれば、腕がもげていたかもしれない。

このままではまだなにか破壊したくなる気がして、近くのベンチに座りこんだ。

「これじゃあわたしは歩く災厄ね」

こんなはずではなかった。マイルズに会ったら冷たくあしらって後悔させるつもりだったのに、それができなかったどころか、癇癪《かんしゃく》を起こした二歳児みたいなまねをしてしまった。いいえ、癇癪を起こして暴力的になった二歳児だ。ヘンリエッタは自分の言葉を訂正し、無残な姿になったアキレスにちらりと目をやった。庭園の置物を壊してしまったことを、明日、お兄様に謝らないと。

彼はそれくらいのことをされても当然よ。いいえ、アキレスじゃなくてマイルズのことだけど。でも、キューピッドの胸像が近くにあれば、そっちのほうを壊したかった。運命の女神だってかまわない。恋がかなうかもしれないと思わせて、幸せの絶頂にまで引っ張りあげておきながら、いっきに突き落とすなんてひどすぎる。「甘い夢を見たわたしがいけなかったのよ」ヘンリエッタはひとりごちた。

そばの生け垣から葉を一枚ちぎり取り、それを引き裂きはじめた。

だが、キューピッドを責めても問題は解決しない。マイルズがちゃんと説明をしてくれなければ、わたしはいつまでも気持ちがおさまらないのだから。キスのことを言っているのではない。ふたりも兄がいれば、キスのひとつ程度で期待してはならないことぐらいよくわかっている。でも、わたしたちは友達だ。少なくとも先週の金曜日まではそうだった。友人にキスをして、一週間も放っておくなんてありえない。キスまでしておきながら、ちゃんと話もせずに捨てるなんてひどすぎる。〝今日の髪型はすてきだ〞なんて、なによそれ？　そんな言葉ですべてを水に流せるとでも思っているのかしら。

「わたしをばかにしているの？」ヘンリエッタは夜空に怒りをぶつけた。

コオロギが同情するように鳴いた。べつに答えを求めているわけではないと思ったが、それをコオロギに言い返す気力もなかった。

庭園は暗くて静かだった。田舎ならではの静寂だ。頭上を覆う金属製のアーチに絡まる薔薇の濃厚な香りと、小道沿いに咲くラベンダーとヒソップの香りがまじりあっている。ヘンリエッタは葉を引き裂きながら、綾織《あや》りのスカートを通して大理石のベンチが冷たく感じられるまで、そこに座って物思いにふけった。

頭のなかでは、ずっとマイルズと話をしていた。長くてこみ入った会話だ。マイルズが言った。〝一週間も会いに行かなかったのは、きみへの思いが強すぎて、それが自分でも怖かったからなんだ〞話しあいは延々と続き、やがてマイルズはこう告げた。〝キスのひとつぐらい、なんだというんだ？〞ヘンリエッタは言い返した。キケロ研究者の演説にも負けない流暢《りゅうちょう》な長口上で、怒りの限りを吐きだしつづけた。そのとき、近くで誰かが枝を踏んだ音が聞こえた。

来たわね。ヘンリエッタは背筋を伸ばした。もしマイルズだったら、くだらない言い訳なんてしないでと冷たく拒絶してやるわ。

また足音が聞こえ、小道の向こうに人影が見えた。

マイルズではなかった。

その人影はローブを着て、フードを目深にかぶっていた。ヘンリエッタは口元まで出かかっていた言葉をのみこみ、薔薇に覆われたアーチの下で思わず縮こまった。フードのなかは真っ黒で、とても人が入っているふうには見えない。ローブは地面につくほど長く、腹部の前で袖がもう一方の袖口に入りこんでいる。まるで幽霊だ。目の粗いウールのマントが石敷きの小道にこすれ、さらさらと音がした。黒い影は屋敷のほうへ進んだ。

ヘンリエッタは鳥肌の立った腕でベンチの端をつかんだ。つい今しがたまでは心地よい涼しさだったそよ風が、墓場に吹く風のように冷たくなった。

衣ずれの音がやけに大きく響いた。

飾り房のついたベルトを揺らしながら、黒い影は少しずつ足取りを速めた。ベランダに続く三段の階段を滑るようにあがり、フレンチドアの前で立ち止まると、室内の様子をうかがった。そして取っ手をまわすと、誰もいない応接間へ静かに入りこみ、音もたてずにドアを閉めた。

ヘンリエッタはベランダを凝視したまま凍りついた。

たいへん！　ドンウェル・アビーの修道士の幽霊が屋敷に入っていったわ。

22

「このドンウェル・アビーには本当に修道士の幽霊がいるの？」

牧師はにやりとして、神に仕える身にあるまじき量のジンを自分のグラスに注いだ。

「誰にそんな古くさいほら話を吹きこまれたんだい？」

わたしはコリン・セルウィックを指さした。ドンウェル・アビーの応接間は重厚なヴィクトリア朝様式だ。その部屋の奥で、コリンは機関銃のごとくしゃべるジョーン・プラウデン・プラッグの攻撃を受け、うんざりした顔をしていた。噂されているのを感じ取ったのか、こちらへ顔を向け、かすかにワイングラスを掲げた。

わたしは慌てて視線をそらした。

幸いにも、牧師は気づかなかったらしい。「入れすぎだと思うかい、お嬢さん？」彼はそう言って、二杯目のグラスに口をつけた。二〇分間ほどの会話でわたしと牧師はすっかり仲よくなっていた。ジョーンはわたしが部屋に入るなりつかつかと歩み寄ってきて、〝あなたは牧師さんと話したいわよね〟と一方的に宣言し、腕をつかんでドリンクテーブルのほうへ引っ張っていた。そしてわたしを牧師に預けると、またすたすたとドアのところへ戻り、戦利品であるコリンを奪い去ったのだ。

わたしはちっともかまわなかった。不意打ちを食らったコリンがろくにジョーンの話も聞かず、逃げ道はないかと室内を見まわしている様子を眺めるのはおもしろかった。それに隣にいる男性は、わたしがこれまで出会った牧師のなかでいちばん牧師らしからぬ人物だ。

正直に言うと、それほど数多くの牧師に会ったことがあるわけではないが、イギリスの小説はたくさん読んだため、教区牧師がどういうものなのかは知識として知っていた。だから今夜も、痩せ細った白髪の老人で、顔色が悪く、静脈の浮きでた手をした聖人君子に会うことになるのだろうと勝手に想像していた。教区の記録を読んだり、地元の動植物に関する長ったらしい論文を書いたり、暇なときにはのんびりと庭いじりをしながら、神の創りたもうた世界の至るところに暗示されている主のご意志について思案したりしているような人物だ。

ところが、わたしが握手をした相手は、三〇代後半で、手足がひょろ長く、鼻が曲がり、いたずらっぽい笑みを浮かべた男性だった。若いころはダラム大学でラグビーをしていたのだが、膝を壊したためスポーツはあきらめた。けれども、それでめげることはなく、映画俳優になるのを夢見て、芸能プロダクションに入った。コマーシャルに二本出演し、エキストラとしてドラマにも出た。「摂政皇太子時代のクラヴァットはきつくてね」彼は言った。だが、それで俳優への道は断念して、ケンブリッジ大学で建築史を専攻して哲学修士号を取得した。その後、今度はジャーナリストになろうと、ゴシップ記事を書いたり、スカイダイビングに挑戦したりした。このスカイダイビングの経験が神学を志すきっかけとなった。「地面に向かって真っ逆さまに落下していると、神との関係を考え直したくなるのさ」彼の親族は一九四八年からこの教区で牧師をしていた。典型的な牧師だったらしい。「だから、村の連中はいまだにぼくに慣れないんだよ」そう言って、にやりとした。

そこまで話したところで、牧師の一杯目のジントニックが空になった。ジンの量がやけに多く、トニックウォーターがとても少ないカクテルだった。牧師が二杯目のジントニックを作りはじめて話がとぎれたため、ちょうどいい機会だと思い、わたしはさっきから訊きたくてしかたがなかった質問を口にした。このドンウェル・アビーに出るという修道士の幽霊のことだ。

もちろん、ヘンリエッタが本当に幽霊を見たと思っているわけではない。わたしは夜な夜な〈ヒストリーチャンネル〉の特別番組を見ながら超自然現象について勉強したおかげで、幽霊についてはひとかたならぬ知識がある（〈ヒストリーチャンネル〉なら勉強と言ってもかまわないだろう）。幽霊はドアを開けて部屋に入ったりはしない。ドアをすり抜けるものだ。

だから、ヘンリエッタが見たのは人間だったに違いないとわたしは思っている。セルウィック・ホールそのものか、〈紫りんどう〉か、マイルズか、ヘンリエッタか、あるいはそのすべてに興味を抱いている人物だ。おそらくはフランスの諜報員だろう。〈黒チューリップ〉などと名乗るような者は変装するのをいとわないものだし、修道衣は夜の隠密行動にぴったりだ。ちょうどヘンリエッタがそうだったように、修道衣を着た黒い人影が歩いているのを見れば、恋人を探してさまよっている修道士の幽霊だと誰もが思いこんでしまうに違いない。

ドンウェル・アビーまでの道すがら、わたしは質問したいことを頭のなかにメモした。いちばん訊きたいのは、一八〇三年当時、ドンウェル・アビーの幽霊話は有名だったのかということだ。ロンドンに拠点を置くフランスの諜報員でも知りえただろうか？　セルウィック家を訪れた友人や、サセックス出身の人であれば、誰が知っていてもおかしくない話だったのか？　もしこの近郊だけに伝わる物語であれば、ヨークシャーで暮らしていたモンヴァル侯爵未亡人や、フランスから渡ってきたばかりのマダム・フィオーリラや、イタリアのオペラ歌手だったマルコーニは、ヘンリエッタが見た黒い人影ではないことになる。

そういえば、ヴォーン卿はどこの出身だろう？　セルウィック・ホールの図書室に昔の『ディブレット貴族名鑑』が残されていないかしら？

「ぼくが教区牧師になったとき、その幽霊話をさんざん聞かされたよ」牧師がいかにも内緒の話であるかのようにささやいた。ほかの人が飲み物を取れるように、わたしたちはドリンクテーブルを離れた。「だが残念ながら、ぼくはまだ一度も実物を見ていない」

「幽霊がそんなに長くこの屋敷にいられるとは思えないわ」わたしは色の濃い重厚な木材の壁で囲まれた室内を見まわした。小さなテーブルがいくつもあり、その上には銀色のフレームにおさまった写真がごちゃごちゃと並べられている。「こんなところをさまよっていたら、なにかにぶつかりそうだもの」

牧師はくっくっと笑い声をもらした。

「絶望してどこかへ行ってしまったのかもしれないな」

わたしはにっこりした。「きっと、ほかの幽霊に助けを求めに行ったのよ。幽霊新聞に募集広告を出したのかもしれないわ。〝当方、修道士の幽霊。年齢五五〇歳。憑依《ひょうい》可能な田舎の屋敷を求む。隙間風が入り、むせび泣くことができ、散歩コースがあることが条件〟とかね」

「そりゃあ、古くさいぞ」牧師が喉を鳴らしてジンを飲んだ。「それよりはテレビ番組の『チェンジング・ルーム〜劇的リフォーム合戦』の幽霊版のほうがおもしろい」

「いいわね！」わたしはほとんど口をつけていないワインのグラスに唾を飛ばさんばかりの勢いで賛成した。そして第二話までふたりでくだらないプロットを考えた。バスカヴィル家の犬にアッシャー家をリフォームさせたら最高だ。もちろん、アッシャー家が崩壊したあとだけれど。

わたしの甲高い声が聞こえたのか、コリンがこちらを見た。わたしは軽く手を振った。

「恋人を救出しなくていいのか？」牧師がジントニックをひと口飲んだ。

「恋人じゃないわ」わたしは即答し、振り返ってコリンとジョーンをちらりと見た。「みんな誤解しているみたいだけど」

「なるほど」

両手を腰に置こうとして、すんでのところでグラスを持っていたことに気づいた。

「本当に違うんだから」わたしはむきになった。「彼の家にある古い史料を見せてもらっているだけよ」

「今どきはそういう言い方をするのか？」

「やめて」必死に抵抗した。「ねえ、一緒に来てくれるの？　それとも、わたしをひとりで救出任務に送りだす気？」

「じきに行くさ」牧師は氷をカラカラと鳴らし、憎めない笑みを浮かべた。「もう一杯、飲み物を作ったら」

わたしは恨みがましく牧師をにらんだ。「ちょっと、十字軍の精神はどこへ行ったのよ」

「神のご加護がありますように」牧師が神妙な顔でそう言ったため、わたしは思わず笑いながらコリン救出任務に向かった。

わたしが近づいてきたのを見て、ジョーンはあからさまにいやそうな顔をした。牧師がもっと長くわたしを引き留めておいてくれると思っていたのだろう。

せめてもの腹いせにとばかりに、ジョーンはわたしの借り物のカクテルドレスをじろりと眺めた。二年ほど前に流行したラップドレスで、黒と緑と白の幾何学模様が重なっている。流行遅れのドレスを着るのはべつにいやでもなんでもなかった。それにラップドレスはいい。さすがにフリーサイズとまではいかないが、体にぴったり沿うシースドレスに比べてはるかにましだ。セレーナのクローゼットにあった何着かのシースドレスは、細身でスカート丈が短いのが流行したころに買ったものだと思われた。どれもわたしにはぴちぴちすぎるか、スカートが短すぎるか、その両方かだ。パミーなら絶対にそっちを着ろと言うに違いないが、だからこそわたしはそれを避けた。

「あら、すてきな服ね」ジョーンがあざ笑うように言い、唇の端をゆがめた。「わたしもそういうのを持っていたわよ。二年ぐらい前かしら」

「セレーナの服を借りたの。彼女、センスがいいと思わない？」

ジョーンが歯ぎしりをしているのを見るのはこのうえなく楽しかった。わたしはジョーンを哀れに思い、助け船を出した。

「あなたのほうこそ、すてきな家に住んでいるのね」

慈善の精神を発揮したことを、わたしはすぐさま後悔した。ジョーンがいかにもよそ者にはわからないわよねという意地悪な口調で、田舎暮らしの楽しみについてとうとうとしゃべりだしたからだ。もっとお酒を飲んでおけばよかった。おとといの夜……いや、正確には昨日の朝、パーティで飲みすぎてひどい二日酔いになり、一生、お酒には気をつけようと固く心に誓ったのだ。だが、ジョーンの話を三〇分も拝聴していれば、斧《おの》で酒場を破壊してまわったという禁酒運動家のキャリー・ネイションでさえ一杯やりたくなるというものだ。

「馬には乗るの？」ジョーンがわたしに尋ねた。

どうせ無理よねと言わんばかりの口ぶりだ。

馬に乗ったことはある。もうずいぶん昔だけど……。子供は誰でも一度は小馬が欲しいと思うものだ。水ぼうそうにかかるのと同じで、わたしは八歳のときにその時期がやってきた。

だが、シラミに悩まされて、小馬熱はいっきに冷めた。本当は映画『緑園の天使』のなかのエリザベス・テイラーのように帽子をかぶらずさっそうと馬を走らせたかったのに、それを許してもらえなかったことも理由のひとつだ。

けれど、そんなことをジョーンに話すつもりはなかった。馬に乗った経験があるなどとちらりとでも言おうものなら、ジョーンはさっそく乗馬の会を開くのではないかという悪い予感がしたからだ。そんな罠にはまり、馬から落ちて排水溝に投げだされるのはまっぴらだ。鎖骨は折れないに越したことはない。

「いつもはバスに乗るわ」

ジョーンが眉をひそめた。「変わった名前の馬ね」

今度はわたしが眉をひそめる番だった。これってわたしの知らないイギリスの俗語かなにかなの？

隣でコリンが激しくむせた。

ジョーンが自分の出番とばかりにコリンの背中を叩いた。コリンは咳《せ》きこんだ。「ぼくなら大丈夫だから……」バンバン、ごほごほ。「どうかかまわないでくれ」

「水を飲むといいわ！」ジョーンは心配でたまらないというように宣言し、専売特許である腕を引っ張る技を繰りだした。なんのスポーツをしていたのかは知らないが、ジョーンはとてつもなく腕の力が強い。コリンは咳きこみながらあっさりと連れていかれた。

大勢の客がいる部屋のなかで、わたしはひとりぼっちになった。

「おしゃべりできて楽しかったわ」わたしはつぶやいた。

そばで会話を聞いていたウエーブのかかったロングヘアの女性が、にっこりしながらこちらに近づいてきた。「こんばんは」

まあ、人間だわ！　人間がわたしに話しかけている。ハグしちゃおうかしら。パーティでひとりぼっちというのはみじめなものだ。だからといって、嫌われている相手についていくのも癪に障る。わたしはドリンクテーブルへ向かうジョーンとコリンを目で追った。あのふたりについていったらわたしはまぬけだ。コリンが本当にジョーンから逃げだしたいと思っているのなら、自分で行動すればいい。

でも、あまり本気でいやがっているふうには見えないんだけど。

わたしの視線に気づいたのか、ロングヘアの女性が言った。「ジョーンのことは気にしなくていいわよ。コリンに振られてから、ずっとあの調子なんだから」

「それって最近のことなの？」なるべくさりげなく訊いた。

「いいえ、二〇年も昔の話よ。ジョーンは八歳だった。でも、いまだに現実を受け止められないのよね」ロングヘアの女性は握手をしようと片手を差しだした。「わたしはサリー。ジョーンの妹よ」

「まあ」わたしは少しばつが悪くなった。

「あなたは……」サリーが目をいたずらっぽく輝かせる。「エロイーズね」

「どうして知っているの？」

サリーは指折り数えながら理由を答えた。

「あなたはアメリカ人で、赤毛で、コリンとつきあってる」

「つきあってなんかいないわよ」思わず声が高くなった。ジェイン・オースティンの小説の登場人物たちがゴシップに夢中になるのは嫌いではないが――噂はものの五分で地元の名士たちの家を駆けめぐるのだ――少し考えを改めたほうがいいのかもしれない。どうしてこの部屋の誰もが、それを言うならわたしの知る限りサセックスじゅうの人々が、わたしとコリンが交際していると思うのだろう。たしかにわたしはコリンの屋敷に滞在している。だけど、異性の客人が泊まったからといって、判で押したようにつきあっていると考えるなんて、現代は悲しい時代だ。

だめ、わたしはあまりにもどっぷりと一八〇〇年代前半につかりすぎている。もしまたコリンの屋敷を訪れることがあったら、シャペロン同伴でないとわたしの評判が地に堕ちると主張してみようかしら。

「でも、コリンの家に泊まってるんでしょう?」サリーが尋ねた。

「古い文書史料を見せてもらっているだけなのよ」わたしは申し訳なさそうに答えた。こうなったら、わたしたちはそんな仲じゃありませんと掲示板に告知文書でも貼りだそうかしら。だが、これだけ男女関係を疑われると、もはや期待を裏切るのは気が引ける。いっそのこと、めくるめくひとときを楽しんでいるとほのめかしてみようか。図書室で古い手紙や日記を読みながらということだけど。

わたしは話題を変えることにした。

「あなたたちはずっと昔からこのドンウェル・アビーに住んでいるの?」

「わたしが五歳のときからよ」サリーは、わたしが意外な顔をしたのを見て含み笑いをもらした。「こんな話をしたことはジョーンには内緒にしておいてね。姉さんはうちが先祖代々、この屋敷を所有してるようにみんなに思わせたがってるの」

「征服王の時代からということ?」

昼間にこの件でコリンと会話を交わしたことを思いだし、不覚にも頬が紅潮した。もう、いやだ。どうしてこんなちょっとしたことで顔が赤くなるの? これじゃあまるで赤鼻のトナカイだわ。幸いにもサリーはワインのせいだと思ったのか、どうかしたのかとは訊いてこなかった。当たり前よね。だって、征服王の話題で頬を染める人なんていないもの。それなのにわたしは征服王と言っただけで、どうしてこんなに顔が熱くなるのよ。

ときどき自分がよくわからなくなる。

「そうよ」サリーがいわくありげな口調で言った。「でも本当は、うちの父はただの事務弁護士なの。お金を稼げちゃったものだから、ここを買ったのよ」

「それって、オースティンの作品によく出てくる、いわゆる〝事業で成功して上流階級に入りたがる人〟ってこと?」オースティンの時代、昔ながらの富裕層は成金を見下す傾向があった。

「ジョーンにそんなことを言ったら殺されるわよ! 姉さんは自分をそういう上流階級の人

らしく見せようと懸命なんだから」そのおかしそうな口調と、おしゃれではあるけれども〈イエーガー〉というよりはディスカウントストアでそろえたと思われる服装から察するに、サリーは姉とは違う価値観を持っているらしい。

「じゃあ、その前は誰がここに住んでいたの?」わたしは薄暗い室内を見まわした。この応接間は古びた写真や閉所恐怖症になりそうなくらいのアンティークであふれている。

「ドンウェル・アビーというくらいだから、もちろんドンウェル家の人々よ。あそこの写真はこの屋敷についてきたものなの」

これで疑問がひとつ解けた。では、そのドンウェル家というのは、フランスの諜報員をかくまうような一族だったのだろうか? 一八〇三年当時、ロンドンからセルウィック・ホールまでは馬車で少なくとも六、七時間はかかった。小型の馬車を急がせればもう少し時間を短縮できたかもしれないが、それにしても一日に往復したい距離ではない。つまり、ヘンリエッタがセルウィック・ホールを訪れた日の夜、〈黒チューリップ〉はこのあたりのどこかに宿泊したということだ。それは宿屋かもしれないし、誰かの屋敷かもしれない。あるいはセルウィック・ホールに? いいえ、それはない。ほかの客人は翌日に到着する予定だとエイミーは言っていた。だから、諜報員の塾の参加者のなかに〈黒チューリップ〉が紛れこんでいた可能性は排除される。だいたいちゃんとした客人なら、わざわざ修道士の格好をする必要はない。どこを歩いていようが、トイレを探していたという昔ながらの言い訳をすればすむ話だ。では、あの六月の一週目に、ドンウェル・アビーに宿泊客はいなかったのだろうか？

サリーは姉よりもずっと好感の持てる女性だが、彼女にこのことを尋ねても残念ながら答えられないだろう。ジョーンなら、少なくともどこを調べればいいかということぐらいは知っているかもしれないけれど。でも……歴史研究のためとはいえ、そこまでする？

ええ、ほかに手段がなければしかたがない。だけど、もしかしたらセルウィック・ホールの史料にそのことが書かれているかもしれない。そうであればジョーンに頼み事などせずにすむ。

どうかヘンリエッタが〈黒チューリップ〉の正体を探りだしてくれますように。それがわからなければ、わたしは博士論文を書くのにちょっとした工夫を凝らさなければならなくなる。たとえば〝暗い鏡～イギリスの諜報員を模したフランスの諜報員たち〟というあいまいなタイトルの章をつけ加えるとか？　いや、本当はただ知りたいだけだ。わからずじまいに終われば、いつまでも気になってしかたがない。タンプル塔で死亡した若きルイ一七世はやはり身代わりだったのか。ロンドン塔に幽閉されたエドワード五世とヨーク公リチャードの幼い兄弟は本当に暗殺されたのか。そういう謎がいつまでも人々の心に引っかかるのと同じだ。

わたしはだめもとで質問してみた。

「この屋敷にまつわる古い話をなにか聞いたことはない？」

サリーは首を振った。

「ごめんなさい。そういうことはジョーンに訊いてみないとわからないわ」

「ジョーンになにを訊くって?」

わたしは驚いてワインを少しこぼしてしまった。すぐそばにコリンが来ていたのだ。幸いにも白ワインだったし、誰にも気づかれなかった。いや、気づかれなかったと願いたい。わたしは混乱した頭で、状況を把握しようと努めた。ほんのさっきまでサリーとふたりで話していたはずだ。それなのに気づいたら、コリンの顔がチェシャー猫のようにそばに浮かんでいた。その顔を見るためには、振り返って見あげなければならなかった。コリンはわたしのすぐ背後に立っている。わたしが少しでも後ろにさがれば、彼にぴったりくっついてしまいそうな近さだ。

わたしは厳しい女性校長でさえ褒めてくれそうなほど背筋を伸ばし、少し脇にどいた。ちょうどこぼれたワインのしみの上に立つこともできて、一挙両得だ。

「この屋敷にまつわる古い話はないかとサリーに訊いたの」なるべく明るい声で答えた。

「今度はこっちの家に入りこんでいろいろ捜すつもりだな」コリンがからかう。「ぼくは嫉妬したほうがいいのかな?」

やっぱりコリンの前に立っていればよかった。笑顔がまぶしすぎる。もう、やめなさいったら! わたしは自分を叱った。彼はジョーンから逃げることができて機嫌がいいだけよ。べつにわたしと仲よくしようとしているわけじゃないんだから。たとえそうだとしても、深い意味はないに決まっている。

アフターシェーブ・ローションの香りが鼻をくすぐった。

「だってセルウィック・ホールには幽霊がいないんだもの」わたしはそっけなくサリーに言った。

「じゃあ、交換する？」サリーがコリンに提案する。

「エロイーズを取って、幽霊をぼくに押しつけるつもりか？　ごめんだね」

「幽霊なら食事の量も少ないわよ」わたしは指摘した。「それに静かにしているし」

「でも、皿洗いはしてくれない」

「頼んでみなきゃわからないわ」サリーが真面目くさった顔で言った。「ねえ、エロイーズを回廊へは案内したの？」

コリンがにやりとした。「パーティを抜けだすのにちょうどいい口実になるな」

「つまり、まだってことね」

「ちょっとは気晴らしをしたいよ」

「回廊があるの？」わたしは尋ねた。

コリンがうめく。「ほら、犬が骨に食いついた」

「失礼ね」わたしは冷ややかに言い返した。

「ラバがニンジンにかぶりついた、のほうがよかったか？」

「もっとひどいわ」わたしはサリーのほうを向いた。「まだ昔の建物が残っているのね？」

「案内するわ」サリーはコリンを見た。「一緒に来る？」

コリンが眉をあげた。まるでジェームズ・ボンドが〝マティーニを。ステアではなくシェイクで〟と言う直前のような表情だ。じつにさまになっている。「もちろん」

わたしたちは（少なくともわたしとサリーは）やんちゃな子供のようにくすくすと笑いながら、ドアのほうへ向かった。ジョーンは友人に囲まれ、みんなと一緒に飲んだりしゃべったりしていたため、こちらの動きには気づかなかった。ジョーンは心の底から楽しそうに笑っていた。そんなふうにしていると、『赤ずきん』に出てくるオオカミのような歯があまり目立たなかった。コリンのことがなければ、それほど悪い人ではないのかもしれない。

サリーはジョーンにも負けない力の強さでわたしの手を引っ張り、応接間を出て、迷路のような奥の廊下を進んだ。セルウィック・ホールはいかにも一九世紀の建物らしく、奇跡的なほど左右対称だ。それに比べるとドンウェル・アビーは、『不思議の国のアリス』のいかれ帽子屋が偏執病のモグラと一緒に設計したのかと思うほど入り組んでいた。廊下はどこも狭くて暗く、必要以上に曲がり角が多い。わたしはコリンとサリーの関係について考えてみた。ふたりは気の合った楽しい会話をしていた。まるで週刊誌のコラムみたいだ。片方（コリン）がくだらないことを言えば、もう一方（サリー）が気のきいたせりふを返す。

隣同士に住んでいるのだから、気の置けない間柄なのは当然だ。コリンにとっては、いつもはサリーがジョーンの猛攻撃から身をかわすための緩衝となってくれるのかもしれない。それに、あの姉がいるからこそ、コリンとサリーのあいだにはなにもないということもありうる。

サリーはそれなりの美人で、姉と同じくほっそりしている。だが、姉とは違い、モデルのような完璧さはなかった。ジョーンの髪は他を圧倒するブロンドのストレートだが、姉妹でどうしてここまで違うのかと思うほど、サリーの髪はありふれた茶色でウエーブがかかっている。それにサリーは眉が太めで、顔のパーツが大きい。それでもサリーのほうが魅力的だった。開けっ広げで正直そうな表情をしているからだろう。男性だけでなく女性からも愛される、隣家の少女といった雰囲気がある。

そう。少なくとも隣の家に住んでいることだけは確かだ。どこを通ってきたか覚えておこうと思ったのに、すでに自分が屋敷のどのあたりにいるのかさっぱりわからなくなっていた。パンくずを持ってくるのだったと後悔した。ミント・キャンディでもよかったかもしれない。ミント・キャンディならパンくずと違って、森の動物に食べられずにすむ。ふと気づくと、通用口のドアの前に来ていた。

この通用口も、ここまで続いてきた狭い廊下も、〝階上の世界〟と〝階下の世界〟が存在した時代には使用人の区画だったのだろう。現在は泥だらけの長靴や、古いレインコートや、テニスのラケットや、汚れた園芸用手袋などが雑然と置かれている。

コリンが外の暗い空を見あげた。まだ午後八時をまわったところだが、もう一一月なので、夕方の五時を過ぎれば外は真っ暗になる。

「懐中電灯はどこだ？」

「棚の上よ」サリーが灰色の懐中電灯を指さした。目玉焼きほどもある電球と、平たい持ち手がついた大きな懐中電灯だ。購入時は白色だったものが、長年使ったせいで黒ずんでいる。

「回廊は遠いの？」わたしは今ごろになってそんなことを尋ね、借り物のストールをしっかりと肩に巻きつけた。薄手の服を通して夜気の冷たさが肌にしみてきた。ストッキングをはいてくればよかったと悔やんだ。いったいどこまで連れていかれるのだろう。車でここに来たときに、それらしきものを見た記憶はない。古い建造物を見学するのは大好きだけれど、服は薄くて寒いし、ハイヒールなので歩きにくいし、なにかにつまずくかもしれないと思うと、少し心配になってきた。自慢ではないが、わたしはなんでもない場所でつまずくのが得意なのだ。

サリーがコリンを見た。

コリンは肩をすくめた。

「それほどでもない」男の人のこういう言葉は当てにならない。一ブロック先であろうと、離れ小島の雪に覆われた山にのぼるのであろうと、〝それほどでもない〟と言うからだ。

もしかすると、彼はもう少し詳しく説明するつもりだったのかもしれないが、ジョーンの声がそれをさえぎった。「サリー、そこにいるの？」

「聞かなかったことにしない？」わたしは提案した。

「お子ちゃまは気楽でいいな」コリンがつぶやく。わたしはむっとしてストールの端でコリンの腕をはたいた。いけない、最近のわたしはちょっと暴力的だ。木曜日のパーティでもコリンをネオン・スティックで叩いたばかりだというのに……。でも、どちらのときもちゃんとした理由があるのだから、コリンはそうされても当然だ。

ジョーンの声が無視できないほどに近づいてきた。

「サリー！」

「もう、勘弁してよ」サリーは観念したように声のするほうを見た。「いったいなにかしら。あなたたち、どうぞ先に行って」

「いいの？」

サリーが追いやるように手をひらひらと振った。「コリンは場所を知ってるわ。姉さんが解放してくれたら、わたしもすぐにあとを追うから。ほら、早く。ジョーンが来たわ！」

「じゃあ、ぼくたちだけで行くか」コリンが懐中電灯をつけた。一メートル先の地面が黄色い光で照らされ、枯れ草が不気味に浮かびあがって見えた。

「幽霊も一緒よ」わたしは言った。

「半分透けているようなやつじゃあ、シャペロンとしては頼りないな」コリンは通用口のドアを閉めた。

それって、シャペロンがいなければ危ないってこと？　そう思ったが、口には出さなかった。そんなことを言えば、誘っているように聞こえてしまう。彼がシャペロンのことを持ちだしたのは、きっとなにもしないから安心しろという意味なのだろう。だったら、意地でも自分のほうからすり寄っていくようなまねはしたくない。

いいや、そんな言い方をしてはコリンに申し訳ない。わたしはコリンの腕を背中でひねりあげたにも等しいやり方でこの地へ連れてこさせたのに、彼のほうはわたしに充分親切にしてくれた。わたしを図書室に放りこんだあとは知らん顔をしていてもよかったのに、食事を作ってくれたし、散歩にもつきあってくれたし、パーティへも連れてきてくれた。それに、わたしに妙なまねもしなかった。それなのにわたしときたら……。

わたしはシャペロンについてはなにも言及しないことにした。「さあ、行きましょう」

懐中電灯の頼りない光が揺れながら前方の地面を照らす。これが唯一、明るくてあたたかい文明社会とのつながりのように思えた。一瞬、応接間が恋しくなった。だが、幽霊の住まいに案内してもらえるチャンスなんてめったにないと思い直した。わたしはハイヒールのせいでときどきよろけながら、コリンのあとについて、修道士の幽霊が住む回廊へと向かった。

23

幽霊〜決して正体を見破られることのないフランスの秘密諜報員。高い技術を持っているため、大いなる脅威となりうる。

――〈ピンク・カーネーション〉の暗号書より

幽霊に脚はないはずよ。

ヘンリエッタはすぐに気を取り直した。あれは現世をさまよう死者の霊などではなく、悪事を企んでいる生きた人間よ。幽霊は本当にいるとマイルズやお兄様に脅かされつづけてきたけれど、わたしはそんなものの存在は信じていない。たとえいたとしても、それがふらふらとドンウェル・アビーを抜けだしてセルウィック・ホールに遊びに来るとは思えないわ。それに、幽霊なら小枝を踏んだりするものですか。

それとも、またマイルズが修道士の幽霊に変装したの？

ヘンリエッタは屋敷へ戻ろうとベンチから立ちあがった。旅行用の濃紺のドレスが暗闇に溶けこんだ。

薔薇に覆われたアーチを出るころには冷静さが戻っていた。いいえ、あれはマイルズじゃない。変装するとき、自分を大きく見せることはできても、小さく見せるのは不可能だ。フレンチドアの前に立った姿は、どう考えてもマイルズより背が低く、それに痩せていた。だったら誰なの？　やっぱりたいへんだわ！

マイルズに腹を立てていたせいで、フランス警察省に監視されていることを忘れかけていた。あれがいっそマイルズだったらよかったのに……。

大勢のフランス人の諜報員たちがこちらを見ながら冷笑している場面が頭に浮かび、ふつふつと怒りがわいた。セルウィック・ホールまで跡をつけてくるなんて、ずうずうしいにもほどがあるわ。ここはわたしにとって安全で平和であるべき場所なのよ。見張っているだけならまだしも、家のなかにまで入りこんでくるなんて絶対に許せない。ヘンリエッタは顎をあげた。こうなったらナポレオンの手先に思い知らせてやるわ。軽率なことをしたわね。これであなたをつかまえやすくなったというものよ。

ヘンリエッタは忍び足でベランダへと進み、転ばないように気をつけながら三段の階段をあがった。キッド革のハーフブーツは旅行には適しているが、修道士の幽霊の跡をつけるのには向いていない。石敷きのベランダではカツカツと音がするからだ。脱いでしまおうかとも思ったが、すでにずいぶん遅れを取っていることを考えると、その時間がもったいなかった。靴音をたてないように爪先で進み、フレンチドアの取っ手を辛抱強くゆっくりとまわした。応接間はアキスミンスター織りの絨毯が敷いてあるため、足音の心配をせずにすむ。

屋敷の裏手の四分の三を占める細長い応接間のちょうど真ん中あたりに入った。広いわりに家具が少なく、即興でダンスでも踊ろうというときには壁際に押しやれるような軽い椅子やテーブルがところどころに置かれているだけだ。目が暗闇に慣れていたため、室内に誰もいないことはすぐに見て取れた。カーテンははずされて壁際に置かれているし、背もたれのない長椅子は子供が隠れられる程度の高さしかない。今しがたのローブを着た人影はどう見ても子供よりは体が大きかった。

フランスの諜報員ならどこに向かうだろう？　いくら考えてもわからない。諜報員がなにを求めているのか見当がつかないからだ。もしお兄様のもとに届いた書簡を盗み見ようとしているのなら、書斎か寝室だ。もしわたしかマイルズが目的なら……。その目的の具体的な内容は考えないことにした。わたしが今ここで不安になっても、誰も得をしない。ただ諜報員が喜ぶだけだ。

応接間の右手には音楽室があり、ドアが開いていた。左手には別の応接間があるが、ヘンリエッタはどちらにも向かわなかった。代わりにフレンチドアの真向かいにある白に金色をあしらった薄いドアを少しだけ開き、玄関広間へ忍びでた。壁の燭台にのった蠟燭の火がついたままになっていたため、まぶしさに目をしばたたき、階段の下に入りこんだ。

玄関広間の左手から男性のけたたましい笑い声が聞こえてきた。家族用の食堂でマイルズとお兄様がワインでも飲みながらのんびり過ごしているのだろう。ふたりが大丈夫だとわかって安堵したものの、たちまち怒りがこみあげてきた。フランスの諜報員が家のなかに入りこんでいるというのに呑気《のんき》なものだわ。これじゃあナポレオンの軍隊が玄関に突入してきても、ワインがなくなるまでふたりでくだらない話をしているんでしょうね。

玄関広間の右手は真っ暗だった。だが、まったく音がしないわけでもなかった。なにかがこすれるような音がかすかに聞こえる。カーテンが風に揺れているだけかもしれないが……。その音はリチャードの書斎から聞こえていた。

ヘンリエッタは興奮で飛び跳ねたいのをじっと我慢した。相手に気づかれてしまっては元も子もない。足音に気をつけながら書斎へ向かって大理石の床を進んだ。先ほどエイミーに案内された小さな応接間の前を過ぎ、階段のそばに立っている甲冑《かっちゅう》姿の古代ケント王エゼルベルトの脇を通った。書斎のドアはほんのわずかだけ開いていた。

それに気づいたのは、弱々しい明かりがドアの隙間からもれていたからだ。もちろん、リチャードが蠟燭の火を消し忘れたか、あるいはあとで書斎に戻るつもりでそのままにしておいたのかもしれない。六月の夜はまだ肌寒いため、蠟燭ではなく暖炉の火だという可能性もある。もしくは、エイミーがなにかしているのかもしれない。彼女は書斎の大きな椅子がお気に入りで、ときどきそれを占領していると手紙に書いてあった。弱々しい明かりの説明はいくらでもつく。

だが、ヘンリエッタはためらわなかった。

少し後戻りし、玄関広間にある大理石天板のテーブルに置かれた重い銀製の枝つき燭台を取りあげて、蠟燭の火を吹き消した。明かりが欲しいわけではなく、棍棒代わりに使いたいからだ。本当は火かき棒のほうが望ましいけれど、書斎に入っても暖炉までたどりつけるかどうかはわからない。甲冑姿のエゼルベルトの剣を借りようかとも思ったが、たとえこの王を倒さずに剣を引き抜けたとしても、それを使いこなせるとは思えなかった。

ヘンリエッタは静かにドアへ近づいた。やっぱり剣より燭台のほうがずっといい。うまくすれば侵入者に背後から近づいて、この燭台で――。

「――なんと、窓から転げ落ちたんだ！」

「セント・ジェームズ通りの真ん中でか？」

「窓越しにボウ・ブランメルは、〝もしどうしてもその泥くさい服を着たいなら、恥さらしだから人前には出ないことをお勧めするね〟と言ったんだ。ぼくはポンソンビーが本当に自分の服に泥を塗るんじゃないかと思ったよ！」

家族用の食堂のドアが開き、マイルズとリチャードが大笑いしながら、足音も高らかにこちらへ近づいてきた。書斎の明かりがふいに消えた。

そんな！

忍び足で進んでいる場合ではなくなった。ヘンリエッタは書斎まで走り、勢いよくドアを開けた。玄関広間の明かりに目が慣れていたため、室内は真っ暗に見えた。かまわず書斎に駆けこんだとき、なにか鋭いものが腹部に突き刺さり、燭台を取り落としそうになった。もしかして、わたしは諜報員に剣で刺されたの？

手で探ってみると、それは机の角だとわかった。腹部から血も流れていなかった。でも、痛くてたまらない。

ヘンリエッタはうめき声をもらした。うずくまるまいと頑張ったものの、体は言うことを聞かず、床に倒れこんだ。蠟燭の火が消されたばかりの鼻を突く臭いがしたが、それを吹き消したであろう人の気配は感じられなかった。

暗闇に目が慣れるにつれ、室内の至るところにある黒い塊が家具に見えてきた。椅子にテーブルに胸像、それと底意地の悪い机だ。もしかして机の下に敵が潜りこんではいないかと足を入れて蹴ってみたが、残念なことにそこには誰もいなかった。ほかに人が隠れられそうな家具といえば、二脚の背もたれの高い肘掛け椅子しかない。壁には本棚が並んでいたけれど、そこが開いて隠れ通路につながっているという話は聞いたことがない。肘掛け椅子の後ろを見に行こうとしたとき、そんなことをしても無駄だと気づいた。

カーテンが揺れていた。窓が開いているのだ。

しまった！

窓へ駆け寄って外を見たが、すでに敵の姿はなかった。まるで本当に幽霊になって消えてしまったかのようだ。ヘンリエッタが机と格闘しているあいだに、逃げる時間はたっぷりあったのだろう。

彼女は顔をしかめた。これではわたしは優秀な諜報員だとは言いがたい。でも、マイルズとお兄様があんなに大声でしゃべりながら近づいてこなければ、首尾よく敵を仕留められたかもしれないのに！

まだ手にしていた重い銀製の燭台を乱暴に机の上に置いた。もう男の人なんて大嫌い。しゃべれば声が大きくて耳障りだし、歩けば足音がどすどすとうるさいし！　たしかにあのふたりはダンスの相手としてはいいかもしれない。だがそれは、ふたりがダンスの約束を忘れずにちゃんと現れて、左も右もわからない恐竜みたいにステップを間違えてわたしの足を踏まなかったときだけだ。アマゾンの女人族は頭がよかったということね。男の人なんて百害あって一利なしだわ。次にダンスを踊るときは、ペネロピにパートナーになってもらおうかしら？

ドアのほうから大きな足音が聞こえ、ヘンリエッタは机を背に振り返った。暗闇のなかにまぶしい火の玉が浮かんでいるのを見て、思わずぎょっとした。

なんなのこれは？　恐ろしいものを見るのはひと晩に一度で充分だ。今夜はもう勘弁してほしい。ヘンリエッタはいらいらしながら目をしばたたいた。火の玉が蠟燭の炎に変わった。

「誰？」強い口調で尋ねた。

「ヘン？」驚いたような声が返ってきた。

「あら」ヘンリエッタは冷たく言い捨てた。マイルズが書斎に入ってくるのを見て、まぶしさに光を手でさえぎりながら、アマゾンの女人族みたいに毅然とした態度で臨むのよと自分に言い聞かせた。「あなただったの」

マイルズが困惑顔で室内を見まわした。「こんな暗い部屋でなにをしているんだ？」

「あなたには関係ないわ」ヘンリエッタはさっさと部屋を出ていこうとした。ここにいたら、燭台でマイルズの頭を殴りつけてしまいそうだ。マイルズを気絶させた武勇伝をお兄様とエイミーに話せたら、どれほど痛快だろう。「おやすみなさい」

マイルズは脇を通り過ぎようとしたヘンリエッタの腕をつかみ、足でドアを蹴った。そして閉まったドアとヘンリエッタのあいだに立ちはだかった。

「ヘン、こんなことはもうやめよう」

「こんなことってなによ」ヘンリエッタは彼の手を振り払った。

マイルズが頭をかく。「わかるだろう」

「いいえ、さっぱり」ヘンリエッタは冷ややかに答えた。「誰かさんが一週間も雲隠れしていないで、面倒だろうけど会いに来るか、せめて手紙のひとつもよこしてくれたらわかったかもしれないけれど」唇を引き結んだ。だんだん声が高くなり、早口になっているのが自分でもわかる。このままでは《魔笛》に登場する夜の女王のように金切り声をあげてしまいそうだ。

だが、それくらいのことはしてもいい。今日は長くてひどい一日だった。馬車は壊れるし、修道士の幽霊や火の玉は見るし、男の人たちは腹立たしいし……。ふたりともわたしが会いたいときに現れず、そのうちのひとりはわたしが部屋を出ていきたいときに力ずくで引き留めた。ヘンリエッタはマイルズをにらんだ。

それでもマイルズはその場を動かなかった。

「話をしよう」

「この一週間は会いに行けなかったと言いたいわけ？　監禁でもされていたのかしらね？　武器で脅され、紙とペンを奪われ、椅子に縛りつけられて、さるぐつわを噛まされていた？」

マイルズはごくりと唾をのみこんだ。「ぼくはひどい男だな」

「そのとおりよ」ヘンリエッタはドアの取っ手をつかんだ。

マイルズがもどかしそうな顔をした。「ぼくが言いたいのは、つまり……。とにかく、すまなかった」

「よく言うわ」ヘンリエッタはつぶやいた。すまなかったですって？　六日間も……いいえ、今日はもう終わるから七日間もわたしを苦しめておきながら、そんなひと言ですませるつもりなの？

聞こえなかったのか、あるいは聞かなかったことにするつもりなのか、マイルズはヘンリエッタの言葉には答えなかった。

「この一週間、寂しかった」それは心からの言葉のように響いた。「きみがそばにいないとなにもかもが……色あせて見える。きみと話がしたかったし、一緒にハイド・パークへも行きたかった」

「あら、そう」ヘンリエッタは努めて淡々と言った。だが、手は自然にドアから離れた。

「きみに会えないのはつらかった」マイルズは部屋のなかを行ったり来たりしはじめた。

「〈オールマックス〉が恋しかったほどだ。このぼくが〈オールマックス〉に行きたいと思うとはな」

マイルズはなにをどう言えばいいのかわからず、苦しんでいるように見えた。ヘンリエッタはこの一週間、何度も裏切られたと感じ、日記に怒りをぶつけてきたが、こんな姿を目にするとなにも言えなくなった。頭のなかにいるよそよそしい男性ではなく、いつものマイルズが戻ってきた気がする。詩のように美しい言葉を語られているわけではないのに、彼のつらそうな表情を見ていると胸がざわついた。

「それを聞いたらレディ・ジャージーが喜ぶわ」希望を抱くまいと思いながらも、つい口元にちらりと優しい表情が浮かんだのが自分でもわかった。

「レディ・ジャージーなんかどうだっていい」マイルズが吐き捨てるように言った。レディ・ジャージーがここにいたら、さぞ悲しむことだろう。

「そんな言い方はよくないわよ」

「ヘン」マイルズは今にも壁に頭を打ちつけかねない顔をしている。「話を聞いてほしい」

ヘンリエッタの頭のなかからすでに怒りは消えていた。気持ちが高ぶり、息もできず、指先にしびれるような感覚が走る。マイルズがドアの前を離れていることさえ気づかなかった。逃げだそうと思えばいつでもそうできるのに、もうそんな気持ちは失せていたからだ。

「どうぞ」彼女は固唾をのんで次の言葉を待った。

「こんなふうに……気まずいままでいるのは苦しいんだ」

「わたしもよ」そう言ったものの、自分の声ではないように聞こえた。

「ぼくはきみなしでは生きられない」マイルズが力強く言う。

きみなしでは生きられないですって？　今、本当にそう言ったの？　ヘンリエッタは自分の頬をつねってみたくなった。もしかしてわたしはまだ薔薇とラベンダーとヒソップの花が香る庭園にいて、コオロギの子守歌を聞きながら居眠りをしているんじゃないかしら。でももしこれが夢なら、ここは心地よい夏の庭で、わたしは優雅な空色のドレスを着て髪をしゃれた巻き毛にまとめ、マイルズはわたしの前にひざまずいているはずよ。だけど彼は部屋のなかを行ったり来たりしているし、わたしのドレスは旅行用のもので、髪は乱れ、頬には汚れがついている。それでもマイルズはわたしに〝きみなしでは生きられない〟と言った。やっぱりこれは現実なんだわ。

ヘンリエッタは舞いあがった。フルオーケストラの伴奏でハレルヤ・コーラスを歌っている気分だ。

今まさにひときわ高い声で歌いあげ、これがオペラなら、あとはマイルズの首に腕をまわして熱いキスをするだけというときだった。マイルズが論旨をまとめるように言った。「ぼくにとって、きみはリチャードと同じくらい大切な人なんだ」

オーケストラの音が不協和音に変わり、コーラスが歌の途中でとぎれた。天国の門をくぐろうとしていた心が、大きな音をたてて地上の腐ったごみのなかに落ちこんだ。

「そう」短いひと言を発するのが精いっぱいだった。喉が詰まって声が出ない。

〝リチャードと同じくらい大切な人〟ですって？

本当にそんなことを言ったの？　でも、きっとそうなのだろう。わたしにはこんなむごいせりふは思いつけない。この一週間というもの、〝きみはとてもすてきな女性だ。いつかきみのことを心から愛してくれる男が現れるだろう〟と言われたらどう答えるか考えつづけてきた。けれど、〝リチャードと同じくらい大切な人〟と言われたときの心構えなどできていない。それは〝きみの友情はうれしく思う〟よりずっと残酷だ。

「ヘン」マイルズがヘンリエッタの手を握りしめた。「以前のような関係に戻りたいんだ」

大きな手がこわばった小さな手を包みこみ、そのぬくもりがヘンリエッタの腕にまで伝わってきた。てのひらを合わせるのは巡礼者のキスだとシェイクスピアは書いたが、まさにそのとおりだ。社交界が手袋の着用を義務づけているのもうなずける。こんな暗い部屋で手を握られ、肌が触れあっていると、不適切なほど親密な振る舞いをしている気分になる。

マイルズはすぐに手を離すだろうとヘンリエッタは思った。しかし、そうはならなかった。書斎のなかはしんと静まり返っている。庭のコオロギまでもが息を殺し、木々の葉さえ揺れるのをためらっているかのようだ。マイルズが親指でヘンリエッタの手首を優しくなでる。マイルズの手の力が少しずつ強まり、彼女はゆっくりと引き寄せられた。

ヘンリエッタは驚いて彼を見た。マイルズはそれさえ気づいていない。視線は彼女の唇をさまよっていたからだ。

もしここでわたしが目を閉じれば……手を引かれるままわずかに近づけば……。

マイルズはまた一週間、わたしを敬遠するだろう。

混乱した心が冷たい水を浴びたように凍りついた。あんなつらい思いをふたたび味わうのはごめんだ。マイルズから、そして彼を求める自分の心からわが身を引きはがそうと、ヘンリエッタは横を向いた。もう二度と同じ過ちは繰り返したくない。〝以前のような関係に戻りたい〟ですって？　そう言ったのはマイルズだ。彼は自分の言葉に従えばいい。

「無理よ」

ヘンリエッタは手を引き抜いた。

マイルズがわれに返った様子でまばたきを繰り返し、初めて見るもののように自分の手を凝視した。

「なぜだ？」

「戻れるわけがないからよ」ヘンリエッタはそう答えたが、マイルズはまだ混乱した表情で自分の手を眺めていた。「わたしたちはもう二度と以前のようにはなれない」

その言葉がマイルズの注意を引いた。彼は顔をあげ、目にかかった前髪をかきあげようともせず、じっとヘンリエッタを見つめた。

「本心からそう言っているのか？」

「わたしの気持ちの問題じゃないわ」ヘンリエッタは声を荒らげた。「とにかく無理なの」

マイルズは無表情になり、背筋を伸ばした。ポケットに両手を突っこんで、机の端に腰をのせると眉をあげた。「きみがそう言うならしかたがない」

自分がどれほど引き留めてほしいと願っているか、ヘンリエッタはこの瞬間に思い知らされた。本当は〝友達なんていやだ。きみを心から愛している〟と言ってほしい。どうして期待してしまったのだろう。マイルズがわたしなんかに惹かれるはずはないのに。全裸になってメヌエットを踊ってみせたところで、〝なんだ?〟と言われるのがおちだ。

ヘンリエッタは自分の体に腕をまわして深く息を吸いこんだ。「ええ」泣くまいとするあまり、体じゅうがこわばった。「しかたがないわね」

彼の返事も待たずに、一歩一歩床を踏みしめながら部屋を出た。振り返るようなまねはしなかった。

24

シャレード〜一、パーティ等で行われるジェスチャー・ゲーム。二、経験豊かな諜報員によるだましあい。

——〈ピンク・カーネーション〉の暗号書より

「腕を切断するのは少しばかりやりすぎじゃないかしら?」ミセス・カスカートが穏やかに一度だけまばたきした。

「フランスの諜報員だって腕がなければ撃てないでしょう?」エイミーはティーテーブルの反対側で答えた。「だからやりすぎだとは思わないわ。ビスケットはいかが?」

ディナーのあと、女性たちは〈薔薇の間〉に引きあげ、男性陣はワインを楽しむために食堂に残った。どこの家庭でも見られる和やかなひとときを、みんな上手に演じているわね、とヘンリエッタは思った。エイミーは金色のシルクのリボンで焦げ茶色のカールした髪をまとめ、薔薇の模様が描かれた優美なティーカップに琥珀色の液体を注いでいる。その隣にはミス・グレイが座っていた。飾り気のない灰色のドレスを着て、髪を後ろできつく結いあげ、黙ったままティーポットの注ぎ口の下に要領よくみんなのカップを置いている。ミセス・カスカートは小さなソファをひとり占めしてくつろいでいた。ドレスは厚手の花柄の生地で、スカートの両側に別布があしらわれている。そんな昔風のドレスを着て、白い縁なし帽をかぶっているさまや、目元に押し花にされた花びらのようなしわがある点が、いかにも田舎の年配の女性に見える。貧しい人々に薬草を配ったり、怪我をした孫の膝に包帯を巻いたり、教区内の貧しいけれども働き者の家族にスープを届けたりするのがよく似合いそうだ。

エイミーがビスケットののった皿を差しだすと、ミセス・カスカートは首を振った。「どうもありがとう。でも、今はいいわ」上品に眉をひそめている表情は、刺繍の複雑な模様の編み方を教えてもらっているか、身ごもってしまったメイドの心配でもしているようにしか見えない。「たしかに腕がなければ拳銃を撃てはしないけれど……殺してしまえばすむ話じゃないかしら？」

エイミーは音をたててティーポットをテーブルに置いた。

「殺してしまったら、どうやって尋問するの？」

ミセス・カスカートは考えた。「そうね、尋問は……」優雅にお茶を飲みながらつぶやく。

「どうしたらいいかしらね」

エイミーは落ち着かない様子で窓に目をやった。外は暗く、窓ガラスに彼女の顔が映っている。「リチャードったら、捜しに行かせてくれればいいのに」じれったそうな口調で言った。

ヘンリエッタはひとりでぼんやりともの思いにふけっているのを申し訳なく感じた。「諜報員の塾のことを感づかれるわけにはいかないのよ」昨日の夜から何度繰り返したかわからない話だ。

昨晩、マイルズを置いて書斎を出たあと、動揺を押し殺してリチャードとエイミーのいる部屋へ向かった。屋敷に修道衣を着た人物が侵入したことを伝えなければならないと思ったからだ。ひとりの女性の失恋など関係なく、戦争はどんどん状況が変化する。書斎でマイルズの手から自分の手を引き抜いたときは世界が砕け散ったような気がしたけれど、それでも太陽はのぼるし、地球はまわるし、サセックスには敵国の諜報員がうろついている。

自分を悲劇のヒロインに見立てて、一瞬、自己陶酔に浸ってみた。いつもベールをかぶり、わが身を顧みず世のために尽くす気高い女性だ。フランスには致命的な打撃を与え、家族には新鮮な驚きと思慮深い判断をもたらす。世間はこう噂するだろう。〝でも、失恋で心を痛めているらしいわ〟〝きっと女性の心をもてあそぶひどい相手だったのよ。よくある話だわ。だけど、そのおかげで今のイギリスがあるのよ。彼女が〈黒チューリップ〉をつかまえたときといったら……〟そこで妄想がはじけ、思わず顔をしかめた。マイルズはそんな悪人ではないし、わたしは悲劇のヒロインにはなれない。わたしは『ロミオとジュリエット』のジュリエットではなく、どちらかというと『ヴェニスの商人』のポーシャだからだ。だいたい悲劇とベールで視野がかすんでいる者が、大きなことを成し遂げられるとは思えない。それに、悲劇のヒロインは机の角に突っこんでいったりはしないだろう。いつも現実的にしかものごとを考えられないところがわたしの欠点だ。

わたしと違って大胆な発想のできる義姉は、諜報員と聞いて色めきたった。即座にベールで顔を隠し、拳銃をつかんで侵入者のあとを追いかけようとした。

だが、兄がそれを引き留めた。

外へ飛びだそうとしているエイミーを玄関から引きずり戻し、リチャードは指摘した。その侵入者がフランスの諜報員だとは断定できない。たとえ本当に敵国の諜報員だったとしても、こちらが夜中に拳銃を持って捜索しているのを見れば、やはりセルウィック・ホールにはなにか怪しい点があると確信するだけだと。

「でも……」エイミーは反論した。「死んでしまえば怪しむこともできないわ」

リチャードはうめき声をもらしかけたが、唇を引き結んだ。「敵がひとりとは限らないだろう？　仲間がいるかもしれないぞ。だめだ、そんな危険は冒せない」

黒マスクと黒マントこそ身につけなかったが、リチャードはかつての〈紫りんどう〉に戻り、屋敷のまわりと石造りの塔にいつもより多い数の見張り番を配置した。そしてしぶしぶながら、客人たちには侵入者の件をなるべくぎりぎりまで伏せておくという条件で、翌日の予定の大半を実施することを認めた。射撃は娯楽として珍しくないし、奇妙な行動もピクニックの体裁を取ればごまかせる。綱を使った訓練だけは不自然だとして却下された。ヘンリエッタはほっとした。そうでなくても心が傷ついているというのに、そのうえ綱につりさげられるような恐ろしい経験はできれば遠慮したい。

ヘンリエッタは現実に自分を引き戻した。エイミーがティーポットを持ったまま、身振り手振りでなにかを話している。いずれアキスミンスター織りの絨毯に茶色いしみがつくことになりそうだ。ヘンリエッタはおろしたてのシルクの室内履きをかばおうと足を椅子の下に隠し、モスリン地のスカートをティーポットから遠ざけた。

「わたしの提案した方法のほうがずっと手っ取り早いわ」エイミーが言った。

「今日の予定はだいたいこなせたのだからよしとしましょう」ミセス・カスカートがのんびりと口を挟んだ。「それにしても、ご主人が塔に見張り番を置いたのは名案だと思ったわ」

「独裁者みたいじゃないの」エイミーがぼやいた。

「本当ね」ヘンリエッタはうわの空で答えた。少しだけ開いたドアの隙間から、ブーツの靴音と、楽しそうに会話をする男性たちの声が聞こえ、それがどんどん近づいてきたからだ。

マイルズだわ。

ヘンリエッタは背筋を伸ばした。たまたまドアに背を向ける席に座っていたのはよかったのだろうか、それとも悪かったのだろうか。今日、メイドは髪をギリシア風に結ってくれた。頭の上で髪を結び、そこからカールさせた髪を垂らしている。首筋をさらしていることが急に気になって身じろぎしたせいで、髪の先端が気になる部分をくすぐった。マイルズに首筋を見せるのはこれが初めてではないし、彼がわたしの首筋をじっと見つめるとは思えないのに……。今日のマイルズはわたしを無視していた。

いいえ、無視していたとさえ言えないかもしれない。そもそもヘンリエッタに近づいてこなかったため、無視するような状況もなかったのだから。太陽系儀についている惑星同士のように、いくら動いても、互いが顔を合わせることは一度もなかった。ナポレオンとドラローシュとフーシェの服装をした的を使った射撃訓練のときは、金髪の頭は見えたものの、ふたりのあいだには何人もの人がいた。ディナーのテーブルでは向かいあわせに座ることになったが、真ん中に大きな柄つき燭台があったため、視線が合うことすらなかった。マイルズがわざとそこへ燭台を持ってきたのかもしれない。

たとえ避けられているのだとしても、それを恨むのは筋違いだ。わたしがそうしろと命じたも同然なのだから。彼を失ったからといって、わたしに泣く権利はない。ヘンリエッタはぬるくなった紅茶を飲んだ。二度と以前のような関係には戻れないと宣言したのはわたしのほうだ。耐えるしかない。

どうしてマイルズはもっと食いさがってくれなかったのだろう。たとえ友人でも、本当に大切な相手だと思っているなら、あとを追ってきてくれればよかったのに。なぜなにもしなかったの？

ドアが開く音が聞こえ、よく磨かれたヘシアンブーツを履いた足が部屋に入ってくるのが見えた。ヘンリエッタは急いで視線をテーブルに戻し、どのビスケットを食べようか考えているふりをした。マイルズがわたしとはかかわりたくないと思っているのなら、こちらも同じ態度をとるまでだ。絨毯の上を歩くくぐもった足音が近づいてきた。ヘンリエッタは慌ててビスケットをかじり、そのひと口が大きすぎたことを後悔した。足音はヘンリエッタの背後を通り過ぎて、エイミーの椅子の後ろで止まった。大きな印章つきの金の指輪をはめた手が椅子の背に置かれた。口にビスケットが入ったまま、ヘンリエッタははっと顔をあげた。お兄様だ。

マイルズではなかった。

ヘンリエッタはごくりとビスケットを飲みこんだ。

エイミーが夫を見あげ、舞台芝居のようにみんなに聞こえる声でささやいた。

「今夜もちゃんと見張り番を立たせた？」

リチャードはうなずき、不機嫌な口調で言った。「そうじゃなければ面倒なことになる」

そのとき、またドアが開いた。

ヘンリエッタはふたたび慌ててビスケットに手を伸ばそうとしたが、思いとどまった。また同じ失敗をするところだった。昨日の晩は同じ過ちを繰り返さずにすんだけれど……。

マイルズが双子のソルモンドリー兄弟とやけに大きな声で会話しながら、のんびりした足取りで部屋に入ってきた。なにかスポーツのことをしゃべっているようだが、専門用語ばかりで、なんの話だかさっぱりわからなかった。三人は彼女に目をくれることなく、暖炉のそばへ寄った。

ヘンリエッタはティーカップを乱暴に皿に置き、リチャードのほうを向いた。

「これからわたしたちはなにをする予定なの？」

「フランスの諜報員に見せつけるために、まぬけな顔で座っているんだよ」

お兄様は機嫌が悪いらしい。油断しているふりを装ってパーティごっこをしているのがもどかしいのだろう。本当は黒いズボンをはいて剣を手にし、すぐにでも外へ敵を捜しに行きたいのだ。

「そうだよ、本当はなにをする予定なんだ？」何脚かある座り心地のよさそうな椅子のまわりをぶらぶらと歩きながら、ネッド・ソルモンドリーが尋ねた。「外での活動は中止だとドリントンから聞いたんだけど、なにかの間違いだろう？」

「そうであってほしいね」フレッド・ソルモンドリーがネッドのそばに寄った。

「ドリントンの言ったとおりだ」リチャードが答えた。

「そんなに深刻な顔をすることはない」マイルズは暖炉のそばを離れてリチャードの隣まで行くと、なにを思ったのか女性たちのほうへ向かってうなずいた。

「マイルズはどうしちゃったの？」エイミーがささやいた。「今日はずっと変だわ」

ヘンリエッタは弱々しく肩をすくめた。

ありがたいことに、エイミーがそれ以上なにか尋ねる前にフレッドが口を挟んだ。

「さっきの話は冗談だろう？」

「リチャードは諜報員のことで軽口はたたかないのよ」エイミーが答えた。

「そりゃあ残念！」ネッドが言う。「おもしろいジョークがあるんだ。あるときフランスの諜報員とプロイセンの将軍が酒場に行ったら――」

「その話はまたあとで聞かせてもらえる？」兄の顔が赤から紫に変わったのに気づいたヘン

リエッタは、なるべく穏やかな口調でネッドの言葉をさえぎり、懇願するようにほほえんでみせた。ネッドはにっこりとした。「今じゃないほうがいいと思うの」

「ひとつ、はっきりさせておこう。これは戦いだ。お遊び気分でいるのはやめてくれ」リチャードが苦々しい声で言った。

「いくら言っても無駄だと思うぞ」マイルズは双子のほうをちらりと見た。

リチャードはそれを無視し、大きな咳払いをした。

「ちょうどいい機会だから、みんなに話しておきたいことがある。フランスの秘密諜報員が――」

「そうと決まったわけじゃない」マイルズがさえぎった。

「フランスの秘密諜報員らしき人物が……」リチャードは訂正し、マイルズをにらんだ。

「ゆうべ、庭で目撃された」そしてマイルズに口を挟ませまいとするように急いでつけ加えた。「その人物は変装していた」

「ついてるぞ！」ネッドが声をあげた。

「不謹慎ね」ミス・グレイが冷ややかに言った。

「だってそうじゃないか。わざわざこっちがつかまえに行かなくても、敵のほうから転がりこんできてくれたんだぞ。セルウィック、こりゃあすごい！」

双子の片割れが感慨深い顔でうなずく。「願ったりかなったりだな。キツネが猟犬にでくわしたみたいなものだ」フレッドは言葉を切り、比喩の巧みさに悦に入った表情になった。

「うまいな！」ネッドが褒めた。「これから狩りに出よう。その諜報員を仕留めるんだ」

「角笛を吹いて、うるさく吠《ほ》えたてる猟犬を引き連れていくのか？」すっかり〈紫りんどう〉の表情になっているリチャードが辛辣に言った。

ネッドは話が通じたと思ったのか、満面に笑みを浮かべた。「敵の目を欺く作戦だよ」

「だめだ」リチャードがきっぱりと言い放つ。「今夜はなにもしない」

「諜報員を追い払うのが目的じゃないのよ」ヘンリエッタは助け船を出した。

「ありがとう、ヘン」リチャードは渋い顔をして双子に言った。「きみたちは調子にのりすぎだ」

「虫の居所が悪そうね」ヘンリエッタはエイミーにささやいた。

「本当は自分が諜報員を捜しに行きたくてしかたがないのよ」エイミーがささやき返す。

「そこのふたり、うるさいぞ」リチャードがぴしゃりと言った。

ふたりはお互い気苦労が絶えないとばかりに視線を交わした。

つかの間、静かにしていたネッドが素っ頓狂な声をあげた。「わかった、これは試験なんだな！　全員がこれから諜報員狩りに行って、誰が最初にそいつをつかまえられるか競争するんだろう？　昼の講義で習った〝背後から忍び寄る方法〟を実践するというわけだ」フレッドのほうを向いた。「おまえには負けないぞ」

「これは試験でもないし、お遊びでもない。真面目に取り組むべき厄介な問題だ」リチャードはいらだちを抑えようとばかりに深く息を吸った。

「いいか」親友が困りきっているのを見て、マイルズが口を出した。「ここで諜報員の塾を開いていることを敵に感づかれたら、それだけで一巻の終わりなんだよ。ナポレオンはすぐさま、ぼくたちの名前が載った暗殺指令書を出すに決まっている」

フレッドが考えこんだあと、難しい定理を説明するみたいなもったいぶった口調で言った。「その諜報員をとらえてしまえば、ぼくたちの名前はナポレオンのもとに届かない」

「ああ！」ネッドが感心したように声をあげた。

「ああ」リチャードが嘆いた。

エイミーが夫の腕をさすって慰めた。

「今夜のお楽しみが中止になったのは本当に残念だと思うわ。でも、冷静に受け止めて。これをばねにして、いつか必ずあの危険なナポレオン体制を倒せるように頑張りましょう」

この言葉にいたく感銘を受けたらしく、ネッドが拍手をして《ルール・ブリタニア》を歌いはじめた。歌詞が二番に入る前にミス・グレイがやめさせた。

「大仰な行動をとることには慎重になるべきだと思うけれど……」ミス・グレイがいかにも元家庭教師らしい口調で話しはじめた。「有害な意図を持って行動する当該人物の脅威を軽減させるには、いくばくかの調査をするのは有効じゃないかしら」

「なんだって？」ネッドが言う。

「つまり、このあたりで少し聞きこみはしたのかと尋ねてるのさ」双子のなかでは理解力のあるフレッドが解説した。

ネッドはさすがだという顔でうなずいている。

ヘンリエッタは吹きだしそうになり、思わずマイルズを見た。マイルズも笑いをこらえているふうに見えた。ふたりはおかしそうに目を見あわせたが、すぐにマイルズが視線をそらした。

ヘンリエッタは動揺して、ミス・グレイのほうへ顔を向けた。ミス・グレイは調べるといいと思われる場所を遠慮なく並べたてている。地元の宿屋に見慣れない人物は泊まっていないか、近隣の屋敷でパーティが開かれてはいないか、馬車宿にどんな旅行者が立ち寄ったかなど、その説明は終わりを知らなかった。言葉の雪崩に襲われて、聞いているこちらは目がうつろになった。いったいこの人はどんな授業をしていたのだろうと思い、ヘンリエッタは唖然とした。最近まで教えていたという子供たちに、解放されておめでとうと心からお祝いを言いたい気分だ。

「探れるところはすべて探った」リチャードが唐突にミス・グレイの言葉をさえぎった。「このあたりの宿屋に不審人物は宿泊していないし、近隣で見かけない馬車の目撃情報もない」

「なんといっても修道士の幽霊だからな」マイルズが誰にともなく言った。

「そんなものは存在しないぞ」リチャードがにらみをきかせる。

「わたしには幽霊はいると断言したのよ。わたしが五歳のときの話だけど」ヘンリエッタはエイミーにささやいた。

「どうせなら――」ミセス・カスカートが言った。

「なにか？」リチャードがいらだちもあらわに間髪入れずに尋ねた。

「いえ、どうせならね……」ミセス・カスカートはおっとりした口調で続けた。「お茶のお代わりがあるといいんじゃないかしらと思ったの。フランスの諜報員が窓越しにのぞいているのなら、わたしたちはお茶でも飲んでいたほうがいいでしょう？」

肩透かしを食らったリチャードがあんぐりと口を開いた。エイミーは両手をもみあわせた。

「ミセス・カスカート、あなたは天使だわ」

「まあ、ずいぶんとふくよかな天使だこと」ミセス・カスカートがのどかに笑う。「さて、なにをして時間を過ごしましょうか」

「ぼくはちょっと見張り番の様子を見てくる」マイルズが言った。

「だめだ」リチャードが止めた。「ここに座ってみんなと一緒にいろ」

「だけど――」

「どこへも行くんじゃないぞ」

「ジェスチャー・ゲームのシャレードなんてどうかしら？」ヘンリエッタはマイルズを引き留めているとは聞こえないように気をつけながら言った。「それなら普通に見えるでしょう？」いらだっているリチャードに納得してもらおうと、〝普通に〟を強調した。「でも本当は変装に備えて、いろいろな種類の人を演じる練習をするの」

「すばらしい！」フレッドが尊敬と称賛のまなざしでヘンリエッタを見つめる。

「そのゲームをしていれば、敵が絶対に怪しまないとでもいうのか？」マイルズがフレッドをにらんだ。

「この部屋に敵の諜報員が潜んでいて、なんの役を演じているのか訊かれれば話は別だけど、そうじゃなければ大丈夫よ」ヘンリエッタは反論した。「窓から見えるのはシャレードをして遊んでいる人たちだけだもの」

「もし……」ネッドが息をのみ、ぞっとした顔で全員を見まわした。「ぼくらのなかに諜報員が紛れこんでるとしたら？」

「それは大丈夫だ」リチャードが答えた。「その点に関しては徹底的に調べさせてもらった」気まずい空気が流れた。ネッドの戸惑いが怒りに変わり、そばかすのある顔が赤くなった。

「それがいいと思うわ」ミセス・カスカートが呑気な口調で言った。「だって、こういうことは念には念を入れておくほうが安心ですもの。そうでしょう？」

「とにかく、みんなには〝普通に〟していてほしい」リチャードは強い調子で言った。「間違ってもフランス語の方言を練習したり、たまたまといういうふりをして岩のぼりの壁に挑戦したり、こんな遅い時間に狩りに出たりするのはくれぐれも控えてくれ」リチャードはネッドをにらみつけたが、じつはそれがフレッドだということには気づいていなかった。

「お嬢さんたち、歌か演奏でも聴かせてくださらない？」ミセス・カスカートが温厚な笑みを浮かべた。「音楽があればみんなの気持ちも落ち着くわ」

「そうね！」エイミーが応じた。「ヘンリエッタは歌が上手なの。パーティで誰かが歌を披露するのは……」真っ暗な庭をにらんでいる夫を見た。「ごくごく〝普通〟でしょう?」

「みなさんにお聴かせするほどの声じゃないわ」

「なにを言っているの。わたしの耳にはすばらしい歌声に聞こえるわよ」たしかにエイミーは歌が上手だとは言いがたい。

エイミーはいつもの元気さで全員を〈薔薇の間〉から追いやり、ぼんやりと窓の外を眺めているマイルズをせきたてた。

「ぼくはちょっと――」

「だめだ」リチャードが言う。

「わかったよ」マイルズはしぶしぶ応じた。

音楽室に入ると、ヘンリエッタは発声練習をした。声の調子はよかった。

マイルズはむっつりと庭をにらんでいるリチャードに話しかけた。「やっぱりぼくは――」

「いいから座っていろ」リチャードが吠えるように言った。

「親友が猛犬になってしまったな」マイルズはぼそりとつぶやいた。

マイルズがいちばん後ろの席に座ったのを、ヘンリエッタはピアノのそばで見ていた。たくさんある楽譜のなかから曲を選びながらも、マイルズのことを考えると腹が立ってしかたがなかった。そこまでわたしを避けなくてもいいじゃない。黒死病がうつるとでも思っているのかしら。それとも、未練がましくすがりつかれたら困るとでも考えているの?

自分でまいた種だということはいやというほどわかっている。拒絶したのはわたしのほうだ。でも、こんな関係を望んでいたわけじゃない。せめて、もう少し普通に振る舞えないの？　それとも、そんなことを望むのは虫がよすぎるとでも言いたいわけ？

ミス・グレイがせかすように咳払いをした。

ヘンリエッタは顔を赤らめ、急いで無造作に一曲を選びだし、楽譜を渡した。

「《カーロ・ミオ・ベン》なんだけど」

「それなら弾けるわ」ミス・グレイは淡々と答え、楽譜を譜面台に置くと、鼻眼鏡の位置を直した。

「よかった」ヘンリエッタはピアノの前で歌う姿勢をとった。「では、お願いするわね」

目の前にいるのはとても熱心な聴衆だとは言いがたかった。リチャードは眉間にしわを寄せて窓の外を見ている。今にも諜報員が耳をそばだてながら寄ってくるのではないかと、怪しい影を捜しているような顔つきだ。エイミーは、歌を聴くふりをしつつ作戦を練ろうという表情をしている。ミセス・カスカートはあたたかい目でこちらを見ていた。彼女はそういう女性だ、とヘンリエッタは思った。だからといって、わたしの歌に特別な期待を寄せているわけではない。ソルモンドリーの双子はおそろいの長椅子に子犬のようにちょこんと座っていた。今は行儀よくしているけれど、いつなんどき椅子から飛びおり、互いの尻尾を追いかけてぐるぐると走りだすかわからない。マイルズは……。ヘンリエッタは彼のほうを見ないようにした。

「いいかしら？」ミス・グレイが澄ました声で尋ねた。ヘンリエッタはうなずいた。以前の歌の教師から教わったとおり、目を閉じて息を吸いこみ、出だしの歌い方を頭のなかで思い描いた。さっきは謙遜したものの、いざ歌いだしてみると最初の〝ミ〟のフラットはきれいに音程がはまり、次の〝レ〟と〝ド〟と〝シ〟のフラットもなめらかに声が流れた。《カーロ・ミオ・ベン》は声楽のレッスンを受けはじめた最初のころに習った曲であり、音やフレーズが体にしみこんでいるため、なにも考えなくても自然に声が出る。

だけど、歌詞は……こんな内容だったかしら？〝いとしい人よ、せめてこれだけは信じてください〟ヘンリエッタは歌った。〝あなたがいないと、わたしは胸がつぶれます〟これまで何十回、いや何百回と歌ってきた詞だ。音程、発声、リズム、強弱には細部まで注意を払ってきたというのに、この歌詞にこめられた悲しさや寂しさには思いが至らなかった。本当の意味で理解できていなかったからだ。

胸がつぶれる……。マイルズを失った今、わたしはまさにこの言葉どおりの思いを感じている。気まずく黙りこくったままマイルズとすれ違うと、わたしは打ちのめされ、どうしようもない孤独感に襲われる。すれ違う可能性もないくらい距離が離れていれば少しは楽になるだろうか。このまま荷物をまとめて、明日にはロンドンへ帰ってしまおうか。でも、そんなことをしても無駄だとわかっている。ロンドンにはマイルズとの思い出がありすぎるからだ。ハイド・パークで馬車の走らせ方を教えてもらったこと、〈オールマックス〉で柱にもたれかかりながら見守っていてくれたこと、アピントン邸の居間にあるソファでくつろぎ、ジンジャー・クッキーを食べていたこと、そしてクッキーのかけらをぽろぽろとよく絨毯にこぼしたこと。寝室にいてさえ思い出からは逃げられない。マイルズがくれたぬいぐるみのバニーが、『マクベス』に登場するバンクォーの幽霊のように、非難がましい目でこちらを見ているからだ。

ヘンリエッタは歌に集中しようと努めた。〃あなたに真心を捧《ささ》げるわたしは、いつもため息ばかり〃わたしはため息をつくより、なにか投げつけたい。もちろん、マイルズに向かってだ。一度目の〃やめてください、ひどい人よ。こんな仕打ちはつらすぎます〃のときには感情があふれ、楽譜に書かれている指示記号より声量が出た。〃つらすぎます〃の部分は音を長く伸ばし、歌詞をひときわ強調するようにビブラートをかける。そんな歌い方をしたせいか、言葉がひどく胸に突き刺さった。

決して見るまいと思っていたのに、目は自然にソルモンドリー兄弟を通り過ぎ、ミセス・カスカートのレースのついた縁なし帽を越えて、部屋のいちばん後ろに座っているマイルズへ向かった。

マイルズはわたしを無視してはいなかった。

ヘンリエッタは鼓動が速まり、マイルズを見つめたまま、二度目の〃やめてください、ひどい人よ。こんな仕打ちはつらすぎます〃を歌った。マイルズははっとして体を起こし、割れそうなほど強く肘掛けを握りしめた。その表情には驚きだけではなく、なにか別の感情も表れているように思えた。

三度目の〃こんな仕打ちはつらすぎます〃のところに来ると、ミセス・カスカートが目を丸くした。眉間にしわを寄せて窓の外を見ていたリチャードも妹のほうへ顔を向け、声楽の教師は相当優秀らしいとぼんやり思った。

歌はまた穏やかながらも物悲しげな旋律で〝いとしい人よ、せめてこれだけは信じてください〟に戻った。ヘンリエッタはマイルズから視線を引きはがせなかった。ほかの人のことはどうでもよかった。ただ、イタリア語の流麗な歌詞に祈りと誓いをこめ、マイルズのためだけに歌った。

拍手喝采がわき起こり、目に見えない敵の存在によって全員が感じていた重圧がいっきに吹き飛んだ。ヘンリエッタは目をしばたたいた。ソルモンドリー兄弟は立ちあがっていた。リチャードまでもが彼女のほうを向き、称賛している。

「ヘン、すばらしいよ」彼は褒めたたえた。「おまえにこんな感動的な歌い方ができるとは知らなかった」

「こりゃあすごい！」ネッド・ソルモンドリーが言った。「イタリア語の歌なのに、なんて――」

「すばらしいんだ！」双子の片割れが続けた。ネッドはそれに感謝するようににっこりした。

ヘンリエッタは賛美の言葉をほとんど聞いていなかった。マイルズの姿が見えなくなったからだ。彼が急いで出ていったことを示すように、椅子の角度が少し変わり、その背後にある金の装飾が施されたドアがまだかすかに揺れている。

「ぜひ、もう一曲、拝聴したいわ」ミセス・カスカートが優しいほほえみを浮かべた。「これほど心を揺さぶられる歌を聴ける機会なんてめったにないもの」

「いやあ、驚いたよ」リチャードがしみじみとつぶやく。

完璧な音痴とは言えないまでも、音楽的才能には著しく恵まれなかったエイミーまでもが、うれしそうな顔でにこにこしていた。

笑顔でないのはヘンリエッタとミス・グレイだけだった。にっこりしているところなど見せたことがないミス・グレイは、それでも長年使っていなかったであろう顔の筋肉を不器用に動かしている。ヘンリエッタは、普段ならこれほど絶賛されれば、それを赤い薔薇の花束のように何日でも抱きつづけていただろう。

だが、今はそれどころではなかった。

マイルズの表情はわたしのことなどどうでもいいと思っているふうではなかった。わたしはペネロピほど世間を知っているわけではないけれど――ペネロピだってどこまで知っているかは怪しいものだが――この一週間は自分が本当につらい思いをしたから、苦悩の表情は見ればわかる。

だからといってもちろん、マイルズがわたしに気があることにはならない。彼はただ、友情が壊れたのを悲しんでいるだけかもしれない。ヘンリエッタは深く息を吸いこんだ。だけど、マイルズの求めるものが友情ならばそれでもかまわない。なにもないよりはずっとましだと、今日一日でつくづく思い知らされた。

それでも、やっぱりあの目にはなにか違う思いが浮かんでいた気がする……。

「もう一曲、歌ってくれる？」エイミーが促した。訓練生たちの不安が消し飛んだことに大いに満足している表情だ。

ヘンリエッタは首を振り、心を決めた。たしかハムレットも言っていたはずだ。せっかく決意しても、くよくよ悩むと気持ちが鈍るとかなんとか……。つまり、マイルズと話をすると決めたなら今すぐ行動に移さないと、結局はなにかと理由をつけて先延ばしにしてしまうということだろう。

「いいえ、わたしはちょっと……」ヘンリエッタは言い訳に困った。

次は別の人に頼んでほしいというヘンリエッタの意図をくみ、エイミーはうなずきかけて、ミス・グレイになにか一曲弾いてくれないかと頼んだ。

ソルモンドリーの双子がそわそわと顔を見あわせた。レディ・ヘンリエッタの美しい歌声を聴くのはいいが、ミス・グレイの機械的な演奏を聴かされるのはごめんこうむりたいと思っている表情だ。

「セルウィック、じっとしているのにはそろそろあきたよ」フレッドが言った。

見慣れた背中が庭の小道を歩いているのが窓越しに見えた。その歩き方も、ときどき頭を後ろに振る癖も、ほかのあらゆる仕草のひとつひとつも、ヘンリエッタは鏡に映る自分の顔と同じくらいよく知っていた。マイルズの黒っぽい上着が茂みのあいだに消えていく。だが、目を細めてその姿を捜さなくても、行き先はわかっていた。マイルズは大恥をかいたり――向こう見ずな性格なのでそういうことはよくあった――ゆっくり考え事をしたり――これはめったになかった――したいときは、しばしば庭の西端にある古代ローマ遺跡へ行った。とくに古典で悪い成績を取りそうなときは、ローマ皇帝マルクス・アウレリウスの胸をめがけて小石を投げていたものだ。懐かしい思い出に笑みがこぼれそうになり、ヘンリエッタは唇を噛んだ。

マイルズときまずいままでいるなんて、もう耐えられない。

彼女は誰にも気づかれないようにこっそり部屋を抜けだした。とにかくマイルズと話をしないと。そしてすべてをもとに戻すのだ。彼を見つけて……。

「次はシャレードをしよう」フレッドが提案した。

25

無分別～イギリス陸軍省による致命的な誤算。不穏な運命の幕開けとなる。

——〈ピンク・カーネーション〉の暗号書より

まさか、ヘンリエッタの歌にこれほど胸を打たれるとは思わなかった。

小石はマルクス・アウレリウスの彫像の頭にあたって跳ね返り、水音をたてて池に落ちた。怒った金魚がとがめるようにマイルズに向かって尾をひと振りし、水底に落ちている彫像のかけらの下に潜りこんだ。ローマ皇帝は高い鼻をあげてマイルズを見おろし、下手くそとあざ笑った。

たしかに狙ったのは胸だ。

マイルズは砂利敷きの地面を蹴った。地面はたいして痛手を受けなかったが、マイルズのブーツは確実に傷がついた。アウレリウスなんかくそくらえだ。そんなことより、ぼくの判断力の低下のほうが大きな問題だ。いや、この一週間を振り返ってみると、判断力そのものを持ちあわせていないのではないかという気さえする。フランスの恐ろしい諜報員が潜入しているというのに、いったいぼくはなにをしていたんだ？　ろくに成果を出せなかったばかりか、逆に誤算ばかり重ねてしまった。もしぼくの人生が小説になったら、この時期を扱った章には、〝こうして彼は近侍を命の危険にさらし、いちばんの友と疎遠になった〟と書かれるだろう。

そう考えてから気づいた。いちばんの友はリチャードじゃなかったのか？

小さな大理石のベンチに座りこみ、両手に顔をうずめた。いつからこうなってしまったのだろう。もちろん、リチャードが親友であることは昔も今も変わりない。それは公的機関の記録のように、あるいは国会を召集する方法のように、歴然として明白きわまりない事実だ。ところが、気づかないうちにヘンリエッタがその位置に割りこんでいた。そうなったのがいつだったか探ろうと、無理やりここ数年の記憶を掘り起こしてみた。マイルズは過去を回想したりする男ではないし、〝寝た子を起こすな〟が信条だし、今日が楽しければそれでいいと思っているし、自分の気持ちについてもあまり深く突き詰めず楽観的に生きてきた。だが、ほんの少し考えてみればすぐにわかった。この数年間、肝心の親友は一年の大半をフランスで過ごしていたにもかかわらず、マイルズはせっせとアピントン邸に通いつづけた。アピントン邸の料理人が焼くジンジャー・クッキーがうまいからだとか、アピントン侯爵夫人が楽しい人だからだとか、理由はいくらでもつけられる。しかし、しょせん言い訳にすぎない。

本当はヘンリエッタに会いたかったのだ。いったいどうしてこんなことになってしまったのだろう。ヘンリエッタに悪い虫がつかないように見張っておくと、マイルズは何年も前にリチャードに約束した。今やリチャードは、その方面では兄としての役割を放棄していると言ってもいいほどだ。ところがマイルズにしてみれば、ヘンリエッタに目を光らせようとすると、必然的にアピントン邸の居間でしょっちゅう一緒にお茶を飲んだり、毎日のように馬車に乗せてハイド・パークへ行ったり、舞踏会でまめにレモネードを運んだりするはめになる。舞踏会が混雑していると結構な量のレモネードを自分のブーツにこぼしてしまい、毎回、ワックスをかける近侍のダウニーに叱られてきた。それなのに今日は……いつもの癖でついどうでもいいことをヘンリエッタに話しかけそうになり、そのたびに自分を止めなければならなかった。

それが苦しかった。

長くてみじめな一日だったが、それでもいつかは和解できるはずだと自分に言い聞かせつづけた。もちろん、今はヘンリエッタも怒っている。ヴォーンの屋敷でキスをしてしまったのだから当然だ。だが、いずれは機嫌を直していつもどおりの彼女になるだろう。昨日の晩のあれは別にキスをしようとしたわけじゃない。本当だ。あれはただ、その……友人として手を握っただけだ。これでヘンリエッタが気持ちを和らげて、また普通に戻ってくれると思ったからだ。

自分でも本当にそうなるのではないかと信じかけていた。彼女の歌を聴くまでは……。

あのビブラートのかかった声を耳にしたときに気づいた。そして、どんどんつらくなった。ヘンリエッタはただの親友の妹ではなくなっていた。退屈な舞踏会に何度となくエスコートした相手ですらなかった。音楽室の正面に立っているのは豊かな才能に恵まれ、魅力に満ちあふれた女性だった。長年、オペラを鑑賞してきたマイルズは、世の中には〝上手な歌〟と〝感動的な歌〟があることを知っている。ヘンリエッタは間違いなく〝感動的な歌〟を歌える女性だ。その透き通った声は、彼女がつけているラベンダーの香りのごとく、純粋にマイルズの頭のなかにしみ入った。

ヘンリエッタの魅力は歌声だけにとどまらなかった。三度目の〝こんな仕打ちはつらすぎます〟のクレッシェンドに入る前に大きく息を吸いこんだとき、ドレスの襟元で胸のふくらみが盛りあがった。あれは見るまいと思ってもつい目がいってしまう。その姿を思いだしただけで、マイルズはズボンの前がきつくなった。

視線をさげても慰めは得られなかった。腕はラファエロが描くヴィーナスのように優雅で美しく、腹部の前で重ねた手は肌が白く、指が細くて長く、爪がピンク色をしている。爪を眺めているだけでこれほど胸が苦しくなるものだとは知らなかった。

それならばと顔を見たのが間違いだった。歌っているせいで、いつになく頬が紅潮している。まるで薔薇の花びらに雪がうっすらとかぶったようだ。肌が抜けるように白いため、血の流れさえ見える。歌うために唇をなかば開いて顔を少しあげている様子は、キスで唇を真っ赤にしてうつろな表情をしているベッドでの姿みたいだ……。

マイルズは目の前の池に飛びこみたくなった。だが、残念ながら池は浅いし、熱くなった頭を冷やせるほど水が冷たいとも思えなかった。

もう限界だ。マイルズはズボンで手の汚れを払った。ヘンリエッタのことは忘れて、ダウニーを襲った犯人を捜そう。最初からそうすべきだったのだ。明日の朝いちばんに馬車でここを発《た》ち、ロンドンに戻って陸軍省のウィッカムと会い、寡黙な上司からできるだけの情報を引きだしてなんとしても犯人を突き止めよう。

マイルズは肩の高さの生け垣越しに明かりのついた窓を見た。紅茶やコーヒーを飲むために〈薔薇の間〉へ戻るのだろう。みんながぞろぞろと音楽室を出ていく姿が見える。この距離では誰が誰だかわからないが、ぼくが気になるのは……。

ナポレオンを倒せるかどうかに決まっているだろう！　マイルズは自分にそう言い聞かせ、ベンチから立ちあがりかけた。フランスなんか完膚なきまでにやっつけてやる。

「余計なことを言うなよ」マイルズはマルクス・アウレリウスの彫像に警告した。

「なにを言うなって？」

彼はぎょっとして振り返り、ベンチから転げ落ちそうになった。

マルクス・アウレリウスが生き返ったわけではなかった。それならマイルズもこれほど動揺はしなかっただろう。歴史上の有名な人物や、敵の諜報員や、修道士の幽霊が相手なら、もっと冷静に対応できたはずだ。

ぶなの並木に沿って近づいてくる人影は、ギリシア神話のピュグマリオンが彫った理想の女性像がちょうど人間になった瞬間のように見えた。白いモスリン地のドレスが月光を受けて淡く輝き、歩くたびにスカートが脚に絡まるさまは、まさに彫像が具現化したかのようだ。

マイルズはひどく狼狽《ろうばい》した。

「みんなと一緒にいなくていいのか」彼は無愛想に尋ねた。

つっけんどんな態度に戸惑ったのか、ヘンリエッタが足を止めた。

「あなたと話をしたいの。ゆうべのことで——」

「きみが言ったとおりだ」マイルズは彼女の言葉をさえぎった。「ぼくたちはもうもとには戻れない」

ヘンリエッタはどう答えたものかと思いながら目を細めた。月明かりは池を泳ぐ魚の尾を光らせ、植え込みを奇妙な形に浮かびあがらせているが、マイルズの顔は照らしていない。マイルズは生け垣にもたれかかるような姿勢で立っていた。一見するとくつろいだ格好だが、その肩は心なしか緊張して見えた。

「話をしたいと言ったのはそのことよ」ヘンリエッタは言った。「気持ちが変わったの」

マイルズの反応は期待していたものとはまったく違った。大喜びするどころか、ただ静かに腕組みしただけだった。「ぼくもだ」

ヘンリエッタは銀光のなかで眉をひそめた。「どうしてそうなるの？」

「いけないか」

「だって……わたし、あなたにごめんなさいを言いに来たのに」

「謝らないでくれ。それから、ぼくのそばに近づくな」

マイルズは本気だと言わんばかりに顔をそむけ、小石をひとつかみ拾いあげると、池に向かって狙いを定めて投げはじめた。

ひとつの理由がひらめき、ヘンリエッタは腰に両手をあててマイルズをにらんだ。

「諜報員を尾行中だから邪魔するなとでも言いたいの？　そんなのは信じないわよ」

「諜報員なんか関係ない」ピシャッ！　泥で濁った池の水面に、小石が鋭くあたった。

ヘンリエッタは室内履きで砂利を踏みしめながらつかつかとマイルズに歩み寄り、彼の肩を強くつついた。「だったら、屋敷に近づくために諜報員は必ずここを通るはずだと思って、待ち伏せしているわけ？」

「諜報員なんか……」ピシャッ！　「まったく……」ピシャッ！　「関係ない」ピシャッ！

マイルズがズボンで手を拭いた。ヘンリエッタは彼がまた小石を拾う前に腕をつかみ、自分のほうを向かせた。

「顔を見るのもいやなほど、わたしのことが嫌いになったの？」

「嫌い？」マイルズはわずかに口を開いたまま、信じられないという顔で彼女を見た。「顔を見るのもいやなほど嫌いかだって？　こりゃあ愉快だ」

その皮肉な口調に、ヘンリエッタは顔をゆがめた。

「そんなに何度も言わなくていいわよ」

「きみのせいでぼくがどんな思いをしているか、わかっているのか？」

「わたしのせいで？　冗談じゃないわ」今日はもう口喧嘩もしたくないくらい疲れていたが、それでも怒りのほうが先に立った。

「きみは夢にまで出てくるし、あんな歌は歌うし……。ぼくはなにも考えられないし、眠れない。それに、いちばんの友達の目を見ることさえできない。地獄だよ」

「それってわたしがいけないの？」ヘンリエッタは声をあげた。「あなたのほうじゃない、キスをしてきたのも、そのあと一週間もわたしを放っておいたのも……。ちょっと、待って。今、わたしの夢を見ると言ったの？」

マイルズは怖い顔をしてそっぽを向いた。「そんなことはどうでもいい。忘れてくれ」

「だめよ、今夜は引きさがらないから」

「くそっ」マイルズが苦しげな表情を浮かべる。「いいだろう」彼は一歩前に出た。「本当のことを知りたいか？」もう一歩進んだ。「きみが嫌いなわけがない」さらに一歩。「それどころかこの二日間、きみを抱きしめたくてしかたがなかった」

マイルズはヘンリエッタの息でクラヴァットが揺れるほどそばに寄った。ヘンリエッタはあとずさりしようとしたが、薄いモスリン地のドレスに生け垣の枝葉があたり、それ以上はさがれなかった。

マイルズが彼女の両肩をつかんで顔を近づけた。

「きみを見ていると、頭がどうかなりそうだ」

ヘンリエッタはその手から肩を引きはがし、脇へ逃げた。

「やめて」息が荒くなった。「こんなお遊びはごめんだわ」

マイルズはうつろな目になり、かすれた声をもらした。「お遊びだと？」

「そうよ」怒りといらだちで、彼女の目に涙がこみあげた。「またわたしにキスをして、一週間もじらせるつもり？　火遊びをしたいんだったら、誰かほかを探して」

ヘンリエッタはスカートを持ちあげて屋敷へ戻ろうとした。だが、強い力で腕をつかまれた。

「そんなことがしたいわけじゃない」マイルズはヘンリエッタを自分のほうに向かせた。

「だったら、なにが望みなのよ」

「きみだよ！」

その言葉は宙を漂った。

『旧約聖書』で塩の柱にされたロトの妻のように、ふたりは互いを凝視したまま身動きできなくなった。

ヘンリエッタは舞いあがりそうになる自分の心を必死に抑えこんだ。そんなあいまいな言葉では納得できない。マイルズは本当はどうしたいの？　わたしが望みなら、どうして避けたりするのよ。追いかけたい相手から逃げるなんておかしいじゃない！もどかしさがこみあげた。「そんな言い方じゃわからないわ」

「ぼくは……」マイルズは答えに詰まった。自分の気持ちははっきりしていると思っていたのに、いざ説明しようとするとどう話せばいいかわからない。〝今すぐきみをここで押し倒したいぐらいの気持ちなんだ〟と言ったところで、ヘンリエッタの怒りがおさまるとは思えない。どうして女性というのはいちいち説明を求めるんだ？　「つまり――」

マイルズが返事をする前に、ヘンリエッタがたたみかけた。

「どうしてばかみたいに黙りこくっているのよ」

反論する気にもなれなかった。ヘンリエッタの言うとおりだ。本当はこんなところでぐずぐずしていることさえ愚の骨頂だ。屋敷に戻る必要はない。荷物なんか放っておけばいい。さっさとロンドンへ帰るべきだ。それなのになおもここを動けずにいるのだから、〝ばかみたい〟などという表現ではまだ生ぬるい。

彼女のためというよりも自分のためにマイルズは言った。「きみは親友の妹だ」

ヘンリエッタが大きく息を吸いこむ。マイルズは彼女の胸から下を見ないよう努めた。その誘惑に負けてしまうから、いつも失敗するのだ。

彼女は息を止めて次の言葉を待っていた。

「なんだ？」マイルズは尋ねた。

「親友の妹だからって、なんの関係があるというの？」ヘンリエッタが怒りを押し殺した声で言った。マイルズはいくらか正気が戻り、言葉が出るようになった。

彼は髪をかきむしった。「恩をあだで返すまねはしたくないんだよ。リチャードのことはこの際どうでもいい。だが、ぼくはきみのご両親に育てられたようなものだ。それなのにその娘を口説いたりしたら、彼らに合わせる顔がない」

ヘンリエッタが唾をのみこんだ。

「あなたにとってわたしはその程度の存在なの？　誰かの妹、誰かの娘でしかないわけ？」

マイルズは自分でも気づかないうちに彼女の頬に片手をあてていた。

「わかってくれ」

ヘンリエッタはゆっくりと首を振った。「いいえ」嗚咽《おえつ》がもれた。「わたしにはわからないわ」

「そうだな」マイルズがつらそうに言い、あたたかい息がヘンリエッタの唇にかかった。「じつを言うと、ぼくにもわからない」

静かに唇が重なった。マイルズがヘンリエッタの髪に手を差し入れ、こめかみを親指で優しくなでた。ヘンリエッタは自分でも気づいていなかった頭痛が消えていく気がして、目を閉じて夢のような一瞬にただ身を任せた。マイルズの肩に両手をかけると、上等なウールの上着を通してぬくもりが伝わってきた。六月初旬らしく、庭はみずみずしく豊かな薔薇の香りに包まれ、池に棲《す》むカエルは鳴くのを遠慮している。世界はゆったりとしたメヌエットの速度で動いていた。

かすかなため息とともに唇が離れた。時が止まったようにふたりはそのまま動かず、唇はまだ唇のそばを漂っていた。マイルズはヘンリエッタの頬をそっとなでた。

「寂しかったわ」ヘンリエッタがささやく。

マイルズはヘンリエッタを抱き寄せ、髪に顔をうずめた。「ぼくもだ」

「だったらどうして会いに来てくれなかったの?」

なぜだろう? 彼は理由をよく思いだせなかった。ヘンリエッタを抱きしめているせいで頭が働かない。つい先日のことがはるか昔の出来事に感じられる。

「こういうことをしてしまうと思ったから」マイルズは鼻でヘンリエッタの髪をどけて耳たぶに舌をはわせた。彼女が身を震わせたのを感じ、いやなら拒否できるように腕の力を緩めた。

ヘンリエッタがみずからの喉元へ彼の唇を誘うように顎をあげた。

「わからないわ。どうしてそれがわたしを避ける理由になるの？」

「そうだな」マイルズは認めた。「今となってはぼくにもわからない」

彼はヘンリエッタの顔の輪郭に沿って唇を滑らせ、今は慎み深い反応を見せているが、ときにはひどく頑固にもなる顎の先を通り、美しい首筋をたどり、うなじに垂れる髪に軽く息を吹きかけた。

ヘンリエッタは声をもらさなかった。そんなことをすれば、この甘いひとときが崩れ去ってしまう気がしたからだ。務めから解放されて陽光を浴びながら川面《かわも》を漂う木の葉のように、このひとときに静かに身を任せていたかった。それでも首筋というなんでもない場所でこれほどの歓《よろこ》びを得られることに驚き、マイルズの肩にかけた指に思わず力が入った。唇と唇を重ねるのはさぞすばらしいのだろうと昔から思っていた。ワインを少し飲みすぎたときのように頭がくらくらするものだと小説に書かれているし、絵画にも描かれている。パーティなどの女性用の控えの間でもささやかれている。だが、首のことは誰も教えてくれなかった。これまで首とは結いあげた髪をカールして垂らしたり、そのまわりに襟飾りがあったりする部位にすぎなかった。首へのキスでこんなに体じゅうがぞくぞくするなんて知らなかった。

マイルズも同じように感じるのだろうかと思い、ヘンリエッタは彼の肩に腕をまわして爪先立ちになり、顎の下に唇を押しあててみた。けれど、なかば目を閉じて恍惚感に酔いしれていたせいか、ぞくぞくしたのはまたしても彼女のほうだった。髭そりのあとに使う化粧水の香りが鼻をくすぐり、見ただけではわからないほどかすかな無精髭が唇を刺激した。

彼は反射的に顎を引き、何度かまばたきしてかぶりを振った。そしてヘンリエッタを遠ざけた。

「わたし、なにかいけないことをした?」ヘンリエッタはかすれた声で尋ねた。

マイルズは目に悩ましい表情を浮かべ、髪がいつもよりさらに乱れている。ヘンリエッタは自然に腕を伸ばし、その髪を後ろになでつけた。マイルズが神経質な馬のようにびくりと跳ねた。「だめだ、ヘン……こんなことをしていたら……」

とくに大きな不都合が生じたわけではないらしいと思い、ヘンリエッタは言葉に迷っている彼の口をキスでふさいだ。マイルズが強く抱きしめてくる。肺が押しつぶされそうになったが、彼とのキスの味に陶酔していられるのなら息などできなくてもかまわなかった。マイルズの唇が首元のくぼみへおりてきた。そこがそれほど敏感な部分だということをヘンリエッタは生まれて初めて知った。唇がさらに胸の谷間を滑り、彼女はなにも考えられなくなった。

マイルズは少し前から自分が暴走しているのをぼんやりと感じていた。しかし、もうまずいと思う気持ちさえどこかに行ってしまっていた。頭の片隅で、〝それは人の道にもとるぞ〟という声がした。だが小さな良心の声は、ヘンリエッタの存在感に圧倒されて霧のように消え去った。腕のなかにいるヘンリエッタの体が熱く燃えあがろうとしている。これまで何千回と見てきた禁断の夢がまさに現実になったみたいだ。

あらがえるわけがない……。

ほんのわずかだけ残っている自制心をかき集め、頭のなかにある〝親友の妹〟と書かれた小箱にヘンリエッタを押しこもうとした。ところが、そのとき彼女の髪が誘うように腕に触れ、キスで赤くなった唇が目に入った。自分がしたキスでこうなったのだと思うと、ヘンリエッタはぼくのものだという気持ちが容赦なくこみあげてきた。頬にかかる長いまつげも、笑ったり顔をしかめたりすると頬にできるえくぼも、この角度だと責め苦を与えられているかのようによく見える豊かな胸のふくらみも、すべてぼくのものだ。

それでもまだ、彼女の体を引き離してその乱れた髪をなでつけ、話しあいをすることはできたかもしれない。だが、そのときヘンリエッタがかすかなため息をもらした。シルクがこすれるのと同じぐらいの小さな吐息だったが、哲学者アベラールの腕のなかにいた恋人のエロイーズや、ロミオを見つめるジュリエットもかくやと思うなまめかしい声だった。

マイルズはわれを忘れた。

ドレスの襟を胸のふくらみのなかばまで引きさげ、ピンク色に染まった先端にひとつずつ唇を押しあてた。ヘンリエッタがマイルズの肩に爪を食いこませる。

身をよじるヘンリエッタに夢中になりながら、乳房をあらわにし、そこに口づけようとしたときだった。遠くでカットグラスのような鋭い声が聞こえ、それがマイルズの意識を切り裂いた。

「なにをしているんだ」

26

　ドンウェル・アビーにきちんとした庭園があるのかどうかは知らないが、今、歩いている場所がそうではないことだけは確かだった。借り物のストールをしっかり肩に巻きつけ、先の鋭い小枝が落ちているでこぼこの地面に足を取られながら、わたしはなんとかコリンのあとについていった。背後に立つ母屋はとくに形に特徴はないものの、やけに大きくていかめしく見えた。町なかならひとブロックほどの距離を歩いたあたりで母屋の明かりや騒ぎたてる声は届かなくなり、あたりはアン・ブロンテやメアリー・シェリーの小説に出てきそうな不気味な雰囲気になった。

　オークの木々のあいだに『小公子』の主人公の少年が立っている光景が頭に思い浮かび、きっとジョーンなら〝狩りができる私有地〟とでも呼びそうな原野に入りこんでいるのではないかという気がした。安っぽいネオンが輝き、騒々しい音楽が店先から聞こえてきて、通行人がおしゃべりをしながらせわしなく行き交うオックスフォード・ストリートが恋しくなった。あそこなら、少なくとも地面は舗装されている。町を歩くのに適したデザインの靴は、昨日の雨と今日の霜で湿った土の地面を歩くのには向かず、一歩進むたびにかかとが沈みこないんだ。

月明かりの庭を散歩しているというのに、これではとてもロマンティックな気分にはなれない。

その月も今夜は親切ではなかった。月といえば貞淑な女神を連想するものだが、今宵《こよい》の彼女は雲とかくれんぼをして戯れるのに忙しく、あまり熱心に地上を照らしてくれていない。もう一一月なので花の香りはせず、あたりは枯れ葉と湿った土のわびしい匂いに包まれていた。まるで墓場だ。想像がふくらんで、地面のひび割れからゾンビがにゅっと手を突きだしたり、腹をすかせた吸血鬼が夜食をあさったりするB級ホラー映画になる前に、余計なことを考えるのはやめた。

ヘンリエッタとマイルズがいけないのよと思いながら、泥からヒールを抜き、ぴょんぴょん跳びつつコリンのあとを追いかけた。銀光が降り注ぐ庭でふたりがキスをしたところまで読んだときに時間切れとなり、わたしはジョーンのパーティへ行くために着替えをした。当然のごとく、頭のなかにはガーデン・アーチと小道のある庭のイメージができあがった。そこではナイチンゲールがさえずり、初夏のそよ風が優しく吹いている。そういう花の香りに包まれた庭に似合うのは……。そんなことを考えているとどんどん妄想はふくらんでいった。

だが、今は六月ではなくて一一月だということを忘れていた。

それに、マイルズはヘンリエッタに夢中だったけれど、コリンは……。わたしは隣にいるコリンをこっそり見あげ、自分のばかさかげんにあきれた。暗くて表情などさっぱりわからない。これではコリンがネコの目を持っていたとしても、わたしが視線を向けたことには気づきもしないだろう。だいたいコリンは顔も懐中電灯も、わたしではなく前方へ向けている。

〝ジャペロン〟の発言以来、コリンはひと言もしゃべっていない。

もちろんわたしも黙っていたが、彼がそれを気にしているとは思えなかった。

気まずい沈黙というわけではない。それどころか、長年の友人で互いをよく知っているからこそなにもしゃべる必要がないときと同じ安心できる沈黙だ。でもそのせいで、わたしはかえって居心地の悪さを感じた。

どうしてそう感じるのか、わたしは自分の感情を探ってみた。詰まるところ、この安心感がまがいものだとわかっているから落ち着かないのだ。誰かとなにかを分かちあっているような気がしても、本当はひとりぼっちであることに変わりはない。しばらくひとり身でいれば誰もが経験する錯覚だ。恋人同士ばかりのパーティでたまたま彼女のいない男性と出会ったときや、今回みたいに成り行きで異性の自宅に泊まることになったときにはそういう妄想を抱きやすい。ただし、それがどれほどロマンティックなものでも、ひとりよがりであることに違いはない。

わたしが〝それで……あなたはコリンと？〟と訊かれるように、コリンも〝それで……あなたはあのアメリカ人の女性と？〟と尋ねられているのだろうか。今夜の客たちは、わたしたちが同じ車で来たことも、おそらくは一緒に帰るであろうことも知っていて、勝手な想像をしながら遠くからちらちらとこちらを見ている。

しかも、全員がジョーンの友人だ。

それがわかっていながら、彼はわたしをジョーンのパーティに連れてきた。その事実をどう解釈すればいいのだろう？　わたしは今日一日のあいだに起きたいいことと悪いことを、なるべく冷静に思いだしてみた。石造りの塔から屋敷に戻るまで、コリンは散歩につきあってくれた。だけど、それはわたしを塔から引き離したかっただけかもしれない。彼がわたしのそばに寄ってきたのは、わたしがこそこそと庭を歩きまわり、塔に侵入するかもしれないという気配を見せたときだ。そういえば今朝、キッチンに置かれていたメモは、〝外出中〟というそっけないものだった。〝ちょっとそこまで出かけてくる〟とか〝用事があって留守にするよ〟とか、もう少し愛想のいい文章を書けないものだろうか？

コリンがわたしを回廊へ案内する気になった動機はもちろんジョーンだ。別に月明かりの庭を――たいして明るい月明かりでもないけれど――わたしと一緒に散歩したかったからではない。ただ、パーティの獰猛な主催者から逃げだすのに、ちょうどいい口実がそこにあったというだけだ。自宅に招いた歴史研究者（ツイードのスーツを着て、ローヒールの紐つきの革靴を履き、遠近両用眼鏡をかけているイメージだ）を地元の歴史的建造物に案内するのだから、邪推される余地もない。

牧師につきあって飲んでいた白ワインが、今になって舌に酸っぱく感じられた。

わたしは傷ついたプライドを守るため、精いっぱい意地を張ることにした。借り物の薄いストールのように頼りない防具だが、なにもないよりはましだ。べつにわたしだって、彼になにかを期待してついてきたわけじゃない。

ただ、ろくな準備もせずに庭に出てきてしまったことは少し後悔しはじめていた。こんなことなら最初からパーティには参加せず、研究者らしく図書室に引きこもって、薄暗いデスクライトの下で背中を丸めて机に広げた史料を読んでいればよかった。二〇〇年も前の恋愛に刺激されて、妙に浮かれた気分になっていたわたしがばかだった。

まさかわたしは、出会った男性がすべて自分に気があると思いこむみじめな独身女になりつつあるわけじゃないわよね？　そんなことは考えるだけでも恐ろしい。そのうちに、自宅近くにあるコンビニエンス・ストアで働く男性店員からお釣りを渡されただけで恋心を感じ取り、自宅のオーナーが電気メーターをチェックしに来ただけで色目を使われていると信じるようになるのかもしれない。

ちなみに、オーナーは五〇代のビール腹の持ち主だ。

わたしは振り返り、母屋に戻ろうと言おうかどうか考えた。コリンはあのお優しいジョーンに引き渡せばいい。わたしには飲み物があるし、牧師もいる。もちろん、牧師が自分に気があると思っているわけではない。ただ、お酒を飲みながらしゃべるにはちょうどいい相手だとは思っている。

「もしもし」わたしがつまずいたのを見て、コリンが腕をつかんだ。「前を向いて歩いたほうが転びにくいと思うけど」

薄いレーヨンの生地を通して、手のあたたかさが伝わってきた。

わたしは彼の手を振り払った。「その回廊とやらはまだ遠いの？」いかにもアメリカ人らしいとげのあるいらだった口調になった。「あなたをいつまでもつきあわせるのは申し訳ないわ」

「ぼくならかまわないよ」

「ひどくかまう人がひとりいるでしょうに」

「牧師かい？　そういえばずいぶん楽しそうに話していたね」わたしがなにか言い返そうとしたとき、コリンがふいに懐中電灯の明かりを左側の数メートル先へ向けた。「あれが回廊だ」

「どれ？」

コリンに見とれていて懐中電灯の明かりのなかにあるものが目に入らなかったのではない。想像していたものとあまりに違ったため、すぐにはそうだと気づかなかっただけだ。なんらかの建物があるのだろうとは予想していた。中庭を囲む石壁とか、運がよければ小さな教会にお目にかかれるのかもしれないとも思っていた。もちろん、完璧な保存状態を期待していたわけではない。でも、少なくとも建築物の一部ぐらいは残っているだろうと考えていた。それなのに……。もしかすると、これは悪ふざけなのだろうか？　歴史研究者が来るたびに、この手で驚かせているのかもしれない。きっとジョーンも牧師も一枚嚙んでいるのだろう。そういえば昔、こんなふうなSF映画を見たことがある。エイリアンの一族が村じゅうの人間に化けて、主人公の女性だけがそれを知らないというストーリーだ。まあ、たしかにエイリアンは肌一枚で爬虫類《はちゅう》の皮を隠せるけれど、人間が中世の建物に変装するのは難しそうだ……。

「それだよ」コリンは懐中電灯の明かりを少しさげた。たしかに人工物だと思われる瓦礫《がれき》が見えた。

「これだけ？」

「寂しいものだろう」円形の光がろくに残っていない壁の窓を照らす。「この近辺の家の半分は、ドンウェル・アビーの石でできているんだ」

「リサイクルされたというわけ？」わたしはその瓦礫を眺めた。「再利用が可能だとは思えないけど」

修道院だったはずの建物はほとんどもとの姿をとどめていなかった。これが夏の昼間なら、緑の木々に覆われた修道院跡の瓦礫は絵になるかもしれない。だが秋の夜ともなれば、小鳥がさえずるだけの崩れた聖歌隊席は、古風な趣があるというよりは不気味な雰囲気を醸しだしていた。かつては中庭に面してアーチ形の出入口がいくつもあったのだろうが、今ではなかば土に埋もれた石と、ところどころに柱の一部が残っているだけだ。膝の高さまでしかない壁の跡は、そこに部屋が存在したという現実よりはその記憶だけをとどめている。しなびた雑草の隙間に、昔は敷石の役目を果たしていたと思われる石も散見された。

瓦礫に近づき、懐中電灯の明かりが届く範囲が広がると、石壁はもっと先へ続いていることがわかった。しかも、わたしの肩くらいの高さまである箇所や、頭より高い箇所もある。

回廊の端に部屋がひとつあった。石壁の大半は当時のままで、傾斜している天井も一部が残っている。

わたしはコリンのあとについて、恐る恐る室内に入った。その部屋は回廊に比べるとはるかに保存状態がよかったが、床石は風化してでこぼこになっているうえに、思いがけないところにひび割れがあるため、ハイヒールで歩くのはたいへんだった。

「女子修道院に連れていって」なにも考えずにぼそりと言ってから、くだらないことを口にしたと後悔した。〝女子修道院に連れていって〟だなんて、映画『ダーティ・ダンシング』の〝スイカを持ってきたの〟に匹敵するくらいまぬけなせりふだ。男子修道院と女子修道院はまったく別物だ。男子修道院だったドンウェル・アビーで教え子がそんなことを言ったと知ったら、わたしの中世史の担当教授は心臓発作を起こすかもしれない。以前、どちらも一一世紀後半にフランスで設立されたカルトゥジオ修道会とシトー修道会をわたしが混同したときは、教授を学内の医療センターに救急搬送したほうがいいだろうかとみんなで心配したものだ。

「いまどき女子修道院なんてそんなにないだろうな」コリンが愉快そうに答えた。わたしの発言をおもしろいと思って笑っているのか、わたし自身のことを笑っているのかはわからない。懐中電灯の明かりが、床に落ちている現代の品をとらえた。コーラの空き缶と、チーズ・オニオン味のポテトチップスの空き袋だ。「ここは地元の若いやつらに人気があるんだ」

「人気があるですって？」

「ぼくも何度かここで過ごしたことがある」彼はにやりとした。

「いやだ」わたしは鼻の頭にしわを寄せて、石敷きの床に目をやった。「座ったらお尻が痛そうだし、それに不衛生よ」

コリンが石壁にもたれかかり、懐かしそうな顔をした。

「毛布が二、三枚とワインがあれば、結構いけるよ」

「そんな話は聞きたくもないわ」わたしは顔をそむけて窓であったと思われる部分を手でなぞった。

「きみはそういうお楽しみを知らないのか？」

肩越しに振り返った。「しゃべりません」

「べつに回廊でのことじゃなくてもいいけど」

「こんなところ、ちっともよさそうに見えないわ」なにかいい引用句はないかと、あいまいな記憶を探った。「ほら、詩人のマーヴェルも書いていたでしょう？　お墓は静かでいいところだけれど、そこで抱きあう人はいないとかなんとか」

「だけど……」コリンは造りつけのベンチを照らしながら言った。「ここは墓じゃなくて回廊だ」

「似たようなものよ」わたしは言い返し、唇をなめて一歩さがった。男性と軽口をたたきあう機会は久しくなかったため、どうすればいいのかわからなくなっている。これって軽口よね？「ここは修道士たちの閉ざされた希望と失われた野心の墓場なの。一六世紀に全国的に修道院が解体されたとき、彼らの人生は……墓場に葬られたのだから」

わたしったら、なにをしゃべっているの？　口が動いて言葉を発しているのは自覚しているが、まともな会話になっているとは思えない。

「それに、なんといっても男子修道院よ」頑固に反論した。「ロマンティックな雰囲気のかけらもないわ」

コリンは笑った。「チョーサーの愛の物語を読んだことはないのか？」

「チョーサーが書いたことがすべて真実だというわけじゃないでしょう」声に力がなくなった。コリンがわたしの頭上の石壁にさりげなく片手を置いたからだ。

会話に集中しなくてはと思っても、つい視線はぼんやりと彼の口元を漂った。わたしったらなにをしているの？　ここには歴史調査のために来たのよ。大事なのは、諜報員とか修道士とか……いいえ、修道士に扮した諜報員とか……。

今なら大きな花の衣装を身につけた人が、〝〈黒チューリップ〉、参上〟と書かれたボードを持って、目の前でワルツを踊っていたとしても、わたしは気づかなかっただろう。もしかしてという期待に全身の神経が張り詰めた。コリンの胸元から空気を通して体温が伝わり、襟のあたりから清潔な洗剤の香りが漂ってくる。男性がこれほど顔を近づけてくるのは、ほかに理由なんてない。そう思うと、唇がぴくりと動いた。

わたしはまぶたを閉じた。

ビビビビッ！

五個の目覚まし時計が一度に鳴ったかのような耳をつんざく音がした。わたしは目をつぶって少し顔をあげたまま凍りついた。まるで真っ昼間に地面の穴から顔を出したモグラだ。すぐそばでコリンも固まったのがわかった。突如として空襲に見舞われたわけではなかった。ジョーンが報復にやってきたのでさえない。音の源はわたしの携帯電話だった。

もう、いやだ！

ひたすらじっとしたまま強く念じていたら携帯電話が鳴りやんで、なにごともなかったかのようにまた一瞬前の状況に戻るのではないかと淡い期待を抱いた。

ビビビビッ！　ビビビビッ！

携帯電話はしつこく鳴りつづけた。

洗剤とアフターシェーブ・ローションの心地よい香りが遠ざかり、冷たい空気が取って代わった。わたしはしかたなく目を開け、壁から体を引きはがした。ストールが肩からずり落ちる。

「ちょっと失礼」むしゃくしゃしながらバッグのなかに手を突っこみ、うるさい携帯電話を捜した。もう、いったい誰なの？　せっかくいいところだったのに。「その……なにか緊急の用事だといけないから」

「どうぞ」コリンはあっさりと答えた。あら、わたしがひとりで勝手にその気になっていただけなの？　コリンはチェシャー猫のように少し離れたかつての窓のそばでふたたび姿を現し、ずっとそこに立っていたとばかりに窓枠に肘をついてくつろいだ。

もしかするとすべてはわたしの妄想で、彼は本当にずっとそこにいたのかもしれない。

だが、〈コーチ〉のコクーン・バッグのなかでけたたましく鳴りつづけている携帯電話の音は現実だった。凍えた手の甲をファスナーでこすって痛い思いをしながら、ものを詰めこみすぎたバッグから携帯電話を取りだした。暗い修道院の廃墟で明るく光る携帯電話の画面は悪魔の所業に思えた。わたしは目を細めた。

パミーからのメールだった。

今度、会ったら覚悟しなさいよ！

携帯電話を地面に投げつけ、その上で地団太を踏みたい気分だった。わたしは落ち着こうと息を深く吸いこんだ。もしかしたらパミーは死にそうな重い病気にかかったのかもしれない。あるいは恋人に捨てられて傷ついているということもありうる。今回の相手の名前はなんだったかしら？　いつもあっという間に別れてしまうので、なかなか相手の名前を覚えられない。マフィアに誘拐されて、二四時間以内に身代金を用意しろと言われているのだったら許してあげよう。でも、イギリスにマフィアなんていた？

わたしはメールを開いた。

〝なにか進展は？〟

パミーには覚悟を決めてもらうとしよう。

コリンの視線が気になり、こそこそと携帯電話を体で隠しながら返信した。〝ないわ〟

すぐに返事があった。

〝どうして？〟

わたしは目にも止まらぬ速さで小さなボタンを押した。

〝誰かさんが邪魔しているからよ！〟

解釈はご自由にどうぞ。そのメールを送信したあと、電源ボタンを押し、携帯電話をバッグに戻した。どうして最初から電源を切っておかなかったのだろう。

わたしのまぬけ！

「なんだった？」コリンが尋ねた。

「パミーからよ」わたしは困った人なのと言いたげに軽くうめいてみせた。意に反して、映画のなかでターザンになにか言おうとしているチンパンジーのチータみたいな声になった。

コリンは石壁から離れた。わたしはほっとした。先ほどの瓦礫の状態から判断するに、その石壁はいつ崩れてもおかしくはないと不安だったのだ。額の傷に包帯を巻くことになれば彼の近くに寄れるし、いいところのひとつも見せられるけれど、わたしは高校の応急処置の授業で三度単位を落としている。

だから、ここで怪我はしないほうがコリンの身のためだ。

「今度はなんだって？」

「たいしたことじゃないわ」わたしはうわの空で答えた。どうしたらこの石敷きの床で大砲の一斉砲撃のような靴音をたてずに、さりげなく彼のそばへ戻れるかしら？　でも、本当はわたしがそばに寄っていくのでは意味がない。コリンのほうから来てくれないと。「パミーがどんな人か知っている？」

「ああ、知っている」コリンの口調はどことなく含みがあるように聞こえた。

まさかコリンとパミーが？

パミーは一〇代のなかばにアメリカからイギリスに引っ越して以来ずっと、コリンの妹であるセレーナと同じ学校に通い、同じ学年だった。セレーナとは特別に仲がよかったわけではないらしいが、同級生の兄と親しくなる機会はあっただろう。でも……ふたりが交際していたとはどうしても思えない。それに、もしそんな事実があったら、パミーがわたしに黙っているわけがない。違うかしら？　まあ、いい。この件はまたあとでゆっくり考えることにしよう。

「ええと……たしかチョーサーの話をしていたのよね？」パミーと、彼女による不幸のメールに見舞われる前の状態に少しでも戻そうと、わたしはストールを肩まで引きあげた。「なんだったかしら？」

「たいしたことじゃなかったと思うよ」

「なにかおもしろそうな話題だった気がするんだけど」

「そうかい？」なんでもないひと言なのに、深い意味がある気がして肌が粟立《あわだ》った。ふたりを包む暗闇までもが息を殺し、その言葉のあとになにが続くのか見守っているかのようだ。

「待った？」

朽ち果てた回廊に明るい声が響いた。暗闇は息を吐きだし、ふたりのあいだに漂う緊張感は地の果てまで飛んでいった。

次はいったいなにが登場するの？　わたしが五年生のときのおしゃべりな担任教師？　聖パトリックの祝日のパレード？　それともフリートウッド・マックのリバイバル・コンサート？　ドンウェル・アビーがまだ修道院だったころでも、これほどにぎやかなことはなかったはずだ。

きっとキューピッドがそのへんでくすくす笑っていることだろう。まだ矢を持っていればいいんだけど。

サリーが部屋に駆けこんできて、石壁に手をついて体を支えた。わたしが頭のなかに思い描いた騒々しい空想にも、ちょっと前まで流れていた微妙な空気にも、まったく気づいていない様子だ。

「遅くなってごめん！　ジョーンから逃げだすのがたいへんだったの。氷がどこにあるかわからなかったらしいわ」姉妹の気安さか、歯に衣着せぬ言葉で怒った。「もう最低。本当にどうしようもないいんだから」

姉妹関係が透けて見えるようだ。

「コリン、もうだいたい案内し終わったの？」サリーが尋ねる。

「いいや、全然」コリンはぶらぶらと部屋を横切った。「きみに頼んでもいいかな？」

「あなたより上手に説明できるわよ」サリーは答えた。「それにしても、こんなに時間があったのに、なんて要領が悪いの」

コリンがいかにも傷ついたという口調で言った。「これ以上の屈辱を味わわされる前に、ぼくは退散して一杯やってくるよ」

〝じゃあ、わたしもそうしようかな〟と言って一緒についていきたいところだったが、さすがにそれは我慢した。そこまでプライドを捨てて彼にまつわりつくようなまねはしたくない。だが、〝そこまで〟というのが重要な点だ。先ほどはなかなかいい雰囲気になったことを思いだし、わたしは暗闇に紛れて会心の笑みを浮かべた。

「楽しんできて」コリンに声をかけた。「二倍《ダブル》にしてね」

「ウイスキーをダブルでってことかい？」

「いいえ、あなたが味わう屈辱感よ」

「お上手！」サリーが声をあげる。「コリン、ぜひともそうして」

「サリー」コリンは人差し指を左右に振った。「きみのことが嫌いになりそうだ。それにエロイーズ、きみという人は……」

わたしは思わず息を詰め、それが声に出ないよう努めた。

「なに？」

「忘れてくれ。そのうちになにかいい言葉を考えておくよ」コリンはあいまいにしたまま部屋を出ていった。

脅しとしては物足りない。具体的な内容がないからだ。

でも、思わせぶりな軽口だとしたら？　わたしは辛口のシャンパンをいっき飲みしたかのように頭がくらくらした。深読みするのはよくないとわかってはいるけれど……。

サリーが腕組みした。

「本当に恋人じゃないの?」

27

体面を損なう〜隠しておくべきことが露見し、名声を落とすこと。秘密諜報員が正体を暴かれて、引退を余儀なくされること。〈世間体が傷つく〉の項を参照。

――〈ピンク・カーネーション〉の暗号書より

マイルズははっとわれに返り、一瞬で理性を取り戻した。年老いて不届きなことを考えなくなるまで、あるいはそれを行動に移せなくなるまで、自分はヘンリエッタに近づいてはいけない男だった。だが、もう手遅れだ。親友だったはずの男の顔が目の前に迫り、すさまじい勢いで腕が伸びてきた。まるで中世の木版画に描かれた激怒している神だ。リチャードの激しい怒りが伝わってくる。

「たいへん」ヘンリエッタが息をのみ、慌ててドレスの襟元を引きあげた。

エイミーは夫の腕をつかんで後ろに引きずり、自分がその前に立ちはだかった。けれど、リチャードのほうが妻より頭ひとつ身長が高いため、烈火のごとく怒っている顔がマイルズからはよく見える。マイルズは唾をのみこみ、ゆっくりと立ちあがった。

「とにかく家のなかに入りましょう」エイミーは夫を後ろに押しやろうとした。

「冗談じゃない」リチャードは妻の両肩をつかんで脇へどけた。「今、ここで話をつけてやる。マイルズ、どういうつもりだ？」

マイルズは答えに詰まった。どういうつもりだと訊かれても、なにも考えていなかったとしか返事のしようがない。

「ここで話すことじゃないわ」エイミーが言った。「とにかく屋敷に戻って――」

「納得のいく説明をしないと血を見るはめになるぞ」

「どうしてここにいることがわかったの？」リチャードの気をそらそうと、ヘンリエッタはかすれた声で尋ねた。このままでは本当に血を見る事態になりかねない。お兄様は危険な目をしている。本気なのだ。

「庭に不審な人影が見えると見張り番から報告が入った」リチャードが苦々しげにひと声笑った。「まさか見張り番は、こんな一大事を目撃したとは夢にも思わなかっただろうな」

「リチャード……」マイルズはヘンリエッタを体でかばった。

「どれくらいになる？」リチャードがなにげないふうを装って尋ねた。「数週間か？　数カ月か？　それとも、もう何年も前からなのか？　どうなんだ、マイルズ」

「これはそういうことでは――」ヘンリエッタは口を挟んだ。

「おまえは黙っていろ」

「黙っていられるわけがないじゃない。わたし自身に関することなのよ」

リチャードは妹を無視して、マイルズを見据えたまま上着を脱いだ。

「今、決着をつけるか？　それとも明け方にしたいか？」

「その前に……」マイルズは自分も上着を脱ぎ、こぶしを握りしめて身構えた。「話をさせてくれないか」

リチャードが上着を地面に投げ捨てた。「おまえの話など……」すばやく一歩踏みだし、相手の顎をめがけてこぶしを突きあげた。「聞きたくない」

長年の訓練のたまものでマイルズはとっさに身をかわし、次のこぶしが飛んでくる前に相手の腕をつかんだ。リチャードとは〝ジェントルマン・ジャクソン〟の拳闘場で何度も戦ったことがある。だが、それは拳闘の規則に従ったうえでの行為であり、真剣勝負をしたことは一度もない。今、ここでそうするつもりもなかった。ただ、リチャードを止めたいだけだ。ふたりはギリシア製の花瓶に描かれた運動選手のごとく、互いに組みあったまま一歩も引かなかった。

「頼む、リチャード」全身に力をこめているせいで、マイルズは声がかすれた。「聞いてくれ」

「黙れ」リチャードが腕をひねって引き抜く。「おまえの話に貸す耳はない」

「ぼくは」マイルズはなんとか相手の腹に一発こぶしを入れた。「ヘンと結婚したいんだ」

「なんですって？」ヘンリエッタが息をのんだ。

「なに？」リチャードはよろめいた。

「それがいいわ!」エイミーは喜んだ。「それなら誰も体面を損なわないし、決闘をする必要もないし、みんなが幸せになれるもの」

ところが、エイミー以外は誰も幸せそうな表情をしていなかった。

マイルズはふたりを無視してヘンリエッタを見た。「結婚してくれないか」

「そこまでする必要はないのよ」ヘンリエッタはささやいた。

「いいえ、あると思うわ」エイミーが割りこむ。「これは大事なことよ」

「ヘン?」マイルズは返事を待った。

ヘンリエッタはみじめな気持ちで彼を見つめた。いったいどうすればいいの? もしわたしがここで結婚の申し出を断れば、お兄様はこの場でマイルズを引き裂くか、明日の明け方、正式な決闘で撃ち殺すだろう。だけど、わたしにはわかる。マイルズが結婚してくれと言いだしたのは、この状況ではそれが唯一、名誉ある責任の取り方だからだ。マイルズは腕力ではお兄様に勝るが、殴りあいになっても絶対に手をあげないだろう。自分が悪いと思っているから、一方的にやられるに決まっている。お兄様にしても、冷静になれば本当はマイルズを殺したいわけではないことに気づくだろうけれど、今の様子を見ていると、とても手かげんをするとは思えない。

つまり、ここでわたしが断れば、マイルズには死か不名誉しか残されない。

だからといって承諾すれば、お兄様に拳銃を突きつけさせて結婚を迫ったという負い目をわたしは一生抱えることになる。

マイルズがゆっくりとリチャードを振り返った。マイルズはいつになく重々しい表情で、覚悟を決めたように肩をこわばらせている。なにか言うつもりだろう。もう一瞬も待てない。このままでは自分にとってもっとも大切な男性ふたりが、引き返すことのできない悲劇的な道を歩みだしてしまう。

「ええ」言葉が勝手に口をついて出た。「結婚するわ」

リチャードが恐ろしい顔で妹を見た。「結婚なんて許さないぞ。こんな……こんな……」

「こんな男とは、と言いたいの？」エイミーが口を挟んだ。

リチャードは妻をにらみつけた。「こんな女性の心をもてあそぶような男とは、だ」

「だったら、わたしが〝カブ頭〟のフィッツヒューと結婚するほうがましだというわけ？」

ヘンリエッタはリチャードに突っかかった。マイルズより、お兄様を相手にするほうがまだつらくない。

「わけのわからないことを言うな」リチャードがぴしゃりと言う。

「お兄様だってわけのわからないことを言っているくせに、わたしが言うのはだめなの？」

ヘンリエッタはわがままで小うるさい妹の特権を最大限に利用することにした。視界の端に、マイルズが力なく上着を拾う姿が映った。決闘で罪を償うことに決めたのだろうか。「そんなのは公平じゃないわ」

「たしかにそうね」エイミーがぽつりと言った。

リチャードが言葉にならないうめき声をあげた。「ぼくは――」

「わけのわからないことを言っているし、しかも誰よりも声が大きいわ」エイミーが答えた。

「好きにしろ」リチャードは吐き捨てた、「勝手にそいつと結婚すればいい。なんなら、明日にでもどうだ？　ぼくの知ったことか」リチャードは顔も向けずにマイルズのいるほうを指さした。「だが、これだけは言っておく。そいつを二度とぼくの家に入れるな」

マイルズは上着の袖に腕を通し、一歩前に出た。「わかった」口調は静かだが、鋼の鋭さが隠された声だ。ヘンリエッタは身をこわばらせた。「おまえが許してくれるのなら、明日、ヘンと結婚する。これからロンドンへ戻って、特別結婚許可証を取ってくるよ」

マイルズはエイミーに向かってうなずき、ヘンリエッタの手に形ばかりの口づけをした。そんなキスでも、ヘンリエッタはしびれが腕から肩にまで伝わるのを感じた。マイルズは廏《きゅう》舎《しゃ》のほうに向かって歩きだした。

リチャードは返事もせず、妹に対しても無言のまま、荒々しい足取りで屋敷へ向かった。砂利を踏むふたつの靴音がそれぞれ反対の方向へと遠ざかり、不安な静けさだけがあとに残った。マイルズが立ち去ったほうを見つめながら、ヘンリエッタはたった今、起きたばかりの出来事を振り返った。

明日……。てのひらで目を押さえた。特別結婚許可証……。明日、結婚するですって？　まさか本気じゃないわよね。

エイミーが先に口を開いた。

「大丈夫よ。リチャードはいつまでも怒っていたりしないわ」

屋敷の方向から力任せにドアを閉める不吉な音が聞こえた。

エイミーはごくりと唾をのみこんだ。「でも、ちょっと時間がかかるかもしれないわね」


翌日の正午、マイルズ・ドリントンと花嫁は馬車に乗ってロンドンへ向かっていた。

ヘンリエッタは手袋の上からはめた指輪をそっと見た。彼がこの指輪をどこで手に入れたのか、これほど短時間で特別結婚許可証を取得するためにどんな策を弄したのか、そういったことはなにも聞いていない。ろくに話をする時間がなかったからだ。今朝、目が覚めたときは、人生が一変したことを思いだして気が重くなり、事態がもとに戻るまでこのまま頭からベッドに潜りこんでいようかとさえ思った。けれど、使用人たちはすでに慌ただしく結婚式の準備を進めており、気がつくと、どうしてこうなってしまったのかもよくわからないまま自分も支度をするはめになっていた。

これまでずっと、自分の結婚式にはペネロピとシャーロットが同席するものだと思っていた。ペネロピはずっと文句を言い、シャーロットは始終うっとりとした目をしているだろうと想像していたのだ。しかし、そのふたりの友人が参列する見込みもないままに、挙式の用意は進んだ。エイミーは興奮気味にあのドレスがいいだとか、この髪型がいいだとか提案し、かいがいしく身支度を手伝ってくれた。ミセス・カスカートは落ち着いた様子で、そんなエイミーの補佐を務めていた。エイミーは自分のウエディングドレスを着ればいいと申しでてくれたのだが、この義姉は身長がヘンリエッタより一〇センチ以上低く、体型も違うため、ヘンリエッタは丁重にそれを断り、前夜に着たイヴニングドレスを選んだ。マイルズと一緒にいるところを見られて騒動になったときと同じドレスで結婚式を挙げるとは皮肉なものだ。マイルズは特別結婚許可証と指輪を持ち帰っただけではなく、ロンドンから主教を連れてきていた。主教は二番目に権威のある法衣を着ていたが、ぐっすり眠っていたところを叩き起こされたらしく、不機嫌な顔をしていた。庭に面した長くて広い応接間に間に合わせの祭壇が作られ、通路を挟んで両側に椅子が並べられた。エイミーは優雅というにはほど遠いせわしなさで、通路に沿って椅子にリボンと花をつけていった。飾りつけだけは立派だったものの、座席は寂しくがらんとしていた。家族や友人がいるべき席には、多少戸惑いながらも楽しそうなソルモンドリー兄弟と、突然降ってわいた結婚式をあたたかい目で眺めるミセス・カスカートが座っているだけだった。

本来なら父に手を引かれて祭壇に向かうべきなのに、隣にいるのは結婚式より決闘に臨みたくてしかたのない兄だ。最前列で派手な帽子をかぶって誇らしげな顔をしていたであろう母の姿もない。両親のことを考えると、ヘンリエッタは胸が痛んだ。許しを得るどころか報告のひとつもせず、勝手に自分たちだけで式を挙げたと知ったら、父と母はどう感じるだろう。マイルズとの結婚には大賛成するだろうが、こういうやり方をしたのでは、どれほど理解のある親でも怒るのが当然だ。ふたりにとっては想像したくもない出来事だろう。

だが、そんなことを悲しんでいる暇さえなかった。先導役のミス・グレイがにこりともせず、足取りの正確さだけに注意を払いながら祭壇へ進む後ろで、ヘンリエッタはただひたすら、頼むから新郎に襲いかからないでくれとリチャードをなだめつづけた。最初のうちは説得など不可能に思えたが、最後には黙らせることに成功した。自分もエイミーの兄から決闘を申しこまれてもしかたのないことをしたくせにと指摘したのだ。リチャードはイギリス海峡を渡る小さな船の上で、海賊に扮した執事の立ちあいしかないなかで結婚式を挙げた。これを言われるとリチャードはぐうの音も出ないことをヘンリエッタは知っていた。

「それでもやっぱり、あいつを串刺しにしてやらないと気がすまない」リチャードが押し殺した声で言った。

「お願いだから、式が終わるまではそんなに大喜びしないで」ヘンリエッタはささやき返した。祭壇では主教が怖い顔になり、マイルズは落ち着かない表情を見せた。

マイルズは、式に支障が生じることを心配しているのか、それとも滞りなく進んでしまうことが不安なのかどちらだろう、とヘンリエッタは思った。けれど、そんな気持ちはほかの悩みとともに脇へ押しやった。今日は考えたくないことが多すぎる。

リチャードが主教から〝汝はこの女性がこの男性の妻となることを認めますか?〟と尋ねられたときに激しく抵抗し、エイミーに足を踏まれて事態がおさまるという騒動はあったものの、そのあとの進行はやけに早かった。主教が途中の言葉を省略したのではないかという気がしたが、ぼんやりしていたので本当のところはわからない。すべては悪夢のようにあやふやに過ぎていった。色はにじんで見え、声は遠くに聞こえ、なにひとつ現実味が感じられない。ふと気がつくと、主教が結婚の成立を宣言し、誓いのキスを促していた。夫となったマイルズのキスは短く、前夜のような情熱はまったく感じられなかった。やはりこの結婚は彼にとって重荷なのかもしれない。

手に指輪がなければ、すべては夢だったのかと思うところだ。

式が終わると、披露宴もそこそこにロンドンへ向かった。マイルズに手を取られて馬車に乗るとき、〝ロブスターのパイ包みだ！〟と叫ぶネッド・ソルモンドリーの声が聞こえた。少なくともひとりは会食を楽しんでくれる人がいるのだと、ヘンリエッタは自嘲気味に思った。リチャードなどは生のイラクサを噛みつぶしたような顔をしていた。

マイルズはといえば……。なにを考えているのかさっぱりわからなかった。ちらりと隣を見ると、道の真ん中にできた大きな轍《わだち》を避けること以外に悩みはないといった顔で手綱を操っていた。セルウィック・ホールを発ってから、マイルズはずっと礼儀正しく振る舞っている。ヘンリエッタの膝に毛布をかけ、屋根のない馬車でロンドンまで旅しなければならないことを謝罪し、なにか飲みたくはないかと気を遣い、天気の話題まで口にした。

その礼儀正しさに、ヘンリエッタはかえって不安を覚えた。もう一度、こっそり目をやると、マイルズは急いで顔をそむけた。ヘンリエッタは我慢できずにボンネットのつばに隠れてちらちらと隣を盗み見た。マイルズはずっとそっぽを向いていた。まるで、笑劇の登場人物たちがお互いから逃げようとして壁のまわりをぐるぐるまわっているかのようだ。

結婚式の前にちゃんと話をできなかったことが悔やまれてならない。もちろんそんな機会があっても、うまく説得できたかどうかはわからないけれど……。〝わたしを妻にしたくなければ無理しなくていいのよ〟というのを遠まわしに言うにはどうすればいいのだろう？ それに、たとえうまい表現が見つかったとしても、そんな選択肢がないことはふたりともよくわかっている。マイルズはわたしと結婚するしかなかった。なぜなら、彼はわたしを傷物にし、堕落させ、体面を損ない、世間体を傷つけ、名誉を失わせたからだ。だが、そんな世間一般で使われる言葉をいくら並べてみても、なんの役にも立たない。

いいえ、ほかに方法がないわけではない。痛む虫歯にそっと触ってみるように、ヘンリエッタはその選択肢を慎重に探ってみた。昨日の夜の出来事がセルウィック・ホールの外にもれなければ、わたしは世間から白い目で見られることにはならないはずだ。お兄様とエイミーは誰にもしゃべらない。ミセス・カスカートも信頼できる。わたしのためだけでなく、友人であるお母様のためにも口外はしないだろう。ミス・グレイは自分からぺらぺらしゃべる人ではない。なにも話す必要がなければ黙っているだけだ。問題はソルモンドリーの双子だ。たしかにふたりでひとつぶんの脳みそもなさそうだが、マイルズかリチャードが脅せば、知性の足りないところは補える気がする。

ほかにも婚姻無効宣言という方法がある。これが認められればマイルズは自由の身だし、関係者以外にはなにも知られずにすむ。妻に気兼ねすることなく、黒髪の美女とハイド・パークへ行ったり、謎めいた侯爵未亡人といちゃついたり、オペラ歌手を愛人にしたりできるというわけだ。

ヘンリエッタは眉をひそめた。なにを甘いことを考えているのだろう。社交界でスキャンダルを隠すのは不可能だ。噂は黒死病のようにあっという間に広がる。それに、婚姻を無効にするための手続きがどういうものなのか詳しくは知らないが、認められるまでには長い歳月がかかり、膨大な量の書類が必要だと聞いている。そうなれば途中でかならず誰かの目に留まり、それは人の口から口へと伝わるものだ。気がついたときには、分別のある女性たちが通りでわたしを見かけると、スカートの裾をひるがえすようになっているだろう。

こうなったら、あとは女子修道院に入るしかない。きっとどこかに身を持ち崩した女性を受け入れてくれる修道院があるはずよね？

そんなことを考えてすっかり落ちこんでいたため、馬を交換するためクロイドンにある馬車宿に立ち寄ろうとしたときは、これで少しは気分転換ができるとほっとした。〈グレイハウンド〉の中庭は紋章のついた立派な馬車や、緑と金色に塗られた定期便の馬車で混雑していたし、〈スワン〉も似たようなものだった。

マイルズが旅慣れた様子で状況を判断し、また街道を進みはじめた。

「〈ポティッド・ヘアー〉なら多少はましかもしれない」

それがひとり言なのか、ヘンリエッタに話しかけたのかはわからなかったが、せっかくなので返事をすることにした。

「ええ、そうね」

そう答えてしまってから、ボンネットのつばをさげて顔をしかめた。マイルズとは一八年間も互いをからかったり、冗談を交わしたりしてきた間柄なのに、どうしてこんな退屈な会話しかできなくなってしまったのだろう。決して話がうまいとは言えない〝カブ頭〟のフィッツヒューとだって、もっとましなおしゃべりができそうだ。

マイルズはヘンリエッタのそんな表情に気づいてまったく見当違いの解釈をし、手綱を操る手が思わず乱暴になった。馬車を〈ポティッド・ヘアー〉の中庭へ入れ、馬丁に手綱を渡し、馬車から飛び降りてヘンリエッタに手を差し伸べた。

いつもなら女性を馬車から降ろしたら、自分は脇にどいて相手を先に行かせるのだが、今はその場を動こうとはせず、渋い顔でヘンリエッタを見おろした。黒い旅行用の馬車が危うくマイルズにぶつかりそうになりながら停止し、最新流行の服に身を固めたしゃれ男が降りてきて、すでに完璧に結ばれたクラヴァットを軽く直すふりをした。とても落ち着いて話ができる雰囲気ではない。だが、それでもマイルズはなにか言わずにいられなかった。柄にもなく黙りつづけていたせいで頭がどうかなりそうだ。ギリシア神話のピュグマリオンは女神の力を借りて彫像に命を与えて生きた女性にしたが、ぼくは生きている女性を自力で彫像に変えてしまいかねない。

「ヘン」マイルズはヘンリエッタの両肩をつかんだ。

「やあ、ドリントン！」聞き覚えのある声で名前を呼ばれ、マイルズは話をする機会を失った。馬車が止まりきるのも待たずに、〝カブ頭〟のフィッツヒューが降りてきた。「こんなところできみに会えるとは運がいいなあ。本当は〈グレイハウンド〉へ行くつもりだったんだけど、ここできみの馬車を見かけたから一緒に食事をとろうと思ってね。ひとりで食べるのはつまらないよ」

きっと神は親友の妹に手を出した男を快く思わず、早速厳しい罰を与えることにしたのだろう。マイルズは共感を求めてヘンリエッタに目をやったが、ボンネットに隠れて顔はほとんど見えなかった。

「やあ、フィッツヒュー」マイルズはうめき、彼女の肩から手をおろして振り返った。

フィッツヒューがヘンリエッタがいることに気づいて驚いた顔をした。マイルズの大きな体に隠れて今まで姿が見えなかったのだろう。

「レディ・ヘンリエッタじゃないか」きょとんとした顔でふたりを交互に見比べている。

マイルズはヘンリエッタに腕を差しだし、心のなかでフィッツヒューに地獄へ堕ちろと毒づいた。「席が空いているかどうか見に行こう」

「すまないね」フィッツヒューがうれしそうに言い、ヘンリエッタのほうを向いた。「今日はどういう用件でこちらへ？」

「じつは、ぼくたちは――」マイルズが答えかけたときだった。

「サセックスの兄のところへ行っていましたの」ヘンリエッタがさえぎった。それ以上はなにもしゃべるなという口調だ。

マイルズは表情を探ろうとヘンリエッタのほうを向いたが、ボンネットの羽根飾りが目に入っただけだった。このボンネットが嫌いになりそうだ。

「フィッツヒュー、おまえはどうしてここにいるんだ？」三人並んで食堂へと向かいながら、マイルズは無愛想に尋ねた。ブライトンからロンドンへ戻る馬車が替え馬と休息を求めて、次々と馬車宿の中庭に入ってきた。

フィッツヒューはにっこりして、カーネーションの模様で縁取りされたハンカチを振った。

「ブライトンにいたのさ。今週末の〈ロイヤル・パヴィリオン〉は客が多かったなあ」〈ロイヤル・パヴィリオン〉とはブライトンにある皇太子の離宮だ。

「あそこは客が少ないほうが珍しい」マイルズは宿屋の主人に向かって大きく手を振った。さっさと食事をすませてフィッツヒューを追い払いたかった。背後には不機嫌な旅行者たちの列ができはじめていた。その先頭にいるのは、先ほどマイルズにぶつかりかけた馬車から降りてきた細身のしゃれ男だ。上着の襟の幅や形、それにシャツの襟の高さから察するに、彼も皇太子の取り巻きのひとりなのだろう。マイルズはいらだちを覚え、声が大きくなった。

「どうしてわざわざそんなところへ行ったんだ?」

「そりゃあ、わかるだろ? 海にはべつに興味はないけれど、皇太子が用意してくださる余興はすばらしいからね。今週はオペラ歌手が来たんだ。ヌードルみたいな名前のイタリア人も一緒だった。なかなか見目麗しい……その……」フィッツヒューは落ち着かない様子でヘンリエッタに目をやった。「歌手だった」そう言い添え、ほっとした顔をした。

そのとき、宿屋の主人が近くまでやってきた。マイルズとフィッツヒューはそろって安堵の表情を浮かべた。主人は腰につけた白い布巾で手を拭きながら、心の底から申し訳なさそうに謝った。そして、今日は皇太子の離宮から帰る客が多くて休憩室はすでに予約が入っているが、喫茶室ならまだ空きがあると告げた。

誰もいやだとは言わなかった。マイルズはさっさと食事ができるならどこでもかまわなかったし、フィッツヒューはいまだしゃべりつづけていたし、ヘンリエッタは何かを話そうという気がなさそうだった。マイルズはボンネットをノックして〝誰かいるかい？〟と尋ねたい気分だったが、今のヘンリエッタが愛想よく返事をするとは思えないのでやめておいた。

喫茶室はごった返していた。大勢の旅行客がポークパイや、カモ肉料理や、大皿にのったマトンやジャガイモをフォークでつついている。フィッツヒューが持ち前の愛想のよさで小さなテーブルをひとつと椅子を三つ譲ってもらい、ヘンリエッタのためにハンカチで椅子の埃を払いながら、ブライトンの女性や建築物の美しさや、金曜日の夜に登場したオペラ歌手のすばらしさや、皇太子のベストが目をみはるものだったことについて話した。

「なんと本物のクジャクの羽根がついてたんだ！　レディ・ヘンリエッタ、どうぞ」フィッツヒューは埃を払った椅子をヘンリエッタへ差しだした。

「気の毒なクジャクだ」マイルズはヘンリエッタのほうに向かってつぶやいたが、小さな笑い声ひとつ返ってこなかった。

ヘンリエッタが差しだされた椅子に向かって首を振った。

「ちょっと失礼して、旅の汚れを落としてきますわ」

ぼくには話したくなかっただけで、声が出なくなったわけじゃないらしい、とマイルズは思った。

とっさに腕を伸ばし、手袋をはめたヘンリエッタの手首をつかんだ。幸いにもフィッツヒューは給仕女を呼び寄せようと両手を振るのに忙しく、こちらには気づかなかった。フィッツヒューのおかげで黒ビールが運ばれてきた。

「ヘン……」マイルズは声をかけた。

「なに?」ヘンリエッタは警戒した顔つきで、彼にすばやく視線を向けた。

マイルズは口を開きかけたが、さっぱり言葉が出てこなかった。〝窓から逃げだすつもりじゃないだろうな?〟などと訊くのは変だし、〝そのボンネットは嫌いだ〟と言ったのでは、正直な感想ではあるが、この状況にはなんの助けにもならない。だからといってフィッツヒューのいる前で〝どうしてぼくにはなにもしゃべらないんだ?〟と尋ねるわけにはいかないし、たとえここで問い詰めたとしてもまともな答えが返ってくるとは思えなかった。

「レモネードでも頼んでおこうか?」マイルズは弱々しく訊いた。

ヘンリエッタはまたもボンネットのつばをさげた。「ありがとう。でも、結構よ」

くそっ。

マイルズは椅子に沈みこみ、人間関係のはかなさと、ヘンリエッタの帽子屋と、フィッツヒューとその子孫を末裔《まつえい》まで呪った。

フィッツヒューが給仕女と冗談を言いあっているのをいいことに、マイルズはヘンリエッタの動きを目で追った。ヘンリエッタは先刻のしゃれ男の脇を通り抜けようとしていた。はやりの革の半ズボンをはき、海の怪物リヴァイアサンほどの大きさのクラヴァットを締め、バベルの塔並みに高さがある襟のシャツを着ている。しゃれ男は燕尾《えんび》服の硬い尻尾が壁にこすれているのにも気づかずに、ヘンリエッタをじっと眺めていた。マイルズはしゃれ男をあからさまににらみつけた。ずうずうしくなにを見ているんだ？　今すぐやめろ。今すぐというのは、即この瞬間にという意味だ。さもなくば、痛い目に遭わせてやる。しゃれ男がふらりとヘンリエッタについていきそうになったのを見て、マイルズは剣をさげているわけでもないのに本能的に腰に手をまわした。だが、しゃれ男が気を変えて暖炉のほうへ向かったのを確かめ、心のなかで拍手した。

見張りの必要がなくなったためテーブルへ顔を戻すと、フィッツヒューがひとりで楽しそうに皇太子の収集した中国の美術品について語っていた。皇太子はクジャクにまつわるものを集めたらしい。もしかすると、これをきっかけにフィッツヒューはピンク色のカーネーションにこだわるのをやめるかもしれないとマイルズは考えた。けれど、〝カブ頭〞のことだから、今度は巨大なクジャクをイメージして自分を飾りかねないと思うとぞっとした。

「きみのために皇太子の新しい仕立屋の名前を書いておいた」フィッツヒューはぴっちりとしたベストのポケットから自慢げに小さな紙切れを取りだすと、満面に笑みを浮かべてそれを眺めた。「きみなんかじゃ思いつかないようなデザインを考えつくんだよ」

申し訳ないが、だいたい想像はつく。マイルズは紙切れを受け取り、ろくに見もせずに小銭などがごちゃごちゃ入ったポケットにねじこんだ。そこには、いざというときなにかに使えるかもしれないと考え、細い紐も一本入っている。

「そういえば、皇太子が着ていらしたベストにエメラルド・グリーンのクジャクをあしらったやつがあってね。すごいんだぞ。それぞれの尻尾に本物のサファイアがついてるんだ」フィッツヒューが熱い口調で語り、うっとりとした目をした。「それに――」

「ジェフも来ていたのか？」クジャク模様のベストの話をやめさせようと、マイルズは話題を変えた。複雑なクラヴァットを締めた例のしゃれ男がフィッツヒューの後ろに近づいてきた。そばをうろついていれば、こちらが根負けしてテーブルを明け渡すのではないかと思っているのだろう。マイルズはあっちへ行けという顔でしゃれ男をにらみつけ、友人に視線を戻した。

フィッツヒューは首を振った。「いや、ピンチングデイルはああいう集まりにはあまり参加しないからね。ミス・オールズワージーもいなかったよ。じつは帰りに、セルウィック・ホールまで足を延ばそうかとも思ったんだが……」にこにこしながら黒ビールのグラスを手に取った。「あそこはちょっと遠くてね」

「そうでもない」フィッツヒューを思いとどまらせてくれた神の摂理にマイルズは感謝した。セルウィック・ホールではフランスの諜報員が修道士の幽霊の格好をして暴挙を働いているというのに、そこへフィッツヒューが来るなんて想像するだに恐ろしい。フィッツヒューなら諜報員を屋敷に招き入れ、その衣装はすばらしいと褒めそやして、ピンク色はどうだろうと意見を求め、おまけにワインの一杯も注ぎかねない。「離宮からなら一時間で……」そう言いかけたとき、あることが頭にひらめいた。

「馬車じゃ無理だよ」フィッツヒューは頭のなかで所要時間を計算しているらしく、マイルズの顔が絞首刑の憂き目にあった追いはぎのように、目は飛びだし、口が大きく開いていることに気づかなかった。「この前ブライトンからセルウィック・ホールを訪ねたときは、たしか二時間近くかかったはずだ」

マイルズは身を乗りだし、テーブル越しに友人の腕をつかんだ。

「ヴォーンは来ていたのか？」

「セルウィック・ホールにかい？　いなかったと思うけどな。でも、一年以上も前だからよく覚えてない――」

「ブライトンにだ」思わず詰め寄る口調になった。「一年前の話じゃない。この週末のことを尋ねているんだ」

くそっ。どうしてぼくは〝さりげなく〟という芸当ができないんだ？　リチャードが探りを入れるのを何度かそばで見ていたことがあるが、なんとも巧みだった。質問に質問を重ね、蚕の繭から糸を紡ぐようにするすると情報を引きだしていく。そして最後には知りたいことをすべて手に入れてしまうのだ。

だが、カブは畑でいちばん賢い野菜ではないため、なにもおかしいとは感じなかったらしい。

「ヴォーンか……」フィッツヒューが首をかしげた。「彼はいい人だよ。ベストの趣味はいただけないけどね。いつも黒っぽい色に銀色の模様だもんな。あれ、どう思う？　でもヴォーンのクラヴァットの結び方で、ひとつ、ぼくの好きなやつがあるんだ。なんて呼んでたかな？　たしか〈庭のヘビ〉とかなんとか……。少し東洋風で、最後のひとひねりがなんともいいんだよ」

こうなったら〝さりげなく〟なんてくそくらえだ。自分は〝頭をぶん殴って聞きだす〟手法でいく。

「いいか、ブライトンだ」もう一度、マイルズは尋ねた。「ヴォーンは来ていたのか？」

フィッツヒューは考えこんだ。「ああ、たしかに見かけたと思う。皇太子の親しい友人らしいね。二〇年ほど前は、よく一緒に色事を楽しんだみたいだよ」

皇太子の艶聞など聞きたくもない。マイルズはかまわずに質問を続けた。「どの夜のことだ？」誤解がないように慌ててつけ加えた。「いつ、ヴォーンを見かけた？」

フィッツヒューが肩をすくめる。「金曜日か……それとも土曜日だったかな。離宮はいつも同じような雰囲気だからね。どうして急にそんなことを訊くんだい？　きみとヴォーンは友達だったっけ？」

「彼の馬を買いたいと思ってね」フィッツヒューが信じこみそうな嘘八百をとっさに思いついた自分が誇らしかった。「ロンドンへ戻ったら訪ねてみるつもりだったが、不在だったらいけないと思っただけだよ」

「あの葦毛《あしげ》を狙ってるんだろう？」フィッツヒューが急に元気づいた。「あれはいい馬だ。足も速いしね。ヴォーンに売る気があるとは知らなかった。ぼくも交渉してみようかな」

「好きにしてくれ」マイルズはうわの空で答えた。

今週末、ヴォーンはブライトンにいた。離宮からセルウィック・ホールまでフィッツヒューは二時間かかると言ったが、軽い馬車と駿馬《しゅんめ》を使えば一時間で大丈夫だ。そのせいで道はこむし、フィッツヒューのような不意の客があると言って、リチャードがよく愚痴をこぼしていた。今では親友と呼べなくなってしまった古い友人とのいさかいを思いだし、マイルズは顔をゆがめた。だが、ここはくよくよと悩んでいるときではないと自分を戒め、ヴォーンの件に気持ちを引き戻した。とにかく、これでもやつが怪しくないというなら、これ以上どんな証拠を捜せばいいのかわからないくらいだ。フランスの諜報員は自身の滞在先に〝〈黒チューリップ〉宿泊中〟などという看板を出しておいてくれるわけではない。どちらにしても、今からブライトンへ行ったところで無駄だろう。ヴォーンはもうロンドンに向かっているはずだ。

こうなったらヘンリエッタが戻りしだい、すぐにでもここを発ち、ロンドンで待ち伏せするだけだ。そういえば、彼女はどこにいるんだ？

フィッツヒューは先月〈タッターソールズ〉が競売に出した二頭の栗毛《くりげ》の馬についてこみ入った話をしていたが、マイルズはそれを無情にさえぎった。

「そういえば、ヘンリエッタはなかなか戻ってこないな」

フィッツヒューが硬い椅子の上で身じろぎし、上等なブロケード地の上着の肩をそわそわと揺らして、黒ビールのグラスに視線を落とした。

「なあ、ドリントン」言いにくそうに切りだした。「レディ・ヘンリエッタの前では黙ってたんだが、こんなふうにふたりきりで旅行をするのはよくないと思うよ。ほら、世間は好き勝手なことを言うからね。きみが彼女の兄みたいな存在なのはわかってるけど――」

「ぼくは彼女の兄なんかじゃない」マイルズは鋭く言い返し、喫茶室のドアのほうを見た。女性は身支度を整えるのにこれほど時間がかかるものなのか？　例のしゃれ男はまだ暖炉のそばにいるから、あの男に誘拐された心配はないものの、いったいどうしたというんだ？　まさか、ぼくを嫌って逃げだしたのか？

「つまり、ぼくが言いたいのは……」フィッツヒューはマイルズがこの会話に応じたことにほっとしている様子だった。「ぼくは変な噂を流すつもりはないんだ。でも……」

「安心しろ」マイルズは部屋の隅にある振り子時計をにらんだ。「おまえに彼女をロンドンまで送り届けろとは言わないから」

「そりゃあ、無理だよ。ぼくだって女性じゃないからね」フィッツヒューは少し考えてから言葉を続けた。「ぼくがスカートをはいたらおかしな気分だろうな。モスリン地の小枝模様のドレスは嫌いじゃないけれどね。小さな花柄も悪くない。だけど、とにかくぼくが思うに……」またそこへ話題が戻った。「つまり……」

マイルズは喫茶室のドアから視線を引きはがし、フィッツヒューをにらみつけた。「ぼくと彼女のあいだにやましいことはなにもない」そして、椅子をドアのほうへ向けた。「それにしてもどうしたんだ？」

28

やましいこと～秘密裏に行われる法的もしくは道徳的に許されないこと。悪事に発展する可能性があるため、良心を重んずる秘密諜報員によって監視される必要あり。

——〈ピンク・カーネーション〉の暗号書より

ヘンリエッタはショールを肩に巻きつけ、忙しくしている給仕の女性に教えられた狭い階段を足元に気をつけながらあがった。二階の廊下の窓から入る明かりしかないため、階段は薄暗く、古い踏み板はどれも真ん中がくぼんでいる。二階へ向かっているというのに、心のなかではさっき一階の喫茶室で自分を見あげた茶色い目のことばかり考えていた。

あのときマイルズは、本当はなんと言うつもりだったのだろう？　あんな表情は初めて見た。あの短い呼びかけのあとにいったいどんな言葉が続くのかいろいろと想像してみたけれど、どれもあまりうれしくない内容ばかりだ。

ヘンリエッタはため息をついてかぶりを振った。こんなことをいくら考えていてもしかたがない。答えのわからないことをいつまでも思い悩んでいると——。

「頭がどうかなりそうだ」誰かの怒鳴る声が聞こえた。

ヘンリエッタは最後の一段をあがりかけたまま足を止めた。思わずマイルズのことを忘れてしまうほど驚いたのは、その言葉の内容だけが理由ではなかった。知っている声だったのだ。最後にその声を聞いたときは、今のように興奮気味ではなく、気だるそうに誘うような口調だった。だが、それでもこの声は聞き違えようがない。

「もう少し我慢したほうがいいわよ」今度は女性の声がした。軽い外国人の訛りがある。木製のドア越しなのでくぐもってはいるが、それでも魅力は充分に伝わってきた。決して大きな声で話しているわけではないのに、細かい模様が描かれた磁器のような繊細さが感じられる。「自分のためにならないわ、セバスチャン」

ヴォーン卿にファースト・ネームがあることが不思議に思え、うっかり次の言葉を聞きもらしそうになった。

「もう一〇年だ」教養のある口調だが、いらだちがにじんでいる。「あれから一〇年もたつんだよ、オーレリア。わたしはそこまで辛抱強い男じゃない」

ヘンリエッタは計算してみた。一〇年前というと一七九三年だ。噂話を少し聞きまわった程度なので正確なところはわからないが、たしかヴォーン卿が慌ただしくイギリスを離れたのがその年だった気がする。

ただ、ルイ一六世がギロチン台で処刑されたのも一七九三年だ。それと混同して記憶しているのかもしれない。あるいは、そのふたつの出来事はなにか関係があるのだろうか？

「ここまで我慢したのだから、もう少し待ってもいいんじゃないの？」女性が答えた。

ヴォーン卿は——謎の女性がどう呼ぼうが、ヴォーン卿のことをセバスチャンという名前で考えるのは無理だ——低い声でなにか言ったが、ドアからヘンリエッタの耳に届くまでのあいだに消えてしまった。それが聞こえた謎の女性のほうは親しげにくすくすと笑った。

「そうは思わないわ」否定はしているが、愛情の感じられる口調だ。「あなたなら大丈夫よ」

ヴォーン卿が神経質な口調で尋ねた。「本当になにもなかったのか？」

どこに？　ヘンリエッタは断片的な情報しか聞こえてこないドアに向かって眉をひそめた。もっと近づいて、部屋のなかをのぞけたらいいのに。

衣ずれの音がした。どちらかが椅子に座ったのかもしれない。「ええ、ちゃんとくまなく捜したわ。とてもいやだったけれど」女性はそっけなく答えた。

もしかして、お兄様の書斎に侵入したことを言っているの？　もっと詳しく話してくれないかと、ヘンリエッタは耳を澄ました。

ヴォーン卿が床板を歩く靴音が聞こえ、唇が重ねられたような音がした。いや、手かもしれない。どちらとも判断がつかない音だ。ヴォーン卿が後悔をにじませた、重く、しかし憎めない口調で言った。「許してくれ、オーレリア。わたしはひどい男だ」

ヘンリエッタは顔をしかめた。ヴォーン卿が謝ったの？

「わかっているわ」女性の返事はのんびりしていたが、どんな気持ちでいるのかまではよくわからなかった。「でも、あなたは償いをしてくれた」

「その大半は金貨でね」ヴォーン卿が冷ややかに答える。

「そんなふうに言うのはよくないわ」女性は穏やかにたしなめた。「相手がわたしじゃなければ誤解されるわよ」

「相手がきみでなければ、こんな言い方はしない」想像をかきたてられる沈黙があり、また衣ずれの音がした。ふたりが抱きあったのかもしれないし、女性が椅子に座ったまま身動きしただけかもしれない。見えないのがひどくもどかしかった。ヴォーン卿がはっきりとした声で告げた。「わたしは火曜日にパリへ発つ」

「それは少し無謀じゃないかしら？」

「この件にいいかげん決着をつけたいんだ、オーレリア。あまりにも長く駆け引きをしすぎた」断固たる決意が感じられ、ヘンリエッタはあたたかいショールを肩に巻いているにもかかわらず、寒けが走った。古代叙事詩で、英雄ベオウルフが怪物グレンデルを退治に行くときを思わせる、戦いと死を覚悟した声だ。「今度こそ怪物ヒュドラの首をはねてやる」

「でも、彼女だとはっきりしたわけではないんでしょう？」やわらかなソプラノの声が引き留めた。

「いや、おそらく間違いない」これ以上、議論する気はないという口調だ。

彼女とは誰なの？　ヘンリエッタは少しでも耳をドアに近づけようと、前に体重をかけた。古い床が悲鳴をあげるようにきしんだ。

ヴォーン卿の足音がドアに近づいてきた。

「なにか音がした」

ヘンリエッタは壁に手をついたまま凍りついた。

「なにも聞こえなかったわ。どんな音？」

「誰かがドアの向こうにいる」

「古い建物だもの。家鳴りぐらいするわよ。気にしすぎだと思うわ」女性は軽くいなした。

「あなたは影と戦っているのよ」

「その影は剣を持っている」

言葉が終わらないうちに、ヴォーン卿はきびきびとした足取りでさらにドアに近寄ってきた。

もはや盗み聞きをしている場合ではなかった。手すりをつかみ、前のめりになって階段を駆けおりた。最後の三段を転びそうになりながら走り、壁の向こうに身を隠したそのとき、二階のドアが開いた。

ヘンリエッタは荒い息を押し殺して壁に張りついた。毒づくヴォーン卿を女性が慰めた。

「だから言ったでしょう？　ほら、影のことはしばらく忘れて、ここにお座りなさい」

見つからずにすんだ……。

鼓動の速さにあおられるように頭が回転しはじめた。もし、くまなく捜したというのがお兄様の書斎のことだったら？　根拠があるわけではないけれど、もしふたりの話に出てきた彼女というのがジェインだとしたら？　もし……。ああ、どうしよう。もしヴォーン卿が本当に〈黒チューリップ〉なら、早くここから逃げださないと！ヴォーン卿は火曜日に発つと言った。盗み聞きされているのを知っていて、わざと嘘の情報を流したのだろうか？　いや、わたしの足音に気づいたときの警戒したそぶりは、とても芝居には思えなかった。わたしとマイルズに残された最善の策は、すぐにロンドンへ戻って陸軍省にすべてを話し、あとは彼らに任せることだけだ。

ヘンリエッタは喫茶室に駆けこみ、黒い山高帽を目深にかぶって大きなクラヴァットをつけた細身の男性にぶつかりそうになりながら、マイルズのそばに寄り、腕をつかんで引っ張った。「行かないと」

マイルズがいぶかしげな顔をした。「これから食べるところだぞ」

ヘンリエッタは緊急事態だと目で訴えた。

「お願い。馬車に乗ったらちゃんと説明するから」

マイルズは肩をすくめ、戸惑いながらも彼女に従った。

「じゃあ、行くとするか」

マイルズが立ちあがり、自分のほうへ体を寄せたのを見て、ヘンリエッタは慌てて後ろに飛びのいた。だが、彼は隣の席から帽子と手袋を取りあげただけだった。ヘンリエッタが小声でせかしつづけるのもかまわず、マイルズはのんびりと硬貨を何枚かテーブルに置いた。

「それで足りるだろう」

「でも……」フィッツヒューがテーブルに並んだ皿やグラスを困ったように両手で指し示し

た。

「すまない」マイルズはドアの前で振り返り、友人に向けて帽子を振った。「用事ができたんだ」

ヘンリエッタはマイルズを外へ引っ張りだした。

「やましいことはなにもないだって？」フィッツヒューはかぶりを振り、フォークに突き刺したマトンを見た。「いかにもやましそうだ」

ヘンリエッタはマイルズを中庭へせきたて、馬車を取りに行かせると、そっと振り向いた。窓辺にも、ドアのところにも、建物のまわりにも、ヴォーン卿の姿はなかった。もし裏口があれば、どこから姿を現さないとも限らない。先ほどの大きなクラヴァットの男性が、ドアのそばで午後の日差しを浴びながらあくびをしていた。自分の馬車が来るのを待っているのだろう。どことなく見覚えがある気がしたが、記憶をたどるのはやめた。社交界にデビューしてから二年半がたち、数えきれないほどの舞踏会やパーティに出席してきた。そこですれ違った男性の顔をすべて思いだすのは不可能だ。

「きみのことが気に入っているみたいだぞ」マイルズはヘンリエッタを馬車に乗せると、わざとらしく男性をにらみつけた。だが、相手はそれに気づかず、自分のクラヴァットの飾りピンをほれぼれと眺めていた。

「急いで」ヘンリエッタの言葉に応えるように、新たにつけられた替え馬たちが後ろ脚で跳ねた。馬丁がマイルズに手綱を渡した。

マイルズは馬車を出した。「さて、そろそろ説明してもらえるかな?」

ヘンリエッタは手をひらひらさせて早く速度をあげるよう促し、体をひねって遠ざかっていく中庭をもう一度よく確かめた。「もうちょっとしてからね」

マイルズは新しい馬に慣れる必要があり、ヘンリエッタはおしゃべりをするより背後を振り返るのに忙しかったため、ふたりがその話に戻ったのは少したってからだった。

「〝カブ頭〟を置いてきたのはちっともかまわないんだが……」マイルズは熟練の手綱さばきで、道を渡ろうとした二羽のニワトリを巧みによけた。「どうしてそんなに急いだんだ? 早くぼくとふたりきりになりたかったというなら光栄だけどね」そこで眉根を寄せた。「あの男になにかされたのか? もしそうなら、ぼくが――」

「そうじゃないの」ヘンリエッタはまた肩越しに後ろを見た。古い駅馬車がついてきているが、これだけ距離が離れていれば声は届かないだろう。それでも念のため、ヘンリエッタはマイルズに体を寄せて低い声で言った。「あの馬車宿で怪しい出来事に遭遇してしまったのよ」

マイルズが顔をしかめる。「クマが踊っているところでも見たのか?」

声が小さすぎて、なにを言っているのか伝わらなかったのかしら?

ヘンリエッタは気を取り直した。

「二階へあがったとき、休憩室からヴォーン卿の声が聞こえたの」

マイルズは飛びあがらんばかりに驚いた。「なんだって?」

今度は充分に聞こえる声で話したのだから、この〝なんだって？〟は内容を訊き返したのではなく、驚きから出た言葉だろうとヘンリエッタは判断した。

「外国人と思われる女性と話していたわ。相手はかすかだけれど外国訛りがあったの」

マイルズは手袋をはめた手で馬車の側面を叩いた。「フィオーリラだ！」

「花《フラワー》がどうかした？」ヘンリエッタは困惑した。

「毒のある花だよ」引き返すつもりなのか、マイルズが手綱を引いて馬車を止めた。「どうして先にそれを言わなかった？」

「大きな声を出さないで」ヘンリエッタは周囲を見まわした。後ろの馬車も停止した。

「聞こえやしないよ」マイルズはしかたなさそうに手綱を動かし、馬に進めと合図した。

「どうせ今から戻っても無駄だろう」ヘンリエッタにというよりは自分に言い聞かせている口調で言う。「すでに姿をくらましているに決まっている。くそっ、さっきわかっていたら――」

「だからあなたには言わなかったのよ。むちゃをしかねないと思ったから」ヘンリエッタは理性的に考えようと努めた。「でも、わたしたちは相手の女性が誰なのかさえわかっていないのよ」

「ぼくには想像がつく」マイルズがつぶやいた。

「彼は武器を持っているかもしれないわ」ヘンリエッタは指摘した。「もしヴォーン卿が本当に〈黒チューリップ〉だとしたら、ロンドンに戻ってから、陸軍省の人を使って逮捕するほうが賢いやり方だと思わない？　ここではなにが起きるかわからないわ。彼の部下が何人もあの馬車宿に潜んでいるかもしれないのよ。それに、ヴォーン卿が〈黒チューリップ〉ではない可能性もあるし」今ごろになって、本当にそんな気がしてきた。「なにかしっくりこないのよね」

マイルズはうめきかけたが、その声をのみこんだ。ヘンリエッタの言うことにも一理あると思ったのだろう。「明日、陸軍省へ行ってウィッカムと話してくる」

「どうして今夜じゃないの？」

「今夜は……」マイルズが眉をつりあげた。「新婚初夜だからだ」

ヘンリエッタは急に景色に興味がわいたとでもいうようにそっぽを向いた。

新婚初夜……。ストリータム共有地をぼんやりと眺めながら、つらつらと思いをめぐらせた。それは結婚式のあとに引きつづき行われる。一般的に時間帯は夜。よって〝新婚初夜〟という用語には〝結婚〟と〝夜〟のふたつの概念が含まれる。

アングロサクソン人の時代から今日に至るまでの結婚式の衣装には複雑な歴史がある。また、〝夜〟という言葉の正確な語源は……。そこまで考えたところでヘンリエッタは唇を噛み、自分を現実に引き戻した。

どうせなら〝逃避〟の語源でも考察してみれば？　自嘲気味にそう思い、共有地で草を食《は》む牛をにらんだ。

どこから始めればいいのかわからないほど考えたくないことが山積みになっている。マイルズはなにを思って新婚初夜のことを口にしたのだろう。わたしと本当の夫婦になるつもり？　それとも、わたしが笑い飛ばすのを待っているの？　マイルズの表情からはいつになくなにも読み取れなかった。こういう成り行きになってしまったことを悩んでいるふうには見えない。今しがたの口調にも、いらだちや怒り、あきらめの響きはなかった。それを言うなら、どんな感情も表れてはいなかった。つまり、熱意も感じられないということだ。

もう、どうすればいいのよ。

農夫の荷馬車を追い越すために、マイルズが手綱を引いて速度を緩めた。後ろの馬車の速度も遅くなった。ヘンリエッタは眉をひそめた。

「ねえ、マイルズ」彼女は不安になった。「あの馬車がずっとついてきている気がするんだけど、わたしの思い違いかしら？」

マイルズはとくに心配していない様子で肩をすくめた。「さあ、どうだろう。たとえそうだとしても、そんなのはよくある話だ。それよりヴォーンのことだが――」

ヘンリエッタは体をひねって背後を見た。「でも、この馬車がゆっくりになると、後ろの馬車もそれに合わせるのよ。ちょっとおかしいと思わない？」

「なんだと？」マイルズはとっさに振り返った。その拍子に手綱を強く引いてしまい、馬が急に足を止めた。

後ろの馬車も停止した。

「いったいどういうことだ？」マイルズは前に向き直った。

「やっぱり変よね」ヘンリエッタは緊張して息を吸いこんだ。「いやだわ」

「気に入らないな」

マイルズは馬車を出し、ヘンリエッタに手綱を握らせた。

「ちょっと持っていてくれ。ぼくはもう一度、後ろの馬車をよく見てくる」

ヘンリエッタは驚き、四頭分の手綱のどれがどの馬につながっているのかを慌てて確かめた。マイルズが座席の後ろにのぼった。不慣れな者が手綱を取ったことを感じ取ったのか、馬の走りが不安定になった。マイルズは後ろを向いたまま、背もたれの上で足を踏ん張った。

「ヘン、手綱はしっかり握っているだけでいい」そう指示すると、普段は御者台として使われている席へ飛びのった。馬車が大きく揺れた。

「しっかり握っていればいいの？」それだけでうまくいくとは思えない。右側の先頭馬が横へそれる癖がある。最後にマイルズの馬車を走らせたのはもうずいぶん昔だ。それにあのときは公園がこんでいたため、たいした速度は出していない。ヘンリエッタは必死に手綱を操った。馬車が右側に大きく揺れた。「マイルズ、頼むから馬車を倒さないで！」

「くそっ」

「どうしたの？」全身に緊張が走ったが、振り返らずに前方の道をにらみつづけた。「ねえ、なに？」

マイルズが座席に戻り、慣れた手つきで手綱を受け取った。「いやなものを見てしまった」あれほど扱いにくかった右側の先頭馬をやすやすと定位置に戻し、馬車の速度をあげた。

「なんなの？」

「後ろの馬車に……」マイルズが馬に鞭をくれた。背後から同じような音が聞こえた。「銃があった」

駆け落ち〜フランス秘密警察に追われて必死に逃げること。〈両親〉及び〈執念深い〉の項を参照。

――〈ピンク・カーネーション〉の暗号書より

29

銃声が聞こえた。弾は鋭い音をたてて、ふたりが乗っている馬車の側面を傷つけた。

「ぼくの馬車が！」マイルズが憤慨した。「先日、磨かせたばかりなんだぞ」

座席で頭を伏せていたヘンリエッタは、向こうはそんなことを気にしていないわよと思ったが、口には出さなかった。ろくに息もできずにいたからだ。

「いいぞ」マイルズは身を低くして手綱を操った。鉄の意志がありありと顔に表れている。「行け！　あいつらに思い知らせてやる」

「これじゃあまだ足りないの？」ヘンリエッタは片手でボンネットを押さえ、もう一方の手で座席をしっかりとつかんだ。

「こんなのはまだ序の口だよ」マイルズは手綱を打ち鳴らし、不遜な笑みを浮かべた。「いい子だ、走れ。おまえたちなら行ける！」

マイルズと一心同体になって、四頭の馬は飛ぶがごとく駆けだした。ヘンリエッタはボンネットを押さえるのをあきらめ、両手で座席にしがみついた。ボンネットはあっという間に頭から落ちて風に吹かれ、紐で首が絞まった。

「その意気だ！」自分を励ましてくれたのか、それとも馬に向かって言ったのか、ヘンリエッタには判断がつかなかった。だが、その直後にマイルズが声をかけた。「大丈夫か、ヘン？」ということは、馬に対するものだったのだと彼女は察した。

「ええ」かすれた声で答えたそのとき、車輪が轍に引っかかって車体が宙を跳ね、全身に衝撃を及ぼすとともに着地した。

けれど、それを気にしている暇さえなかった。ヘンリエッタの座席の下にある車輪が、ガタガタと不吉な音をたてはじめたからだ。ヘンリエッタは馬車の側面を両手でしっかりと握りしめ、顔を外に出して車輪を確認し、ぽかんと口を開けた。車輪が今にもはずれそうに大きく震動している。

銃を撃っているのだから、向こうがこちらを殺そうとしているのは間違いない。では、もし反対の立場だったら？　命を狙う相手の馬車は、細工を施すには絶好の標的だ。あの馬車宿で、わたしたちはフィッツヒューと一緒にのんびりしていた。中庭にあれだけたくさんの馬車があり、多くの人々が行き来していれば、誰かが車輪の修理を装って細工をしていたところで、忙しい馬丁たちは気にも留めないだろう。マイルズの馬車はただの黒い地味なものや薄汚れた民間の駅馬車に比べれば、はるかに目立っている。馬車についてはまったく知識を持ちあわせていないが、車輪はどれほどの力が加わればはずれるものなのだろう？　もしかしたら、一瞬のちには馬車から投げだされて地面に転がっているかもしれない。しかも、これほど速度が出ていたら……。

また車輪が轍に引っかかって車体が激しく跳ね、ヘンリエッタの体が宙に浮いた。車輪の震動は尋常ではなかった。

「マイルズ！」ヘンリエッタは彼の腕をつかんだ。「車輪がたいへんよ！」

「どうした？」マイルズがヘンリエッタ越しにすばやく車輪の状態を確かめた。

「恐ろしい音がしているわ。誰かがあらかじめ緩めておいたのかもしれない」

「ああ、それか」マイルズはヘンリエッタを見て明るく笑った。とても死と隣りあわせの状況にいる者とは思えない。「速く走らせるとそんな音がするんだ」楽しげな声で言う。

ケニントン通行料取り立て門を停止することなく駆け抜けたため、門番がこぶしを突きあげて怒った。

「ヘン！」マイルズが蹄の音に負けじと叫ぶ。「まだついてきているかどうか見てくれ！」

ヘンリエッタは必死で座席にしがみついたまま、マイルズをにらもうと隣へ顔を向けた。ボンネットが風で顔にへばりついたが、座席から手を離すのは怖いのでそのままにしておいた。「後ろなんか振り向けるわけがないでしょう！」

「わかった！　どうせウェストミンスター橋で振りきれるから大丈夫だ！」

「そこまでわたしたちが生きていればね！」

「なんだって？」

「気にしないで！」

「なんて言ったんだ？」

「だから……もういいわ」ヘンリエッタはつぶやいた。こういう皮肉は最初に口にした際に相手に通じなければ意味がない。それに、いつ死ぬかもわからないときにこだわる話でもなかった。


振り向けるわけがないと言ったものの、それでもヘンリエッタは首だけをねじって後ろを見てみた。敵も、通行料取り立て門でわざわざ止まるという手間を省いて走り抜けてきたらしい。距離が縮まっている。

前方にウェストミンスター橋が見えてきた。夕暮れどきなので交通量が多い。手すりのそばを歩く通行人、市場から荷馬車で戻る農夫、郊外に囲った愛人のもとへ行くと思われる馬に乗った紳士、前日に焼いたパンを積んだラバなどで橋はこみあっている。

ハトの群れに駆けこむネコのように、ふたりを乗せた馬車は往来の激しい橋へ突っこんでいった。やわらかい土の道からいきなり硬い石敷きの道に変わったせいで、馬は驚いて飛び跳ねたものの、すぐにまた全力で疾走しはじめた。商人は慌てて荷車を道端に寄せ、通行人は手すりにしがみつき、誰もが文句を言ったり、ののしりの言葉を吐いたりした。背後から、きれいに開けた道をまっしぐらに駆けてくる蹄の音が聞こえた。ヘンリエッタは目を閉じて祈った。

橋が揺れている気がして目を開け、すぐにそれを後悔した。眼下にテムズ川の黒い水がうねり、そこをアメンボのように行き交う多くの小舟が見えたからだ。もしここで馬を制御できなくなれば、馬車は手すりを飛び越え、泡立つ川の流れに落ちるだろう。

馬は橋の中心部を駆けつづけた。もはやマイルズが手綱を操っているのか、馬が勝手に走っているのか、ヘンリエッタにはわからなくなっていた。馬車は橋のなかほどを過ぎた。

叫び声が聞こえ、はっとして振り返った。誰が叫んだのかはわからなかった。もしかすると自分の声だったのかもしれない。

前方に顔を戻すと、キャベツを山のように積んだ荷車が道の真ん中をふさいでいるのが視界に入った。持ち主の農夫は恐怖に目を見開き、頑として動こうとしないラバの頭を必死に引っ張った。ふたりの乗る馬車がどんどん荷車に近づいた。あと数メートルというところで農夫は手綱を放し、転がるように手すりのほうへ逃げた。

ヘンリエッタは息をのんだ。

マイルズは意気揚々と言った。「見ていろ！　つかまれ、ヘン！」

数センチの余裕もない道を馬車が通り抜けた話は聞いたことがあるが、目の前でそれを見るのは初めてだった。マイルズはなめらかな手綱さばきで馬たちの向きを変えた。命懸けで馬車の側面にしがみついているのでなければ、その鮮やかさに見惚《みほ》れていただろう。四頭の馬は足並みをぴたりとそろえ、荷車の脇を駆け抜けた。ふたりの乗った馬車が木製の荷車と石造りの手すりのあいだで風を切る音がした。

「よし!」マイルズのつぶやきが聞こえたが、ヘンリエッタは神に感謝の祈りを捧げる余裕すらなかった。

橋にはもう障害となりそうなものはない。マイルズが頭上で鞭を鳴らし、歓声をあげた。「後ろをよく見ておけ、ヘン!」馬車が橋を駆けおり、左に急旋回しようとしたそのときだった。後ろの馬車は速度を出しすぎて急停止できず、かといってマイルズの馬車のように巧みに脇をすり抜けることもかなわず、まっすぐ荷車に突っこんだ。キャベツがいっせいに空へ飛び、通行人の頭上に落ちたり、欲深いテムズ川にのみこまれたりした。

キャベツに埋もれた馬車がちらりと見えたかと思ったときにはすでに、自分たちは薄暗い裏道に入っていた。小型の馬車がやっと通れるくらいの道幅しかない。左右には車体にこすれるほどの近さで洗濯物がぶらさがっていて、頭上にも天蓋のようにいろいろなものが張りだしている。クモの巣のような裏道を右に左に進路を取るマイルズの横で、ヘンリエッタは深呼吸をした。通りが少しずつ広くなり、家が大きくなり、風景が見慣れたものに変わってくると、マイルズは汗だくの馬をいたわるように速度を落とした。

ヘンリエッタは車体の側面を握っていた手を、指を一本ずつはがすようにして離した。

「もう……大丈夫かしら?」何度かまばたきをし、指で両目を押さえた。グローヴナー・スクエアの景色に現実味がまったく感じられないのは夕暮れのせいかしら? それともわたしの目がおかしいの? 屋敷はどれも濃い灰色の霧が見せる幻のように揺れているし、広場は緑色と茶色がにじんで見えるだけだ。

「ここまでは追ってこないだろう」マイルズは大きな屋敷の前で馬車を停止させた。疲れている馬たちはほっとしたように足を止めた。マイルズがこらえきれずににやりとする。「あのキャベツの山からはいだすには多少、時間がかかると思うね」

「みごとな手綱さばきだったわ」ヘンリエッタの声が震えた。「とくに、あの荷車をよけたところがね」

マイルズは鞭をくるくると振りまわした。「あんなのは余裕だよ」

「でも、こんなことは二度と経験したくない」鞭の動きが途中で止まった。「吐きそうだったし、死ぬんじゃないかと思ったわ」

「ぼくの腕を信用していないのか?」マイルズがむっとした顔で尋ねる。

「そうじゃなくて……銃を持った相手に追いかけられたことが怖かったの。あの人は本気だった」ヘンリエッタは身震いして、両手で唇を押さえた。「信じられる? わたしたちは銃撃されたのよ」

マイルズが心配そうな声をもらし、ヘンリエッタを抱き寄せた。彼女は素直に応じ、マイルズのクラヴァットに顔をうずめた。先ほどの逃走劇が悪夢のように脳裏をめぐる。追いかけてくる特徴のない黒い馬車。夕日に光る銃口。響き渡る銃声。弾がはねて舞いあがる土埃。馬車の側面についた傷。恐ろしい想像がむくむくと頭をもたげた。マイルズが撃たれてのけぞり、体を硬直させたまま馬車から転げ落ちて道端に倒れ、茶色の目をかっと見開いたまま息絶える……。ヘンリエッタは体の震えを止められなかった。あの弾のうち、一発でももう少し馬車側に入っていたらマイルズは……。

そう思うと顔がこわばった。

「あなたは殺されていたかもしれないのよ。わたしだって同じだわ」

「でも、そうはならなかった」マイルズは元気づけようとした。「ふたりともこうして生きているじゃないか。どこも怪我はしていない」見てくれとばかりに腕を広げてみせたとき、幌に銃弾の穴が空いているのが見えた。ヘンリエッタが気づいていないことを祈りながら、その穴を体で隠した。思っていたより危ない状況だったらしい。後ろの馬車にいたのが誰だかは知らないが——いや、見当はついている——射撃の技量は確かなようだ。

「怖いわ」ヘンリエッタはまだ不安そうな顔をしている。

「あまり思い悩まないほうがいい」マイルズはヘンリエッタを強く抱きしめた。「どうせ考えるなら……」なにか彼女の気をそらすいい話題はないだろうか？「キャベツだ！」

ようやくヘンリエッタを少し笑わせることができた。

「野菜にやられるフランスの諜報員なんてそうはいないぞ」今はただ彼女の気分を明るくしたかった。「これからしばらくはこの手でいこうか。次は玉ねぎだろう。それからニンジン。豆も悪くないな」

「カブを忘れちゃだめよ」ヘンリエッタが顔をあげ、震えながらため息をついた。「マイルズ、ありがとう」

「どういたしまして」マイルズは彼女の顔にかかった髪をそっと後ろになでつけた。

「もう大丈夫」ヘンリエッタが心を決めたように言い、体を離して背筋を伸ばした。「少しは落ち着いたから。これじゃあ、わたしはまるで……」

「子供みたいだ」マイルズはにやりとした。

「そのひと言は余計よ」ヘンリエッタがじろりとにらむ。

ふたりは笑みを浮かべた。そこにはこれまで慣れ親しんだ関係に戻れた心地よさがあった。邪魔が入らなければ、いつまでもそうしていただろう。ところがそこに馬丁が現れ、馬を小屋に入れるかどうかと尋ねた。

ヘンリエッタは困惑して建物を見あげ、マイルズに視線を戻した。その屋敷はこのグローヴナー・スクエアにあるほかの邸宅と同じく、堂々たるカントリー・ハウスのような造りをしていた。壁に半面が埋まったように見える二本の太い柱があり、それが三角形のペディメントを支えている。正面玄関の左右にはたいまつが焚《た》かれているが、窓はすべて暗く、カーテンが閉められていた。階下には人がいるらしく、地階の窓からは明かりがもれていた。

ここはアピントン邸ではないし、もちろん、ジャーミン通りにあるマイルズの家でもない。それなのに馬丁はマイルズを知っているらしく、名前を呼んで挨拶をした。

これはどういうことだろう？　だが、それを考えるにはあまりに疲れすぎていた。差し伸べられた手を取って馬車を降り、マイルズに尋ねた。「ここはどこなの？」

「ローリング邸だ」マイルズは馬丁に心づけを渡し、ヘンリエッタに腕を差しだした。

「ローリング邸？」

「わが家に先祖代々伝わる屋敷だよ。いや、本当はストランド街にも一軒所有していたんだが、そっちは王政復古のときに失ってしまってね」

「でも……」言葉が出てこなかった。馬車で激しく揺られたせいで頭がどうかしてしまったのだろうか。この状況をどう判断すればいいのかさっぱりわからない。彼女は正面玄関へと続く短い階段の前で立ち止まった。「あなたの家に行くのかと思っていたわ」

「それも考えてみたんだが……」マイルズがポケットに両手を突っこんだ。「やはり、あそこへは連れていけないと思ったんだ」

ヘンリエッタは気持ちが沈んだ。

顔には出すまいと努めながらも、これならストリータム共有地で撃ち殺されてしまったほうがよかったのかもしれないと思った。そうすれば、少なくともそのたくましい腕に抱きあげてもらえただろう。いいえ、やっぱりだめ。どうせわたしのことだから、なんだかんだあっても怪我だけですんでしまうに決まっている。そうすれば痛みで不機嫌になって、うっとりするような雰囲気にはなるはずもない。

マイルズが背筋を伸ばして胸を張った。肩がひどくたくましく見え、こんな状況だというのにヘンリエッタは胸がうずいた。

「ジャーミン通りの家はひとり者の住まいとしては悪くないし、ダウニーが趣味のいい部屋にしてくれてはいるが、それでも……きみは居心地が悪く感じるんじゃないかと思ってね。

きみが育ったような屋敷とはわけが違う」

「だけど……」あなたがいればそれでいいのにと言いかけて、口をつぐんだ。もし彼がわたしをジャーミン通りの家に連れていかずにすむ口実を探しているのなら、黙って従ったほうがいい。でも、それならなぜアピントン邸に送り届けないの？

マイルズは緊張が解けた顔で苦笑いした。

「いろいろ言いたいことはあると思うけど、とにかく最後まで話を聞いてくれないか」

愛情のこもった口調に胸が締めつけられ、ヘンリエッタは黙ってうなずいた。口を開けばとんでもないことを言ってしまいそうな気がする。

「〝カブ頭〟の言ったとおり、やはり世間体を考えるべきだ。あそこは男のひとり住まいだし、それに借家だからな。そんなところへきみを連れていくのは、なにかやましいことをしている気分になるというか……」マイルズはうまい言葉が見つからないというように手を振った。

「駆け落ちでもしたような感じ？」ヘンリエッタはぼんやりと答えた。

「そうなんだ。こそこそ隠れているように見える。それでは申し訳なくてね。きみにはもっとちゃんとした家がふさわしい」

「それにしても、どうしてここなの？」とりあえずひと晩、このローリング邸にわたしを泊めて、大喧嘩をしてからそれを口実に送り返すつもりかしら？　そうなったら世間の噂がおさまるまでしばらくヨーロッパにでも行こう。いえ、いっそ女子修道院のほうがいいかもしれない。

「それは……」マイルズは両手をポケットに突っこんだまま、いつものごとく手すりにもたれかかった。そうしているとまるで少年のように見える。「アピントン邸というわけにはいかないし、それなりの家を探すのには時間がかかるし、ぼくの両親はここに戻ってくることはないからね。だから……今日からここがふたりの家だ」

「ふたりの？」

マイルズの顔がかすかに不安そうに曇る。「家具は時代遅れだが、建物そのものは悪くないと思うよ。大掃除は必要かもしれないけれど、とりあえず部屋数だけは腐るほどあるし、それに――」

「じゃあ、婚姻を無効にするつもりはないのね？」ずっとそれを考えていたせいで、つい、その言葉が口をついて出てしまった。

「なんだって？」マイルズが戸惑った表情を見せた。「なんの話だ？」

「なんでもないの」ヘンリエッタは胸にうれしさがこみあげる一方、穴があったら入りたい気分にもなった。「気にしないで」

「ヘン」マイルズは彼女の顎に手をかけ、顔を少しあげさせるとまっすぐに目を見つめた。ヘンリエッタは自分がどう見えているのかがひどく気になった。きっと長旅で顔には埃の筋がつき、髪は乱れているだろう。「ひとつ頼みがあるんだ」

「なに？」慌てて尋ねた。どうか、ギリシア神話に出てくる怪物のヒュドラが暴れまわったあとみたいな顔に見えませんように。

「ぼくのためだけじゃない。ふたりのための頼み事だ」

ヘンリエッタは緊張のあまり神経がずたずたになりそうだった。どんなお願いだろうと想像するのはやめた。先まわりして考えると、彼は婚姻無効宣言を求めるに違いないと思いこんだり、その結果穴があったら入りたい気分になったり、とにかく、ろくなことにならない。

「ぼくたちの結婚は……」マイルズは言葉を選んでいるように見えた。「たしかに普通の手順を踏んだとは言いがたい。でも、きみさえよければ、そういうことはもう忘れないか？ほかの夫婦とは違って、ぼくたちはうまくやっていける可能性が高い。昔から仲がいいし、お互いのことが好きだからね。そこが普通の新婚夫婦とは違うところだ」ヘンリエッタの顎にかけていた手を離し、その両肩をつかんだ。「どう思う？」

ヘンリエッタは言葉に詰まった。とてもひと言では答えられない複雑な気持ちだ。今の言葉を聞いて、心の底からほっとしている自分もいる。今日は一日じゅう、マイルズはこの結婚をなかったことにするためにいろいろと理由をつけてくるに違いないと考えていただけに、それとはまったく逆のことを言われて正直なところ驚いていた。

でも……胸にとげが刺さったような痛みを覚えている自分もいた。親切で良心的な言葉というのはなんと寂しいものだろう。マイルズに愛されているかもしれないなどと大それたことを考えていたわけではない。それでも、彼がわたしに対して抱いている感情がこんな中途半端な愛情だったと知るのは、ある意味では拒絶されるよりもまだつらい。トマス・カリューの詩に〝ぼくを愛してくれ、さもなくば蔑んでくれ。焼けつく熱さでなければ、いっそ凍える寒さがいい〟という一節があるが、今ならこの言葉の意味がよくわかる。愛も軽蔑も、情熱があってゆえの感情だからだ。軽蔑は愛に変わることがあるかもしれないが、〝好き〟などといった生ぬるい感情ではそれ以上には発展しない。

マイルズの茶色い目を見ていると、自分が小さくてつまらない存在に思えてくる。だけど、わたしに燃えるような恋愛感情を抱いていないからといって、彼が悪いわけではない。それどころか、この奇妙な関係をなんとか心地よいものにしようと、マイルズはわたし以上に気を遣っている。だから、いつものように理性的に受け止めよう。心から望んでいた関係ではないけれど、なにもないよりはましだ。それに、もしかしたらいつかは……。余計な希望がふくらむ前に、ヘンリエッタは自分の気持ちを抑えこんだ。傷つくのはもうたくさんだ。

「ええ」彼女はためらいがちに答えた。「そうしましょう」

マイルズが安堵の表情を浮かべた。「後悔はさせないよ、ヘン」そう言うと、出し抜けに脚をすくってヘンリエッタを両腕に抱えあげた。

「ちょっと」ヘンリエッタは驚いて顔をあげ、玄関前の短い階段を一段飛ばしであがるマイルズを見た。「なにをするの？」

マイルズがにやりとした。

「妻を連れて新居に入るんだよ。それ以外にすることがあるかい？」

30

結婚式～利害関係にある当事者同士が、共通の目的のために手を組むこと。

――〈ピンク・カーネーション〉の暗号書より

「新居の玄関は閉まっているわよ」ヘンリエッタは指摘した。

「精神一到なにごとかならざらん、というだろう？　見ていろ」

「ちょっと待って。わたしを丸太ん棒の代わりにしてドアに打ちつけるつもりなら……」そこまで言ったとき、マイルズがブーツを履いた足で玄関のドアを思いきり蹴った。

三度目でドアが開き、二本の角が生えた悪魔のように髪が頭の左右に突きでている白髪の男性が怒って飛んできた。

「文明社会ではドアというものは……」男性は力強く説教を始め、恐ろしく胸を張った。だが、ローリング邸の神聖なる玄関に侵入してきた乱暴者が誰だかわかると、抱えあげられたヘンリエッタの目の前でその胸がいっきにしぼんだ。「マイルズ様？　マイルズ様でございますか！」

執事はマイルズからヘンリエッタへ視線を走らせ、その目をまたマイルズに戻すと、見るからに警戒する顔つきになった。『忠実な執事の心得』という指南書には、銀製品の正しい磨き方や、外国高官の外套を脱がせる方法に関する記述はあっても、仕える家の放蕩《ほうとう》息子が女性を抱えて帰ってきたときの適切な対処法については書かれていないのだろう。

「やあ、ストウィス」マイルズは臆することなく、懐かしそうに声をかけた。ヘンリエッタはクラヴァットで顔を隠したい気分になった。「おまえの新しい女主人を連れて帰ってきたぞ。こちらはレディ・ヘンリエッタだ」

ヘンリエッタは執事に小さく手を振ってみせた。突然の訪問に面食らっているストウィスの目の前で、マイルズは勝ち誇った顔で新妻を抱えたまま玄関に入った。

「変わった名前ね」ヘンリエッタはささやいた。

「ウェールズの出身なんだ」マイルズがささやき返す。「性格も変わっている」

「奥様」ストウィスが口ごもった。「マイルズ様、今日、お帰りになるとはうかがっておりませんでしたので、その……お部屋の用意が……」

「かまわない。こっちも突然、決めたんだ」マイルズは階段へ向かいながら肩越しに振り返り、なんでもないことのように告げた。「今日からここに住むことにした」

執事は慌てふためいた様子を見せながらも、なんとか自分を取り戻し、精いっぱい背筋を伸ばした。ヘンリエッタは、もしかしてストウィスはわたしより背が低いかもしれないと思い、隣に並んでみたくなったが、マイルズは腕の力を緩めようとはしなかった。

「使用人を代表し、マイルズ様がこちらに住むとお決めになったことに心からお喜びを申しあげます」

「わかった」マイルズは階段をあがりはじめた。ヘンリエッタは彼の胸にしがみついた。

「それはあとでゆっくり聞くとしよう。今夜はもうさがっていい」執事にドアを開ける必要はないというのは酷じゃないかしら？　「いいから、行け」

ヘンリエッタの目には、ストウィスが万事心得ておりますという笑みをちらりと口元に浮かべたように見えた。

「かしこまりました」執事はいかめしく答え、そそくさと玄関広間を出ていった。

ヘンリエッタは顔が赤くなり、クラヴァットを頭で小突いた。

「ちょっと、彼にわかってしまったじゃないの」

マイルズが顔をあげろというようにヘンリエッタの体を揺すった。

「夫婦はそういうことをしても許される」

「まだ結婚した実感がないわ」

「これからだよ」マイルズは階段をあがってすぐのドアを蹴り開けた。「たっぷり時間をかけて夫婦になろう」

そこは狭い部屋で、書き物机と何脚かの華奢な椅子があった。ほかになにが置かれているのかはよくわからなかった。窓はカーテンが閉められ、家具のほとんどは埃よけの布がかかっていたからだ。

マイルズはその部屋を出た。「くそ、間違えた」

「ねえ、そろそろおろしてもらえない？」ヘンリエッタは淡々と言った。ぶらさがっている脚がドアに挟まりそうになったからだ。

「ああ」マイルズはヘンリエッタに流し目をくれた。「ベッドを見つけたらな」

そして、万が一にも逃げださないようにと、彼女を抱いている腕を高くあげた。ヘンリエッタは小さな悲鳴をあげて抵抗した。「落とさないでよ！」思わず笑い声がこぼれた。

「そうやって笑っているほうがいい」マイルズが優しい声で満足げに言う。「笑っているきみが好きだ」

その言葉を聞いて、ヘンリエッタは胸が熱くなった。「あなたと一緒にじゃなくて、あなたのことを笑っているのでも？」彼をいとおしく思う気持ちを冗談でごまかした。

「ぼくのそばでというのがいいな」マイルズは彼女を強く抱きしめ、頬を髪にこすりつけた。

「それならできると思うわ」ヘンリエッタは思わず愛していると告げそうになったが、そんなことを言えばマイルズが困り、この不安定な関係にひびが入るのではないかと考えてやめておいた。

「そうすることはすでに決まっている」マイルズは廊下を進んだ。「今朝の誓いの言葉を聞いていなかったのか？」

「考えることがたくさんありすぎて、じつはぼんやりしていたの」

マイルズが真面目な顔になった。「気づいていたよ。だが……」いちばん奥の部屋の前で立ち止まった。「今夜はなにもかも忘れて、ふたりだけの時間を楽しもう。フランスの諜報員のことも、怒っている身内のことも全部、頭から追いだすんだ」

敵に追いかけられ、銃で殺されそうになったというのに、そんなことができるのだろうかとヘンリエッタは思った。けれども、茶色の目に優しく見つめられると、筋道を立ててものごとを考えられなくなった。いつも笑っているせいで目尻にできた小さなしわや、日光が届かないせいで色が濃い髪の根元が見えるほど、マイルズの顔がすぐ近くにある。

「そんなのは無理だと言っても、どうせ聞いてくれないんでしょう？」せいぜい澄ましてみせたが、声が震えそうになった。

「誓いの言葉で、夫に従うと約束しただろう？」マイルズはヘンリエッタをドアの取っ手に近づけた。「開けてくれないか？　両手がふさがっているんだ」

「約束というのとは少し違うわ」そう言いながらも、夫に言われたとおり素直に取っ手をまわした。「あれはなんというか……」

「いや、約束した」マイルズは肩でドアを押し開け、体を斜めにして部屋に入った。長いあいだ使われていなかったせいでこもった匂いがしたが、廊下から差しこむ明かりで、そこには肝心のものがちゃんとあることがわかった。ベッドだ。

「あれは、そうしなさいという教えみたいなものよ」ヘンリエッタは反論できないだろうとばかりに勝ち誇った顔でマイルズを見あげた。

「つまり……」マイルズがいたずらっぽく笑った。昔からよく知っている表情だが、今夜はいつもと若干違うことに気づき、ヘンリエッタは落ち着かなくなった。「きみを従わせたければ、ぼくに努力が必要だということか？」

「ええ、そうよ」強気を装ってみたものの、ベッドを見て不安がこみあげた。けれども、そんな気持ちを押し隠し、新妻が大きなベッドにおろされるのは当然だという顔をした。

だが、モンヴァル侯爵未亡人にとっては別段騒ぐこともない順当な流れなのだろうと思うと、嫉妬がわいてきた。マイルズは彼女にもこんなふうにしたのだろうか？

「なにを考えているの？」ヘンリエッタは尋ねた。

「こういうことをだ」マイルズが返事を待たずに唇を重ね、足でドアを閉めた。キスは魔法だ。唇が離れたときには、彼女はなにを話していたのかさえ思いだせなくなっていた。自分の名前を言えるかどうかも怪しいものだ。

「でも……」くらくらする頭で精いっぱい抵抗した。

マイルズが悩ましげな笑みを浮かべる。「まだ、納得できないかい？」そう言うと、ふたたび唇を合わせてきた。一瞬前のキスが応接間で人目を盗んで交わす軽い口づけに思えるほど、濃厚で甘美な味がした。あたたかい腕にきつく抱きしめられていると、どこまでがマイルズでどこからが自分なのかわからないくらいだ。ふたりを隔てる衣服の布地でさえ、互いの熱で溶けてしまったかのようだった。彼の髪や肌の香り、やわらかい舌、ぴったりと押しつけられた唇、脇腹に感じるベストのボタン、指先に触れる髪の感触。そういったものが渾《こん》然《ぜん》一体となり、この世には絡みあった舌や手や体のほかにはなにもないような気がした。太陽系儀をまわる惑星みたいに、部屋全体が傾いて揺れている。

やわらかくて弾力のあるものの上におろされたのを感じたヘンリエッタが声をもらしたとたん、今度は大きくて重いものが覆いかぶさってきて、体が深く沈みこんだ。

彼女はうめき声をもらして押しやろうとした。キスで息ができないのはかまわないけれど、重みで肺の空気をすべて押しだされるのは苦しい。

マイルズがヘンリエッタを抱きしめたまま、脇へ転がった。「すまない」耳元でささやかれると、引きかけた波が大きなうねりとなって戻ってきた。「足がつまずいた」

「知っているわ」そう答えたものの、首筋に唇を押しあてられた瞬間にまた言葉が出なくなった。

「そうかい？」マイルズもおしゃべりなどどうでもいいと思っているらしい。彼は唇で鎖骨をたどった。ずり落ちたドレスの襟元へと唇を滑りおろしていき、歯で襟を噛んでさらに引きさげる。肌にかかる熱い息にヘンリエッタは背筋がぞくぞくし、われを忘れた。ふと気づくと、旅行用のドレスの前ボタンがすべてきれいにはずされていた。

ヘンリエッタは驚いて顔をあげ、マイルズの頭にぶつかりそうになった。

「どうやったの？」信じられない思いで彼を見た。「全然気がつかなかったわ」

マイルズは慣れた手つきで袖を脱がせ、ドレスを腰までおろした。ヘンリエッタは本能的にスカートを押さえて抵抗した。マイルズがその手をひとつずつ取り去り、唇に押しあてた。

「ぼくにはいろいろと才能があるんだ。見ていてごらん」思わせぶりな口調で言う。

「そうみたいね」ヘンリエッタは複雑な気持ちだった。

マイルズは器用に脱がせたドレスを床に落とした。

ヘンリエッタは片肘をついて体を起こし、自分の姿を見てベッドカバーの下に潜りこみたい気分になった。シュミーズだけではひどく無防備に感じられる。

「あなた、侍女の仕事についたら成功するんじゃない？」

「脱がせるのは得意だけれど……」マイルズが頭からシャツを脱いだ。たくましい胸だ。

「着せるほうはあまりうまくないんだ」

「そうなの？」シャツの袖から腕を引き抜くときに胸の筋肉が動くのを見ながら、彼はこれまで何人の女性のドレスを脱がせてきたのだろうと思った。でも、それは過去の話であり、もう終わったことだ。

これからは誰にもマイルズを渡さない。今はわたしのもの。わたしだけのものだ。燃えあがる大恋愛の末に結婚したわけではないとしても、わたしがベッドで自由奔放に振る舞ってはならない理由はない。どうすればいいのかはさっぱりわからないけれど、クレオパトラにだってそういう時期があったはずだ。

そっとマイルズの胸に触れると、それに反応して筋肉がぴくりと動いた。そのまま手を彼の肩に滑らせてから、顔をあげて、自分の髪を背中に垂らした。肌に触れる髪の感触が心地よく、何度か頭を振って髪を揺らしてみた。

「ヘン」マイルズがささやき、放心したようにヘンリエッタを見つめた。そんなふうに見られていると、自分が美しくてしなやかで大胆になった気がしてくる。

「こんにちは」ヘンリエッタはささやき返し、彼の胸毛をなぞりながらズボンの腰まで両手をはわせた。

「やあ」マイルズはヘンリエッタの手をつかんで頭の上にあげさせ、はやる心を抑えようと長いキスをした。体はもう待ちきれないと訴えている。できるものなら、この場で飛び跳ねながら、〝彼女はぼくのものだ、ぼくのものだ、ぼくのものだ！〟と叫びたいくらいの気持ちだった。だが、そんなことをすればヘンリエッタは驚くに決まっているし、古いベッドが壊れるかもしれない。思いの丈をこめて肩に指をはわせ、シュミーズの紐を滑り落とした。ヘンリエッタが身震いし、うっとりとした大きな目でマイルズを見た。

気持ちは伝わっているとマイルズは感じた。

「きみは服を着こみすぎだ」彼は薄い生地に手をかけ、それを腰まで引き裂いた。

「マイルズ！」ヘンリエッタが叫ぶ。

「新しいものを買ってあげるから」マイルズは低い声でささやき、両方の乳房をてのひらで包みこんだ。「今すぐにというわけにはいかないが……」体をかがめ、胸のふくらみにキスをする。「来週ぐらいには……」

ヘンリエッタはまた言葉が出なくなった。胸の先を舌で刺激される感覚にめまいを起こし、気のきいたせりふを考えることもできず、ただ甘い吐息をもらしながらマイルズの髪に指を差し入れた。彼の唇の動きに刺激されて、爪先までしびれが走った。

ふたりはそのままベッドに倒れこみ、腕を絡めて互いを抱きしめた。ヘンリエッタは心の赴くままに体を押しつけた。下腹部にマイルズのふくらみがあたり、彼のうめき声が聞こえた。彼女は大胆な気分になって、硬くなったものを感じながら身をよじった。マイルズの呼吸が荒くなり、背中にまわされた腕の力が強くなる。

マイルズは自制しようと、ヘンリエッタの首筋や耳にゆっくりとキスをしながら、ウエストのくびれから腰のふくらみへ、さらには腿へと手をはわせた。シルクのごとき感触を味わいながら、さらにその手を腿の内側へさまよわせ、茂みのそばに近づけたところで、体がこらえきれなくなり、息ができなくなった。

口に入ってしまった髪を吐きだし、もどかしい手つきでズボンの前を開け、手荒くおろした。さっさと蹴りやろうとするのに足首に絡まってなかなか脱げず、マイルズは思わず毒づいた。ヘンリエッタが笑いをこらえながら、ぎこちない手つきで脱ぐのを手伝った。

「今、笑ったな？」マイルズはようやくズボンを蹴り飛ばし、彼女に覆いかぶさった。「後悔させてやる」

腿のあいだに唇を押しあてられて、ヘンリエッタは悲鳴にも似た声をあげた。舌を使った巧みな愛撫《あいぶ》に、鋭い快感が全身を駆けめぐる。肌が裂けてしまいそうな張り詰めた歓びが腹の底からわき起こり、早くひとつになりたいという思いがこみあげた。

マイルズが唇を指に代え、体を引きあげた。ヘンリエッタは自分があえいでいるのはわかっていたが、それを止めることもできず、ただ彼の指に腰を押しつけた。

「もう我慢できそうにない」耳元でささやかれたにもかかわらず、マイルズの声はどこか遠くから聞こえたかに感じられた。

ヘンリエッタは返事にならない声をもらした。その意味はマイルズに届いたらしい。彼女にとってはこれが初めての経験になることを思い、マイルズはゆっくりと腰を沈めた。ヘンリエッタは彼の首に腕をまわし、荒い息をつきながら、本能に突き動かされるままに動いている。それに刺激され、さらに深く進んだときだった。

ヘンリエッタが苦しげな声をあげ、マイルズはびくりとした。

「ヘン？　大丈夫か？」

彼女が顔をゆがめたのを見て、マイルズは心臓をわしづかみにされたかのような胸の痛みを覚え、思わずわが身の欲求を忘れた。じっとしているのが耐えられなくなってきたころ、ようやくヘンリエッタがかすかにうなずいた。

彼女は試してみるように、ほんの少しだけ体を動かした。

「ええ、大丈夫だと思う」

「本当に？」マイルズはなおも尋ねた。やっぱりだめだと言われたら、あとは窓から飛びおりるしかない。だが、ありがたいことにその運命は免れそうだった。ヘンリエッタが彼を求め、腰に脚を絡めてきたからだ。

ヘンリエッタはもう一度うなずいた。じっとしていてはさっきまでのような歓びは得られない。そんなのは我慢がならないと思ったからだ。やがてまた少しずつマイルズが動きはじめ、ひとつに結びついている陶酔感がこみあげてきた。てのひらに彼の肩のぬくもりが伝わり、敏感になっている乳首に胸毛が触れた。

体の奥から快感の波が怒濤《どとう》のごとくこみあげ、それにさらわれまいと正気にしがみついた。

「マイルズ……」彼女は助けを求めた。

「ここにいる」マイルズが耳元でささやくと、ヘンリエッタの腰をつかみ、さらに奥まで分け入った。「きみを放さないから」

何万ものシャンパンの泡がはじけて蠟燭の明かりに輝くような衝撃が体を貫き、ヘンリエッタは悲鳴をあげた。痙攣《けいれん》しているヘンリエッタのなかでマイルズも果てた。ふたりはともに深い満足感と体の疲れを覚えながら、いささか埃っぽいベッドカバーに倒れこんだ。

マイルズはヘンリエッタを片手に抱いたまま横向きになった。ヘンリエッタが満足げに大きく息を吐くと、夫に体を密着させ、肩に頭をのせて体に脚を絡める。彼はヘンリエッタの髪に頰をすり寄せてその香りに鼻をうずめ、汗ばんだ肌や、やわらかいふくらみが触れている感触を味わった。そして彼女の乱れた髪を指ですき、シルクのような手触りを楽しんだ。髪が絡まっているところで指が引っかかり、ヘンリエッタがいらだたしそうに身をよじる。

「ヘン？」マイルズは彼女を指でつついた。「生きているかい？」

「ええ」ヘンリエッタが短く答え、さらに顔を寄せてきた。

マイルズはにやりとした。「一八年目にしてようやくきみを黙らせたぞ」

ヘンリエッタは夫の肩に顔をうずめたまま、くぐもった声でなにか言った。

「なんだい？」

ヘンリエッタが顔をあげた。「すばらしかったわ」ため息をつく。「すてきで、見事で、申し分なくて……」

「よかっただろう？」

「ええ。わくわくして、くらくらして、むずむずして……」

「わかった、わかった」マイルズはあきれて目をぐるりとまわした。

ヘンリエッタの目がいたずらっぽい光を帯びる。

「最高で、途方もなくて、恍惚としていて……」

「お手あげだな」

ベッドのカーテンから夜明けの光が差しこむころ、ヘンリエッタはふたたび言葉では表現し尽くせない歓びを味わっていた。

詩~陸軍省から送られてくる暗号化された指令書。非常に重要な用件のときのみ、この通信手段を使用。〈詩節〉〈冗長〉及び〈冗舌〉の項を参照。

――〈ピンク・カーネーション〉の暗号書より

31

テュイルリー宮殿の〈黄色の間〉では、蠟燭に薄布がかけられているにもかかわらず、女性のカールした髪を飾るダイヤモンドや、男性の広い肩にかかった金色や銀色の肩章がきらびやかに輝いていた。未亡人たちが談笑し、軍人たちは大笑いし、部屋の隅では人々が扇の陰で内緒話をしている。ジョセフィーヌ・ボナパルトが主催する木曜日のパーティは、めかしこんだ紳士や、着飾ったレディや、ナポレオンの取り巻きであふれ、ほかの客人たちの服装を批評したり、最近の噂話をささやきあったりしていた。

そんな大勢の客人たちのあいだを〈ピンク・カーネーション〉はなめらかな足取りで歩きまわりながら、ちょっとした情報を耳で拾い集めていた。頭がかゆくなる毛染めはきれいに落とし、黒いズボンや、白い縁なし帽や、女魚売りになったときのくさいショールは家に置いてきた。

今夜はいつもとは違い、本来の自分であるジェイン・ウーリストンの格好だ。ドレスは流行のデザインながらも地味で上品だった。ほかの女性たちは指や首や耳や爪先までも派手なダイヤモンドやカメオで飾っているというのに、ジェインが身につけている装身具といえばエメラルドのロケットがついたネックレスがひとつだけだ。ロケットのなかにはピンク色の花の絵が入っている。若い女性が花の絵柄を好んだとしても誰からも怪しまれることはない。

ジェインがまさかフランスを脅かす有能な諜報員だと疑う者は誰もいなかった。なんといってもエドゥアール・ド・バルコートのいとこだからだ。未亡人たちはエドゥアールをこう評した。〝ほら、あそこにいるわよ〟〝ええ、あんなに太った体で赤茶色のクラヴァットなんかつけてみっともない。それに、あそこまでナポレオンにへつらうのはいじましいわ〟〝でも、今どき、ナポレオンにお世辞のひとつも言わない人なんているかしら？〟それに対して、ジェインの評価は高かった。〝あの娘は美人だし、お行儀がいいわね〟〝ええ、話すべきときと黙るべきときを心得ているし、ちゃんと目上の人に敬意を払っているわ。男性と冗談を交わすのはうまいけれど、変な色目を使ったりはしないもの。どこやらの尻の軽い方々とは大違いよ〟最後のひと言を口にするとき、未亡人たちは必ず、ナポレオンの妹であるポーリーヌやカロリーヌをじろりとにらんだ。扇の陰では、もっと侮蔑的な言葉でふたりを語ることも珍しくなかった。

未亡人たちはジェインがそばにいても安心して噂話を口にした。おしゃれに気を遣う男性たちは、また少し違う目でジェインを見ていた。いつの世も若者は古風でしとやかな美しい女性に好感を抱くものだ。ジェインの整った顔立ちと礼儀正しい態度は、古代ローマの彫刻を思わせた。若者たちはそれにだまされ、ジェインをとりわけすばらしい芸術作品のように扱った。見た目は美しいが、耳は聞こえない彫刻だ。そんなふうにして、ジェインは人々のちょっとした会話から多くの情報を収集した。

だが今は、おしゃべりな未亡人たちや、色恋にしか興味のない若者たちや、支援している詩人たちから、なるべくすみやかに、かつさりげなく遠ざかることしか念頭になかった。唇に静かな笑みを浮かべながらも、頭は今しがた得た情報をまとめようとめまぐるしく働いていた。まさかと思うようなとんでもない事実を知ってしまったからだ。

けれど、おそらく間違いはないだろう。よく考えれば、小さなかけらの集まりから古代ローマのモザイクが復元されるように、すべての情報がひとつの大きな事実を指し示している。でも、その絵は不愉快で衝撃的なものだった。今この瞬間も、あるひとりの恐ろしい諜報員が監視もつけられずにロンドンの町を自由に動きまわっている。

一刻も早くヘンリエッタに気をつけるよう伝えなくては……。

ジェインはそばを離れようとしないデズモロー大佐ににっこりとほほえみかけ、喉が渇いているので飲み物を取ってきてもらえないかと頼んだ。

デズモロー大佐は快くそれに応じ、人ごみのなかへ消えた。ジェインは椅子から立ちあがり、うれしそうに悪口をささやきあう未亡人たちのかたわらを通り、体のあちこちの具合が悪いとぼやくナポレオンの弟ルイ・ボナパルトの脇をすり抜け、ジョセフィーヌの取り巻きたちを横目で見ながら進んだ。ジョセフィーヌは立ち姿が美しく、穏やかな表情をしている。ギリシア神話でピュグマリオンが理想の女性を彫像にしたというが、その彫像のガラテアがこのテュイルリー宮殿に運ばれてきたかのようだ。

ドアが見えた。あと四歩も行けば廊下に出られる。そうしたらすぐにいとこの屋敷へ戻り、手早く荷造りをしてイギリスに発とう。これほど重要な情報は誰にも託せない。密使は途中で消されてしまうことがあるからだ。あと三歩……。男性の格好をして馬で港へ向かおう。馬車より馬のほうが速いし、余計な会話をせずにすむ。わたしの不在については、ミス・グウェンに頼んで、病気で寝こんでいることにしてもらえばいい。重いはやり病だと言えば、見舞客を断れる。あと二歩……。カレーではなくオンフルールの港を使おう。オンフルールのほうが監視が少ないし、お金を出せば速い船を貸してくれるように話をつけてある漁師がいる。あと一歩……。

「これはこれは！」ベストの前ボタンをはずして袖口の大きな白いシャツを着た男性が、ふらりと行く手をさえぎった。誰もが耳を疑うほど下手で冗長な詩を書くオーガスタス・ウイットトルズビーだ。「おお女神よ。ぼくの難解な詩を愛してくださる無類のパトロネスよ」

「こんばんは」ジェインは周囲の目を気にして愛想よく答え、小さな声でつけ加えた。「また今度にしていただけませんかしら？」

ウイットルズビーは気だるそうに手を額にあてた。大きな袖口で顔が隠れた。「そんなことを言われたら、ぼくはあなたの足元に卒倒し、息絶えてしまうでしょう。どうかこのしもべに、あなたの偉大なる美貌をたたえた最新の詩を披露させてください」そして大きな袖口で口元を隠したまま、ジェインだけに聞こえる声でささやいた。「ミス・ウーリストン、大事な話がある」

ジェインは顔をこわばらせた。この同志である秘密諜報員がこんな口調になるなんてよほどのことだ。ウイットルズビーは約一年前から風変わりな詩人という立場を貫き通し、ジェインとの関係でもそれを崩さなかった。ナポレオンのお膝元であるこのテュイルリー宮殿でこんなふうに接触してくるとは、相当、急を要する用件なのだろう。「では、少しだけよ、ミスター・ウイットルズビー。あまり帰りが遅くなるといとこが心配するから」

ウイットルズビーはジェインのシルクの室内履きに頭がつくのではないかと思うほど深々とお辞儀をし、誇らしげに腕を差し伸べた。そしてジェインを小さな控えの間へエスコートすると、ほかの客人たちに聞こえるように大声で言った。「おお、情熱的な天使よ。ささやかな憐れみをおかけくださったことを、決して後悔はさせませぬ」ささやき声がそれに続いた。「イギリスから指示が来た」

「ミスター・ウイットルズビー、あなたの詩を読ませていただけるのは光栄ですわ」

「いや、あなたの気高さの前ではそんな光栄は色あせてしまうでしょう」ウイットルズビーが手にキスをするのを見て、ジェインは少し身をかがめた。「問題が起きた。すぐにアイルランドへ行ってくれ。ウィッカムの指示だ」

「光栄は色あせるかもしれませんけれど、わたしは顔が赤らみますわ」ジェインはいやがるふりをして手を引き抜いた。「無理よ。今夜、イギリスへ戻るの」

「おお、そんなあなたもまた美しい！　頬の紅潮は神の祝福です。朝露をたたえた繊細なる薔薇の花びらの可憐《かれん》さの前には、太陽とて畏敬の念に打たれることでしょう」ウイットルズビーはジェインの前にひざまずき、あがめるように顔をあげた。「指示は明確で急を要する。今夜だ。馬車が迎えに行く。シャペロンを連れていけ」

ジェインは顔を曇らせ、足元にひれ伏す詩人に優雅に手を差しだした。「そこまで懇願されたのでは、石の心の持ち主でもない限り拒絶はできませんわね、ミスター・ウイットルズビー」

ウイットルズビーはその手にうやうやしく額をこすりつけ、大きな袖口からピンク色のリボンをかけた羊皮紙の巻物を取りだすと、〈黄色の間〉にいる誰の目にもはっきりと見えるように高々と掲げたあと、ジェインのてのひらにそれをのせた。

「三行ごとの三番目だ」ウイットルズビーはささやいた。彼の詩は暗号を運ぶ道具にすぎず、暗号となる言葉が含まれている位置はそのたびに変わる。フランス警察省はウイットルズビーのことを下手な詩を書く変人ぐらいにしか思っていないだろうが、本当はそうではない。彼には詩の才能があり、戦争が始まる前は詩人の道を目指していた時期もあった。そこへイギリス陸軍省が目をつけたというわけだ。

「じっくり読ませていただきますわ」明らかに詩だとわかる不規則な長さの行が並んだその巻物を、なるべくほかの人にも見えるように広げた。「伝言を届けてほしいの」

ウイットルズビーは詩を受け取ってもらえて感きわまったとばかりによろめいて床に崩れた。「わかった。相手と内容は？」

「まあ、どうか立ちあがってくださいませ。あなたがそんなふうでは、わたしは詩を楽しめませんわ」ジェインは心配するふりをしてウイットルズビーの上にかがみこみ、手短に用件を伝えた。

ウイットルズビーが目を見開く。「なんだと？　まさかそんな――」

「なにもおっしゃらないで。もうお褒めの言葉は充分に頂戴しましたから」ジェインは〈黄色の間〉を背にして手を差し伸べ、ウイットルズビーが立ちあがるのを助けた。顔が青ざめているのが自分でもわかった。「必ず届けてちょうだい」

彼はジェインの手袋をはめた手に口づけた。「詩の女神に誓って」その目にちらりと愉快そうな色が浮かんだ。「約束する」

ジェインはとてもそれを楽しむ気にはなれなかった。「ちゃかすことじゃないわ」

「任せろ」

「ええ、お願い」ジェインは短く答え、上等なローン地のスカートの裾をひるがえしてドアの外へ出た。

ものの五分後には、ミス・ウーリストンが詩人につきまとわれ、頭痛を理由に帰宅したという噂が〈黄色の間〉に広まった。〝まあ、お気の毒に。あの詩人は本当にしつこいもの〟〝それに彼の詩の下手なことといったら！　詩について語らなければ、まだ少しはましなんだけど〟そんな世間の悪口はおかまいなしに、当のウイットルズビーはいたく満足していた。少なくともジェイン・ウーリストンにパーティを辞去する口実を提供できたからだ。ウイットルズビー自身も、〝もっとひらめきが欲しい〟と言いながら、そのあとすぐに〈黄色の間〉を立ち去った。未亡人たちはそれについても口さがなく噂した。〝ひらめきですって〟〝まったく失礼きわまりない人ね。どだい、イギリス人に詩なんて書けるわけがないのよ〟

そのころ、オテル・ド・バルコートではジェインとミス・グウェンが手早く荷物をまとめていた。一方、テュイルリー宮殿からさほど遠くない廏舎では、ウイットルズビーが馬の尻を叩き、フードをかぶったマント姿の男性に声をかけた。「一刻も早くだぞ！」〈黒チューリップ〉の正体を知る三人のうちのひとりとなった密使は、わかったというように手を振り、馬を駆けさせた。道がすいていて風に恵まれれば、明日の夜にはロンドンに着くだろう。そしてロンドンでは、〈黒チューリップ〉が最後の準備をしていた。明日の午後にはすべてが終わるはずだ……。

はかない夢～なにごともないように見せかけて敵を油断させること。悪事の前触れとなる。
〈小道〉及び〈桜草〉の項を参照。

——〈ピンク・カーネーション〉の暗号書より

32

マイルズは桜草の花束を手に、幸せな笑みを浮かべながら、門衛の前を通って陸軍省の建物に入った。「結婚の申しこみにでも行くのか？」ひとりの門衛がささやき、同僚が忍び笑いをもらした。

マイルズはひとり悦に入っていたため、門衛たちの会話には気づかなかった。今ならフランスがペルメル街の長さにまでずらりと大砲を並べたとしても、この上機嫌は崩せないだろう。混雑した廊下を縫うように進みながら、マイルズは現実を振り返ってかぶりを振った。実際のところ、問題はなにひとつ解決していない。親友は今でも怒っているし、フランスの諜報員はこのロンドンの町のどこかを自由に歩きまわっている。それに、アピントン夫妻への説明もこれからだ。駆け落ちのようなスキャンダルではないにしても、これほど性急に結婚したとなれば、しばらくは社交界で後ろ指を指されることになるだろう。そう、最後のひとつを取っただけでも、本当はもっと落ちこんでしかるべきなのだ。

アピントン侯爵夫人からは長々と説教を食らうはめになるだろうし、アピントン侯爵はむっつりと黙りこむだろう。だが、今朝、家を出るときに見たヘンリエッタの寝姿を思いだしただけで、そんな暗い気分はどこかへ吹き飛んでしまう。ヘンリエッタは青白い片腕をあげ、髪を乱し、うっすらと唇を開いたまま眠っていた。昨日の夜、ヘンリエッタが延々と言葉を並べたてたときのことを考えると、笑いださずにはいられないほどだ。これだけは言える。自分たちはなにがあっても会話のない夫婦にだけはならないだろう。

マイルズはウィッカムの部下をつかまえ、来訪の意を告げた。部下の男性は忙しいらしく、座って待つよう言い残し、さっさと執務室へ入っていった。

ほかに考えるべきことはいくらもあるだろうと自分に言い聞かせても、ふと気がつくと、またにやにやしていた。隣に座っている男性がさりげなく椅子を遠ざけた。

〝座ってお待ちください〟という短い言葉がこんなちょっとした面倒事を引き起こすのかと思うと、じつにおもしろい。

〝きみには借りがある〟〝デカンターを取ってくれ〟〝窓から出ていけ！〟など、そういう言葉はいくらでもある。最後の〝窓から出ていけ！〟は、個人的な経験によれば、体は痛いし、服は汚すしで、ちょっとしたというよりはたいそうな面倒事を引き起こすと言っていい。そこまで考えて、マイルズは深いため息をついた。今はこんなくだらないことをおもしろがっている場合ではない。目の前には問題が山積している。

とにかく、どこかの時点でぼくはヘンリエッタに恋をした。

普通に日々を過ごしてきただけなのに、そんなのはおかしくないか？　ぼくはジェフと違ってロマンティックな男ではないし、リチャードみたいに任務柄、正体を偽って女性と密会してきたわけでもない。あのふたりなら、やがてはのっぴきならない恋に落ち、矢を射たキューピッドが腹を抱えて笑うような状況が訪れるのも納得できる。だが、ぼくは違ったはずだ。それなのに現実は、親友に去勢してやると脅され、フランスの諜報員に銃で狙われたというのに、こうして朝から笑いが止まらない。仕事のことより、今夜ヘンリエッタと一緒に過ごすディナーのひとときのほうが気になり、どうかすると愛の詩のひとつも作ろうかと考えている始末だ。でも、彼女にとっても、ぼく自身にとっても、西洋の詩の伝統にとっても幸いなことに、その詩はいつも冒頭だけで終わる。ぼくは詩をひねりだせる男じゃない。

けれど、それでもヘンリエッタを幸せにすることはできるはずだ。ここまで来る道すがら、それについて真剣に考えてみた。たとえば宝石を贈るのはどうだろう。エメラルドのネックレスは常に、〝ゆうべはすばらしい一夜をありがとう〟という気持ちを伝えるにはもってこいの贈り物だ。だが、ヘンリエッタの場合はふたつばかり問題があった。まず、彼女はすでにエメラルドのネックレスを持っている。しかも、ブレスレットとイヤリングがそろいになったものだ。それに……あまり大きな声では言えないが、愛人の気を引くための手段をそのまま使っても、ヘンリエッタを喜ばせることはできない気がする。妻に対してはもっとなにか気持ちのこもった特別な……くそっ、いい言葉が思い浮かばない。こんな体たらくで、本当に彼女を幸せにできるのだろうか。でも、昨晩、ヘンリエッタを抱えあげたとき、彼女はうれしそうにしていた。あれはぼくも気に入った。

だが、自分がどうしたいかではなく、ヘンリエッタがそれを好きかどうかが問題なのだ。つまり、一緒に拳闘の試合を観戦したり、〈タッターソールズ〉の市場へ馬を見に行ったりするのはあきらめ、これがいちばん残念なのだが、ドレスを脱がせるのは少し控えたほうがいいということだ。女性は、ドレスは脱ぐより着るほうが好きなものだ。なんという時間と布地の無駄だろう。イチジクの葉が一枚あれば充分なのに。もちろん、ぼくもヘンリエッタのドレス姿を見るのは嫌いじゃない。とりわけ、歩くたびに脚の形がよくわかる薄手の布のスカートや、襟ぐりの大きく開いた……くそっ。マイルズは後ろめたい気分で周囲を見まわし、さりげなく帽子を膝の上に置いた。最近の流行はズボンがぴっちりしているのが困ったところだ。

もう少しあたり障りのないことを考えたほうがよさそうだ。どこかの舞踏会で誰かが言っていたが、花は愛を語るものらしい。すでに花びらの端がいくぶん茶色くなりはじめた桜草の花束を、マイルズは疑わしい目で見おろした。本当だろうか？　この花は水をくれと言っているようにしか見えない。あるいは、花が愛を語るというのは、愛をはぐくむには花を育てるように滋養が必要だという比喩だろうか。だが、園芸に詳しいわけではないが、植物の滋養といえば肥やしだ。肥やしがロマンティックなものではないのはこのぼくでもわかる。

〝ああ、ぼくの愛はたっぷりの肥やしだ〟などと言ってもヘンリエッタが歓喜に打ち震えることはなく、代わりにおまるが飛んでくるのがおちだろう。

マイルズは首を振った。ウィッカムへの報告はあとまわしにし、〈ハチャーズ書店〉までひとっ走りして、ヘンリエッタが聞いたら喜びそうな愛の言葉が書かれている恋愛小説でも買ってこようか？　いや、それは無駄な努力だろう。まずどれを選べばいいかわからないし、たとえうまい具合に本が見つかったとしても、どの一節を借用するのが適切か簡単に見分けがつくわけがない。まさか目次に、〝妻を喜ばせるのにちょうどいい言葉〟だとか〝愛を伝えるための簡単な一〇の教訓〟などと、都合のいいように書かれているとは思えないからだ。だいたいこのぼくがそんな小説を持っていたら、ヘンリエッタは大笑いするに決まっている。

やはり、ふたりきりで食事をするのがいちばんだろう。シャンパン、牡蠣《かき》、チョコレート……。一度に並べるのではなく、順番に楽しむほうがいい。ちょっと待てよ。ブドウも加えよう。皮をむいて、ひとつずつヘンリエッタの口に運ぶのだ。ブドウは滑りやすい果物だから、ときにはひと粒かふた粒、あるいは一〇粒くらい、ドレスの胸元に落ちることがあるかもしれない。そうしたら……。どうやら古代ローマ人はブドウのよさをよく理解していたらしい。ふたりが一緒に座れる大きなソファでブドウの皮をむき、カスタードクリームなどもそばに置いて……。

ウィッカムの部下が現れ、大きな咳払いをした。マイルズは驚いて立ちあがった。空想のなかのブドウは、残念ながらヘンリエッタのドレスの胸元ではなく、床に散らばった。

「お入りください」部下の男性は早口でそう言い、マイルズを執務室にせきたてた。「短時間でお願いします」

マイルズはうなずき、ウィッカムの執務室へ入った。前回来たときとは壁に貼られた地図が変わり、以前より太いピンが使われている。マイルズがドアを閉めると、その振動で地図が揺れたが、太いピンのおかげで壁から落ちることはなかった。

彼はウィッカムの机の前にあるいつもの椅子に腰をおろした。

「おはようございます」

ウィッカムはマイルズの明るい顔と、いささかしおれた桜草の花束をじろりと見た。

「機嫌がよさそうだな。その花はぼくへの贈り物か?」

マイルズはわけがわからず手元を見おろし、花束に気づいて顔を赤らめた。開きかけた口をすぐに閉じ、大柄なたくましい男には似合わない狼狽の色を浮かべた。

「あの……いえ、違います」慌てて花束を背中に隠した。「じつは結婚したんです」

「それはおめでとう」ウィッカムは淡々と祝いの言葉を述べた。「どうかお幸せに。だが、結婚の報告をしに来ただけではあるまいな?」

「いいえ」マイルズは真面目な顔になり、椅子を机に近づけた。「〈黒チューリップ〉はヴォーンだという確信を得ました」

ウィッカムは表情を変えなかった。「なるほど」

マイルズは顔をしかめてうなずき、説明を始めた。「この週末、セルウィック・ホールにドンウェル・アビーの修道士に扮した不審者が侵入しました」

ウィッカムが問いかける表情になった。

マイルズはたいしたことではないというつもりで手を振り、まだ花束を持っていることに気づいて、慌ててそれを椅子の下に押しこんだ。「地元に伝わる幽霊伝説です。気にしないでください」そして、身を乗りだした。「そのときは、セルウィックの書類を見るのが目的だろうと思っていました」

「常識的に考えるとそうだな」ウィッカムがつぶやく。

「ありがとうございます。そう推測する根拠もありました。荒らされたのは机の引き出しだけで、ほかの部屋に物色の形跡はなく、庭にも不審な痕跡は見つかりませんでした」マイルズは一瞬、言葉を切った。自分が庭で不審な行動を目撃されてしまったことを思いだしたからだ。

ウィッカムは眉をひそめた。「引き出しにはなにが入っていたんだ？」

「領地に関する書類だけです。セルウィックは国家機密に関する書類をそのへんに置いておくような不注意なまねはしませんから」

「まあ、そうだろうな」ウィッカムは机に置かれた時計にちらりと目をやった。ギリシア神話の神であるアトラスが天空ではなく時計を担いでいる。

「ええ」マイルズは急げと言われているのだと察し、手短に説明することにした。「翌日、馬車宿に入ったのですが、そのとき同行した相手が偶然、ヴォーンがオペラ歌手のマダム・

フィオーリラと話しているところを立ち聞きしました。正確には、マダム・フィオーリラらしき女性ということなのですが……」彼は訂正した。「馬車宿を発ったあと、ぼくたちの後ろを一台の馬車がついてきました。ブライトンからロンドンまでは一本道なので、初めのうちはおかしいと思わなかったのです。ところが突然、後ろの馬車が発砲してきました。ぼくたちはなんとか難を逃れて、ロンドンへ戻ってきたというわけです。どうです？」マイルズが机を叩いたせいで、アトラスが飛びあがった。「ヴォーンが怪しいのは間違いありません。ほかに馬車宿から跡をつけてくる人物など考えられませんから」

「ひとつ質問がある。その同行の相手とは誰なのだ？」ウィッカムは尋ねた。「セルウィックと一緒だったのか？」

マイルズは顔を赤らめた。

「その……セルウィックには違いないんですが、レディ・ヘンリエッタのほうです」

これまでマイルズがなにを報告しても顔色ひとつ変えなかったウィッカムが、本筋とは関係ないと思われるこの事実にひどく反応し、ふいに背筋を伸ばした。そして、フランスの諜報員を三階の窓から飛びおりさせ、イギリスの諜報員をすくみあがらせると言われる恐ろしい目でマイルズを見据えた。

「ヘンリエッタ・セルウィックか？」鋭く尋ねた。

「は……はい」マイルズは困惑した。「セルウィックの妹をご存じなんですか？」姓が変わったことをここで告げるのは不適切に思えた。ウィッカムは結婚式というよりは葬式にでも出席しているような顔をしている。

「いかん」ウィッカムが声を荒らげた。「事態は深刻だ」

「どういう意味です?」マイルズは机の端をつかみ、椅子から腰を浮かした。

ウィッカムはすでに椅子を離れ、ドアのほうへ歩きだしていた。「事は急を要する」

ドアの取っ手をつかんだ。「彼女の身が危ない」


なにか鋭いものが腕をつついた。

ヘンリエッタは眠さのあまりたいして大きな声も出さず、寝返りを打ってやわらかい羽根枕に顔をうずめ、もぞもぞとシーツのなかに深く潜りこんだ。ところが、ふとなにかがおかしいことに気づいた。シーツはいつものラベンダーの香りではなく、かびくさい臭いがする。それにシーツの肌触りもいつもとはまったく違う。

一瞬で目が覚め、勢いよく体を起こし、腰までずり落ちた上掛けを慌てて胸元まで引きあげた。真っ先に昨夜の出来事が頭に浮かび、それから結婚したのだということを思いだした。マイルズ……。あれは本当にあったことよね? もちろん、そうよ。そうでなかったら、裸で知らないベッドに寝ているわけがないわ。数時間前にこのベッドで繰り広げられた出来事を思いだし、深紅の上掛けより顔が赤くなった。

ヘンリエッタを赤面させた相手の姿はなかったが、隣の枕の上に急いで折りたたまれたと思われる紙がのっていた。腕を伸ばしてその紙切れを広げると、また自分の枕に倒れこんだ。

マイルズの筆跡だ。そこには大きな殴り書きの文字でこう書かれていた。〝陸軍省へ行ってくる。昼までには戻る〟署名のひと文字は〝M〟とも〝D〟とも読めたし、角度によってはずぶの素人が描いたシャーロット妃の肖像画に見えなくもなかった。

わたしの美貌と魅力をたたえる詩でないのはたしかね。

彼女はかぶりを振り、くすくす笑った。いかにもマイルズらしい。そのとき短い追伸があることに気づき、これまでどんな男性から長々しい褒め言葉をかけられたり、すばらしく美しい詩や散文をもらったときよりも目を輝かせた。そこにはひと言、こう添えられていた。

〝最高だった〟

ヘンリエッタはその紙切れを胸に押しあてた。本当に〝最高だった〟と書いてあるの？もう一度、紙切れを持ちあげてみた。やはりその文字は〝最高だった〟と読めた。〝最低だった〟でも〝最悪だった〟でもないのね？念のためにしつこく読み直した。間違いないわ。紙切れの端を握りしめ、さらに四度、思い違いでないことを確かめた。その言葉を舌の上で転がしているうちに、だんだんわけがわからなくなり、ヘンリエッタは改めてその意味をしっかりと心に刻んだ。

最後にもう一度、ちゃんとまだその文字が書かれていることと、それが〝M〟という署名が崩れたものではないことを確かめたあと、意を決して紙切れをたたんだ。枕に頭を戻し、四角く折った小さな紙を胸の上に置き、顎をさげてそれを眺めた。これだけの内容では愛を綴った手紙だとは呼べない。そう思うとまた紙を開いてみたくなったが、それは我慢した。

でもこれは、彼が夫としての努めを果たし、わたしとうまくやっていこうとしている証《あかし》だ。夫としての努めですって？　ヘンリエッタは両肘をついて体を起こし、紙切れを胸の上からおろした。急に喜びが色あせた気がした。お情けで適当な言葉をひと言だけ書き添えたのかもしれないと思うと、あまり喜べなくなった。

マイルズは子供や動物にも優しい人だ。だけど、機嫌の悪い子犬に愛を綴った手紙を――ひと言しかないけれど――書いたりはしないわよね？　ええ、たぶん、そんなことはしない。子犬は文字が読めないから、適当な骨を与えるだけだ。それにしてもたったひと言だけというのは、なんと小さな骨だろう。

寝返りを打ち、枕に強く顔をぶつけた。

そんなことを考えていても――バン！――しかたがないじゃない――バン！　真っ赤な顔で覚悟を決めて体を起こした。髪を後ろになでつけ、枕からはみだして髪に絡まった羽毛をつまんで落とし、シーツを体に巻きつけてベッドを出た。いくら悩んでもどうにもならないことで自分を苦しめるのはやめよう。これからは家のなかを取り仕切らなければならない。枕のかびくさい臭いを思いだし、鼻の頭をかいた。まずはシーツの洗濯からだ。使用人たちに会う必要もある。執事との初対面がマイルズに抱きあげられた姿だったことを思いだし、また頰が紅潮した。それに両親に手紙を書かなければならない。

両親のことを思うと、シーツをつかんだ手が止まった。最初に使用人の件を片づけることにして、お父様とお母様への手紙は午後にまわそう。お兄様からすでに知らせが行っていないかしら？　いいえ、お兄様のことだから、マイルズの馬車がロンドンからセルウィック・ホールに戻ってくる前に手紙を書いたに決まっている。きっと週末にあった出来事やわたしたちのことを、怒りに任せて書き散らしているわ。あんなことをしたあとで、お父様やお母様に許してもらえる日は来るのかしら。でも、とにかく努力するしかない。勘当されるのだけはなんとしても避けたいもの。そうなったらわたしだけでなく、マイルズもつらい思いをすることになる。

いつもの癖で身支度を整えるために呼び鈴を引いてメイドを呼びそうになり、そこではたと気づいた。ここにわたしのメイドはいないし、それどころかわたしは清潔なドレスさえ持っていない。

昨日着ていたドレスを二本の指でつまみあげ、眉間にしわを寄せた。スカートには土埃で縞模様ができ、裾にはなんのものかわからないしみがつき、身ごろはほころび、袖にはあろうことかキャベツの葉のようなものがへばりついている。

「いやだわ」ドレスを何度も振り、くっついていた葉を赤と青の模様のある絨毯に落とした。

この屋敷のどこかにマイルズの母親の古いドレスも残されているはずだ。昔風のデザインは今でもそれなりに通用する。だが、ローリング子爵夫人とはおしゃれの感覚が違う気がするし、シーツを巻きつけただけの姿で衣装だんすを探しに行くのはさすがにためらわれた。とりあえずは昨日のドレスを着て、あとでアピントン邸に戻るとしよう。

顔をしかめながら汚れたドレスに袖を通し、なんとか肩からずり落ちない程度にボタンを留めた。化粧台の上に色あせたヘアブラシがあるのを見つけ、絡まった髪をこんなふうになってしまった原因を思いだすと、またもや顔が赤くなった。昨夜、マイルズに髪をすかれたことや、キスをされたことや、それ以上の行為を裏によみがえり、恥ずかしさにあたりを見まわした。

「ばかね」ヘンリエッタはつぶやいた。

あれだけ必死に追う手から逃げたのだから、この屋敷に着いたときはすでに髪は乱れていたはずよ。特徴のない黒い馬車に追われていたときのことを思いだすと、紅潮した頬から血の気が失せた。

あれはヴォーン卿の仕業だとマイルズは思っているらしい。

ヘンリエッタは眉をひそめ、ゆっくりと髪をとかしつけた。

すべての事柄がヴォーン卿を指し示している。あのわたしが〈紫りんどう〉の妹だと知ったとたんに接近してきた。あの中国風の八角形の部屋での言動はどう考えてもおかしい。それにヴォーン卿はどういうわけか、謎めいた話し方をする。フランスにはもう何年も行っていないと言ったけれど、昨日、馬車宿で話していた口ぶりでは、つい最近まで向こうにいたふうに聞こえた。フランスへ行く理由は、ある女性と決着をつけるためだ。そして、なによりこれがいちばん怪しい点なのだが、彼はあの馬車宿からわたしとマイルズを尾行できる立場にあった。

だけど……どういうわけか、少し音程のはずれている歌を聴いているような違和感がある。

ヘンリエッタはその理由を探ろうと、もう一度、記憶のなかであの狭い階段をあがり、木製のドア越しに聞こえるくぐもった声に耳を澄ましてみた。ドアのせいでヴォーン卿の表情を見ることはできないため、その声に含まれる微妙な感情を聞き取ることに集中した。長年、歌のレッスンを受けてきたおかげで、声に対しては感性が鋭くなっている。あのときヴォーン卿は怒っていたし、いらだってもいたが、その口調に悪意はなかったように思う。どちらかというと、強くて頑固なリア王が荒野で苦しみを終わらせる直前に抱いていたのと同様の、言葉にならないもどかしさが感じられた。ヘンリエッタは鼻の頭にしわを寄せ、ヘアブラシを持つ手に思わず力をこめた。悲劇の王を引きあいに出すなんて、本職の諜報員としては失格だわ。

どれほど笑顔を絶やさない人物であろうが、じつは悪人だという可能性は大いにありうる。その声が深い悲しみに満ちていても、内心ではジェインの殺害とイギリスの転覆をもくろんでいるのかもしれない。それでもやはりヴォーン卿は違うという気がする。ヘンリエッタはため息をついた。マイルズの反論が聞こえてきそうだ。

〝ヴォーンじゃなかったら、いったい誰だというんだ。ぼくたちがあの馬車宿にいたことを知る者がほかにいたか？　まさかフィッツヒューだと言う気じゃないだろうな。それはあいつのすこぶる評判の悪いピンク色のベストに負けず劣らず笑える話だぞ〟

フィッツヒューのことを思いだしたせいで、ヘンリエッタはあることに気づいた。正確に言うなら、ある人物だ。

ヘアブラシを持つ手を途中で止めたまま、鏡のなかをにらんだ。考え事をしているせいで目尻にしわの寄った自分の姿が映っている。ずっと心のどこかで気になっていたぼんやりとした記憶が突然、鮮明によみがえった。わたしがそばを通ったとき、脇にどいてくれた男性のことだ。流行の服に身を包み、大きなクラヴァットをつけ、たしか黒くて細い口髭を生やしていた。彼はずっとわたしたちのテーブルの近くにいた。そして、わたしが階段を駆けおりて喫茶室に入ったときは、暖炉のかたわらでこちらを見ていた。

帽子のつばとクラヴァットのひだのせいで顔はほとんどわからなかったが、どこかで見た覚えのある人物だと感じた。あのときのわたしは、初めのうちはマイルズとの関係がぎくしゃくしていることにいらだっていたし、そのあとはヴォーン卿の声を聞いたことから動揺し、感覚が研ぎ澄まされていたとは言いがたい。

でも……。ヘンリエッタは音をたててヘアブラシを化粧台に置いた。調べてみる価値はありそうだ。もしわたしの勘が間違っていたら、マイルズには話さなければいいだけの話だ。なにも相手に襲いかかり、罪を糾弾して大立ちまわりを演じようというわけではない。エイミーならそうするかもしれないけれど、わたしには無理だ。危険に飛びこむのは自分の柄ではないと昨日の一件で思い知らされた。

ヘンリエッタは長い髪を後ろに払った。危ないまねはしない。少し偵察したら、すぐに家に戻る。それならなんの問題もないはずだ。

方法はすでに頭に浮かんでいた。

マイルズは椅子を押しやり、ウィッカムがドアを開ける前にその腕をつかんだ。

「彼女の身が危ない？」

「レディ・ヘンリエッタ、〈ピンク・カーネーション〉、それにフランスにいる同志のすべての命が危険にさらされている」ウィッカムは沈鬱な声でそう言うと、力の抜けたマイルズの手を振り払ってドアを開けた。「トーマス！」

マイルズは恐怖に襲われ、上司の顔を凝視した。「いったいどういうことですか？」

ウィッカムは険しい表情をした。

「いずれ説明する。トーマス、特殊部隊をアピントン邸へ派遣しろ」

「ローリング邸です」マイルズは短く訂正した。

ウィッカムがマイルズを見る。「ローリング邸？」

「ぼくたちは結婚しました」

ウィッカムのまぶたが震えた。「なるほど」ふたたび秘書に顔を向けた。秘書は緊張した面持ちで、目だけを動かしてふたりの顔を交互に見た。「特殊部隊をローリング邸へ」

「待ってください」マイルズはまた口を挟んだ。

「なんだ」ウィッカムがわずらわしそうに答えた。

「ヘンがローリング邸にいることは誰も知りません。特殊部隊が目立った行動をとるのは逆効果だと思われます。ぼくが彼女を屋敷の外に出さないようにすれば――」

「トーマス！」ウィッカムの声に秘書が振り返った。「ローリング邸を監視するのは二名だ。園丁の格好をさせろ」ウィッカムはマイルズに視線を戻した。「庭はあるな？」

マイルズは黙ってうなずいた。

「レディ・ヘンリエッタを屋敷から出すな。ミスター・ドリントン、レディ・ヘンリエッタ、及び使用人以外の者は屋敷に入れるな。不審な点を発見したら、ただちに報告しろ。いいか、ただちにだ。祖国の安全がかかっている。わかったな」

秘書はウィッカムの命を受けて、足早に立ち去った。

マイルズは机へ戻ろうとするウィッカムの前に立ちはだかり、帰れと言われる前に尋ねた。

「教えてください」

ウィッカムはマイルズの手を払い、静かに落ち着いた足取りで机に戻った。だが、そんなことでマイルズは納得しなかった。ウィッカムが口を開いた。

「レディ・ヘンリエッタの連絡役が――」

「ヘンの連絡役？」マイルズはつぶやいた。

「そうだ」ウィッカムは、これ以上口を差し挟むのは許さないという顔でマイルズをにらみつけた。「先週末、その女性がボンド通りにある自分の店から姿を消し、昨日発見された。テムズ川でだ」

マイルズはごくりと唾をのみこんだ。

「それがヘンとどんな関係があると……」答えは聞かなくても容易に想像がついたが、それでもなにか別の説明を聞けるのではないかと願わずにいられなかった。ヘンリエッタの命は無事だと確信できるような説明だ。

「これで理解できないなら、きみはここにいる資格がない」ウィッカムは厳しい口調で言い捨てたが、マイルズの苦悩の表情を見て口調を和らげた。「発見されたのは昨日だが、身元がわかったのは今朝だ」

マイルズは青ざめた。「拷問の痕跡は？」冷静な声で尋ねた。

「あった」

「いったいどんな――」

ウィッカムはいらだたしげにその質問を手で制した。「はっきりとはわからない。だがその方法は……」眉間に深いしわが刻まれた。「かなり残酷なものだった」

マイルズは口汚く悪態の言葉を吐いた。

「きみの報告でわかったことがある。気はめいるが、意外ではなかった」

「では、やっと見つけたんですね」

ウィッカムはマイルズの非難めいた口調を無視し、それに対して説明しようとはしなかった。

「そうだ。〈黒チューリップ〉はきみの妻が〈ピンク・カーネーション〉とつながっていることを知っている」

33

最高～命を脅かす危険があること。〈優れる〉〈すばらしい〉及び〈立派〉の項を参照。

――〈ピンク・カーネーション〉の暗号書より

この計画をローリング邸で思いついたときは、必ずなにか見つかるはずだと信じていた。小ぢんまりとした邸宅の居間で、ヘンリエッタは暖炉の前にかがみこみ、灰をかきだすふりをしながら、怪しい煉瓦《れんが》はないかと暖炉の内側を見まわした。小さな秘密の戸棚か、大きな隠し部屋でも見つかればしめたものだ。その昔、イギリスでカトリック教が禁止されたとき、信者たちは自宅に司祭をかくまう隠し部屋を造った。このあたりは大きな屋敷が立ち並ぶ地区ではないため、その時代の建物が残っているとは思えないが、たとえ新しい住宅でも、愛人や密貿易商を隠すための部屋があるかもしれず、暖炉の内側がそこへの通路になっている可能性は捨てきれない。

ところが困ったことに、暖炉の内側は怪しい煉瓦だらけだった。煤《すす》がこびりついた煉瓦がでこぼこと突きだしているため、そのすべてが隠し部屋を開ける細工に見えてしまう。先ほどは絨毯を掃くふりをしながら床に小さな段差がないか調べたが、これもたくさんありすぎて閉口した。床板がきれいに張られていないため、小さな段差などいくらでもあるからだ。もちろん、隠しドアは見つからなかった。一方、壁は真っ平らで、仕掛けを施せそうな曲線部分や、金箔の縁取りはひとつもなかった。そういうわけで、ヘンリエッタはすっかり意気消沈していた。

ローリング邸であれこれ考えた結果、頭の奥のほうにある穴に隠れていたあやふやな記憶を引きずりだすことに成功した。心に引っかかっていたのは声ではなかった。あのとき、男性はやわらかなテノールで〝失礼、マダム〟と言った。クラヴァットでくぐもってはいたけれど、鍛えられた耳にはそれが聞き覚えのある口調だとわかった……と自慢したいところだが、そういうわけにはいかなかった。声は完璧だった。怪しいと感じるほど低いしわがれ声ではなく、かといってシェイクスピアの喜劇に出てくる去勢した半ズボンの男性を思わせるような高い声でもない。その半ズボンにもおかしな点はなにもなかった。あの半ズボンは芯地を使って巧妙に補正されていた。昨今の若者は、貧弱な脚をたくましく見せるためにそういうズボンを好んではく。補正の仕方が多少おかしくても、誰もそれを見て怪しいとは思わない。流行のズボンが体型を隠す絶好の道具となったわけだ。高襟は、男性にしてはなめらかすぎる頬の肌を隠し、ついでに付け髭に影を落として、それが偽物だということをわかりにくくしていた。大きなクラヴァットは、やはり男性というには細すぎる顎の線と、アダムよりイヴに近い喉元を覆っていた。燕尾服の硬い裾とベストは、胸を隠すために布を巻くよりはるかに効果的に女性らしい体型をごまかした。

だが、そんな服装に合わないものがひとつあった。髪型だ。

あの人物は流行の最先端をいく服装に身を包みながら、髪型だけは昔風に後ろで束ねて垂らしていた。〝カブ頭〟のフィッツヒューのようなしゃれ者を気取っている若者たちは、古代ローマのブルータスみたいに髪を短く切っている。髪を後ろで束ねているのは年配の男性か、おしゃれにうとい若者か、格式にこだわる頑固者だけだ。ジョージ・ホービーの店で作らせたブーツを履き、〈滝〉と呼ばれる形にクラヴァットを結んでいる男性がすることではない。われながら鋭い観察力だわ。ヘンリエッタは暖炉の灰をシャベルですくってバケツに入れ、まだいくらかくすぶっている石炭の小さな燃えさしが落ちるのを見ながらそう思った。

ひとたび髪型のおかしさに気づくと、あとはするすると謎が解けた。あんな色の黒髪はめったにあるものではない。あれはスペイン人に多い青みがかった黒ではなく、イギリス人によくある砂色の金髪ともくすんだブルネットとも呼べる茶色がかった黒でもなく、光があたると銀色のつやが出る本物の深い黒だ。

そんな黒髪の持ち主をわたしはふたりしか知らない。ひとりはメアリー・オールズワージーだ。彼女は詩人が思わずペンを置いてしまうほどの輝く黒髪をしている。だが、メアリー・オールズワージーは半ズボン姿で有名でもない馬車宿をうろついたりはしない。たとえそれがおしゃれな半ズボンだとしてもだ。メアリー・オールズワージーなら真夜中に駆け落ちをすることはあるかもしれないが、そのときは一分の隙もなくめかしこみ、きゃんきゃんとうるさい子犬を膝に抱いていくだろう。追っ手にさっさとつかまえてもらうためだ。

そして、もうひとりはモンヴァル侯爵未亡人だ。

あの黒髪をそのままにしておくとは、どこまで自信過剰なのだろう。でも、実際のところ、そうするしかなかったのかもしれない。ヘンリエッタは寛大な心でそんなふうに考え、シャベルで灰をすくった。最近ではギロチン台の犠牲となった人々の冥福を祈るために短い髪型にする女性も多いが、侯爵未亡人が髪を切れば間違いなく社交界の注目を浴びる。だからといってあの豊かな髪を帽子のなかに押しこむのはひと苦労だし、ほつれ毛が落ちれば怪しまれるのは間違いない。

声、髪型、身長、体型、そのすべてがモンヴァル侯爵未亡人と一致していた。だが、逆を言えば、それ以外はなにひとつ一致しないとも言える。いちばんお気に入りの真珠のネックレスを賭けてもいいが、あの馬車宿にいたのは侯爵未亡人だ。では、その目的はなんだろう？　彼女がフランスに協力する理由がわからない。モンヴァル侯爵未亡人は、領地も、爵位も、財産も、地位も、夫も、すべてフランス革命に奪われた。夫のことは当人が言っているほど悲しんでいるようには見えないけれど、地位と財産に関してはまた話が別だろう。若いときの彼女はのしあがることばかり考えていた娘だったと、シャーロットの祖母も言っていた。

もしかすると、そののしあがる機会を求めて、フランスの新たな陰の実力者に運命を託したのだろうか？　もしそうだとしたら、あまり報われていない気がする。家はそれなりの住宅街にあるけれども、さして広いわけではなく、家具は必要最低限のものしか置かれていない。一見、贅沢《ぜいたく》な暮らしに見えるが、実際のところ絨毯はすりきれ、壁には絵の一枚もなく、わずかな家具はどれも古びたものばかりだ。

やっぱりおかしい。

こんな話をマイルズにしようものなら、どうなるかは目に見えている。彼はまず、つじつまの合わない点をひとつひとつ指摘するだろう。そして――ヘンリエッタは顔をしかめた。燃えさしの一部がスカートに落ちて小さな穴が空いたのを見たからではない――うぬぼれた顔でにやりとして、やきもちを焼いているんだろうとからかうに決まっている。たとえ、あからさまなからかいの言葉は口にしないにしろ、わたしが嫉妬していると思いこむことに変わりはないのだから、口調にそれがにじみでるだろう。そんなことは想像しただけでも顔が赤らんでしまう。これに対してわたしが反論できるのは、髪型がおかしいという一点のみだ。髪の色は喫茶室でちらりと見ただけだから信頼性が薄い。こんな主張は法廷ではとても通用しないだろう。〝裁判長、この証人は恋に夢中になるあまり、冷静な判断ができない状態にあると考えられます〟

どういうわけか〝カブ頭〟のフィッツヒューがモンヴァル侯爵未亡人の弁護人として空想のなかに登場してきた。彼はいつもまさかと思うときに姿を現す。

〝カブ頭〟を頭から追い払い、シャベルを暖炉に置いて、疲れた腕を伸ばした。どうやらわたしにも筋肉というものがあるらしく、それが悲鳴をあげている。お風呂に入りたかった。

部屋じゅうに湯気が立つほど熱い湯に、ラベンダーの香りがする浴用塩を入れて、ゆっくりとつかりたい。

腰に手を置き、最後にもう一度、室内を見まわした。早く家に帰ってお風呂に入ろう。この部屋に怪しいところはなにもない。ひとつ挙げるなら、長椅子の下に乾燥したリンゴが半分落ちていたことぐらいだ。しなびてはいたが、毒リンゴには見えなかった。

エイミーの知恵を拝借し、ここへはローリング邸のメイドから借りた茶色くて目の粗いウールの服を着てきた。突拍子もない頼み事にメイドは仰天していたが、仮装パーティに着ていくのだと言ってごまかした。信じられないという顔をしているメイドから服を受け取り、こそこそと部屋に戻ってそれを着た。デザインは簡素だが、昨日、着ていた旅行用のドレスよりはよっぽど清潔だし、キャベツの葉もついていない。近いうちに、ローリング邸の使用人全員の給金を値上げしよう。新しい女主人は変わった人だと思われるかもしれないが、きっと心の広い変人だと感じてもらえるだろう。

この邸宅には、メイドの格好をしてなに食わぬ顔で入った。エイミーの言ったとおりだ。白い縁なし帽をつけ、簡素な服を着ていれば、誰の目にも留まらないものらしい。厨房の出入口から入ったのだが、料理人は鍋を見るのに忙しく、厨房のメイドは野菜を切りながら、ちょっと目を離した隙に若いメイドが馬丁のまたいとことできてしまったという話に夢中になっていた。

なにごともなく侵入に成功すると、二階へ向かい、モンヴァル侯爵未亡人の寝室に入った。

なにを捜すという当てがあったわけではない。フランスから送られてきた署名入りの指令書の束でもあれば申し分ないが、イギリス陸軍省が注目し、嫉妬説をマイルズに忘れさせられる程度に怪しいものならなんでもよかった。あの馬車宿にいた謎の男性が着ていたのと同じ服があれば万々歳だし、ほかに変装用のかつらや髭や暗号文なども大歓迎だった。そういうものがあれば、わたしが根拠のない浅はかな嫉妬心から侯爵未亡人を疑っているのではないことが証明できる。

ところが今のところ、嫉妬説が最有力候補として残りそうな気配が濃厚だ。ヘンリエッタはまた灰をかき集めはじめた。寝室には長くはいられなかった。侍女が足音をたてて入ってきたからだ。だが、いずれにせよ、とくに変わったものはなにもなかった。変装に使えるかもしれない化粧品の小瓶がいくつか並んでいたが、おしゃれな女性なら持っていて当然のものだ。一瞬、ウサギの足でできた化粧用ブラシのなかにメモでも詰めこまれていないかと勘ぐった。まさかと思いながらひねってみたが、どこかが開くカチッという音はしなかった。シャベルとバケツを盾にほかの寝室ものぞいてみたが、まったく使われている気配がなかった。ろくに家具はなく、絨毯には埃が積もり、張りのないマットレスがのった古いベッドがひとつあるだけだ。念のために衣装だんすを開けてみたがなかは空っぽで、クモが一匹、なにを勘違いしたのかこちらの肩に飛んできた。わたしはイギリス陸軍省に貢献している者が悲鳴をあげてなるものかと我慢し、代わりに手でバタバタと大げさにはたいた。

これだけどこもかしこもがらんとしていると、そのこと自体に興味がわいてきた。寝室でさえベッドの支柱が物掛けに使われ、衣装だんすにはドレスが入っているものの、どこか仮の宿のような雰囲気が漂っている。持ち物は一時的にそこに置かれているだけで、いつでもすぐに荷造りができるように見えた。

もちろん、たんに経済的な理由からそうなっているだけであって、とくに深い意味はないのかもしれない。

最後の希望を託して、この居間に来た。貸家にありがちなくたびれた感じのする部屋だが、少なくとも使用されている形跡はあった。暖炉には燃えさしがあり——ここにいることを正当化するために早速、ヘンリエッタは暖炉の掃除に取りかかった——長椅子のそばにある華奢な脚のテーブルには何冊か本がのっていた。全部ぱらぱらとめくってみたが、拳銃や毒薬入りの小瓶がおさまる空間が作られた本はなく、暗号を示す単語にしるしがついたページもなく、〝ベリストン・スクエアにある古いオークの木の下で真夜中に落ちあいたし〟と書かれた手紙も挟まれていなかった。本そのものは以前の居住者の所有物だと思われた。二、三年前にフランスではルソーの感傷小説が流行したらしいから、『新エロイーズ』（ルソーによる書簡体の恋愛小説）ぐらいならモンヴァル侯爵未亡人が読んでもおかしくはないが、同じルソーでも『人間不平等起源論』は軽く読める内容ではない。ましてやユグノーの『暴君に対する自由の擁護』は、ラテン語からフランス語に翻訳されているとはいえ、彼女が楽しみのためにページをめくっているところなど想像もできない。

要するに、成果はなにもなかった。わかったのは、以前の居住者は書物の好みが渋かったことと、家事はいざ自分が従事してみると意外に重労働だったことだけだ。それこそマイルズに知られたらさんざん笑われるだろう。

だが、彼には話さなければすむ話だ。ヘンリエッタは灰の入ったバケツにシャベルを放りこんだ。もしかするとマイルズは〈ホワイツ〉にでも立ち寄って、ジェフとダーツの勝負を楽しんでくるかもしれない。そのあいだにさっさとローリング邸へ戻り、この服を脱いでしまえば、外出したことは知られずにすむ。いいえ、それよりアピントン邸に立ち寄って、きれいな服に着替えよう。もしマイルズにあれこれ尋ねられたら、午前中は実家でローリング邸へ持っていくドレスや本を選んでいたと言えばいい。そうそう、ぬいぐるみのバニーも連れていかないと。ヘンリエッタは立ちあがって腰を伸ばし、灰で汚れてしまったエプロンで手を拭いた。

そのとき、廊下から足音が聞こえ、慌ててまた暖炉の前にしゃがみこんだ。居間のドアが開いた。ヘンリエッタは自分がシャベルのとがったほうを持っているのに気づき、相手が見ていないことを願いながら大急ぎで持ち替えた。

モンヴァル侯爵未亡人の服装は、このわびしい住まいとはまったく対照的だった。赤みがかった藤色をしたモスリン地のドレスは、透けるような薄い生地がやわらかく揺れ、布地というよりは霧のように見える。銀色のつやのある黒くて豊かな髪は、カールのかかった手のこんだ髪型に結われ、ドレスとおそろいの色のきらきら輝くリボンと、ダイヤモンドのピンが飾られている。その姿に厳しさはまったくないが、どういうわけかヘンリエッタは、ローマ神話の戦略の女神ミネルヴァや、狩猟の女神ディアナのようだと思った。

侯爵未亡人は通りを見おろす窓辺に寄り、ミネルヴァの胸当てのごとく硬い声で言った。

「さがりなさい」

ヘンリエッタはうつむいたままぎこちなくお辞儀をし、道具をまとめた。マイルズへの言い訳を考えながら、灰の入ったバケツを持ちあげたときだった。モンヴァル侯爵未亡人が鋭い視線で振り返った。シャベルの持ち手がバケツにあたってコトンと音をたてた。

「あなた」

ヘンリエッタは肩を丸めて顔をさげたまま、その場で立ち止まった。

侯爵未亡人がいらだたしげな声で言った。「こちらへいらっしゃい」

バケツを手にしたまま、ヘンリエッタはゆっくりと前に進んだ。


「彼女をどこへやった？」

マイルズはヴォーンのいる朝食の間のドアを力任せに押し開けた。シルクの壁飾りが裂け、ドアの蝶番が緩んだ。

ウィッカムから衝撃的な事実を聞かされたあと、マイルズは陸軍省を飛びだし、リンゴ売りの手押し車をひっくり返し、歩いている人々を肩で押しやり、小さな生き物を踏みつけながら、自宅のあるグローヴナー・スクエアまでをこれまでにない速さで駆け戻った。そのあいだずっと、ヘンリエッタは恐ろしく朝寝坊だからまだ家にいるに違いないと自分に言い聞かせ、〈黒チューリップ〉は彼女がローリング邸にいることを知るはずがないと自分を慰め、深紅の上掛けに濃い茶色の髪を広げて眠っているであろう彼女の姿を頭に思い浮かべていた。

だが、空っぽのベッドを見た瞬間に、奈落の底に突き落とされた。それはセルウィック・ホールの庭でヘンリエッタと一緒にいるところを見られてしまったことよりも、親友であるリチャードの友情を失ったことよりも、まだ恐ろしい出来事だった。悪夢に襲われ、上掛けを引きはがし、ベッドの下をのぞきこみ、まさかと思いながら衣装だんすの扉を開け、ふたつある化粧室も確かめた。怒りに任せて古い木製の浴槽をひっくり返し、ベッドのカーテンを引きちぎったときだった。床に落ちた上掛けに紙切れが挟まっていることに気づいた。そこになんと書かれていることを願ったのかは自分でもわからなかった。恐怖と不安で頭がまともに働かなかったからだ。

マイルズが殴り書きした文字の下に、ヘンリエッタの丸みのあるきれいな文字で〝出かけてきます。昼までに帰ります。H〟と書かれ、〝すばらしかったわ〟と追伸が記されていた。

マイルズはその紙をくしゃくしゃに握りつぶし、なにがあってもヘンリエッタを無事に取り戻してみせると固く心に誓った。

アピントン邸の使用人も、ペネロピもシャーロットも、ヘンリエッタを見ていなかった。ジェフは自宅にいなかったため、〝緊急事態〟と書いたメモを残してきた。もう一度、ローリング邸に戻ったが、ヘンリエッタは帰っておらず、執事のストウィスは女主人の行き先を知らなかった。最悪の事態が起きたのだとマイルズは確信した。そうとわかれば、向かう先は一箇所しかない。

ロンドンの小汚い道を駆けずりまわったせいで上着は汚れ、クラヴァットは曲がっていたが、そんなのはどうでもよかった。怒りと不安に突き動かされ、ドラゴンの巣窟であるヴォーンの屋敷を目指してひたすら全速力で走りつづけた。もしヘンリエッタの身になにかあったら……。

いや、そんな事態にはさせるものか。必ずヘンリエッタを無事に助けだし、ヴォーンの首を絞めてやる。〈黒チューリップ〉の名にふさわしく、顔が真っ黒になるまでじわじわと苦しめてやるからな。

「彼女をどうした？」マイルズは肩で息をしながら詰め寄った。背後でドアがきしみ、揺れていた。

ヴォーンは龍の模様がついたガウンを着て、円テーブルに座っていた。つやのある桜材のテーブルは幾何学模様の象眼細工の縁取りがされている。肘のそばには縦溝彫りが施されたコーヒーポットがあり、ヴォーンはカップを口につけながら新聞を読んでいた。午前中のひとときをのんびり過ごしている紳士の姿そのものだ。

侵入者を追いだそうと進みでた従僕を、ヴォーンは手のひと振りでさがらせた。マイルズが突然飛びこんできたことなど、まったく意に介していないそぶりだ。こういうことはよくあるのだろうか、とマイルズは思った。あるいは、ぼくが来るのを予期していたとか……。

「彼女とは誰のことだね？」ヴォーンが気だるげに尋ね、新聞のページをめくった。

「おまえが答えろ」マイルズはそのガウンの腰紐でヴォーンの首を絞めてやりたくなったが、そんなことをしたら訊きたいことも聞きだせなくなると考えて思いとどまった。「おまえが答えろ！」

だからといって、理路整然と話をする心の余裕はなかったが。

ヴォーンはゆっくりと新聞のページをめくった。

「そのオウムのような返事から察するに、相手が誰かということが重要な点みたいだな」

「そうだ」高ぶる感情を抑えようと、こぶしを握りしめた。「おまえがそういう態度をとるつもりなら、こっちにも考えがあるぞ」

「そんなことを言われても困る。どういう態度をとるべきか、先に話してくれないとどうすればいいのかわからないからね。ゲームをするときは先にルールを決めるものだろう？　勝手に進めるのは紳士らしくないな」

「おまえに言われたくはない。とぼけるな」マイルズは激昂《げきこう》した。

ヴォーンが片方の眉をつりあげる。

マイルズは円テーブルに両手をついて身を乗りだし、低い声で言った。

「ヘンリエッタをどうした？」

ヴォーンが物憂げに視線をカップからあげ、いくらか興味を持ったと察せられる顔をした。たいした役者だ。「つまり、レディ・ヘンリエッタが行方不明になっているのだね」

「行方不明じゃない。誘拐されたんだ。おまえの手下にな。彼女をどこへやった？」

「わたしの手下？」ヴォーンはカップをそっと皿に置いた。まさに優雅な紳士そのものだ。「わたしは彼女を高く評価しているし、誤解を恐れずに言うなら、たいへん気に入ってもいる。だが、誘拐まではしない。わたしにもそれくらいの常識はある」

ヴォーンは従僕に、もう一杯コーヒーを注ぐよう手振りで示した。

マイルズはいきりたった。もちろん、ヴォーンがそう簡単に口を割るとは思っていなかった。海千山千の諜報員なのだから、こういう場面には何度も遭遇しているのだろう。けれども、なにかしらの反応はあるだろうと想像していた。隠しドアにちらりと目をやるとか、従僕にそっと身振りで指示を出すとかいったことだ。ヴォーンがヘンリエッタを脅して屋敷じゅうを捜してもいいが、おそらく無駄だという気がした。ヴォーンがヘンリエッタを自分の家に隠しておくとは思えない。たぶん田舎にある小さな家か、薄汚れた界隈にある怪しげな部屋にでも押しこめるだろう。そういう場所なら、ゆっくりと時間をかけて犠牲者を尋問できる。

犠牲者……。マイルズはヘンリエッタの連絡役がたどった運命を思いだした。

ヴォーンがまだここにいるのは安心材料のひとつだ。〈ピンク・カーネーション〉の正体を探るのは重要な任務だから、思うにヴォーンはみずから尋問するつもりでいるだろう。そこまで考えて、マイルズははっとした。くそっ。ヘンリエッタの救出に支障が生じないのなら、そこにある重い銀製のトレイで自分の頭を叩きたい気分だった。どうしてここへ来る前に気づかなかった？　こんなふうに後先も考えず屋敷に飛びこむのではなく、じっと物陰に隠れ、ヴォーンが外へ出てくるのを待つべきだった。そうすればヘンリエッタのところに向かうヴォーンを尾行できたものを……。

「どうしてわたしがレディ・ヘンリエッタを誘拐しなければならないのかね？」ヴォーンがあくまでも落ち着き払った声で尋ねた。「そうだな」つややかな円テーブルを指でトントンと叩く仕草がマイルズの癇に障った。「恋におぼれたあげく、レディ・ヘンリエッタを無理やりグレトナ・グリーンへ連れていき、強引に結婚するためだとか？　だが、それならなぜわたしはまだここにいる？　勘弁してくれ。わたしはそんな野蛮なまねはしない」

「おまえに決闘を申しこむ」愚かなことを言っているのはわかっていた。今、取るべき真に勇気ある行動とは、思い違いだったと恥じ入るふりをして謝罪し、とにかくこの屋敷を出ることだ。それなのに、不安のほうが先に立った。ヴォーンがヘンリエッタに会いに行くのはいつになるかわからない一方、ヘンリエッタはこの瞬間にも手下からひどい目に遭わされているかもしれない。そう考えると、この問題に一刻も早く決着をつけたかった。

それに、ヴォーンを痛めつけてやりたい思いもある。

もちろん、それはあくまでも次善の策だ。だが、ヴォーンの腹に何度か剣を突き刺せばヘンリエッタの居場所を聞きだせるのなら、せせら笑いながらそうしてみせよう。

「決闘？」ヴォーンが愉快そうに言った。「もう何年も決闘など申しこまれていないな」

マイルズはヴォーンをにらみつけた。もし視線で相手を殺せるものなら、今ごろヴォーンはロンドン郊外のハウンズローの荒野に倒れているだろう。「久しぶりなら、なおさら喜べ」

「そうしたいところだが……」ヴォーンが眉をあげる。「身に覚えのないことで決闘に応じるわけにはいかないからね」申し訳なさそうに言った。「わたしはレディ・ヘンリエッタを誘拐してはいない」

ここまで茶番を続けるのが、マイルズにはかえって不思議に思われた。名誉や誇りはどうしたんだ？　決闘は久しぶりかもしれないが、ヴォーンの剣の腕前は一流だと聞いている。マイルズはなおさらいらだった。

「そんな言葉をぼくがあっさり信じるとでも思っているのか？」

ヴォーンが両腕を大きく広げた。「屋敷のなかを捜索してみるかね？」

「いや」マイルズは目を細めた。「その手にはのらないぞ。おまえが自分の家に彼女を隠しておくわけがない。おそらくどこかの貸し部屋か……あるいは田舎の一軒家か……」じっと相手の顔を見守った。けれど、ヴォーンはいっさい表情を変えなかった。

「どう考えようがきみの自由だが……」ヴォーンは礼儀正しく言葉を続けた。「わたしとしては全面的に協力するよ。家のなかを捜すなり、使用人に質問するなり、好きにしてくれ」

そう言えば、ぼくが引っかかると思っているような口ぶりだ。だが逆に、そんな愚かなことはするものかとぼくに思わせようという作戦かもしれない。

マイルズは最後のカードを切った。「〈黒チューリップ〉を知っているか？」

「花だな」ヴォーンは興味なさそうに新聞を振った。「人気があると聞いている。しかし、レディ・ヘンリエッタに花束を贈るつもりなら薔薇にするべきだ。真っ赤な薔薇がいいぞ」

マイルズが皮肉を返そうとしたとき、廊下で騒々しい物音が聞こえ、寄せ木張りの床に陶磁器が落ちて割れたような音が響いた。希望がわき起こり、マイルズはドアを振り返った。ヘンリエッタが手下を振りきって逃げようとしているのかもしれない。きっとそうだ！

マイルズが壁にぶちあてんばかりの勢いでドアを開いたとたん、希望はしぼんだ。茶色い服を着た細身の男がこちらに向かって突進してきて、怒った顔の使用人があとを追いかけている。

「旦那様！」使用人はかつらが曲がり、首のストックタイがほどけていた。「止めようとしたのですが……」

「あなたがミスター・ドリントンか？」茶色い服の男は肘で使用人を突き飛ばして進み、マイルズの前で足を止めた。ヘンリエッタが男性の格好をしているのかもしれないという淡い希望はついえた。顔を苦しげにゆがめているため目鼻立ちはよくわからないが、ヘンリエッタでないことだけは確かだ。

「そうだ」マイルズは用心しながら答えた。

ちらりと円テーブルのほうへ目をやると、ヴォーンはまだ椅子に座っていたが、その顔には困惑の表情が浮かんでいた。

「やっと見つけた」男はまだ苦しげに肩で息をしていた。近くで見ると、茶色だと思っていたのはただの汚れだということがわかった。もとが何色かは知らないが、そこに泥がつき、それが乾いた上にさらに泥がついたらしい。「ずっとあなたを捜してたんだ」

「ぼくを？」

「あなたとレディ・ヘンリエッタをだ」ヘンリエッタの名前が出た瞬間、部屋のなかにいた全員が反応した。ひとりの従僕だけは心配そうな顔で廊下に膝をつき、上等な寄せ木張りの床にできた傷を調べ、ときおり大きな傷を見つけては嘆きの声をもらした。「渡したいものがある」

男が差しだした手紙をマイルズはひったくった。たった一行しか書かれておらず、詳しい説明を書く時間さえ省いたらしい。マイルズは思わず声に出してそれを読んだ。

「モンヴァル侯爵未亡人？」手紙を握りしめてポケットにねじこみ、ヴォーンに指を突きつけた。「あとでまた来るからな」そう言うと、大急ぎで部屋を飛びだした。

ヴォーンは目尻に深いしわを寄せ、マイルズが出ていくのを見送った。従僕に使者を厨房へ連れていって食事を与えるよう指示し、ゆっくりとコーヒーを飲み干した。

それから新聞を折りたたみ、食器棚の隣に黙って立っている従僕を呼び寄せた。

「ハッチンズに化粧室へ来るよう伝えて、馬丁に馬車の用意をさせてくれ。今すぐにだ」

「かしこまりました」白い髪粉をつけた従僕はお辞儀をして出ていった。

ヴォーンは食器棚の上あたりを見ながら、ガウンの腰紐を締め直した。「あのとき、レディ・ヘンリエッタに戻ると約束したからな」

口元に皮肉げなほほえみが浮かんだ。

「約束は守らなければならない」

34

逢い引きの約束～敵の秘密諜報員に待ち伏せのうえ攻撃されること。〈密談〉及び〈待ちあわせ〉の項を参照。

――〈ピンク・カーネーション〉の暗号書より

「わたしの目をあざむけるとでも思っていたの、レディ・ヘンリエッタ？」

「レデー・エンリエタ？」ヘンリエッタのしゃべり方はイタリア語だかスペイン語だか、あるいはどこかわけのわからない国の言葉の訛りに聞こえた。とっさにどこの国にするか決められず、とにかく母音を強く発音したのだ。

モンヴァル侯爵未亡人はいらだちもあらわに唇を引き結び、あきれたように目をぐるりとまわした。

「上手に化けたものね」皮肉がこめられた口調だった。おおやけの場で話すときの甘ったるい声の雰囲気は微塵も感じられない。「たいしたものだわ。でも、その訛りはやりすぎよ」

「なまい？　なにいーてるかわかいーません」

「いいかげんにして。そんなことにつきあっている暇はないの。時間がないのは……」侯爵未亡人は悪意に満ちた目でヘンリエッタをにらみつけた。「あなたも同じよ」

「わたしのことならどうぞお気遣いなく」ヘンリエッタはバケツを床に置き、あとずさりしながらにらみ返した。「でも、そちらが忙しいなら、わたしはそろそろおいとまするわ」

モンヴァル侯爵未亡人はヘンリエッタの宣言を無視した。「小さなお友達を捜しに来たのね」仕立屋が布地の寸法をはかるような目で彼女を見ている。

「小さなお友達？」わからないふりをしたわけではない。本当に見当がつかなかっただけだ。小さな友達と言われて思いだすのは、五歳のころに空想していた妖精の友達だけだ。彼は名前をトビアスといい、アピントン邸の庭の木に住んでいた。

侯爵未亡人はやっぱりねという顔で窓のほうを向いた。「まだ来ていないけれど……きっと来るはずよ」

ドレスとは呼べないような薄布を通して、豊かな胸と長い脚がはっきりと見て取れた。悪辣非道なフランスの諜報員だとはとても思えない。それよりは、恋人を待っている女性そのものだ。でも、あなたの恋人じゃないわ、とヘンリエッタは思った。彼はわたしの夫よ。

マイルズとモンヴァル侯爵未亡人がハイド・パークで一緒に馬車に乗っていた姿を思いだした。まさかマイルズが……。いいえ、そんなことはない。彼は陸軍省に行ったはずよ。

だけど、モンヴァル侯爵未亡人が手紙かなにかでマイルズを呼び寄せたのだとしたら？ヘンリエッタの頭のなかで想像がふくらんだ。マイルズはその手紙を読んで、侯爵未亡人に余計な期待を抱かせてしまったことを申し訳なく思う。いいえ、〝余計な〟とは言えないのかもしれない。望まない相手と結婚するはめになってしまったけれど、本当に望んでいた女性はモンヴァル侯爵未亡人なのかもしれないのだから。とにかく、彼はその手紙をポケットにしまい、せめてひと言、説明と謝罪をしようとここへやってくる。侯爵未亡人は豊かな胸をひけらかす薄衣のドレスと高価な香水を身にまとい、愛想よくマイルズを迎え入れる。

そのとき、このがらんとした家は諜報組織の拠点ではなく、ふたりの愛の巣となる。モンヴァル侯爵未亡人とわたしの夫の……。

ヘンリエッタは灰の入ったバケツに頭を突っこむべきか、侯爵未亡人の目玉をえぐりだすべきか迷った。後者のほうが気が晴れそうだ。

「マイルズが来るの？」鋭い口調で尋ねた。

「マイルズ？」モンヴァル侯爵未亡人が薄衣をひるがえして振り返った。「ああ、ドリントンのことね」

ヘンリエッタは彼女をにらんだ。「どちらの名前で呼ぼうが同じだわ」

「まあ、かわいそうに」モンヴァル侯爵未亡人から憐れみをかけられるのは、一〇〇人の女性から蔑まれるより屈辱的だった。その余裕ある態度が癪に障った。侯爵未亡人はうれしそうに笑った。「あなた、わたしに嫉妬しているのね？」

ヘンリエッタは答えなかった。紛れもない事実なのだから反論のしようがない。

毅然とした態度でなにか言い返そうとしたとき、でこぼこの石敷きの道をこちらへ近づいてくる馬車の音が聞こえた。モンヴァル侯爵未亡人は窓を見ると、興奮を隠しきれないとばかりに息を吸いこみ、目を輝かせて勝ち誇った顔をした。

「この話はまたあとでしましょう」そう言って、ヘンリエッタの肘をつかんだ。「あなたは邪魔よ」

車輪の音がゆっくりになり、やがて止まった。馬がぐずるように鳴き、道に降りたつブーツの足音が聞こえた。明るい色の馬車がちらりと見えたのと同時に肘を引っ張られ、窓辺から引き離された。おそろしく力強い手だ。廊下に出されるのかと思ったが、そうではなかった。侯爵未亡人は衣装だんすの扉を開け、空っぽのそこにヘンリエッタを押しやった。

不意を突かれたヘンリエッタは、衣装だんすの角に向こうずねをしたたか打ちつけ、埃のたまった内部に頭から突っこんだ。肘と額に鋭い痛みが走った。モンヴァル侯爵未亡人はヘンリエッタの脚をすくいあげて衣装だんすに押しこみ、扉を閉めた。狭い空間で手と膝をつこうともがいていると、掛け金の閉まる音がした。

扉の向こうから侯爵未亡人のひとり言が聞こえた。

「ちょっと狭いけど、しばらくなら大丈夫でしょう」

狭いなんてもんじゃないわ、とヘンリエッタは心のなかで毒づいた。顔は隅に押しつけられ、両脚は人魚の尻尾みたいに背後にねじれている。断固として言うが、脚はこの角度に曲がるようにはできていない。激しくくしゃみをしながら上半身を起こし、脚を横に向けた。

モンヴァル侯爵未亡人が衣装だんすを強く叩いた。

「音をたてたら承知しないわよ」

涙の流れる目を声のしたほうに向けて思いきりにらみつけたが、くしゃみのせいで声は出せなかった。

てのひらにすり傷を負い、爪は割れ、髪はぼさぼさだったが、それでもなんとか体を起こして正座した。衣装だんすのなかは幅が九〇センチ、奥行きが六〇センチほどしかなく、ろくに身動きも取れなかった。乾燥でそり返った扉に節穴がひとつある。この邸宅の家主は家具にあまり重きを置いていないらしい。顔を傾け、その節穴から外をのぞくと、モンヴァル侯爵未亡人がフランス社交界の花形として有名なマダム・レカミエの肖像画のような格好で、長椅子に座っているのが見えた。スカートは脚を隠すというよりは目立たせるように優雅なひだができている。顔を少し上に向けているせいで喉の線が強調され、その白い肌にカールした黒髪が胸元までつやっぽく垂れていた。ヘンリエッタは節穴から目を離し、ざらざらする材木に耳を押しあててみた。

居間のドアが開く音が聞こえ、使用人が来訪者の名前を告げたが、声が小さくて聞き取れなかった。ブーツの靴音が室内に入ってきた。

しかたなく、また節穴に目をあてた。節穴は床から約一メートルの高さにあるため、腹立たしいことにモンヴァル侯爵未亡人がマダム・レカミエを気取った姿がよく見えた。侯爵未亡人は長椅子にゆったりと座り、どこまでも長い脚の片方をいちばん美しく見える形に少しずつ伸ばしている。でも、あの脚はダヴデイル公爵未亡人の背骨みたいに硬いかもしれない、とヘンリエッタは自分を慰めた。そうでなくても、あんな格好をするのはあまりにしどけなさすぎる。それにしても、どうしてわたしはああいうふうに見えないんだろう?

モンヴァル侯爵未亡人は宝石のついた指輪をはめた手をさりげなく優雅に差しだした。その巧みなしぐさに、ヘンリエッタは思わず拍手をしそうになった。

訪問者の紳士も同じように感じたのだろう。まっすぐその手のほうへ歩み寄り、腰をかがめてキスをした。節穴から見える背中はそれなりに広く、今はやりの体にぴったりした上着を着ていたが、ひと目でマイルズではないとわかった。

ほっとしたせいで体から力が抜け、思わず後ろにもたれかかった。あまりのうれしさに、他人の家で衣装だんすに閉じこめられていることさえどうでもいい気分になった。よかった、マイルズじゃなかった。もちろん、彼がこんなところに来るわけがないわ。なぜ疑ったりしたのだろう。

でも、マイルズでないとしたらいったい誰なの? それにどうしてモンヴァル侯爵未亡人は、この謎の訪問者がわたしにとって重要な意味を持つ人物だと思いこんでいたわけ? たしかフランス語で〝小さな友達〟といえば、男性の恋人を指すんじゃなかったかしら?

また節穴からのぞいてみた。訪問者は上半身しか見えなかったが、横を向いたため、ベストが視界に入った。そこにはびっしりとピンク色のカーネーションの刺繍が施されていた。ロンドン広しといえども、そんな趣味の悪いベストを着て、さらにピンク色の上着を合わせているのは、少なくともヘンリエッタの知る限りではひとりしかいない。

〝カブ頭〟のフィッツヒューは、いったいなにをしにこんなところへ来たのかしら？

「またお会いできてうれしいわ、ミスター・フィッツヒュー」

侯爵未亡人はいつもの甘ったるい声に戻っていた。

〝また〟ですって？

「こちらこそ光栄ですよ」フィッツヒューが大きな花束を差しだした。「本当にうれしく思ってます」

ヘンリエッタの頭のなかをさまざまな推測が駆けめぐった。

そういえば、あの馬車宿にはフィッツヒューもいた。そして侯爵未亡人とおぼしきしゃれ者の男性は、わたしたちのテーブルのそばをうろつき、何度もこちらを見ていた。もしかするとふたりは愛人関係にあるのだろうか？　だが、気難しいモンヴァル侯爵未亡人がフィッツヒューの腕のなかにいるところなど想像もつかない。フィッツヒューは人柄こそ申し分ないけれど、感性や趣味が一風変わっている。侯爵未亡人がそれを無視して、人柄のよさだけに価値を置くとはとても思えない。一方、フィッツヒューはギニー金貨のいっぱい詰まった海賊の宝箱を持っている。フィッツヒュー家の財産はロンドンでも名のある銀行家たちが管理しているし、それはフィッツヒューがベストを何着仕立てたとしてもびくともしない。モンヴァル侯爵未亡人にしてみれば誠実な人柄はどうでもいいが、年収一万ポンドと、ロンドンのメイフェアにある屋敷と、三箇所の領地と、そのうちの一箇所の屋敷に保管されているラファエロの絵画の収集品には敬意も愛着もわこうというものだろう。

そう考えれば筋は通るし、〝小さなお友達〟という表現も納得がいく。フィッツヒューは兄の同級生であり、わたしのことも昔から知っているため、ときにはダンスに誘ってきたり、マイルズがいないときはレモネードを持ってきてくれたりする。もしかするとモンヴァル侯爵未亡人はあの馬車宿でわたしがフィッツヒューと一緒にいたのを見て、わたしのことを海賊の宝箱を狙う敵だと思ったのかもしれない。それならダヴデイル公爵未亡人が言っていた、のしあがることばかり考えていた娘だったという描写にもぴったり一致する。ただそうなると、彼女が〈黒チューリップ〉だという可能性は消える。正直に言うが、それはちょっと残念だ。

節穴から見えないところで、侯爵未亡人が誰かに声をかけた。

「ジャン・リュック、コーヒーの用意をお願い」

そのハスキーな声で言われると、コーヒーなどというありふれた単語ですらなまめかしく聞こえるから不思議なものだ。

「じつは、ぼくはコーヒーがあまり得意じゃないんですけど……」フィッツヒューが長椅子に腰をおろし、長い脚を投げだした。

モンヴァル侯爵未亡人が薄衣を揺らしながらその隣に座った。

「あら、ミスター・フィッツヒュー、あなたが断れないようなコーヒーをご用意したのよ」

「特別な高級品とか？」

「ええ、とても濃くて味わいがあるわ」侯爵未亡人はフィッツヒューの腿に手を置いた。

ヘンリエッタは衣装だんすのなかで天を仰いだ。なんなの、これは？　フランスの諜報員が転じて、今度は喜劇役者になったわけ？　もういいかげん家に帰って、マイルズにすべてを告白しよう。いえ、やっぱり全部というわけにはいかないわ。ヘンリエッタは肩を落としたが、衣装だんすの板に肩が引っかかった。モンヴァル侯爵未亡人に嫉妬したことを話すためには、マイルズに対して特別な感情を抱いていることを打ち明けなければならない。でも、そんなことを言ったら、マイルズはいちばん近いオペラ劇場へ逃げていくに決まっている。わたしたちのあいだには〝好意〟とか〝好感〟程度の感情しか許されていない。〝愛している〟などという言葉は禁句だ。ずっとこのままこの衣装だんすのなかにいるのも悪くないかもしれない。

ヘンリエッタはしびれた脚をもぞもぞと動かした。こんなふうにメイドの格好をして、他人の衣装だんすのなかに小さくなって座っていると、ここまで落ちぶれてしまったのかと自分が情けなくなってくる。ついこの前まで、わたしは普通の生活を送っていた。相談に来てくれる友達もいたし、みんなから好かれてもいたのに……。いっそこのまま衣装だんすの妖精になってしまおうかしら。

ヘンリエッタは試しに扉を揺すってみた。掛け金はかかっているが、ほかの部屋にあった衣装だんすから察するに、それほど頑丈なものだとは思えない。

突然、衣装だんすが振動したのを見て、フィッツヒューが不思議そうな顔をした。

「あれ、動いてますよ」

侯爵未亡人の顔から魅惑的な仮面がはがれ、いらだたしげな表情が浮かんだ。ここに押しこめておけば、わたしがじっとしているとでも思っていたの？　ヘンリエッタはなおさら力をこめて扉を揺すった。

「隙間風よ」モンヴァル侯爵未亡人が怒りのこもった目で答えた。「ほら、こういう古い家は風が入るものでしょう？　その風が噂話をささやくように壁の隙間を通り抜けるの」

「ぼくは口が堅いです」フィッツヒューは主張した。「墓石より静かだし、死人より黙ってるし、それに――」

「でも、人は……」侯爵未亡人がさえぎった。「ふと愚かなことをしてしまうものじゃないかしら？」

ヘンリエッタはそのとおりだと思ったが、ここで大声をあげて自分の経験を披露するのはやめておいた。それに、モンヴァル侯爵未亡人のせりふは言葉遊びをしているだけにも聞こえる。

「今の世は本当に気をつけなくてはならないわ。うっかり口を滑らせると、それが命取りになるかもしれなくてよ。あら、ジャン・リュック、ありがとう」

重い銀製のトレイが侯爵未亡人の前に置かれた。古ぼけた長椅子には不釣りあいなバロック様式の贅沢品だ。フランスを脱出するとき、こっそり持ちだしたのだろうか？　だが、トレイはマントの裾に縫いこめるような代物ではない。

「コーヒーはいかが、ミスター・フィッツヒュー？」モンヴァル侯爵未亡人は優雅な手をトレイのほうへ向けた。そして急に、コーヒーポットの銀製の持ち手よりも硬くて厳しい声になった。「それとも、本当の名前で呼んだほうがいいかしら？」

「両親からはレジナルドと呼ばれてますよ」ふいにフィッツヒューの口調が変わった。「コーヒーポットに手を入れてなにをしてるんですか？」

「あなたが断れないようなコーヒーを用意したと言ったでしょう？」その声にもはや甘ったるい響きはなく、抑揚のない淡々とした口調になっている。ヘンリエッタはしびれた脚をさするのをやめ、大急ぎで節穴に目をあてた。

きれいな手に小さな拳銃が握られていた。握りの部分に真珠層が埋めこまれている。銃口はまっすぐフィッツヒューへ向けられていた。「約束は必ず守ることにしているの」

ヘンリエッタはぽかんと開けた口を舌にとげが刺さる前に閉じた。銃で脅されて結婚したという噂はたまに聞くが、花嫁が銃を突きつけたという話は耳にしたことがない。いったいこれはどういうことなの？　ヘンリエッタはさまざまな可能性を考えてみた。もしかしてモンヴァル侯爵未亡人はフィッツヒューを恨んでいるのかしら？　わたしと一緒にいるところを見て自尊心が傷つき、ギリシア神話のメディアのまねをして復讐《ふくしゅう》を果たそう（メディアは自分を捨ててコリントス王の娘と結婚しようとした夫に対し、その王と娘、さらに自分と夫とのあいだにできた二人の子も殺した）と考えたのかもしれない。あるいはフィッツヒューはよく外国旅行をしているから、フランスに行った際に侯爵未亡人と恋愛関係になり、のちに彼女を捨てたということも考えられる。いいえ、やっぱりそれはないわ。だってフィッツヒューはふるほうじゃなくて、いつもふられるほうだもの。

フィッツヒューは少しも怖がっていないらしく、慣れた目でその拳銃を眺めた。「なかなかの高級品だけど、拳銃としてはどうかな？　銃口が揺れて的が定まりにくいし、暴発する可能性もありますよ」

「ええ、世間ではそう言われている銃よね」

フィッツヒューはわけがわからないという顔をした。

「もうお遊びはおしまいよ、ミスター・フィッツヒュー」モンヴァル侯爵未亡人がまっすぐにフィッツヒューを見据えた。「あなたが誰なのかはわかっているわ」

「そりゃあ、そうでしょう」フィッツヒューは明るく答え、コーヒーポットをのぞいてコーヒーが入っているかどうか確かめた。「知らない人は家に招待しようがありませんからね」

ヘンリエッタはもうひとつの可能性を思いついた。でも、どうして〈黒チューリップ〉はフィッツヒューなんかに目をつけたのかしら？

ジャン・リュックがフィッツヒューの背後に立った。正確を期すなら、ジャン・リュックだろうと思われる男性の手がフィッツヒューの背後に来た。節穴から見えたのは、銀色のボタンがついた袖口と、今にも首を絞めあげんばかりに握ったり開いたりしている手だけだ。モンヴァル侯爵未亡人は手首のかすかな動きだけで、ジャン・リュックの行動を制した。ヘンリエッタは扉の隙間に手を突っこみ、掛け金を探した。がっしりとした男性と高級な拳銃を相手になにができるのかはわからないが、たとえ一瞬でも気をそらすことができれば、チャンスが生まれるかもしれない。

侯爵未亡人は長椅子の肘掛けにもたれかかり、称賛するように片方の眉をあげた。「おみそれしたわ。あなたって大胆なのね」

「臆病者では美しい女性の心をつかむことはできませんからね」フィッツヒューはうれしそうな顔になり、せいぜい大胆に見せようと得意げに顎をあげた。「光栄ですよ。ぼくにはわかりませんけどね。褒めていただいた点が……」

「なにかは？」ジャン・リュックが補った。

フィッツヒューは満面に感謝の笑みをたたえ、ジャン・リュックを見た。

「それだ！　どうしてそんな単語が頭から抜け落ちたのか不思議なくらいだよ」

「いつまでも愚かなことを続けていると……」モンヴァル侯爵未亡人のいらだちが増した。「ほかのものも落とすはめになるわよ」

「愚かなことをしてるというより……」フィッツヒューは考えた。「愚かなことを言ってるというほうが正確ですね」にっこりと笑った。

「ジャン・リュック」侯爵未亡人がもう我慢ならないという顔になった。「この頑固なお友達を鎖で縛りあげてしまいなさい」

「ああ、でもぼくはもうあなたに愛という鎖で縛られてます」フィッツヒューは自分の思いを告白した。「本物の鎖ではないけど、愛の鎖もまた――」

「くそっ！」

男性の大きな声が部屋に響いた。声の主はフィッツヒューではなく、通りにいる人物だった。

「どうしてこんなときに現れるんだ?」フィッツヒューが言った。「あれは〝M〟で始まる男だな。マタドールに違いない」

とりあえずイニシャルは合っているわ、とヘンリエッタは思った。ああいう声を出すのは、怒りではらわたが煮えくり返っているときだ。ヘンリエッタは思いきり扉に肩をぶつけた。

遠くから争う物音が聞こえ、なにかが砕け散る音がした。そのあとものしる声となにかが割れる音が続いたが、声のほうは大半がフランス語だったところをみると、マイルズは黙っていたのだろう。モンヴァル侯爵未亡人が不愉快そうな顔で警戒するように立ちあがった。フィッツヒューも腰をあげ、困惑したように太い眉根を寄せる。

「いや、あの声は……」銃声が響き、誰かが倒れる音がした。「ドリントンだ」

部屋のなかが静まり返った。

ヘンリエッタは力いっぱい扉に体をぶつけた。ようやく掛け金がはずれ、絨毯に転がり落ちた。

「マイルズ!」ヘンリエッタは叫んだ。

「レディ・ヘンリエッタ?」フィッツヒューが驚いた声で言う。

「守衛!」侯爵未亡人が叫んだ。

ヘンリエッタはくらくらする頭でドアのほうを見た。廊下から耳慣れた罵声が聞こえた。

安堵がこみあげ、また心臓が拍動を取り戻した。マイルズは生きていた……。漆喰にガラスがあたって割れる音がした。それにまだ動くことができている……。倒れたのはマイルズではなかったらしい。

なにをしにここへ来たのだろう？

「きみがここにいるとは知らなかったよ」フィッツヒューが言った。「コーヒーでもどうだい？」

「それがいいわ」モンヴァル侯爵未亡人がヘンリエッタに銃口を向けた。「コーヒーを飲んでいるふりをしなさい」

「もしもし」フィッツヒューが侯爵未亡人の腕をトントンと叩いた。「フランスの習慣はよく知らないんだけど、客人に銃を向けるのはちょっと失礼じゃないかなあ」

モンヴァル侯爵未亡人はフィッツヒューを無視し、銃の先端をヘンリエッタから絶対に離そうとはしなかった。

「ベルトの拳銃と脚のナイフをよこしなさい」侯爵未亡人が言った。

ヘンリエッタは眉をひそめた。

「どうしてわたしがそんなものを持っていると思うの？」

「素人の諜報員というのは、誰もが腰のベルトに銃を差して、すねにナイフを巻きつけておくものだからよ。諜報員のあいだではよく知られた事実だわ」

どちらもエイミーの『諜報員になりたければ』という小冊子に書かれていた。だが、マイルズの拳銃はひとり住まいの邸宅のほうにあった。それに、足取りも軽く厨房に入っていき、刃物類を見せてくれと言えばなおさら変な女主人だと思われるのがわかっていたから、今日はどちらも持っていない。マイルズの父親の書斎だったとおぼしき部屋には、フェンシング用の剣が暖炉に立てかけてあったが、それも服のなかに隠すのは不可能だと判断した。

「そうなの？」マイルズが守衛を倒す時間を稼ごうと、ヘンリエッタは言葉を続けた。「でも、わたしは素人の諜報員じゃないわ」

実際のところ、諜報員ですらない。ただの連絡役だ。

「あなたと話しているのが退屈になってきたわ」モンヴァル侯爵未亡人は、口紅でも塗るか、オペラのプログラムでもぱらぱらとめくるようなないげなさで、拳銃の撃鉄を起こした。

「あら、やめておいたほうがいいんじゃないかしら」拳銃を持ってこなかったことを後悔しながら、ヘンリエッタはゆっくりと肘をついて体を起こした。

「なぜ？」侯爵未亡人がどうでもいいといった様子で尋ねた。

「だって……」謎めいた口調に聞こえることを願いつつ、ヘンリエッタは膝立ちになった。「わたしは生きているほうがあなたの役に立つもの」

「まあ、どうしてそんなことを思うの？」モンヴァル侯爵未亡人の声はヘンリエッタにぴたりと向けられた銃口と同じく、少しも揺れ動かなかった。

廊下の奥から、まだマイルズが守衛と争っている騒々しい物音が聞こえていた。だが、もし侯爵未亡人が廊下に出て銃を突きつけたら、さすがのマイルズも身動きが取れなくなるだろう。ヘンリエッタは助けを求めて隣を見た。フィッツヒューはなにを思ったのか、空っぽのコーヒーポットからカップにコーヒーを注ごうとした。

彼にはなにも期待できないとあきらめ、とにかくモンヴァル侯爵未亡人の注意と銃口を自分に引きつけておくことに専念した。

「わたしは情報を持っているの」時間を稼ぐために、なるべくゆっくりとしゃべった。「あなたたちの政府が……」言葉を切って相手の顔色をうかがったが、表情に変化は見られなかった。「泣いて喜ぶ情報よ」

「あら、そう」相変わらず、どうでもよさそうな顔をしている。

「でも、死んでしまえばなにも話せない」なんとかして興味を引きつけようと粘った。

「でも、レディ・ヘンリエッタ、あなたから知りたいことはもうすべて教えてもらったわ」

「そうかしら」ここ数日の行動を思い返してみた。自分がジェインとつながっていることを示すようなまねはしなかったわよね？

「本当にそう思う？」ヘンリエッタは必死だった。「中途半端な内容を上司に報告するのはまずいでしょう？　もっとなにか引きだせたかもしれないのに、その情報源を始末したとなったら、きっと上の人は怒ると思うわ。それに、あなたが知っていると思っていることは、じつは間違っているかもしれない。そんなことは絶対にないと言いきれる自信がある？」

モンヴァル侯爵未亡人は気だるそうにため息をついた。つかまえた相手の命乞いを聞くのは初めてではないし、いつもつまらないことばかり並べたてるものだと言わんばかりの顔だ。

「ええ」彼女は引き金に指をかけた。「自信があるわ」

35

コーヒーを飲む～非常に危険な状況。緊急の助けを必要とすることが多い。〈ミルクを加える〉の項を参照。

――〈ピンク・カーネーション〉の暗号書より

「ヘン！」モンヴァル侯爵未亡人がはっとして左を見た。マイルズは従僕の格好をした四人の敵を引き連れて部屋に入ってきた。ふたりがマイルズの左右の腕をつかみ、三人目は脚にしがみつき、四人目は背後から飛びかかろうとしていた。

マイルズは背後のひとりを頭突きで倒し、右の男を腕のひと振りで壁にぶつけた。そして自由になった右腕で今度は左の男の腹を殴り、最後のひとりは頭を蹴りやった。

それぞれが痛むところを押さえてうめいている四人の男を尻目に、彼はまっすぐヘンリエッタのほうへ駆けだした。「ヘン、大丈夫か？」

侯爵未亡人は使用人たちよりも先にわれに返り、すばやくヘンリエッタの腕をつかんで床から立たせると、自分の前に引きずり寄せてこめかみに銃口を突きつけた。

「止まりなさい、ミスター・ドリントン」

ヘンリエッタの身が危険にさらされているのを見て、マイルズは足を止めた。

モンヴァル侯爵未亡人はヘンリエッタをもう一歩後ろにさがらせ、フィッツヒューをちらりと見たあと、またマイルズに視線を戻した。「あなたたち、どちらも動いてはだめよ。こんなに愛らしいレディ・ヘンリエッタを無残な姿にはしたくないでしょう？　わたしの言いたいことを理解していただけたかしら？」

「ああ、わかった」マイルズは無愛想に答えた。ヘンリエッタの顔は埃で汚れ、頬にすり傷があるものの、銃で撃たれた様子はなく、どこからも出血はしていなかった。でも、それも時間の問題かもしれない。マイルズは銃を持っている相手をまっすぐに見据えた。「なにが望みだ？」

侯爵未亡人は黒髪を揺らしながら小首をかしげた。時間を稼ごうとしているのだろう。

「ミスター・ドリントン、あなたはわたしと交渉できる立場にはないわ」

「ヘンを放せ。そうしたらおまえが無事に国外へ出られるようにしてやる」マイルズは大胆な交換条件を提示した。こんな取り引きをしたと陸軍省の上層部に知れたら、なにを言われるかわかったものではない。だが、今はそんなことを心配している場合じゃないと自分に言い聞かせた。敵を油断させようと体の力を抜いたが、引き金を引く気配を見逃すまいと、目は片時も侯爵未亡人から離さなかった。

ヘンリエッタは、来ないでというようにマイルズに向かって首を振った。それを見たモンヴァル侯爵未亡人は、拳銃を握る手に力をこめた。

マイルズは体をこわばらせた。「動くな、ヘン。頼むからじっとしていてくれ」侯爵未亡人に視線を戻す。「さてと、なにをしたら彼女を無事に返してくれる？」

「マイルズ、だめよ」ヘンリエッタが口を挟んだ。「侯爵未亡人を逃がすわけにはいかないわ。わたしのことは……」つかの間、口ごもったものの、やがて決意を秘めた顔で顎をあげた。「わたしのことはかまわないで」

「かまわずにいられるか」マイルズは険しい顔になった。

「まあ、お熱いこと」モンヴァル侯爵未亡人がどうでもよさそうに言った。「それで終わりかしら？」

銃口がさらに強く押しあてられ、ヘンリエッタが恐怖から短い声をもらした。緊張が走る。

「もっと続ければいいのよ」侯爵未亡人は皮肉のこもった口調で言った。「わたしのことは気にしないで。あなたたちはこれが最後の会話になるかもしれないのだから」

「やっぱり、やましいな」フィッツヒューがつぶやいてかぶりを振った。「うん、かなりやましい」

ヘンリエッタはかっとなってフィッツヒューのほうを見た。その拍子に銃口が鼻にあたった。「この状況のどこがやましいというの？」

「静かにしていたほうが身のためよ、レディ・ヘンリエッタ」モンヴァル侯爵未亡人が脅した。「それに、愛しあっているふたりにわたしがほだされるとでも思っているなら……」侯爵未亡人の唇から出ると、愛しあっているという言葉は奈落の底に落ちていくような響きがあった。「大間違いだから」

「情けをかけてくれと頼んでいるわけじゃない」マイルズは口を挟んだ。「常識的に考えろと言っているだけだ。見てのとおり、ぼくとヘンは自分たちのことで忙しい。フィッツヒューは競馬馬さえ絡まなければ、まったくの人畜無害だ。ぼくたちは背中を向けて一〇まで数える。そのあいだにどこへでも好きなところに行けばいい」

「目的を果たさずに帰るわけにはいかないわ」モンヴァル侯爵未亡人は鋭い目でフィッツヒューを見据えた。ほかの者もつられてそちらへ顔を向けた。

フィッツヒューは照れくさそうな顔でクラヴァットをいじっていた。「光栄だなあ」

「お芝居は終わりよ、ミスター・フィッツヒュー」侯爵未亡人がヘンリエッタの左腕をつかむ手に力をこめた。「この時が来るのをずいぶん待ったのだから」

「ずいぶんということはないはずですよ。ぼくたちはまだ知りあって二週間ですから」

「そうね。でも、わたしのほうは以前からあなたのことを知っていたの、ミスター・フィッツヒュー。それとも……〈ピンク・カーネーション〉と呼ぶべきかしら？」

「だめだ」マイルズはつぶやいた。「話すな」

ヘンリエッタが顔をしかめたのを見て、マイルズは安心させるようにかすかにうなずいた。モンヴァル侯爵未亡人がフィッツヒューのことを〈ピンク・カーネーション〉だと勘違いしているなら、今はそう思わせておくほうが得策だ。フィッツヒューならその天下一品の鈍感さで侯爵未亡人を振りまわしてくれるだろう。この隙に……。マイルズはヘンリエッタの目を見たまま、小さく頭を傾けてみせた。ヘンリエッタはなにを言いたいのかわからないという顔で目を細めた。マイルズは大きく息を吸いこみ、彼女のこめかみに押しあてられた銃を気にしないよう努めながら、視線を横に動かし、もう一度、頭を軽く振ってそちらの方向を示した。ようやく伝わったらしく、ヘンリエッタは目を大きく見開いた。よし、それでいい。あとは静かにしていろと言うつもりで、さりげなく鼻に指をあてた。ヘンリエッタは声には出さずに口の動きだけでわかったと伝えてきた。こんな状況だというのに、マイルズは思わず笑いそうになった。

モンヴァル侯爵未亡人はフィッツヒューに気を取られ、ふたりのやり取りを見ていなかった。そのフィッツヒューはひどく難しい顔をして考えこんでいた。考え事をするとき、フィッツヒュー家の人たちは誰もがこんな顔をする。やがて状況を理解したのか、眉間のしわが消えた。

「ああ、わかった！　あなたはぼくが……。うれしいなあ。ぜひともそうですとお答えしたいところなんですけど、ぼくにそんな頭はありませんよ。見てのとおり、持ってるのはベストだけです」フィッツヒューはカーネーションの刺繍でいっぱいのベストを侯爵未亡人に見せびらかした。まるで、ご主人様のためにとりわけおいしそうな骨をくわえてきた飼い犬だ。

相手がなんの反応も示さないのを見て、フィッツヒューは少し顔を曇らせた。喜んでもらえなければ自分もうれしくない。フィッツヒューはもう一度、自分のベストを指さした。

「ほら、これですよ。このベスト」

モンヴァル侯爵未亡人はなにも見ていなかった。そこに隙ができた。フィッツヒューの言葉に啞然としたのか、ヘンリエッタの腕をつかむ手から力が抜け、銃口がこめかみから三センチほど離れた。最善の状況とまでは言えないかもしれないが、これを逃せばもうチャンスはないかもしれない。

マイルズは合図を送った。ヘンリエッタが唇を嚙み、小さくうなずく。

彼女が目をつぶって脇へ逃げるのと同時に、マイルズは飛びだした。ヘンリエッタが急に動いたせいで、モンヴァル侯爵未亡人はバランスを崩して大きくよろめいた。ヘンリエッタは床にしゃがみこんだ。マイルズは侯爵未亡人の腕をつかんで、銃口を上に向けさせた。銃が暴発し、弾が天井にあたった。ヘンリエッタが首をすくめ、天井から落ちてきた大きな漆喰の塊をよける。

「もう、これは」マイルズは銃を奪おうと、侯爵未亡人の腕をひねった。「いらないだろう」

ふたりは荒い息をついた。マイルズが腕をひねる手に力を加えると、モンヴァル侯爵未亡人は痛みにうめき声をもらした。部屋の反対側では従僕たちが、女主人を助けようとふらつきながら立ちあがった。弾のなくなった銃がマイルズの手に落ちた。

マイルズはそれをフィッツヒューのほうに放った。「持っていろ!」そして自分は攻撃に備えて身構えた。四人の男は従僕の正装である白いかつらをつけているにもかかわらず、顔は先ほどの乱闘で汚れ、お仕着せは破れてしみがついている。

フィッツヒューは反射的に銃を受け取ったものの、驚いた顔でそれを眺め、どうしていいかわからない様子でとっさにジャン・リュックへ放り投げた。マイルズは襲いかかってきたひとり目の顎に一発お見舞いした。

「ほかのやつに渡すんじゃない！　自分で持っているんだ！」マイルズはふたり目に左手のこぶしを食らわせた。

「ああ、そうか」フィッツヒューは自嘲気味にかぶりを振り、銃を渡した相手に寄っていった。ジャン・リュックはフランス語で汚い言葉を吐きながら、銃に弾をこめた。「申し訳ないが返してもらえるかな？　きみに渡してはいけなかったらしい」

マイルズは英語で負けず劣らず下品な言葉を浴びせながら、ジャン・リュックに飛びかかった。侯爵未亡人が頭からダイヤモンドがついたピンを一本引き抜き、黒髪がひと房垂れさがった。ピンの先はごく細い錐《きり》状になっている。それがマイルズの背中へ向けられた。

「やめて！」

ヘンリエッタはモンヴァル侯爵未亡人の背中に飛びかかり、ピンを持った腕をつかんだ。だが、腹に無言の肘鉄砲を食らって、痛みに体を折り曲げたまま後ろによろけた。侯爵未亡人は薄衣の裾をひるがえして向き直り、小さなピンを構えた。

じりじりと迫ってくるピンの先端を凝視しながら、ヘンリエッタは震える手でスカートをつかんであとずさった。

モンヴァル侯爵未亡人がヘビがネズミを見るような目でヘンリエッタをにらみつけた。

「もっと早くに消しておくべきだったわね。リボン店のお友達みたいに」

「リボン店のお友達？」ヘンリエッタは鋭い先端から目を離さずに、そろそろと後退した。

「彼女がどんな運命をたどったか、教えてあげましょうか？」

「やめろ！」マイルズが床に落ちた拳銃を足で蹴りやった。ジャン・リュックとフィッツヒューが一本の骨を追いかける二匹の犬のように拳銃に向かって突進した。「彼女はそんな話は聞きたくない」マイルズはひとりの顎を殴りあげ、もうひとりから飛んできたこぶしをかわした。

「お友達も最初はしゃべるのをいやがったのよ」侯爵未亡人は甘ったるい声を出し、ピンを突きだした。ヘンリエッタは手に傷を負い、痛みにうめいた。

その声に振り返ったせいで、マイルズは狙いをはずし、四人にいっせいに飛びかかられた。

「彼女になにをしたの？」ヘンリエッタが語気鋭く尋ねる。

「でも、最後には話してくれたわ」モンヴァル侯爵未亡人はまたピンを突きだした。そう来ると予期していたヘンリエッタは、今度は後ろに飛びのき、無事にピンをかわした。「あなたに関することよ」

最初の一撃はただの脅しだったのだろう。二度目は正確に心臓を狙っていた。だが、ヘンリエッタはそれを恐ろしいと感じる余裕すらなかった。

「わたしに関すること？」侯爵未亡人は黙っているときより話しているときのほうが、まだくみしやすく見えた。手元が多少おろそかになるからだ。あのピンに身をさらすことなく飛びかかる手はないものかと思いながら、ヘンリエッタは小さなテーブルの後ろにまわりこんだ。モンヴァル侯爵未亡人は霧のようなドレスに邪魔されることもなく、優雅にテーブルをまわって近づいてくる。

「あなたは……」彼女は容赦なく迫ってきた。ヘンリエッタはちらりと後方を確認し、すぐさまピンに視線を戻した。「〈ピンク・カーネーション〉とつながりがあるんですってね。そこまでわかれば……」ピンの先端が衣服を引っかいたが、厚い布地が鎖かたびらのように体を守った。「あとはあなたの跡をつけるだけだった」

「追いかけ損ねたくせに」ヘンリエッタはつぶやいた。なにかにつまずいてふらつき、そのおかげで次の心臓への一撃が的を外れた。もう背後には壁しかない。

「手間をかけさせるわね」モンヴァル侯爵未亡人がさらに迫ってくる。

腕の立つ剣の使い手ほど最悪の事態を恐れるものよとヘンリエッタは自分に言い聞かせ、突きだされたピンをかわして身を伏せた。細いピンは古い壁紙に突き刺さって曲がった。ヘンリエッタは手と膝ではいながら、侯爵未亡人のドレスの裾をまわりこんだ。侯爵未亡人は折れ曲がったピンを投げ捨て、すばやく二本目のピンを頭からはずした。また髪がひと房垂れ落ち、かごからはいだしたヘビのごとく背中で揺れた。

男性たちがののしり声をあげながらもみあう音が聞こえたが、それは遠くで起きている出来事であるかに感じられた。これでは助けは期待できない。

「ヘン！」マイルズの声がした。「大丈夫か！」

小さなピンが振りおろされ、ヘンリエッタはとっさに床を転がった。顔にかかった髪のあいだから、またこちらへ向かってくる先端が見え、今度は反対に体を回転させた。三度転がったところで、腰をなにかに強くぶつけた。それは灰をまき散らしながらカタカタと揺れた。メイドに扮するために運んできたバケツだった。次に変装するときは拳銃と剣を携え、ズボンをはいて決闘へ向かう男性になろう。逃げる邪魔になるバケツやシャベルを持ったメイドに扮するのはたくさんだ。ヘンリエッタは心のなかでそう叫び、今までよりも鋭く見えるピンの先を凝視した。

シャベルに目がいった。拳銃とはわけが違うけれど、なにもないよりはましだ。すばやくそのシャベルをつかみ、振りおろされる凶器の盾にした。暖炉を掃除するための重い鉄の板は、細い銀のピンをはね飛ばした。取っ組みあっている男性たちのあいだから、痛そうなうめき声とフランス語の悪態が聞こえた。

「ごめんなさい」ヘンリエッタは思わず謝った。

「あなたときたら……」モンヴァル侯爵未亡人が肩で息をしながら、恐ろしい形相でにらみつけた。「本当に厄介ね」

「努力を認めてくれてありがとう」ヘンリエッタはかすれた声で答え、疲れて重い体を意地で引きあげた。

モンヴァル侯爵未亡人は慣れた動作で髪をつかみ、またピンを一本引き抜いた。いったい何本あるの！　ヘンリエッタはダイヤモンドの飾りがついた侯爵未亡人の複雑な髪型を見つめた。もしすべてのピンの先がとがっているとしたら、わたしを蝶の標本みたいに壁に串刺しにしても、まだ髪を飾れるだけのダイヤモンドが残っていることになるわ。

なんとかして隙を見つけてそばに近づき、シャベルで頭でも殴らない限り、ずっと追いかけられるはめになる。どうにかして相手の気をそらすことはできないだろうか。そうすれば勇気を振り絞って……ドアから逃げだすか、マイルズの後ろに隠れられる。

「やった！」部屋の反対側でフィッツヒューが誇らしげに拳銃を振った。「取ったぞ！」

侯爵未亡人がそちらへ視線を向け、顔をゆがめた。四人の従僕は依然としてマイルズを倒せずにいるし、ジャン・リュックはフィッツヒューに踏みつけられている。

「愚か者！」モンヴァル侯爵未亡人はガラスが割れんばかりの声を響かせ、アーサー王伝説の魔女モーガン・ル・フェイが悪魔を呼び出すときのような威厳に満ちた仕草で両腕を広げた。「〈ピンク・カーネーション〉をつかまえなさい！」

ふたりの従僕がマイルズから離れ、フィッツヒューに突進した。フィッツヒューは慌てて長椅子の下に潜りこんだ。マイルズは残ったふたりを両手でつかみ、頭と頭をぶつけた。耳をふさぎたくなるような音がした。

今がチャンスだ。

ヘンリエッタはバケツを持ちあげ、モンヴァル侯爵未亡人の顔に灰をぶちまけようとした。ところが灰の重みで腕があがらず、持ちあげた勢いでバケツが飛び、美しいドレスの腹部にぶつかった。侯爵未亡人はうっと声をあげ、後ろによろめいた。ちょうどそばを横切ろうとしていたマイルズが一歩さがり、モンヴァル侯爵未亡人の体を支えた。

「とらえたぞ」マイルズは彼女の両腕を背中でねじりあげた。

おそらく怒り狂った怪物メドゥーサのような表情をしているであろう侯爵未亡人の顔は見ずに、マイルズは頭を振って額にかかった髪を払いのけ、ヘンリエッタのほうを向いた。

マイルズの顔は傷から流れた血が固まり、片目は早くも腫れあがり、頰には長い引っかき傷ができていた。だがそれを見て、ヘンリエッタは世界一すてきな人だと思った。

足をばたつかせて唾を吐いている侯爵未亡人を無視し、ふたりは視線を交わした。

「遅くなってすまない」ありふれたせりふとは裏腹に、マイルズの目には真剣な表情が浮かんでいる。

「しかたがないわ。四人も相手にしていたんだもの」軽く返しつつも、ヘンリエッタの目は輝き、頰が紅潮していた。

モンヴァル侯爵未亡人がうめきながらマイルズの向こうずねを蹴ろうとした。マイルズはヘンリエッタから視線を離すことなく、侯爵未亡人の足を踏みつけた。

「きみを助けたかった」

「助けてくれたわ」ヘンリエッタは少し考え、口元に笑みを浮かべた。「ちょっと時間がかかっただけよ」

モンヴァル侯爵未亡人の抵抗がやんだ。

マイルズはその腕をつかんで体を引きあげながら、ヘンリエッタを見つめつづけた。髪は乱れて目にかかり、顔には引っかき傷やすり傷がいくつもある。

「きみがいないとわかって、家じゅうを引っかきまわして捜したんだ」

侯爵未亡人があきれた顔で天井を見た。「くさい芝居はどこかほかでやって」

ヘンリエッタは彼女をにらみつけた。「聞かなくて結構よ」マイルズへ顔を戻した。期待がこみあげるのを抑えられない。「心配してくれたの？」こんなふうに優しい言葉を引きだそうとするのはみっともないし、子供じみていると思ったが、どうしても聞きたかった。

「不安で死にそうだった」

ヘンリエッタは小躍りしたくなった。

「どうしていいかわからなかった。もう二度とこんな思いをしなくていいように、きみをどこかの塔に閉じこめておきたい気分だよ」

「あなたも一緒にいてくれる？」必死に軽口を装ったが、本当は全身全霊で彼の答えを待っていた。

マイルズがうぬぼれた顔でうれしそうににっこりした。唇の端にある傷口が開いて血がにじみでたが、それには気づいてもいない様子だ。そうしてなにか言いかけたとき、部屋の反対側から大きな声が聞こえた。

「失礼！」フィッツヒューだ。「いい場面を邪魔して申し訳ないんだけど、こっちが困ったことになっていてね」

マイルズはいらだたしげに振り返った。

ヘンリエッタもそちらに顔を向け、カブを踏みつぶすところを想像した。どうしてこうなるの？　マイルズがなにを言うか聞きたかったのに！　もちろん彼はまったく的はずれの言葉を口にしたかもしれないし、塔に閉じこめられたお姫様は気難しくていやだとかなんとか、わけのわからないことをしゃべったかもしれない。でも、もしそうじゃなかったら？　今の表情からだけじゃわからない。だって、片目は腫れているし、唇の端からは血が垂れて、血を飲みこむのが下手な吸血鬼みたいな顔をしているんだもの。

部屋のなかは惨憺《さんたん》たる状況だった。ジャン・リュックは手足を広げて倒れ、へこんだ銀製のコーヒーポットがそばに転がっている。彼の頭より、古いコーヒーポットのほうが硬かったらしい。マイルズが頭と頭をぶつけさせたふたりの従僕も床に伸びていた。そのうちのひとりがぴくりと動いて目を開けたが、マイルズの姿が見えたせいか、また気絶したふりをした。賢明な判断だ。

残るふたりの従僕は、ひとりが妙な方向にねじれた腕を押さえて壁にもたれかかり、ときおりうめき声をあげていた。もうひとりは長椅子の上に陣取り、ネコがネズミをいたぶるように、その下に潜りこんでいるフィッツヒューを火かき棒でつついている。

ヘンリエッタとマイルズは顔を見あわせ、思わず笑いだした。

長椅子の下からフィッツヒューの苦しそうな声がした。「笑い事じゃないよ！」

ヘンリエッタはおなかを抱え、身をよじりながら笑いつづけた。極限の緊張が薄皮をめくるように、一枚、また一枚とはがれていくのがわかった。

「ほら、落ちつけ」マイルズの声は優しかった。「侯爵未亡人を縛りたいから、なにか縄の代わりになりそうなものを探してくれ」

ヘンリエッタは涙をぬぐいながら、すりきれたカーテンを留めている房のついた紐を手に取った。片側のカーテンがおり、室内が薄暗くなった。

「これはどう？」

「ああ、いけそうだ」

モンヴァル侯爵未亡人が鼻を鳴らした。

「ひどいありさまだな」そのとき、誰でもないまったく別の人物の声がした。開け放たれたままの居間のドア口に人影が現れた。マイルズは侯爵未亡人を押さえつけたまま、はっと振り返った。ヘンリエッタは房のついた紐を手にしたまま凍りついた。

黒いブーツが部屋に入ってきた。その人物は、銀色の筋模様がある黒のフロックコートを着ていた。ひだの多いクラヴァットの下にぶらさがっている片眼鏡がきらりと光る。眼鏡の枠は、おのれの尻尾をくわえているヘビの姿だ。男性はちょっと立ち寄っただけだとばかりに、くつろいだ様子で片手に帽子と手袋を持っていた。腰には剣がぶらさがっている。

訪問者はいかにも剣の使い方は慣れているという優雅な仕草で、銀色の柄《つか》に手をかけた。指輪がきらめきを放った。

「まるで海賊のパーティだ。わたしも参加していいかね？」ヴォーン卿がのんびりと尋ねた。

36

機械仕掛けの神《デウス・エクス・マキナ》～一、目的のわからない闖入者《ちんにゅうしゃ》。二、筋書きの甘さを解決する手段。どちらも望ましくない。

――〈ピンク・カーネーション〉の暗号書より

「セバスチャン」モンヴァル侯爵未亡人がぼそりと言った。あまりに抑揚のない声だったため、喜んでいるのか悲しんでいるのかわからなかったし、それどころか多少は驚いているのかどうかさえ定かではなかった。

いやな予感がするわ、とヘンリエッタは思った。ファースト・ネームで呼ぶなんて、ふたりはいったいどういう関係だろう。よく考えてみれば、侯爵未亡人は自分が〈黒チューリップ〉だと言葉で認めたわけではない。もしかすると彼女は〈黒チューリップ〉本人ではなく、組織の二番手だという可能性もある。その背後にさらに恐ろしい黒幕がいるとしたら？

マイルズの反応はもっとわかりやすかった。

「ヴォーン」腹立たしげな顔になり、隙あらば逃走しようとするモンヴァル侯爵未亡人の手首をつかむ手に力をこめた。「なにをしに来た？」

「助けが必要かと思ってね。だが……」気絶しているフランス工作員や、揺れている長椅子や、マイルズに押さえつけられている侯爵未亡人を、ヴォーンはゆっくりと眺めまわした。「わたしの出番はなさそうだな」

そのもってまわった言い方にマイルズはいらだったようだ。「おまえはいったい誰の味方だ」ぶっきらぼうに尋ねた。

ヴォーンはポケットからエメラルドの嗅ぎ煙草入れを取りだして蓋を開けた。優雅な手つきでひとつまみ取りだして袖の上に置くと、上品にそれを鼻で吸った。

「正直なところ、それがときどきわからなくなる」

「彼は自分がかわいいだけよ」モンヴァル侯爵未亡人が腕を引っ張って抵抗した。「そうでしょう、セバスチャン？」

「それが今回は違ってね」ヴォーンは気だるげに室内を見まわした。「年を取ったせいか、最近は他人《ひと》のためになにかしたいという気になってきた」

「その〝他人《ひと》〟というのはフランス人のこと？」ヘンリエッタはマイルズのそばへ寄った。

ヴォーンは表情を変えなかった。「なにを根拠にそう思うんだ？」

「馬車宿で密会をしていたからだ」マイルズは片手で侯爵未亡人の両手首をつかみ、もう一方の手で要領よく縛りはじめた。ヴォーンが剣を向けてくるかもしれないことを考えると、早く彼女の自由を奪っておきたかった。またあのピンを持ってヘンリエッタを追いかけまわすかもしれないと思うと、魔女の大釜のようにはらわたがぐつぐつと煮えくり返る。思わず紐を縛る手に力が入ったせいか、モンヴァル侯爵未亡人が痛そうな顔をした。「謎めいた書類、人目を忍ぶ会話、それに……」必要以上に力をこめて紐を結んだ。「おまえは彼女と面識がある」マイルズは侯爵未亡人を顎で示した。ヴォーンから目を離さずに立ちあがり、ヘンリエッタを背後に隠す。

ヘンリエッタはすぐにそこから出てきた。

「あなたが捜している〝彼女〟とは誰なの？」ヴォーンの腰にぶらさがった剣にちらりと目をやった。「それに、パリはもう何年も訪れていないと言っていたけれど、あれは嘘ね？」

「それは他人には関係のないことだよ。たとえ相手がきみであってもね」

ヘンリエッタには最後の言葉の意味がよくわからなかったようだが、マイルズは鋭く察し、肩を怒らせた。「祖国の安全がかかっているときは話が別だ」

「安心しろ、ミスター・ドリントン」わざとマイルズをいらだたせようとしている口調だった。「祖国とはなんのかかわりもない」

「だったら、どういうことなんだ」

「妻だよ」

「奥様？」ヘンリエッタは訊き返した。

ヴォーンが口元をゆがめる。

「たしかに、今ごろになってわたしがそんなことを言いだすのはおかしいだろうね」

「亡くなった奥方のことか？」

「それが生きていたのよ」モンヴァル侯爵未亡人がかすかに笑みを浮かべた。

ヴォーンが鋭い視線を向けた。「知っていたのか?」

「ええ、気づいていたわ」侯爵未亡人は静かに答えた。

「頼むから誰か説明してくれないかな」マイルズがじれったそうに口を挟んだ。そして、モンヴァル侯爵未亡人が口を開きかけたのを見てつけ加えた。「あんたは黙っていてくれ」

「簡単な話だよ」ヴォーンは淡々と言った。なんでもなさそうな口調がかえって複雑な事情であることを物語っている。「一〇年前、妻はわたしと……別れることにした。細かい話はどうでもいい。とにかく、スキャンダルを避けるために、妻は自分が病気で死んだことにしたんだ」

「じゃあ、本当は生きていることをあなたは知っていたのね」

「いや、違う。妻の馬車は、屋敷を発ったあと土砂崩れに遭った。わたしは当然、妻も乗っていたのだろうと判断し、その誤解に苦しみながら生きてきたというわけだよ。ところが、三カ月ほど前から、妻は生きていると書かれた手紙が届くようになり、証拠として直筆の手紙を渡すと言ってきた」

「ああ!」マイルズは思わず声をもらした。あの場末の酒場でヴォーンのポケットからかすめ取った手紙なら、今でもあのときに着ていたベストのポケットに入っているはずだ。

「どうしたの?」ヘンリエッタが尋ねた。

「あとで話す」マイルズは小声で答えた。

ヴォーンのほうは、いつぞや寝室に侵入され、しおり代わりに本に挟んでおいた劇場のプログラムを盗まれたことを思いだしたらしい。

「うちのハッチンズに怪我をさせたのはきみか？ もう二週間も脚を引きずっているんだぞ」片眼鏡を目にあて、糊をきかせたクラヴァットの結び具合を確かめた。「あれ以来、ハッチンズはいろいろと神経質になっていてね」

「だがぼくは、おまえのところの近侍を刺したりはしなかった」

「どういう意味だ？」ヴォーンが眉をつりあげる。

「覚えがないとは言わせないぞ」

「彼は知らないことよ」モンヴァル侯爵未亡人はまだ手首の紐を解こうとしていた。

「悪いが……」マイルズはその体を押し倒し、念のためにもうひとつ結び目を作った。「あんたの言うことはあまり信用する気になれない」

侯爵未亡人は床に倒されているにもかかわらず、精いっぱい背筋を伸ばし、見下す表情をした。

「フランスの諜報員はそんな武器を使っているのか？」

「そのようね」ヘンリエッタがモンヴァル侯爵未亡人の髪から小さな錐状のピンを一本、また一本と抜き取り、そのたびに眉をひそめた。

「先ほどは鋭い指摘だったね、レディ・ヘンリエッタ。次に騎士道精神を発揮して他人《ひと》のためになにかしたいと考えたときは、きみの言葉を思いだすのだろうな」ヴォーンが言う。

ヘンリエッタは申し訳なさそうに赤面した。「裏切り者呼ばわりして、ごめんなさい」

「謝ることなんてない」マイルズは言った。「マダム・フィオーリラとの関係は？」

「古い友人だよ。わたしの妻を捜す手助けをしてくれているだけだ。ところで近侍を刺したというのはなんの話だ？」

マイルズはすまなそうな顔をした。「それはぼくの思い違いだった。最後にもうひとつ。ヘンリエッタに興味を示している理由はなんだ？」

小さなピンを抜き取っているヘンリエッタに、ヴォーンは軽くお辞儀をしてみせた。侯爵未亡人の手が届かないところに、小さなピンの山ができている。

「それは誰よりもきみがいちばんよくわかっているんじゃないかな？」

くそっ。これくらいならヴォーンが諜報員であってくれたほうがまだましだ。ヘンリエッタは細身のきざな男が好みだということはないだろうな？　どういうわけか女性は皮肉屋で陰のある男に惹かれるものだ。ヘンリエッタとシャーロットがしょっちゅう貸し借りしている恋愛小説を見ればそれがよくわかる。マイルズはちらりと隣へ目をやり、ヘンリエッタがヴォーンの視線を受けて赤面しているのを見て胸がむかついた。

モンヴァル侯爵未亡人が紙やすりのようにざらついた声で低く笑った。「そういうことだったのね。今さらなにをしに来たのだろうと思ったのよ、セバスチャン。そんな理由で動くだなんて……」ヘンリエッタの汚れた顔と乱れた髪にちらりと目をやる。「あなたも落ちぶれたものね」

ヴォーンは冷たいほほえみを浮かべた。「きみの感性は相変わらずサイのごとしだな」

「昔はそうは思っていなかったくせに」

「あのころのわたしは……」ヴォーンが神経質そうにハンカチをひと振りした。「趣味が悪かったんだ」

侯爵未亡人は端が白くなるほど強く唇を嚙んだ。

ヘンリエッタは途中から芝居を見ているような気分だった。

「口を挟んで申し訳ないんだけど、いったいなんの話をしているの？」

「テリーザから聞いたことはないかい？」〝テリーザ〟という名前をわざとらしく強調したところが、かえって侮蔑的に聞こえた。「彼女はその昔、ジャン・ポール・マラーやジョルジュ・ダントンやマクシミリアン・ロベスピエールなど、そうそうたる革命指導者たちと親しくしていたんだ。もちろん、何年も昔の話だし、当時は過激な思想がもてはやされた時代だった。だが、テリーザ、きみはそれだけで終わらなかったみたいだな」

「あなただって彼らと親交があったくせに」

「わたしにしてみれば、あの男たちとの交際は一種の知的な遊びだった。だが、きみは違った」ヴォーンはエメラルドの嗅ぎ煙草入れを指先でとんとんと叩いた。「正直なところ驚いたよ。まさか、きみが彼らにそこまで尽くすとは思わなかったからね」

「あなたには理解できないわ」モンヴァル侯爵未亡人は軽蔑するように言った。

「そうでもない。血で洗礼を受けた勇敢な新政府ときみとの関係は、おそらくきみ自身よりよく理解しているつもりだ。こうなってご満足かい？」

「あなたにそんなことを尋ねる資格はないわよ」

「答えられないんだろう？」

「わけのわからない会話はふたりだけのときにしてくれないか」マイルズは侯爵未亡人のほうへ近づいた。「ヴォーン、あんたの昔話を聞くのも悪くないが、今はこちらの花の名前のご友人を早く陸軍省に引き渡したいものでね」

「同感だわ」ヘンリエッタはあざのできた腕をさすった。モンヴァル侯爵未亡人に引っかかれたところがみみず腫れになり、額と膝にはすり傷ができ、体じゅうに打撲の痛みを感じる。

ヴォーンが剣を鞘《さや》から引き抜いた。

マイルズはとっさに身構え、なにか武器の代わりになるものはないかとあたりを見まわして、床に落ちていた金属製のシャベルをつかみあげた。だが、ヴォーンはそんなマイルズを無視し、ふたりに襲いかかったりはせずに剣を侯爵未亡人の喉元へ向けた。そして、白い肌を覆う薄衣を揺らすこともなく、その先端で銀の鎖を引っかけた。

「こちらの美しい姫君を陸軍省へお連れする際には、このネックレスも調べてみるといいだろう」

マイルズは、ヴォーンの頭を殴りつける機会を逸したことをいささか残念に思った。

ヘンリエッタは思わず安堵の息を吐きだした。それほど大げさに息をついたつもりはなかったのに、ヴォーンに気だるげなまなざしを向けられた。マイルズはネックレスを調べるためにしゃがみこみ、ヴォーンは剣を鞘におさめてヘンリエッタに一歩近づいた。

「わたしがきみに剣を向けるかもしれないと本気で思っていたのかい？」

彼女は目で謝った。

「ついさっきまで、あなたはいろいろと怪しく見えていたから」

ヴォーンはヘンリエッタと過ごした時間の記憶をいとおしむような目をした。

「やはりわたしは地獄へ堕ちるしかないのだろうか？」

ヘンリエッタは頭がくらくらした。彼と話していると、いつも言葉の迷路に迷いこんだ気分になる。だが、そこにドラゴンが潜んでいないことだけははっきりした。

「少なくとも、この人と同じ地獄にということはなさそうね」ヘンリエッタはモンヴァル侯爵未亡人を顎で示した。マイルズはネックレスを調べていた。そのネックレスはたまたま侯爵未亡人の豊かな胸の深い谷間にかかっていた。ヘンリエッタは無理やりヴォーンに視線を戻した。「前にも言ったけれど、地獄にとどまるかどうかはあなたが自分自身で決めることだわ」

「詩人のダンテは、愛する女性ベアトリーチェによって地獄から救われた」ヴォーンはさらりと言った。

ヘンリエッタはマイルズがなにをしているのか気になり、首を伸ばしてのぞきたかったが、それを我慢してにっこりとヴォーンにほほえみ返した。文学の主人公にたとえられるのは、たとえそれがたいした意味のない比喩だとしてもうれしいものだ。ましてその相手が頭の切れる教養のある男性だと思うと、なおさら悪い気はしない。だが、ヴォーンと話していると、同じBeatriceという綴りの名前でもシェイクスピアの『空騒ぎ』に登場するベアトリスを思いだし、彼と毎日一緒にいるのはたいへんそうだと思ってしまう。延々と言葉の迷路を引きずりまわされるのは勘弁してほしいし、朝食の席やベッドのなかでも言葉を闘わせたり、その意味を探ったりするのはきっと疲れるに違いない。

その点、マイルズはわかりやすい。ヘンリエッタは我慢しきれずに首を伸ばした。感心なことに、彼は谷間の誘惑に屈さず、ひと目で戸惑っているとわかる表情でこちらを見ている。

ヘンリエッタは上機嫌でヴォーンへ顔を戻した。

「ベアトリーチェが相手では、あなたはきっと退屈するわ。それより、古代ブリトン人のイケニ族の女王ブーディカのほうがお似合いよ」

「今度、ブリトン人を見かけたら考えてみよう」

マイルズがいらだった様子で口を挟んだ。「邪魔してもいいかな？」

ヘンリエッタは彼のそばに寄り、肩越しにネックレスをのぞきこんだ。「どうしたの？」

ダイヤモンドが埋めこまれた大きな十字架の飾り蓋が開き、薄い巻紙が出てきた。そこに書かれたフランス語の文字は小さく、一部は数字だったが、重要そうに見えた。

「驚いたわ」ヘンリエッタは言った。

「昔はそこによく恋文を入れていたんだ」ヴォーンが背後に近寄ってきた。

「あんたからのものか？」マイルズが尋ねた。

「いろいろだ」ヴォーンは肩をすくめた。「わたしにとっては、はしかみたいなものだった。熱さえ引けば後遺症は残らない」

「側面にはこんなものが入っていた」マイルズはヴォーンを無視してヘンリエッタに言い、片手を広げてみせた。そこには小さな銀色の紋章がのっていた。長年の使用で摩耗してはいるが、チューリップの絵柄がはっきりと見て取れた。「それと、これもだ」もう一方の手も広げた。今度は小さなガラスの小瓶だった。なかにはきめの粗い粉が入っている。

「なんなの？」

「ロンドンっ子の半分が永遠にディナーをとれなくなる量の毒薬だよ」ヴォーンはその白い粉をしげしげと眺めた。

「彼女をつるし首にするには充分な量だな」マイルズは唇の片端をあげた。どの特定のロンドンっ子を永久にディナーの席から追放したいと思っているのかがありありとわかる表情だ。

ヴォーンはヘンリエッタのほうを向き、うやうやしくお辞儀をした。「わたしはしばらくロンドンを離れる。これほどの美女をあとにするのは残念なのだが……」

ヘンリエッタはあきれて目をぐるりとまわした。わたしの髪は乱れているし、顔は汚れているのによく言うわ。

マイルズはむっとしたらしく、ネックレスを置くと、つかつかとヴォーンに歩み寄った。

「ヘンリエッタは人妻だ。わかったら、もうそんな目で彼女を見るんじゃない」

「どういう目だろう？　さっぱりわからないな」ヴォーンが愉快そうに答える。

「彼女をさらって、ハーレムに連れて帰りたそうな顔ってことだ」

ヴォーンは考えこんだ。

「ハーレムとは考えたこともなかったが、名案かもしれない。早速、検討してみよう」

ヘンリエッタは両手を腰に置き、信じられないと思いながらこの会話を聞いていたが、ついに我慢しきれなくなり、ふたりのあいだに割って入った。

「忘れているのかもしれないから言っておくけど、わたしはここにいるのよ。ほら、こんにちは」嫌みっぽく手を振ってみせた。「ハーレムなんかごめんですからね」ヴォーンをにらみつけた。

「きみをハーレムに連れ帰ったらどうなるかが目に浮かぶよ」笑うと、ヴォーンの目尻に小じわができた。「きみをおとなしくさせておくのは至難の業だろう。目の保養にはなるだろうが……」彼はかぶりを振った。「宦官《かんがん》の長官がいやがるに決まっている」

「宦官のことなんかどうでもいい。問題はこいつが……」マイルズが怒った顔でヘンリエッタを見ながらヴォーンを指さした。「ただのきざな色男だってことだ」

「〝ただの〟だと？」ヴォーンがつぶやく。「それは心外だな。生きていくうえでの信条にしているんだぞ」

マイルズは聞こえないふりをした。「こいつは気のきいたせりふのひとつも言うかもしれないし、クラヴァットの結び方はしゃれているかもしれないが……」

「これはわたしがデザインしたんだ」ヴォーンがさりげなく口を挟んだ。ヘンリエッタはうるさいと言わんばかりにそのヴォーンの足を踏みつけた。

ふたりのやり取りを見て、マイルズは誤解した。

「ヘン、そんなやつにだまされるな。そいつはきみのことを言葉巧みに褒めたたえるだろうが、色男というのは口先だけでそういうせりふを言えてしまうものなんだ。どれほど思わせぶりなことをささやこうが、そいつはぼくのようにきみを……」そこではっとして、言葉を切った。

「あなたのようにわたしを……なんなの？」ヘンリエッタは自分の声が他人のもののように聞こえた。

マイルズがまばたきをし、口を開いては閉じ、死刑執行人の斧を見た死刑囚のように追い詰められた顔をした。だがやがて、逃げるすべはないと腹をくくったのか、毅然として死刑台への階段をあがった。

「ぼくのようにきみを愛しているわけじゃない」低い声で言う。

「あなたが？　わたしを？　愛しているの？」声がうわずり、ヘンリエッタは言葉がうまく出てこなかった。しばらく考えた末、改めて尋ねた。「本当に？」

「こんなふうに伝えるつもりじゃなかった」マイルズがやけになったように言い、懇願のまなざしでヘンリエッタを見た。「本当はもっといろいろ計画していたんだ」

ヘンリエッタは頭がぼうっとなりながらもにっこりした。

「どんなふうでもいいの。でも、取り消さないでね」

マイルズはまだ計画についてぶつぶつとつぶやいていた。「シャンパンと牡蠣を用意して……」両腕を広げて長椅子を表現した。「きみはそこに座り、ぼくは膝をついて……そして……」

そのうちに言葉が出てこなくなったのか、あきらめた顔で手を振った。

ヘンリエッタは言葉に詰まったりはしなかった。

「ばかね」それがあまりにも愛情に満ちた口調だったため、ヴォーンは数歩後ろにさがり、〝カブ頭〟のフィッツヒューはもっとよく見ようと長椅子の下から首を突きだした。

ヘンリエッタはマイルズに両手を差し伸べ、殴られた跡の残る顔を輝く目で見あげた。

「べつにロマンティックな愛の告白じゃなくても、わたしはちっともかまわないのよ」

「でも、きみはそういうことがふさわしい女性だ」マイルズは頑固に言った。「花束とか、チョコレートとか……」ほかになにがあっただろう？　そうだ、ブドウの皮をむくんだった。だが、今それを口にするのはあまり適当でない気がする。「それに詩とか」なんとかきれいにまとめた。

「詩なんかなくても平気よ。そりゃあ、もちろん……」ヘンリエッタがからかい口調で言う。「たまにはあなたの気持ちをそれなりの詩で表現してくれたら、わたしとしてはうれしくないこともないけれど……」

「きみに申し訳ないと思っていたんだ。結婚式も新婚初夜もあまりにせわしなく過ぎてしまったから……」

ヘンリエッタがにっこりした。

「そんなことはなんとも思っていないわ。あなたは不満なの？」

「そんなわけがないだろう」

「だったら、なんの問題もないわ」ヘンリエッタはきっぱりと言いきった。

まだなにか言おうと口を開きかけたマイルズの唇に、彼女は人差し指をそっとあてた。従僕が四人がかりでも押さえつけることのできなかったマイルズが、こんなちょっとした仕草で黙りこむのがおかしかった。ぜひとも今後のために覚えておこう。どうかフランスの工作員がこの秘密の戦法に気づきませんように。

「わたしは今のままでいいの」まっすぐにマイルズを見た。「ただ、あなたにそばにいてほしいだけよ」

マイルズが声を詰まらせた。「ありがとう、ヘン」

「わたしの気持ちはわかっている？」

「ああ」マイルズは唇にあてられた手を握りしめ、それにキスをした。今度はヘンリエッタの喉が詰まった。

「愛しているわ」涙がこみあげそうになる。

「本当はきみに愛されているかどうか自信がなかった」マイルズが不思議なものを見るような目でヘンリエッタを見つめた。長い航海から帰った男性が、見慣れているはずの故郷を、また新たな目で大切な場所として眺めているような表情だ。

「どうして気づかないのよ。わたしは恋わずらいをしているアヒルみたいに、あなたのあとをついてまわっていたのに」

「アヒルだって？」マイルズがまさかという顔でにやりとし、肩を震わせて笑った。「きみはアヒルじゃないよ、ヘン。ニワトリ《ヘン》にならなら見えるかもしれないが……」マイルズは眉を上下させた。「アヒルなんて柄じゃない」

ヘンリエッタは彼の胸を叩いた。「笑い事じゃないわ。あなたへの思いを抱えて、わたしはいっぱいいっぱいだったんだから。そのあと、あなたは無理やりわたしと結婚させられて――」

マイルズが咳払いをして真面目な顔になった。「〝無理やり〟というのは事実と違うぞ」

「だって、決闘騒ぎにまでなったのよ」

「よく考えてみろ」マイルズが照れくさそうな顔になる。「気がつかなかったのか？　リチャードはぼくたちを結婚させたくなかったんだぞ」

たしかにそういえば……。ヘンリエッタはマイルズの顔をのぞきこんだ。

「じゃあ、あれはあなたの意思だったの？」

「そうだ」マイルズは頭をかいた。「時間をかけたら、きみの気が変わってしまうんじゃないかと心配だった。リチャードがその気になれば、あの夜の出来事はもみ消すこともできたからな。なんといってもセルウィック・ホールの使用人は恐ろしく口が堅いし、ソルモンドリー兄弟はまああんなふうだが、それでもなにか方法は……」彼は肩をすくめた。

「だったら……」ヘンリエッタはまるで一〇年分のクリスマスの贈り物を一度にもらったような気分になった。「詩を贈られるよりうれしいわ」

「よかった」マイルズが顔を寄せてささやいた。「ぼくに詩は書けないからな」

ふたりはごく自然に唇を重ねた。そのキスこそまさに韻律は完璧で、比喩の豊かな、格調高い詩そのものだった。ふたりの体はぴったりと寄り添い、腕は絡みあい、唇はひとつになった。それはふたりだけの世界であり、フランスの諜報員も、皮肉屋の恋敵も、厄介な学生時代の友人も入る余地がなかった。

「だから、かなりやましいと言ったんだ」フィッツヒューが長椅子の下からはいだして、ピンク色の上着には似合わないしかつめらしい顔をした。

「やましいことなんてなにもないぞ」耳まで真っ赤になっているヘンリエッタを抱きしめたまま、マイルズは堂々と言い返した。「ぼくたちは夫婦だ」

フィッツヒューは首をかしげた。

「どっちがましかはわからないな。極秘結婚というのも結構なスキャンダルになるからね」

「最近それがはやりはじめているんだ」マイルズは言った。「おまえもさっさと相手を見つけたほうがいいぞ。気がつくと、まわりはみんないつの間にか結婚していたということになりかねないからな」

ヴォーンがさりげなく咳払いをした。誰からも注意を払われなかったため、もう一度、今度はもう少し大きく咳払いした。

「お熱いのは結構だが……」その言葉を聞いて、マイルズが赤面した。「いちゃつくのは〈黒チューリップ〉を当局に引き渡してからにしたほうがいいんじゃないか？　ドリントン、連れていく先の当てはあるのか？」

マイルズはしかたなくヘンリエッタの肩から手を離し、ヴォーンに向き直った。だが、万が一にもヴォーンがまだハーレム構想を胸に秘めている場合に備えて、しっかりとヘンリエッタの腰に腕をまわした。

「ああ、もちろんだ」そして、意地悪く言い添えた。「ぼくにきみを調べろと命じた部署だよ」

ヴォーンがため息をつき、クラヴァットのひだからありもしない埃をつまみあげた。「どうしてそんな命令が出されることになったのやら、さっぱりわからないな。清廉潔白な人生を送っているというのに残念だ」

「夜のオペラ劇場にたむろするやつらみたいにか？」マイルズはそうつぶやいたあと、悲鳴をあげた。「痛っ！」

「向こうずねは蹴られるためにあるのよ」ヘンリエッタは優しく言った。

「今度から、もっと厚手の生地のズボンをはいているようにしよう」マイルズは痛む箇所をさすった。「できれば、すね当てのついたやつがいいな」

「わたしが縫ってあげるわ」

「どちらかというと、脱がせてくれるほうがうれしいけれどね……」マイルズはヘンリエッタの耳元でささやいた。

ふたりがふたたび自分たちの世界に入りこもうとしているのを見て、ヴォーンはしかたなくまた咳払いをし、フィッツヒューは大声を出した。

「ズボンをはくとか脱ぐとかいう話を男女でするのはいけないぞ」

「夫婦だから」マイルズとヘンリエッタは声をそろえて言い返した。

「勘弁してくれ」ヴォーンが誰にともなくつぶやいた。「こんなみっともないまねをするようになるなら、わたしは再婚などしないぞ」

床から皮肉に満ちた声が聞こえた。「わたしをどうするか、早く決めてもらえないかしら? 床は寝心地が悪いし、あなたたちのおしゃべりは聞くに堪えないし、もう我慢の限界だわ」

ヘンリエッタはモンヴァル侯爵未亡人を見おろした。「やけに落ち着いているのね」

「当たり前でしょう」これは一時的な敗北にすぎないと言わんばかりの口調だ。「あなたたちはずぶの素人の集団だもの」

「でも、あなたをつかまえたわ」

「たまたま形だけね」侯爵未亡人が鋭く返す。

「これからヘンリエッタとふたりで侯爵未亡人を陸軍省に連れていく」マイルズが言った。

「そうしたら……」ヘンリエッタと視線を交わした。彼女は耳まで真っ赤になった。「家に帰ろう」

家……。なんてすてきな響きの言葉だろう。

「また騎士道精神を発揮してもいいかという気がしてきたのだが……」ヴォーンがゆっくりと切りだした。「よければ、わたしが彼女を陸軍省まで送り届けようか？」

マイルズは躊躇した。

「あるいは……」ヴォーンはフィッツヒューのほうへ顎を向けた。「彼に任せる手もある」

マイルズはモンヴァル侯爵未亡人の手首を縛った紐の先端をヴォーンに渡した。「あんたは意外にいいやつだな。もし彼女が逃げたら、あんたの屋敷へ捜しに行くぞ」

「ドリントン、きみは珍しい貴重な宝石を手に入れたんだ。せいぜい大事にしたまえ」

そんなことは言われなくてもわかっていた。

夕暮れの空の下、ロンドンの入り組んだ道を、ふたりは手に手を取ってローリング邸まで歩いた。空は勝利を祝う旗のごとく赤と金色に色づいていたが、ふたりはそれに気づきもせず、薔薇色に燃えあがりながら互いの目を見つめていた。愚か者と恋人同士に配慮する神の特別なご意志が、ふたりを道中のさまざまなものから守った。おかげでふたりは足元に落ちているごみにわずらわされることもなく、そこかしこにいる追いはぎに襲われることもなかった。いつの世も、恋人たちは愛の言葉をささやきあうだけでは飽き足りず、物陰を見つければ入りこむものだ。ふたりもまた、もはや世間の目も諜報員の耳も恐れていなかった。ローリング邸までは物陰や袋小路が多いせいで長い道のりとなった。おかげでグローヴナー・スクエアにたどりついたときには、すでに日はとっぷりと暮れていた。とうに今夜の計画はできあがっていた。まずはお風呂に入ろうというヘンリエッタの提案に、マイルズは古い浴槽を壊さんばかりの勢いで賛成した。そのあとはベッドだとマイルズが主張し、続いてヘンリエッタはディナーをとりたいと言い、その次はマイルズがまたしてもベッドだと訴えた。

「それ、さっきも言ったわ」ヘンリエッタは形ばかりの抵抗をしてみせた。

「〝ベッド〟は何度でも大歓迎だ」マイルズはヘンリエッタの耳にキスをしながら、たいまつの揺れる明かりに照らされた正面玄関の短い階段をあがった。「ずっとベッドでもいいくらいだよ」

「信じられない」ヘンリエッタがあきれた顔になる。

「なんとでも言ってくれ」そのとき、正面玄関のドアが開いた。

マイルズは口を開いた。今夜は、いや明日も、それを言うなら今週いっぱいは、来客があっても通すなと執事に命じるつもりだった。

「ああ、ストウィス……」マイルズはぴたりと足を止めた。ヘンリエッタは塩の柱のように固まった。

玄関のドアを開けたのは執事ではなかった。ヘンリエッタが服を借りたメイドでさえなかった。

ローリング邸の玄関でふたりを出迎えたのは、上等な旅行用のドレスに身を包んだ小柄な女性だった。アピントン侯爵夫人は手袋をはめた両手を腰にあて、ブーツを履いた足で不気味に大理石の床を踏み鳴らしていた。その後ろには、やはり旅行時の服装をしたアピントン侯爵が腕組みをして立っている。ヘンリエッタの父も孫の病状が心配になり、妻のあとを追ってすぐにケントへ発っていたのだ。

「嘘でしょう」ヘンリエッタはつぶやいた。

37

末永く幸せに暮らす～一、祖国の敵を投獄すること。二、愛しあうことにより幸せな結末を得ること。三、上記にまつわるすべての事柄。

——〈ピンク・カーネーション〉の暗号書より

「お入りなさい」レディ・アピントンが不機嫌きわまりない口調で命じた。「ふたりともよ」

ヘンリエッタはギロチン台の階段をあがる貴族のような気分で、しぶしぶ玄関広間に入った。マイルズもうなだれたままあとに続いた。

「お父様、お母様、おかえりなさい」声がかすれた。「ケントの様子はどうだったの？」

アピントン侯爵が白くなった眉を片方つりあげた。そこにはこの状況を信じがたく思う気持ちと、失望と怒りがありありと表れていた。ヘンリエッタは、眉ひとつでそこまで表現するなんてお父様は驚異的だわと思い、緊張もあいまって思わず笑いだしたくなった。だが、そんなことをすれば心証をますます悪くするだけだと思い直した。

レディ・アピントンのほうはそんなささやかな仕草では満足できないらしく、力任せに玄関のドアを閉めてふたりに向き直った。

「いったいどういうつもりなの？」いらだちを抑えきれないとばかりにふたりの周囲を歩きまわる。「答えなさい！　あなたたちはなにを考えているの？」

「今、フランスの諜報員をつかまえてきたところなんです」マイルズはレディ・アピントンの気をそらそうとした。過去にはこの手でうまくいったこともある。

だが、今回は完全に失敗した。

「話題を変えようとしても無駄よ」レディ・アピントンがぴしゃりと言い返した。怒りがさらに増したように見えた。「ほんの一週間ほど家を空けただけでこのありさまなの？　あきれて言葉も出ないわ！」両腕を大きく広げた。「なんという軽率なことをしてくれたのかしら。あなたたちは家名に泥を塗ったのよ。いったい結婚をなんだと思っているの？」

「ぼくがいけないんです」マイルズはヘンリエッタをかばい、守るように妻の肩を抱き寄せた。

レディ・アピントンがマイルズに指を突きつけた。「心配しなくてもいいわよ。あなたにも言いたいことはたっぷりあるのだから」そして、指を娘のほうへ向けた。「わたしはあなたを軽率で家名に泥を塗るような娘に育てたのかしら？」

「そんなことはないわ、お母様。でも、いろいろと状況が――」

「どういう状況だったかはわかっている」アピントン侯爵が苦々しげに答えた。「リチャードから手紙が来たからね」

「ああ、もう」ヘンリエッタは言葉に詰まった。

「わたしがいけなかったんだわ」レディ・アピントンが言う。「母親失格ね」

ヘンリエッタは両親に対する申し訳なさと後悔の念でいっぱいになり、このまま氷のように解けて、黒ずんだ大理石の床で水たまりになれたらいいのにと思った。ちらりと隣を見ると、マイルズも同じことを考えているような表情でうつむいている。

レディ・アピントンは立ちどまり、なかばあきらめながらもどうしても怒りがおさまらないという表情でふたりを見た。

「マイルズと一緒になったことが気に入らないわけじゃないのよ。マイルズ、わたしたちは喜んであなたを家族の一員として迎えるわ。それどころか、娘の夫としてあなた以上の人はいないと思っていたくらいよ」

マイルズはかすかな希望を感じて顔をあげた。

だが、アピントン侯爵の表情を見て、また力なく下を向いた。「それでもわたしたちはとても残念に思っている」侯爵は厳しい顔で、娘と義理の息子の両方を見た。「まさか、おまえたちがこれほど浅はかで愚かなまねをするとは思わなかった。少しは分別を備えていると信じていたのに、それを裏切られたのが悲しいよ」

「それともなにかしら？」レディ・アピントンが娘をじろりとにらむ。「そんなに結婚を急がなければならない理由ができたわけ？」

ヘンリエッタは思わず母を見た。「そんなことはしていないわ！」

レディ・アピントンは娘の赤くなった顔をじっと眺め、ほっとした表情になった。

「わたしに怒ってもしかたがないことよ。世間はそういうふうに思うものなんだから」

「そんな……」

「リチャードにも腹が立つわ」レディ・アピントンは息子にも文句を言わずにはいられないとばかりにかぶりを振った。「こんなに急いでふたりを結婚させるなんて、いったいどういうつもりかしら。わたしはそろいもそろって頭の悪い子供たちを育ててしまったみたいね」そう言うと、盛大に鼻を鳴らした。レディ・アピントンのこの癖は、伯爵夫人を動揺させ、王家とかかわりのある公爵を部屋から追いだすことで知られている。

ヘンリエッタは顔をしかめた。「ごめんなさい」

レディ・アピントンは娘の表情に気づいて責めたてた。「こんなに急いで結婚したら、世間の口を封じるどころか陰でなにを言われるかわからないということに、どうして誰も気づかなかったの？」

マイルズはヘンリエッタの肩を抱く手に力をこめ、毅然と言い返した。「ちゃんと結婚したのだから、問題はないんじゃないですか？」

「それだけではすまされないのよ」レディ・アピントンはいらだちをあらわにした。「なにか世間が納得する筋書きを考えなくてはならないわ。じつはひそかに昔から婚約していたのだけど……」手をひらひらさせながらひとり言を口にした。「マイルズが病気にかかって急に体が弱り……あと三日で死ぬと思いこんだとか？」

ヘンリエッタはちらりと夫を見あげた。たしかに顔は怪我をしているし、目のまわりは腫れてもいるけれど、マイルズは健康そのものだ。それは昨晩もベッドで証明されたのだと思ったとき、両親が目の前にいることに気づいて思わず顔が赤くなった。

「そんなことを言っても誰も信じないと思うわ、お母様」

「大きな口をたたくんじゃないの。偉そうなことを言っている暇があったら、なにかもっともらしい理由を考えなさい」

「たとえば……」マイルズは言われたとおりに考えてみた。「予定されていたとおり、内輪で結婚式を挙げたということにしたらどうです？　駆け落ちをしたわけじゃないから、その理屈は通るだろうし、それにロンドンの主教が挙式に立ちあいましたよ」

「そんな結婚式を執り行うことになって、主教様はいったいどう思われたかしら」レディ・アピントンがいかにも嘆かわしげに言った。

「マイルズの案はなかなかいいかもしれない」アピントン侯爵が妻の顔を見て、いたずらっぽく眉をあげた。「小うるさい人たちの自尊心をくすぐるような筋書きにすればいいのではないかな？」

レディ・アピントンは、長いあいだ海ヘビと壊血病に悩まされてきたルネサンス時代の探検者がようやく大地を発見したかのような明るい顔になった。「そうね！　結婚式は特別なお客様だけを招待して、ごく少人数で行ったことにすれば……」

ヘンリエッタは母の言わんとするところをすぐにのみこみ、小さく飛び跳ねた。「きっと誰もが結婚式に参加したふりをするわ。自分には招待状が来なかったなんて認めたくないことだもの」マイルズのほうを向き、その手を握りしめた。「すばらしいわ」

マイルズは妻の手を握り返し、自分もそういうつもりで提案したのだという表情を精いっぱい装った。

アピントン侯爵が笑い声をもらした。

「そのうちに、社交界の半分の者は自分が式に参列した気分になるだろうね」

「少なくとも公爵が三人は出席したことにしないと」そう言ったかと思うと、レディ・アピントンはすぐにまた顔を曇らせた。「それにしても、どうしてわが家の子供たちは誰もまともな結婚式を挙げてくれないのかしら？」

「チャールズお兄様の結婚式はちゃんとしていたわよ」ヘンリエッタは指摘した。

「あれは数のうちに入らないわ」レディ・アピントンがそっけなく答える。

「今の言葉はチャールズには内緒にしておこう」アピントン侯爵が言った。

レディ・アピントンは目をしばたたいて夫を見あげた。「ありがとう、あなた」

ヘンリエッタとマイルズはほっとして顔を見あわせた。母が父に対して甘えた表情を見せるのは、機嫌が直ってきた証拠だ。もちろん今後一五年間は、ことあるごとに今回の件を持ちだすだろう。こちらがいやがるときに限って、過去のささやかな過ちを引きあいに出すのが上手なのだ。けれど、ひとまず最悪のときは過ぎた。あとは両親が帰れば……。ふたりはひそかに視線を交わした。マイルズが階段のほうをこっそりと顎で示してみせたので、ヘンリエッタは顔を赤くして目をそらした。だが、一瞬、遅かった。母が振り返り、娘に指を突きたてた。

「あなたはわたしたちと一緒にアピントン邸に戻りなさい。いろいろと準備があるし、どういう筋書きにするか細部まで決めなければならないし……」

レディ・アピントンはひとりで計画を口にしながら玄関のドアへ向かった。しかし、ヘンリエッタはその場を動かなかった。

「明日じゃだめかしら、お母様？」ヘンリエッタはマイルズの手を握った。「もうここがわたしの家なの」

レディ・アピントンが緑の目を細める。「その言い方は気に入らないわね」

「いずれは嫁がせていた娘よ」

「まさか結婚したあとにそれを知らされるとは思ってもいなかったわ」

ヘンリエッタは唇を噛んだ。そのことに関しては言い訳のしようがなく、黙りこむしかなかった。心の底から後悔しているふうに見えることを願いながら頬をかいた。「ごめんなさい」何度も謝れば、母も気を変えるかもしれない。

助け船を出す気になったのか、アピントン侯爵が妻の腕を取った。

「もういいじゃないか。さあ、わたしたちだけで帰ろう。きみはまた明日ここに来て、ヘンリエッタの使用人を好きなだけいじめればいい」

「わたしは誰もいじめたりなんかしませんよ！」レディ・アピントンは憤然とした。「でも、たしかにここの使用人にはてきぱきと指示を出す人が必要かもしれないわね。こんなに掃除の行き届いていない家は初めて見たわ」

アピントン侯爵が、これくらいの小言は我慢しろという顔でヘンリエッタに視線を向けた。

〝ありがとう〟ヘンリエッタは口の動きだけで父に礼を述べた。

アピントン侯爵がかすかにうなずき、眉を少しだけあげて、もう二度とこんな愚かなまねはしないようにと伝えた。

ヘンリエッタはいい妻になろうと決意した。少なくとも両親の前ではそう振る舞わないと。

アピントン侯爵がマイルズのほうを向いた。「明日、持参金について話をしよう」

マイルズはかしこまってうなずいた。「はい」

「ああ、マイルズ」妻を伴って玄関を出ようとしたところで、アピントン侯爵が振り返った。「一族の代表として、きみを歓迎するよ」

玄関のドアが閉まった。

急にしんとした玄関広間で、ふたりは顔を見あわせた。マイルズは妻の両肩に手を置き、額に頭をすり寄せた。

「なんとか納得してもらえたみたいだな」

「ええ」ヘンリエッタは心からほっとして夫にもたれかかった。この数時間もさることながら、ここ数日はまさに激動の日々だった。

マイルズがちょっとだけ顔をあげ、彼女の唇に視線を落とした。「さあ、ご両親も帰ったことだし……」ヘンリエッタは急に玄関広間があたたかくなったように感じられ、唇が気になり、膝が震えた。

「ええ、そうね」夫の首に両腕をまわした。「ここにいるのはわたしたちだけよ」

「じゃあ、そろそろ……」マイルズが今宵に思いを馳せながら妻の顔を見たときだった。

カチャッ。玄関のドアが開いた。

「うっ」マイルズは驚いた拍子に妻の額に鼻をぶつけた。

「これでも大急ぎで来たんだぞ」ジェフがつかつかと玄関広間に入ってきた。

「なんなんだ?」マイルズはいらだちながら、涙目で鼻を押さえた。「おまえはどうしてこんなときに入ってくるんだ?」

ジェフは足を止め、困惑したようにマイルズとヘンリエッタの顔を見比べた。「自分で手紙を置いていったくせになにを言っているんだ? 〝緊急事態〟とメモに書いてあったじゃないか」

「ああ、その件か」

「そうだ」ジェフはとげとげしい声で応じた。

「ちょっと遅かったな」マイルズは穏やかに答えた。「ぼくたちは〈黒チューリップ〉をとらえた。おまえはいったいどこにいたんだ?」

ジェフが唇を引き結んだ。「そんなことはどうでもいい」

「きっとこいつは、メアリー・オールズワージーの眉かなんかについて詩でも書いていたんだぞ」マイルズはヘンリエッタに言った。

ジェフは反論せず、帽子を頭にのせると淡々とした口調で言った。「用事がないならぼくは失礼する。ウィッカムから次の指令が出ているものでね。今回はかなり危ないことになりそうだ」

マイルズはヘンリエッタの腰に腕をまわした。「ああ、引き留めはしないよ」

ジェフがけげんな顔をしたのに気づき、ヘンリエッタはその腕から逃れた。「違うわ、そういうことじゃないの」慌てて髪をなでつけた。「わたしたち、結婚したのよ」

ヘンリエッタとマイルズは、独身男性がそれを見たら酒でも飲まずにはやっていられなくなるような甘い表情で目を見あわせた。

ジェフが唇の端をゆがめた。「結婚？」暗い声で言う。

「やあ、祝いの言葉をありがとう」マイルズはからかった。

ジェフが固く目をつぶる。「くそっ」

ヘンリエッタは驚いた。彼が乱暴な言葉を口にするのを初めて聞いたからだ。リチャードがフランス警察省に身柄を拘束されたとわかったときでさえ、ジェフが感情的になることはなかった。

ジェフは申し訳ないというように首を振った。「すまない。水を差すつもりで言ったわけじゃないんだ。ただ……いや、いい、気にしないでくれ。きみたちの幸せを心から祈っているよ」

「なにかあったの？」ヘンリエッタは尋ねた。よく見ればジェフは目の下にくまができ、やつれた顔をしている。

「たいしたことじゃない。少しの時間と毒ニンジンがあれば事足りる話だ」ジェフはいかにも無理をしているとわかる明るい声で言い、玄関のドアの取っ手をつかんだ。

「毒ニンジンを誰に盛るんだ？」

「自分にだよ」

「まあ……せいぜい楽しんでくれ」マイルズはあいまいに答えると、ヘンリエッタの腰を抱き、階段へ向かった。

ヘンリエッタは振り返り、ジェフに手を差し伸べた。

「わたしたちにできることがあったら、なんでも言ってね」

「今夜はだめだぞ」マイルズがつけ加える。

「わかったよ。とにかく、おめでとう」ジェフは唇の端をゆがめてほほえんだ。「まあ、そうなるだろうとは思っていたけれどね」

ジェフは玄関をあとにし、ドアを閉めた。玄関広間に静寂が戻った。

ヘンリエッタはマイルズを見た。「シャーロットも同じようなことを言っていたわ。わたしの両親も薄々感づいていたみたいだし。どうしてみんながそう思っているのに、わたしたちだけ気づかなかったのかしら？」

「リチャードは強固な反対派だ」マイルズが苦々しげに言った。

ヘンリエッタは真面目な顔でマイルズを見あげた。「お兄様のことを気にしているのね」

大理石敷きの玄関広間が急にひんやりと感じられた。

「きみを失うことに比べればたいして気にしていないよ」

「あら、この前は、わたしのことをリチャードと同じくらい大切な人だと言ったくせに」

マイルズはうめいた。「ぼくはおかしなことばかり口走っているな」

ヘンリエッタはマイルズがかわいそうになり、彼の腰に両腕をまわした。

「少なくともひとつはとてもすてきなことを言ったわよ」

マイルズは妻の額にキスをした。「ジンジャー・クッキーを取ってくれとか？」

「いいえ」

「じゃあ、アホウドリのことかい？」

ヘンリエッタは夫をつついた。「全然違うわ」

「じゃあ、これだ」マイルズは妻の耳にささやいた。「愛しているよ」

階下では使用人たちが噂をしていた。今夜も旦那様は奥様を抱きあげて二階に行ったらしいと。

38

「エロイーズ？」

図書室の絨毯にまだ薄暗い黄色がかった明かりが細長く差しこんでいたが、わたしはそれに気づいていなかった。数時間前には張りぐるみの椅子に座っていたはずなのに、いつの間にか床に腰をおろし、アン女王時代の椅子ならではの、鳥の鉤爪《かぎづめ》が玉をつかんだ形の脚を両手で握りしめていた。あとでひどい肩凝りになりそうなほど背中がずきずき痛んでいたけれど、それさえかまわず、膝にのせた赤い革製のふたつ折り版の本を読んでいた。装丁はヴィクトリア女王時代のものらしく、見返しには大理石模様の紙が使われ、表紙には一九世紀に流行した金色の細かい渦巻き模様が施されている。そんな美しい装丁とは異なり、中身はひどくごちゃごちゃしていた。傷みの激しい黄ばんだ紙に古い手紙が貼りつけられ、その作業を行ったとおぼしき人物によって〝セルウィック家のある女性の記憶〟というタイトルがつけられている。それとは別に長い副題もついていたのだが、その女性が素人ながら熱心に手紙を整理した人物であること以外はなにも示していない内容だったため、わたしはそれをノートにメモするのを忘れた。

女性は勢いのある文字でさまざまな長い文章の書きこみをしていた。中世の古文書には、以前に書かれた文字が完全に消されていない羊皮紙の上に、さらに文書を記したものがあるが、この本もそれに似ている。貴重な紙がもったいないとでもいうように、行間にまでびっしりと文字が記されているのだ。だが、幸いにもヘンリエッタの手紙はインクが変質していないため、ときどき毒づきながらも、目を細めたり、ページを横や斜めにしたりすれば、なんとかもとの文章を読むことができた。

製作者の女性が記した注釈は、ある意味ではとてもおもしろかった。一九世紀の文化史を調べている研究者なら、この本だけで論文のひとつやふたつ書けるだろう。セルウィック家の子孫としか名乗っていないその女性は、ヘンリエッタの突拍子もない行動をどう解釈すればいいかわからなかったらしく、いちいち言い訳を書きこんでいた。たとえば急な挙式は、〝ロンドンから主教を呼び寄せたくらいだから、実際はそれほど急いだ結婚ではなかったのだろう〟という具合だ。フランスの諜報員かもしれない人物の会話を盗み聞きしたことについては、〝貴族の女性が立ち聞きなどという下品な行為に及ぶわけがなく、おそらくたまたま聞こえてしまったに違いない〟と書かれていた。また、メイドの格好をして他人の家に侵入した件に関しては、〝子孫を驚かせるためのちょっとした冗談に決まっている〟とコメントがついていた。

わたしはこれらの注釈を大いに楽しみながら読ませてもらった。

その一方で、昨晩の出来事についてはどう考えていいのかさっぱりわからずにいた。飲みすぎて記憶がないわけではない。木曜日のパーティで激しい二日酔いを経験した教訓から、昨日の夜はグラス二杯のワインで我慢した。だから、あの回廊でなにがあったのかはよく覚えている。だが、あれがどういうことだったのか、すっきりとした説明をつけられずにいた。こうであってほしいという希望はあるけれど、それを裏づける事実はなにもない。少なくとも、ほかの人が聞いてもなるほどと納得できる話ではないということだ。パミーなら大騒ぎしそうだが、彼女の言うことは当てにならない。

サリーから〝本当に恋人じゃないの?〟と言われたときは、なんとか自制心を発揮して、それはどういう意味かと詮索するのは我慢した。そんなことを尋ねようものなら、その次は〝ねえ、彼はわたしを好きだと思う? 好きって、つまりそういう意味で好きってことだけど〟などと愚にもつかないことを口走ってしまいそうだったからだ。代わりにわたしは、建物解体用の鉄球さながらの勢いで、修道院の廃墟についてあれこれと質問した。

サリーに回廊を案内してもらったあとは、またパーティ会場となっている応接間に戻り、アンテナを高く伸ばしてコリンのほうへ向けた。もし状況が許すなら、見境なくコリンの名前を出してはいろいろ探りを入れたり、グーグルでこっそりコリンの過去を調べたりしていただろう。だが、実際は牧師につかまり、部屋の隅でおしゃべりをしていた。牧師は、一九世紀にアメリカで名を馳せた作詞家ギルバートと作曲家サリヴァンが組んで作ったあまり有名ではないオペラの歌詞について、これを知らないと人生損をすると断言し、あれこれと解説した。その一曲である《ゴンドラの漕ぎ手》のなかばまできたころ、コリンが応接間に戻ってきたが、すぐに部屋の反対側にいるグループのところへ話をしに行ってしまった。牧師のよく通るテノールの声に圧倒されたのか、それともわたしを避けたのかはわからない。もし日記をつけていたら、その日のページはコリンがどう見えたのかという記述で埋め尽くされていただろう。これは知っている表情だとか、これは初めて見る顔つきだとか、そこに想像や希望まで入りまじり、なにがなんだかわからない文章になっていたはずだ。

帰りの車のなかでのコリンはなんというか……誠実だった。それよりほかに表現のしようがない。〝パーティは楽しめたかい?〟〝ええ〟〝それはよかった〟そんな会話しかなかったからだ。なにか少しでも感情のこもった言葉をかけてくれはしないかと期待したけれど、そんなものはひとつもなかった。セルウィック・ホールに到着し、わたしが寒さに震えていたとき、玄関の鍵を開けようとしていたコリンの携帯電話が鳴った。コリンはおやすみと挨拶し、そそくさとどこかへ行ってしまった。おかげでわたしはひとりでベッドに戻り、こんなことならパミーの言うとおりビスチェを着ればよかったかしらなどと思い悩むはめになった。

あの出来事はわたしの勝手な想像だったのだろうか? ベッドに入ったものの、〝彼はその気だったの? それとも違ったの?〟という思いがハムスターの回し車のようにいつまでも堂々めぐりして、とても眠りにつけなかった。偶然会えるのを願って、ココアでも飲みにキッチンへおりていこうかとも思ったが、さすがにそこまでするのは情けない気がしたし、迷子になる心配もあったのでやめておいた。傷物にされることを望んで暗い屋敷のなかをうろうろ歩きまわるのはさすがにみじめだ。

傷物ですって？　わたしは自分が使った言葉に驚いた。一九世紀にどっぷりとつかりすぎた弊害がこんなところに出ている。だからといって半ズボンをはいたコリンを想像してみても、ちっとも慰めにはならなかった。

わたしは眠るのをあきらめ、タンクトップの上にセレーナのストールを巻き、裸足でとぼとぼと図書室へ向かった。それでもヘンリエッタの手紙を読みはじめて一時間もすると回廊での出来事はすっかり忘れ、二時間が過ぎるころにはコリンの名前も思いださなくなっていた。

博士論文にすばらしい一章をつけ加えられそうだという予感にわたしは胸を躍らせていた。世間に恐れられているフランスの諜報員が女性だったとは！　一九世紀、女性たちはこんなに活躍していたのだ。愉快な想像はどんどんふくらんだ。わたしは学会で堂々と発表し、紙吹雪を浴びるように研究助成金を受け取り、イギリスの歴史学術誌『パスト・アンド・プレゼント』に論文を載せ、イギリスの歴史家がそれに対する論評を『ニューヨーク・タイムズ』紙に書く。スロットマシンで数字がひとつずつ並ぶのを見ながら、大当たりが出そうな予感に興奮しているような気分だ。

これなら、現在の博士論文の一章で終わらせるどころか、もう一本論文が書けるかもしれない。わたしはうきうきしながらタイトルを考えた。〝国家反逆罪の一例――ナポレオン戦争における女性諜報員についての考察〟というのはどうだろう。いや、それではジェンダーにこだわっている点が今の論文に酷似している。それよりはミクロ歴史学の事例研究として、

〝モンヴァル侯爵未亡人――フランス革命の陰の立て役者〟という内容にするほうがいいかもしれない。そうだ、いいことを思いついた。イギリス貴族の家庭で生まれ育った女性がなぜ革命の思想に惹かれ、フランスの諜報員になったのかという切り口にしたらおもしろいかもしれない。あるいは〈ピンク・カーネーション〉と〈黒チューリップ〉のふたりを取りあげて、それぞれの成育歴や、組織への忠誠心や、諜報活動の手法を比較する手もある。

そんなことを考えていたときだった。

「エロイーズ？」先ほどよりいくらか大きな声が聞こえた。どこか遠くから呼ばれたような気がしていたのだ。それが自分の名前であり、こういう場合はなにか返事をしたほうがいいだろうとわたしはぼんやり考えた。

それで、そのとき頭にあったことを思わず口にしてしまった。「〈黒チューリップ〉が逃げたの」わたしは史料から顔をあげ、目にかかった髪を後ろに払った。「彼女を逃がすなんて信じられないわ」

「エロイーズ！」それがコリンの声だと気づき、はっとわれに返った。コリンは図書室のなかへ入ってくる手間を省き、ドアから顔だけを突きだしていた。まるでかつらとクラヴァットを奪われ、ギロチン台で処刑されたフランス貴族の首のようだ。

「なに？」驚いて背筋を伸ばした。そのとたん、自分が洗いすぎてよれよれになったタンクトップと、エッフェル塔の隣でプードルが跳ねている毛羽立ったパジャマのズボンしかはいていないことに気づいた。ここに来る前に、どれほど慌てて荷造りしたかを示す証拠だ。わたしは正座して、パジャマのズボンの柄を隠した。だが、コリンは古びたタンクトップも愉快なプードルも目に入らない様子だった。

「急用ができた」彼は早口で言った。「一五分で帰る支度はできるかい？」

「一五分？」あと一五分で帰るの？

急なことで頭が働かない。

「今なら七時三二分の列車に間に合う」じつはコリンはすでにどこか別の場所におり、今、目の前にいるのはメッセージを伝えるためだけに映された三次元映像ではないかという気がした。〝セルウィック・ホールを訪ねてくれてありがとう。楽しかったよ〟という挨拶の言葉がないからだ。「すまない。どうしようもない用件なんだ」

「わかったわ」わたしはぼそぼそと答え、椅子に手をついて立ちあがった。「すぐに――」

「ありがとう」

「用意をするわ」そう言ったときにはとっくにドアは閉まっていた。たしかコリンは一五分と言ったのよね？

頭が混乱していたせいで要領が悪かったが、それでもなんとか史料を元どおりに片づけ、壁の振り子時計に目をやった。もう四分がたっている。わたしはノートをつかんで小脇に挟んだ。これは列車のなかで読み直そう。

列車ですって？　車で送ってくれるんじゃないの？　だが、そのことについてあれこれ考えている時間の余裕もなかった。これじゃあまるで妊娠して屋敷から放りだされるヴィクトリア朝時代のメイドだ。〝あんたみたいなふしだらな娘は出ておいき！　二度とうちの玄関に近づくんじゃないよ！〟だけど、わたしにはふしだらなまねをするチャンスさえなかった。だったら、どうしてここを追いだされるわけ？

ああ、そういうこと。図書室のドアノブに手をかけたとき、ひとつの理由に思いあたった。きっとコリンは昨日の晩の出来事を後悔していて、その証拠――つまりこのわたし――を隠滅しようとしているのだ。わたしにしなだれかかられては困ると思っているのだろう。コリンが酒場でビールを飲みながら、友人と交わしている会話が聞こえるようだ。〝そんなつもりはなかったんだ。たまたまそこに彼女がいただけだよ。ほら……いちおうあれでも女だから、ぼくもついね〟友人は訳知り顔でうなずくだろう。〝本当に女ってやつは、どうして簡単に誤解するんだろうな〟これだから独身女は困ったものだという顔でふたりはかぶりを振り、長々とげっぷのひとつも吐くに違いない。

そう思ったら、身の縮む思いがした。

そんなことを考えているうちに五分が過ぎた。余計なことで悩むのはあとまわしにしようと決め、大急ぎで自分にあてがわれていた部屋へ戻った。持ってきた服をトートバッグに押しこみ、昨日と同じツイードのパンツをはき、ここへ来てからは初めて着るベージュのセーターをかぶった。ひとつ忘れていたことに気づき、慌ててそのセーターを脱いだ。はずみで眼鏡が飛んだが、とりあえずそれにはかまわず、ブラジャーをつけてセーターを着直した。ベッドの下に手を入れ、眼鏡を捜す。こんなときに限って、奥深くまで潜りこんでしまうものだ。そういえば、制汗剤は？　つけた覚えがなかったため、セーターの裾を引っ張り、適当にたっぷりとつけたが、肝心な部位より、ドライクリーニングが必要なカシミヤのセーターのほうに多くついてしまった。

一二分がたっていた。コンタクトレンズをつける時間はないと判断し、セーターの裾で眼鏡のレンズを拭くと、コンタクトレンズの容器の蓋がしっかり閉まっていることを確かめ、その容器と洗浄液と眼鏡ケースをトートバッグに突っこんだ。ノートの一ページを破り、トートバッグのなかを探してペンを取りだし、走り書きでメモを書いた。〝セレーナへ、勝手にドレスを借りたの。ごめんね。いつかお返しをさせてちょうだい。エロイーズより〟

それで一五分ぴったりだった。忘れ物がないかどうか、ドレッサーとベッドとナイトテーブルをざっと見まわし、危うく忘れるところだった腕時計をつかんだ。それを腕にはめ、トートバッグを肩にかけると、部屋を飛びだして階段を駆けおりた。

コリンはすでに運転席でエンジンをふかし、じれったそうにハンドルを指でこつこつ叩いていた。

「意外に早かったな」コリンはそう言うと、わたしがドアを完全に閉める前に車を発進させた。

「ほら……」トートバッグを後部座席に放りこみ、シートベルトをつけた。「たいした荷物は持ってきていないから」

「なるほど」コリンはハンドルに覆いかぶさった。男性は車のスピードを出すとき、よくこういう姿勢を取る。エア・ギターならぬ、エア・カーレースといったところだろう。なるほどどのひと言では足りないかもしれないと気づいたのか、彼は言葉を足した。「助かったよ」

昨晩、ふたりのあいだに流れていたかもしれない緊張感をはらんだ空気は、ひと晩置いたシャンパンのように気が抜けてしまった。

わたしは座席にもたれかかった。ふと髪をとかしてこなかったことに気づいたが、それを気にする元気もわいてこなかった。窓の外を田舎の景色が勢いよく流れていく。もっと機嫌がよければ、この霧がかかった朝の風景を美しいと思ったことだろう。だが今は、田舎の景色も疲れていていつもの鮮やかな色の服を着る気力がなく、どうでもいいぼんやりした色をまとっているだけに見えた。

わたしは隣へちらりと目をやった。コリンは意識がどこか遠くに行ってしまっているような雰囲気を漂わせていた。それをこちらの言葉では〝妖精と一緒にいる〟という表現をするが、眉間の縦じわから察するに、彼が一緒にいるのはどうやら小鬼らしい。薄暗い朝もやの明かりは景色だけではなくコリンに対しても冷たかった。本来は健康そうな日に焼けた肌が、今は古びた羊皮紙のような色になり、心なしか頬がこけ、目の下にはくまができている。いつも二日酔いのような顔で写っているウィンザー公の古い写真をわたしは思いだした。

だが、昨日の夜はずっとコリンを見ていたから、彼が二日酔いでないことはわかっている。コリンは頭痛がするとでもいうように二本の指でこめかみをさすった。そのなにげない仕草がどういうわけか胸にこたえた。どうやら昨晩の出来事ではなく、望まぬ客人のことでもないなにかが、彼の心に重くのしかかっているようだ。

そういえば、ふたりで屋敷に戻ってきたとき、コリンの携帯電話のベルが鳴った。あれはなにか悪い知らせだったのだろうか？　母親譲りの想像力がむくむくと頭をもたげ、不幸な出来事が次々と頭に浮かんだ。もしかすると友人が交通事故に遭ったのかもしれない。突然、迫りくるヘッドライト、慌ててハンドルを切る手、制御を失って横転する車……。それともおばのミセス・セルウィック・オールダリーが心臓発作でも起こしたのだろうか。彼女は至って元気そうに見えたが、長年、ローストビーフとスティッキー・トフィー・プディングを食べていれば血管にコレステロールがたまっていても不思議ではない。最近ではイギリスの食文化にも地鶏《じどり》の卵やドネル・ケバブが浸透しているが、ミセス・セルウィックの時代には、まだ肉はレアが好まれ、つけあわせにはバターで煮た野菜が添えられていたはずだ。それに、コリンの妹であるセレーナのこともある。先週の木曜日の夜、彼女は吐いた。食べたものが悪かったのかもしれないけれど、もしあれがコレラみたいな重い病気だったとしたら？　イギリスでコレラにかかるものかどうかは知らないが、たとえそうではなくても命にかかわる感染症はいくらでもある。それに道を歩いていたり、ヘア・ドライヤーを使ったりしただけでも事故に遭うことはあるし、熱すぎる飲み物を口にして火傷《やけど》した可能性だって考えられる。

セレーナが病院の安っぽい上掛けからぐったりと腕を出し、点滴の管やら監視装置のコードやらにつながれ、口に酸素マスクをあてられている場面が脳裏をよぎり、勝手な想像で申し訳ないと思いつつも、わたしはぞっとした。

「なにかあったの？」

「うん？」コリンは、おとぎの国の暗い沼からいかにも無理やりな感じで自分を現実に引き戻した。「いや、なにもない」

その口調にはまったく説得力が感じられなかった。

もう少し食いさがってみようかとわたしが迷っていると、彼が先に口を開いた。

「こんなふうにきみを追いだすことになってしまって、本当に申し訳ない」

「いいの」わたしは嘘をついた。「列車のことも平気だから」

辛抱強く返事を待った。本当はコリンの腕をつかんで理由を問いただしたかった。こんな朝早くに知らない駅まで車で送られることになったわけを尋ねるには今が絶好のチャンスだ。昨日の夜はおとなしくしていたのだから、ちょっとは報われてもいいんじゃないかしら？

コリンがルームミラーを介してちらりとこちらを見た。わたしはなるべくさりげなく、かといってあまり軽薄には見えないように気をつけながら、さあ、いつでも話してという表情を作った。ところが、力が入りすぎて顔がゆがんだ。

コリンがまた眉間に縦じわを寄せた。

失敗だ。

「列車の代金はぼくが出すよ」彼は唐突に言った。

ああ、もう。これでは説明を求めるどころじゃない。「いいわよ、そんなの」

「せめてそれくらいはさせてくれ」

「大丈夫。わたしだってその程度は持っているわ」

「そういうことじゃない」疲れた声で言う。

「じゃあ、そのお金はどこかに寄付でもすれば？」突き放すような口調に聞こえなかったかと心配になり、急いでつけ加えた。「探せばどこかに貧乏修道士の幽霊を助成する基金の会みたいなものがあるかもよ」

コリンが中途半端に片方の眉をあげた。ジョークに応じる気分ではないらしい。慣れた手つきでハンドルを切り、ホーヴ駅の前で乱暴に車を止めた。

エンジンはかけっぱなしのまま、わたしの荷物を取ろうと後部座席に腕を伸ばした。ところがトートバッグが床に落ちていたらしく、引っ張りあげるのに手間取った。見られたくないものがはみだしているかもしれないと思うとわたしはあせりを覚え、次は必ずファスナーつきのバッグを買おうと固く心に誓いつつ、慌てて後ろへ体を伸ばした。

当然のごとく、運転席と助手席のあいだに腕を突っこんだのだが、ちょうどそのときトートバッグを引き寄せたコリンが体を起こした。これが映画なら、危うく唇が触れあいそうになり、女性は男性の腕に抱き留められて身をこわばらせるというシーンになりそうなものだが、現実はそう甘くはない。実際はわたしの肘がコリンのみぞおちに命中した。コリンはボールを腹で受け止めたアメリカン・フットボールの選手のようなうめき声をもらし、トートバッグを膝に取り落とした。わたしも肘を押さえ、おかしな声を出しながらのけぞった。肘は当たりどころが悪いと激痛が走る。だが、ミス・グウェンのパラソルの先端ほどではないにしろ、鋭い肘の先を腹に食らったコリンの痛みはそんなものではなかったに違いない。

上出来だわ。たとえさっきまではわたしを放りだすのを申し訳なく思っていたとしても、今はきっとせいせいしているだろう。

「ごめんなさい」わたしは口ごもりながら謝り、彼の膝からトートバッグをつかみあげ、散らばった衣服や化粧品をかき集めた。「ごめんなさい、ごめんなさい」

コリンが床に手を伸ばし、昨日わたしが身につけていたブラジャーを拾いあげた。

「きみの？」にやりとする。

「どうも」わたしは赤毛の髪よりまだ真っ赤になり、それを引ったくってトートバッグに押しこんだ。「もう行くわ。ここにいるとまたあなたを痛い目に遭わせてしまいそうだから」

「いつでもどうぞ」コリンは答えた。わたしはトートバッグを引きずりながらあたふたと車を降りた。〝いつでもどうぞ〟というのは〝いつ行ってくれても結構〟なのか、〝また痛い目に遭わされてもいいよ〟なのかわからなかった。だが、どう考えても前者だろう。

「いろいろとありがとう」わたしは弱々しい声で礼を述べ、トートバッグを肩にかけて落ち着きなく体を揺らした。「親切にしてもらって感謝しているわ」

ドアを閉めようと思ったとき、コリンが助手席に身を乗りだし、内側のドアノブに手をかけた。「こんなことになってすまなかった」

わたしは目にかかった髪を払った。そのはずみでトートバッグが肩からずり落ち、肘の内側に食いこんだ。「こっちこそ、さっきはごめんなさい」ちらりと彼のみぞおちに目をやった。

「そのうちに一杯やろう」

「うれしいわ」トートバッグをまた肩に担ぎあげ、恥ずかしいものがはみだしていませんようにと願った。プードル柄のパジャマをじろじろと見られてはかなわない。

コリンがうなずく。「いつになるかわからないが、ロンドンへ戻ったら電話するよ」

「楽しみにしているわね！」せっかく愛想よく答えたのに、そう言ったときにはすでにドアは閉まっていた。車が急旋回して走り去り、わたしはひとり取り残された。空耳ではなかったことを確かめるために、何度も頭のなかで〝一杯やろう……電話するよ〟と繰り返した。やがてトートバッグが足に落ち、その痛みでわれに返った。

バッグを肩に担ぎ直し、コートのボタンをいじりながらよろよろと駅舎へ向かった。トートバッグがまたしても肩からずり落ちたが、そんなのはどうでもよかった。ただ〝一杯やろう〟という言葉だけが頭のなかをぐるぐるまわっている。わたしはコリンのみぞおちに肘鉄砲を食らわせたのに、彼はわたしを誘ってくれた。現代にもはやヒーローはいないなんて言ったのは、いったいどこの誰なの？　わたしは切符売り場の窓口にお金を出し、にこやかに挨拶をして駅員を面食らわせたあと、切符を握りしめ、お釣りを財布に入れながらプラットフォームに出た。そして足元に注意しつつ、財布をトートバッグに押しこんだ。こんなところで線路に落ちたくはない。

トルストイの小説のアンナ・カレーニナは失恋をして列車に飛びこみ自殺をはかったが、

わたしはそんなことをするつもりなどさらさらなかった。それどころか、コリンに邪魔だと思われていないことがわかって、有頂天になっていた。急にわたしを帰らせたのは、きっとよほどひどいことがあったからなのだろう。思わず鼻歌が出た。ふと、これでは他人の不幸を喜んでいるようなものだと気づいて鼻歌こそ我慢したが、それでも心のなかでは『シャロットの姫君』の詩に出てくるランスロット卿みたいに〝ティラ、リラ〟とこっそり歌うのをやめられなかった。

コリンとふたりきりで食事をしている場面が頭に浮かんだ。わたしが住んでいる騒々しいベイズウォーターではなく、サウス・ケンジントンかノッティング・ヒルあたりにある小ぢんまりとしたゆっくりできるレストランだ。壁は煉瓦造りで、ふたり掛けのボックス席があって、テーブルは膝が触れあうほどに小さい。照明は薄暗く、小さな音で音楽が流れ、ウエイトレスが頻繁に声をかけに寄ってきたりはしない。サリーもパミーも修道士の幽霊もさようなら。そこにいるのは、大きな赤ワインのグラスを挟んだコリンとわたしだけ……。

今度こそ、携帯電話の電源は絶対に切っておこう。

ヴァイオリンの生演奏なんかもいいわね。そう思ったとき、自分がにやにやしているのに気づき、恥ずかしくなって周囲を見まわした。誰にも見られてはいなかった。プラットフォームには誰もいなかったからだ。本当にもう、どうしてわたしは考えていることがすぐ顔に出るのかしら？

日曜日の午前七時半ではロンドンに向かう通勤客もいない。吹きさらしのプラットフォームに立っているのはわたしだけだった。時間が早いせいか、どこにでもある〈AMTコーヒー〉の店も、駅の売店も、まだ開いていなかった。無性に熱いコーヒーが飲みたかった。カフェインも欲しいが、なによりここは寒すぎる。冷たい風が頬を突き刺し、骨の髄まで体が冷えきっていた。

凍えた手をそれぞれ逆の袖のなかに入れて腕にこすりつけたが、電源の入っていない電気ストーブに手をかざしているようなものだった。寒けは体の内側からものぼってきた。眠っていないうえに、なにも食べていないからだ。こういうときは、目覚まし時計のアラームを切り、心地よいベッドでぐっすり眠るのがいちばんだ。

驚いたことに、列車は定刻どおりに運行しているらしい。七時三二分発の列車が、今朝は故障が発生しなかったことを誇るように、のんびりとプラットフォームに入ってきた。アメリカにはないような、ドアがずらりとついた車両だった。コンパートメントごとに出入りできるため乗り降りの効率はいいのだろうが、同じ形のドアが延々と並んでいるのを見ているとめまいを起こしそうになる。こういう列車は、ひとたび乗ってしまえばもうコンパートメントを変えることができない。これが人生だとしたら、あまりに選択肢のない生き方だ。

乗降客がいないため、どのコンパートメントが空いているのかわからなかった。わたしは適当にひとつを選び、黄色いドアを開けて列車に乗りこむと、座席に荷物を置いて腰をおろした。座席はずいぶん傷んでいたが、それでも座れたことにほっとし、誰が頭をつけたかわからない背もたれに体を預けた。窓から見える景色がゆっくりと動きだした。なにも作付けされていない冬の畑が続き、ところどころに埃っぽい二軒一棟の家が線路に沿って固まっているさまは、まるで古い映画の背景だ。のどかな田舎の景観を眺めながら、わたしは疲れたなと思い、出発する直前まで読んでいた史料のことをぼんやりと考えた。

最後に読んだヘンリエッタの手紙は、よほど急いで書いたのか、ここかしこにインクのしみがあり、いきなり本題に入っていた。モンヴァル侯爵未亡人が逃走した、と。ヴォーンが逃がしたのかとわたしは思った。だが、そうではなかった。ヘンリエッタの手紙によれば、ヴォーンはちゃんと侯爵未亡人を陸軍省へ送り届けた。ところが牢獄に入れられたモンヴァル侯爵未亡人が、芝居っ気たっぷりに番兵たちをたぶらかしたらしい。〝これはなにかの間違いですわ。イギリスの由緒正しき貴族の家庭で生まれ育ったこのわたしが、敵国の諜報員になどなるわけがありませんもの〞侯爵未亡人が優雅に扇でわが身をあおぐ姿を見て、番兵たちはにやにやしながらこんなふうに言ったのだろう。〝諜報員だって？　こんなにしおらしいレディがか？　そりゃあ、おかしいだろう〞モンヴァル侯爵未亡人が教養のない人の浅はかさにつけこんだことがよほど頭にきたのか、ヘンリエッタの文章はどんどん辛辣になり、文字はますます荒れていった。結局、番兵はまんまと侯爵未亡人の計略に引っかかった。ウィッカムがマイルズに話し、それをマイルズがヘンリエッタに語ったことによれば、番兵はこう報告してきたそうだ。〝はい、ちゃんと謝ってお帰りいただきました。侯爵未亡人は最後まで、とても礼儀正しくしておいででしたよ〞手紙に書かれたこの〝礼儀正しく〞の文字は、一部ペン先が紙を突き破っていた。そのあとモンヴァル侯爵未亡人が最後に目撃されたのは、アイルランド行きの船に乗るところだった。

ここにきてどういうわけか、アイルランドという国が浮上している。〈ピンク・カーネーション〉と〈黒チューリップ〉が時期を同じくしてアイルランドへ行ったのは、とうてい偶然だとは思えない。〈黒チューリップ〉に関しては、もしかすると陸軍省の牢獄にいるあいだに職員の会話から〈ピンク・カーネーション〉がアイルランドにいると知り、あとを追った可能性がないわけではない。だが〈ピンク・カーネーション〉についてはわからないことだらけだ。だいだい、どうしてウィッカムはジェインをアイルランドに送りこんだのだろう。ジェインはテュイルリー宮殿にうまく潜りこみ、情報を収集したり、妨害工作を施したりできる立場にあった。疑惑の目から逃れさせるためにひとまずフランスから出したというなら理屈はわかるが、そもそもジェインは誰にも疑われていなかった。たしかに色気を振りまくタイプではなかったかもしれないが、それで彼女が怪しまれるとはとても思えない。

もうひとつ、わからない点がある。ジェフリー・ピンチングデイル・スナイプだ。最後に読んだヘンリエッタの手紙によれば、ジェフはウィッカムから、アイルランドでジェインに会うよう指令を受けている。任務の詳細は不明だが、このふたりがわざわざアイルランドで連絡を取りあう理由はなにもない。

どうしてアイルランドなのだろう？

これは学者のあいだではよく言われていることなのだが、専門はイギリス史だと自認する歴史家の多くは、実際のところイングランド史しか研究していない。たまに新イギリス史の必要性を叫ぶ研究者が現れると、そのときだけはイングランド王国、スコットランド王国、アイルランド王国の相互関係についてたくさんの論文が発表され、一度や二度くらいは学会が開かれたりする。そしてイギリス軍におけるスコットランド人やアイルランド人の兵士数の分析や、イギリス植民地政策におけるアイルランドの影響について評価が行われたりする。しかしひとたびブームが過ぎ去ると、イギリス史の研究者はまたそそくさとイングランド史の研究に戻ってしまう。

わたしもまさにそういう研究者のひとりだ。だから一八〇三年のアイルランド事情がさっぱりわからない。もちろん、一八〇一年に連合法によってアイルランドがイギリスに併合され、その結果、アイルランドの国会が解散したことは知っている。スコットランドは一七〇七年に同じ過程を踏んだ。この程度のことは、いやしくもイギリス史の研究者を自称する者であるなら基本的なデータとして頭に入っているのが当然だし、そんなことも知らなければロンドン大学歴史学研究所の喫茶室で恥をかくはめになる。だが、一八〇三年にアイルランドでなにが起きていたのか思いだそうとしても、試験のために勉強してきたことはなにひとつ役に立たない。

たしか、ウィリアム・ウィッカムはある時期にアイルランドと政治的なかかわりがあったはずだ。それがもし一八〇三年だとしたら？

確認してみる価値はありそうだ。たっぷり昼寝をして、シャワーを浴びて、軽く食事をとって、〈スターバックス〉のトフィー・ナッツ・ラテを飲んだら、大急ぎで調べてみよう。

それに、ジェインとジェフとモンヴァル侯爵未亡人の追跡調査をする必要もある。ああ、でも今日は日曜日だ。ロンドン大学歴史学研究所と同じく、おそらく大英図書館も日曜は休館日だろう。大英図書館のデータベースにあたってもこの三人の名前が出てくる可能性は高くないが、少なくとも試してみるだけの価値はある。そうだ、どこかに当時のジェフの手紙が残っていないかどうかコリンに尋ねてみるのはどうだろう？　知らないと言われるだけかもしれないが、少なくとも電話をかける口実にはなる。

残念ながら、コリンの電話番号は知らないけれど……。

そう思ったとき、もっと衝撃的な事実に気がついた。思わず体を起こしたせいで、前列の座席に額をぶつけてしまったほどだ。

コリンのほうこそわたしの電話番号を知らない。それどころか、メールアドレスさえ知らないはずだ。だって、教えていないもの。つまり、あの〝電話するよ〟というひと言は、旧ソ連の共和国の通貨並みに価値がないことになる。

でも、彼がうっかりしていただけかもしれない。

そう思いたいけれど……。

よく考えてみれば、普通、男性が〝そのうちに一杯やろう〟と言うのは、〝もう二度と会うことはないだろうね〟という意味だ。そんなことにも気づかなかったなんて……。

わたしは愚かだ。認めたくはないが。

ちょっと待って。わたしは冷静になろうと努めた。このままでは怯えた馬車馬が崖に突っこむように悪い想像が暴走して、わたしは〝ふられた女の怨念は地獄よりも恐ろしい〟ということわざの女性みたいになってしまう。最後に交際していた相手が根性の腐った卑怯者だったからといって、すべての男性が〝そのうちに一杯やろう〟という嘘を平気でつける人ばかりだとは限らない。それに、その言葉を口にしたときのコリンは、なにかが心に重くのしかかっているように見えた。それがなんなのかはわからないけど。

そのとき、頭のなかで悪魔のささやく声がした。きっと、さっきコリンと一緒にいた小鬼の仲間に違いない。〝いいか、考えてみろ。面倒くさくなってきた女を追い払うには、深い悩みがあるふりをするのはなかなかいい手だぞ〟わたしは言い返した。〝だけど、コリンは本当にまいっている様子に見えたわ。あの目の下のくまは化粧じゃなかったもの。それに、本気で一杯やる気がないのなら、どうしてわざわざあんなことを言う必要があるのよ〟

だめだ。最後のひと言はまともな反論になっていない。もし友人から〝彼ったらそのうちに電話すると言っておきながら、一度もかけてこないのよ〟という愚痴を聞かされるたびに一〇セントずつもらえるとしたら、すぐにでもアイルランドへ調査旅行に出かける費用が貯《た》まりそうだ。わたしだって同じような言葉をよく口にしている。ロンドン大学歴史学研究所で知りあった人に、これまで何度〝そのうちにコーヒーでもご一緒しましょう〟と言ってきたかわからない。もちろん、わざわざ連絡を取るつもりはないし、相手もそんなことは期待していないのをわかったうえでの話だ。

でも、わたしの電話番号を訊かなかったというだけで、コリンが嘘をついたとは言いきれない。もし本当に一杯やる気があるのなら、わたしの電話番号を調べる方法はいくらでもある。いえ、いくらでもというのは言いすぎだけど、少なくともふたつは思いつく。彼のおばであるミセス・セルウィックはわたしの電話番号を知っているし、彼の妹のセレーナだって、その気になればパミーから聞きだせるはずだ。わたしがそれに気づくくらいだから、コリンだってその程度のことは考えついてもおかしくない。

もし、彼がちゃんとわたしの電話番号を調べたら、〝そのうちに一杯やろう〟という言葉は嘘ではなかったことになる。おとぎばなしでは、求婚者はいつもなにか試練を与えられるものだ。ドラゴンの首をお姫様のもとへ持ち帰れだとか、伝説の鳥の羽根を何本か引き抜いてこいだとか、くさい息をした人食い鬼を素手で退治しろだとかいったことだ。もちろん、自分がそこまで価値のあるお姫様だと思っているわけではない。それにわたしは褒美として分け与えられる領地も持っていない。あのベイズウォーターに借りている狭いアパートメントでもいいというなら話は別だけど。でも、コリンの場合はたいした試練を与えられたわけではないのだから、褒美がささやかなのは我慢してもらうしかない。わたしと一杯やるために電話番号を調べるのは、いばらを叩き切りながら進むことに比べたらなんでもないはずだ。

いつまで待とう？　水曜日では早すぎる？　もしコリンが抱えている問題が本当に深刻なら、慌てて呪いの人形を買いに走る必要はない。決めた、木曜日にしよう。もし木曜日までに彼から電話がかかってこなければ、そのときは〝そのうち一杯やろう〟は〝きみには興味がない〟という意味だと思ってあきらめるまでだ。

それまでのあいだに調べものを進めておかないと。〈黒チューリップ〉と〈ピンク・カーネーション〉を追ってアイルランドへ行くのは無理だとしても、大英図書館で古い史料をあたってみることはできる。もしそれでなにもわからなかったら？　セルウィック・ホールへ発つ前に、ミセス・セルウィックは〝ぜひあとで感想を聞かせてね〟と言った。だから彼女に電話をかけるのは礼儀にかなったことだと言える。

わたしは窓ガラスに頰をつけた。ああ、どちらのことのほうが先にわかるかしら。コリン？　それとも〈黒チューリップ〉？

ヒストリカル・ノート

また架空の出来事から史実を切り離し、歴史的事実に少し変更を加えたことをお詫《わ》びするときがきました。

じつは花の名前を冠した諜報員は実際に存在したことが歴史的文献に記されています。〈紅はこべ〉、〈紫りんどう〉、〈ピンク・カーネーション〉は架空の人物ですが、過去には本当にイギリス海峡を行き来した花の名前の諜報員たちがいました。もっとも有名な〈薔薇《ラ・ローズ》〉のほかに、〈はこべ《ル・ムロン》〉という名前の諜報員もおり、ふたりとも赤い花のしるしがついた小さなカードを使っていました。また、〈ピンク・カーネーション〉のような女性の諜報員も実在しました。ナンフ・ルーセル・ド・プレヴィーユは〈桜草《ラ・プリムローズ》〉という暗号名で活躍した女性です。たいへんな美人だったうえに、ジェインと同じく変装の名人でもあったらしく、社交界の華でありながら、ときには男装することもありました。この作品の最初のほうに〝クラヴァット商人になりすましていたフランスの諜報員団〟という記述が出てきますが、当時のロンドンには本当に仕立屋や使用人や商人や帽子屋を装ったフランスの諜報員が大勢いました。

イギリスの秘密諜報活動を統括していた政府機関に関しては、少しばかり史実を変更しました。ナポレオン戦争の時代、諜報員を仕切っていたのは内務省管轄の〝エイリアン・オフィス（〝外国人局〟というような意味）〟です。でも、それではロンドンの町に宇宙人《エイリアン》がうろついていたようなイメージを読者の皆様が抱いてしまうと思い、フィクションの伝統に従って陸軍省に変えました。ただし名前は陸軍省でも、建物や職員は実際の〝エイリアン・オフィス〟を念頭に置いて書きました。マイルズがウィリアム・ウィッカムから指示を受けるためにに通ったクラウン通りの二〇番地には、実際、一七九三年以降〝エイリアン・オフィス〟の建物がありました。

そのウィリアム・ウィッカムについてですが……。一作目のジョゼフ・フーシェのときもそうでしたが、どうやらわたしがぜひ作品に登場してほしいと思う情報長官はいつも、設定年代より前に辞任してしまう運命にあるようです。じつはウィリアム・ウィッカムは一八〇二年に〝エイリアン・オフィス〟を去り、アイルランドのダブリンに赴任しました。とはいえ、フランスの諜報機関といえばフーシェという存在が欠かせないように、イギリスの諜報員組織にはウィッカムという立て役者が不可欠です。なぜならウィッカムは〝エイリアン・オフィス〟を土台とし、当人が遠まわしに言うところの〝予防警察〟である諜報員網を作りあげた人物だからです。その組織はヨーロッパ大陸全体を網羅し、敵を震撼《しんかん》させました。ウィッカムはアイルランドの政局にかかわりながらも、事実、一八〇三年夏にはロンドンにいましたので、そのときマイルズに指示を出していたことにしたわけです。

最後に〈オールマックス〉についてご説明しましょう。摂政皇太子の時代に詳しい方は気づかれたかもしれませんが、本来はもう少しあとの時代のものが、この小説にはふたつばかり登場しています。マイルズが娘の結婚相手を物色する母親から逃げ、柱の陰に隠れたエピソードからもわかるように、〈オールマックス〉はまさに結婚市場です。この〈オールマックス〉は一七六五年に創立されました。〈オールマックス〉で出されるレモネードが生ぬるいこと、男性は半ズボンをはかなくてはならないこと（ウェリントン公爵が長ズボンをはいてきたため会場に入れてもらえなかった逸話は有名です）、一時を過ぎると入場を認められないことなどは、マイルズとヘンリエッタにとっては常識でした。ただし、カドリールを踊れと言われると、ふたりは困って目をしばたたいたかもしれません。ダンスの一種であるカドリールは、当時もフランスではよく知られた踊りでしたが、イギリスに紹介されたのは一八〇八年です。また、一八〇三年当時、レディ・ジャージーことサラは未婚でした。サラが結婚するのは一八〇四年、夫がジャージー伯爵の爵位を継ぎ、サラが正式にレディ・ジャージーとなるのは一八〇五年になってからです（つまり、一八〇三年にレディ・ジャージーというとサラの義母のことになります。義母のレディ・ジャージーは皇太子ジョージ四世の愛人だったことで知られています）。ただ、やはり〈オールマックス〉にレディ・ジャージーとカドリールがないのは寂しくていけません。

ナポレオン戦争時代の秘密諜報活動についてはエリザベス・スパロウ氏の『Secret Service: British Agents in France 1792-1815』を大いに参考にさせていただきました。また、そのほかの摂政皇太子時代のもろもろに関しては、ディー・ヘンドリックソン氏の『Regency Reference Book』のおかげでヘンリエッタ（と作家）はとんでもない間違いを犯さずにすんだことを感謝しています。

訳者あとがき

RITA賞受賞作家ローレン・ウィリグの〈ピンク・カーネーション〉シリーズの二作目はいかがでしたでしょうか。処女作だった一作目よりはるかに炸裂《さくれつ》した感のある独特の物語の世界は、きっと楽しいひとときをご提供できたのではないかと思います。このシリーズの七作目『The Mischief of the Mistletoe』は二〇一一年度のRITA賞リージェンシー・ヒストリカル・ロマンス部門賞を受賞しています。

この二作目からお読みいただいた読者の皆様のために、一作目の内容を簡単にご説明しましょう。

ハーヴァード大学の大学院生エロイーズ・ケリーは、博士論文を書くために奨学金をもらってロンドンに留学しました。研究内容は〝フランス革命戦争及びナポレオン戦争における貴族の隠密行動について〟という、なにやら重厚そうなテーマです。エロイーズはバロネス・オルツィの小説で有名な諜報員〈紅はこべ〉、その後継者である〈紫りんどう〉、さらにそのあとを引き継いだ〈ピンク・カーネーション〉について調べていました。とりわけ〈ピンク・カーネーション〉については、華々しい活躍を報じた新聞記事こそたくさん残っているものの、正体は謎に包まれたままでした。

研究はなかなか進まず、やけくそになったエロイーズは〈紅はこべ〉と〈紫りんどう〉の子孫たちに取材しようと手紙を書きました。そこで知りあったのが、〈紫りんどう〉を祖先に持つコリン・セルウィックです。この男性はなかなかの頑固者で、一族が所有する当時の史料を見せることをかたくなに拒みました。それでもコリンのおばの厚意で、エロイーズは彼女の自宅に泊めてもらい、〈紫りんどう〉とその妻となる女性の書簡を読むことになりました。夜中、水を飲みたくてキッチンへ行ったエロイーズは、そこでコリンと遭遇します。コリンはぶっきらぼうで、無愛想で、なにを考えているかわからない人だけれど、話せばユーモアがあり、それにたまに見せる笑顔がすてきでした。

ついにエロイーズは〈ピンク・カーネーション〉の正体にたどりつくことができました。しかし、知りたいことはまだまだたくさんあります。コリンのおばによれば、昔〈紫りんどう〉が所有していた屋敷には、〈紫りんどう〉の妹であるヘンリエッタ・セルウィックの書簡が保管されているとのこと。ただし、その屋敷はコリンがひとりで暮らす住居でもありました。結局、エロイーズはコリンと一緒に泊まりがけでその屋敷へ史料を読みに行くことになり、そこからこの二作目が始まります。

時代をさかのぼること約二〇〇年、〈紫りんどう〉の妹であるヘンリエッタ・セルウィックは、当時、イギリス政府で諜報活動を統括していた陸軍省と〈ピンク・カーネーション〉の連絡役を務めていました。〈ピンク・カーネーション〉から来た手紙の暗号を解読し、陸軍省へ報告するのです。ある日、その手紙の内容から、フランスの悪名高き諜報員〈黒チューリップ〉がイギリスに潜入したことを知ります。兄の活躍を見て育ったヘンリエッタは、自分も祖国の役に立ちたいと思い、〈黒チューリップ〉の正体を探ろうと決意します。

ヘンリエッタには幼なじみの男性の友人がいました。兄の親友であるマイルズ・ドリントンです。ふたりは兄と妹のような親しい間柄でしたが、あるときちょっとした嫉妬がきっかけで、ヘンリエッタは自分がマイルズに恋をしていることに気づきます。一方、マイルズは、このごろ一段と美しくなってきたヘンリエッタのことが気になるものの、親友の妹に不埒な考えを抱いてはいけないと強く自分を戒めています。そんなとき、ある事件が……。

著者のローレン・ウィリグは六歳でロマンス小説を読み、九歳のときに小説を書きはじめました。のちにイェール大学でルネサンス学と政治学を学び、ハーヴァード大学でヨーロッパ近世史を研究し、現代のヒロインであるエロイーズ・ケリーと同じく、イギリスに留学しています。そのあとハーヴァード法科大学院を卒業し、しばらく法律事務所に勤めていました。

作家としてはハーヴァード法科大学院の一年目にこのシリーズの一作目を書きあげ、それからは毎年のように新作を発表しています。二〇〇六年にはクィル賞候補となり、二〇一〇年からは母校であるイェール大学でロマンス小説について教鞭《きょうべん》をとり、二〇一一年にはシリーズ七作目でＲＩＴＡ賞を受賞しています。

〈ピンク・カーネーション〉シリーズ第二作目も、一作同様お楽しみいただければ幸いです。

二〇一三年一月

ライムブックス

舞踏会《ぶとうかい》に艶《つや》めく秘密《ひみつ》の花《はな》

著　者　ローレン・ウィリグ
訳　者　水野凜《みずのりん》

2013年2月20日　初版第一刷発行

発行人　成瀬雅人
発行所　株式会社原書房
〒160-0022東京都新宿区新宿1-25-13
電話・代表03-3354-0685　http://www.harashobo.co.jp
振替・00150-6-151594
ブックデザイン　川島進(スタジオ・ギブ)
印刷所　中央精版印刷株式会社

落丁・乱丁本はお取り替えいたします。
定価は、カバーに表示してあります。
 ISBN978-4-562-04442-9　Printed in Japan